G.A. Aiken

Tiger Soul

PIPER

Zu diesem Buch

Mads Galendotter, Honigdachs-Gestaltwandlerin und Basketballprofi, ist für ihr Temperament und ihre Schlagfertigkeit bekannt. Als sie auf den Tiger-Shifter Finn Malone trifft, befindet er sich auf einer heiklen Mission: Er und seine Brüder sind fest entschlossen, den Mord an ihrem Vater zu rächen. Und niemand kann ihnen dabei besser helfen als Mads – immerhin ist Rache auch ihre liebste Freizeitbeschäftigung. Während Mads' Basketball-Teamkameradinnen für jede Menge Chaos im Haus der Malones sorgen, ist Mads selbst überrascht, wie gerne sie an Finns Seite Vergeltungspläne schmiedet – vor allem, wenn sie sich dabei heiße Wortgefechte mit dem gut gebauten Tiger liefern kann …

G. A. Aiken ist New-York-Times-Bestsellerautorin. Sie lebt an der Westküste der USA und genießt dort das sonnige Wetter, das gute Essen und die Aussicht auf attraktive Strandbesucher. Ihre erfolgreichen Erotic-Fantasy-Reihen um die Drachenwandler, »Lions«, »Tigers«, »Honey Badgers«, »Wolf Diaries«, »Call of Crows« und die »Blacksmith Queen« erscheinen alle im Piper Verlag.

G.A. Aiken

Tiger Soul

Roman

Aus dem Amerikanischen
von Michaela Link

PIPER

Entdecke die Welt der Piper Fantasy:

Piper Fantasy.de

Wenn Ihnen dieser Roman gefallen hat, schreiben Sie uns unter Nennung des Titels »Tiger Soul« an *empfehlungen@piper.de*, und wir empfehlen Ihnen gerne vergleichbare Bücher.

Von G.A. Aiken liegen im Piper Verlag vor:
Dragons (Serie)
Lions (Serie)
Wolf Diaries (Serie)
Call of Crows (Serie)
Blacksmith Queen (Serie)
Honey Badgers (Serie)
Wildes Feuer, scharfe Krallen
Long Island Witches
Tiger Soul

Unser Versprechen für mehr Nachhaltigkeit
- Klimaneutrales Produkt
- FSC®-zertifiziertes Papier
- Hergestellt in Europa

FSC www.fsc.org MIX Papier aus verantwortungsvollen Quellen FSC® C083411

Deutsche Erstausgabe
ISBN 978-3-492-28271-0
Juli 2022

Published by Arrangement with G.A. Aiken
Titel der amerikanischen Originalausgabe:
»Breaking Badger«, Kensington, New York 2021

Umschlaggestaltung: Guter Punkt, München
Umschlagabbildung: Guter Punkt, Sarah Borchart unter Verwendung von Motiven von iStock/Getty Images Plus
Satz: Satz für Satz, Wangen im Allgäu
Gesetzt aus der Adobe Caslon Pro
Druck und Bindung: CPI Books GmbH, Leck
Printed in the EU

Prolog

»He. He, Kleine.«

Wieder ruckte der Sitz nach vorn, und Mads Galendotter tat, was sie während der letzten zehn Minuten getan hatte: Sie konzentrierte sich auf den weiß-rot-blauen Basketball in ihren Händen.

Dies war ihr erster Tag an der Junior High. Später stand noch ein Probespiel für die Basketballmannschaft der Schule an. Sie wusste, dass sie gut genug war, um in die Mannschaft zu kommen, aber zwischen jetzt und dem Probespiel direkt nach der Schule durfte nichts passieren. Sie hatte nicht vor, es zu vermasseln, indem sie sich auf irgendeinen Mist einließ. Auch wenn das genau das war, was ihre Cousinen sich von ihr erhofften.

Sie wussten wirklich, wie sie sie ärgern konnten.

Sie waren zwei Jahre älter als Mads und schon in der neunten Klasse. Von Rechts wegen sollten sie im Bus ganz hinten bei den Neuntklässlern sitzen und die Nerds tyrannisieren wie alle anderen. Aber ihre Cousinen hassten sie ebenso sehr, wie Mads sie hasste. Also hatten sie sich auf den Sitz direkt hinter ihr fallen lassen, und dann war diese arme Kleine auf die Idee gekommen, sich direkt neben Mads zu setzen. Jetzt schikanierten ihre Cousinen anstelle von Mads die Kleine. Denn sie wussten, dass das Mads mehr stören würde, als wenn sie sie direkt in die Mangel nahmen.

Verdammt, sie war es *gewöhnt,* dass sie sie schikanierten, schließlich war sie von Geburt an von ihnen gepiesackt worden. Es ging das Gerücht, dass die beiden, als Mads noch ein Baby war, versucht hatten, sie mithilfe einer streunenden Katze zu ersticken. Wenn ihre Urgroßmutter nicht hereingekommen wäre und sie dabei erwischt hätte, wie sie Mads das kreischende Tier aufs Gesicht drückten …

Also ja, sie war innerlich darauf gefasst, dass ihre Cousinen ihr das gesamte Schuljahr zur Hölle machen würden, bis sie endlich auf die Highschool einige Blocks entfernt wechselten. Aber jetzt hatten sie ein neues Opfer gefunden, das sie quälen konnten. Die arme Kleine neben ihr. Sie war ein süßes Ding – Asiatin, mit Zöpfen und einer richtigen Brotdose. Ihre Eltern hatten ihr kein Mittagessen in einer braunen Papiertüte gegeben wie die anderen Eltern der Junior-High-Schüler. Oder Geld fürs Mittagessen. Schlimmer noch, auf ihrer Brotdose prangte Barbie. Barbie! Sie hätte ebenso gut eine Zielscheibe auf dem Rücken haben können.

»He, Kleine!« Mads' Cousinen, die Zwillinge waren, stießen noch einmal gegen den Sitz, bevor sie gegen die Rückenlehne traten.

Sowohl Mads als auch die Kleine wurden nach vorn geschleudert.

Mads holte tief Luft. Sie konnte solche Sachen eine Ewigkeit aushalten. Den ganzen Weg bis zum Schultor. Aber wenn sie der Kleinen ins Gesicht sah, würde sie jetzt wahrscheinlich Tränen in ihren Augen aufsteigen sehen. Verdammt, inzwischen konnten der armen Kleinen diese Tränen durchaus bereits lautlos über die Wangen laufen.

Sie sah sich im Bus um. Die anderen waren damit beschäftigt, sich zu unterhalten, die Nerds zu piesacken oder einfach zu beten, dass niemand sie bemerkte. Sie hatten keine Ahnung, was direkt vor ihnen geschah. Zumindest noch nicht. Zumal Mads sich diesen Platz ziemlich weit vorn im Bus ausgesucht hatte in der Hoffnung, dass ihre Cousinen hinten bei den anderen sitzen wollten.

Doch sie waren nicht vollkommen allein.

Nah bei ihnen saßen zwei Mädchen auf der anderen Seite des Mittelgangs. Eine las in einem Buch über Zeitmanagement. Die andere, ebenfalls Asiatin, die viel zu alt schien, um noch in der Junior High zu sein, schaute aus dem Fenster. Auf dem Platz vor ihnen hatte sich ein drittes Mädchen mit langem braunem Haar niedergelassen. Sie saß allein dort, sodass sie sich mit dem Rücken ans Fenster lehnen und die Füße auf den Sitz legen konnte. Sie blätterte in einer Ausgabe der *Vanity Fair.*

Und es hatte definitiv keinen Sinn, mit der Busfahrerin zu reden. Nicht den geringsten. Mads würde sich gar nicht erst die Mühe machen.

Was bedeutete, dass niemand ihre Cousinen davon abhalten würde, die arme Kleine, die neben ihr saß, zu peinigen, und bis zur Schule war es noch ein ganzes Stück. Ihren Cousinen blieb mehr als genug Zeit, um diesem bedauernswerten Mädchen jahrelangen Therapiebedarf in der Zukunft zu verschaffen.

Wieder ruckte der Sitz nach vorn.

»He, Kleine. Wie heißt du? Sag uns wenigstens das.«

»Ja, genau. Komm schon. Wir wollen einfach nur nett zu dir sein.«

Außerstande, es noch länger zu ertragen – denn ihre Cousinen waren nie »einfach nur nett« –, sah Mads die Zwillinge schließlich über ihre Schulter an und sagte mit so viel Gelassenheit, wie sie aufbringen konnte: »Lasst sie in Ruhe.«

Vier kalte braune Augen richteten sich auf Mads.

»Hast du etwas gesagt, Cousine?« Das kam von Tilda. Sie redete mehr als Gella. Sie redete und Gella schlug zu, eine Partnerschaft, die für beide gut funktionierte.

Es hatte jetzt keinen Sinn mehr, einen Rückzieher zu machen. Zeichen von Schwäche bedeuteten nur, dass sie ihr umso mehr zusetzen würden. Ihre Cousinen knöpften sich immer die Schwächsten vor. Sie konnten nicht anders. Es war eine Instinktsache.

»Ich habe gesagt, ihr sollt sie in Ruhe lassen.«

Gella kicherte und Tilda fragte: »Oder was?«

»Oder ich reiße euch das Gesicht herunter.« Auch diese Antwort war Instinktsache. Jedenfalls für Mads.

Gella bewegte sich ruckartig nach vorn, bereit, sich auf Mads zu stürzen, und Mads war schon fast auf den Füßen, als das Mädchen neben ihr herumwirbelte, sich auf ihren Sitz kniete und Tilda und Gella lieb anlächelte. Sie legte ihre Barbie-Brotdose oben auf die Rückenlehne ihres Sitzes.

Es war eine derart seltsame Entwicklung der Situation, dass Mads sofort aufhörte, sich zu bewegen, und Tilda ihre Zwillingsschwester Gella mit dem Arm zurückhielt.

»Hallo!«, sagte die Kleine mit dem lieben Lächeln. »Ich bin Max.«

Mads' Cousinen glotzten sie nur an, vollkommen verwirrt von dem, was gerade geschah.

Die ganze Sache war so merkwürdig, dass selbst die drei Mädchen auf der anderen Seite des Mittelgangs sie jetzt beobachteten.

»Wenn ich Geld fürs Mittagessen mithätte, würde ich es euch geben«, fuhr Max fort, »doch ich bin arm. Aber ich kann euch mein Mittagessen geben.«

»Aus deiner kleinen Barbie-Lunchbox da?«, neckte Gella sie grausam.

»Es ist wirklich gut. Es ist mein allerliebstes Lieblingsessen auf der ganzen Welt.«

Gott, dieses arme Kind! Sie war so unschuldig. Ein perfektes Opfer. Mads wusste, dass ihre Cousinen sich nicht mit dem Thunfisch-Sandwich und dem Snickers-Riegel der Kleinen zufriedengeben würden. Die wollten Blut sehen. Aber während Mads der Unterhaltung zwischen ihren Cousinen und dem Mädchen lauschte, sprang ihr »anderes Gehör« an. Es war das Gehör, welches ihre Urgroßmutter ihr »echtes« Gehör nannte. »Das Gehör, das dich all den kleinen vollmenschlichen Bastarden, die du täglich von früh bis spät um dich hast, überlegen macht«, wie sie zu sagen pflegte. Mads nahm ein Geräusch wahr. Ein Geräusch, das aus der Barbie-Brotdose der Kleinen kam. Etwas kratzte gegen das Metall dessen, wovon Mads jetzt klar wurde, dass es eine alte metallene Brotdose war. Eine haltbarere Brotdose als die Dinger aus Plastik, die heutzutage hergestellt wurden.

»Meine Mom gibt mir immer die besten Sachen mit«, versprach die Kleine Mads' fiesen Cousinen.

Max öffnete die Brotdose und schob die Hand hinein. Mads sah sich erneut im Bus um. Die Einzigen, die sie beachteten, waren die drei Mädchen von der anderen Gangseite.

Als Mads den Blick endlich wieder auf die Kleine richtete, zog diese die Hand heraus. Sie hatte etwas in ihrer geschlossenen Faust, und als Tilda sich mit offenem Mund vorbeugte, um zu sehen, was die Kleine herausgeholt hatte, schob diese Tilda etwas Bräunliches, das sich bewegte, zwischen die Lippen.

Sie versuchte zu schreien, aber die Kleine legte die Hand auf Tildas Gesicht und hielt ihr den Mund zu.

Tildas Augen weiteten sich vor Panik, und sie kratzte und schlug nach der Hand, die sich weiter auf ihr Gesicht presste. Gella gab ein erschrockenes Kichern von sich, während sie versuchte, den Arm des Kindes wegzustoßen, aber die »unschuldige« Kleine ließ sich nicht beirren.

Mads griff sich die Brotdose und öffnete sie. Darin befanden sich mindestens sieben, vielleicht auch zehn Skorpione. Das Mädchen hatte giftige Skorpione in ihrer Barbie-Brotdose!

Einer der Skorpione krabbelte auf Mads' Hand. Er stach sie sofort, doch Mads blinzelte nicht einmal. Stattdessen und ohne groß darüber nachzudenken, führte sie die Hand zum Mund und zog das Spinnentier mit der Zunge hinein. Sie war noch dabei, zu kauen und herunterzuschlucken, als ihr klar wurde, dass das ein sehr seltsames Verhalten inmitten eines Busses voller vollmenschlicher Kinder war.

Scheiße.

Alles war dermaßen merkwürdig, dass sie vergessen hatte, auf ihre Umgebung zu achten!

Langsam blickte sie über den Gang zu den drei Mädchen, von denen sie wusste, dass zumindest sie das kleine Drama mitgekriegt hatten, das sich gerade abspielte. Sie schauten immer noch zu, aber jetzt wirkten sie einfach neugierig. Und ... und hungrig?

Das Mädchen, das allein saß, sah sich schnell um, bevor sie zu ihnen kam und die Hand in die noch immer von Mads festgehaltene Brotdose steckte, um sich ihren eigenen Skorpion herauszunehmen. Ohne auf die Stiche zu achten, die sie jetzt überall an der Hand trafen, stopfte sie sich den Skorpion in den Mund und kaute darauf herum, als sei er eine geröstete Erdnuss. Sie lächelte und Sekunden später folgten die beiden anderen Mädchen ihrem Beispiel.

Mads sah ihnen schockiert zu. Genau wie Mads waren sie alle gestochen worden. Mehrmals. Aber keins der Mädchen zeigte irgendeine Reaktion. Anders als ihre Cousine. Die wurde inzwischen von Krämpfen geschüttelt, während ihr Schaum aus den Mundwinkeln quoll. Sogar ihre Augen rollten in ihren Höhlen nach hinten, sodass nur noch das Weiß darin zu sehen war.

Und die Kleine? Was tat sie? Sie hielt Tilda immer noch den Mund zu. Ignorierte weiterhin die Boxhiebe und Ohrfeigen sowohl von Tilda als auch von Gella. Und sie lächelte immer noch glücklich.

Mann, Mads würde heute Abend, wenn sie nach Hause ging, eine Abreibung kriegen, aber das war ihr egal. Ausnahmsweise einmal unterhielt sie sich königlich! Wie hätte es auch anders sein können, wenn ihre Cousinen mal diejenigen waren, die eine Abreibung ... Huch!

Eine große Hand legte sich Mads um die Kehle und hob sie von ihrem Sitz. Sie verlor beinahe die Kontrolle über die immer noch geöffnete Brotdose, aber eins der anderen Mädchen schnappte sie sich und schloss den Deckel, um die verbliebenen Skorpione darin einzusperren.

Mads und die Kleine wurden von den Zwillingen weggerissen und in den vorderen Teil des Busses getragen.

Mads hatte nicht einmal bemerkt, dass der Bus am Straßenrand gehalten hatte, geschweige denn dass die Busfahrerin zu ihnen gekommen war. Sie hätte es merken müssen. Die Busfahrerin war ihre Tante. Und die Zwillinge waren ihre Jungen. Nicht ihre Lieblinge, aber sie mochte sie trotzdem viel lieber als Mads. Ihre Tante öffnete die Tür und warf Mads und die Kleine aus dem Bus. Kurz darauf flogen auch die Mädchen von der Sitzbank auf der anderen Seite des Mittelgangs heraus. Die Asiatin, die eigentlich aussah, als sei sie zu alt für die Junior High, stieg freiwillig aus. Aus welchem Grund auch immer krümmte Mads' Tante diesem Mädchen kein Haar, obwohl sie mit zehn Zentimeter hohen Absätzen – Absätzen, die höchst unpassend für eine Schülerin waren, die nur um die dreizehn Jahre alt sein konnte – leichte Beute zu sein schien. Glücklicherweise hatte sie sämtliche Rucksäcke und Lunchtüten aller Mädchen mitgebracht und sogar Mads' Basketball. Eine nette Geste, die Mads zu schätzen wusste.

Der Bus fuhr an und holperte davon, und die fünf Mädchen blieben auf dem Gehsteig zurück, ihre Sachen zu ihren Füßen.

»Ich liebe es, die neuen Busfahrer einzuarbeiten!«, verkündete die Kleine schließlich mit einem breiten Lächeln und warf die Arme hoch, als habe sie tatsächlich etwas gewonnen.

»Weiß sie, dass das nächste Krankenhaus in der anderen Richtung liegt?«, fragte das Mädchen mit dem langen Haar.

Mads schüttelte den Kopf. »Sie bringt sie nicht ins Krankenhaus. Sie hat andere Töchter, die sie lieber mag. Wenn sie es also nicht schaffen«, Mads zuckte die Achseln. »wird sie darüber hinwegkommen.«

Max wischte ihre Besorgnis – sofern welche vorhanden war – mit einer Handbewegung beiseite. »Was für Heulsusen! Die Skorpione sind nicht einmal besonders giftig. Ich habe schon viel gefährlichere gegessen.«

»*Centruroides sculpturatus*«, stellte das Mädchen, das gelesen hatte, klar, und als alle anderen sie anstarrten, fügte sie nur hinzu: »Borkenskorpion aus Arizona. Zu dieser Art gehören sie. Giftig, aber für eine gesunde, heranwachsende Hyäne wahrscheinlich nicht tödlich.« Sie hielt einen Moment lang inne, bevor sie auf die Armbanduhr an ihrem Handgelenk zeigte und verkündete: »Wir werden zu spät kommen.«

»Ist das eine Minnie-Mouse-Uhr?«, wollte Mads wissen.

Das Mädchen bedeckte die Uhr schnell mit ihrer freien Hand. »Noch, aber ich spare auf eine viel bessere.«

»Wohin kommen wir zu spät?«, fragte Max.

»In die Schule.«

»Bereitet dir das große Sorgen?«

»Es macht mich immer sehr nervös, mich zu verspäten«, erklärte die Leserin. »Ich komme nicht gern zu spät.«

Die Kleine zuckte die Achseln. »Ich mag die Schule nicht. Wir sollten schwänzen! Wir wär's mit dem Einkaufszentrum?«

»Meinst du nicht, wir fallen auf im Einkaufszentrum?«

»Wir können ja sagen, dass wir zu Hause unterrichtet werden.«

»Ich schwänze nicht«, teilte Mads ihnen mit. »Ich habe heute ein Probespiel für die Basketballmannschaft. Das will ich nicht versäumen.«

»Wie weit ist es denn noch bis zur Schule?«, fragte die andere Asiatin. »Ich habe nicht die richtigen Schuhe an.«

»Wie alt bist du eigentlich?« Mads musste einfach fragen.

»Dreizehn.«

»Wirklich? Du siehst aus wie dreiundzwanzig.«

»Oh.« Sie lächelte liebenswürdig. »Vielen Dank.«

»Wenn wir rechtzeitig in der Schule sein wollen, müssen wir los«, drängte die Leserin und tippte wiederholt auf ihre Armbanduhr. Es wirkte fast ein wenig zwanghaft.

»Wir haben noch, äh, zwanzig Minuten Zeit bis zum Unterrichtsbeginn.«

»Unterwegs kann noch alles Mögliche passieren. Alles Mögliche.« Sie beugte sich vor. *»Alles.«*

»Was ist mit der Busfahrerin?«, fragte die mit dem langen Haar.

»Was soll mit ihr sein?«, gab Max zurück.

»Du hast immerhin ihre Kinder vergiftet.«

»Nur eins.«

»Sie wird schon nichts sagen«, versicherte Mads ihnen. »Es wäre zu schwer zu erklären, warum ihr Kind eine große Utah-Tarantel überlebt hat.«

»Einen Borkenskorpion aus Arizona.«

»Wir gehen zur Schule«, fuhr Mads fort, ohne die nervige Verbesserung der Leserin zu beachten, »und werden so tun, als sei nichts passiert.«

»Perfekt!«, jubelte Max. »Solange meine Schwester nichts erfährt von diesem … Shit!« Sie senkte den Blick. »Shit, Shit, Shit, Shit, Shit!«

»Was?«, fragte Mads. Sie hatte das Gefühl, als würde ihnen das schlimmste Erlebnis aller Zeiten drohen. Denn dies war das erste Mal, dass die Kleine in ihrer Gegenwart besorgt wirkte.

»Sagt mir eure Namen«, befahl sie. »Schnell.«

»Ich bin Mads.«

»Emily«, stellte die Leserin sich vor. »Aber meine Familie nennt mich Tock.«

»Cass. Künftiger Star auf Bühne und Leinw…«

»Ja, schon gut, schon gut. Was ist mit dir, Supermodel?«

»Gong Zhao. Aus Hongkong.« Als Max nur das Gesicht verzog und den Kopf schüttelte, als sei sie völlig verwirrt über diesen einfachen asiatischen Namen, verdrehte das Supermodel die Augen und seufzte. »Diese Amerikaner. Nenn mich einfach Nelle.«

»Warum?«

»Weil ich es sage. Und Nelle schreibt man mit zwei *e*. N-e-l-l-e. Kapiert?«

»Schön. Meinetwegen.«

Max zwang sich zu einem breiten Lächeln und drehte sich um, als ein sehr altes, sehr zerbeultes Cabrio tuckernd vor ihnen am Straßenrand anhielt. Der Wagen war vollgestopft mit älteren Mädchen. Es waren Mädchen aller Ethnien, aber Mads wusste aufgrund des Geruchs, dass sie alle derselben Spezies angehörten. Wölfe. Ein schwarzes Mädchen saß verbotenerweise auf der Rückenlehne der Rückbank – *wie war es möglich, dass niemand sie angehalten hatte?* – und sah Max mehrere Sekunden lang durchdringend an.

»Hey!«, rief Max.

Das Mädchen antwortete nicht. Stattdessen kletterte sie um

die Jugendlichen herum, die sich verbotenerweise in dem Auto stapelten, und sprang heraus. Sie war größer als Max, breiter, und bewegte sich wie eine Wölfin, wie ein Raubtier auf der Pirsch. Obwohl sie tatsächlich ein wenig anders roch. Also schon wie eine Hundeartige, aber gleichzeitig auch nicht.

»Was machst du hier, Max?«

»Ich hänge nur ein bisschen mit meinen Freundinnen ab«, antwortete Max geschmeidig.

Das Mädchen baute sich vor ihr auf. »Du hast keine Freundinnen.«

»Autsch«, sagte Cass.

»Also, was hast du angestellt?«, drängte die Jugendliche. »Wen hast du verärgert? Werde ich einen Anruf bekommen? Wird *Pop* einen Anruf bekommen?«

»*Nein.*«

Was als Nächstes aus dem älteren Teenager heraussprudelte, war eine panische, fast hysterische Erklärung. »Denn wenn Pop einen Anruf bekommt, wird mich das wirklich aufregen. Es ist ohnehin schon so viel los, und Stevie ist jetzt schon gestresst. Ich musste sie heute Morgen beruhigen, weil sie sich Sorgen wegen der Zulassungstests für die Uni macht, keine Ahnung, warum. Uns allen ist klar, dass sie überragend abschneiden wird, aber du weißt ja, wie Stevie ist, also wenn sie dich bereits rausgeworfen haben …«

»Würdest du bitte damit aufhören! Es ist alles in Ordnung! Wir hängen nur ein bisschen zusammen rum. Ich … und meine Freundinnen.«

Mit zusammengekniffenen Augen lehnte sie sich zurück und musterte Max. »Du und deine *Freundinnen?*«

»Ja. Ich habe jetzt Freundinnen. Ich bin schließlich auf der Junior High.«

»Welche Art von Freundinnen?«

»Freundinnen eben.«

»Welche *Art* von Freundinnen, Max?«

Sie zuckte die Achseln. Seufzte. »Honigdachse.«

»Honigdachse. Du hast es geschafft, in *dieser* Stadt eine Gruppe von Honigdachsen zu finden?«

»Es ist keine Gruppe. Wir saßen nur zufällig im selben Bus.«

»Das kommt mir ziemlich unwahrscheinlich vor.«

»Du lässt es so klingen, als hätte ich das eingefädelt! Ich bin dreizehn! Nicht einmal *ich* könnte etwas Derartiges arrangieren. Das ist einfach …«

»Glück? Wir sind MacKilligans. Wir haben kein Glück.«

»Ich schon. Und ich habe Freundinnen gefunden, die mich verstehen.«

»Du meinst Freundinnen, die dich in Schwierigkeiten bringen werden.«

»*Nein.* Sie werden mich nicht in Schwierigkeiten bringen! Ich habe es dir doch schon gestern Abend versprochen, keine Probleme mehr.«

»Hast du Skorpione mit in die Schule genommen?«

»Nein.«

»Wo sind sie denn? Nur für den Fall des Falles habe ich unter deinem Bett nachgesehen, und da waren sie nicht.«

»Ich habe gefrühstückt.«

Mads brauchte eine Sekunde, denn sie sahen sich wirklich nicht ähnlich, aber ihr wurde klar, dass diese Jugendliche die Schwester war, von der Max geredet hatte. Ihre Schwester. Sie waren auch keine Stiefschwestern. Halbschwestern vielleicht, aber definitiv blutsverwandt. Sie hatten die gleichen Schultern. Wie Fullbacks der Detroit Lions.

Die Jugendliche schaute zu Max' »Honigdachs-Freundinnen«, und das war der Moment, in dem Mads sah, dass Cass die Brotdose mit Max' restlichen Skorpionen hinter ihrem Rücken versteckte. Sie hätte angesichts dieser Aktion beinahe verwirrt die Stirn gerunzelt. Warum schützte Cass dieses Mädchen? Okay, sie waren alle Honigdachse – na ja, Mads war nur zur Hälfte Honigdachs –, aber sie kannten sich kaum. Warum sollten sie sich in dieses ganze Drama verwickeln lassen?

»Also, ihr kennt euch gut?«, fragte Max' Schwester.

»Gut genug.«

»Wie heißen sie denn, deine Freundinnen?«, hakte die Jugendliche nach. Es war wie in einem Verhör.

Max deutete nacheinander auf jede Einzelne von ihnen und erinnerte sich korrekt an ihre Namen: »Emily, aber wir nennen sie Tock. Cass. Mads. Nelle. Mit zwei *e*.«

»Aha.«

Die Jugendliche öffnete einen x-beliebigen Rucksack, der sich als der von Tock erwies, und überprüfte ihre Notizhefte. Sie waren vollkommen leer, daher filzte sie ihr Portemonnaie. Es war schwarz und hatte einen Klettverschluss. Darin befanden sich mehrere Ausweise. Sie fand außerdem mehrere Pässe für verschiedene Länder. Mit einer hochgezogenen Braue wandte sie sich langsam Tock zu. Tock zuckte lediglich die Achseln und fragte: »Was?«

Das Mädchen steckte alles zurück ins Portemonnaie, stand auf und reichte Tock ihren Rucksack.

»Also, was habt ihr, du und deine keinen Ärger machenden Freundinnen, für heute geplant?«, fragte sie. Aber bevor Max mit irgendeiner Lüge antworten konnte, zeigte ihre Schwester mit dem Finger auf Mads. »Sag du es mir.«

Mads blinzelte und antwortete einfach mit der Wahrheit. »Basketball-Probespiel. Heute nach der Schule. Das ist mein Plan.«

»*Unser* Plan.«

Die Jugendliche ließ den Blick auf ihrer Schwester ruhen. »Siehst du? Du gehst immer zu weit, Max MacKilligan. Denn nicht einmal Stevie würde dir diesen Bullshit abkaufen.«

»Es ist aber wahr.«

»Du? Du erwartest, dass ich glaube, dass *du* dich um einen Platz in einer Basketballmannschaft bemühst? *Du?*«

»Warum sagst du das so? Ich kann Basketball spielen.«

»Zunächst einmal bist du ein Zwerg. Und zweitens hasst du Mannschaftssport. Du hasst jeden Sport. Und als Stevie dir mal einen Tennisball zugeworfen hat, hast du ihn zu ihr zurückgeschmettert und damit gedroht, dass sie sämtliche Zähne loswürde, sollte sie je wieder einen Ball in deine Richtung zuwerfen.«

»Sie hat mir diesen Ball hingepfeffert …«

»Das war ein Wurf.«

»Und sie hat angefangen. Aber das bedeutet noch lange nicht, dass ich Mannschaftssport nicht mag. Ich brenne darauf, ein Mannschaftssportmädchen zu werden. In der wunderbaren Welt des … ähm …«

»Basketballs«, ergänzte Mads.

»Richtig! Des Basketballs.«

»Nenn mir den Namen eines einzigen Basketballspielers«, stellte ihre Schwester sie auf die Probe. »Irgendeines Basketballspielers.«

Mads, die ihr helfen wollte, solange Max' Schwester ihr den Rücken zuwandte, hob ein Bein und deutete auf ihren Fuß. Genauer, auf die Nike Air Jordans, die sie trug. Jeder kannte Michael Jordan, oder etwa nicht? Selbst Leute, die nichts über Basketball wussten, kannten diesen Mann. Mads hatte keine Ahnung, warum sie der kleinen Lügnerin zu helfen versuchte, aber jetzt steckte sie genauso tief drin wie Cass, die noch immer die bescheuerte Brotdose hinter ihrem Rücken versteckte.

Und sogar die anderen versuchten jetzt, ihr zu helfen, indem sie auf Mads' Jordans zeigten und mit den Lippen wieder und wieder den Namen Michael Jordan formten.

Aber der verwirrte Blick auf Max' Gesicht verriet Mads, dass das Mädchen keine Ahnung hatte, um wen es ging.

Ihre Schwester verdrehte übertrieben die Augen und wandte sich ab, als die Kleine plötzlich mit »James!« herausplatzte.

Ihre Schwester drehte sich um und wartete ab.

»Ähm … La … LaBronnie James.«

»Wer?«

»LeBron James«, korrigierte Mads sie. »Aber nah genug dran.« Als der Teenager sie anstarrte, ließ sie ihr immer noch erhobenes Bein sinken und sagte: »Er spielt bei den Cleveland Cavaliers. Ein ganz anständiger Rookie.«

Zumindest für einen vollmenschlichen Kerl.

»Siehst du, Charlie?« Max schubste ihre Schwester mit einem breiten Lächeln. »Ich liebe Basketball.«

»Wunderbar!« Das ältere Mädchen schubste zurück. »Dann sehen wir uns heute Nachmittag. Beim Probespiel. Ich kann es gar nicht erwarten zu sehen, wie ihr euch alle um einen Platz in der Mannschaft bemüht!«

Ohne ein weiteres Wort stieg Max' Schwester wieder in das überfüllte Cabrio, lächelte, winkte noch einmal und gab dem Mädchen hinter dem Steuer ein Zeichen loszufahren.

Sobald sie weit genug entfernt waren, warf Tock frustriert die Arme in die Luft. »Warum muss ich zum Probespiel? Ich will nicht Basketball spielen!«

»Du musst mitkommen! Sie erwartet uns alle dort«, sagte Max.

»Sie ist schließlich nicht meine Schwester!« Tock blinzelte, dann fragte sie ein wenig ruhiger: »Sie ist doch deine Schwester, oder?«

»Ja, sie ist meine Schwester. Rassistin!«

Tock presste die Kiefer aufeinander und sah Mads an. Mads musste rasch den Blick abwenden, weil sie sich das Lachen nicht verkneifen konnte. Tock war offenkundig zum Teil schwarz, daher war der Vorwurf ziemlich witzig.

»Und ihr kennt meine Schwester nicht«, fuhr Max fort. »Sie ist verrückt. Wenn wir dort nicht erscheinen, werden wir alle sterben.«

Die Gruppe gaffte Max mehrere Sekunden lang an, dann fragte Cass: »Warum würden wir alle sterben?«

»Ja«, stimmte Nelle ihr zu. »Warum würdest nicht *nur du* sterben? Du solltest die Einzige sein, die stirbt.«

»Weil sie verrückt ist.«

»Lügst du uns an?«, fragte Tock. »Du scheinst oft zu lügen.«

»Natürlich lüge ich oft. Nur deshalb bin ich noch am Leben. Weil ich lüge.«

»Du lügst deine Schwester an?«

»Ja.« Sie zuckte die Achseln. »Und die Regierung.«

Mads runzelte die Stirn. »Warum belügst du die Regierung? Du bist dreizehn.«

»Du stellst auf jeden Fall eine Menge Fragen.«

»Eigentlich nicht. Aber es ist mir egal, was ihr tut. Ich werde heute zum Basketball-Probespiel gehen und in die Schulmannschaft kommen. Denn ich werde später mal bei der WNBA spielen.«

»Was ist die WNBA?«, fragte Cass.

Mads machte Anstalten zu gehen. »Es ist traurig, dass du eine Vagina hast.«

»Also bekomme ich keine Pluspunkte, weil ich mich an LaBronnie James erinnert habe?«, fragte Max.

Mads wirbelte herum und brüllte Max ins Gesicht: »Er heißt LeBron!« Natürlich blinzelte das andere Mädchen nicht einmal. »Sein Name ist LeBron James. Nicht LaBronnie! Wieso kennst du ihn überhaupt? Ich meine, stimmt schon, er stellt die NBA auf den Kopf, aber du bist offensichtlich kein Fan. Du sagst, du liebst Basketball und kamst nicht mal auf Michael Jordan, den wirklich *jeder Mensch auf der Welt* kennt.«

»Oh, letzte Woche brauchte ich dringend Geld und habe einen Jungen mit brandneuen Sneakers rumlaufen sehen, von denen ich wusste, dass ich sie für einen wirklich hohen Preis würde verkaufen können. Also habe ich ihn erst danach gefragt, und er hat damit angegeben, dass sie LaBron-« Sie hielt kurz inne, als Mads knurrte, und korrigierte sich. »Dass das LeBron James' neueste Schuhe seien oder so. Als er sich von seinen Freunden getrennt hatte, habe ich ihn ins Gebüsch gezerrt, ihn verprügelt und ihm seine Schuhe weggenommen.«

Mads schnappte entsetzt nach Luft. *»Du hast was getan?«*

»Ich brauchte das Geld!«

»Also hast du ein Kind verprügelt?«

»Er war kein Kind. Er war ungefähr siebzehn. Und ich musste mal wieder die Kaution für meinen Vater stellen, aber das darfst du Charlie nicht erzählen, denn wenn sie es herausfindet, dreht sie wieder durch. Doch Stevie war völlig hysterisch. Sie wusste, wenn Charlie herausfinden würde, dass Dad schon wieder im Gefängnis ist, dann würde sie ihn während seiner Haftzeit umbringen lassen.«

Tock verschränkte die Arme vor der Brust. »Deine Schwester würde deinen Vater im Gefängnis umbringen lassen?«

»Sie hat sich ein wenig aufgeregt, als sie herausfand, dass Dad unsere Sozialversicherungsnummern nicht nur benutzt hat, um unsere Identitäten zu stehlen, sondern auch für eine Gaunerei im großen Stil, die ihm zu guter Letzt und typischerweise um die Ohren geflogen ist.«

»War er deshalb im Gefängnis?«

»O nein. Er war im Gefängnis, weil er ein Auto mit einem Baby darin gestohlen hat, das rein zufällig dem Bürgermeister einer Kleinstadt gehört hat. Bedauerlicherweise das Auto *und* das Baby. Ehrlich, das ist ein ganz gewöhnlicher Tag bei meinem Dad, und normalerweise wäre mir das auch egal. Ich würde ihn im Gefängnis verrotten lassen oder Charlie mit Freuden helfen, einen Burschen anzuheuern, der ihn an den Gitterstäben aufhängt. Beides wäre für mich völlig in Ordnung. Aber Stevie ist wirklich hysterisch geworden, und wenn Stevie hysterisch wird, fängt Charlie an auszuflippen, und wenn *sie* ausflippt …«

»Okay, okay.« Mads hob die Hände, die Innenflächen nach außen gedreht. Im Grunde war es eine Kapitulation. »Vergiss, dass ich gefragt habe.«

»Hört zu, ihr schuldet mir nichts. Aber wenn ihr heute Vormittag zum Probespiel kommt …«

»Heute Nachmittag.«

»Wie auch immer. Sie muss mich antreten sehen und sehen, wie ich, ich weiß nicht, einen Ball dribbele oder so. Wenn sie dabei ist, wenn ich ausnahmsweise einmal etwas ganz Normales tue, würde mir das Charlie vielleicht vom Hals schaffen, damit ich durch die nächsten paar Tage komme …«

»Bis du die Giftschlangen rausholst?«, witzelte Mads.

Und da war wieder das breite Grinsen. »Ich habe tatsächlich auf dem Grundstück des Rudels ein paar Waldklapperschlangen gefunden. Wenn ihr Interesse habt, könnt ihr zu einem schönen Honigdachs-Essen vorbeikommen.«

»Sie haben sich wahrscheinlich längst davongeschlängelt«, warnte Tock sie.

»Nein. Sie befinden sich in einer Reisetasche unter meinem Bett.«

Max setzte sich in Bewegung, bis sie endlich zu merken schien, dass die anderen Mädchen nicht direkt hinter ihr waren. Sie blieb stehen, und als sie sich umdrehte, stellte sie fest, dass sie sie wieder einmal alle entsetzt ansahen, weil sie in einem Wolfsrudelhaus eine Tasche mit Giftschlangen unter dem Bett zurückgelassen hatte. Sie breitete die Arme aus und fragte: »Was ist denn jetzt schon wieder?«

1

Vierzehn Jahre später …

Die Pranken landeten auf ihrem Brustkorb. Die dazugehörigen Beine legten sich um ihren Körper, und tausend Pfund Sibirischer Tiger rissen sie zurück und stießen sie zu Boden.

Sie hätte sich geärgert und gewehrt, wenn nicht Sekunden später der Himmel von Maschinengewehrfeuer erhellt worden wäre. Nur Zentimeter von der Stelle entfernt, an der sie gelandet waren, rissen Kugeln den Boden auf. Der Tiger rollte sie beide aus der Gefahrenzone, aber die Kugeln kamen näher. Er zog sie fest an sich und schirmte sie mit seinem Tausend-Pfund-Körper ab.

Für einen kurzen, panischen Moment hätte Mads beinahe gekichert. Ihr kam der Gedanke, von einem riesigen Plüschtier beschützt zu werden.

Da sie allerdings nicht als kichernde Irre enden wollte, löste sie sich schnell aus den Armen des Tigers und hangelte sich an seinem Körper hoch, bis sie ihm über die Schulter sehen konnte. Sie war eine nachtaktive Gestaltwandlerin und konnte in der Dunkelheit gut sehen. Als sie ein geeignetes Opfer entdeckte, stützte sie ihr Kurzgewehr auf dem schwarz-weißen Fell des Tigers ab – wo war das Orange? –, zielte und drückte ab. Ihr Gewehr machte kaum Lärm, weil ihr Team immer Schalldämpfer benutzte. Sie hatten den Auftrag, ungesehen aufzutauchen und wieder zu verschwinden, aber so war es heute nicht gelaufen.

Denn man hatte sie, wie Mads langsam klar wurde, erwartet.

Was die Raubkatze mit der Sache zu tun hatte, konnte sie nicht sagen, doch sie hatte auch absolut keine Zeit, um darüber nachzudenken.

Sie suchte sich ein neues Ziel und eröffnete erneut das Feuer. Dann hörte sie, wie ihr Team ebenfalls anfing zu schießen. Außerdem schnalzten mehrere ihrer Leute mit der Zunge, und leise, kehlige Knurrlaute erklangen, die Mads sagten, dass das ganze Team lebte und wohlauf war. Es bedeutete nicht, dass nicht auf ihre Teamkameradinnen geschossen worden war, nur dass sie sich mächtig ins Zeug legten, um ihren Auftrag auszuführen. Mads machte sich keine allzu großen Sorgen. Honigdachse waren schwer totzukriegen.

Doch gerade als ihr dieser Gedanke durch den Kopf ging, landete etwas Kleines aus Metall ein paar Schritte von ihr und dem Tiger entfernt auf dem Boden. Mads blieb nur eine flüchtige Sekunde, um sich zu fragen, was das war, bevor ihre Teamkameradin Tock an ihr vorbeipreschte, sie am Arm packte und hochriss. Während sie das tat, schrie sie: »*Fünf! Vier!*«

Tock zählte einen Countdown herunter. Es war nie gut, wenn Tock anfing zu zählen. Sie hatte ihren Spitznamen bekommen, weil sie geradezu besessen war, was Zeit anging. Eine »Albtraum-Gabe«, witzelte Tocks Vater immer, die in Erscheinung getreten sei, als sich seine Tochter noch in der »Gugu-Gaga-Phase« ihres Säuglingsdaseins befunden habe.

Aber das Zeitmanagement für alle um Tock herum war nicht das einzige Spezialgebiet der Honigdächsin. Sie hatte außerdem ein Faible für Bomben und Sprengstoff. Sie kannte sich bis ins letzte Detail aus, vom primitivsten Exemplar, das irgendein verrückter Bombenleger in seinem Keller gebastelt hatte, bis hin zu Sprengstoffen, die von einer ganzen Armee von Wissenschaftlern für die Regierung entwickelt worden waren. Und weil Tock ein echter Info-Junkie war, wusste sie nicht nur, wie man alle Sprengstoffe der Welt baute, zündete und entschärfte, sondern hatte außerdem notgedrungen gelernt, welchen Schaden sie anrichten konnten. Sie wollte die Bomben verstehen, nicht zuletzt um sicherzustellen, dass sie selbst nie leichtfertig damit umgehen würde. Nie würde sie Bomben einsetzen, nur weil ein Freund mit ihr Schluss gemacht oder eine Cheerleaderin sie zum Weinen gebracht hatte.

Was bedeutete, dass es, wenn Tock aus dem Nichts einen Countdown herunterzuzählen begann, nur einen einzigen Grund haben konnte.

»*Lauf!*«, brüllte Mads, die sich nicht sicher war, ob der Tiger die verbalen Codes ihres Teams verstand.

Aber sie hätte sich keine Sorgen machen müssen. Immerhin war er ein Tiger. Kurze Sprints lagen dieser Spezies. Er war fast schon an ihnen vorbeigerannt, als er seine menschliche Gestalt annahm und Mads und Tock um die Taille packte. Warum, wusste sie nicht, schließlich waren sie zwei der schnellsten Mädchen ihrer Profi-Basketballmannschaft und selbst mit dem zusätzlichen Gewicht ihrer Ausrü-

Die Raubkatze sprang und riss Mads und Tock mit sich. Tock zählte weiter: »*Drei! Zwei!*«

Mads bemerkte, dass sich in ihrer Nähe zwei weitere Sibirische Tiger befanden, die ebenfalls einen irrsinnigen Sprung vollführten. Einer hielt eine kreischende Cass fest, die auch auf den Spitznamen Streep hörte. Diesen hatte das Team ihr wegen ihrer dramatischen Einlagen auf dem Spielfeld und auch außerhalb des Platzes verpasst. Und ein noch größerer Tiger hatte Nelle und Max gepackt.

»*Eins! Achtung, Deckung!*«

Die Explosion war so gleißend, dass sie Mads blendete. Der Tiger-Gestaltwandler, der sie festhielt, drehte sich um die eigene Achse und wurde durch die Luft gewirbelt. Etwas, das Mads kein bisschen gefiel. Obwohl sie inzwischen daran hätte gewöhnt sein sollen. Sie war im Laufe der Jahre von genügend Raubtier-Spielern vermöbelt worden, dass sie dergleichen schon früher erlebt hatte, aber trotzdem, es machte nicht den geringsten Spaß.

Noch im Flug wechselte der Mann erneut seine Gestalt, und der Menschenarm um Mads' Taille wurde wieder zu einer Pranke. Also kam er auch wie eine Katze auf, als sie beide mehrere Millionen Meilen entfernt – okay, so weit war es nun doch nicht – schreiend auf dem Boden landeten. Er drehte sich so in der Luft, dass er auf allen vier Tatzen landete. Lebendig und stinksauer. Brüllend und fauchend.

Mads dagegen blieb in ihrer menschlichen Gestalt, denn es machte ohnehin keinen Unterschied. Sie knallte auf den Boden, auf den Rücken, von wo aus sie zu den Sternen emporblickte.

Ganz ehrlich, der Aufprall hätte sie eigentlich zerquetschen müssen. Sie hätte nur noch aus gebrochenen Knochen und zerstörten inneren Organen bestehen sollen. Ihr Gehirn nichts als Pudding. Ihr Hinterkopf hätte sich in etwas verwandeln sollen, das nicht einmal ein Puzzle-Meister wieder zusammensetzen konnte.

Aber wie gesagt, sie war ein Honigdachs. Also hatte sie sich bei der Explosion zwar ein wenig den Hintern versengt, und ein paar von ihren Fingern schienen gebrochen zu sein, aber das war ihr auch schon bei ruppigen Basketballspielen auf Straßenplätzen passiert. Ein Auge war tatsächlich aus seiner Höhle gesprungen, und ausgerechnet Streep kroch zu ihr herüber und stieß ein lautes, angewidertes »Igitt!« aus, gefolgt von: »Maaads! Das ist ja sooo ekelig!« Dann drückte sie ihr das Auge kurzerhand wieder rein, bevor sie ihr mit einem Tuch aus ihrer Handtasche den Kopf verband.

Max kam zu ihnen gestolpert. Ihr hing der rechte Arm in einem seltsamen Winkel herunter, genau wie ihr Kiefer, aber auch sie hatte überlebt. Sie erteilte Befehle, doch Mads verstand kein Wort, denn, wie gesagt: Max' Kiefer – seltsamer Winkel.

»*Wie bitte?*«, fragte Tock.

Max wiederholte ihre Befehle.

Nelle kam näher, schien aber außerstande zu entscheiden, wo oder wie sie Max' Kiefer einrenken sollte.

Mads hatte gerade beschlossen, das Problem ihrer Mannschaftskameradin selbst in Ordnung zu bringen, als sie grob beiseitegestoßen wurde und ein Riese von einem Mann angestürmt kam. Zwei andere Männer waren bei ihm und jetzt erkannte sie sie. Die Malone-Brüder. Oder, wie sie auf der Straße genannt wurden, die Schwarzen Malones.

Keane, der Älteste, war gleichzeitig auch der Größte. Und der Furchteinflößendste. Mads konnte sich gut vorstellen, wie er sein Leben in Sibirien inmitten der wenigen dort noch vorhandenen Katzen lebte und alle menschlichen Jäger tötete, die in sein Territorium vordrangen.

Also war sie auch nicht direkt schockiert, als Keane mit seinen riesigen Händen Max' Kopf packte und ihren Kiefer dorthin zurückdrückte, wo er hingehörte, was aussah, als arbeitete er an einem alten Vergaser. Das Knirschen von Knochen, die mit Gewalt an ihren angestammten Platz zurückgezwungen wurden, ließ alle Dachse vor Überraschung bellen und zischen, und die arme Max hob die Fäuste, bereit für einen Kampf auf Leben und Tod.

Um alle zu beruhigen, schritt Nelle ein und zog die fuchsteufelswilde Max schnell von dem nackten Keane weg, bevor ihre Mannschaftsanführerin ihm mit ihren Krallen den Schwanz abreißen konnte.

Doch anstatt Dankbarkeit für die Unterstützung zu zeigen, brüllte Keane: »*Warum seid ihr hier?*«

»Müssen wir abhauen?«, fragte Tock, aber niemand beachtete sie. »Ich habe das Gefühl, wir sollten abhauen.«

»Du …« Max nahm sich eine Sekunde Zeit und drehte ihren Kopf mit den Händen zuerst in die eine Richtung und dann in die andere, um zu Ende zu führen, was Keane begonnen hatte. »Du wirkst etwas angespannt«, kriegte sie schließlich ohne weitere Mühe heraus. »Ist alles in Ordnung mit dir, Süßer?«

Mads wand sich innerlich. Sie wusste, dass Max' freundlicher, beflissener Ton im Kern feindselig war. Es war ein Ton, der die mutige Nelle schnell zwischen den Tiger und die Honigdächsin treten ließ. Obwohl Naturschützer nur eine ihrer beiden Spezies als Spitzenprädator bezeichnen würden, hatte Mads das starke

Bedürfnis, die Forschungsergebnisse zu korrigieren. Denn Max MacKilligan war ein Spitzenprädator ganz eigener Art. Sie hätte binnen einer Nacht ein ganzes Ökosystem verändern können, wenn sie es sich in den Kopf gesetzt hätte. Und das mit einem reizenden Lächeln im Gesicht.

Mit dem gleichen Lächeln, das sie jetzt aufsetzte, während sie mit großen Augen zu dem Sibirischen Tiger aufschaute, der wiederum auf sie herabfunkelte.

»Ich werde versuchen herauszufinden, ob wir abhauen sollten«, ließ Tock Mads wissen, bevor sie dorthin zurücklief, wo sie hergekommen waren. Noch im Laufen gab sie Streep ein Zeichen, sie zu begleiten. Die beiden umrundeten den riesigen Krater, den Tocks Sprengstoff in den Boden gerissen hatte, und verschwanden unter den Bäumen, die vom umliegenden Wald übrig geblieben waren.

»Du musst mir sagen, warum ihr hier seid«, befahl der älteste Malone-Bruder Max. Er verschränkte seine gewaltigen Arme vor seiner gewaltigen Brust und hatte dann den Nerv, darauf zu warten, dass Max ihm tatsächlich antwortete.

Mads sah, wie Max' Lächeln breiter wurde. Sie wusste, dass ein solches Lächeln, zumindest wenn es von Max kam, zu keinem guten Ende führen würde, und hatte das Bedürfnis einzugreifen – sie wusste selbst nicht, warum. Wie Tock schon gesagt hatte, hätten sie wahrscheinlich alle abhauen sollen. Sie sah zum Malone-Bruder zu ihrer Linken. Aber der stand nur da, den Mund aufgerissen, die Augen fest geschlossen, und seine Zunge hing heraus, als koste er die Luft. Es war ein seltsamer Anblick, daher drehte Mads sich zu dem Tiger auf ihrer rechten Seite.

»Das ist sehr unhöflich von deinem Bruder«, sagte sie. »Und wenn er erwartet, von Max MacKilligan eine Antwort zu bekommen, sollte er das Ganze lieber etwas ruhiger angehen.«

Langsam drehte die Raubkatze den Kopf in ihre Richtung, und leuchtend goldene Augen blinzelten langsam, bevor der Tiger antwortete: »Mein Bruder ist unhöflich? Sie hat ihm vor nicht allzu langer Zeit ihre Reißzähne in die Eier gebohrt.«

Mads brauchte einen Moment, um sich an diesen speziellen Kampf zu erinnern. Es hatte im Laufe der Jahre so viele gegeben, mit so vielen Gestaltwandlern und Menschen, dass es ehrlich gesagt schwer war, den Überblick zu behalten. Aber sobald die Erinnerung in all ihrer bösartigen Honigdachs-Pracht zurückkehrte, musste sie gegen den Drang ankämpfen, das Gesicht zu verziehen. Stattdessen zuckte sie die Achseln und sagte warnend: »Dann wird er es diesmal vielleicht etwas ruhiger angehen wollen. Du weißt schon, damit es nicht zu einer Wiederholung kommt.«

Finn grinste kaum merklich. Fast hätte er gekichert. Eine überraschende Reaktion, nachdem er nur Sekunden zuvor bereit gewesen war, die ganze Insel, auf der er sich befand, von der Landkarte zu fegen.

Und er galt als »der Ruhige« unter seinen Brüdern. Der »Vernünftige«, den man aufsuchte, wenn jemand etwas mit der Familie zu klären hatte.

Doch eigentlich hielten sie sich alle ganz gut.

Bisher hatte sein ältester Bruder Max MacKilligan nicht den Kopf abgebissen. Etwas, das ihm in seiner Tigergestalt ein Leichtes gewesen wäre. Der Kopf der Honigdächsin war wirklich winzig und würde nur einen einzigen Biss erfordern. Aber Keane hatte im Laufe der letzten Jahre hart an sich gearbeitet, um nicht ständig den zornigen Tiger rauszulassen. Ihrer Mutter zuliebe.

»Wenn du so weitermachst«, hatte sie ihn vor einigen Jahren gewarnt, »werden wir dich zu meinen Cousinen und Cousins schicken müssen. Und es gibt nur sehr wenige McDonalds in der Steppe, mein Sohn.«

Während ihr Vater »durch und durch Ire« gewesen war, wie er immer gern gesagt hatte, waren die Vorfahren ihrer Mutter Stammesmitglieder aus der mongolischen Steppe. Tiger-Gestaltwandler, deren Ahnen schon lange in dieser Gegend gewesen waren, noch bevor Dschingis Khan überhaupt geboren worden war und Angst und Schrecken unter den Stämmen verbreiten konnte. Und obwohl Finns Eltern und deren Eltern Amerikaner waren, hatten sie nie die Verbindung zu ihren geografischen Wurzeln oder ihrer Herkunft verloren. Und auch nicht zu dem, was sie als Raubkatzen ausmachte.

Sicher, Finns Eltern waren auch menschlich. Aber tief drinnen fühlten sie sich primär als Tiger und erst in zweiter Linie als Menschen. Eine Haltung, die sie an ihre drei ältesten Söhne weitergegeben hatten. Das bedeutete, dass Finn gar nicht anders konnte, als alle um sich herum als eine Art von Beute anzusehen. Nicht zwangsläufig, um sie zu fressen, aber definitiv als etwas, das ihm im Weg stand. Ein Ärgernis. Irritierend. Lästig.

Er betrachtete die Honigdachs-Frau neben sich. Normalerweise hätte er Dachse genauso gesehen, wären da nicht zwei Dinge gewesen. Das Erste war seine kleine Schwester, das Licht seines Lebens und das Licht des Lebens seiner beiden Brüder. Na gut, für ihre Mutter war sie eine Überraschung gewesen. Das Ergebnis einer betrunkenen Nacht, die sie mit einem Honigdachs verbracht hatte, während sie immer noch um ihren Ehemann trauerte. Doch keiner von ihnen konnte diesen Umstand bedauern, da er ihnen Natalie – oder Nat, wie ihre älteren Brüder sie nannten – geschenkt hatte.

Ja, sie war eine Nervensäge. Und sie fand immer einen Weg, irgendeinen Mist anzuzetteln. Und wenn sie keinen Mist anzettelte, verstrickte sie sich auf andere Art in irgendeinen Mist. Doch sie war umwerfend. Klug, witzig, schön und zu gut für diese Welt. Allerdings war sie halb Honigdachs und in keiner Weise ein Beutetier.

Der zweite Grund? Die Art, wie Honigdachs-Gestaltwandler kämpften. Die restliche Gestaltwandler-Welt folgte gewissen Regeln. Wenn man gegen Finns eigene Art kämpfte, beschränkte man sich auf Reißzähne und Krallen. Eine Regel, die unterm Strich für alle gut funktionierte. Wölfe und Hunde mochten nicht die Stärke von Tigern und Jaguaren haben, aber sie hatten für gewöhnlich ein Rudel von Artgenossen im Rücken. Kleinere Katzen wollten vielleicht nicht gegen Löwen und Hyänen kämpfen, aber sie waren schneller als die größeren Gestaltwandler, und mit einem Baum oder einem Gebäude in der Nähe kam keine Löwin an sie heran.

Dann gab es da noch die Bären …

Ehrlich, niemand wollte sich mit Bären anlegen.

Also funktionierte das alles unterm Strich.

Bis auf die Ausreißer. Diejenigen, über die die meisten von ihnen nicht nachdachten. Die Füchse. Die Vielfraße. Die Honigdachse.

Die Füchse waren schlau. Sie hielten sich zu ihrem eigenen Schutz in der Nähe ihrer Feinde, der Bären und Wölfe, auf. Die Vielfraße konnten sich wie kein anderer Gestaltwandler verstecken, weshalb viele in der Gestaltwandler-Welt gar nicht glaubten, dass sie überhaupt existierten. Aber sie existierten. Und waren putzmunter.

Doch die Honigdachse spielten keine Spielchen. Sie versteckten sich nicht. Sie bauten sich vor einem auf und forderten einen heraus, sich mit ihnen anzulegen. Nur zu! Komm doch! Und Regeln waren offenbar etwas für Weicheier. Wenn man sie mit größeren Krallen und Reißzähnen angriff, dann hatten sie Pistolen und Messer und Bomben und die Bereitschaft, all das nicht nur zu benutzen, sondern auch mehrere Häuserblocks um ihre Gegner herum dem Erdboden gleichzumachen, wenn es sein musste.

Nichts hielt einen Honigdachs auf, weil diese Spezies einfach verdammt gemein war. Und trotz des Lächelns auf Max MacKilligans Gesicht erarbeitete sich diese spezielle Dächsin gerade den Ruf, die gemeinste von allen zu sein.

Also ja, vielleicht sollte Keane es etwas ruhiger angehen. Schließlich hoffte er, eines Tages Kinder zu haben. Ohne seine Eier ließ sich das nicht machen.

»Warum bist *du* hier?«, fragte Max Finns Bruder gerade.

Im selben Moment hörte Finn die Dächsin neben sich murmeln: »Oje.«

»Was?«

»Sie beantwortet eine Frage mit einer Gegenfrage.«

»Na und?«

»Das ist nie ein gutes Zeichen.«

Finn sah die Dächsin an und versuchte es einfach: »Warum seid ihr hier?«

Zu seiner großen Überraschung beantwortete sie seine ruhig gestellte Frage. »Wir haben gehört, dass hier Beute durchgeschleust wird. Wir sind hergekommen, um sie zu befreien.«

Finn runzelte die Stirn. »Ihr habt eine Menge Feuerkraft mitgebracht, um ein paar Affen oder Kaninchen zu befreien, die für Lippenstift-Tierversuche benutzt werden.«

Sie ließ ein sehr leises Schnauben hören. »Menschliche Beute. Für Gestaltwandler.«

Finns Muskeln verkrampften sich vor Überraschung und er knirschte mit den Zähnen. Er musste zugeben, dass ihm vieles in dieser Welt nicht gefiel, aber Menschen wie Afrikanische Büffel zu behandeln, das ärgerte ihn. Dabei hatte er definitiv seine Probleme mit Vollmenschen. Die meisten von ihnen waren in seinen Augen etwas, das er verscheuchte wie Fliegen. Aber genauso wenig, wie er wollte, dass seinesgleichen von Großwildjägern abgeschossen wurde, um ausgestopft in Wohnzimmern aufgehängt zu werden, fand er, dass das auch mit Vollmenschen nicht gemacht werden sollte.

»Keane!«, rief Finn.

Sein Bruder drehte sich nicht um und wandte auch nicht den Blick von Max MacKilligan ab – nicht, dass Finn Keane einen Vorwurf daraus gemacht hätte –, aber er legte den Kopf ein wenig schräg, damit er Finn besser hören konnte.

»Sie sind nicht unseretwegen hier. Lass uns abhauen.«

»Bist du dir sicher?«

»Ich bin mir sicher. Lass uns …«

Finn verstummte. Er hörte etwas von hinten näher kommen und als er sich umdrehte, sah er, wie die beiden Honigdachse, die vor einer Weile weggegangen waren, zurückgestürmt kamen. Die Frau, die den Countdown heruntergezählt hatte, murmelte jetzt etwas Neues vor sich hin.

»Lauft! Lauft, lauft, lauft, lauft!«

Finn verwandelte sich zurück in einen Tiger und lief auf den nahe gelegenen Waldrand zu. Als er dort ankam, stehen blieb und zurückschaute, waren ihm seine Brüder dicht auf den Fersen.

Doch die Honigdachse liefen nicht weg.

Sie luden ihre Waffen nach.

Die Katzen hatten sich verwandelt und waren weg, bevor Mads ihnen sagen konnte, sie sollten verschwinden. Sehr gut, um sie brauchte sie sich also keine Sorgen zu machen.

Streep ging in den Untergrund, und zwar buchstäblich. Der Rest von ihnen lud nach und machte sich bereit für …

Plötzlich trat ein Mann hinter einem Baum hervor. Er trug schwarze Kampfausrüstung, einschließlich eines Helms und einer Nachtsichtbrille. All das für sie? Wusste er, dass sie Honigdachse waren? Nein, nie und nimmer.

Was auch immer der Grund für seine schwere Ausrüstung sein mochte, er setzte sie ein, hob seine Waffe und zielte sofort auf Max und Mads. Er war schnell, aber Mads' Team war schneller.

Streep sprang dem Schützen aus der Erde heraus auf den Rücken. Die Beine um seine Taille geschlungen hob sie den Arm und fuhr ihre Krallen aus. Knurrend schlug sie sie dem Mann in die Schultern. Er stieß einen gedämpften Schrei aus; seine Knie zitterten, aber es gelang ihm, aufrecht stehen zu bleiben. Durch Streeps Angriff konnte er zwar seine Arme nicht bewegen, aber sein Finger auf dem Abzug war immer noch frei. Nelle packte die Waffe an der Mündung und zog sie nach oben, Sekundenbruchteile bevor er anfing zu feuern. Sie riss den Kopf zur Seite, um nicht angeschossen zu werden, und entwand ihm die Waffe.

Während Nelle sich wegdrehte, fuhr Tock ihre Krallen aus, und Blut spritzte aus der aufgerissenen Kehle des Schützen.

Im selben Moment, als er mit dem Gesicht voraus in den Dreck fiel, witterte Mads weitere menschliche Männer. Sie sah zehn von ihnen, die mit erhobenen Waffen in ihre Richtung gerannt kamen. Die Lippen zusammengepresst ließ sie sich auf ein Knie fallen. Ihr Team stellte sich neben ihr auf und sie wollten gerade das Feuer eröffnen, als sie für einen Moment innehalten mussten. Ihr Plan hatte vorgesehen, die zehn Männer, die auf sie zurannten, mit Kugeln zu durchsieben. Doch dann gingen mehrere von ihnen zu Boden und schreiend wurden sie in die Dunkelheit gezerrt.

Die militärisch ausgebildeten Angreifer drehten sich sofort mit erhobenen Waffen in die andere Richtung. Max bedeutete ihrem Team, sich aus der Schusslinie zu bewegen. Gerade als sie das taten, sahen sie, wie die Raubkatzen wieder aus dem Wald kamen. Sie hatten sich im Bogen herumgeschlichen, sodass sie nun hinter den angreifenden Männern auftauchten.

Tiger griffen ihre Opfer am liebsten von hinten an. Das bedeutete, dass die Männer, die in die entgegengesetzte Richtung schauten, verletzlich waren. Die Katzen wählten ihre Opfer aus und machten sich über sie her … buchstäblich. Jeder der Brüder packte einen Mann im Genick und rannte in den Wald, wie ein Hund, der sich mit seinem Lieblingsspielzeug davonmachte.

Die verbliebenen Männer schossen wild um sich und schrien nach ihren Kameraden. Es waren nur noch vier von ihnen übrig und Max wollte Informationen.

Mads folgte Max zu den hysterischen Männern, und als sie den erreichte, den sie für den Anführer der Gruppe hielt, nickte sie. Mads riss ihm den Helm herunter und drückte ihm eine Pistole Kaliber .45 an den Hinterkopf.

Die anderen Männer brüllten herum, bereit zu schießen, aber Max drohte ihnen nur spielerisch mit dem Finger. »Ts, ts, ts«, sagte sie.

Die Männer legten ihre Waffen nicht nieder, bis sie den Rest von Mads' Team um sich herum sahen, deren Waffen auf jeden Einzelnen von ihnen gerichtet war. Ohne ein weiteres Wort gaben die Männer auf.

Nachdem sie sie auf die Knie gedrückt hatten, fesselten Tock und Streep die Männer an Handgelenken und Knöcheln mit Kabelbindern, und Max hockte sich vor den Anführer. Sie hielt ihm ein Messer vors Gesicht, aber er sah es nicht einmal. Keiner der Männer sah es. Sie waren zu beschäftigt damit, um sich zu blicken und mit aufgerissenen Augen panisch in die Dunkelheit zu spähen.

Das war pures Entsetzen. Denn sie wussten immer noch nicht, was ihre Kameraden gepackt und weggeschleppt hatte. Sie wussten nur, dass es keine Menschen gewesen waren.

»Hör gut zu«, sagte Max, und als der Mann, mit dem sie redete, sie ignorierte, schnippte sie vor seinem Gesicht mit den Fingern, bis er seine panisch aufgerissenen Augen auf sie richtete. Sie hob eine ihrer Klingen. Sie war Expertin im Umgang mit scharfkantigen Waffen. Also übertrieb sie nicht, als sie ihm sagte: »Ich kann Stücke von dir abschneiden und darauf herumkauen wie auf einer alten Zigarre, bevor du überhaupt mitkriegst, dass sie fehlen. Du könntest mir aber auch einfach sagen, was ich wissen wi-«

Blut spritzte Max ins Gesicht, als weiße Reißzähne sich im Kopf des Mannes versenkten, dem sie gedroht hatte, und ihn ihm von den Schultern rissen.

Die verbliebenen Männer schrien und versuchten verzweifelt wegzukommen, und in ihrer Panik stießen sie gegeneinander.

Doch Max wischte sich lediglich das Blut und die Hautfetzen aus den Augen und seufzte tief, als die Schädeldecke des Mannes ausgespuckt wurde und an ihr vorbeikullerte.

»Das erscheint mir ziemlich aggressiv«, murmelte sie.

Aber immerhin waren die letzten der Männer jetzt bereit zu reden. Tatsächlich waren sie bereit, alles zu offenbaren, was ihr Team wissen wollte.

»Die Malones!«, brüllte einer von ihnen. »Wir sind wegen der Malones hier!«

Max schaute in die Dunkelheit, und Mads wusste, dass sie direkt in die goldenen Augen der Malone-Brüder starrte. Nach einem kurzen Moment nickte sie und konzentrierte sich wieder auf die Vollmenschen.

»Warum?«, drang Max in sie, packte einen der hysterischen Männer und zerrte ihn am Bein hinter sich her. *»Warum?«*, brüllte sie, als er zu schreien begann.

»Man hat uns nur aufgetragen, sie umzulegen! Ich weiß nicht, warum!«

»Für wie viel?«

»Drei Millionen.«

»Für den ganzen Auftrag?« Er nickte, und Max ließ sein Bein los, sodass er sich wegschleppen konnte. Er würde ohnehin nicht weit kommen.

Sie stand auf und drehte sich zu ihrem Team um.

»Warum hat man dann uns hergelockt?«, fragte Tock.

Max zuckte die Achseln. »Irgendjemand hat Bockmist gebaut?«

»Seltsamer Bockmist«, bemerkte Mads. Sie mochte seltsamen Bockmist nicht. Aber sie war ja auch von Natur aus paranoid. Paranoia steckte ihr in den Knochen. Sie würde nicht sagen, dass sie paranoid zur Welt gekommen war, aber ihre familiäre Situation hatte sie paranoid gemacht. Es war die einzige Möglichkeit für sie gewesen, die ersten Jahre zu überleben.

»Stimmt, aber hier finden wir sowieso nichts mehr heraus. Lasst uns zurückgehen und uns sammeln.«

Alle nickten zustimmend, aber bevor sie sich auf die andere Seite der Insel begeben konnten, hörte Mads, wie sich jemand vom nicht weit entfernten Strand näherte. Sie hielt ihr Team mit einer erhobenen Hand auf. Jede von ihnen hatte ungewöhnlich gute Ohren. Das war der Vorteil, ein Honigdachs zu sein, der die Beute unter der Erde aufspüren musste. Aber Mads' Gehör wurde durch ihr Hyänengehör noch geschärft, und sie konnte sogar das leiseste Geräusch ausmachen, so sie sich darauf konzentrierte. Wenn ein Vogel den Kopf drehte. Ein Kaninchen in einem hohlen Baum schlief. Oder Schlauchboote an einer Küste entlangglitten, aus denen Männer stumm heraussprangen.

»Was?«, fragte Max.

Die Männer hier, die bereits ausgelöscht worden waren, und die, die noch immer versuchten, sich wegzuschleppen, waren nicht mehr als eine Ablenkung. Damit die Malones und vielleicht auch Mads und ihr Team beschäftigt waren, bis die richtigen Truppen auftauchten.

»Wir müssen hier weg«, entschied Mads. »Sofort.«

»Was willst du mit ihnen machen?«, fragte Tock und deutete mit ihrer Waffe auf die drei verbliebenen Männer. Die versuchten immer noch wegzukriechen, aber sie waren so beschäftigt damit, sich umzuschauen und herauszufinden, was ihre Kameraden getötet hatte, dass sie nicht sehr weit kamen.

»Lauft ihr schon mal los«, befahl Max. Sie hatte noch immer ihr Messer in der Hand. Dann zog sie ein weiteres hervor, weil sie mit zweien schneller arbeiten konnte. Sie drückte die Schultern durch und wandte sich den drei Männern zu, aber sie hatte erst einen Schritt in ihre Richtung gemacht, als eine Pranke aus der Dunkelheit erschien und den Kopf von einem der Männer zerquetschte.

Eine weitere Pranke schnellte vor und riss dem zweiten Mann das Gesicht herunter. Und der dritte wurde schreiend in die Dunkelheit gezerrt. Seine Schreie verstummten binnen Sekunden.

Einige Augenblicke später trabten die Katzen auf sie zu.

»Das war *mein* Spielzeug«, beschwerte sich Max, als die Brüder an ihr vorbeigingen.

»Lasst uns abhauen«, drängte Mads und lief los in Richtung Hubschrauber, der auf sie wartete, um sie in die Stadt zurückzubringen.

Sie rannten durch die Bäume, aber auf der anderen Seite der kleinen Insel angekommen, fanden sie keinen Hubschrauber vor.

Max ging zu der Stelle, an der der Hubschrauber sie erst zwanzig Minuten zuvor abgesetzt hatte. Sekundenlang stand sie dort, dann wandte sie sich mit irritiertem Gesicht dem Rest ihres Teams und den Katzen zu. »Das verstehe ich nicht. Haben diese Miststücke uns etwa im Stich gelassen?«

»*Siehst* du sie hier irgendwo?«, fragte Nelle.

»Aber sie sind unser Transportteam. Wie konnten sie uns einfach zurücklassen? Niemand haut einfach ab.«

»Max …«

»Ich meine, ich bin noch nie verlassen worden. Wirklich noch nie.«

»Hat deine Mutter dich nicht verlassen?«, fragte Tock.

»Das war etwas anderes. Man hat sie gegen ihren Willen ins Gefängnis geworfen.«

»Und dein Vater?«

»Er war eigentlich nie da. Ich habe gelernt, mich nicht auf ihn zu verlassen. Aber es ist der Job des Transportteams, hier zu sein. Um uns rauszuholen. Wer verschwindet einfach so?«

Mads musterte die Anführerin ihres Teams und bemerkte schließlich zu den anderen: »Möglicherweise haben wir sie verloren.«

»Die Sache scheint sie echt zu verstören«, pflichtete Nelle ihr bei.

»Seht mal!« Max zeigte auf die Katzen, die gerade an ihr vorbeisprangen und aufs Wasser zuliefen. »Jetzt lassen *die* uns auch noch im Stich.«

»Das sind Tiger. Sie können von hier aus nach Jersey zurückschwimmen«, erklärte Mads. »Knapp fünf Meilen schaffen sie ohne Probleme. Davon können wir nur träumen. Also sollten wir uns besser schnell etwas einfallen lassen.«

»Wir könnten einen Tunnel graben«, schlug Streep vor.

»Einen Tunnel wohin?«, fragte Mads. »Wir haben keine Ahnung, was zwischen uns und der Stadt liegt. Oder auch nur zwischen uns und Jersey.« Sie schauderte bei dem Gedanken daran, in dieser Höllenlandschaft zu enden. »Jersey.«

»Na schön.« Tock nahm ihre Waffe von der Schulter. »Dann töten wir eben alle.«

»Ich wittere eine Menge verschwitzter Männer«, warf Nelle ein, während sie ebenfalls ihre Waffe zog. »Genug, um jeder Einzelnen von uns aus Versehen in den Kopf zu schießen.«

»Und vergiss nicht, dass wir demnächst ein Spiel haben.«

Das gesamte Team hörte auf mit dem, was sie gerade taten, und sah Mads an. Selbst Max kehrte endlich in die Gegenwart zurück, um sie anzustarren.

»Was?«, fragte Mads. »Wir befinden uns in den Play-offs und sind *so* nah dran, die Meisterschaften zu erreichen. Das wird aber nichts, wenn wir tot sind.«

»Okay, okay, okay.« Max schüttelte den Kopf und konzentrierte sich auf Tock. »Was hast du dabei?«

Tock zuckte die Achseln. »Genug, um die ganze Insel auszuradieren.«

»Und uns jede Regierungsorganisation auf den Hals zu hetzen, die nach Terroristen sucht«, warf Nelle ein.

»Vor allem wenn du anfängst, Inseln in der Nähe von New York und Jersey in die Luft zu sprengen.«

»Du versuchst nicht einmal zu helfen«, tadelte Max Mads.

Damit lag sie nicht ganz falsch. Mads war dafür bekannt, bei Max' Devise »Lasst uns alle sofort töten und uns später um die Konsequenzen sorgen« zur Pessimistin zu mutieren. Doch in Wahrheit bevorzugte Mads meist Nelles Prinzip: »Rein, raus, niemand merkt, dass wir da waren, bis ihnen klar wird, dass ihr ganzer Scheiß verschwunden ist.« Denn Nelles Strategie bedeutete, dass Mads nicht zu einem Spiel auf den Basketballplatz humpeln musste. Oder sich Kugeln aus dem Rücken und dem Hals entfernen lassen.

Bei Max' Plänen wusste Mads nie, wie sie aussah, wenn erst die Nacht vorüber war. Lediglich voller Blutergüsse? Oder durchsiebt von Gewehrkugeln, die einen Hinterzimmer-Gestaltwandler-Arzt erforderten, der ihr die Projektile aus dem Kreuz pulte?

»Sie kommen«, sagte Streep, ließ sich auf ein Knie nieder und hob ihre Waffe. »Also, was immer ihr vorhabt …«

Mit einem Achselzucken nahmen alle ihre Positionen hinter einem Baum oder einem verlassenen Boot ein. Nelle, ihre beste Heckenschützin, kletterte auf einen Baum und versteckte sich zwischen den Blättern, damit sie zuallererst die besten Schützen erledigen konnte.

»Macht euch bereit!«, rief Tock. »Sie werden in fünf Sekunden hier sein, vier, drei …«

Das Dröhnen eines Außenbordmotors veranlasste sie, sich umzudrehen, ihre Waffen nach wie vor erhoben. Das Schnellboot fuhr einen weiten Bogen und wurde knapp vor dem Strand abgestoppt.

»Einsteigen!«, befahl eine der Raubkatzen, die sich jetzt in ihrer menschlichen Gestalt befand und in schwarzen Jogginghosen steckte.

»Huch«, bemerkte Max leise neben Mads. »Sie sind gar nicht abgehauen.«

»Warum starrt ihr mich so an?«, knurrte die Katze. *»Bewegt eure Ärsche!«*

»Los!«, drängte Mads ihre Mannschaftskameradinnen, den Blick immer noch auf die Männer gerichtet, die sie durch die Bäume auf sie zukommen sah.

Nelle kletterte von ihrem Baum herunter und lief in Richtung Schnellboot. Tock und Streep machten bereits Anstalten, ihr zu folgen, als die ersten Schüsse fielen.

Mads hörte einen gedämpften Aufschrei und wusste, dass eine ihrer Teamkameradinnen getroffen worden war. Und sie wusste, dass es sich um Streep handelte, als diesem Schrei ein »Lieber Gott! Ich sterbe! Ich sterbe!« folgte.

»Hoch mit deinem Arsch, Drama-Queen!«, blaffte Max.

Mads erwiderte das Feuer und mähte einige Männer nieder, die nicht schnell genug in Deckung gingen.

»Mads, lass uns verschwinden!«

Sie war klug genug, sich nicht umzuwenden, sondern beim Schießen rückwärtszulaufen, in der Hoffnung, die Männer in Schach zu halten, wenigstens bis sie den Strand erreichte. Sie würde unter dem Boot hindurchtauchen und auf der anderen Seite wieder hochkommen oder irgendwo im Wasser zu den anderen stoßen. Doch es war nicht leicht rückwärtszulaufen und sie geriet im Sand ins Stolpern. Sie fing sich gerade noch, bevor sie hinfiel, umfasste ihre Waffe fester und machte Anstalten, weitere Kugeln zu verschießen, als das hohe Kreischen der Männer sie innehalten ließ. Zwei der Tiger hatten von entgegengesetzten Seiten angegriffen und zerfetzten die Männer. Sie rissen ihnen Arme und Beine ab und warfen Körper in Teilen und im Ganzen durch die Luft.

Mads fand das alles derart faszinierend, dass sie erstarrte und einfach zuschaute, bis Max sie von hinten packte und am Kragen zum Boot zerrte. Sie liefen so schnell, dass sie, als sie ins Boot sprangen, auf dem Rücken landeten und außerstande waren wegzukriechen, bevor die beiden Katzen ihnen nur Sekunden später folgten. Der große schwarze Schwanz des Tigers schlug sowohl Max als auch Mads ins Gesicht.

Als das Boot übers Wasser davonschoss, nieste Mads dreimal geräuschvoll und eine der Katzen funkelte sie mit seinen großen goldenen Augen an.

»Was erwartest du?«, zischte sie und versuchte erneut vergeblich, seinen Schwanz wegzustoßen. »Es liegt an euren Katzen-Hautschuppen!«

Während das restliche Team die Insel absuchte, betrachtete er die toten Vollmenschen zu seinen Füßen.

»Wo sind sie?«, fragte der Teamleiter, den man angeheuert hatte, um sich um die Angelegenheit zu kümmern.

»Nicht hier. Und das ist ein Problem.«

»Die Sache hätte klappen müssen.«

»Hat sie aber nicht.«

Der Teamleiter sah sich um. »Lassen Sie mich alle zusammenrufen, Sir, und wir überprüfen noch einmal unsere …«

Er packte den Mann, der ihn enttäuscht hatte, an der Kehle und zerrte ihn dicht zu sich heran, damit der auch jedes Wort verstand. »Halt den Mund.«

Als er das Gefühl hatte, die Botschaft sei angekommen, stieß er den Idioten weg, zog sein Telefon aus seiner Gesäßtasche und wählte eine Nummer über Kurzwahl.

»Pronto?«

»Sie atmen immer noch«, informierte er seinen ältesten Bruder und hielt schnell das Handy vom Ohr weg, als das wütende Gebrüll anfing.

2

Nat schlüpfte durch das offene Fenster, aber sie war nicht so anmutig, wie sie gehofft hatte, und landete kopfüber in einem Haufen schmutziger Kleidung ihres Bruders Dale, was mehr als ekelhaft war, aber zumindest jeden potenziellen Lärm dämpfte.

Es war extrem spät, doch ihre Familie bestand aus Tigern. Sie waren nachtaktiv. Ihre Brüder befanden sich wahrscheinlich nicht im Haus, nur ihre Mutter hielt sich im Moment zweifellos in der Küche auf und sah sich alte Folgen von *Star Trek: Deep Space Nine* und *Twilight Zone* an.

Sie gab sich alle Mühe, bei der Befreiung von der ekligen Schmutzwäsche ihres Bruders so leise wie möglich zu sein, aber als sie aufstand, sah sie sich Der Mauer gegenüber.

So nannte sie sie, wenn sie in solchen Situationen erwischt wurde. Die Mauer. »Die« großgeschrieben, denn die Schreibweise war in diesem speziellen Moment total wichtig.

Wie sollte sie sie sonst nennen, wenn sie so dastanden? Die drei hatten sich nebeneinander aufgebaut, ihre langen, baumstammdicken Beine auseinandergestellt. Ihre massigen Arme über ihren gewaltigen Brustkörben verschränkt. Ihre großen Köpfe waren in Nats Richtung gedreht, sodass es den Eindruck erweckte, als seien ihre goldenen Augen Teil einer Zielvorrichtung, die sie aufs Korn nahm und nur darauf wartete, direkt auf sie zu schießen.

Sie wusste, dass sie schnell handeln musste, daher produzierte sie aus dem Stand Tränen und begann in Gebärdensprache zu kommunizieren. *American Sign Language* war ihr Mittel der Wahl, wenn sie ein Höchstmaß an Mitleid von ihren großen, fürsorglichen und liebevollen Brü…

»Versuch's gar nicht erst«, kam es wie aus der Pistole geschossen von Keane. Er nahm nicht einmal die verschränkten Arme auseinander, um in Zeichensprache antworten zu können. Jemandem außerhalb der Familie wäre das vielleicht wie eine Form der Bestrafung erschienen, aber das war nicht der Fall. Sie konnte von den Lippen ihrer Brüder ablesen, weil sie mit ihnen aufgewachsen war.

Und als sie das Gehör verloren hatte, war es Keane gewesen, der vor allen anderen Gebärdensprachen gelernt hatte. Er hatte es nie jemandem durchgehen lassen, Nats Gehörlosigkeit als Problem zu betrachten. Als Behinderung. Weder für sie noch für ihn war es das. So war sie einfach. So wie man als Honigdachs geboren wurde oder mit einer Größe von eins achtzig statt eins siebzig. Nat erschien es als ein Segen, nicht von den Geräuschen der Welt überwältigt zu werden. Es erlaubte ihr, sich zu konzentrieren, und ihre anderen Sinne schützten sie.

Und was ihre Sinne nicht zuwege brachten, erledigten ihre riesigen, Furcht einflößenden Brüder. Sie beschützten sie seit dem Tag, an dem ihre Mutter sie aus dem Krankenhaus nach Hause gebracht hatte. Nachdem sie Nat von der Krankenschwester weggezogen hatte, die ihr die Windel wechseln wollte. Zumindest war das die Geschichte, die an jedem Weihnachten erzählt wurde. Anscheinend hatte Nat sich mit ihren Babyreißzähnen an der Hand der Gepardin festgebissen und nicht loslassen wollen, und die ganze Zeit über hatte sie geknurrt und der Krankenschwester kalt in die Augen gestarrt.

Von diesem Moment an hatte ihre Mutter das Gefühl gehabt, dass ihre Tochter ganz gut für ihren eigenen Schutz sorgen konnte. Doch Nats ältere Brüder sahen das anders.

Und wie hätte sie jemals sauer auf sie sein können? Sie kümmerten sich nicht nur um sie, wenn ihre Mutter bei der Arbeit war, sie hatten sogar nach der Schule Kurse besucht, um Gebärdensprache zu lernen. Am Ende beherrschten sie die Zeichensprache so gut, dass viele Leute dachten, sie seien ebenfalls taub.

»Wo warst du?«, fragte Keane.

»Ähm …«

Während Nat noch verzweifelt nach einer glaubwürdigen Lüge suchte, kam ihre Rettung in den Raum gestürmt.

»Warum bist du immer so nett zu ihr?«, fragte Dale laut und zugleich in Gebärdensprache.

Nat brauchte die Stimme ihres Bruders nicht zu hören, um zu wissen, dass er das in einem so jämmerlichen Ton wie nur möglich sagte. Warum er das tat? Weil sein Gejammer die Nervenenden ihrer großen Brüder auf eine Zerreißprobe stellten. Das sah man an der Art, wie sie die Augen verdrehten. Grimassen zogen. Die Reißzähne bleckten. Tatsächlich konnte Dale sogar mit den Händen jammern, derart meisterhaft beherrschte er diese Kunst.

Dale war nur siebzehn Monate älter als Nat, und in mancher Hinsicht hätten sie auch Zwillinge sein können. Sie gaben sich gegenseitig Rückendeckung, wann immer es nötig war, und in diesem Moment brauchte sie ihn.

»Wir sind nicht …«

»Seid ihr wohl!«, beharrte Dale. »Ihr verhätschelt sie, und mir sitzt ihr ständig im Nacken! Das ist unfair! Es ist nicht fair, dass ihr mir immer das Leben schwer macht! Warum tut ihr das? Was habe ich getan, dass ihr mir so zusetzt? *Mom!*«, rief er. »Keane macht mir schon wieder das Leben schwer! Das ist nicht fair!«

Als für einen Moment keiner ihrer Brüder irgendetwas sagte, vermutete Nat, dass ihre Mutter zurückbrüllte: »Ihr Jungs hört auf, eurem kleinen Bruder das Leben schwer zu machen!«

Nat verdrehte automatisch die Augen, weil ihre Mutter Dale gegenüber einen so ausgeprägten Beschützerinstinkt hatte und ihr dagegen ständig im Nacken saß, weil sie vermutete, dass Nat irgendetwas ausheckte. Wie Dale gesagt hatte, es war nicht fair!

Keane streckte einen Finger in ihre Richtung. »Wir reden später darüber«, sagte er ruhig, denn es war die Wahrheit. Ihre drei ältesten Brüder verhätschelten sie total und sie liebte es.

»Seht ihr, was ich meine?«, fuhr Dale fort und seine Handbewegungen wurden ausladender. »›Wir reden später darüber‹«, wiederholte er mit den Händen, aber der Ausdruck auf seinem Gesicht hatte zur Folge, dass Nat sich auf die Lippen beißen musste, um nicht loszulachen. »Immer schön lieb *ihr* gegenüber! *Und immer gemein zu mir! Warum seid ihr immer so gemein zu mir?*«

Keane hob seine riesige Faust, doch Dale schrie: *»Mooooom!«*, und sofort ließ Keane die Faust wieder sinken.

»Deine Schwäche widert mich an«, blaffte Keane, bevor er sich an Dale vorbeidrängelte. Shay rammte Dale im Weggehen den Ellbogen in die Rippen, was seinen viel kleineren Bruder mehrere Schritte rückwärtsstolpern ließ. Finn fing ihn auf, bevor er auf dem Hintern landen konnte, aber beim Hochziehen schleuderte er ihn absichtlich gegen die Wand.

Dale rieb sich die Stirn und jammerte: »Auuu.«

Tut mir leid, formte Nat mit den Lippen.

Nachdem Dale zuerst in den Flur geschaut hatte, um sich davon zu überzeugen, dass sie allein waren, schloss er die Tür und wandte sich Nat zu.

»Wo warst du?«, fragte er sie in Zeichensprache.

»Weg.«

Er warf die Hände in die Luft, wie immer, wenn er frustriert war.

Nat hob ihre eigenen Hände und ging wieder zum Fenster, durch das sie hereingekommen war. Sie schlich sich heimlich ins Haus hinein und hinaus, seit ihre Brüder es gekauft hatten. Davor hatte sie sich von ihrem vierten Lebensjahr an in ihr altes Haus hinein- und hinausgeschlichen. Sie hatte vor langer Zeit gelernt, nichts mit nach Hause zu bringen, bis sie sich sicher war, dass sie nicht von ihren Brüdern erwartet wurde.

Sie beugte sich aus dem Fenster und griff sich die Tasche, die sie draußen an den Haken gehängt hatte. Dem Haken, den sie heimlich außen an der Hauswand angebracht hatte.

Sie warf die Tasche auf das Bett ihres Bruders und öffnete sie. Mit einer schwungvollen Handbewegung deutete sie darauf.

Dale schaute hinein und riss den Mund auf. Sofort machte er die Tasche wieder zu, zerrte sie vom Bett und warf sie in seinen Kleiderschrank. Dann schloss er die Tür und stellte sich davor, als halte er ein wildes Tier im Schrank gefangen, was irgendwie witzig war, denn im Grunde …

»Was?«, fragte sie.

»Woher hast du dieses Geld?«, fragte er laut zurück. Er war derart aus dem Gleichgewicht, dass er sich nicht einmal die Mühe machte, Zeichensprache zu benutzen.

»Was spielt das für eine Rolle?«, gab sie ebenfalls laut zurück.

Er hob einen Finger an die Lippen, um sie zu ermahnen, die Stimme zu senken, aber … ernsthaft?

»Stiehlst du etwa wieder?«, fragte er, diesmal in Zeichensprache.

Und sie antwortete auf die gleiche Weise: »Wann hätte ich je damit aufgehört?«

Das war der Moment, in dem er erneut die Hände in die Luft warf.

Imani Ako schaute auf die Papiere auf ihrem Schreibtisch, alles andere als begeistert bei dem Gedanken, die Formulare ausfüllen zu müssen, als Kip und Milly in ihr Büro kamen.

Milly hatte die Arme um Kips Schultern gelegt, und er hielt sie fest, als könne sie jenen Moment ohnmächtig werden. An beiden klebte Blut und Milly schien eine Verletzung am Bein zu haben.

Imani lehnte sich auf ihrem Ledersessel zurück und wartete darauf, dass die beiden als Erste sprachen.

»Wir haben schlechte Neuigkeiten«, begann Kip.

Milly war eine von den Hubschrauberpilotinnen, aber Kip war derjenige, der für sie beide das Reden übernahm.

Imani nickte und wartete ab.

Kip hielt kurz den Atem an, bevor er verkündete: »Wir haben MacKilligans Team verloren.«

Imani beugte sich vor, stützte die Arme auf ihren Schreibtisch und fragte: »Alle?«

»Ja. Alle.«

»Kip, bist du dir sicher? Du musst dir sicher sein, bevor ich mit Charlie spreche.«

»Ich bin mir sicher.«

Imani schnappte nach Luft. »Mein Gott, das ist wirklich schockierend. Vor allem da sie direkt hinter euch stehen.«

Kip drehte sich so schnell um, dass er dabei beinahe Milly gegen die Wand geschmettert hätte, aber es gelang ihr, sie zu halten. Was bedauerlich war, weil es zur Folge hatte, dass Max ihr als Erste mit einem starken rechten Haken eine verpasste, bevor sie Kip mit einem genauso starken linken Haken traf.

War Max etwa Beidhänderin?

Max fuhr fort, auf Kip einzudreschen, bis sein Blut auf den Boden tropfte. Nachdem sie ihn umgehauen hatte, packte sie Milly, riss sie von den Füßen und warf sie auf Imanis Schreibtisch.

»O nein«, beklagte Imani sich. »Du hast meine ganzen Papiere durcheinandergebracht. Jetzt kriege ich sie niemals rechtzeitig ausgefüllt. Wirklich schade.«

Max kletterte auf die auf dem Schreibtisch liegende Milly, setzte sich rittlings auf sie und fixierte mit den Knien ihre Schultern, damit sie ihr wiederholt mit der Faust ins Gesicht schlagen konnte, ohne ihrerseits Prügel zu beziehen. Und während der ganzen Zeit stand ihr Team im Türrahmen und schaute zu. Sie waren offensichtlich durch die Hölle gegangen. Alle waren voller Blut und Blutergüsse und Schnittwunden. Sie rochen nach vollmenschlichen Männern und seltsamerweise nach streunenden Katzen. Milly war ein Hund und Kip ein Gepard. Daher schien es seltsam, dass das Team auch nach Tiger roch.

Aber ehrlich, die beiden konnten sich glücklich schätzen. Sie konnten sich glücklich schätzen, weil Charlie MacKilligan nicht hier war. Wenn sie wirklich ohne Charlies Schwester und mit diesem lahmen Spruch von wegen »Wir haben das Team verloren«

zurückgekommen wären, wäre eine ordentliche Tracht Prügel ihre letzte Sorge gewesen.

Charlie verschwendete keine Zeit mit Verprügeln. Oder wie Max es gern formulierte: »Meine Schwester spielt nicht mit ihrem Essen.«

Da sowohl Milly als auch Kip bewusstlos und voller Blut waren, kletterte die Honigdächsin von Imanis Schreibtisch und schüttelte lediglich ein wenig den Kopf. Abgesehen von ihren zerschrammten und blutbedeckten Knöcheln war Max nicht einmal außer Atem von diesem Work-out.

»Ich will sie nie wiedersehen«, eröffnete sie Imani.

»Wirst du auch nicht. Ich behalte keine Leute, die ihre Teamkameraden im Stich lassen.«

Max ging zu den anderen, aber die sahen sie an, als erwarteten sie etwas, und sie erwiderte ihre Blicke ... offensichtlich verwirrt.

»Was?«, fragte sie schließlich.

Ihr ganzes Team deutete auf Imani.

»Ihr wollt sie *jetzt* nach einer Gehaltserhöhung fragen?«

»Nein!«, blaffte Mads. »Nach der Falle, Dummerchen.«

»Was für eine Falle?«, schaltete Imani sich ein.

»Ach so.« Max wandte sich ihr wieder zu. »Als wir auf die Insel kamen, waren da gar keine Menschenhandel-Opfer. Stattdessen wurden wir von irgendwelchen Typen erwartet.« Sie runzelte die Stirn. »Sie hatten es auf die Tiger abgesehen, nicht auf uns. Aber irgendetwas an der ganzen Aktion kam mir komisch vor. Es gefällt mir nicht.«

»Ich werde der Sache auf jeden Fall nachgehen. Und ihr solltet nach Hause verschwinden und zusehen, dass ihr etwas Schlaf bekommt.«

»Können wir nicht. Wir müssen noch Blätterteigteilchen besorgen.«

Tock runzelte die Stirn. »Müssen wir?«

»Ja.« Max lächelte. »Ausnahmsweise werden wir etwas Nettes für jemanden tun. Um uns zu bedanken, dass sie uns nicht im

Stich gelassen haben, im Gegensatz zu *diesen Miststücken auf dem Boden!*«

Mads runzelte die Stirn. »Ich bin mir nicht sicher, ob das Gebrüll notwendig ist.«

»Charlie zufolge«, fuhr Max fort, »gehört sich das so. Man bedankt sich.«

»Mit Blätterteigteilchen?«

»Die mag jeder.«

»Ja schon«, verspürte Imani die Notwendigkeit festzustellen, »aber wenn du dich bei den streunenden Katzen bedanken willst, vor allem so früh am Morgen und nach einer langen Nacht, würde ich ihnen an eurer Stelle wahrscheinlich eine kurze E-Mail schicken oder vielleicht sogar eine Textnachricht.«

Max zuckte die Achseln. »Aber Blätterteigteilchen mag jeder.«

Erst als sich die Hand, die ihm beharrlich auf den nackten Rücken klopfte, sich in eine Tatze verwandelte und ihm einen Schlag versetzte, wusste Finn Malone mit Bestimmtheit, dass es seine Mutter war, die versuchte, ihn aufzuwecken. Endlich drehte er sich widerstrebend um und funkelte sie an.

»Was, Ma?«

»Wir haben Schädlinge in unserem Haus«, informierte sie ihn.

»›Unserem‹ Haus?«, fragte er.

Finn wusste, dass es ein Fehler gewesen war, dass er seiner Familie vor vielen Jahren vorgeschlagen hatte, bei ihm einzuziehen. Damals hatte er seinen ersten Lohn erhalten, nachdem man ihn für die Mannschaft verpflichtet hatte. Sicher, im Sportsender ESPN bekamen die NHL-Verpflichtungen die ganze Aufmerksamkeit, aber in seinem Kopf war die Football-Liga der Gestaltwandler eine viel größere Sache. Er war gegen Männer angetreten, die in Alaska zur Welt gekommen waren und den ganzen Tag nichts anderes zu tun gehabt hatten, als riesig zu werden und mit ihren gewaltigen Leibern irgendwo gegenzudonnern. Als er einmal die Außenwand einer Weinbar gerammt hatte, musste seine Mutter, bevor er wusste, wie ihm geschah, auf dem Polizeirevier erscheinen und den Polizisten ausreden, ihn wegen Beschädigung fremden Eigentums anzuzeigen. Sie beharrten darauf, dass er den Schaden mit einem Auto oder etwas Ähnlichem angerichtet haben musste, aber nein. Shay hatte lediglich um zehn Mäuse mit ihm gewettet, dass er nicht direkt gegen die Wand des Gebäudes laufen würde, und ... na ja ... er hatte es gemacht. Außerdem hatte er eine ziemliche Delle in der Ziegelsteinwand hinterlassen.

Die vollmenschlichen Kids konnten das nicht. Jedenfalls nicht nüchtern. Und nicht, ohne sich den ein oder anderen Knochen zu brechen.

Der vierzehnjährige Finn hatte sich lediglich ein paar Minuten selbst bewusstlos geschlagen.

Es war jedoch gut gewesen, das neue Haus zu kaufen. Seine Familie brauchte einen Neuanfang und im alten Haus gab es zu viele Erinnerungen. Aber alle dachten, sie hätten irgendeinen finanziellen Anteil an seinem Haus, und das nervte. Sicher, Keane und Shay zahlten einen Teil des Kredits mit ab und hatten etwas zur Anzahlung beigesteuert, und nach Meinung seines miesepetrigen Wolfsanwaltes gehörte seinen Brüdern wegen des Eintrags ihrer Namen im Grundbuch das Haus zusammen mit ihm, aber er war sich nicht sicher, ob er damit einverstanden war.

»So will es das Gesetz«, hatte sein Anwalt beteuert.

»Können Sie das beweisen?«, hatte Finn gefragt.

Sein Anwalt hatte das getan, was Hunde taten, wenn man ihnen eine Frage stellte, die sie verwirrte: den Kopf schräg gestellt und ihn fragend angesehen. Die Verwirrung des Wolfes wegen einer so simplen Nachfrage weckte in Finn Zweifel daran, ob der Mann wirklich seinen Abschluss an der juristischen Fakultät von Columbia gemacht hatte, wie er behauptete.

Und auch seine Mutter glaubte, ihr gehöre ein Teil des Hauses, denn ihr zufolge sah die Angelegenheit so aus: »Ich habe deinen Arsch auf die Welt gebracht, darum.«

Aber war das ein Argument, um ihr zu erlauben zu bleiben, wenn sie nicht davon abzubringen war, ihn jedes Mal aufzuwecken, wenn es in *seinem* Haus auch nur das *kleinste* Problem gab?

»Wenn es Ratten sind, Ma«, brummelte er in sein Kissen, »dann lass die Hunde, die du unbedingt kaufen musstest, sich um sie kümmern. Ist das nicht ihr Job?«

»Sie haben sich im Garten versteckt.«

Endlich öffnete Finn die Augen, drehte sich wieder auf den Rücken und sah seine Mutter an. »Bei unseren gesegneten Vorfahren … die Tanten sind hier, nicht wahr?«

»Ja. Meine Schwestern besuchen uns für einige Tage.«

»Was bedeuten ›einige Tage‹ übersetzt in Monate diesmal?«

Die Augen seiner Mutter verengten sich ein wenig, und er konnte die Räder, die sich in ihrem Kopf drehten, beinah sehen, während sie darüber nachdachte, wie sie ihrem Sohn begegnen sollte. Schließlich entschied sie sich für Schuldgefühle.

»Der Schmerz und das Leid, das ich durchgemacht habe, um euch Kinder auf die Welt zu bringen … und so behandelst du mich. Wie Dreck. Abfall! Womit nur habe ich derart schreckliche Kinder verdient?«

»Damit, dass du ihnen, immer wenn du etwa von ihnen willst, ein schlechtes Gewissen machst?«

Sie begann, ihn zu schlagen, und zwang Finn, den Kopf mit den Armen zu schützen, während er lachte.

»Na schön! Na schön! Ich werde mich darum kümmern!«

»Danke!« Sie bewegte sich in Richtung Schlafzimmertür. »Meine Schwestern denken auch so schon, ich sei schwach, weil ich euch Jungs immer noch in meinem Haus wohnen lasse.«

»Es ist nicht dein Haus!«

Aber seine Mutter war bereits verschwunden.

Knurrend warf Finn die Decke zur Seite und stieg aus dem Bett. Er trug lose sitzende, knielange Shorts, griff sich aber noch ein T-Shirt, um jedwede Blutergüsse oder Abschürfungen zu verdecken, die von der vergangenen Nacht geblieben waren. Er war nicht in der Stimmung, sich von seiner Mutter und ihren Schwestern ausfragen zu lassen. Seine Mutter machte sich schon genug Sorgen um ihre drei ältesten Kinder.

Barfuß ging er aus seinem Zimmer, trampelte vorbei an den

Zimmern seiner Brüder, ohne sich darum zu scheren, ob er sie weckte.

»Du solltest besser gerade lernen«, knurrte er durch die geschlossene Zimmertür seinen kleinen Bruder an.

»Hör auf, mich zu schikanieren!«, brüllte der Junge zurück.

»Du weißt noch gar nicht, was Schikane ist«, warnte er ihn.

Für ihren kleinen Bruder hatten sie Zukunftspläne, die sich nicht um Waffen drehten oder darum, Drecksäcke aufzuspüren oder sich in Schießereien verwickeln zu lassen. Er sollte ein verantwortungsbewusster Malone werden. Davon gab es nicht sehr viele. Ein paar Priester, vielleicht ein oder zwei Nonnen und mindestens eine Bibliothekarin, die noch in Irland lebte, aber das war es auch schon. Alle anderen in ihrer Familie waren ... na ja ... Malones.

Dale Malone würde es besser machen, selbst wenn das bedeutete, dass Finn, Keane und Shay ihn an die Hand nehmen mussten, bis er seinen Doktortitel und einen respektablen Job in der Tasche hatte.

Finn ging weiter die Treppe hinunter ins Erdgeschoss, und da er annahm, dass die Schädlinge sich in der Küche befanden, lief er durch den Flur zu dem großen Raum, der notwendig war, um eine so vielköpfige Familie ihrer Körpergröße zu versorgen. Sie waren schließlich Sibirische Tiger. Ein Eimer mit Hühnchen vom KFC um die Ecke würde sie nicht satt kriegen. Er würde nur Dale satt kriegen, und dieser arme Junge war mager und schwach. Er maß kaum über einen Meter fünfundachtzig, bei nicht einmal zweihundert Pfund. In manchen andern Katzenfamilien hätte man ihn ausgesetzt und sterben lassen, weil er so kümmerlich war.

Doch alle anderen – Finn, Keane und Shay – spielten als Ballspiel-Profis in Gestaltwandler-Mannschaften. Sie aßen ständig. In ihrer Küche gab es drei Kühl- und zwei Tiefkühlschränke, und in ihrer Garage befanden sich drei Tiefkühltruhen, um ihre wöchentlichen und monatlichen Nahrungsmittelbedürfnisse zu befriedigen. Denn ihresgleichen aß nun mal viel. Selbst die Frauen. Finn hatte ständig Hunger. Wenn er unterwegs war, hatte er immer etwas zu knabbern dabei. Eigentlich war er kein Allesfresser, aber es war weniger erschreckend für die anderen Passagiere, wenn er in der U-Bahn Nüsse hervorholte anstatt große Brocken von frisch geröstetem Fleisch.

Er wusste nicht, warum die Leute ihn dermaßen anstarrten. Es war ja schließlich nicht so, als sei das Fleisch roh. Sie waren Gestaltwandler, keine Barbaren!

Als Finn sich der Küche näherte, hörte er Musik aus dem Fernseher und erstaunlicherweise Stimmengewirr.

Und nicht etwa die Stimmen seiner Mutter und ihrer Schwestern. Sie waren redselig, aber sie liebten es, sich in der Sprache ihres mongolischen Stammes zu unterhalten. Etwas, zu dem sie nie Gelegenheit hatten, es sei denn, sie fuhren hin, aber das konnte eine echte Herausforderung darstellen. Die, die ihr ganzes Leben in der Steppe verbracht hatten, machten sich gern über den amerikanischen Akzent der Cousinen lustig, daher waren seine Mutter und seine Tanten dort weniger selbstbewusst. Aber in ihren jeweiligen Küchen waren sie es durchaus. Davon abgesehen war er gerade am Wohnzimmer vorbeigelaufen, in dem sie alle saßen.

Er ging sogar noch einmal zurück, um sich davon zu überzeugen. Und da hockten die vier Frauen stumm auf den Sofas der Familie, die Rücken durchgedrückt, die Krallen ausgestreckt, während sie rastlos mit den Fingern auf ihre übereinandergeschlagenen Beine trommelten. Nicht ihre Krallen fand er besonders besorgniserregend. Es war ihr Schweigen, das Finn veranlasste, sich schneller als zuvor in Richtung Küche zu entfernen.

Er zog die Schwingtür auf und erstarrte.

Die »Schädlinge« saßen auf seinen Stühlen, seinen Theken und auf seinem Küchentisch. Einer davon lackierte sich gerade die Fußnägel, ein anderer aß seinen Cheddarkäse und seine Kräcker, ein dritter schrieb mit einem Bleistift rasch etwas in ein Notizbuch, und ein vierter zappte sich durch die Sender auf seinem Fernseher, bis er eine Reality Show gefunden hatte, in der es darum ging, dass Menschen sich mit Leuten trafen und sie heirateten, die jüngst aus dem Gefängnis entlassen worden waren.

Es hätte eigentlich noch ein fünfter da sein müssen, aber er konnte ihn nicht entdecken.

Es spielte auch keine Rolle.

Finn nahm sich einen Moment Zeit, um sich zu beruhigen, dann fragte er laut: »Was macht ihr in meiner Küche?«

»Hey!« Max sprang vom Tisch, um ihn mit einem breiten Lächeln zu begrüßen. »Sieh mal einer an, Mister! Als Erster aufgestanden.«

Finn kniff die Augen zusammen und musterte die mittlere MacKilligan-Schwester. »Du weißt nicht, welcher von uns ich bin, stimmt's?«

»Du bist einer von den dreien«, gab sie mit einem Achselzucken zurück. »Deine Mutter war kurz mit drei alten Damen hier.«

»Bitte, nenn sie nicht alt.«

»Sie waren nett.«

»Nein, waren sie nicht.«

»Aber ich hoffe, wir haben sie nicht erschreckt. Denn sie haben sich einfach umgedreht und sind wieder rausgegangen.«

Finn konnte nicht an sich halten und stieß ein schnaubendes Lachen aus. »Ganz genau. Ich glaube nicht, dass das das Problem ist.«

»Wunderbar!« Sie deutete auf den Tisch. »Wir haben Blätterteiggebäck mitgebracht. Aber wir waren uns nicht einig, was ihr gerne esst, daher haben wir italienische und französische Teilchen mitgebracht und Pasteten aus der jüdischen Bäckerei ungefähr zwei Meilen von hier entfernt.«

»Das war meine Idee«, bemerkte eine der Dächsinnen, ohne den Kopf von dem Notizbuch zu heben, in das sie sorgfältig Notizen kritzelte.

Max verdrehte die Augen. »Das wissen wir, Tock.«

»Sie hatten gar nicht vor, in eine jüdischen Bäckerei zu gehen.«

»Lass es gut sein, Tock.«

»Sie wollten einfach daran vorbeischlendern.«

»Hör endlich auf damit!«

»Ich habe mich sogar davon überzeugt, dass die Teilchen koscher sind ... nur für den Fall des Falles.«

»Ja, weil der Name Malone offensichtlich macht, dass diese Männer so überaus koscher sind.«

»Das kannst du nicht wissen.« Die Frau namens Tock hob den Kopf und sah ihre Freundin an. »Ich habe tatsächlich mal in einem Kibbuz gelebt.«

»Hat man dich dort nicht gebeten zu gehen?«

»Das war *nicht* meine Schuld. Oder, *Nelle?*«

Die Frau, die sich die Fußnägel lackierte, schaute abrupt auf. »Muss ich dich daran erinnern, dass ich gar nicht dort war?«, fragte sie mit einem Akzent, der fast britisch klang. »Ich war in dem Sommer mit Streeps Familie in Rom. Und hatte eine herrliche, unschuldige Zeit, wie ich noch hinzufügen könnte.«

»Unschuldig? Wirklich? Lass uns den Papst fragen, wie unschuldig die war.«

»Man hat uns nichts nachweisen können«, bemerkte eine andere Dächsin und streckte den Zeigefinger aus. »*Gar nichts!*«

»Siehst du?«, fragte Nelle honigsüß und widmete sich wieder ihren Fußnägeln. »Streep sagt, dass man nichts beweisen konnte.«

Max verdrehte die Augen und erklärte: »In Wirklichkeit will Tock nur darauf hinweisen, dass sie halb Schwarze und halb Israelin ist. Aber wir sind hier in New York, daher interessiert das niemanden auch nur einen Scheißdreck. Wie dem auch sei«, fuhr Max fort, »wir haben für dich und deine Brüder Frühstück und gute Laune mitgebracht.«

Finn nahm sich einen Moment Zeit, um sich die Augen zu reiben und den Atem auszustoßen. Denn, wow, Honigdachse am frühen Morgen waren eine ziemliche Herausforderung.

Oder, um ehrlich zu sein, zu jeder Tages- oder Nachtzeit.

»Warum?«, fragte er schließlich.

»Als Teil unseres Dankeschöns.«

O nein. »Teil?«

»Ja genau. Wir stehen in eurer Schuld. Wegen gestern Nacht.

Ihr hättet auch auf euren riesigen Pranken davontraben können, aber das habt ihr nicht getan. Ihr seid gekommen und habt uns den Arsch gerettet. Und wir bezahlen unsere Schulden. Na ja, zumindest versuchen wir es.«

Finn schüttelte den Kopf. »Nein, nein. Ihr schuldet uns gar nichts. Also könnt ihr jetzt gehen.« Er blinzelte. »Was machst du da?«

Die Honigdächsin, die sich die Fußnägel lackiert hatte, war plötzlich aufgesprungen und watschelte, vorsichtig wegen des frischen Lacks, an seine Seite, dann hob sie ihr Handy.

»Ich mache ein Foto von uns. Ich bin übrigens Nelle.«

»Ja. So weit war ich auch schon. Aber warum willst du mich fotografieren?«

»Ich und ein paar Freundinnen haben da so ein Ding laufen. Es geht um Männer, die direkt nach dem Aufwachen gut aussehen, und das trifft definitiv auf dich zu.«

»Ja, nicht wahr?«, pflichtete Streep ihr bei.

»Echt jetzt«, murmelte Tock, die sich inzwischen wieder ihrem Notizbuch zugewandt hatte.

Finn legte eine Hand auf das Telefon. »Ich will nicht fotografiert werden.«

»Ernsthaft? Aber ich würde mit dir gewinnen. Meine anderen Freundinnen sind größtenteils Vollmenschen. Die Partys bis spät in die Nacht, die extremen Diäten und der exzessive Drogenmissbrauch ihrer Supermodel-Lover garantieren fast einen Sieg in diesem Monat.«

Die Hand immer noch auf dem Telefon, funkelte Finn sie nur an.

»Schon kapiert«, sagte sie schließlich, ließ das Handy sinken und kehrte zu ihrem Platz und ihrem Nagellack zurück.

»Gut«, sagte Max und klatschte fröhlich in die Hände. »Also, was wünscht du dir von uns? Gibt es ein Gemälde, das du gern hättest, aber nicht in die Finger bekommst? Zum Beispiel einen Matisse oder einen Warhol? Dessen Arbeiten finde ich allerdings etwas prätentiös.«

»Darüber diskutiere ich nicht noch einmal mit dir«, zwitscherte Nelle, während sie die Nagellackfarbe wechselte.

»Vielleicht eine extrem rare Flasche Wein.«

»Es gibt da diesen milliardenschweren Internet-Typen in Connecticut, der gerade eine Kiste mit irgendwelchen Flaschen gekauft hat. Sie stammen aus der Zeit von George Washington«, warf Streep ein. »Von ihm könnten wir einige Flaschen für dich besorgen.«

»Oh, wäre das nicht schön?« Max grinste ihn an.

»Einige Flaschen besorgen?«, hakte Finn verwirrt nach.

»Sie meint stehlen, Schätzchen«, verdeutlichte Tock. »Max meint immer stehlen.«

»Ich bin schließlich kein Goldesel!«, blaffte Max, bevor sie wieder dieses beunruhigende Lächeln aufsetzte. »Aber vielleicht möchtest du ja auch, dass wir uns hier um jemanden kümmern, den du und deine Brüder nervig finden?« Sie wackelte mit den Augenbrauen. »Darin sind wir wirklich gut.«

»Aber keine Mädchen«, ging Tock dazwischen. »Das machen wir nicht.«

Max runzelte die Stirn. »Seit wann das denn nicht?«

»Lasst es mich anders ausdrücken. Wir kümmern uns nicht für Männer um Mädchen. Das nennt sich Muschi-Loyalität, und die halten wir in Ehren.«

Max nickte und sah wieder zu Finn. »Sie hat recht. Muschis gegenüber sind wir loyal. Wir verprügeln keine Mädchen, es sei denn, sie gehen als Erste auf uns los.«

Liebste Ahnen im Himmel, wie konnte er dieses Gespräch beenden?

Finn räusperte sich. »Hört mal, das ist alles ganz großartig, aber … wir wollen gar nichts. Könntet ihr einfach wieder gehen?«

»Wie wär's mit einem Auto?«, bot Streep an. »Ein paar von uns …« Und sie ließ das »uns« für eine Weile in der Luft hängen, bevor sie fortfuhr: »… sind sehr gut darin, Autos zu beschaffen.«

»Streep hat recht«, bestätigte Max. »Wir könnten dir in ungefähr einer Woche einen brandneuen Bugatti besorgen.«

»Du willst, dass vor unserem Haus ohne Erklärung ein Drei-Millionen-Dollar-Auto auftaucht?« Finn musste einfach fragen. »Meinst du nicht, dass die Nachbarn das seltsam finden würden?«

»Drei Millionen?« Max lachte kurz auf. »Das reicht nur für die Grundausstattung. Ich habe eure Mutter kennengelernt. Sie würde das Biest mit allen Schikanen haben wollen.«

Finn hob die Arme, die Handflächen nach außen gedreht. »Genau an dem Punkt würde ich euch gerne bremsen. Wir wollen kein Auto, ganz gleich zu welchem Preis. Ebenso wenig wie irgendwelche Gemälde, Statuen oder sonst irgendetwas Gestohlenes. Und dass ihr jemanden für uns tötet, wollen wir auch nicht. Aber danke für das Angebot. Stattdessen wäre es mir tatsächlich lieber, wenn ihr euch einfach verabschieden würdet. Da ist die Tür … Geht schon mal los.«

»Warum machst du es uns so schwer?«

»Tue ich nicht. Ich versuche nur, euch loszuwerden, bevor …«

Finn wand sich innerlich. Das schwere, nichts Gutes verheißende Dröhnen von oben ließ das ganze Haus wackeln.

»Zu spät«, murmelte er, als auch schon Keane die Treppe heruntergestürmt kam und in die Küche trat, dicht gefolgt von Shay.

»Keane, ich mach das sch…«, war alles, was Finn herausbrachte, bevor sein ältester Bruder ihn im Genick packte und gegen Shay stieß, damit er sich direkt vor die Frauen stellen und mit der ganzen Subtilität einer durchgehenden Elefantenherde das Malone-Tigerbrüllen herauslassen konnte.

»*RAUS AUS MEINEM HAUS!*«

Eigentlich hätten die Dachse reagieren müssen. Sie hätten in Panik aufspringen, Dinge fallen lassen, der Länge nach hinschlagen müssen. Zumindest hätte eine von ihnen zur Tür rennen sollen. Finn hatte dieses Brüllen zuvor selbst schon sowohl bei Gestaltwandlern als auch bei Vollmenschen eingesetzt und stets diese Reaktion erzielt. Außer natürlich bei den Löwen. Die brüllten einfach zurück. Und Grizzlybären. Man sollte dieses Brüllen niemals bei arglosen Grizzlybären einsetzen. Denn sie waren wirklich schreckhaft … und so etwas führte nur zu Verstümmelungen.

Shay hatte noch immer die Narben von einem erschrockenen Grizzly, der ihm die Schulter und den Rücken zerfetzt hatte, und man wusste nie wirklich, wer aus so einem Kampf als Sieger hervorgehen würde.

Aber diese Leute? Diese Honigdächsinnen? Sie waren eine der kleinsten Gestaltwandler-Rassen, während Sibirische Tiger die größten unter den Raubkatzen waren und gleich nach den Grizzlys und Eisbären kamen. Was taten diese winzigen Dachse, als sie mit dem Malone-Brüllen konfrontiert wurden?

Nichts. Sie taten gar nichts.

Genauer gesagt, sie taten schon etwas, aber es war nichts Bedeutsames. Es war definitiv nicht das, was Finn eine »normale« Reaktion genannt hätte. Weder nach vollmenschlichen Maßstäben noch nach denen von Gestaltwandlern. Tatsächlich nach überhaupt keinen Maßstäben.

Max hielt mit einem Lächeln einen Teller Blätterteigteilchen hoch. Sie sagte jedoch nichts, denn sie hatte sich bereits ein Gebäckstück in den Mund gestopft. Ihre Nase war mit Himbeerfüllung beschmiert und aus irgendeinem Grund auch ihre Stirn. Finn wollte gar nicht wissen, wie das passiert war.

Nelle, die ihre Fußnägel fertig lackiert hatte, schraubte ein weiteres Fläschchen Nagellack zu und steckte es in eine Ledertasche. Dann fing sie an, Fotos zu machen. Von ihren Fußnägeln. Sie schien Keanes Anwesenheit im Raum – oder auf dem Planeten – nicht einmal zu bemerken.

Streep hatte ihr Telefon in der Hand, als das Brüllen ertönte, und hörte keine Sekunde lang auf zu scrollen.

Tock, die immer noch in ihr Notizbuch schrieb, deutete mit dem Kopf auf eine Reisetasche zu ihren Füßen und bemerkte gelassen: »Ich würde nicht so viel rumschreien. Wir haben sensibles Zeug dabei.«

Diese Bemerkung schien bei den Frauen mehr zu ziehen als alles, was Finns Brüder getan hatten, denn die Dächsinnen rissen sofort die Augen auf, und Max fragte Tock scharf: »Läufst du hier mit Sprengstoff herum?«

»Natürlich nicht.«

»Was hast du dann bei dir, das so sensibel ist?«

»Ein Kätzchen.«

»Oh.« Max blinzelte und dachte einen Moment nach. »Warum läufst du mit einem Kätzchen in einer Reisetasche herum?«

»Du stellst so viele Fragen.«

»O mein Gott, Tock!«, schaltete Streep sich ein. »*Willst du etwa dieses Kätzchen in die Luft sprengen?*«

Tock verdrehte die Augen. »Natürlich nicht.«

Die Frauen starrten sie an, scheinbar nicht bereit, das als Antwort zu akzeptieren.

»Ihm wird schon nichts passieren«, beharrte sie.

Trotzdem schien es ihren Freundinnen nicht zu genügen.

»Ich habe euch versprochen, dass ich das nie wieder ausprobiere. Ihr wisst schon … aus moralischen Gründen.«

Das nie wieder ausprobiere?

Sie starrten sie weiter an.

»Ich kann nicht glauben, dass ihr mir das immer noch vorwerft! Ich war vierzehn! Es war für die Wissenschaft.«

Starren.

Jetzt starrte sie die anderen einfach ihrerseits an. Die Pattsituation zog sich über geschlagene zwei Minuten hin, bis sie den Blickkontakt nicht länger aufrechterhalten konnte und Finn und seine Brüder ansah. »Wollt ihr eine Katze haben?«

»*Nein*«, gab Finn sofort zurück.

»Na schön«, fauchte Tock. »Dann werfe ich sie in den Garten.«

»Im Garten haben wir Hunde«, informierte sie Shay.

Streep runzelte die Stirn. »Warum haben Katzen Hunde im Garten?«

Keane sah Max direkt in die Augen. »Um die ganzen Schädlinge loszuwerden.«

Max blinzelte verblüfft. »Warum siehst du dabei mich an? Ich möchte dir mitteilen, dass Honigdachse ein wichtiger Teil des Ökosystems sind.«

Tock ächzte bei dieser Wortwahl kaum merklich, aber sie fing sich sofort wieder.

»Und«, sprach Max fröhlich weiter, »wir sind heute mit Blätterteigteilchen hergekommen, um uns bei euch zu bedanken.«

»Wir möchten gar nichts von euch. Weder eure ekligen Blätterteigteilchen« – bei der Beleidigung schnappte Max nach Luft, aber wenn man bedachte, dass Shay inzwischen sein viertes Teilchen herunterschlang, hätte sie es nicht zu persönlich nehmen sollen – »nicht eure nervige Gegenwart, nicht euren merkwürdigen Dachs-Geruch!«

»Dieser merkwürdige Dachs-Geruch, wie du ihn nennst, ist das aktuellste französische Parfum des Modedesigners, dessen Namen ich nicht aussprechen kann …«

»Das kann sie wirklich nicht«, murmelte Nelle.

»… von dem dreißig Milliliter siebenhundertneunundachtzig Dollar kosten und das mir erst letzte Woche aus ihrer Boutique in der 5th Avenue zu stehlen gelungen ist, ohne erwischt zu werden!«

»Oh mein Gott!«, explodierte Keane. »Eine wandelnde Straftäterin in meinem Haus! Raus! *Sofort!*«

Max widersetzte sich Keanes Zorn auf eine Weise, die Finn absolut noch nie erlebt hatte: indem sie ihn einfach schockiert und verwirrt anschaute.

Nach einigen Sekunden des Schweigens rief sie Keane in Erinnerung: »Aber … aber ich habe dir Blätterteigteilchen mitgebracht.«

»Mir egal.«

»Ich will nur nett sein.«

»Ist mir trotzdem egal.«

»Ich habe meine und die Dienste meiner Mannschaftskameradinnen angeboten, eure Feinde zu töten oder coole Sachen für euch zu stehlen. Habt ihr irgendeine Ahnung, wie schwer es ist, einen aufgemotzten Bugatti zu klauen? Superschwer! Und jetzt kommt ihr hier rein und du …« Sie schaute erst auf den Boden, dann zur Decke und schließlich wieder zu Keane. »Bist gemein zu mir? Obwohl *ich*, Max MacKilligan, nett war. Zu *dir?*«

»Ja, ganz genau«, sagte Keane. »Hast du es jetzt verstanden?«

Und das war der Moment, in dem Max sich auf Finns ältesten Bruder stürzte. Nicht mit Reißzähnen und Krallen, sondern mit einem riesigen Jagdmesser, das sie von irgendwoher gezogen hatte. Sie stürzte sich mit solcher Schnelligkeit und derartiger Energie auf ihn, dass die drei einfach nur dastanden und gar nichts taten. Weder setzte sich einer von ihnen zur Wehr oder beschützte Keane noch sprangen sie auch nur aus dem Weg.

Finn konnte lediglich vermuten, dass sie einfach zu schockiert von dem plötzlichen, brutalen Angriff waren. Wegen Blätterteigteilchen?

Glücklicherweise waren ihre drei Freundinnen sehr schnell und schienen nicht annähernd so schockiert über die Reaktion zu sein. Nelle hielt Max' Arm mit dem Messer fest, während Tock und Streep sie um die Taille packten. Unter großer Anstrengung schleppten sie sie zurück zur Tür.

»Lass es einfach gut sein!«, befahl Tock Max.

»Scheiß auf ihn!«, schrie Max. »Scheiß auf sie alle! *Tötet sie!*«

»Vergiss nicht«, rief Streep ihr ins Gedächtnis, »er ist der Halbbruder deiner Halbschwester!«

Sie waren bereits an der Tür, als Max MacKilligan aufhörte zu kämpfen. Die Veränderung vollzog sich so abrupt, dass Finn und seine Brüder die Arme sinken ließen, die Beine auseinanderstellten und auf einen weiteren unberechenbaren Angriff warteten. Einen noch boshafteren. Und sie taten gut daran, damit zu rechnen. Denn MacKilligan zielte auf eine Halsschlagader, wie das nur eine MacKilligan tun konnte und tun würde.

Diesmal war ihr Lächeln nicht von abstoßender, unechter Freundlichkeit, die so vielen Angst einjagte. Dies war ein Lächeln, von dem Finn vermutete, dass viele Vollmenschen es als Letztes auf Erden sahen, bevor MacKilligan ihnen den Garaus machte.

Und mit diesem langsam sich auf ihrem Gesicht ausbreitenden Lächeln fügte sie hinzu: »Eines Tages ... wird eure kleine Schwester zu mir kommen und mich zu Männern und Dates befragen« – sie beugte sich zu den Brüdern vor, während ihre Freundinnen sie immer noch festhielten – »und ich werde ihr keine. Verdammte. Einzelheit. Vorenthalten.«

Keane hatte schon fast den Raum durchquert, um MacKilligan die Hände um die Kehle zu legen, als Finn und Shay ihn packten und zu Boden tackelten, als hätten sie gerade einen Quarterback gesackt.

»Du Miststück!«, brüllte Keane vom Boden aus.

»Du verdienst diese Blätterteigteilchen gar nicht, du undankbarer Arsch!«, kreischte Max zurück.

»Deine Blätterteigteilchen sehen total trocken aus!«

MacKilligan schnappte nach Luft. *»Du Hurensohn!«*

Die Honigdächsinnen zerrten ihre hysterische Freundin durch die Hintertür nach draußen, und Finn und Shay drückten Keane auf den Boden, bis er sie endlich unter Aufbringung all seiner Tigerkräfte abschüttelte.

»Geht runter von mir!« Die drei Brüder sprangen auf die Füße und wandten sich nun gegeneinander.

»Ich hatte das im Griff!«, fuhr Finn Keane an.

»Habe ich gesehen, wie du das im Griff hattest. Auf deine übliche, verlogene Art. Dich von diesen Ratten einwickeln zu lassen!«

»Aber du selbst hast es ja absolut großartig hinbekommen!«

»Sie sind draußen, oder nicht?«

Es hatte keinen Sinn, mit Keane zu reden, wenn er in dieser Verfassung war. Also sparte Finn sich die Mühe. Er schaute nur seinem Bruder nach, der in Richtung Flur davonstürmte, sich umdrehte, wieder zum Küchentisch zurückkam, sich eine Schachtel mit dem Blätterteiggebäck schnappte und dann zurück in den Flur und hinauf in sein Zimmer stampfte. Als Finn hörte, wie Keanes Schlafzimmertür zuschlug, stieß er den Atem aus.

»Ich fasse es nicht …«

Shay hob eine Hand, ein weiteres Blätterteigteilchen bereits im Mund. »Ich werde mich nicht zwischen …«

Der Rest von Shays Bemerkung ging in seinem Schmatzen unter.

»Wie bist du überhaupt an dieses Blätterteigteilchen rangekommen?« Sie standen nicht besonders nah am Tisch.

Er schluckte. »Ich hatte es schon die ganze Zeit in der Hand.«

Angewidert und sauer und noch so einiges andere wollte Finn nur noch in sein Zimmer zurück und versuchen, etwas Schlaf nachzuholen. Aber er war kaum ein paar Schritte gegangen, als er den leisen Pfiff seines Bruders hörte.

Er drehte sich um und Shay deutete mit dem Daumen auf einen der Hängeschränke.

Finn durchquerte die Küche und öffnete die Schranktür.

Dort fand er sie. Tief schlafend auf der rechten Seite. Ein Kissen vom Sofa unter dem Kopf, eine Hand unter ihre Wange geschoben, die andere zur Faust geballt und an ihre Brust gedrückt. Ihr Haar war immer noch zu zwei Zöpfen geflochten wie am vergangenen Abend. Er kannte keinen Honigdachs mit blondem Haar, aber vielleicht färbte sie es sich ja. Die Blutergüsse auf ihrem Gesicht waren mittlerweile schwarz und blau, aber die offenen Wunden an ihrem Hals, die ihm schon aufgefallen waren, hatten sich bereits wieder geschlossen.

Fasziniert beugte Finn sich vor, um festzustellen, wie groß diese Frau war. Er erinnerte sich an die Dächsin von der vergangenen Nacht, und er erinnerte sich daran, dass sie ... na ja ... normal groß war. Definitiv größer als Max MacKilligan, die mühelos in diesen Schrank gepasst hätte. Aber sie schien sich nicht unwohl zu fühlen. Tatsächlich schnarchte sie sogar leise.

»Huch«, sagte Finn leise, als er sah, dass die Dächsin die Beine um die Gewürzdosen seiner Mutter gelegt hatte.

Wie konnte sie es in dieser Lage bequem haben? Sie war verdreht wie eine Brezel.

Finn wollte gerade die Tür schließen, als ihm bewusst wurde, dass er beobachtet wurde. Er hob den Blick und sah, dass die Dächsin nicht länger schlief, sondern jetzt hellwach war und ihn eingehend musterte.

»Was machst du da?«, fragte sie.

»Ich war einfach neugierig, wie du da reingekommen bist.«

»Aha.«

»Ich schwöre, dass es nicht irgendwie komisch war.«

»Okay.«

»Deine Freundinnen sind übrigens bereits gegangen.«

»Freundinnen?«, fragte sie mit einem verwirrten Stirnrunzeln, aber dann sagte sie genauso schnell. »Oh! Meine Mannschaftskameradinnen. Sie sind weg?« Sie schaute auf ihre Fitnessuhr an ihrem Handgelenk. »Das ging aber schnell.«

»Du hast nichts von dem, was passiert ist, mitgekriegt?«

»Ich bin in einer Familie von Hyänen aufgewachsen.« Sie befreite mühelos ihre Gliedmaßen und zwang Finn, einen Schritt nach hinten zu treten, sodass sie aus dem Schrank klettern konnte. »Bei mir zu Hause hat es nie auch nur einen ruhigen Augenblick gegeben. Ich musste entweder lernen, unter allen Bedingungen schlafen zu können, oder ich wäre im Alter von drei Jahren an Schlafentzug gestorben.«

Sie sprang aus dem Schrank und auf den Boden.

»Also, wie ist es gelaufen?«, fragte sie.

»Wie ist was gelaufen?«

»Unser Blätterteigteilchen-Dankeschön? Dafür, dass ihr uns gestern Abend gerettet habt.«

Finn schüttelte den Kopf. »Ich fürchte, nicht allzu gut. Wir wollten das, was MacKilligan uns angeboten hat, nicht wirklich haben.«

»Echt? Was für ein Jammer. Für mich hat es sich immer ausgezahlt, MacKilligans auf meiner Seite zu haben.«

»Brauchst du dringend einen gestohlenen Bugatti in deiner Einfahrt?«

»Ich kann mir meinen Bugatti selbst stehlen. Zu wissen, wie das geht, ist eins der wenigen Dinge, für die meine Familie gesorgt hat, ob ich es wissen wollte oder nicht«, sagte sie. »Aber wenn du diesen Bugatti wieder loswerden willst, weil du die dreißig Sekunden entfernten Polizeisirenen hörst und du aus einer Wunde am Bein blutest, weil dir dein Cousin gerade einen Dolch hineingerammt hat, damit du nicht weglaufen kannst, und deine Tanten die Tür blockieren, damit du nicht zurück ins Haus kannst, und deine eigene Mutter nicht bereit ist, die Kaution für dich zu bezahlen, obwohl du weißt, dass du nicht verantwortlich für die fragliche Straftat bist, und dich in dem schwierigen Alter befindest, in dem man dich vor Gericht wie eine Erwachsene behandeln kann, auch wenn du noch nicht aus deinem Elternhaus ausziehen kannst, da du gesetzlich nicht befugt bist, einen Mietvertrag zu unterschreiben ... dann ist Max MacKilligan die Frau, die du auf deiner Seite haben willst.«

Sie zuckte die Achseln, hob die Arme und ließ sie wieder sinken.

»Aber, weißt du ... mach, was du willst.«

Und mit diesen Worten spazierte die Dächsin hinaus.

Finn betrachtete seinen immer noch essenden Bruder und sagte das Einzige, das ihm in diesem speziellen Moment einfiel.

»Aha.«

3

Der SUV hielt vor dem Haus in Queens, New York, in dem die MacKilligan-Schwestern jetzt schon seit einer ganzen Weile wohnten.

Zumindest für sie war es eine ganze Weile. Die Schwestern waren nicht unbedingt dafür bekannt, längere Zeit an einem Ort zu bleiben. Die Tatsache, dass Max es mit den anderen durch die Junior High und die Highschool geschafft hatte, damit sie in der Basketballmannschaft bleiben konnte, war ein absoluter Triumph und, wie Mads irgendwann begriff, Charlie zu verdanken. Die älteste MacKilligan-Schwester hatte festgestellt, dass ihre jüngeren Schwestern in ihrer Kindheit irgendeine Art von Normalität brauchten. Unterm Strich unmöglich, aber sie hatte zumindest darauf bestanden, dass sie ein Zuhause hatten, wenigstens bis sie mit der Highschool fertig waren. Bei Max war das mit achtzehn der Fall gewesen, als sie mit dem Rest ihrer Mannschaft den Abschluss machte. Bei Stevie im gleichen Jahr, weil sie vorzeitig die Highschool abgeschlossen hatte und auf die Oxford University gewechselt war, um irgendetwas Naturwissenschaftliches zu studieren.

Mads hatte wirklich nicht damit gerechnet, Max MacKilligan nach ihrem Abschluss je wiederzusehen. Oder eine andere ihrer Mannschaftskameradinnen aus der Highschool. Sie hatte angenommen, dass Tock sofort zurück nach Israel und zum Mossad gehen würde, da diese Organisation insgeheim schon jahrelang darauf hingearbeitet hatte, sie zu rekrutieren. Streep würde es nach Hollywood oder an den Broadway ziehen. Und Nelle nach Europa übersiedeln. Was ihre eigenen Pläne betraf: Die hatten sich immer um die WNBA gedreht, aber dann hatte ihre Highschool-Trainerin angerufen und ihr die Chance geboten, in der ausschließlich aus Gestaltwandlern bestehenden Mannschaft für Wisconsin zu spielen. Es war ein gutes Angebot, aber … aber … die WNBA war schon ihr ganzes Leben ihr Traum gewesen. Da musste sie es doch einfach probieren, oder etwa nicht?

Dann hatte ihre Trainerin sie natürlich daran erinnert, dass sie in der WNBA niemals die sein konnte, die sie wirklich war. Sicher, auf irgendeinem Straßenplatz in Detroit konnte Mads ihre Mordsspielzüge präsentieren, ohne dass jemand Fragen stellte, aber im Fernsehen? Mit vollmenschlichen Frauen, die *viel* größer waren, als sie es jemals sein würde?

Mads war nur eins fünfundsiebzig groß!

Okay. Na gut, eins siebenundsiebzig. Aber ihre Wahnsinns-Gestaltwandlerbeine, kombiniert mit ihrem angeborenen Basketball-Talent erlaubten ihr Sachen, die jeden normalen Schiedsrichter dazu gebracht hätte, Dopingtests von allen Beteiligten zu verlangen. Sie konnte unter Vollmenschen wirklich niemals die sein, die sie war. Nicht nur das, wie hätte die WNBA überhaupt auf sie aufmerksam werden sollen? Sie würde niemals aufs College gehen. Vor allem, weil sie es eigentlich gar nicht wollte. Und ihre Familie hätte ohnehin dafür gesorgt, dass es keine gute Erfahrung für sie werden würde.

Also hatte sie es mit dem Trainingslager der Wisconsin Butchers versucht, ohne zu wissen, was sie erwartete. Es gab in ihrer kleinen Stadt einige Gestaltwandler: ihre Trainerin, Max' Rudel, ihren Hyänenclan und noch einige andere Gestaltwandler-Familien. Aber immer hatten sie sich an unsicheren Orten getroffen, an denen es nur so von Vollmenschen wimmelte. Im Trainingslager dagegen hatte es nur ihresgleichen gegeben. Nicht von ihrer Spezies, aber immerhin …

Katzen, Hunde und echt viele Bären. Glücklicherweise jedoch keine Hyänen. Von denen hatte sie in den letzten achtzehn Jahren ihres Lebens mehr als genug gesehen. Sie war bereit für etwas anderes. Aber während sie auf dem Boden lag, um ihre Beine zu dehnen, war sie von einem Basketball am Hinterkopf getroffen worden. Im ersten Moment hatte sie befürchtet, es doch noch mit gottverdammten Hyänen zu tun zu bekommen!

Das bedeutete jedoch nicht, dass sie sich weiter irgendwelchen Bullshit von Hyänen, die keine Blutsverwandten waren, gefallen lassen würde. So weit würde es nicht kommen! Also war sie aufgesprungen, nicht um irgendeinen Ärger anzuzetteln, aber definitiv willens, alles in der Richtung zu unterbinden! Selbst wenn man sie dafür schon am ersten Tag aus dem Trainingslager warf. Aber dann hatte sie Max MacKilligan gesehen, die sie angrinste …

»Was zur Hölle machst *du* denn hier?«, hatte sie gefragt und gegen den Drang angekämpft, ihre alte Mannschaftskameradin zu umarmen.

»Trainingslager.«

»Ich dachte, du wärst mit deinen Schwestern in England.«

»Nach drei Monaten hat Stevie mich plötzlich mit einem Laboraffen angegriffen.« Sie schmunzelte, als Mads lachte. »Also hat Charlie vorgeschlagen, dass sie sich eine Weile um Stevie kümmert und ich für eine kleine Atempause in die Staaten zurückkehren kann. Aber sie hat mich gewarnt: Wenn ich mir irgendwelche Schwierigkeiten einbrocke, wird sie mich nicht raushauen, was meine Möglichkeiten etwas einschränkt. Glücklicherweise hat die Trainerin angerufen. Und mich ins Trainingslager eingeladen.«

»Hat Stevie wirklich einen Affen nach dir geworfen?«

»Unser Moralapostel-Baby, das nie, *niemals* einem anderen Tier wehtun würde?«

»Wie konnte ich nur denken, dass sie einen Affen nach dir geworfen hat?«

»Sie hat dem Affen beigebracht, mich anzugreifen. Und dann so getan, als hätte sie damit nichts zu tun.«

»Vielleicht war sie es ja auch gar nicht. Vielleicht hasste der Affe dich. Erinnerst du dich, wie die vielen Waschbären den koordinierten Angriff unternommen haben?«

»Das war kein koordinierter Angriff. Sie hatten alle Tollwut und … ist das Nelle?«

Es war tatsächlich Nelle. Ihre Familie war vorübergehend nach San Francisco gezogen, um einen »Familienurlaub« zu planen, von dem alle wussten, dass das der Code für einen großen gemeinsamen Raubzug war. Aber während sie noch an ihren Plänen gefeilt hatten, waren Nelles Vater und seine Brüder zu dem Entschluss gekommen, dass Nelles ältere Schwester die Projektleitung in Europa übernehmen sollte. Zu der Zeit war die Botschaft klar gewesen, zumindest für Nelle. Man glaubte nicht, dass sie – im Gegensatz zu ihrer geringfügig älteren Schwester – schon bereit war für eine so große Aufgabe.

Nelle hätte wutentbrannt nach Wisconsin zurückkehren können. Oder allein losziehen. Sie hatte immer noch Verwandte in Hongkong, in einigen chinesischen Provinzen und in Manhattan. Überall wäre sie willkommen gewesen. Doch anscheinend hatte sie zu viel Zeit mit ihren Mannschaftskameradinnen verbracht. Denn statt einen dramatischen Abgang hinzulegen, hatte sie sich dafür entschieden, ihrer Schwester ins Gesicht zu schlagen – womit sie ihr die Nase und den Kiefer gebrochen hatte –, um sie dann von der Penthouse-Terrasse des Shaw Arms Hotels zu werfen.

Als Honigdächsin hatte ihre Schwester nicht mehr davongetragen als ein paar gebrochene Knochen und einen vorübergehend gequetschten Schädel, aber die Familie war schockiert gewesen. Und beeindruckt. Ihr Vater und ihre Onkel hatten sofort ihre Meinung geändert und ihr angeboten, anstelle ihrer Schwester, die erst wieder gesund werden musste, nach Europa zu gehen, aber Nelle hatte sie erneut überrascht und ihnen eine Abfuhr erteilt. Sie hatte kein Interesse an den »übrig gebliebenen Klößchen von gestern«, wie sie es ausdrückte.

Also hatte sie ihre Sachen wieder gepackt und war nach Wisconsin zurückgekehrt und dann ins Trainingslager gefahren.

»Bedeutet das, dass du auch nichts von dem Geld bekommen

wirst?«, fragte Max, die sich immer Sorgen um die Kohle machte, wenn es um Raubüberfälle der Familie ging.

»Mein Daddy würde nie zulassen, dass ich verarme«, antwortete Nelle, »niemals«, und wandte den Blick ab. »Mein Gott, wie das wohl wäre? Mads?«

»Weshalb fragst du mich?«

»Nun, jetzt hast du dafür gesorgt, dass es peinlich ist.«

»*Ich* habe es peinlich gemacht?«

»*Hey, ihr Miststücke!*«, rief Streep bei ihrem großen Auftritt und breitete die Arme aus. Sie drängelte sich an mehreren verärgerten Katzen vorbei und drehte sich um die eigene Achse, damit alle ihre brandneue Lederjacke mit den Fransen bewundern konnten. Ein Stil, der seit dem Siedler-Treck der Donner Party 1846 nicht mehr in Mode gewesen war. »Was meint ihr? Chic, nicht wahr?«

»Vielleicht sollte ich dich fragen«, sagte Nelle zu Streep.

»Mich was fragen?«

»Egal«, warf Mads rasch ein. »Ich dachte, du würdest inzwischen auf dem Broadway für Furore sorgen.«

»Das wollte ich auch. Aber immer wenn ich versucht habe, von zu Hause wegzugehen, haben meine Eltern angefangen zu schluchzen und ihre Kleider zu zerreißen. Aber sie konnten nicht einmal echte Tränen weinen. Ich brauche mich gar nicht anzustrengen und seht her …« Sie zeigte auf ihr Gesicht. »Schaut euch das an.«

Und tatsächlich, ohne auch nur ihren Gesichtsausdruck zu verändern, strömten ihr die Tränen nur so aus den Augen.

»Aber selbst ohne die Tränen …«

Die Tränen versiegten abrupt, und sie zuckte die Achseln. »Ich liebe sie einfach so sehr. Und wir arbeiten so gut zusammen. Außerdem …« Sie beugte sich vor und flüsterte: »So bekomme ich Gelegenheit, mal was anderes zu machen, das mir Spaß macht. Es fügt sich also alles.« Sie richtete sich auf und sprach in normaler Lautstärke weiter. »Und lasst uns ehrlich sein, ich bin so verdammt talentiert, dass Hollywood definitiv auf mich warten wird.«

»Und so bescheiden«, bemerkte Mads.

»Das bin ich. Denn das ist wichtig, wenn man seine vielen Preise in Empfang nimmt.«

»Hey.«

Wie ein Gespenst erschien Tock aus dem Nichts direkt neben ihnen. Alle zischten sie alarmiert an, aber sie ließ sich nicht beirren. Keine von ihnen war leicht zu erschrecken, doch Honigdachse betrachteten andere Honigdachse als gefährliche Raubtiere, also, was hatte sie erwartet?

»Ich dachte, du wärst in Tel Aviv«, sagte Max.

»War ich auch.«

»Und?« Als sie nicht sofort antwortete, breitete sich ein Feixen auf Max' Gesicht aus. »Was hast du angestellt?«

»Nichts.«

»Ach kommt schon«, drang Streep in sie und zog auf eine aufreizend entzückende Weise die Nase kraus. »Uns kannst du es doch erzählen.«

»Wirklich. Ich habe gar nichts angestellt.«

»Wieder mal der Mossad?«, vermutete Mads.

Schließlich grinste Tock.

»Deine Mom hat es herausgefunden?«

Sie schüttelte den Kopf. »Nein. Die Mutter meines Vaters.«

»Ohhh!«, riefen Tocks ehemalige Mannschaftskameradinnen wie aus einem Mund und hoben die Arme; alle in der näheren Umgebung drehten sich nach den Geschöpfen um, die so klein und dabei so laut waren.

»Meine Großmutter war gar nicht erfreut, als sie herausfand, dass sie mich rekrutiert hatten. Hat mich zu irgendjemandem ins Büro gezerrt. Ich weiß immer noch nicht, wer das war. Kein Name auf dem Gebäude oder an der Bürotür. Es gab eine Menge Gebrüll. Irgendwann hat sie Golda Meir erwähnt. Keine Ahnung, warum.«

»Ist Golda eine Dächsin?«

»Nein. Eine Löwin, aber trotzdem, es war einfach merkwürdig. Ein paar Tage später saß ich in einem Flugzeug zurück nach Wisconsin. Dann habe ich einen Anruf von der Trainerin bekommen. Ich dachte mir, allemal besser, als zu Hause herumzusitzen, mir

Seifenopern reinzuziehen und mich mit meiner Mutter darüber zu streiten, ob ich aufs College gehen soll.«

Streep schaute zu den anderen Raubtierweibchen, die sich aufwärmten. »Glaubst du, wir haben eine Chance, es in die Mannschaft zu schaffen?«

»Es geht nicht darum, ob wir es in die Mannschaft schaffen können«, erklärte Max und fing mit einer Hand einen Basketball auf, den jemand in Richtung ihres Kopfes geworfen hatte.

»Hoppla«, sagte eine Gepardin und schenkte allen ein falsches Lächeln. »Meine Schuld.«

»Kein Problem«, antwortete Max, bevor sie den Ball so fest zurückschmetterte, dass sie nur noch hörten, wie unter dem Aufprall die Augenhöhle der Gepardin brach.

»Auuu! Du bösartiges Miststück!«

»Die Frage«, sprach Max, untermalt von den Schmerzensschreien der Gepardin, gelassen weiter, »ist, ob wir in der Mannschaft *bleiben* können.«

»Ich schon«, hatte Mads ihnen geantwortet, und all ihre Mannschaftskameraden hatten sich zu ihr umgedreht. »Ich bin nett. Eine gute Mannschaftskameradin. Ich bemühe mich, anderen Leuten keine Bälle ins Gesicht zu schmettern.«

»Sie hat angefangen«, hatte Max beharrt. Aber sie hatte ohne Zorn darauf beharrt.

Max war selten zornig. Das hatte Mads bei ihr bisher nur erlebt, wenn es um Max' Schwester oder ihren Vater gegangen war.

Also kam es ihr sehr ungewöhnlich vor, als Max aus dem SUV sprang, durch den Vorgarten die Verandatreppe hinauf über die Veranda lief und ins Haus stürmte, wo sie die Tür hinter sich zuschlug.

»Wir sollten nach Hause fahren«, schlug Tock sofort vor.

»Nach Wisconsin?«, fragte Streep.

Tock runzelte die Stirn. »Was?«

»Ich habe eigentlich gar kein Zuhause«, bemerkte Mads.

»Du kannst nicht weiter in Schränken leben.«

»Ich finde Schränke gemütlich.«

»Ihr könnt alle in dem Haus meiner Familie in Manhattan pennen«, bot Nelle an.

»Damit wir zuhören können, wie du dich jeden verdammten Abend mit deiner Schwester streitest?«, fragte Tock. »Besten Dank! Das klingt für alle Beteiligten sehr vergnüglich!«

»Der Sarkasmus war nicht notwendig.«

»Lasst uns einfach in die Stadt fahren und uns zusammen mit dem Rest der Mannschaft Hotelzimmer nehmen«, schaltete Streep sich ein.

»Der SUV gehört Max«, rief Mads Streep ins Gedächtnis.

»Na und?«

»Wäre es nicht falsch, ihn zu stehlen?«

Nelle tätschelte ihr das Knie. »Du bist echt witzig.«

Die Eingangstür des Hauses der MacKilligans wurde aufgestoßen und Max rief von drinnen: *»Würdet ihr Miststücke endlich reinkommen!«*

»Wisst ihr«, sagte Streep, »wenn sie so schreit, sieht man die Familienähnlichkeit zwischen ihr und Charlie wirklich.«

»Aber das Blätterteiggebäck war gut.«

Finn schloss die Augen, daher hörte er nur das Knirschen, als sein älterer Bruder die Zähne aufeinanderpresste.

»Wenn auch nur noch ein Einziger von euch«, knurrte Keane leise, »dieses verdammte Blätterteiggebäck erwähnt …«

»Ich mein ja bloß«, legte Shay nach.

Sie standen in der Schlange und warteten darauf, frische Bagels bestellen zu können. Finn nahm immer die mit Mohn, Keane die mit Sesam und Shay die mit Salz. Dieser Laden wurde seit den Dreißigern von orthodoxen jüdischen Bären betrieben, und obwohl sie Katzen nicht besonders mochten – wer tat das schon? –, wussten sie, dass selbst Katzen gute Bagels zu schätzen wussten. Und die Malone-Brüder waren treue Kunden. Sie kamen mindestens viermal die Woche her. Bisweilen sogar zweimal am Tag, denn der Laden hatte außerdem … na ja … Blätterteigteilchen. Doch heute wollten die Malones nur Bagels.

Als sie an der Reihe waren, und nach dem höflichen Gestaltwandler-Nicken, das man unter unterschiedlichen Spezies für gewöhnlich austauschte, gab Keane seine Bestellung auf: »Ein Dutzend mit Sesam, ein Dutzend mit Salz, ein Dutzend mit Mohn.«

Der Bär knurrte zustimmend, füllte das Gewünschte in große Papiertüten und pfefferte sie auf die Theke. Keane warf das Geld auf den Ladentisch und ging, ohne auf Wechselgeld zu warten.

Er tat die Tüten auf die Rückbank des SUV zu Shay, der sich dort gern langlegte, und sie fuhren zu ihrem nächsten Ziel. Dort angekommen, parkte Keane den Wagen und wartete auf den richtigen Moment.

»Bist du dir sicher, dass du das tun willst?«, fragte Finn.

»Wir brauchten Informationen und er hat uns Informationen gegeben. Und uns beschissen. Das hat man davon, wenn man Vollmenschen vertraut.«

»Glaubst du, sie wissen, wer uns reingelegt hat?«

»Wir werden es herausfinden.«

»Was, denkst du, hatte sie mit der Katze vor?«

Finn und Keane wechselten einen Blick, bevor sie Shay über ihre Schultern hinweg ansahen.

»Was?«, fragte Keane.

»Die Katze.«

»Welche Katze?«

»Die, die die Honigdächsin dabeihatte. Glaubst du, diese Dächsin wollte wirklich die Katze in die Luft sprengen?«

»Keine Ahnung«, antwortete Finn wahrheitsgemäß. Denn er hatte wirklich keine Ahnung. Niemand konnte wissen, was Dachse tun würden.

Keane antwortete ebenfalls wahrheitsgemäß, aber auf die denkbar schlimmste Weise. »Wen schert das?«

Finn wand sich sichtlich. »Du *musst* wissen, dass das die falsche Antwort war.«

»Was meinst du damit: ›Wen schert das?‹«, blaffte Shay. »Was für eine Scheißfrage ist das denn?«

»Es war eine *Hauskatze.*«

»Es war eine *Katze.* Eine von uns.«

Langsam und mit diesem düsteren Blick, den er von ihrem Vater geerbt hatte und der dauerhaft auf seinem Gesicht eingemeißelt war, knurrte Keane: »*Wir* sind keine Hauskatzen.«

»Wir sind alle Katzen, Keane«, erwiderte Shay geschmeidig, keineswegs verschreckt von Keanes Gesichtsausdruck. »Wir sollten aufeinander Acht geben. Einander beschützen.«

»Du willst, dass wir uns um Hauskatzen kümmern?«

»Wenn nicht wir, wer dann?«

»Puh, keine Ahnung. Jede Zehnjährige, die von Einhörnern träumt und sich zu Weihnachten ein Kätzchen wünscht?«

»Ich sage ja bloß, dass wir die Katze von der Dächsin hätten wegholen sollen, als sie sie uns angeboten hat. Nach allem, was wir wissen, haben sie die Katze aufgefressen.«

»Sei nicht …« Finn brach ab. Er hatte vorgehabt zu widersprechen, aber dann begriff er, dass er das nicht wirklich konnte. »Er hat recht. Sie haben die Katze vielleicht gefressen.«

»Weißt du was?«, fragte Max, nachdem sie fast eine Stunde lang zornig auf den Küchentisch gestarrt hatte, während sie alle stumm dagesessen und zugeschaut hatten, wie sie den Küchentisch anstarrte. »Ich bin jetzt darüber hinweg.«

»Wirklich?«, murmelte Tock und sah Mads an.

»Ja, wirklich. Ich hatte tatsächlich daran gedacht, mich mitten in der Nacht in ihr Haus zu schleichen und ihnen die Lungen zu punktieren, während sie schlafen, aber dann dachte ich … was soll's.«

»Wir sind alle so froh, dass du deinen Plan noch einmal überdacht hast«, sagte Nelle. »Er erschien mir etwas kleinlich.«

Alle nickten zustimmend und gaben leise, anerkennende Laute von sich, aber sie dachten wahrscheinlich in dem Moment alle das Gleiche: Die Sache war auf keinen Fall vorbei. Doch zumindest war es Max ernst damit, dass sie den Katzen nicht die Lungen punktieren würde. Das war immerhin etwas, wofür Mads dankbar sein konnte.

Max stieß den Atem aus. »Es war ein langer Tag.«

»Mann, es ist noch nicht mal Mittag«, sagte Mads lachend. »Und wir müssen heute Abend noch zum Training nach Staten Island und ich fahre heute Nachmittag zum Fitnesstraining in die Stadt.«

»Ich komme mit.« Max nickte lächelnd. »Ein gutes Work-out ist genau das, was ich brauche. Um runterzukommen.«

»Geht das überhaupt?«

»Halt die Klappe, Nelle.«

Die Hintertür wurde geöffnet und eine lächelnde Stevie hüpfte geradezu die Treppe hinauf und kam zu ihnen in die Küche. Sie hatte sich kürzlich mit einem sehr süßen Riesenpanda eingelassen und seither hatte sie nicht mehr wirklich aufgehört zu grinsen. In Mads' Erinnerung war sie ein gestresstes, leicht in Panik zu bringendes neun Jahre altes Genie, das sich regelmäßig von Eichhörnchen erschrecken ließ und von der Opossum-Population gequält wurde … anscheinend mit Absicht. Aus welchem Grund auch immer, diese kleinen Bastarde *hassten* sie. Mads war sich sicher gewesen, dass die arme Kleine an einem Herzinfarkt sterben würde, bevor sie dreißig war, aber in letzter Zeit hatte sie etwas Hoffnung für Max' Schwester geschöpft.

Sie wirkte geradezu … glücklich? Ein Wort, das Mads niemals für Stevie benutzt hätte. Nie und nimmer.

»Morgen, alle miteinander!« Stevie begrüßte sie mit einem kleinen Winken.

Alle winkten zurück.

»Ein wunderschöner Tag, nicht wahr?«

Als Stevie an ihnen vorbeiging, bemerkte Max, dass auf ihrer Schulter eine gewöhnliche Katze – kein Gestaltwandler – hockte und sich unter Stevies Haar versteckte.

Max stieß ein kleines Knurren aus. »Warum ist diese Katze immer noch hier?«

Tock rief plötzlich: »Oh, Scheiße!« und rannte aus dem Raum.

»Weil ich es so will«, blaffte Stevie ihre Schwester an. »Zufällig mag ich diese Katze. Und Charlie hat nichts dagegen.«

»Diese Kreatur hat mich schon zigmal angegriffen.«

»Du hast damit angefangen!«

Tock kam zurück und drückte Stevie das Kätzchen, das sie in ihrer Reisetasche gehabt hatte, in die Hand.

»Hier. Ich vermache dir noch eine Katze.«

»Aber ich will keine weitere … ohhh! Es ist ein Kätzchen!«

Max' linkes Auge zuckte und ihr rechter Mundwinkel zog sich in die Höhe. Mads sah zudem auch ein paar Reißzähne.

»Ich hasse dich«, knurrte sie Tock an.

»Was hätte ich damit machen sollen?«

»Warum hast du überhaupt ein Kätzchen?«, wollte Mads wissen.

»Ich habe sie schreien hören, was natürlich das Raubtier in mir angezogen hat, aber als ich sie fand …«

»Konntest du dich einfach nicht überwinden, sie zu fressen?«

»Du bist wahnsinnig witzig.«

Stevie hielt ihrer Schwester das Kätzchen vors Gesicht. »Ist sie nicht entzückend, Max! Sieh dir an, wie entzückend sie ist. Sie ist so verdammt entzückend!«

»Tu sie weg oder sie wird mein Frühstück.«

»Ich bin total glücklich, dass ich sie behalten kann«, sagte Stevie und drückte das Kätzchen an sich.

»Willst du jetzt zwei Katzen haben?«

»Das ist perfekt für mich«, eröffnete Stevie Max.

»Warum ist es perfekt für dich?«

»Habe ich dir das noch nicht erzählt?«

Max rieb sich den Bauch, stand auf und stöberte in den Schränken nach irgendetwas Essbarem. »Was denn?«

»Oh, ich habe beschlossen, ein Baby zu bekommen.«

Max erstarrte, die Hand auf halbem Weg zu einer Schranktür, die sie eigentlich hatte öffnen wollen.

»Also, der Nachteil ist, dass ich dann meine Medikamente absetzen müsste, aber dafür habe ich bereits einen Plan. Ich denke, ich kann den Stress mit einer Diät in Schach halten. Wie dem auch sei, die Katzen sind ein gutes Training für mich als Mutter.

Denn ehrlich, niemand weiß, was aus mir herauskommen wird, richtig? Bei unseren verkorksten MacKilligan-Genen!«

Stevie lachte und verließ mit ihren beiden Katzen die Küche.

Die anderen, die sich nicht sicher waren, wie lange Max in ihrer Erstarrung neben dem Schrank verharren würde, entfernten sich langsam vom Tisch und schoben sich vorsichtig in Richtung Küchentür. Aber bevor sie sie erreichen konnten, wurde die Schranktür zugeschlagen. Das war der Moment, in dem sie wegrannten, in dem verzweifelten Versuch, es in die Freiheit zu schaffen. Aber Mads war einfach nicht schnell genug.

Max packte sie hinten am T-Shirt und hielt sie fest. Mads streckte die Arme nach ihren Mannschaftskameradinnen aus. Als Tock Anstalten machte, zu ihr zurückzugehen, griff Streep nach ihrem Arm und zerrte sie in den vorderen Teil des Hauses.

»Vergiss sie! Lauf einfach!«

Verräterische Miststücke!

Mads wurde zurückgerissen und auf einen Stuhl gestoßen und Max beugte sich drohend über sie.

»Sie bekommt ein Baby?«, fragte sie Mads direkt ins Gesicht. »Und hat ihre Medikamente abgesetzt?«

»Ich … ähm … glaube nicht, dass mich das … ähm … mich … ähm … wirklich etwas angeht …«

Max beugte sich dichter zu ihr vor und zwang Mads, den Kopf so weit sie konnte nach hinten zu lehnen. »*Gütiger Gott, was ist hier los?*«

4

Tom O'Connell – Tommy für seine Freunde oder jeden, der ihm Geld schuldete – kam von der Straße in seine Bar, und bevor er auch nur das Licht einschaltete, wusste er, dass etwas nicht stimmte.

Er hätte wieder hinausgehen sollen, beschloss aber, zuerst die Deckenbeleuchtung einzuschalten, worauf er überrascht aufkeuchte.

Da er schon seit jungen Jahren in der Gastronomie tätig war, hatte er schon mehr als ein Lokal betreten, das auseinandergenommen worden war. Gewöhnlich von Gangstern, die eine Botschaft hinterlassen hatten. Beispielsweise weil sie nicht bezahlt worden waren oder wollten, dass man anfing, sie zu bezahlen. Manchmal waren es auch halbstarke Jugendliche, die beschlossen, sich zu betrinken und irgendeine Dummheit zu machen.

Im Laufe der Jahre hatte er allen möglichen Scheiß erlebt.

Aber so etwas … so etwas hatte er noch nie gesehen.

Er konnte den Unterschied nicht erklären, aber es gab definitiv einen.

Zunächst einmal war da der Geruch. Ein starker, überwältigender Geruch, der ihm den Atem verschlug. Und er war überall. Dann begriff Tom, dass das, was er roch, Urin war. Und dass er den Urin *sehen* konnte, weil jemand ihn überall in seiner holzvertäfelten Bar verspritzt hatte. Nicht nur auf dem Holzfußboden oder so hoch, wie ein Mann seinen Penis heben konnte, sondern bis hinauf zur Decke. *Wie zur Hölle konnte jemand derart hoch pissen?*

Dann die Tische und Stühle. Sie waren nicht einfach durch den Raum geworfen worden. Oder lediglich zerbrochen. Sie waren zu Kleinholz verarbeitet. Als hätte jemand jeden einzelnen Gegenstand zerhackt. In kleinste Stücke. Mit großer Brutalität. Und auf den Sachen war herumgekaut worden. Er konnte Reißzahnabdrücke im Holz sehen. Waren Hunde in seine Bar eingebrochen?

Aber das ergab keinen Sinn. Wie konnten Hunde ihre Pisse bis an die Decke spritzen? Nicht einmal eine dänische Dogge war zu so etwas in der Lage.

Drei seiner Männer kamen von hinten herein. Der Ausdruck auf ihren Gesichtern sagte ihm, dass es im hinteren Teil seiner Bar genauso aussah wie hier vorn.

Die vier Männer starrten sich immer noch an, als er hörte, wie die Eingangstür abgeschlossen wurde, und er drehte sich um.

Keane Malone stand vor der Tür wie ein geparkter Tanklaster.

Hochgewachsen und mit Furcht einflößend breiten, muskulösen Schultern füllte Malone jeden Raum aus, den er betrat, ohne auch nur ein Wort zu sagen oder etwas zu tun. Jeder, der ihn sah, vermutete, dass der Mann irgendeine seltsame Kombination von Steroiden einnahm. Etwas aus Russland. Oder aus der Ukraine. Denn Tommy kannte sonst keinen Mann mit solchen Schultern. Abgesehen von Malones beiden jüngeren Brüdern natürlich.

Tommy schaute sich um, in der Erwartung, auch die beiden hier zu sehen. Die Malones gingen normalerweise überall zusammen hin. Wie drei Berge auf einer Postkarte hielten die beiden Jüngeren sich immer eine Spur hinter Keane. Aber nein. Von den anderen beiden sah er nichts.

Und Tommy musste zugeben, dass ihn das mehr beunruhigte, als wenn die Brüder mit Schlagringen direkt neben Keane gestanden hätten.

Schlimmer noch, diese Malones waren nicht wie die anderen Malones, mit denen er es im Laufe der Jahre zu tun gehabt hatte.

Die Malones waren Reisende, die damals für ihn und seinen Vater einige Dinge erledigt hatten. Auf sie konnte man sich verlassen, wenn es darum ging, ein paar Knochen zu brechen, den ein oder anderen Schädel einzuschlagen und, wenn nötig, für den Weihnachtsbasar ein tolles Rosinenbrot zu fabrizieren.

Doch diese Malones …

Sie wurden die Schwarzen Malones genannt. Sogar von der eigenen Verwandtschaft. Tommy konnte sich noch an ihren Vater erinnern. Er hatte gedacht, dass der möglicherweise eine Schwarze geheiratet hatte und die Söhne auf diesem Wege an ihren Spitznamen gekommen waren, aber nein. Die Witwe, die er auf der Beerdigung des Vaters gesehen hatte, war Asiatin oder so etwas. Und alle Malones hatte schwarzes Haar mit roten und weißen Strähnchen. Tommy vermutete, dass sich die gesamte Familie die Haare färbte. Vergleichbar mit einem Familientattoo. Aber diese Malones hatten keine roten Strähnchen. Nur das schwarze Haar mit ein paar weißen Strähnen. Das war's. Er hatte den Spitznamen nie kapiert, bis sie erwachsen waren und eines Tages in seine Bar kamen, auf der Suche nach Informationen zum Tod ihres Vaters. Ein brutaler Mord, den die Schwarzen Malones nicht vergessen oder vergeben würden.

Doch er wusste, warum Keane Malone heute hier war.

»Malone«, sagte Tommy anstelle einer Begrüßung.

»Überrascht, mich zu sehen?«, fragte Malone. »Du weißt schon … lebendig?«

Er war tatsächlich überrascht. Er hatte gehört, dass der Junge es nicht geschafft habe. Ebenso wenig wie seine Brüder.

Tommy hätte es besser wissen und nicht auf Gerüchte hören sollen.

Trotzdem zuckte er die Achseln und sagte: »Ich weiß nicht, was du meinst.«

»Wirklich nicht?«

»Nein. Wirklich nicht.«

Bobby war der Erste, den man wegschleppte. Es ging so schnell, dass Tommy nicht einmal gesehen hatte, wie es passierte. In der einen Sekunde stand Bobby mit den anderen da, in der nächsten wurde er durch den Flur gezerrt, schrie sich die Seele aus dem Leib und versuchte, die Finger in den Dielenboden zu krallen oder sich an Wänden und Möbeln festzuhalten. Aber eh Tommy sich's versah …

Sie konnten Bobbys verzweifelte, panische Schreie am anderen Ende des Flurs hören, bis er plötzlich in den Schankraum zurückkullerte. Als hätte eine große Hand ihn mit einem Schlag dorthin befördert.

Bobby lebte noch, aber er war voller Blut von all den Schnittwunden, die ihn durchlöcherten. Schluchzend kroch Bobby über den Boden in dem Versuch, die Eingangstür zu erreichen.

Seine verbliebenen Männer hatten sich um Tommy geschart, ihre Waffen gezückt, aber Malone schien es nicht zu bemerken oder sich nicht darum zu scheren.

Stattdessen schnappte er sich den einzigen unbeschädigten Holzstuhl in der ganzen Bar und stellte ihn mitten in den Raum. Er drehte ihn so, dass die Rückenlehne zu Bobby und seinen Männern zeigte und ließ sich mit seinen massigen Beinen rittlings darauf nieder. Das Knarren des Stuhls ließ Bobby zusammenzucken. Jahrelang hatten jeden Tag fette Typen, die nichts anderes taten, als Bier zu trinken, Nachos zu essen und sich Football-Spiele anzusehen, auf diesen Stühlen gesessen, und die Stühle hatten nie geknarrt. Wie viel wog der Junge? Und rührte sein ganzes Gewicht allein von seinen Muskeln?

»Also, lasst es uns noch einmal versuchen, und ich formuliere es direkter«, begann Malone gelassen. Er zog auch nicht seine Waffe. Das hatte er nicht nötig. Allerdings war Tommy sich nicht sicher, ob Malone überhaupt jemals bewaffnet war. »Ich habe Informationen von euch erhalten, die mich und meine Brüder auf eine Insel geführt haben, wo ein Haufen Männer versucht hat, uns umzubringen. Ich kann nicht umhin zu denken, dass du etwas damit zu tun hattest.«

Tommy öffnete den Mund zu einer Antwort, aber Malone hob einen großen, dicken Finger. »Und bevor du antwortest, solltest du wissen, dass es bei mir nur zwei Chancen gibt, mir ehrlich zu antworten. Der bedauernswerte, weinend wegkriechende Bobby war eure erste Chance.«

Sicher, Tommy war mit Gangstern aufgewachsen. Er kannte genug von solchen Selfmadetypen persönlich. Hatte ihnen erlaubt, den Keller seiner Bar zu benutzen, damit sie dort Männern, von denen sie fanden, dass sie es verdienten, die Zähne herausbrechen konnten. Obwohl er sich nie an ihren Aktivitäten beteiligt hatte, wusste er genug, dass er nicht allzu hohe Schutzgelder bezahlen musste, während es ihm gleichzeitig gelang, sich nicht das Gesicht einschlagen zu lassen, weil er zu viel sagte oder überhaupt etwas sagte. Also beherrschte er dieses Spiel besser als irgendein Saufkopf, der immer noch über seinen toten Daddy jammerte.

Aber der Junge war nicht allein. Irgendwo in der Bar lungerten seine Brüder herum, was bedeutete, dass er dieses Spiel schlauer angehen musste als gewöhnlich.

»Hör mal, mein Junge, ich verstehe ja, dass du aufgebracht bist, aber …«

»Falsche Antwort«, warf Malone ruhig ein.

Im selben Moment wurde Gary von den Füßen gerissen und hoch zur Zimmerdecke gezogen. Hysterisch schreiend flehte Gary um Hilfe. Bettelte, dass Jesus persönlich ihn rettete. Das ging eine ganze Weile, bis der arme Gary wieder heruntergeworfen wurde und in einem blutigen Häufchen liegen blieb. Auch er lebte noch, aber ein Ohr war weg, die Finger seiner rechten Hand zerfetzt und zu nichts mehr zu gebrauchen. Sein linkes Bein wirkte … angekaut? Aber das Schlimmste war die Öffnung in seiner Brust. Als hätte irgendetwas sie einfach aufgerissen. Tommy war sich sicher, dass er tatsächlich Rippen sehen konnte.

Tommy Jr., Tommys Erstgeborener, ließ seine Waffe fallen, ging in eine Ecke und setzte sich. Er winkelte die Beine an und hielt sich beide Ohren zu. Als er anfing, sich schluchzend hin und her zu wiegen, blendete Tommy ihn einfach aus.

»Also«, sagte Malone, dessen Gesichtsausdruck ausnahmsweise einmal überraschend neutral war – er lächelte nicht, aber er funkelte auch niemanden an. »Ich fühle mich heute ziemlich gut. In Geberlaune. Also breche ich meine eigenen Regeln.« Er hob einen dicken Zeigefinger. »Nur dieses eine Mal.«

Mads sah zu, wie Max eine Küchenschublade öffnete und sich dann daranmachte, das Etikett auf dem Tablettenfläschchen zu studieren, das sie hervorgeholt hatte.

»O mein Gott. Die hier sind mehr als einen Monat alt. Sie hat tatsächlich ihre Medikamente abgesetzt.« Sie schüttelte den Kopf. »Das ist verrückt. Das darf sie nicht.«

Mads wusste, dass sie dazu besser nichts sagte. Sie hatte vor langer Zeit gelernt, sich nicht zwischen Schwestern zu stellen. Lange bevor sie die MacKilligan-Schwestern überhaupt kennengelernt hatte. Aber sie fand es unmöglich, einfach dazusitzen und zuzuhören, wie Max den Verstand verlor.

»Findest du nicht, dass das ein Eindringen in die Privatsphäre deiner Schwester ist?«

»Du kennst meine Schwester nicht.«

»Ich kenne sie seit ihrem neunten Lebensjahr. Und ich weiß, dass sie etwas launisch sein kann.«

»Launisch?« Max stieß ein hartes Lachen aus, wollte noch etwas hinzufügen, brach dann aber ab. »Hör mal, vertrau mir einfach. Es ist keine gute Idee, wenn sie ihre Medikamente absetzt. Ich meine, wie kann sie einfach ihre Medikamente absetzen, ohne mit mir darüber zu sprechen?«

»Vielleicht weil du darauf bestehst, sie zu fragen: ›Hast du heute schon deine Tabletten genommen?‹, und das jedes Mal, wenn sie beschließt zu weinen.«

»Wer weint über Werbung mit Welpen?«

»Deine Schwester! Na und? Wer mag keine Welpen? Selbst ich mag Welpen und ich hasse fast alles.«

»Ich muss mit Charlie reden.«

»Das musst du nicht.«

»Ich komme gleich wieder.«

Wie von der Tarantel gestochen rannte sie aus dem Raum und

Mads holte ihr Handy hervor. Sie lud eine App herunter, von der sie gehört hatte, es handele sich um einen von Gestaltwandlern betriebenen Fahrservice. Für die alkoholseligen Nächte, in denen Reißzähne auftauchen konnten und man den Fahrer nicht in Panik versetzen wollte. Nachdem sie einen Wagen bestellt hatte, griff sie sich ihre Sporttasche hinter der Couch aus dem Wohnzimmer und ging wieder in die Küche.

Während sie zwei Flaschen Wasser aus dem Kühlschrank nahm, kam Stevie mit dem Kätzchen herein.

»Wir müssen dir etwas zu fressen besorgen«, erklärte sie dem Kätzchen und öffnete die Tür eines Schranks, der vollgestopft war mit Katzenfutterdosen und großen Tüten Gourmet-Hundefutter. Sie schnappte sich eine Dose von etwas, bei dem es sich um Katzenfutter zu handeln schien, hielt dann aber inne. »Was glaubst du, wie alt dieses Kätzchen ist?«

Mads zuckte die Achseln. »Keine Ahnung.«

»Sie ist vielleicht noch zu jung für Dosenfutter. Oder er.« Stevie hob das Kätzchen in die Höhe und studierte, was Mads gern »das Fahrgestell« nannte.

Stevie nickte. »Es ist ein Er.«

»Warum flüsterst du?«

»Das weiß ich eigentlich auch nicht.« Sie tat das Problem mit einer Handbewegung ab und schloss die Augen.

»Was machst du da?«, fragte Mads, als Stevie einfach nur mit geschlossenen Augen dastand.

»Suchen, was ich unlängst über die Versorgung neugeborener Kätzchen gelesen habe, und es mir noch einmal ansehen.«

Mads stutzte und fragte dann: »Was zur Hölle soll das heißen?«

Stevie hob einen Finger, um sie zum Schweigen zu bringen. Nach einigen Minuten öffnete Stevie endlich die Augen und stieß den Atem aus. »Okay. Ich bin wieder auf dem Laufenden. Wahrscheinlich sollte ich ihn aber zum Tierarzt bringen.«

»Auf dem Laufenden in Bezug worauf?«

»Wie man sich um ein neugeborenes Kätzchen wie dies hier kümmert. Armes Ding.« Sie drückte das Kätzchen an sich. »Hast du deine Mama verloren? Das tut mir so leid. Nun, ich werde gut auf dich aufpassen.«

Max kam in die Küche zurück. »Wo ist Charlie?«

»Bei den Drillingen.«

»Und der Panda?«

»Im Garten, seinen Morgenbambus essen und sich von Bäumen herunterhängen lassen«, antwortete Stevie. »Folg einfach dem Kaugeräusch.«

Max stürmte zur Hintertür hinaus. Mads stieß den Atem aus, und da sie wieder einmal nicht länger an sich halten konnte, sagte sie: »Ich würde mir keine Sorgen machen.«

Behutsam setzte Stevie das Kätzchen auf den Küchentisch.

»Worüber?«

»Über Max' Reaktion darauf, dass du ein Baby bekommst. Sie wird sich schon wieder einkriegen und eine wunderbare Tante sein. Da bin ich mir sicher.«

Sie schnaubte. »Ich bekomme kein Baby.«

Mads blinzelte und trat einen Schritt zurück. »Moment mal … was?«

Finn und seine Brüder stiegen wieder in den SUV, und Keane schnappte sich die Tüten mit Bagels und schaute in jede einzelne hinein, um Finn und Shay die jeweils richtige zu geben.

Sobald sie alle ihre Bagels hatten, fingen sie an zu essen und an ihrem Starbucks-Kaffee zu nippen. Auf Shays Bagels war eine dicke Schicht Frischkäse. Keane aß seine gern nur mit einer dünnen Schicht Butter. Finn dagegen mochte seine ohne alles. Sie unterhielten sich nicht während des Essens. Taten sie selten. Essen war keine Zeit zum Reden; es war Zeit zu futtern.

Als die Bagels gegessen waren und die Brüder aus dem Fenster schauten und an ihrem verbliebenen Kaffee nippten, fragte Finn: »Meint ihr, wir sind zu weit gegangen?«

»Nein.«

»Einige Leute werden sauer sein.«

Keane sah ihn an. »Leute?«

»Katzenhaus Securitys. Und diese anderen Leute.«

»Welche anderen Leute?«

»Keine Ahnung. Und die Gruppe, die von Hunden angeführt wird.«

»Wen schert das?«, blaffte Shay von der Rückbank. »Keiner von denen hat sich je dafür interessiert, was mit Dad passiert ist. Warum sollten wir uns jetzt für irgendetwas interessieren, das sie zu sagen haben? Sie können sich glücklich schätzen, dass wir keine Spur von zerfetzten, angenagten Leichen die ganze verdammte Fifth Avenue entlang hinterlassen. Mir ist nämlich durchaus danach zumute, genau das mit den Bastarden zu machen, von denen wir auch nur *vermuten,* sie hätten etwas mit Dads Ermordung zu tun.«

Finn griff nach hinten und riss seinem Bruder den Edelstahl-Thermobecher aus der Hand. »Keinen Kaffee vor dem Training mehr für dich.«

Stevie nahm das Kätzchen wieder auf den Arm, damit es nicht vom Tisch spazierte, und sagte sehr energisch: »Ich bekomme kein Baby.« Dann fügte sie hinzu: »Ich meine, eines Tages wollen Shen und ich schon ein Baby bekommen. Wenn ich in meinen Dreißigern bin. Bis dahin, da bin ich mir sicher, habe ich sehr genau und detailliert etwas mit meinen Ärzten ausgearbeitet, was meine Medikamente betrifft, und Shen und ich haben unser eigenes Haus. Aber ob wir heiraten werden, weiß ich noch nicht. Ich persönlich halte die Ehe für einen Schwindel, den das Patriarchat uns aufzwingt. Aber egal. Heirat, keine Heirat … Es spielt keine Rolle. Wir werden eines Tages ein Kind haben. Vielleicht zwei. Aber erst in einem guten Jahrzehnt.«

»Oh.« Mads kratzte sich verwirrt am Kopf. »Warum hast du Max dann gesagt …«

»Neulich war im Fernsehen so eine Werbung für ein Kaufhaus, und es ging um eine Mom, die zum ersten Mal mit ihrer Tochter auf dem Weg zum College ist. Es war wirklich süß, und am Ende ruft sie ihrer Mom aus ihrem neuen Wohnheimzimmer zu: ›Ich hab dich lieb, Mom‹, und die Mom sagt: ›Ich hab dich lieb, Baby‹, und ich habe losgeheult und sofort sagt Max …«

»Hast du heute deine Tabletten genommen?«

»Ja, genau!«, stieß Stevie hervor. »Also habe ich beschlossen, sie zu verarschen. Da sie mich sauer gemacht hat und ich es satthabe. Ich kümmere mich sehr gut um meine geistige Gesundheit, vielen herzlichen Dank, und zwar schon seit meinem siebten Lebensjahr, als mir klar wurde, dass ich ein paar Probleme habe. Ich kann es einfach nicht gebrauchen, dass meine große Schwester mich behandelt wie eine außer Kontrolle geratene Geisteskranke, um die sie ständig herumwuseln muss. Außerdem war die Frage einfach unhöflich.«

»Da hast du recht. War sie.«

Sie grinste Mads an. »Also, wirst du mich jetzt verpetzen? Ich weiß, wie dicke ihr fünf seid.«

»Ich habe vor langer Zeit gelernt, mich nicht zwischen Schwestern zu stellen.«

Stevie verdrehte die Augen. »Kommt jetzt eine lange Geschichte über Gestaltwandler, die darauf hinausläuft, dass du mit erzählst, wo du die Narbe auf deinem Hals her hast?«

Mads zeigte auf die Narbe, die sich quer über die linke Seite ihres Halses zog. »Die hier? Nein. Die Narbe habe ich von meiner Mutter, als sie meinen Vater hat wissen lassen, dass sie, falls er jemals wieder versuchen sollte, das Sorgerecht für mich zu bekommen, sichergehen würde, die Halsschlagader zu erwischen.«

Mads beugte sich über den Tisch und schloss sanft Stevies offen stehenden Mund. »Tut mir leid, Schätzchen. Ich vergesse manchmal, dass du, anders als Max und meine Mannschaftskameradinnen, nicht an meine Geschichten gewöhnt bist.«

»Glaubst du, O'Connell hat uns die Wahrheit gesagt?«

Keane zuckte die Achseln. »Wenn ja, können wir wirklich sonst nirgendwohin, habe ich recht?«

»Genau das habe ich auch gerade gedacht.«

»Uns gehen die Kontaktpersonen aus. Und Leute, denen wir trauen können.«

»Davon hatten wir von Anfang an nie besonders viele.«

Shay beugte sich vor und stützte die Arme auf die Rückenlehne der Vordersitze. »Also, was jetzt?«

»Ich glaube, ich kenne da jemanden, der uns *möglicherweise* helfen könnte. *Vielleicht.*« Finn hielt es für nötig, das zu betonen.

»Sprichst du von einem Freund?«

»Nein. Einem Glücksspieler. Zumindest war er früher einer. Ihr zwei habt ihn mal kennengelernt, aber glaubt mir, ihr werdet euch nicht an ihn erinnern. Doch er kennt wirklich jeden und er hat unzählige Kontakte.«

»Warum bist du nicht früher schon mal zu ihm gegangen?«, wollte Keane wissen.

»Weil er nervt«, knurrte Finn. »Und weil er ein Hund ist.«

»Sirenen«, verkündete Shay. »Wir sollten besser abhauen.«

Keane ließ den SUV an und fuhr los. Als er das Ende der Straße erreichte, hielt er vor der roten Ampel dort und sah von Finn zu Shay.

»Ich will nicht, dass ihr euch Sorgen macht. Wir werden herauskriegen, wer Dad getötet hat. Und alle finden, die daran beteiligt waren und die ihre Finger im Spiel gehabt haben. Wir werden sie alle töten. Darauf habt ihr mein Wort.«

Shay fasste zwischen die Sitze und tätschelte Keane die Schulter. »Du hältst die besten Aufmunterungsreden, Mann.«

Finn schaute schnell aus dem Beifahrerfenster, um Keane nicht ins Gesicht zu lachen. Sein Bruder hasste das. Außerdem kannte er das Geräusch, wenn Keane Shay seinen Ellbogen ins Gesicht rammte, inzwischen so gut, dass er es nicht wirklich zu *sehen* brauchte, um zu wissen, wann es passierte.

Dez MacDermot war schon ziemlich lange Cop. Tatsächlich würde ihr Vater, wenn man ihn jemals fragte, sagen, dass sie als Cop zur Welt gekommen sei. Trotzdem hatte es eine Zeit gegeben, in der der Tatort eines Mordes wie dieser sie verwirrt und in Panik versetzt hätte. Aber mittlerweile? Mittlerweile eher weniger.

Einen Tatort wie diesen untersuchte sie immer selbst, damit sie genau wusste, womit sie es zu tun hatte. Und es war bereits erkennbar, dass das hier ein Riesending werden würde. Vor allem weil es keine Toten gab.

Offensichtlich waren zwei Männer von irgendetwas verstümmelt worden … von einem Tier. Sie lebten zwar, aber nur gerade so eben, und ein Krankenwagen hatte sie bereits weggebracht.

Normalerweise regelten Gestaltwandler ihren Scheiß in aller Stille und räumten hinter sich auf. Das wusste sie aus Erfahrung. Ihr Mann und ihr Sohn waren Löwen. Zwei ihrer besten Freunde waren Wölfe. Sie war jetzt seit Jahren Teil dieser Welt, und sie wusste, wie vorsichtig Gestaltwandler waren. Wie vorsichtig sie sein mussten, um nicht nur sich selbst, sondern auch die, die sie liebten, zu beschützen. Bedauerlicherweise bedeutete das gewöhnlich, dass, wenn ein Vollmensch etwas sah, das er nicht sehen sollte, harte Entscheidungen getroffen werden mussten. Zumindest drückte ihr Mann es immer so aus. Wenn möglich, taten die Gestaltwandler einfach so, als sei der Vollmensch geisteskrank oder betrunken oder high, wenn er irgendetwas sah. Falls das nicht funktionierte, oder wenn sie versuchen mussten, irgendein Video zu löschen, konnte es ziemlich schwierig werden.

Glücklicherweise waren überall Gestaltwandler positioniert, die auf ihre Leute aufpassten. Das mussten sie tun, um sicherzustellen, dass keiner von ihnen als Versuchsobjekt von Regierungsbehörden, die auf der Suche nach dem nächsten Supersoldaten waren, endete.

Und so war Dez an ihren Job gekommen. Als einfacher Cop hatte sie angefangen. Und zwar als ganz normaler, vollkommen durchschnittlicher Cop. Und jetzt war sie hier, starrte auf ein Ohr, das auf dem Boden lag, und versuchte herauszufinden, welche Spezies es dem Mann vom Kopf gerissen hatte.

Meine Güte, wie die Dinge sich verändert hatten.

Sie riss den Blick von dem Ohr los und sah sich noch einmal in der Bar um, bis ihr Blick auf dem Barbesitzer Tommy O'Connell liegen blieb. Dez kannte O'Connell schon lange.

Sie trat näher an ihn heran, während die Rettungssanitäter seinen schreienden Sohn auf eine Trage schnallten; er machte sich nicht einmal die Mühe aufzuschauen. »Sie sind sich also sicher, dass Sie nichts gesehen haben?«, fragte sie. »Wirklich absolut gar nichts?«

O'Connell, der diese Bar von seinem alten Herrn geerbt hatte und seit den frühen Siebzigern führte, als die Straßen von Manhattan mehr als nur rau und Furcht einflößend gewesen waren, starrte vor sich hin, ohne etwas zu sehen, und murmelte: »Ich habe nichts gesehen. Ich kam hier an und alles sah genauso aus wie jetzt. Meine Jungs fertiggemacht. Die Bar so, wie Sie es sehen. Und meine Jungs werden sich ebenfalls an nichts erinnern. Das kann ich Ihnen versprechen.«

Jepp. O'Connell log. Sie merkte es nicht nur daran, dass er dieselbe kleine Rede wieder und wieder hielt. Sie sah es an der Art und Weise, wie seine Bar zertrümmert worden war. Dez hatte schon viele zerstörte Lokale gesehen. Sie hatte auch schon so einige Häuser gesehen, welche von große Typen zerstört worden waren, die sich in wilde Tiere verwandelten. Das hier hatte diese gewisse Wildtiernote. Außerdem hatte ihr gesamtes Team – bestehend aus verschiedenen Gestaltwandler-Arten –, seit sie durch die Tür getreten waren, nichts anderes getan, als zu schnuppern, als witterten sie eine Herde von Wasserbüffeln.

Doch Dez brauchte nicht zu schnuppern, um zu wissen, dass die Sache hier schmutzig werden konnte. Sie hatten die vollmenschlichen Cops weggeschickt, die als Erste am Tatort erschienen waren. Das hatte bereits einen Konflikt verursacht, von dem sie später noch hören würde.

»Tiger.«

Sie sah zu Lou Crushek hoch, ihrem guten Freund und früheren Partner, der ihr jetzt in ihrem größtenteils aus Gestaltwandlern bestehenden Revier direkt unterstand. »Was?«

»Tiger.«

»Was soll mit ihnen sein?«

»Sie haben hier alles vollgepinkelt.«

»Ihhh. Was stimmt nicht mit euch. Ihr versaut mir den Tatort.«

»Nicht *unsere* Tiger. Andere Tiger.«

Dez verzog das Gesicht. Sie konnte es sich nicht verkneifen. »Warum? Warum tut jemand so etwas?«

Crushek, ein Polarbär, zog seine breiten Schultern hoch. »Ernsthaft? Das machen Tiger eben, wenn sie richtig sauer sind.« Er deutete in Richtung der tiefen Nischen des Gebäudes. »Da hinten findet sich ein Scheißhaufen.«

Sie stieß einen langen, gequälten Seufzer aus. »Schließt einfach alles ab. Nur unsere Leute dürfen hier rein oder raus.«

Crushek feixte. »Manchmal hasst du diesen Job, nicht wahr?«

»Du hast ja *keine* Ahnung.«

5

Mads betrat mit ihrer Tasche und ihrem Trainingsplan das Sportzentrum. Sie hatte vor, sich später am Abend mit dem Rest ihrer Mannschaft auf Staten Island zum Training zu treffen. Das hier war ein Work-out nur für sie. Um die Beste zu sein, konnte man nicht einfach nur zu den Spielen auftauchen. Na ja, wenn man Max war, dann schon. Aber Mads war keine MacKilligan. Sie hatte nicht das Glück der Schotten. Oder Iren? Es spielte keine Rolle. Was immer es war, sie hatte es nicht.

Sie nahm die Geheimtreppe nach unten ins Hauptstockwerk des Teils des Sportzentrums, zu dem nur Gestaltwandler Zutritt hatten. Diese Treppe wurde von Gestaltwandlern überwacht, um sicherzustellen, dass sich kein Vollmensch versehentlich an Orte verirrte, an denen er nichts zu suchen hatte. Es war nicht so, dass man zwangsläufig gleich mit Faultieren herumtollende Jaguare zu Gesicht bekam. Es war selten derart offensichtlich. Aber einem würden sofort einige Unterschiede ins Auge fallen. Zum Beispiel dass Familien, deren Mitglieder alle über zwei Meter groß waren, mit ihren kleinen weißhaarigen »Freunden« plauderten, die sich vielleicht oder vielleicht auch nicht als Taschendiebe betätigten, wenn sich die Gelegenheit bot. Oder sie würden möglicherweise bemerken, wie schnell manche der Kinder laufen konnten. Oder wie hoch andere klettern konnten, wenn sie sich erschreckten.

Oder wie leicht es war, ganze Rudel von Kindern zum Heulen zu bringen.

Ja, es war am besten, die Vollmenschen einfach von den vielen Stockwerken, die für sie tabu waren, fernzuhalten.

Mads' Plan sah vor, als Erstes eine Weile auf dem Laufband im Fitnessstudio zu verbringen. Danach ein wenig Krafttraining und dann noch etwas Zeit auf dem Platz und dann vielleicht …

Sie lief gegen eine Wand und machte unwillkürlich einen Schritt nach hinten, weil ihr klar wurde, dass sie wieder einmal nicht aufgepasst hatte. Aber als sie mehrere Schritte rückwärtsging, begriff sie, dass sie gar nicht wirklich gegen eine Wand gelaufen war.

»Oh. Du bist es.«

Der Tiger funkelte sie an.

»Tut mir leid.«

»Ja genau. Entschuldigung.«

Sie nickten einander zu, und Mads trat nach links, um um ihn herumzugehen. Aber auch er trat nach links. Also trat Mads nach rechts, was er ebenfalls tat. Sie trat wieder nach links. Genau wie er.

Sie blieb stehen und stieß frustriert den Atem aus. Wie sie hatte er eine Sporttasche bei sich, aber auf seiner prangte ein grelles Logo in den Mannschaftsfarben. Außerdem hatte er seinen Helm und seine Schulterpolster in der Hand. Sie waren so groß, dass Mads Zweifel hatte, ob es leicht war, eine Tasche zu finden, die groß genug dafür war.

Sie nickten einander erneut zu, und diesmal trat Mads einen Schritt nach rechts. Aber die Katze tat das Gleiche.

Schließlich blaffte sie entnervt: »Was zur Hölle machst du da?«

»Das Gleiche wollte ich dich gerade fragen.«

Verärgert darüber, dass er zu denken schien, es sei irgendwie ihre Schuld, dass sie direkt am Food-Court miteinander Walzer tanzten, behalf sich Mads mit einem ihrer klassischen Spielzüge auf dem Spielfeld. Ein Zug, den sie nur in einer Gestaltwandler-Liga durchziehen konnte. Sie sprang der Katze auf die Brust, kletterte an ihr hoch und über sie drüber und setzte ihren Weg fort.

»Hast du das ernsthaft gerade getan?«, hörte sie ihn hinter sich rufen.

Sie grinste, machte sich jedoch nicht die Mühe, sich umzudrehen. Denn ja, sie hatte das wirklich gerade getan.

Finn stand benommen mitten im Hauptstockwerk und begriff, dass ihn eine Honigdächsin gerade als eine Art Leiter benutzt hatte. Oder als Brücke.

Er hatte wirklich nicht damit gerechnet, auf eine der Dächsinnen zu treffen, die an diesem Morgen bei ihm zu Hause gewesen waren. Erst recht nicht auf die Dächsin, die so behaglich in einem seiner Schränke geschlafen hatte. Und er hatte definitiv nicht erwartet, dass sie über ihn hinwegklettern würde. Wer machte so etwas?

»Was ist denn mit deinem Gesicht passiert?«, fragte Keane, als er auf ihn zukam. Auch er hatte seine Football-Ausrüstung in den Händen.

»Was?«

»Dein Gesicht.«

»Was ist damit?«

Keane zeigte mit dem Finger darauf. »Es sieht seltsam aus.«

Finn deutete mit dem Daumen über seine Schulter und wollte gerade erklären, wie verärgert er war, als eine schwarze Frau auf Rollerskates schlitternd vor ihnen zum Stehen kam und verkündete: »Er lächelt!«

»Was?«, blafften sowohl Keane als auch Finn sie an.

Von ihrem Ton offensichtlich völlig unberührt, warf sie die Arme in die Luft und sagte wieder: »Du lächelst! Du bist glücklich! Alle sollten so glücklich sein!«

Mit dieser beunruhigenden Darbietung fuhr sie davon.

»Was war denn das?«, fragte Finn seinen Bruder.

»Irgend so ein Hybriden-Freak. Ignorier das einfach.« Keane deutete auf die Aufzüge. »Lass uns trainieren gehen.«

Charlie MacKilligan nahm so einiges im Leben als gegeben hin. Dass ihr Vater ihr die bloße Existenz zum Albtraum machte. Dass Stevie kreischte wie ein Mordopfer, wenn ihr ein Eichhörnchen zu nahe kam. Dass Max zu jeder Tages- und Nachtzeit Zugriff auf gestohlene Autos und Granatwerfer hatte. Und der Umstand, dass sie in einen der Drillinge verliebt war, bedeutete, ständig drei Bären um sich zu haben. Glücklicherweise mochte sie alle drei, aber trotzdem, das war eine Menge Bär pro Tag.

Wie dem auch sei, das waren Dinge, mit denen Charlie rechnete. Wenn also eins der oben genannten Dinge passierte oder sie sich damit auseinandersetzen musste – wenn sie zum Beispiel nur mit einem Handtuch um die Hüften aus der Dusche kam und ihren Gefährten Berg zusammen mit seinem Bruder Dag und seiner Schwester Britta auf dem Bett sitzend vorfand –, dann überraschte sie das nicht. Was sie überraschte, war eine schimpfende Max. Denn Max schimpfte nicht. Sie brachte andere dazu, zu schimpfen, aber sie selbst schimpfte nur, wenn sie versuchte, einen von etwas abzulenken, das hinter seinem Rücken vor sich ging.

Es begann, sobald sie im SUV saßen: Charlie, Max, Stevie, Shen, Berg und ein neues Kätzchen. Charlie hatte sich kaum vom Straßenrand entfernt, als Max plötzlich verkündete: »Diese schmutzigen Malones haben meine Blätterteigteilchen zurückgewiesen.«

Charlie trat auf die Bremse und fragte: »Was soll *das* denn heißen?«

»Ich war nett zu ihnen, um zu zeigen, dass ich zu schätzen weiß, was sie für uns getan haben, und sie haben mich einfach auflaufen lassen!«

»Was haben sie gemacht?«

Max sah sie an und riss die Augen auf, bevor sie antwortete: »Nichts.«

»Hör mal, Max, wenn du mich anlügst …«

»Stevie hat vor, ein Baby zu bekommen«, verkündete sie schnell, »und sie hat ihre Tabletten abgesetzt.«

Charlie beobachtete Max und gelangte prompt zu dem Schluss,

dass ihre Schwester versuchte, sie abzulenken, auch wenn sie nicht log.

»Nun«, sprach Max rasch weiter, als Charlie sie nur anstarrte, »hast du dazu nichts zu sagen?«

»Okay. Kauf dem Baby sein erstes Messer frühestens, wenn es dreizehn ist. So. Ich habe etwas gesagt.«

»Und das ist alles?« Max beugte sich vor und fügte in sehr lautem Flüsterton hinzu: »Du machst dir keine Sorgen? Nicht einmal ein ganz klein wenig? Ich meine, sieh sie dir doch an!«

Das tat Charlie. Ihre kleine Schwester saß auf dem Rücksitz zwischen einem Riesenpanda und einem Grizzlybären. Sie hielt ein rot-weißes Kätzchen im Arm, das in ein Gästehandtuch eingewickelt war, obwohl bei seiner Größe ein Waschlappen völlig ausgereicht hätte. Stevie war so damit beschäftigt, vor Begeisterung über dieses Kätzchen zu gurren, dass sie Max überhaupt nicht beachtete. Als sie bemerkte, dass Charlie sie ansah, hielt sie ihrer Schwester das winzige Ding hin und jubelte mit kieksender Stimme: »Kätzchen!«

Charlie drehte sich wieder um und schüttelte den Kopf. »Es scheint ihr gut zu gehen.«

»Wirklich? Denn sie hat gerade ihre Tabletten abgesetzt. Einfach so!«

Einfach so? Stevie? Nie und nimmer. Nie und nimmer! Stevie konnte unberechenbar sein, wenn es um ihre Arbeit ging oder darum, sich mit der Natur auseinanderzusetzen. Aber wenn es um ihre geistige Gesundheit ging, war sie nicht unberechenbar. Sie würde nicht einfach »ihre Tabletten absetzen«. Und sie traf nie, niemals überstürzte Entscheidungen. Charlie erinnerte sich noch, als Stevie im Alter von elf Jahren einen Zeitplan für drei Therapiesitzungen pro Woche aufgestellt hatte. Sie hatte all ihre Termine in einen riesigen Kalender eingetragen, den sie in die Küche des Rudels gehängt hatte, wo alle ihn sehen konnten. Damit alle wussten, wann sie zu ihren Terminen musste. Sie schämte sich nicht dafür und sorgte dafür, dass alle Bescheid wussten. Warum sollte sich daran plötzlich etwas ändern?

Das tat es nicht. Das wusste Charlie so sicher, wie sie hier saß. Ihre kleine Schwester würde sich nicht ändern. Sie hatte Angst davor, in eine dieser Irrenanstalten eingewiesen zu werden, die sie als Kinder in Horrorfilmen gesehen hatten. Anstalten, in die man Leute gegen ihren Willen einwies. Wenn sie in die Psychiatrie ging, wollte sie die vollkommene Kontrolle über die Situation haben. Also nein. Stevie hatte sich nicht geändert. Wieso kam Max dann auf die Idee, dass …

»Kätzchen!«, sagte Stevie und hielt wieder die Katze hoch.

»Und was hast du dazu zu sagen?«, fragte Max Shen in strengem Ton. »Jetzt, da du mich nicht mit deinem verdammten Bambus-Gekaue ausblenden kannst.«

Shen sah Max direkt in die Augen und antwortete: »Ich bin nur ein Männchen. Ich wünsche mir jede Menge Babys. Ich will einfach meinen Samen verteilen, wie eine Gatling-Kanone.« Dann, um seine Erläuterungen zu unterstreichen, machte Shen Maschinengewehrgeräusche.

Charlie konzentrierte sich auf die Straße und fuhr weiter.

»Ich kann es einfach nicht fassen, wie ihr euch benehmt«, schimpfte Max. »Es ist, als hättet ihr alle den Verstand verloren!«

»Entweder das, oder du willst mir nicht erzählen, was gestern Nacht passiert ist, und versuchst daher, mich mit Stevie abzulenken.«

Max tat Charlies Worte ab, indem sie mit einer Hand vor Charlies Gesicht herumwedelte. Normalerweise kein Problem, nur dass Charlie gerade Auto fuhr.

»Wisst ihr«, bemerkte Berg von der Rückbank, »meine Schwester würde sagen, dass niemand das Recht hat, einer erwachsenen Frau vorzuschreiben, was sie mit ihrem Körper tun darf.«

»Niemand redet mit dir, Yogi!«

»Okay. Aber wenn du damit zu Britta gehst, wird sie dir einen Vortrag halten. Und erinnerst du dich an das letzte Mal, als du versucht hast, einem ihrer Vorträge zu entgehen? Sie hat dich einfach mit ihrem Fuß fixiert.«

»Ich schlage vor, dass wir alle schweigen, bis wir am Sportzentrum sind«, meinte Charlie und streckte die Hand nach dem Radio aus.

»Ich dachte, wir fahren wegen dieser blöden Katze zum Tierarzt.«

»Im Sportzentrum gibt es eine neue Tierarztpraxis. Aus irgendeinem Grund halten sich Bären gerne Schoßhunde.«

»Hunde helfen uns, Räuber von unseren Bienenstöcken fernzuhalten«, sagte Berg. »Nicht wahr, Max?«

Ohne sich auch nur umzudrehen, sagte Max warnend: »Ich weiß, dass du nicht mit mir redest.«

»Ich? Einen Honigdachs bezichtigen, Honig aus einem *Bienenstock* zu stehlen? So etwas würde wirklich nur ein Verrückter sagen.«

Finn schleuderte den Schwarzbären zu Boden.

»Wofür war das?«, fragte der Bär und stellte sich wieder auf seine großen Füße. »Ich habe doch nur gefragt …«

Wieder warf Finn den Bären um.

»He! Lass das! Ich kann nicht glauben, dass du dich so aufführst.« Noch einmal stand der Bär auf. »Ich will doch nur wissen, warum …«

Finn warf den Schwarzbären um.

»Hör auf damit!«

»Malone!«

Rund um das Trainingsfeld drehten sich drei Köpfe, um die Trainerin an der Verteidigungslinie anzustarren, aber sie wedelte nur mit ihrem Tablet und bellte jetzt: »E. R., komm her.«

Finn lief zu Big Julie Farnell, einer Löwin aus einem riesigen Dschungelkatzenrudel von der Westküste. Julie hatte vor einigen Jahren einen Job bei der Mannschaft angenommen, ihr Rudel zurückgelassen und sogar ihre Welpen mitgebracht. Ein kühner Schritt für eine Löwin und einer, den ihre Mutter und ihre Schwestern nicht wirklich zu schätzen wussten. Aber Julie war in vielerlei Hinsicht eine kühne Frau. Vollmenschen hatten ihr den Namen Big Julie gegeben, als sie als Kind zur Jugendfußballliga gekommen war. Die Eltern der anderen Kinder hatten sie gehasst, weil ihre Söhne neben ihr ziemlich schlecht dastanden, aber wie sie die Mannschaft der Gegner plattmachte, dagegen hatten sie nichts haben können. Bis zur Junior High war sie dabeigeblieben. Sie wäre bis vors Gericht gegangen, damit sie auch auf der Highschool Football spielen konnte, aber ein paar der Spieler aus der anderen Mannschaft beschlossen, dem Mädchen, das einen Männersport betreiben wollte, eine Lektion zu erteilen. Während eines Spiels war sie verprügelt worden, und zwar von den größten und gemeinsten Jungs, mit der vollen Zustimmung des Trainerstabs.

Julie nahm das alles hin, bis einer der Typen den Fehler beging, sie zu tackeln, nachdem sie ihren Quarterback am Wurf gehindert hatte. Und dann wollte er sie nicht mehr loslassen. Er fand es witzig. Im Gegensatz zu Julie. Und sie zeigte ihm das, indem sie ihn wegstieß, seinen Arm packte und ihn so verdrehte, dass das Schultergelenk zertrümmert wurde. Während er schrie, versuchte einer seiner Mannschaftskameraden, sie von ihm herunterzuziehen, und nannte sie eine »bösartige Fotze«. Das kam ebenfalls nicht besonders gut an bei Julie, daher riss sie dem Spieler den Helm vom Kopf und verprügelte ihn damit nach Strich und Faden. Sie erwischte ihn überwiegend im Gesicht und am Kopf. Die Schiedsrichter versuchten einzugreifen, aber das ging ebenfalls nicht gut aus, und dann mischten sich die beiden Mannschaften ein und kämpften gegeneinander. Kurzum, es endete in einem Blutbad. Die beiden Jungs mussten über Monate immer wieder ins Krankenhaus und ihre Football-Kariere war für immer beendet. Die Eltern hätten gern juristische Schritte eingeleitet, aber zwei Dinge hielten sie davon ab. Erstens die Blutergüsse, die Julie nach dem Spiel am ganzen Körper vorweisen konnte und die der Trainingsstab vorsichtshalber für die Nachwelt festgehalten hatte. Und natürlich Julies Mutter und Tanten und ihr Vater und seine Brüder. Das ganze Löwenrudel war an diesem Montag in das Büro des Schulleiters spaziert, und der Zorn der vollmenschlichen Väter, die große Football-Träume für ihre Söhne gehegt hatten, schien im

Angesicht der Löwenmännchen zu versiegen, als die sich vor ihnen aufbauten und einfach nur atmeten.

Mehr taten sie nicht, nur atmen. Aber wenn einem dieser Atem die Haare nach hinten wehte und sich der Blick goldener Augen in einen bohrten wie Zwillingssonnen, war es vielleicht doch keine allzu gute Idee, die Cops da mit reinzuziehen.

Am Ende wurde Julie auf eine Privatschule geschickt und fing an, in einer Gestaltwandler-Jugendmannschaft zu spielen, in der Jungen und Mädchen aller Spezies vertreten waren, die es besser wussten, als eine Löwin als »bösartige Fotze« zu bezeichnen. Nach dem College wurde sie von einer Profi-Mannschaft eingekauft, in der sie fünfzehn Jahre spielte, bis ein übler Autounfall ihr ein Bein und einen Arm zerquetschte. Der Unfall hätte sie eigentlich umbringen müssen – ihr Sportwagen war von einem Bus mit schlecht gewarteten Bremsen zusammengedrückt worden –, aber sie erholte sich wieder ziemlich gut in einem Gestaltwandler-Krankenhaus, wenn man von ihrem Ellbogen absah. Dieser verheilte nie richtig, und die einzige Möglichkeit, das in Ordnung zu bringen, war ein Metallgelenk gewesen. Eine kleine Operation für einen normalen Gestaltwandler, aber eine große für eine Profi-Sportlerin. Die Prothese hätte ihr einen Vorteil ihren Gegnern gegenüber verschafft, denn sie machte Julies Arm stärker als den jedes anderen hochkarätigen Quarterbacks. Daher hatte sie wählen müssen zwischen der Operation und ihrer Profi-Karriere. Es war keine einfache Entscheidung gewesen, aber die Schmerzen, die von ihrem Ellbogen aus in ihre Schulter ausstrahlten, sorgten dafür, dass sie trotz ihrer sehr hohen Schmerztoleranz auf keinen Fall Männer tackeln wollte, die doppelt so groß waren wie sie. Sie war im Zuge von Familienurlauben oft genug von Afrikanischen Büffeln herumgeschubst worden, um zu wissen, was echter Schmerz war, und mit ein paar Grizzlys zusammenzustoßen, die versuchten, sie von ihrem Quarterback fernzuhalten, war damit keinesfalls zu vergleichen. Was bedeutete, dass es, wenn sie den Schmerz einer Ellbogenverletzung nicht aushielt, etwas Ernstes sein musste und nur schlimmer werden würde.

Obwohl die Operation die eine Karriere beendet hatte, hatte sie ihr eine andere geschenkt. Als Trainerin der Defensive Line bei den New York Cushers. Sie war noch kein Jahr bei der Mannschaft, aber die Malones hatten – bis jetzt – nichts gegen sie einzuwenden. Und um ehrlich zu sein, hatten sie fast gegen jeden etwas. Vor allem gegen den letzten Trainer der Defensive Line.

Im Gegensatz zu allen anderen rief Julie Finn bei einer Abkürzung seines Mannschaftsspitznamens. E.R. stand für »Ewige Ruhe«. Ein Spitzname, der wohl verdient war, aber das bedeutete noch lange nicht, dass er ihm gefiel. Er kam sich damit vor wie ein Bestattungsunternehmen. Und warum Spitznamen überhaupt notwendig waren, sah er auch nicht ein. Waren sie nicht größtenteils etwas für die Fans?

»Du kannst mich auch einfach Finn nennen«, rief er ihr ins Gedächtnis.

»Ich nenne dich einfach Malone Drei.«

Finn stieß einen langen Seufzer aus. »Oder das.«

Sie deutete in die Richtung des Schwarzbären. »Warum schleuderst du Franklin wie ein Kauspielzeug hin und her?«

Er zuckte die Achseln. »Nur so.«

Franklin stand jetzt neben ihnen. »Ich habe ihn nur gefragt …«

Bevor Finn auch nur die Hände heben konnte, tauchte Keane hinter dem Schwarzbären auf und dieser flog ungefähr zehn Meter durch die Luft.

Es stimmte, was gesagt wurde: Tiger liebten es wirklich, von hinten anzugreifen.

»Ich weiß, ich sage euch das immer wieder, aber ich versuche es noch einmal: Bitte verprügelt nicht eure eigenen Mannschaftskameraden.«

»Was ist, wenn sie es verdienen?«

Sie atmete genervt aus. »Das ist der Grund, warum wir eure Art als räudige Katzen bezeichnen.«

»Rassistin.«

Julie stieß wieder den Atem aus.

Sie machte Anstalten zu gehen, blieb dann aber noch einmal stehen. »Wer ist das? Er winkt dir zu.«

Finn drehte sich zu dem Hund um, den er angerufen hatte, in der Hoffnung, er hätte vielleicht Informationen, die ihm und seinen Brüdern weiterhelfen würden.

»Keine Außenstehenden während des Trainings, Malone. Das weißt du. Wenn Coach Bradley ihn sieht ...«

»Ich muss nur schnell mit ihm reden. Bloß fünf Mi...«

Ein Football knallte gegen den Kopf des ahnungslosen Hundes und er fiel sofort um.

Finn schloss die Augen, aber er hörte deutlich Julies Vorschlag: »Wie wär's, wenn du und deine Brüder euch euren Freund dort schnappt und ihn in mein Büro tragt, und wir versuchen gemeinsam, ihn zu überreden, nicht die ganze Mannschaft nach Strich und Faden zu verklagen. Okay? Großartig!«

Julie beobachtete den zweitältesten Malone-Bruder fast eine Minute lang, bevor sie fragte: »Könnte einer von euch ihn bitte da runterholen?«

Keane Malone schlug mit der Faust auf den Schreibtisch und brüllte: *»Shay!«*

Das Geräusch erschreckte die Raubkatze, und Shay fiel von dem Bücherregal, auf das er geklettert war. Als er auf dem Rücken landete, war eine tüchtige Delle in ihrem Betonboden.

Julie verdrehte die Augen. Sie hatte immer gedacht, Löwenmännchen machten die meiste Arbeit, mit dem ganzen Haar-Conditioner, den die Löwinnen zur Verfügung zu stellen hatten, und dass sie immer als Erste ihr Essen bekommen mussten, sogar noch vor den Kindern. Das war wirklich viel Arbeit. Aber es war ihr jederzeit lieber als diese mürrischen Tiger. Es ging ihr nicht nur um die Schwarzen Malones. Sie mochten die *mürrischsten* Tiger sein, die ihr je begegnet waren, aber alle Tiger waren verdrossen und unhöflich. Sie wollten immer nur in Ruhe gelassen werden, um zu essen und zu schlafen und mit jedem zu streiten, der zufällig des Weges kam.

»Wie geht es ihm?«, fragte Julie Finn, der sich über seinen Hundefreund beugte.

»Er könnte tot sein.«

»Er ist nicht tot. Lediglich bewusstlos. Ihr solltet ihn einfach sanft …«

Die räudige Katze holte aus und schlug den armen Hund, so fest es nur ging.

»Hau ihn nicht!«

»Aber jetzt ist er wach.«

Das war er tatsächlich. Der Hund erwachte zitternd und knurrend. Während er ängstlich zurückwich, versuchte er herauszufinden, wer ihn geschlagen hatte.

»Beruhigt ihn«, befahl Julie. »Beruhigt ihn, bevor er anfängt zu bellen. Seht ihr, er bellt. Das wird Coach Bradley schnurstracks hierher führen. Ihr wisst, dass Eisbären wegen Robben von Gebell angezogen werden.«

»Alles okay, Stein«, sagte Finn zu dem Hund. »Alles okay. Beruhig dich.«

»Warum bin ich noch mal hier?«, fragte Keane.

»Weil du und dein Bruder eben die Bären verprügelt habt.«

»Das wäre nicht möglich gewesen, wenn du mehr Bären aus Alaska hättest. Diese winzigen Yellowstone-Bären bremsen uns nur aus.«

»Ich kann nicht schon wieder über Bären mit dir diskutieren, Keane.«

»Was ist mit russischen Bären? Wenn sie so etwas Bescheuertes wie Eishockey spielen können, können wir ihnen auch beibringen, wie man Football spielt.«

»Ist dein Bruder tot?«, erkundigte sie sich nach Shay.

»Nein. Moment.« Er schaute auf die Stelle, wo sein Bruder gelandet war, starrte ihn einen Moment lang an und sah dann wieder zu ihr. »Nein.«

»Wie kommen wir zurecht, Finn?«

Finn hob einen Finger und sagte zu seinem Freund: »Was meinst du mit ›Du kannst mir nicht helfen‹?«

»Dank der Therapie und der ständigen Drohungen meiner Cousine habe ich seit Jahren die Finger vom Glücksspiel gelassen.«

»Ich dachte, du hättest Beziehungen.«

Sein Freund stand endlich auf. Er war groß. Extrem gut aussehend. Ein Wolf. »Was für Beziehungen?«

»Leute, die mir Informationen beschaffen können. Du weißt schon …« Finn gestikulierte. »Spezielle Informationen.«

»Ich habe keine Ahnung, was du meinst.«

»Zeug, das sonst niemand hat. Informationen über Untergrundscheiß.«

»Was bringt dich auf die Idee, *ich* hätte diese Art von Beziehungen?«

»Du bist ein Van Holtz.«

»Ein Van Holtz mit einem Glücksspielproblem. Ich habe es gerade mal zum stellvertretenden Küchenchef für die Mittagsschicht geschafft. Nicht unbedingt ein Riesenvertrauensbeweis seitens meiner Familie. Es liegt noch ein langer Weg vor mir, bevor meine Cousins und Onkel mir etwas wirklich Bedeutsames zutrauen. Obwohl …«

Julie sah, wie der Hund den Blick abwandte und auf ihr Bücherregal starrte.

»Was tut er da?«, fragte sie Finn.

»Er denkt nach.«

»So sieht das bei ihnen aus? Wie machen sie es bloß tagsüber? Du weißt schon, ohne Hilfe?«

»Ich kann euch übrigens hören!«, blaffte der Wolf plötzlich und funkelte in die Runde.

»Vielleicht kann er sich einen Hund anschaffen«, schlug Julie vor, »der ihm hilft. Ich habe gehört, Border Collies seien sehr intelligent.«

»Wollt ihr nun meine Hilfe oder nicht?«

»Ich dachte, du kannst uns nicht helfen«, rief Finn dem Wolf ins Gedächtnis.

»Kann ich auch nicht, aber ich habe einen Vorschlag.«

»Was für einen Vorschlag?«

»Deine Schwester.«

Julie wusste nicht allzu viel über das Privatleben der Malones. Doch sie hatte während ihrer Zeit bei der Mannschaft Verschiedenes gehört. Von der Ermordung ihres Vaters. Darüber, dass der Rest der Familie Malone keine Hilfe gewesen war und dafür gesorgt hatte, dass der gesamte Clan der Reisenden schlecht auf die drei ältesten Brüder zu sprechen war. Und darüber, dass die Brüder es sich zu ihrer Lebensaufgabe gemacht hatten, sich an demjenigen, der für die Tat verantwortlich war, zu rächen.

Sie hatte außerdem gehört, dass die anderen Spieler, wann immer ihre kleine Schwester vorbeikam, um beim Training zuzusehen, den Brüdern ihr Mittagessen zu bringen oder sie einfach nur zu besuchen, stets ausgesprochen höflich waren. Und sie suchten nie den Blick der Kleinen. Als Julie dieses Verhalten zum ersten Mal aufgefallen war, hatte sie angenommen, dass sie sich in der Nähe einer gehörlosen Gestaltwandlerin vielleicht einfach unwohl fühlten. Es gab nicht viele von ihnen, aber schon einige, wie sie gehört hatte. Dieses Verhalten war immer wieder zu beobachten, wenn die hübsche Gestaltwandlerin zum Training kam, was allerdings nicht sehr oft geschah. Doch oft genug, dass die Spieler sich an ihre Anwesenheit hätten gewöhnen sollen.

Dann war der Tag gekommen, an dem einer von den Rookies sie angelächelt hatte. Es war ein ziemlich unschuldiges Lächeln gewesen. Auf jeden Fall kein lüsternes, und Julie wusste, was ein lüsternes Lächeln war. Sie hatte nicht viel darüber nachgedacht. Bis die Mannschaft eine neue Spielstrategie probiert hatte. Sie waren sie nur kurz durchgegangen. Lediglich um jedem Spieler die Züge zu zeigen, ohne dass jemand tatsächlich gerannt wäre oder jemanden getackelt hätte. Der Rookie war ein Runningback. Seine Aufgabe war lediglich, den Ball vom Quarterback in Empfang zu nehmen. Die Offensive würde ihn schützen. Die Verteidigung würde sich auf ihn stürzen, aber nicht ernsthaft.

Denn es war nur ein Probelauf.

Julie erinnerte sich noch, wie sie voller Entsetzen zugesehen hatte, wie die Malone-Brüder, zwei in der Verteidigung, einer im

Angriff die gesamte Offensive Line niedergemäht und den armen Rookie genau in dem Moment aus dem Spiel genommen hatten, in dem er den Ball aufgefangen hatte. Er hatte sogar ein Grinsen auf dem Gesicht gehabt. Völlig ahnungslos, dass ihn gleich drei riesige, stocksaure Tiger umrennen würden, weil er ihre kleine Schwester angelächelt hatte. Sicher, sie war damals erst sechzehn gewesen, aber es war nicht so, als wäre der Rookie vierzig gewesen. Der arme Junge hatte noch nicht mal das einundzwanzigste Lebensjahr erreicht, und wie gesagt, es war ein ziemlich unschuldiges Lächeln gewesen. Schließlich hatte er nicht versucht, sie mitten auf dem Spielfeld zu vögeln! Julie war sich sicher, dass eine einfache Warnung wie ein »Halt dich von unserer Schwester fern oder wir bringen dich um«, die Message für den jungen Geparden genauso wirksam übermittelt hätte wie das, was die Malones mit ihm gemacht hatten: Sie hatten ihn zu einer Brezel verdreht.

Als der Junge darum bat, in eine andere Mannschaft wechseln zu dürfen, in einem anderen Bundesstaat am anderen Ende des Landes, hatte der Haupttrainer nicht versucht, es ihm auszureden.

Also wirkte es ziemlich tollkühn von dem Hund, die kleine Schwester der Malones überhaupt zu erwähnen.

Julie zuckte zusammen, als Keanes große Faust erneut auf ihren Schreibtisch krachte, und sie fragte sich, wie lange das alte Metallmöbel wohl noch durchhalten würde. Die Mannschaft hatte ihr keinen neuen Schreibtisch besorgt, als sie diesen Job übernommen hatte. Er stand wahrscheinlich seit der Gründung der Mannschaft in den Siebzigern hier.

»Hast du gerade von meiner kleinen Schwester gesprochen?«, brüllte Keane.

Überraschenderweise ergriff der Wolf nicht die Flucht. Er verdrehte nur die Augen und hielt die Hände vor sich, die Handflächen nach oben gedreht, dann sagte er: »Werd nicht gleich hysterisch. Ich schwöre, ihr Katzen werdet immer so schnell hysterisch.«

»Tiger werden nicht hysterisch«, warnte Shay ihn vom Boden aus, wo er immer noch lag. Julie hatte ganz vergessen, dass er weiterhin da unten war. »Wir reißen dir lediglich die Haut herunter und fressen dich auf.«

Julie sah Finn an und nickte. »Echt subtil«, sagte sie.

Wölfe waren so dumm! Selbst die Van Holtzens!

Denn was sonst konnte in Stein Van Holtz gefahren sein, Nat zu erwähnen, wenn nicht extreme Dummheit?

»Wenn ihr mich mal aussprechen lassen würdest …«

»Dürfen wir dich danach umbringen?«, fragte Shay vom Boden aus.

»Wär mir lieber, ihr würdet's nicht tun, aber danke für das Angebot. Stattdessen wollte ich vorschlagen, dass ihr mit ihren Schwestern sprecht.«

»Sie hat keine Schwestern«, rief Finn dem Wolf ins Gedächtnis.

Stein rieb sich die Stirn. »Oh mein Gott. Ernsthaft? Macht ihr diesen Bullshit immer noch? Jeder weiß, dass sie eine MacKilligan ist.«

Keane stand so schnell auf, dass sein Metallstuhl nach hinten flog. Finn blieb nur noch, sich zwischen den dämlichen Hund und seinen Bruder zu stellen. Selbst Julie sprang von ihrem Schreibtisch weg, die Reißzähne ausgefahren, während ein warnendes Knurren aus ihrer Kehle drang. Lediglich Shay machte sich nicht die Mühe, sich zu bewegen. Warum auch? Stein hatte eine anständige Größe für einen Wolf, aber nichts, was Keane nicht allein umbringen konnte.

»Sie ist *keine* MacKilligan!«, knurrte Keane, dessen Stimme klang wie zermahlener Kies. »Sie ist eine Malone.«

»Was immer dich durch den Tag bringt, Alter«, sagte der Wolf mit einer wegwerfenden Handbewegung, was Finn dazu zwang, die Fäuste gegen die Brust seines Bruders zu rammen und ihn rückwärts zu stoßen.

»Willst du mir nicht helfen?«, fragte Finn Shay.

»Nein.«

»Okay, lass es dir auf eine Weise erklären, dass wir dieses Gespräch durchstehen«, fuhr Stein fort. »Lass uns so tun, als seien die MacKilligans irre, und sie *glauben* nur, eure Schwester sei auch *ihre* Schwester. Das könntet ihr nutzen.«

»Wie denn *nutzen?*«, fragte Shay, die Hände hinter dem Kopf verschränkt. »Um uns einen Porsche klauen zu lassen?«

»Wenn es das ist, was ihr wollt. Oder um euch Informationen zu beschaffen.«

Keane hörte auf mit seinen Versuchen, Stein den Kopf abzureißen, und stattdessen schauten jetzt alle den Wolf an.

»Wovon redest du?«

»Ich will nicht behaupten, dass Honigdachse jeden kennen. Denn das tun sie nicht. Doch sie haben Beziehungen zu fast allen Honigdachs-Familien weltweit. Und weil sie jede Honigdachs-Familie kennen, kennen sie alle. Es ist seltsam und typisch Honigdachs, aber für sie funktioniert es.«

Finn, der spürte, dass sein Bruder sich unter seinen Händen entspannte, ließ Keane los und drehte sich zu Van Holtz um.

»Das soll heißen«, fuhr der Wolf fort, »wenn es eine Spezies gibt, die euch Informationen beschaffen kann – und imstande ist euch zu helfen herauszufinden, wer euren Vater ermordet hat –, dann sind es die Honigdachse.«

Mads wischte sich mit einem trockenen weißen Handtuch den Schweiß vom Gesicht und griff nach der Flasche mit kaltem Wasser, die ihr eine der Co-Trainerinnen hinhielt. Sie wusste, dass sie nur daran nippen sollte, aber sie war nicht wirklich eine »Nipperin«. Also trank sie glücklich und in riesigen Schlucken das kühle Wasser, bis die Ein-Liter-Flasche leer war, dann wischte sie sich den frischen Schweiß vom Gesicht.

Sie wollte sich gerade einen anderen Ball greifen und weiter Dreipunkt-Würfe üben, als ihr die vier Personen auffielen, die am Eingang zum Trainingsplatz standen.

Die Mannschaft trainierte auf Staten Island, damit die Gegner sie nicht sahen, aber Mads selbst trainierte im Sportzentrum in Manhattan. Es gab dort tolle Einrichtungen, und obwohl sie sich in New York befanden, waren die Leute dort überraschend nett.

Doch diese vier Personen stachen aus der Menge heraus.

Die Co-Trainerin beugte sich vor und sagte leise: »Ich weiß nicht, wer das ist oder wie sie hier reingekommen sind, ohne von der Security gestoppt zu werden, aber es sind Vollmenschen und sie sind unheimlich.«

Mads reichte der Co-Trainerin den Basketball. Die Sache war ihr schrecklich peinlich.

»Keine Sorge«, sagte sie mit einem tiefen Seufzer. »Ich weiß, wer das ist.«

»Soll ich den Aufräumtrupp rufen?«

»Nein, nein. Sie sind in Ordnung.« Idioten, aber in Ordnung.

»Sie tragen Wolfs- und Bärenfelle – im Sommer. Das ist wirklich in jeder Hinsicht unmöglich.«

Mads tätschelte der Frau die Schulter. »Ich regele das, Tammy.«

Langsam ging Mads zu den vier schweigenden Personen, die auf sie warteten.

Als sie direkt vor ihnen stand, neigten die vier den Kopf, aber Mads erwiderte die Geste nicht, weil es dumm war. Wenn sie das Jahr 910 geschrieben hätten, wäre es vielleicht in Ordnung gewesen, aber das taten sie nicht.

Das taten sie nicht!

»Was gibt es?«, fragte Mads.

Es war die Schamanin, die das Wort ergriff. Immer sprach die Schamanin. Natürlich, und sie war auch diejenige mit einem Drachen-Tattoo, das sich von ihrem linken Auge über ihre Wange bis zum Kinn zog und das dem Mädel eine gewisse Autorität gegenüber ihrer bescheuerten Begleitung verlieh.

»Deine Urgroßmutter …«, begann die Schamanin, und senkte wie auch ihr dreiköpfiges Gefolge den Blick.

»Wenn sie mir etwas zu sagen hat«, sagte Mads, deren Geduldsfaden bereits gefährlich gespannt war, »hätte sie mich einfach … ihr wisst schon … *anrufen* können. Ich habe ihr doch das Handy mit den großen Tasten geschickt. Hat sie es nicht bekommen?«

»Doch. Sie hat es erhalten.«

»Ich habe mich vergewissert, dass es nicht kaputtgeht, selbst wenn sie es wiederholt an die Wand wirft.«

»Ja.«

»Warum hat sie dann nicht einfach angerufen? Weil sie mich foltern will?«

Oder einfach weil ihre Urgroßmutter immer alles kompliziert machte. Und merkwürdig. Immer total merkwürdig.

»Das war ihr nicht möglich, fürchte ich«, antwortete ihr die Schamanin. »Deine Urgroßmutter ist durch die Pforten Walhallas getreten.«

Mads quittierte die Bemerkung mit einem Stirnrunzeln. »Sie ist was?« Als die vier Botinnen sie nur anschauten, blinzelte Mads und fragte: »Moment mal. Moment. Sie ist tot? Solveig Galendotter ist tot?«

»Es tut mir leid, ja.«

»Gefallen in der Schlacht?«

»Nein.«

»Raubüberfall?«

»Ähm …«

»Haben die Cops sie erschossen? Die Marines? Wieder mal eine Blutfehde? Der alte Mann ein paar Häuser weiter, der gesagt hat, er würde sie eines Tages umbringen? Diese Miliz? Die hatten es schon immer auf sie abgesehen.«

»Ähm. Nein. Um die Miliz hatte sie sich bereits gekümmert. Der alte Mann ist schon vor Monaten im Schlaf gestorben. Mit den Cops und den Marines hatte sie ein vernünftiges Abkommen getroffen. Und die Blutfehden hatte sie im Griff.«

»Was war es dann?«

»Sie ist anscheinend einfach gestorben. In ihrem Laden. Herzinfarkt, wie es aussieht.«

Mads schüttelte den Kopf. »Nie und nimmer. Wir reden nicht über irgendeine ganz normale … hier geht es um Solveig Galendotter. Sie ist nie und nimmer *einfach* gestorben. Jetzt nicht und überhaupt nicht.«

Als die Schamanin nur die Achseln zuckte, stieß Mads den Atem aus, nickte und gab sich alle Mühe, ihre Gefühle unter Kontrolle zu halten. Ihre Urgroßmutter hätte nichts Geringeres von ihr erwartet. Galendotters wurden nicht »weinerlich«.

»Wann ist das passiert? Ich muss verschiedene Anrufe tätigen.«

»Vor drei Wochen.«

Mads stieß ein Knurren aus. »Sie ist vor drei Wochen gestorben und ihr erzählt mir erst jetzt davon?«

»Wir haben es auch gerade erst erfahren.«

Ein Frösteln überlief Mads. »Wie ist das möglich? Ihr Laden …«

»Es gab immer einen Vorwand, warum der Laden gerade geschlossen war. Immer einen Grund. Wir haben erst begriffen, dass etwas nicht stimmte, als man sie bereits eingeäschert und ihre Asche in eine Urne gefüllt hatte.«

»Eine Urne? Solveig ist in einer Urne?«

»Und diese Urne befindet sich in Wisconsin.«

Mads schnappte nach Luft und fuhr zurück, als hätte man sie geschlagen. »Bei den Göttern«, flüsterte sie. »Nicht Wisconsin.«

Mick hatte den Job erst vor ein paar Monaten angenommen. Er kam frisch vom Militär und war bereit, im zivilen Sektor zu arbeiten. Sein älterer Bruder hatte das eingefädelt, was total unerwartet gekommen war. Danny war nicht beim Militär gewesen. Er war immer als der Kluge angesehen worden. Er hatte den College-Weg beschritten, seinen Abschluss gemacht und alles. Niemand in der Familie hatte danach wirklich viel von ihm gesehen. Ihre Mutter bekam gelegentlich einen Anruf oder eine E-Mail, aber das war so ziemlich alles. Mick hatte erst später herausgefunden, dass Danny – der langweilige, immer nur lesend in seinem Zimmer hockende Danny, der unbedingt auf das am weitesten von seiner Familie entfernte College gehen musste und nie Zeit gefunden hatte, auf Blauschaf-Jagd zu gehen – direkt nach dem College von der CIA rekrutiert worden war. Die Geschwister hatten sich irgendwo im Nahen Osten während einer Operation getroffen, von der sie unter keinen Umständen sprechen durften.

Was noch seltsamer war: Sowohl das CIA-Team, dem Danny angehörte, als auch das Team der Navy SEALS, das Mick anführte, bestand ausschließlich aus Gestaltwandlern. Jeder Einzelne von ihnen war einer. Dieses Zusammentreffen hatte vor vier Jahren stattgefunden und seither war Mick seinem Bruder nicht mehr begegnet. Bis er sich dagegen entschied, bei der Armee zu verlängern, und sein Telefon plötzlich geklingelt hatte.

»Brauchst du Arbeit?«, hatte sein Bruder gefragt.

Natürlich hatte er Arbeit gebraucht. Er bekam Boni von der Regierung, aber nichts, was ihm ermöglichte, bis zu seinem Tod im hohen Alter im Luxus zu leben.

»Komm am Donnerstag, wenn du wieder bei Ma bist, um zwei Uhr hier an diesen Ort«, hatte Danny gesagt und ihm irgendeine Adresse in der Stadt genannt, ohne darauf zu warten, dass Mick sie sich notierte. Er hatte wohl angenommen, dass er sie sich irgendwie merken würde. »Zieh schwarze Jeans an, ein schwarzes Shirt und eine schwarze Jacke. Dann stellt Ma keine Fragen, aber es sieht auch nicht so aus, als hättest du dich gerade erst aus dem Bett gewälzt.«

Mehr aus Gewohnheit als aus irgendeinem anderen Grund hatte Mick die Anweisungen befolgt. Er hatte sich mit seinem Bruder vor einem hübschen Stadthaus getroffen, aber sobald er drinnen war, hatte er schnell begriffen, wovon er ein Teil zu werden im Begriff stand: Es handelte sich um die Gruppe. Im Gegensatz zu Katzenhaus oder dem Bear Preservation Council schützten die Mitglieder der Gruppe nicht nur »ihresgleichen«.

Stattdessen war die Gruppe eine landesweit operierende Organisation, die mit zahlreichen Spezies von Gestaltwandlern zusammenarbeitete, um ihresgleichen zu schützen. Eine überraschend schwere Aufgabe. Wie bei Dörfern von Menschen, die zu nah an Löwenterritorium herangerückt waren, führte die Nähe von Gestaltwandlern und Vollmenschen zu allen möglichen Problemen. Die Gruppe griff ein, bevor etwas außer Kontrolle geriet. Und wenn es nicht gerade um Kämpfe zwischen Gestaltwandlern und Vollmenschen ging, ging es um Kämpfe zwischen Gestaltwandlern und anderen Gestaltwandlern. Es gab viel mehr »Kriege« zwischen Rudeln und Clans, als Mick bewusst gewesen war. Seine Spezies machte sich gewöhnlich über dergleichen Dinge keine Gedanken. Bei ihnen ging es immer nur um die Jagd und um die Entspannung nach einem langen Klettertag in den Bergen. Wer hatte Zeit für solche Blutfehden?

»Hallo, Leute.«

Mick schloss die Augen und kämpfte gegen den Drang an, aufgrund der Stimme direkt hinter ihm wegzuspringen.

Zuerst dachte er, seine Reaktion sei vielleicht auf eine posttraumatisches Belastungsstörung zurückzuführen. Er hatte während seiner Zeit beim Militär viel durchgemacht. Also war es ganz normal, dass er ein wenig schreckhaft war. Manche Männer bekamen einen Therapiehund, der auf sie aufpasste und ihnen half, gelassen zu bleiben, wenn sie außerhalb ihres Hauses unterwegs waren. Dann wurde Mick klar, dass er nur so schreckhaft war, wenn *sie* sich in der Nähe befand. Er hatte bisher nur ganz selten mit Dee-Ann Smith zusammengearbeitet, aber diese Wölfin hatte etwas an sich, das ihn abstieß. Er kam nicht dahinter, was es war, aber er tat sein Bestes, im Zweifelsfall zu ihren Gunsten zu entscheiden. Sie war eine ehemalige Marine, und ihrer beider militärische Vorgeschichte hätte ihn beruhigen sollen. Aber irgendetwas an ihr machte ihn nervös.

»Habt ihr etwas gefunden?«, fragte sie mit dem Mund voll Apfel, den sie mit ihren Reißzähnen zerkaute.

»Ja«, antwortete Danny und deutete auf die Bäume. »Da ist alles voll mit Tigerpisse.«

»Und ich rieche Honigdachse«, fügte Mick hinzu. »Und Blut. Vollmenschenblut.«

»Jepp. Das haben die anderen auch gesagt.« Sie schob ihre Basecap mit der Aufschrift Tennessee Titans nach hinten und sah sich auf der kleinen Insel unweit von New York um. Mick hatte nicht einmal gewusst, dass es so kleine Inseln in der Nähe seiner

Heimatstadt überhaupt gab. Inseln mit Villen. Reiche Leute bekamen einfach alles! Er war in einer Vier-Zimmer-Etagenwohnung ohne Aufzug auf Staten Island aufgewachsen, zusammen mit seinen Eltern, seinem Bruder und seinen fünf zickigen Schwestern. Mal ganz zu schweigen von Vettern und Cousinen, die immer dann auftauchten, wenn sie nirgendwoanders hinkonnten. Vielleicht hätte er nicht das überwältigende Verlangen gespürt, die Flucht zu ergreifen und sich den Marines anzuschließen, wenn er in einer großen Villa wie die auf dieser Insel groß geworden wäre.

»Hier ist etwas ganz Übles passiert. Aber ich habe verdammt noch mal keine Ahnung, was.« Sie tätschelte Mick die Schulter, und es kostete ihn größte Überwindung, nicht ihre Hand wegzuschlagen.

Smith warf das Kerngehäuse ihres Apfels beiseite und ging, um mit einigen anderen Mitgliedern des Teams zu reden. Dabei zog sie ihre zu weite Jeans mit vom Apfel klebrigen Händen hoch, und er musste gegen den Drang ankämpfen, sie fauchend von hinten anzugreifen, sie zu packen, an ein stilles Plätzchen zu schleppen, auf den Boden zu drücken und so lange zu würgen, bis sie aufhörte, sich zu bewegen.

Er kam nicht dagegen an. Er war ein Schneeleopard. Und das tat er nun mal, wenn er Hunger hatte oder wenn er jemandem schlicht nicht über den Weg traute.

»Du funkelst sie an«, warnte sein Bruder ihn.

»Was ist das bloß an ihr?«, fragte Mick. »Sie ist immer nett zu mir, aber …«

»Ganz vorsichtig, sie ist die Frau vom Boss.«

»Welchem Boss?«

»Unserem Boss.«

So hatte er seinen Bruder zumindest verstanden. Aber ihr Boss sollte doch wohl etwas Besseres finden können als *sie.* Ihr Boss war ein Mitglied des Van-Holtz-Rudels, eines sehr wohlhabenden, sehr mächtigen Rudels aus Seattle und Deutschland. Ihre Ahnenlinie reichte mehrere Jahrhunderte zurück, und es hieß, sie hätten die Gruppe von ihrem eigenen Geld gegründet. Nicht nur das, der Mann sah aus, als sei er den Seiten eines Herrenmagazins entsprungen. Mick hatte einmal mit ihm zu Mittag gegessen und die Frauen hatten ihm buchstäblich zu Füßen gelegen. Frauen, die von dem Mann allesamt ignoriert worden waren. Mick hatte gedacht, dass sein Boss vielleicht einfach nicht auf Frauen stand oder dass er zu Hause ein Supermodel sitzen hatte, aber *sie* war das, was er zu Hause hatte? Eine drahtige Wölfin, die sich kleidete, als sei sie auf dem Weg zu einem Konzert von Lynyrd Skynyrd in den Siebzigern, zu dem sie ein Typ mit seinem Motorrad mitnahm, eine Frau, die ständig »Hallo, Leute« sagte.

So lange er lebte, würde Mick niemals die Denkweise eines Hundes verstehen.

Nachdem er abgeschüttelt hatte, was ihn im Grunde nichts anging, drehte er sich zu seinem Bruder um.

»Also, was passiert jetzt?«

Danny drehte den Kopf ruckartig in Richtung Norden, und Mick beobachtete, wie ein Hubschrauber landete und eine dunkelhaarige Frau ausstieg. Sie zog den Kopf ein, um den Rotorblättern des Hubschraubers auszuweichen, daher erkannte Mick sie erst, als sie sich aufrichtete.

»O nein. Was macht *die* denn hier?«

»Da ist überall Tigerpisse. Was denkst du, was sie hier macht?«

»Na und? Es gibt Tiger in allen fünf Boroughs von New York. Wer sagt, dass es einer von ihren ist?«

»Ja, sicher. Überall gibt es Tiger. Aber wenn es darum geht, richtige Scheiße zu bauen ...« Danny zuckte die Achseln. »Wir wissen es beide, Brüderchen, dann ist es *immer* ein Malone.«

»Warum hast du das Blätterteiggebäck nicht einfach gegessen?«, fragte Stein, und Julie musste ihm recht geben. Wer würde nicht einfach »danke« sagen und dieses verdammte Blätterteigteilchen essen, während er den nervigen Honigdachs sanft zur Tür hinausbeförderte? Oh. Richtig. Tiger! Die würden das nicht tun. Die zornigsten Katzen im ganzen Land! Sie ließen paranoide, tollwütige, streunende Katzen gelassen und vernünftig erscheinen.

Inzwischen hatte Shay sich von Julies Bürofußboden hochgerappelt und er und Finn drehten sich zu Keane um.

Der größere, ältere – und gemeinere – Bruder erwiderte ihren Blick nicht einmal. Stattdessen kam ein Knurren aus seiner Kehle, das den ganzen Raum vibrieren ließ, obwohl er nicht einmal den Mund öffnete.

»Das ist übel«, sagte Stein, der jetzt auf und ab ging. »Das ist ganz übel.«

Die kräftigen Arme über der Brust verschränkt, als beherrsche er die ganze Welt und hätte diese Situation vollkommen unter Kontrolle, räusperte Keane sich und fragte: »Können wir sie nicht einfach für die Informationen bezahlen?«

»Dieselben Dachse, die du beleidigt hast?« Er sah Keane aus dem Augenwinkel an, bevor er beide Augen verdrehte. »Ihr Tiger seid nicht die Einzigen, die nachtragend sein können, weißt du.«

»Doch es gibt auch noch andere Dachse, richtig?«

Stein drehte sich zu den drei Brüdern um. »Und ihr könnt euch keinen einzigen davon leisten!« Er schloss für einen Moment die Augen und holte tief Luft, um sich zu sammeln. »Dachse haben ein kompliziertes Kommunikationssystem, das noch aus einer uralten Zivilisation stammt.«

»Kommt jetzt der Moment, in dem du uns eröffnest, dass Julius Cäsar ein Honigdachs war?«, fragte Shay, der bereits gelangweilt klang.

»Nicht Julius Cäsar war ein Honigdachs«, korrigierte Stein ihn mit offenkundigem Ärger. »Aber Locusta.«

Finn blinzelte. »Wer?«

»Locusta. Die Giftmischerin des Alten Roms. Sie hat für Nero gearbeitet. Hat Britannicus erledigt, den Thronfolger des Römischen Reiches.« Julie, die an einigen Dokumenten gearbeitet hatte, wurde die Stille im Raum bewusst und schaute auf, um festzustellen, dass die Männer sie überrascht musterten. Sie zuckte die Achseln. »Wenig überraschend gab es eine Menge Löwen im Alten Rom, und wenn sie nicht gerade Christen fraßen, haben sie eine große Zahl von Giftmördern eingesetzt. Das war ihr Ding.«

»Löwen …«, antwortete Keane naserümpfend, »… sind solche Snobs.«

»Warum ist meine Urgroßmutter in Wisconsin?«, fragte Mads.

»Deine Familie mütterlicherseits hat alles an sich gerissen, bevor wir auch nur eine Chance hatten …«

Mads, die an einem ihrer Zöpfe zog, entfernte sich von der Schamanin und ihren Gefolgsleuten. Dann kam sie sofort zurück.

»Du hast das zugelassen«, sagte sie anklagend. »Du hast zugelassen, dass diese Idioten ihren Leichnam mitnehmen und genau das tun, was sie nicht wollte. Jetzt ist ihre Seele in einer gottverdammten Urne gefangen. In *Wisconsin.*«

»Wir hatten keinerlei Ansprüche auf Solveigs sterbliche Überreste, und dann sind deine Großmutter und deine Mutter aufgetaucht. Wenn du größeren Anteil an ihrem Leben genommen hättest, hättest du vielleicht ….«

Mads streckte einen Finger aus, ohne zu realisieren, dass ihre Krallen ausgefahren waren. Sie zeigte mit einer tödlichen Kralle auf eine mächtige Schamanin und es war ihr völlig egal, so sauer war sie. »Stopp.«

Die Schamanin senkte den Blick und hob bittend die Hände.

»Verzeih. Ich bin nur hier, um dir mitzuteilen, was passiert ist, so wie sie es mich zu tun gebeten hat, mehr nicht.«

»Du hast deine Aufgabe erfüllt. Jetzt verpisst euch.«

»Wenn wir mit deiner Mutter und deiner Großmutter reden, könnten wir viellei-«

»Wenn ihr in Wisconsin auftaucht, wird meine Familie euch auffressen.«

»Aber …«

»Anders als meine Urgroßmutter sind sie nicht unserem Wikingerblut treu, daher werden sie dir keinerlei Respekt erweisen. Sie sind durch und durch Hyänen, immer hungrig und imstande, *Knochen* zu zerbeißen und zu verdauen.« Mads starrte der Schamanin direkt in die Augen. »Verstehst du, was ich dir sage?«

»Absolut.«

»Dann verschwindet. Ich werde langsam nervös.«

Mit einer weiteren nervigen Verbeugung verließen die vier Vollmenschen den Trainingsplatz.

Mads konnte nicht glauben, dass ihre Urgroßmutter tot war. Solveig Galendotter? Nicht mehr am Leben? Sicher, sie war mindestens hundertundfünf Jahre alt gewesen, aber das war nichts. Solveigs eigene Mutter hatte bis zu ihrem hundertzwanzigsten Jahr gelebt und war nur gestorben, weil sie von einem Erzfeind im Kampf getötet worden war.

Galendotter-Frauen waren nicht deshalb langlebig, weil sie Gestaltwandler oder weil sie Wikinger waren, sondern einfach, weil sie zu gemein waren, um zu sterben.

Zu leben war ihre Rache an allen, die sie hassten. Und es gab viele, die sie hassten.

Mads selbst beabsichtigte, so lange wie möglich zu leben, nur um ihre Mutter und ihre Großmutter zu ärgern. Es war kein besonders hehres Ziel, aber besser als nichts.

Mads drehte sich von den Ausgangstüren weg und wandte sich in Richtung der Co-Trainerin, mit der sie zuvor gearbeitet hatte. Sobald sie den bekümmerten Ausdruck auf dem Gesicht der Katze sah, warf sie die Hände in die Luft.

»Lass das«, blaffte sie und ging noch einmal zu der Frau zurück, um ihr den Basketball abzunehmen.

»Aber …«

»Nein.«

»Ich will doch nur …«

»Nein.«

»Lass mich einfach …«

»Nein, Tammy. Das machen wir nicht. Das Gespräch, das du führen willst, führen wir nicht. Also lass es.«

»Soll ich jemanden für dich anrufen?«

»Um was zu tun? Meine Urgroßmutter von den Toten aufzuwecken?«

»Ähm …?«

»Eben. Also, lass es einfach gut sein.«

Mads dribbelte den Ball zur Freiwurflinie und machte zwei Würfe. Als sie den Ball gerade ein drittes Mal werfen wollte, hielt sie inne und schaute über ihre Schulter. Jetzt standen drei Co-Trainerinnen da und beobachteten sie. Es waren alles Katzen, daher hatten sie große Katzenaugen. Nicht solche, die sie normalerweise sah, misstrauisch zusammengekniffene, sondern große, weit aufgerissene und traurige.

Augen voller Mitleid.

Sie ließ den Ball fallen, marschierte zum Ausgang und holte im Gehen ihr Portemonnaie aus ihrem Rucksack.

»Wo gehst du hin?«

»Ich brauche eine Pause«, ließ sie die Trainerinnen wissen. Keine Lüge. Sie brauchte wirklich eine Pause.

Eine Pause von Katzen mit Mitleid in den Augen.

»Du willst, dass *ich* mit ihnen rede?«

»Na ja, ich kann es nicht«, sagte Keane ruhig und wahrscheinlich ehrlich, wie Julie vermutete. Schließlich hatte er die Honigdachse erst an diesem Morgen angebrüllt.

»Und ich will es nicht«, fügte Shay hinzu, wahrscheinlich ebenfalls aufrichtig.

»Ich will es auch nicht.« Finn jaulte geradezu. »Sie hassen uns. Uns alle.«

»Und das aus gutem Grund.«

Die drei Brüder schauten zornig ans andere Ende des Raums, wo der Van-Holtz-Wolf stand.

»Wer lehnt auch Blätterteiggebäck ab?«, fragte Van Holtz. »*Wer?* Und sie haben euch eine ganze Auswahl Blätterteigteilchen mitgebracht.« Er streckte anklagend einen Finger aus. »Auswahl. Bevor wir zu Van Holtz' wurden, waren wir einfach Holtz' in der deutschen Wildnis, und jeder, der unser Blätterteiggebäck zurückgewiesen hätte, hätte eine Blutfehde losgetreten.«

»Darf ich ihn jetzt schlagen?«, fragte Shay, seinen Katzenblick auf den Hund gerichtet. »Ich würde ihn jetzt wirklich gern schlagen.«

»Nein«, gab Finn zurück. »Sein Rudel ist riesig. Und einer seiner Onkel macht fantastischen Afrikanischen Büffel in Zwiebelsoße, für den man morden könnte, und ich will nicht, dass man mir den Zutritt zu ihrem Restaurant verwehrt.«

»Na schön.« Shay verließ ohne ein weiteres Wort das Büro, denn er hatte weiter nichts mehr zu sagen.

Keane starrte seinen jüngeren Bruder für einen kurzen Moment an, bevor er Shay folgte.

»Dann liegt nun also alles bei mir?«, rief Finn Keane nach.

»Ja!«, blaffte Keane zur Antwort.

»Ich hasse sie«, knurrte Finn, bevor er hinter seinen Brüdern herging.

Julie wandte sich wieder dem Papierkram auf ihrem Schreibtisch zu, weil sie noch einige Bestellungen rausschicken wollte, bevor sie zum Training zurückging. Aber dann bemerkte sie, dass der Hund nicht gegangen war.

Sie sah zu ihm auf und fragte: »Was?«

»Ich warte.«

»Auf?«

»Die Logen-Tickets, die du mir für das erste Heimspiel anbieten wirst, damit ich nicht die Mannschaft auf Teufel komm raus verklage, weil sie mir einen Football an den Kopf geworfen haben.«

Julie starrte ihn böse an und stieß den Atem aus.

Hunde …

6

Finn bestellte eine große Cola und Rippchen.

Er musste nachdenken, und wenn er Brainstorming machte, brauchte er zwei Dinge: Koffein und Fleisch.

Die Tüte mit dem Essen und der große Becher Cola wurden auf die Theke gestellt und Finn schnappte sie sich. Er ließ den Blick über den Food-Court wandern, auf der Suche nach einem Tisch, damit er essen und sich einen Plan überlegen konnte. Ihm war völlig klar, dass Keane diese Sache nicht auf sich beruhen lassen würde. Genauso wenig wie Shay.

Alle drei wollten sie Antworten haben, aber wieder zu den Dächsinnen gehen in der Hoffnung, dass sie die von irgendeinem von ihnen tatsächlich bekommen würden, vor allem von Max MacKilligan? Da wären sie besser beraten, sich eine Hellseherin zu suchen und sie darum zu bitten, mit ihren Ahnen sprechen zu dürfen.

Es war frühe Mittagszeit, daher war der Food-Court bereits gerammelt voll, aber Finn wandte immer wieder den Kopf hin und her auf der Suche nach dem ersten freien Platz.

Als sein Blick zum vierten Mal von einer Seite zur anderen schweifte, entdeckte er sie. Er hätte sie vorher schon bemerken sollen. Sie saß ganz allein an einem Tisch mit drei freien Stühlen. Fast alle anderen Tische waren voll besetzt, aber die Leute schienen absichtlich Abstand zu halten. Vielleicht lag es an der Art, wie sie aß. Langsam und methodisch. Immer eine in Honig getauchte Pommes nach der anderen. Es war definitiv abstoßend; er verstand, warum die anderen sie mieden. Normale Gestaltwandler aßen nicht so. Sie schlangen ihr Essen herunter und hielten immer die Augen nach einer Hand oder einer Kralle offen, die etwas zu stehlen versuchte, das ihr nicht gehörte.

Diese langbeinige Honigdächsin jedoch schien sich nicht im Mindesten Sorgen um die Raubtiere um sie herum zu machen. Sie wirkte zu abgelenkt, den Blick auf einen Punkt auf der anderen Seite des Raums konzentriert, einen Fuß auf ihren Stuhl gezogen, während sie das Tropfen des frischen Honigs von ihren Pommes gar nicht zu bemerken schien.

Mit einem Achselzucken ging Finn zu ihrem Tisch. Irgendwo musste er ja anfangen, und das hier erschien ihm am Einfachsten. Zumindest konnte er sie nach ihrer Meinung fragen, wie er weiter vorgehen sollte. Vielleicht hatte sie ja einen Vorschlag für ihn, wie er Max MacKilligan dazu bringen konnte, seiner Familie behilflich zu sein.

Er zwang sich zu einem freundlichen Lächeln, nach dem ihm nicht zumute war, und fragte: »Hallo. Was dagegen, wenn ich mich setze?«

Die Dächsin drehte den Kopf langsam in seine Richtung, legte die Stirn in Falten und schaute ihn mit ihren schwarzen Augen durchdringend an. Nach einem kurzen Moment des Schweigens knurrte sie: »Tatsächlich habe ich etwas dagegen. Verpiss dich.«

Die große Katze blinzelte überrascht, wandte sich dann ab und ging.

Dankbar, wieder allein zu sein, widmete sich Mads erneut ihren in Honig getauchten Pommes und ihren tiefschürfenden Gedanken.

Der Honig war vermischt mit scharfen mexikanischen Gewürzen und die tiefschürfenden Gedanken waren durchmischt mit Trübsal. Sie hatte über all das nachgedacht, was sie in ihrem Leben nicht auf die Reihe gekriegt hatte, seit sie aus Wisconsin fortgegangen war. Abgesehen von einigen Reisetaschen voller Tanktops, Shorts, Basketballschuhe und Unterwäsche gab es nichts, das Mads ihr Eigen nennen konnte.

Nicht mit eingerechnet natürlich die drei Lagereinheiten in Minnesota in den Bundesstaaten Washington und New York voll mit Bargeld, Pässen, Waffen und anderen notwendigen Dingen, sollte sie schnell fliehen müssen. Die Lagereinheiten befanden sich in Grenzstädten, sodass sie sich mühelos nach Kanada absetzen konnte, wenn es sein musste.

Aber davon abgesehen besaß sie nichts!

Sollte so ihr Leben aussehen? Ein Leben mit nichts?

Den meisten Honigdachsen fiel es schwer, sich irgendwo dauerhaft niederzulassen, und sie wanderten stattdessen lieber von Schrank zu Schrank, damit die Hausbesitzer nicht merkten, dass sie Besuch von einem Honigdachs gehabt hatten. Bis sie feststellten, dass ihr Honigvorrat durch Maissirup ersetzt worden war. Doch selbst diese Honigdachse hatten einen Ort, den sie »Zuhause« nannten. Einen Ort mit einem Fernsehgerät und einem Schrank voller Kleider und vielleicht ein oder zwei Kindern, die sie gelegentlich »Mom« riefen.

Selbst Max MacKilligan kam langsam zur Ruhe. Sie hatte jetzt einen Freund! Einen Mann, der tatsächlich keine Angst vor ihr hatte und der sie, darauf hätte Mads gewettet, nicht mitten in der Nacht verlassen würde, aus Angst, dass sie ihn eines Tages wegen der Versicherungsprämie umbringen würde. Eine Lebensversicherung, von der ihm gar nicht bekannt gewesen war, dass sie sie auf ihn abgeschlossen hatte und die nicht von ihm unterschrieben worden war.

Doch Max hatte zu dieser Option nur gegriffen, nachdem der Typ frühere Signale ignoriert hatte, besser zu verschwinden. Sogar ihr »Es ist vorbei. Lass mich in Ruhe!« Sie war einfach so niedlich und klein, dass vollmenschliche Männer sie nicht richtig ernst nahmen, anders als Gestaltwandler-Männchen. Vollmenschliche Männer dachten, sie könnten sie ignorieren oder herumschubsen.

Und statt sie zu töten und auf Hyänenland zu beerdigen, war sie zu dem Schluss gekommen – damit sich nicht ihr Adoptiv-Großvater mit den Folgen herumärgern musste, sollte die Justiz der Sache nachgehen –, dass es nur eine Methode gab, sie endgültig loszuwerden. Sie zwang sie, sich mehrere Episoden von *Dateline* anzusehen, bevor sie »zufällig« auf die Versicherungspolice stießen.

Mads hatte noch nie derart klammernde Partner gehabt. Sie fand immer, dass ein gut geworfener Basketball mitten ins Gesicht eine geeignete Methode war, einen Mann dazu zu bringen zu verschwinden. »Das war aus Versehen!«, erzählte sie den Cops jedes Mal und weil sie den Wurf bei einem Freundschaftsspiel, mit all ihre Mannschaftskameradinnen als »Zeuginnen«, platzierte, war sie dafür bisher nicht ins Gefängnis gewandert. Und die aufdringlichen Kerle bekamen die Message, plus einer gebrochenen Nase.

Aber bei Mads' gegenwärtigem Dilemma ging es nicht um frühere Lover. Oder frühere Fehler. Oder eine Kombination von beidem. Ihre Urgroßmutter war tot, und Mads wurde klar, dass sie in ihrem Leben nichts vorzuweisen hatte, außer ein paar Meisterschaftstiteln und ein paar Preisen als beste Spielerin. Aber hätte irgendetwas davon Solveig Galendotter beeindruckt? Nein! Das Erste, was sie Mads gefragt hätte, wäre gewesen: »Hast du ein Haus? Ein Auto? Ein Leben?«

Mads wusste, was ihre Urgroßmutter sich immer am sehnlichsten für sie gewünscht hatte. Ein Leben.

Ein Leben, auf das sie stolz sein konnte und das sie ohne Angst leben konnte.

Nicht ganz einfach, wenn eine komplette Seite ihrer Familie wollte, dass sie ….

Jemand knallte ein Tablett auf ihren Tisch, und Mads musste feststellen, dass die Katze wieder da war.

»Du sitzt an dem einzigen Tisch mit einem freien Platz«, beschwerte er sich und parkte seinen überraschend schmalen Hintern. »Also wirst du meine Gegenwart wohl einfach ertragen müssen.«

»Warum hast du mich dann überhaupt gefragt?«

Er nahm ein Wildschweinrippchen von seinem Teller. »Ich wollte höflich sein.«

»Ein höflicher Tiger? Ist das so etwas wie ein ehrlicher Politiker oder eine charmante Ziege? Vielleicht ein aufrichtiger Schauspieler?«

»Ich hab's versucht. Ich bin gescheitert. Können wir das hinter uns lassen?«

»Wie auch immer.«

Mads wandte sich wieder ihren Pommes zu und beschloss, den Tiger, der ihr schräg gegenüber saß, schlicht zu ignorieren.

Aber irgendwie machte er es ihr unmöglich.

»Dir tropft Honig aufs Knie«, verspürte er das Bedürfnis, ihr mitzuteilen.

»Ich werde ihn später einfach ablecken.«

»Igitt.«

Mads schloss kurz die Augen, bevor sie fragte: »Was?«

»Kannst du den Honig nicht einfach abwischen?«

»Warum sollte ich guten Honig verschwenden?«

»Warum solltest du ihn dir vor aller Augen von den Knien lecken?«

»Weil Tiger so berühmt für ihre guten Manieren sind.«

»Ich weiß jedenfalls, dass man sich nicht in der Öffentlichkeit die Knie ableckt!«

»Lass mich einfach in Ruhe!«

»Schön!«

»Schön!«

Sie verfielen in ein Schweigen, das Mads nur mürrisch nennen konnte, und sie war dankbar dafür, denn sie wollte nicht weiter mit diesem Burschen plaudern.

»Du hast keine Ahnung, wer ich bin, stimmt's?«

Mads sah die Katze an. »Sollte ich das wissen?«

Während ihm noch eine halbe Wildschweinrippe aus dem Mund ragte, blaffte er: »Du hast erst heute Morgen mit mir geredet.«

»Ach ja?«

»Ja! Und du hast dabei in meinem Schrank gehockt!«

»Tatsächlich?«

»Ja! Wie ist es möglich, dass du dich daran nicht erinnerst?«

Mads zuckte die Achseln. »Meine Urgroßmutter ist gerade gestorben. Ich bin im Moment etwas neben der Spur. Sie war eins meiner wenigen Familienmitglieder mütterlicherseits, das nicht aktiv versucht hat, mich bei meiner Geburt zu töten. Im Grunde hat sie mich bis zu meinem neunten Lebensjahr großgezogen. Und meine Familie hat mir nicht einmal mitgeteilt, dass sie tot ist. Ich weiß es von einer Schamanin. Die Familie hat ihr nicht einmal eine angemessene Wikinger-Bestattung zukommen lassen. Sie haben sie einfach verbrannt, sie in eine Schachtel gesteckt und irgendwo in ihrem Messie-Haus verstaut. Ich weiß nicht einmal, ob sie jetzt überhaupt nach Walhalla kommt. Und das macht mich traurig.«

Der Tiger sagte nichts, aber nach einer Minute des Schweigens stand er vom Tisch auf und ging. Doch er ließ seine Mahlzeit zurück, was die meisten Katzen nie tun würden. Aber da niemand die traurige Geschichte von Mads Galendotter hören wollte, hatte er vielleicht einfach die Flucht ergriffen.

Sie dachte nicht weiter darüber nach, sondern aß ihre Honig-Pommes und ließ den Blick über den Food-Court schweifen.

Mads hatte keine Ahnung, wie viel Zeit vergangen war, als sie nach einer Pommes greifen wollte und stattdessen in heißes Fleisch fasste. Als sie auf den Tisch schaute, sah sie, dass jemand ihre Pommes abgeräumt und sie durch einen *riesigen* Haufen Wildschweinrippchen ersetzt hatte.

»Du brauchst gegrilltes Fleisch, um deine Seele zu nähren. Kein frittiertes Essen, das sie zerstört«, sagte der Tiger, der jetzt wieder auf seinem Platz saß und seine eigenen Rippchen weiteraß. »Ich habe dir die Löwenportion mitgebracht. Die Tiger- und Bärenportionen würden deinen Magen zum Platzen bringen.«

Während Mads nach einem Rippchen griff, bemerkte sie außerdem eine große Flasche mit kaltem Wasser und eine Kanne heißen Tee auf dem Tisch.

»Und mach dir keine Sorgen um die Seele deiner Urgroßmutter«, fügte er hinzu, während er gleichzeitig mit seinen Reißzähnen Fleisch von den Knochen riss. »Als ihr Körper verbrannt wurde, ist ihre Seele zu ihren Göttern entlassen worden. Die Asche ist für dich da. Du solltest sie dir zurückholen. Aber du brauchst dir keine Sorgen um sie zu machen. Die Götter kümmern sich immer gut um diejenigen, die ihnen treu ergeben waren.«

Mads schluckte, obwohl sie noch keinen Bissen Fleisch genommen hatte. Sie schluckte, um den Kloß in ihre Kehle zurückzuzwingen. Denn mehr als einmal hatte sie im Laufe der Jahre Max MacKilligan ihre Schwester Stevie anschreien hören: *»Honigdachse weinen nicht!«*

Aber sie war nicht nur wegen dem, was der Tiger gesagt hatte, den Tränen nah. Sondern weil er ihre Worte und Sorgen ernst genommen hatte. Wenn ein Mädchen Walhalla und »die Götter« erwähnte, kicherten die meisten Leute entweder oder sahen zu, dass sie aus der Tür kamen. Aber er hatte keins von beidem getan. Stattdessen hatte er ihr Worte geschenkt, die ihre betrübte Seele getröstet hatten. Als würde er sie verstehen.

Sein Nachname mochte Malone sein, aber sie hatte von Max gehört, dass seine Mutter von einem uralten, gefürchteten Mongolenstamm kam, der aus Tiger-Gestaltwandlern bestand. Es hatte sie schon gegeben, bevor Dschingis Khan angefangen hatte, Asien zu terrorisieren. Ihr war einfach nicht in den Sinn gekommen, mongolische Amerikaner könnten am Glauben ihrer Vorfahren festhalten, so wie Solveig Mads dazu erzogen hatte, an ihrem Glauben festzuhalten.

»Wir sind Wikinger«, pflegte sie zu sagen, während Mads ihr dabei zusah, wie sie die Regale in ihrem winzigen Tante-Emma-Laden in Detroit auffüllte. »Deine Mutter und meine idiotische Tochter werden dir sagen, wir seien in erster Linie Hyänen, aber wir waren Wikinger, lange bevor wir Reißzähne und Krallen ausfahren konnte. Denk dran, es sind Odin und Freya, die uns beschützen. Sie haben uns das Schwert und die Axt gegeben und den …«

»Basketball!«, hatte die dreijährige Mads ergänzt und ihren Miniball hochgehalten, damit ihre Urgroßmutter ihn sehen konnte.

Darauf hatte Solveig nur geseufzt und sich beschwert: »Ich *muss* aufhören, dich in den Mittagspausen auf den Basketballplatz im Park zu bringen.«

Der Verlust eines Elternteils oder einer Elternfigur war niemals leicht, ganz gleich, wie alt man war. Aber als Finns Vater ermordet worden war, hatte er immer noch seine Mutter gehabt. Sie hatte ihren Söhnen durch die schlimmste Zeit ihres Lebens geholfen und das mit der Kraft, die nur von einer Frau kommen konnte, deren Vorfahren auf der harten Erde der mongolischen Steppe geboren worden waren. Als sie ein Jahr später nach einem One-Night-Stand mit diesem Idioten von MacKilligan schwanger geworden war und ihre Schwestern den Kopf geschüttelt und missbilligend mit der Zunge geschnalzt hatten, waren es ihre älteren Söhne gewesen, die sich um sie geschart und warnend geknurrt hatten, sehr zur Erheiterung ihrer Tanten. Aber wenn es eine Frau gab, die ihren eigenen Weg finden musste, um zu trauern – einen Weg, den ihr niemand zum Vorwurf machen konnte –, dann war es Zaya-Sarnai Selenge.

Oder, wie man sie in den Staaten nannte, Lisa Malone.

Nach mehreren Generationen im Westen war Finns Familie es müde geworden, ihren mongolischen Namen zu erklären. Als seine Urgroßmutter geboren wurde, bekam sie den Namen Mavis. Ihre Tochter nannte man Deloris. Und seiner Mutter gab man den Namen Lisa. Das war viel einfacher, als zu erklären, dass Zaya-Sarnai *nicht* der Vorname seiner Mutter war, sondern der Stammes- oder Nachname. Genauer gesagt, der der zwei Schwestern, die den andern Frauen ihres Clans ihre Fähigkeit vermittelten, sich in Sibirische Tiger zu verwandeln. Irgendwann waren sie zu stark geworden und zu verhasst, um länger zu bleiben, daher waren sie weggegangen und hatten ihren eigenen Stamm gegründet. Und sich ein paar Männer gesucht, die jagen konnten und sie nicht allzu sehr nervten. Die stärkste der Frauen bekam Babys, die sich ohne Zauber oder Opfer verwandeln konnten, sobald sie in die Pubertät kamen. Sie fanden schnell heraus, dass sie ohne Weiteres zwischen Tigern leben konnten, und kämpften mit ihnen um Nahrung oder Territorium. Und sie überstanden die Winter erfolgreicher als alle Mitglieder ihres Vollmenschen-Clans.

Als der Sommer kam und die Clan-Kriege begannen, waren die Gestaltwandler stärker als die Menschen und sie verbanden ihre Fähigkeit, sich zu verwandeln, mit ihrem geschickten Umgang mit Pfeil und Bogen und dem Schwert. Schließlich wechselten sie von der Defensive in die Offensive und nahmen sich, was sie haben wollten. Aber Zaya – ihr Name bedeutete »Schicksal« – und Sarnai – das hieß »Rose« – hielten nichts davon, einfach nur um des Nehmens willen zu nehmen. Wenn die Notwendigkeit bestand, weil ihr Stamm hungerte oder litt, dann nahmen sie. Wenn nicht, ließen sie die anderen Clans in Frieden. Wenn schon nichts anderes, hielten sie sich an die Regel: »Ein fettes Schwein, das wir verschlingen können, wenn wir Hunger haben und verzweifelt sind, ist besser als ein mageres, für das wir kaum Verwendung haben«, wie Zaya zu sagen pflegte.

Im Lauf der Jahrhunderte hatte sie diese Philosophie zu einem immer noch starken Stamm mit engen familiären Bindungen gemacht. Die meisten ihrer Stammesmitglieder lebten weiterhin in der mongolischen Steppe, aber einige waren in Städte in Frankreich, Thailand, China, Deutschland, Russland, Großbritannien und den Staaten gezogen, um frisches Blut in die Familie zu bringen.

Frisches Blut wie das der Malones.

Die Tatsache, dass Finns Mutter drei starke Söhne geboren hatte, hatte ihr eine ganze Menge Respekt in der Familie verschafft. Beim Zaya-Sarnai-Stamm ging es nicht um Rasse. Es ging um Reißzähne und Krallen.

Um Stärke.

Die Kraft der Katze im Blut jedes durch die Welt streifenden Zaya-Sarnai-Stammesmitglieds.

»Wohnst du mit deiner ganzen Familie zusammen in dem Haus?«

Von diesem abrupten Themenwechsel aus seinen Gedanken gerissen, sah Finn die Dächsin an und antwortete: »Nicht mit meiner *ganzen* Familie. Nur mit meiner Mutter, meinen Brüdern und meiner Schwester.«

»Hast du da nicht irgendwie das Gefühl, in der Falle zu sitzen?«

Mit einer Wildschweinrippe im Mund fragte Finn: »Hä?«

»Hast du nicht irgendwie das Gefühl, in der Falle zu sitzen?«, wiederholte sie, dann fuhr sie fort: »Tiger durchstreifen normalerweise ein Territorium von Hunderten von Meilen. Aber du bist in dieses winzige Haus mit all diesen anderen riesigen Tigern eingesperrt. Auf diesem winzigen Grundstück. In einer winzigen Stadt auf Long Island. Fühlst du dich nicht wie ein gefangener Tiger in einem Zoo?« Sie hob die Hände, die Finger zu vorgetäuschten Krallen gekrümmt, und tat so, als gehe sie die Wände hoch. »Und versuchst verzweifelt zu entkommen. In die Freiheit!«

Sie brach abrupt ab und sah ihn an. »Geht es dir manchmal so?«, fragte sie ruhig.

Die Wildschweinrippe hing ihm aus dem Mund, und seine goldenen Augen waren weit aufgerissen, aber sie hatte trotzdem nicht erwartet, dass er explodieren würde.

»Was stimmt nicht mit dir?«, fauchte die Katze und erschreckte damit einen Tisch voller Bären neben ihnen.

»Was?«, fragte Mads, während sie beobachtete, wie die Bären ihren Tisch und ihre Stühle beiseite schoben, um es ja nicht auf begrenztem Raum mit einem gereizten Tiger aufnehmen zu müssen.

»Warum stellst du mir solche Fragen? Und bringst mich auf die Idee, ich könne eingesperrt sein? In einem Zoo? Nachdem ich dir gerade frisch gerissenes und gegrilltes Wildschwein zu essen gebracht habe!«

»Ich mache mir lediglich Gedanken darüber, ein Haus zu kaufen.«

Er starrte sie mehrere Sekunden an, bevor er die Rippe aus dem Mund zog. »Was?«

»Ich habe keine eigene Bleibe. Die Idee war mir immer verhasst. Aber ich dachte, wenn ein Tiger in einem Haus mit anderen Tigern leben kann, könnte ich vielleicht allein in einem Haus leben. Oder mit meinen Mannschaftskameradinnen. Wenn sie zu Besuch kommen.«

»Ich habe dich heute Morgen in meinem Küchenschrank schlafend vorgefunden. Eingezwängt zwischen den Vorräten.«

»Ich weiß nicht genau, worauf du hinauswillst.«

»Ich verstehe nicht, warum du dir Sorgen darum machst, in einem Haus zu leben, wenn du in einem Schrank überleben kannst.«

»Es ist eine Sache, jede Nacht in einem anderen Schrank meiner Wahl zu schlafen. Etwas vollkommen anderes ist es, nur eine bestimmte Menge von Schränken zu haben, in denen du für den Rest deines Lebens schlafen wirst. Das ist einfach traurig.«

»Wo wohnst du denn jetzt?«

Mads zuckte die Schultern.

»Was bedeutet dieses Achselzucken?«

»Nun, im Moment schlafe ich bei Max auf der Couch, bis wir die Play-offs hinter uns haben und hoffentlich auch die Meisterschaften. Ich habe gerade herausgefunden, dass die dieses Jahr in New York stattfinden werden. Und ich denke, unsere Chancen stehen nicht schlecht, dabei zu sein. Unsere Mannschaft ist heiß diese Saison.«

»Du hast also keine eigene Wohnung?«, unterbrach er sie grob.

»Ich mag den ganzen Papierkram nicht. Oder dass jemand außer meinen Mannschaftskameradinnen weiß, wo ich wohne. Also wohne ich im Grunde nirgendwo.«

»Das ist echt seltsam.«

»Warum ist das seltsam?«

»Warum ist das nicht seltsam? Wie zahlst du zum Beispiel deine Steuern?«

Mads konnte sich ein kleines Lächeln nicht verkneifen. »Steuern?«

»O Götter«, murmelte er. »Du zahlst keine Steuern.«

»Natürlich zahle ich Steuern. Es ist nur witzig, dass dein erster Gedanke der Buchführung gilt.«

»Wenn es eines auf dieser Welt gibt, das sowohl einen Gestaltwandler als auch einen Vollmenschen in die Klemme bringen kann, dann ist es das gottverdammte Finanzamt.«

»Weshalb ich auch immer meine Steuern bezahle. Ich habe einfach ein Postfach in Wisconsin. Es wird regelmäßig geleert und auf diese Weise verpasse ich kein wichtiges Formular von der Regierung oder von sonst jemandem. Ich brauche kein Haus, um meine Post zu bekommen.«

»Aber brauchst du keine Operationsbasis?«

»Eine was?«

»Eine Basis. Meine Brüder und ich treffen uns immer am selben Ort, prügeln uns ein bisschen, entscheiden, was wir tun müssen, und gehen die Sache von dort aus an. Wenn wir fertig sind, kommen wir zurück zum selben Ort …«

»Und prügelt euch?«

»Ein bisschen. Wir diskutieren über alles Mögliche. Lassen Dampf ab …«

»Indem ihr euch prügelt?«

»Ein bisschen. Und dann fangen wir am Morgen wieder von vorn an. Das erdet uns.«

Mads rieb sich das linke Auge. »Findest du das nicht langweilig?«

»Nein.«

»Ich fürchte, ich fände das langweilig.«

»Du würdest es also vorziehen, im Schrank eines Fremden aufzuwachen, der früher als erwartet nach Hause kommt?«

»Das gibt dem Ganzen zusätzliche Würze.«

»Und bringt dir möglicherweise zwei bis vier Jahre auf Rikers Island für Einbruch ein.«

»Ich stehle nichts.«

»Das spielt keine Rolle!« Er stieß den Atem aus. »Ich sage nur, dass es eine gute Idee ist, einen Ort zu haben, den man Zuhause nennt. Dein eigenes Zuhause. Das von Rechts wegen dir gehört. Der Ausdruck ›von Rechts wegen‹ ist dabei das Entscheidende. *Von Rechts wegen.*«

»Ich weiß, was das bedeutet.«

Er legte den Kopf schräg und schob all das herrliche schwarze Haar mit den weißen Streifen beiseite, sodass sie beinahe ungehinderte Sicht auf sein Gesicht hatte, als er fragte: »Wirklich?«

Sie schürzte die Lippen, und Finn begriff, dass das ein Zeichen von Ärger war, und sie machten sich beide wieder über ihre Rippchen her.

Aber als Finn mit den Reißzähnen das Fleisch vom Knochen zerrte und den Knochen auf den Teller zurückfallen ließ, hörte er ein Knirschen von der anderen Seite des Tisches. Er schaute hoch und erstarrte, als er sah, dass sich die Honigdächsin Rippe um Rippe in den Mund stopfte, genau wie sie es mit den Pommes getan hatte.

Er wusste nicht, wie lange er sie angestarrt hatte, bis sie mitten im Kauen innehielt. Ihre Blicke trafen sich und sie zuckte die Achseln.

»Das ist so ein Hyänen-Ding«, gestand sie.

»Ich dachte, du wärst durch und durch Honigdachs.«

»Überwiegend. Aber ich habe ein paar Hyänen-Eigenschaften. Na ja, eigentlich nur zwei. Ich kichere zu unpassenden Gelegenheiten. Wie in der Highschool, bei der Beerdigung eines alten Lehrers. Das war echt peinlich. Hab eine Woche Nachsitzen dafür bekommen. Und ich kann so ziemlich alles zwischen meinen Kiefern zermalmen und verdauen. Zum Beispiel Knochen, Granit, Stahl … Aber bevor du fragst, ich esse kein Menschenfleisch.«

»Warum sollte ich das *jemals* fragen?«

»Manche Leute fragen mich das. Aber im Grunde bin ich ein Honigdachs. Wenn ich mich verwandele, bin ich ein Honigdachs. Meine Reißzähne sind Honigdachs-Reißzähne. Temperament:

Honigdachs-Temperament. Ich kann nicht genug bekommen von richtigem Honig. Die meisten Gifte sind für mich lediglich ein Gewürz, vor allem wenn es sich um Schlangengift handelt. Obwohl ich von menschengemachten Giften Nasennebenhöhlenbeschwerden bekomme. Und dieses, wie heißt das noch? Rizin? Davon bekomme ich Migräne.«

»Wirklich? Die meisten Leute bringt es um.«

»Echt? Ich bekomme davon nur Migräne. Aber Max hat mich trotzdem als Weichei bezeichnet.«

Außerstande, noch länger an sich zu halten, musste Finn einfach fragen. »Warum hat man dich und Max mit Rizin vergiftet?«

»Das ist eine lange Geschichte, die sich in Ungarn zugetragen hat, aber es war eigentlich keine große Sache. Und nach ein paar Thomapyrin und einer Cola ging es mir wieder viel besser.«

»In Ordnung.« Finn warf die Hände in die Luft. Er konnte sich das nicht länger anhören. Er war aus einem bestimmten Grund hergekommen. »Ich muss das einfach fragen, und dann werde ich weiter trainieren …«

»Ich habe dir bereits gesagt, dass ich *kein* Menschenfleisch esse.«

»Danach wollte ich dich nicht fragen. Niemals!« Er rieb sich mit beiden Händen über das Gesicht. »Man hat mir erzählt, dass Honigdachse die Besten sind, wenn man an Informationen herankommen will. Ich dachte, du könntest mir vielleicht sagen, wie ich Max dazu bringe, mir und meinen Brüdern zu helfen.«

Sie runzelte die Stirn. »Wobei?«

»Wir brauchen Informationen, die uns zu den Leuten führen, die in die Ermordung meines Vaters involviert waren.«

»Du willst, dass Max euch dabei hilft?«

»Oder du.«

»Das kann ich nicht.«

»Warum nicht?«

»Es wäre Verrat.«

»Verrat?«

»An Max.«

»Klar. An Max. Also muss ich zu Max gehen?«

»Ja.«

»Na schön. Dann gehe ich eben zu Max. Da du es nicht tun willst.«

Sie zog die Nase kraus. »Max? Die du erst heute Morgen aus deinem Haus geworfen hast? Nachdem dein Bruder sie und all ihre Mannschaftskameradinnen angebrüllt hat? Obwohl sie dir Blätterteigteilchen mitgebracht hat? Meinst du diese Max?«

Finn stieß einen Seufzer aus. Wenn er nur noch ein einziges Mal etwas von diesen verdammten Blätterteigteilchen hören musste …

»Ja, genau die.«

Es dauerte einen Moment, aber nachdem sie erst einmal angefangen hatte zu lachen, schien sie nicht mehr damit aufhören zu können.

»Du kannst jetzt aufhören zu lachen«, beschwerte er sich.

Aber genau das war Mads nicht möglich. Sie konnte es wirklich nicht. Glaubte er ernsthaft, dass Max MacKilligan nach dem, was erst heute Morgen passiert war und so, wie sein ältester Bruder sie behandelt hatte, ihnen jemals, *jemals* bei irgendetwas helfen würde? Aus irgendeinem Grund? Jemals?

Max würde sich eher selbst in Brand stecken, als diesen großen Bastarden zu helfen! Oder die Brüder in Brand stecken.

Der einzige Grund, warum Max MacKilligan das Haus nicht mitsamt der Brüder an eben diesem Morgen niedergebrannt hatte, war ihre Halbschwester. Aber der Vater der Malone-Brüder war nicht der Vater ihrer kleinen Schwester. Sie mochte von Gesetzes wegen den Namen Malone tragen, aber wenn es nach Max ging, war Natalie Malone eine MacKilligan und würde es immer sein. Diese Verbindung hatte die Brüder zwar rein körperlich geschützt, aber sie brachte ihnen keine Gefälligkeiten ein.

Sie hätten einen Riesengefallen einfordern können, nachdem sie erst in der vergangenen Nacht Max und ihren Mannschaftskameradinnen das Leben gerettet hatten. Aber stattdessen hatten sie sich wie mürrische Tiger aufgeführt und die Chance vertan.

Hier saß der jüngere Bruder Flinn oder Gin oder wie auch immer der Typ hieß – und fragte, wie er Max um einen Gefallen bitten konnte.

Und er erwartete, dass Max nicht darüber lachte? Lauthals? Es war nicht einmal das winzige bisschen Hyäne in ihr, das lachte. In diesem Moment war es voll und ganz der verbitterte, zornige, gemeine Honigdachs in ihr, der nicht damit aufhören konnte.

»Hilfst du mir jetzt oder nicht? Oder willst du mich einfach weiter auslachen?«

Da sie auf diese Frage nur eine einzige Antwort kannte, stand Mads auf, tätschelte dem Tiger seine gewaltige Schulter und ging.

Immer noch lachend.

Es war die beste Methode, ihren Standpunkt klarzumachen.

»Also ist das ein ›Nein‹ zu meinem Hilfsgesuch?«, rief Finn ihr nach.

Als sie sich nur noch heftiger vor Lachen ausschüttete, während sie um eine Ecke zu den Aufzügen verschwand, kam er dahinter, dass das, ja genau, ein »Nein« war.

Er bemerkte, dass sie ihre Teller hatte stehen lassen, und so stand Finn auf und nahm sich die Zeit, die Reste herunterzukratzen, um sie in dem entsprechenden Abfalleimer für Essensreste zu entsorgen. Er ging noch beim Waschraum vorbei, um sich die Hände zu waschen, und kehrte dann zum Training zurück.

»Wo bist du gewesen?«, fragte Keane, der Blutspritzer von einem unverschämten Lineman im Gesicht hatte.

»Ich war hungrig. Und ich musste nachdenken.«

»Du und diese Denkerei.« Sein Bruder seufzte, bevor er den Arm ausstreckte, einen Wide Receiver packte, der versuchte vorbeizurennen und den armen Leoparden dreißig Meter zurückschleuderte.

»Ich denke nun mal gern.«

»Warum? Es bringt dich nicht weiter.«

»Und du und deine starken Instinkte tun das?«

»Wir sind zumindest noch am Leben, oder?«, blaffte Keane.

»Gerade mal so. Aber lass uns nicht streiten.«

»Weil du weißt, dass du es mit mir nicht aufnehmen kannst?«

»Weil ich weiß, dass Ma uns beiden den Arsch versohlen wird, wenn wir uns wieder streiten. Also, während ich gegessen habe, habe ich auf dem Food-Court mit einem der Dachse gesprochen.«

»Mit welchem?«

»Dem mit dem echten blonden Haar. Sieht so aus, als sei sie gerade mit dem Boot aus dem Wikingerland gekommen.«

»Was hat sie denn gesagt?«

»Ich will es für dich mal so ausdrücken: Unsere Chancen, dass unsere Vorfahren in diese Dimension der Existenz zurückkehren und uns erzählen, wer unseren Vater ermordet hat, stehen wesentlich besser, als dass wir Hilfe von Max MacKilligan bekommen.«

Ein Gepard flitzte in einem Tempo von mindestens fünfzig Meilen die Stunde an Keane vorbei, aber Finns Bruder streckte – ohne auch nur hinzuschauen – den Arm aus, riss die Katze am Genick zurück und schleuderte ihn dann gegen den Rest der Offensive Line.

»Dann«, überlegte Keane laut, »müssen wir eben einen anderen Weg finden, MacKilligan sehr nett um Hilfe zu bitten.«

Finn ließ die Schultern nach unten sacken, stieß den Atem aus und gab den Versuch auf, seinen ältesten Bruder zu verstehen.

»Ich gehe Bären verprügeln«, erklärte Finn und trat auf die riesigen Linebacker zu, deren einzige Aufgabe darin bestand, den Quarterback und den Receiver zu schützen.

»Du solltest nach dem Essen noch dreißig Minuten warten«, tadelte sein Bruder ihn.

Finn wollte seinem Bruder gerade mitteilen, dass das fürs Schwimmen galt und für Vollmenschen. Aber warum? Warum dem Idioten irgendetwas erzählen? Er hatte sie in die Situation gebracht, in der sie sich befanden, also war er auch derjenige, der die Sache wieder in Ordnung bringen musste.

Soweit es Finn betraf, hatte er von sämtlichen MacKilligans die

Nase voll. Er musste sich auf ein Vorsaison-Spiel konzentrieren und auf die Mörderjagd.

Er blieb jedoch lange genug stehen, um sein Handy hervorzuholen, das er an der Hüfte unter seine Polsterung gesteckt hatte, und bestellte einen Strauß Blumen für den Dachs, der gerade seine Urgroßmutter verloren hatte. Er wusste, wie schwer es war, jemanden zu verlieren, den man nicht nur geliebt hatte, sondern von dem man auch geliebt worden war. Und es hörte sich nicht so an, als hätte sie viele Familienmitglieder, die ihre Liebe erwiderten.

Nachdem er die Bestellung durchgegeben hatte, warf Finn sein Handy zu Shay hinüber und stürmte ohne Vorwarnung auf die ahnungslosen Linebacker zu, die einfach nur herumstanden und darauf warteten, dass Big Julie ihnen Anweisungen gab. Sie sah ihn ebenfalls kommen und sagte nichts, bis er die Hälfte ihrer Linie dezimiert hatte. Dann informierte sie die Probespieler. »Das hier ist nicht die NFL, meine Damen und Herren. Ihr habt es hier mit echten Raubtieren zu tun. Ihr müsst aufpassen, oder euch wird nichts anderes blühen, als dass ihr fertiggemacht werdet. Den. Ganzen. Tag. Von Raubkatzen, die nichts Besseres zu tun haben.«

7

Bis nach dem Training sagte keine von ihnen etwas, doch dann hielten sie es nicht länger aus. Nelle saß vorn auf dem Beifahrersitz, daher gaben ihr alle Zeichen, die Frage endlich auszusprechen, während sie versuchte, sie zu ignorieren, bis Streep gegen die Rückenlehne ihres Sitzes trat.

Nelle zeigte Streep über die Kopfstütze hinweg den Mittelfinger, drehte sich um und fragte Max: »Also, ähm … was ist mit deinem Gesicht passiert?«

Max hielt vor der Ampel hinter einem anderen Wagen, wartete einige Sekunden ab und fuhr plötzlich auf die Gegenfahrbahn, um den Wagen vor ihnen herum und raste dann rechts um die Ecke. Lautes Hupen ertönte, und von den New Yorker Autofahrern kam ein Strom von Flüchen, was Max allerdings nicht einmal bemerkte.

»Was ist mit meinem Gesicht?«, fragte sie.

Nelle deutete auf die winzigen Krallenspuren, die sich von einer Seite des Gesichts ihrer Mannschaftskapitänin bis zur anderen und quer über ihr Kinn, ihre Nase und ihre Lippen zogen.

»Oh! Das! Ja. Die habe ich von Stevies neuer Katze.« Sie schüttelte den Kopf. »Ich fasse es nicht, dass du meiner Schwester diese verdammte Katze geschenkt hast, Tock.«

»Sie hat sie mir eher weggenommen.«

»Und es ist weniger eine Katze als ein sechs Monate altes Kätzchen.«

»Vier Wochen«, korrigierte Tock Streep. »Es ist erst vier Wochen alt.«

Streep schnappte nach Luft. »Warum sollte dich ein vier Wochen altes Kätzchen angreifen, Max?«

»Ich habe keine Ahnung«, antwortete Max, bevor sie das Steuer nach links in Richtung der Gegenfahrbahn herumriss und eine andere Straße entlangraste.

»Werden wir verfolgt?«, erkundigte sich Mads.

»Ich glaube nicht.«

»Was machst du dann da?«

»Dafür sorgen, dass wir nicht verfolgt werden.«

Mads lehnte sich in den Ledersitz des SUV und schaute aus dem Fenster. Sie hatte keine Lust mehr, Fragen zu stellen. Es war zu anstrengend für ihr Gehirn.

»Ich kann immer noch nicht glauben, dass ein Kätzchen dich so zugerichtet hat«, bemerkte Streep. »Was hast du ihm getan?«

»Gar nichts! Ich habe nur mit meinen Schwestern im Wartezimmer des Tierarztes gesessen, und ehe ich wusste, wie mir geschah, hatte es sich in meinem Gesicht verkrallt, und Stevie konnte seine winzigen Babykrallen nicht herausziehen. Als Charlie es endlich schaffte, das Vieh von mir runterzuzerren, hat es einfach weiter nach mir geschlagen. Es hat sich benommen, als würde ich ihm Geld schulden. Aber ich bin mir ziemlich sicher, dass das nicht der Fall ist.«

»Und es beunruhigt dich nicht, dass x-beliebige Tiere dich angreifen, obwohl es laut dir dafür keinen Grund gibt?«, fragte Nelle.

»Was kann ich dafür? Ich habe wirklich nichts getan.« Sie hob den Zeigefinger. »Vielleicht spüren sie meinen kaum merklich brodelnden Zorn.«

»Das ist kein kaum merklich brodelnder Zorn«, rief Tock ihr ins Gedächtnis. »Du bist eine Psychopathin.«

»Ich habe bestenfalls eine Borderline-Störung. Meint zumindest die Psychiaterin, bei der ich war.«

»Schreibt sie nicht gerade ein Buch über dich?«

»Nein. Nur ein paar Kapitel.«

»Wie sie merken, wenn sie betrogen werden, oder ihr Ehegatte plant, sie zu ermorden, um finanziell zu profitieren?«, fragte Streep in liebenswürdigem Ton.

»Etwas in der Art.«

»Das ist *keine* eindeutige Antwort, Max MacKilligan.«

Sie bogen in die Auffahrt zum Haus der MacKilligans in Queens ein und alle stiegen aus dem großen SUV.

Mads hängte sich den Träger ihrer Reisetasche über die Schulter und setzte sich in Bewegung, um ihrer Mannschaft zu folgen, als Tock sie an ihrer Tasche festhielt.

»Ist mit dir alles in Ordnung?«, erkundigte sie sich.

»Alles bestens. Warum fragst du?«

»Jaleesa hat beim Training den Korbleger verpasst und normalerweise hättest du ihr am Tag vor einem Play-off-Spiel dafür den Kopf abgerissen. Aber du hast kein Wort gesagt. Das sieht dir überhaupt nicht ähnlich.«

Mads schüttelte den Kopf. »Nein. Bei mir ist alles okay.«

Sie wusste, dass sie ihren Mannschaftskameradinnen erzählen konnte, was los war, aber sie wollte nicht. Sie wollte niemandem davon erzählen. Es war ihre Angelegenheit und sie würde sich allein darum kümmern. Sie kümmerte sich immer allein um alles. Keine große Sache. Also zwang sie sich zu einem Lächeln und Tock zuckte die Achseln und ging vor ihr her in Richtung Veranda.

Mads schaute zum Haus ein Stück die Straße entlang, einem dreistöckigen Gebäude im Kolonialstil, das einer Bären-Witwe gehörte. Mads hatte die Frau schon länger nicht gesehen. Aber jetzt entdeckte sie dort die Tochter und den Schwiegersohn der Bärin. Es machte den Eindruck, als räumten sie das Haus aus. Sie seufzte leise. Ein weiterer Trauerfall, wie es schien.

Sie drehte sich auf dem Absatz um und ging ins Haus der MacKilligans, blieb aber sofort wie angewurzelt stehen. Alle Dachsköpfe drehten sich im selben Moment in ihre Richtung. Das war befremdlich genug. Aber dann kam Max' kleine Schwester plötzlich auf sie zu. Mit weit ausgebreiteten Armen. Und bevor Mads in Panik die Flucht ergreifen konnte, wurde sie umarmt.

Umarmt.

Gegen ihren Willen.

»Es tut mir so, so, sooo leid, Mads«, sagt Stevie MacKilligan mit bebender Stimme, was Mads verriet, dass sie nur mit Mühe die Tränen zurückhielt.

Gesegneter Odin, nicht auch noch Geschluchze.

Ratlos sah Mads zu Tock. Ihre Freundin zeigte auf den Esstisch, den man problemlos vom Wohnzimmer aus, wo sie stand, sehen konnte. Und auf diesem Tisch stand eine riesige Vase mit Blumen. Weiße Lilien mit weißen Rosen und noch ein paar anderen Sachen. Mads machte sich eigentlich nichts aus Blumen. Und ihr hatte noch nie jemand Blumen geschickt. Wirklich noch nie. Wer zur Hölle schickte ihr Blumen? Und warum brachten die Blumen Stevie dazu, sie zu umarmen?

»Das mit deiner Urgroßmutter tut uns so leid.«

O nein.

»Und bevor du fragst«, fuhr Stevie fort, »ich habe die Karte nicht gelesen, die mit den Blumen kam. Das war Max.«

»Ratte«, zischte Max, bevor ihre ganze Stimmung sich veränderte und sie fröhlich bemerkte: »Kein Name auf der Karte, aber hier steht eine Nummer …«

Mads versuchte, sich von Stevie loszureißen, aber die Dachs-Tiger-Hybride umarmte sie daraufhin nur noch fester. Die MacKilligan-Schwestern waren anders als andere Honigdachse. Wenn ein Dachs sich mit einer anderen Gestaltwandler-Rasse paarte, waren die Nachkommen immer Honigdachse. Sie mochten einige geringfügige Abweichungen aufweisen. Eine komische Haarfarbe oder etwas schiefe Reißzähne. Oder in Mads' Fall die Fähigkeit, Stahl zu zerkauen und zu verdauen. Aber unterm Strich waren sie einfach hochgetunte Honigdachse.

Doch auf die MacKilligan-Schwestern Charlie und Stevie traf das nicht zu.

Charlie war halb Wölfin und konnte sich nicht einmal verwandeln. Sie hatte Reißzähne und Krallen, wann immer sie das wollte, aber das war auch alles. Kein Fell. Keine sich verwandelnden Gliedmaßen. Doch sie besaß eine schier irre Gestaltwandler-Superkraft, die eine ganze Truppe von Navi SEALS wie dreijährige Jungs dastehen lassen konnte.

Und Stevie? Nun, über Stevies Fähigkeiten wurde nicht gesprochen. Niemals. Die Mannschaft wusste nur, dass sie nicht direkt ein Honigdachs war; ebenso wenig war sie eine Sibirische Tigerin. Sie war etwas viel Beängstigenderes, und wenn sie jemals anfing, vor Zorn und Panik zu weinen, so hatte Max ihren Mannschaftskameradinnen einmal erzählt, sollten sie anfangen, Fluchttunnel zu graben, und zwar *so schnell sie konnten*. Eine Warnung, die Mads nicht vergessen hatte.

Doch nichts von alledem war eine Entschuldigung dafür, sich umarmen lassen zu müssen. Mads stand nicht auf Umarmungen.

»Ohhh«, zog Max sie auf und kam näher. »Das muss Liebe sein.«

Mads packte ihre Mannschaftskameradin an den Haaren und riss und zerrte daran, bis diese aufhörte zu lachen und sagte: »Okay. Okay!«

Mads ließ sie los und Max fasste ihre kleine Schwester an den Schultern und zog sie von Mads weg.

Glücklicherweise ließ Stevie es willig geschehen, aber noch immer schimmerten Tränen in ihren Augen, und sie schniefte weiter.

»Brauchst du irgendetwas, Mads?«, fragte Stevie. »Möchtest du Kaffee oder Tee?«

»Wodka?«, murmelte Tock.

»Alles gut. Danke.«

Stevies Gesicht verzog sich zu etwas, das Mads nicht recht deuten konnte – sie wusste nur, dass es ihr nicht gefiel –, und sie legte behutsam den Kopf schräg und sagte fürsorglich »Aber gilt das auch für dich, Schätzchen? Geht es dir gut?«

Streep hielt sich sofort eine Hand vor den Mund und riss die Augen auf. Tock ihrerseits verdrehte nur die Augen. Nelle schniefte einmal und wandte sich dann wieder ihrem Handy zu.

Max grinste. Charlie, die aus der Küche gekommen war, verzog das Gesicht.

Und Mads ließ ihre Reisetasche fallen und verließ das Haus.

Finn schaute wieder auf sein Handy und runzelte die Stirn. Sie musste die Blumen inzwischen erhalten haben. Und keine Textnachricht mit einem Dankeschön? Wer schickte keine Textnachricht mit einem Dankeschön, nachdem er einen zauberhaften Strauß Blumen bekommen hatte, mit der Botschaft: »Es tut mir leid, dass deine Urgroßmutter gestorben ist«?

Sicher, er konnte sich vorstellen, wie seine kleine Schwester mit den Lippen ihre Standardantwort *Du machst wohl Witze* formte. Dazu, dass er einen Dank erwartete nach dem Wutausbruch an diesem Morgen in ihrer Küche. Aber hier ging es nicht darum, was zwischen den beiden Gruppen vorgefallen war. Hier ging es um das Gespräch, das sie als zwei unabhängige, halb menschliche Wesen geführt hatten. Und seine Geste verdiente ein angemessenes Dankeschön.

»Hallo, Cousin!«

Finn hob den Blick von seinem Handy und schaute in goldene Augen, die seinen eigenen ähnelten. Es waren die goldenen Augen eines Malone.

Reißzähne schoben sich aus seinem Kiefer, und ein leises Knurren baute sich in seiner Kehle auf, kurz davor, losgelassen zu werden, um das ganze Sportzentrum in Schutt und Asche zu legen!

Eine große Hand landete auf Finns Schulter, als ein Eisbär sich neben ihn auf die Bank setzte.

»Beruhigt euch alle wieder«, murmelte der Bär. »Wir sind nur hier, um zu reden.«

»Ich rede nicht mit Verrätern.«

Marcella Malone, eine seiner vielen Cousinen ersten Grades, stemmte die Hände in die Hüften. »Ich war noch ein Kind, als dein Vater gestorben ist!«

»Er wurde ermordet! Und *dein* Vater, *sein* Bruder, hat *nichts* unternommen! Das macht dich zur *Tochter* eines Verräters!«

»Was hast du da über meinen Vater gesagt?«

»Willst du, dass ich es noch lauter sage? Denn das werde ich!«

»Hey!«, brüllte der Bär. »Das ist nicht nett! Ich will, dass alle nett zueinander sind!«

Finn schaute den Eisbären an, der neben ihm saß. Er sah aus wie ein Ex-Sträfling. Langes weißes Haar, das ihm in einem lose gebundenen Pferdeschwanz über den Rücken fiel, ein fadenscheiniges Black-Sabbath-T-Shirt, das gerade eben zehntausend Muskeln bedeckte, ausgewaschene Jeans, Motorradstiefel, eine Narbe am Hals, die weder von einer Kralle noch von einem Reißzahn stammte, und beide Arme übersät mit Tattoos. Aber am schlimmsten war, dass er eine Waffe hatte.

»Hängst du jetzt mit Bikern rum?«, fragte Finn seine Cousine.

Cella schürzte die Lippen. »Er ist kein Biker. Er ist Cop.«

Finn lachte. »Ja, klar.«

Dann holte der Cop seine Marke hervor.

»Oh.« Er musterte den Eisbären noch einmal. »Das NYPD hat seine Kleidervorschriften ganz schön heruntergefahren.«

»Ich arbeite oft undercover.«

»Als was? Als alter Biker oder als alter Drogendealer? Oder als alter beides?«

»Ich bin nicht alt«, gab der Bär sofort zurück. »Ich bin nicht alt!«

»Er sieht nur alt aus«, fühlte Cella sich genötigt zu erklären. »Es liegt an dem weißen Haar.«

»Und an dem T-Shirt. Haben alle Gründungsmitglieder von Black Sabbath es signiert?«

»Cella«, knurrte der Eisbär.

»Shay, ich bin aus einem bestimmten Grund hier.«

»Ich bin Finn.«

Sie stutzte kurz, bevor sie ein Lachen vortäuschte. »Das wusste ich doch. Ich habe nur einen Witz gemacht.« Als Finn sie lediglich anstarrte, sprach sie weiter. »Wie dem auch sei, es hat gestern Nacht auf Denley Island einen Zwischenfall gegeben, eine kleine Auseinandersetzung in einer vollmenschlichen Bar im Stadtzentrum. An der Sache waren Tiger beteiligt. Es besteht eine gewisse Sorge, dass du und deine Brüder involviert sein könnten.«

»Aha.«

»Ist das alles, was du dazu zu sagen hast?«

»Was? Bist du jetzt auch ein Cop?«

»Nein. Aber ich habe Verbindungen zu Katzenhaus.«

»Katzenhaus. Die haben uns mit unserem Vater auch nicht geholfen.«

»Irgendwann, Cousin, musst du das einfach hinter dir lassen.«

»Irgendwann musst du mir einen blasen.«

»Ich höre immer noch nichts Nettes«, beklagte sich der Eisbär.

Als Mads es zum Gehweg geschafft hatte, sah sie sich um. Sie hätte sich einen Wagen rufen können, der sie in ein Hotel brachte, nur für eine Nacht. Aber das erschien ihr unhöflich. Sie wusste, dass Honigdachse für ihre Unhöflichkeit bekannt waren, aber sie war nicht in der Stimmung, *so* unhöflich zu sein. Nicht nachdem Charlie so freundlich gewesen war, ihr ihr Haus zu öffnen.

Sie fing an, auf und ab zu gehen, blieb aber abrupt stehen, als sie das Bärenpaar sah, das ihr schon vorhin aufgefallen war, die beiden, die sich vor dem Haus, das sie ausräumten, unterhalten hatten.

Ohne hinzuschauen, lief Mads auf die Straße und wurde sofort von einem Taxi gerammt. Im selben Moment, als der vollmenschliche Fahrer um den Wagen herumlief, um nach ihr zu sehen, sprang sie schon wieder auf.

»Mir geht es gut«, sagte sie.

»Aber …«

»Wirklich.« Sie schob ihn zurück in das Taxi und schloss die Tür für ihn. »Tut mir wirklich leid. War absolut meine Schuld.«

»Aber …«

»Ich wünsche Ihnen noch einen wunderschönen Abend!«

Sie betete, dass er die Delle, die sie an seinem Kühlergrill hinterlassen hatte, erst sehen würde, wenn er wieder in der Zentrale war. Denn diese Delle legte die Vermutung nahe, dass Mads zerschmettert unter seinem Wagen hätte liegen sollen, was aber nicht zutraf. Und ein Vollmensch würde das vielleicht seltsam finden.

Sobald das Taxi langsam davongefahren war – der Fahrer hatte sie im Rückspiegel nicht aus den Augen gelassen –, eilte sie über die Straße zum Haus der alten Bärin.

»Ist alles in Ordnung?«, fragte die Bärin. Sie war eine Schwarzbärin und daher viel netter, als ein Grizzly es sein würde.

»Oh, alles bestens.« Mads zuckte die Achseln. »Es ist wirklich schwer, einen Honigdachs zu töten. Aaalso« – sie streckte die Hand aus – »ist das Haus schon verkauft?«

»Nein. Wir wollten erst Moms Sachen ausräumen, bevor wir es zum Verkauf anbieten.«

»Also, Ihre Mom …?«

Die Bärin nickte langsam. »Ihre Zeit war gekommen«, sagte sie leise. Fast flüsternd.

»Ich verstehe. Und es tut mir sehr leid.«

»Es musste ja passieren. Irgendwann« – sie zuckte die Achseln – »will die eigene Mutter einfach ins verdammte Florida ziehen.«

Mads blinzelte. »Oh.«

»Aber ich kann ihr keinen Vorwurf daraus machen«, fuhr die Bärin fort. »Sie hat dort unten alles, was sie will. All ihre Freunde sind dort. Eine unglaubliche Zahl von Bäumen mit einer ganzen Bienenvolk-Kolonie. Süßwasserseen voller Fische. Und natürlich Bären-Shuffleboard.«

»Bären-Shuffleboard?«

»Genau. Sie sitzen einfach in der Hitze von Florida in ihrer Bärengestalt herum und schieben die kleine Scheibe mit den Tatzen hin und her. Sie wissen schon, wenn wir Bären ein bestimmtes Alter erreichen, steht uns manchmal einfach nicht der Sinn danach, uns allzu oft in Menschen zurückzuverwandeln. Also ist der Ort perfekt für sie.«

»Oh. Nun, das ist großartig!«

»Also, interessieren Sie sich für das Haus?«, fragte die Bärin.

»Ja. Ich kann bar zahlen … und Ihnen einen Wassily Kandinsky geben.«

Die beiden runzelten die Stirn und die Bärin fragte: »Wen?«

»Das ist ein Maler? Seine Gemälde sind ein ordentliches Sümmchen wert. Glaube ich. Ich habe das Teil schon ein paar Jahre.«

Die Bären sahen einander an und das Weibchen sagte schließlich: »Wir wollen nicht unhöflich sein oder so, aber … Sie sind ein Honigdachs und …«

»Wir wollen nicht ins Gefängnis«, fügte der Bär hinzu.

»Das Bargeld ist sauber«, warf Charlie ein, die mit einer abgedeckten Dessertplatte in der Hand hinter die drei getreten war. »Und zu dem Kandinsky gibt es Papiere.«

»Das stimmt«, pflichtete Mads ihr sofort bei. »Meine Tante hat mir das Bild geschenkt für den Fall, dass ich mal einen schnellen Abgang machen muss. Man kann keinen schnellen Abgang machen, wenn man die Authentizität des Gemäldes nicht nachweisen kann.«

»Sie haben mein Wort«, sagte Charlie und überreichte dem Bären das Dessert. »Das Bargeld besorgen wir Ihnen in den nächsten …?« Sie sah Mads an.

»Zehn bis zwölf Stunden. Und das Gemälde mitsamt Dokumenten ebenfalls.«

»Sie überschreiben mir das Haus sofort, unter der Bedingung, dass sie innerhalb der nächsten zehn Tage zahlen wird. Der Zeitrahmen ist lediglich eine Vorsichtsmaßnahme. Sie wird Ihnen das Bargeld spätestens morgen übergeben. Und Sie sind mit dem Auszug fertig bis …?«

»Tatsächlich bis morgen«, antwortete der Bär.

»Perfekt. Dann sind wir uns einig?«

Die Bärin und Charlie sahen einander fest in die Augen, und keine von ihnen löste den Blickkontakt, bis der Bär, der damit beschäftigt war, das, was sich unter der Folie befand, zu beschnuppern, schließlich hervorbrachte: »Einverstanden.«

Die Bärin schloss die Augen und knurrte: »Was machst du da?«

»Riech mal«, befahl er und hielt ihr den Kuchen unter die Nase.

»Ich werde nicht …« Sie beugte sich dichter vor und schnupperte ein paarmal. »Einverstanden«, sagte sie und seufzte.

Der Bär deutete auf das Haus. »Möchten Sie es sich gern ansehen?«

»Nein«, antwortete Mads und drehte sich um, um wieder in Charlies Haus zurückzugehen.

»Liebend gern«, sagte Charlie, packte Mads an den Schultern und lenkte sie in Richtung Veranda. »Du solltest dir das Haus ansehen«, flüsterte sie. »Was ist, wenn es keine Schränke gibt?«

Mads hielt mitten im Schritt inne. »Bei Odins Bart!«, rief sie, sodass die Bären zusammenschreckten. »Wer hat denn keine Schränke?«

»Was immer auf dieser Insel passiert ist, ist schlimm genug, aber wenn du und deine Brüder jetzt schon am helllichten Tag in Tigergestalt Vollmenschen in *Bars* attackiert, haben wir ein Problem.«

»Aber das tun wir doch gar nicht«, log Finn.

Vor der Ermordung seines Vaters hatte Finn über die Wichtigkeit von zwei Dingen eine Menge zu hören bekommen: die Familien Malone und Katzenhaus. Beide würden ihre Familie vor der Welt der Vollmenschen beschützen, damit sie ihr Leben so leben konnten, wie sie es wollten.

Doch Finn hatte bemerkt, dass von seiner Mutter nicht wirklich etwas dazu gesagt worden war, wenn sein Vater diese Bemerkungen gemacht hatte. Von ihr war weder Zustimmung oder Widerspruch gekommen. Sie hatte einfach mit dem weitergemacht, was sie gerade machte. Ob sie kochte oder las oder einen Streit zwischen Keane und Shay schlichtete.

Dann war ihr Vater getötet worden und niemand hatte ihnen geholfen. Die Malones nicht und Katzenhaus ebenso wenig. Ihre Mutter schien das nicht zu überraschen. Sie war verletzt gewesen, aber nicht überrascht. Doch ihre drei Söhne waren am Boden zerstört gewesen. Alles, was man sie über die Familie väterlicherseits und Katzenhaus gelehrt hatte, hatte sich als Lüge entpuppt. Das war, wie eine der Schwestern ihrer Mutter bemerkt hatte, als sie dachte, keiner von ihnen sei in Hörweite »der Tag, an dem die Herzen deiner Söhne zu Stein geworden sind und ihre Entschlossenheit hart wie Stahl wurde«.

Und sie hatte recht gehabt. Reinrassige Tiger in der Wildnis waren für ihre Unversöhnlichkeit bekannt und die Schwarzen Malones unterschieden sich in diesem Punkt nicht von ihnen. »Wer sich mit einem Schwarzen Malone anlegt, legt sich mit dem Teufel persönlich an«, hatte ein irischer Priester einmal über ihren Ururgroßvater gesagt. Den ersten Schwarzen Malone.

Alle anderen Malones sahen, wenn sie sich verwandelten, wie jeder andere Sibirische Tiger aus. Mit weißen, orangefarbenen und schwarzen Streifen und großen Reißzähnen. Aber nicht so die Schwarzen Malones. Sie hatten schwarzes Fell mit weißen Streifen. Vielleicht mit einem Spritzer Orange oder Rot als Farbtupfer, aber nicht viel. Normalerweise produzierten die Malones in jeder Generation nur ein oder zwei Nachkommen. Und niemals Brüder. Als also plötzlich ein Schwarzer Malone einen ganzen Stall von Schwarzen Malones hatte, wurde das unter den Religiösen der Familie als schlechtes Zeichen gewertet. Die Nonnen hatten den Blick abgewandt und der Priester sich bekreuzigt, wenn die Familie vorbeiging.

Manch einer versuchte, der mongolischen Seite der Familie die Schuld dafür zu geben und der Tatsache, dass ihr Vater sich nur eine einzige Gefährtin erwählt hatte, um sich zu paaren, aber der Zaya-Sarnai-Stamm hatte in seiner langen Liste keinerlei schwarze Tiger. Nur gelegentlich weiße mit blauen Augen, die man gewöhnlich wie Schamanen behandelte. Und die Malones hatten nicht die Absicht, die Zaya-Sarnais herauszufordern, da niemand wusste, wie viele von ihnen es auf der Welt gab. Sie hielten ihre Gesamtzahl geheim.

Die einzigen Gestaltwandler, in die Finn und seine Brüder auch nur das geringste Vertrauen hatten, waren die auf der mütterlichen Seite der Familie. Eine große Anzahl war aus der ganzen Welt zur Beerdigung gekommen. Alles, was sie an Informationen über den Mord finden konnten, gaben sie sofort an Finns Mutter weiter. Und die Stammesältesten setzten es sich zum Ziel, die drei ältesten Kinder darin zu unterweisen, wie sie ihre engste Familie beschützen konnten, jetzt, da ihr Vater tot war. Ihnen wurde beigebracht zu kämpfen, als Mensch und als Katze, damit sie ihrer Mutter zur Seite stehen konnten.

Aber selbst mit der Hilfe der Familie mütterlicherseits hatten sie immer noch keinen Schimmer, was den Mörder ihres Vaters betraf. Wer immer ihn getötet hatte, war mächtig genug, dass man ihm nicht auf die Schliche kam. Aber die Schwarzen Malones würden keine Ruhe geben. Sie würden niemals Ruhe geben.

Etwas, das gerade Cella Malone verstehen sollte.

»Ihr wart das in der Bar, Cousin«, bedrängte Cella ihn. »Du und deine Brüder.«

»Beweis es.«

»Ihr habt überall am Tatort eure Pisse zurückgelassen.«

»Lass sie doch testen und es herausfinden. Oh, stimmt ja! Dann wird sich natürlich die ganze Welt fragen, warum Menschen überall Tigerpisse hinterlassen. Das darf nicht passieren, oder?«

Cella trat näher und senkte die Stimme. »Wenn du nicht vorsichtig bist, Cousin, gibt es auch andere Methoden, die Sache zu regeln.«

»Meinst du so etwas wie einen Schuss von einem hohen Gebäude aus tausend Metern Entfernung? Ist das nicht mehr dein Ding, *Cousine?*«

Eine hochgewachsene, schlaksige Frau in locker sitzenden Jeans, die sie über Arbeitsstiefeln trug, und einer Basecap mit dem Logo der Tennessee Titans kam herbeigeschlendert und blieb vor ihnen stehen. Sie hielt ein halb aufgegessenes Eishörnchen in der Hand. Erdbeere, wie es aussah.

»Sind wir fertig?«, fragte sie mit leiser, rauer Stimme.

Finn grinste. »Hängen wir jetzt schon mit Hunden rum, Cousine?«

»Wir arbeiten zusammen.«

»Ernsthaft?«, fragte Finn ungläubig. »Ich weiß, dass *das* nicht mit Katzenhaus zusammenarbeitet.«

»Pass besser auf, was du sagst«, murmelte die Hündin, ohne dabei aufzuhören, an ihrem Eis zu lecken. »Ich hab keine Angst davor, es mit 'ner Katze aufzunehmen.«

»Und obendrein eine Hinterwäldlerin von Hund!« Finn lachte und betrachtete seine knurrende Cousine. »Das wird ja immer besser!«

»Danke für deine Hilfe.«

Sie gingen die Straße entlang zu Charlie nach Hause. Es kam nicht oft vor, dass Mads mit Charlie allein war, was vor allem daran lag, dass die Mannschaft sie Furcht einflößend fand. Natürlich nicht Max, aber der Rest von ihnen fand sie Furcht einflößend.

»Kein Problem. Aber es ist schon erstaunlich, wie weit man mit einem Honig-Zimt-Kuchen kommen kann. Jedenfalls wenn man es mit Bären zu tun hat. Allerdings gilt das nicht für Eisbären. Denen muss ich immer etwas vorsetzen, das Robbe oder Fisch enthält.« Charlie wischte sich die Hände an ihrer Jeans ab, bevor sie hinzufügte: »Das mit deiner Urgroßmutter tut mir leid.«

»Danke.«

»Geht es dir gut?«

»Ja. Ich bin ein wenig traurig. Ich dachte immer, sie würde uns alle überleben. Sie schien zu gemein zu sein, um zu sterben.«

»Soll ich mich mal für dich umhören? Oder irgendetwas regeln?«

Mads blieb stehen und schüttelte den Kopf. »Nein. Ich bin mir sicher, dass sie einfach gestorben ist. Oder es war ein Raubüberfall oder so. Wenn meine Mutter oder meine Großmutter etwas damit zu tun gehabt hätten, hätten sie es mich wissen lassen und mich damit verhöhnt. Denn sie sind Hyänen und können nicht anders.«

»Reizend. Nun, ich gehe gern mit dir zur Beerdigung. Ich weiß, wie solche Zusammenkünfte mit einer beschissenen Familie sein können, und ...«

»Es wird keine Beerdigung geben«, unterbrach Mads sie, bevor Charlie weitersprechen konnte. »Aber danke für das Angebot.«

»Keine Beerdigung, oder du willst einfach nicht hingehen, weil deine Familie aus einem Haufen Arschlöchern besteht? Ich erinnere mich an sie, Mads. Ich war dabei.« Sie lächelte, aber es war kein herzliches Lächeln. Es war das trockene Lächeln, das Charlie nur bei Leuten einsetzte, die sie hasste, oder wenn sie über Leute redete, die sie hasste. »Ich erinnere mich extrem gut an deine Mutter und deine Großmutter.«

»Das solltest du auch. Du hast meine Mutter niedergeschlagen.«

»Sie hatte es verdient.«

»Oh, ich weiß«, pflichtete Mads ihr bei, außerstande, sich ein Lächeln zu verkneifen bei der Erinnerung, was nach dem ersten Basketballspiel ihrer Mannschaft von der Junior High passiert war. »Ich weiß. Und es wird keine Beerdigung geben, weil es keinen Leichnam gibt.«

»Wie meinst du das, es gibt keinen Leichnam? Warum gibt es keinen Leichnam? O mein Gott.« Charlie fasste sie am Arm. »Haben Sie deine Urgroßmutter aufgefressen?«

»Nein! Meine Familie ist daneben, aber nicht *so* daneben. Bei uns werden keine Familienmitglieder gefressen. Man hat sie eingeäschert, sie in eine Kiste gesteckt und sie irgendwo im Haus abgestellt.«

Charlie ließ ihren Arm los. »In dem Messie-Haus?«, fragte sie traurig.

»Genau.«

»Warum räumen sie dieses Haus nicht aus?«

»Ich habe keine Ahnung. Es ist so eklig. Sie wohnen nicht einmal mehr dort. Mittlerweile haben alle Trailer auf dem Grundstück.«

»Nach dem, was Max mir über deine Urgroßmutter erzählt hat, ist das nicht die Art und Weise, wie sie von dieser Erde gehen sollte.«

»Ich weiß. Aber ihre Tochter will es nicht anders. Und meine

Mutter tut, was immer *ihre* Mutter ihr sagt. Da mische ich mich nicht ein, denn ich will keinen Weltkrieg heraufbeschwören.« Sie trat näher an Charlie heran. »Und deine Schwestern dürfen das nicht wissen, denn Max würde einen Weltkrieg anzetteln. Das wissen wir beide.«

»Also wolltest du es niemandem erzählen?«

»Vielleicht Tock. Sie spricht fast nicht.«

»Und sie ist deine engste Freundin.«

Überrascht von dieser Feststellung, sah Mads Charlie nur an.

»Richtig?«, drängte Charlie sie, als Mads schwieg.

»Nun, sie ist meine Mannschaftskameradin. Genau wie die anderen.«

»Und das sind deine Freundinnen.« Charlie runzelte die Stirn. »Richtig?«

»Ich schätze, ich habe noch nie wirklich darüber nachgedacht.«

»Wie ist es möglich, dass du nicht darüber nachgedacht hast? Ihr geht füreinander durchs Feuer. Wie könnt ihr einander vertrauen, wenn ihr keine Freundinnen seid?«

»Wir sind Mannschaftskameradinnen.«

Charlie entfernte sich ein Stück von Mads. Die dachte, dass die älteste MacKilligan in ihr Haus zurückkehren würde, aber sie blieb vor Mads' Mannschaftskameradinnen stehen, die draußen herumlungerten, und fragte: »Ihr seid doch alle befreundet, richtig?«

Streep antwortete sofort: »Natürlich sind wir das! Beste Freundinnen für immer und ewig!«

Tock zuckte die Achseln und sagte: »Ich schätze, ja.«

Nelle, die damit beschäftigt war, in den Spiegel einer Puderdose zu schauen und Lipgloss aufzutragen, sagte: »Moment … was war noch gleich die Frage?«

Und Max drehte sich zu ihrer kleinen Schwester um und krähte: »Ich hab dir ja gesagt, dass ich Freundinnen habe!«

»Wow«, sagte Charlie, bevor sie ins Haus ging.

Max deutete in Richtung der anderen Straßenseite und fragte: »Was hattet ihr eigentlich im Haus dieser alten Bärin zu suchen?«

»Ich habe es gerade gekauft.«
»Warum?«
»Damit ich dort einziehen kann.«
»Was ist denn an unserem Haus auszusetzen?«
»Gar nichts. Ich dachte nur, ich sollte mir ein eigenes Haus kaufen.«
»Ist das deine Art zu trauern?«, warf Streep ein.
»Okay. Wir sind hier fertig.« Mads holte ihr Handy hervor. »Hört mal, ich muss zu meiner Lagereinheit …«
»In Wisconsin?«
»Nein. Alles, was ich brauche, kann ich aus meinem Lager in New York holen.«
»Oh.« Nelle klappte ihre Puderdose zu. »Dann organisiere ich einen von den Hubschraubern meines Vaters und wir fliegen alle zusammen hin.«
»Das braucht ihr nicht zu tun.«
»Bringst du Bargeld für den Kauf mit?«
»Ja.«
»Und eins von den echten Kunstwerken, die deine Tante dir geschenkt hat?«
»Ja.«
Max holte eins der Messer hervor, die sie ständig versteckt am Körper trug, aber sie tat es dermaßen schnell, dass Mads keine Ahnung hatte, von welcher Stelle sie es genommen hatte. »Dann wirst du uns brauchen.«
»Aber wir sind keine Freundinnen?«, jammerte Streep.
Mads räusperte sich. »Ich finde zufällig, dass Mannschaftskameradinnen wichtiger sind als …«
»Halt. Die. Klappe.«
Mit diesen Worten stürmte Streep ins Haus. Nelle und Max folgten ihr kichernd.
»Mach dir ihretwegen keine Sorgen.« Tock legte Mads einen Arm um die Schulter. »Sie wird darüber hinwegkommen. Und ich verstehe total, was du in Bezug auf Mannschaftskameradinnen meinst.«

»Danke. Außerdem sind wir keine Sechsjährigen.«

»Streep schon.«

Tock sah nach links und rechts. »Bist du dir sicher, dass du hier ein Haus kaufen willst? Es ist Bären-Territorium. Mit massenhaft mürrischen Grizzlys.«

»Und noch gemeineren Löwen ein paar Häuserblocks weiter.«

Tock lächelte und durchschaute Mads' Logik schnell. »Also ist es unwahrscheinlich, dass irgendwelche Hyänen einfach mal so vorbeikommen.«

»Jedenfalls keine von hier. Und auf die von außerhalb hat Charlie schon mal geschossen. Wodurch ich mich ziemlich sicher fühle.«

Tock legte ihren Arm auf Mads' Nacken und lehnte den Kopf an den ihrer Freundin.

»Das mit Solveig tut mir wirklich leid«, flüsterte sie.

»Ja. Mir auch.«

»Wer hat dir eigentlich die Blumen geschickt?«

»Oh, Scheiße!« Mads griff wieder nach ihrem Handy, und Tock reichte ihr die Karte, die bei den Blumen gelegen hatte. »Ich habe ganz vergessen, mich bei dem Tiger zu bedanken.«

»Welchem Tiger?«

»Finn Malone. Er hat die Blumen geschickt.«

»Er hat *dir Blumen geschickt?*«

»Oje«, murmelte Tock, bevor sie beide den Kopf hoben und eine vor Wut schäumende, ganz in schwarz gekleidete Max vor sich stehen sahen. Ihre Jeansjacke verbarg kaum all die Waffen, die sie jetzt angelegt hatte. Es waren noch mehr als vor fünf Minuten.

»Das hat wirklich Spaß gemacht, aber ich verschwinde.«

»Es ist noch nicht vorbei.«

Langsam stand Finn auf, sodass er seine einen Meter achtzig große Cousine überragte.

»Ach ja?«

»Du jagst mir keine Angst ein.«

Finn trat einen Schritt näher. »Ein bisschen schon.«

Weil er ein Schwarzer Malone war und niemand wusste, was ein Schwarzer Malone als Nächstes tun würde. Wenn sie sich verwandelten, wurden ihre Augen blau, und sie waren dafür bekannt, dass sie mit ihrem Opfer spielten.

»Ich höre immer noch nichts Nettes«, beklagte sich der Eisbär.

»Wenn du uns ans Leder willst«, deutete Finn freundlich an, »versuch's nur. Ich bin mir sicher, Keane wird begeistert sein.«

»Weißt du, ich bemühe mich, euch zu helfen. Ihr gehört nach wie vor zur Fam-«

»Kein Wort mehr.« Er wollte gehen, aber die Hunde-Hinterwäldlerin stand vor ihm und versperrte ihm den Weg. »Und halt dein Schoßhündchen von mir fern.«

»Das mit deinem Daddy tut mir leid«, sagte die Hündin. »Ich kann dich verstehen. Ich stehe meinem wirklich nah, vielleicht wirst du ihn eines Tages kennenlernen«, fügte sie mit einem Lächeln hinzu.

»Sicher. Wenn du meinst.« Er schob sich an der Hündin vorbei und ging auf die Aufzüge zu. Währenddessen schickte er seinen Brüdern eine Nachricht und teilte ihnen mit, dass sie sich oben am Hauptausgang treffen sollten und nicht am Food-Court. Er wusste, dass Keane explodieren würde, wenn er Cella sah, und Finn war nicht in der Stimmung, seinen Bruder zu beruhigen. Nicht wenn er drauf und dran war, nach Mineola auf Long Island zu fahren und die Sache mit seinen Onkeln persönlich auszutragen. Und er war sich sicher, dass der Rest der Malones dies nicht im Mindesten gutheißen würde. Das hatten die Brüder in einer volltrunkenen Nacht lernen dürfen, als sie in die zahlreichen Häuser ihrer Onkel gestürmt waren. Wäre ihre Mutter nicht gewesen und die Tanten, die gerade zu Besuch gewesen waren, hätte es mit ernsteren Konsequenzen enden können als einigen Muskelrissen und ein paar beschädigten Arterien.

Er erreichte die Aufzüge, drückte auf den Knopf und schaute noch einmal auf sein Handy.

»Immer noch kein Dankeschön!«, bemerkte er zu niemandem

Bestimmten, schaffte es aber, eine Grizzlybärin zu erschrecken, die ihn daraufhin anbrüllte.

»Oh, halt's Maul!«, blaffte er zurück.

»Gib mir das!«, befahl Mads und versuchte, Max die Blumenvase aus den Händen zu reißen.

Max rannte um die anderen herum, die sich ebenfalls bemühten, ihr die Blumen wegzunehmen, und sprang auf den Esstisch. Sie hob die große Blumenvase hoch, bereit, das ganze Ding in einem Wutanfall, zu dem nur Max fähig war, auf den Boden zu schmettern.

»*Verrat!*«, brüllte Max.

»Was ist los mit dir?«, fragte Mads. Nur die Malone-Brüder schienen Max zu dieser Reaktion zu bringen. Nicht einmal Stevie machte sie derart irre.

Charlie kam aus der Küche. »Was ist denn hier los?«

»Deine Schwester ist wahnsinnig!«, ließ Mads sie wissen.

»Davon mal abgesehen.«

»Mads hat uns alle verraten!«, verkündete Max.

»Weil sie Blumen bekommen hat?«

»Von einer ganz bestimmten Person.«

»Von wem hat sie die Blumen denn?«

Max ließ die Vase sinken. »Von niemandem.« Charlie verschränkte die Arme vor der Brust. »Von wem hat sie die Blumen, Max?«

»Warum musst du das wissen?«

»Weil du dich, seit du von dem Job gestern Nacht zurück bist, so ausweichend verhältst, weshalb ich mich frage, was zur Hölle passiert ist. Also, du kannst mir die ganze Geschichte erzählen, und ich flippe jetzt aus. Oder du kannst mir den Namen der Person nennen, die die Blumen geschickt hat.«

Mads riss Max die Vase aus den Händen. »Die sind von Finn Malone. Er kam in den Food-Court, kurz nachdem ich vom Tod meiner Urgroßmutter erfahren hatte. Er war einfach nur nett.«

»Und wir hassen ihn jetzt, weil ...?«

Die Mannschaft schaute Max an, die immer noch auf dem Esstisch stand.

»Na schön!«, blaffte Max. »Wir sind heute Morgen hingefahren, um uns bei ihnen zu bedanken und …«

»Wofür zu bedanken?«

»Geht dich nichts an. Wie dem auch sei, wir hatten jede Menge frischer Blätterteigteilchen dabei und waren wirklich nett, und sie haben uns aus dem Haus geworfen.«

»Wurdet ihr denn von ihnen hereingebeten?«

Max funkelte ihre Schwester an. »Was hat das damit zu tun?«

»Wenn irgendjemand uneingeladen unser Haus betritt, bringen wir ihn um.«

»Weil sie normalerweise kommen, um uns umzubringen! Wir haben ihnen Blätterteiggebäck angeboten.«

»Ihr seid als Honigdachse in ihr Haus eingedrungen, Max.«

»Wir haben Blätterteiggebäck mitgebracht!«

Mit großen Augen richtete Charlie ihren Blick auf Mads, aber sie umklammerte nur schützend die Blumenvase und zuckte die Achseln.

»Hab's dir doch gesagt«, flüsterte Mads gut hörbar. »Wahnsinnig.«

Sie waren schon fast zu Hause, als Finns Handy vibrierte. Er warf einen Blick darauf.

»Endlich«, sagte er mit einem Lächeln.

»Was denn?«, fragte Keane vom Fahrersitz aus.

»Kümmer dich um deine eigenen Angelegenheiten.«

»Dann murmel nicht irgendwelches Zeugs vor dich hin, während ich fahre.«

Finn ignorierte seinen Bruder und las noch einmal die Nachricht:

Danke für die Blumen. Max hasst dich & deine Brüder trotzdem noch. Tut mir leid.

Finn kicherte.

»Was jetzt?«, fragte Keane scharf.

»Warum redest du immer noch mit mir?«

»Wollt ihr zwei euch den ganzen Abend streiten?«, meldete Shay sich vom Rücksitz zu Wort.

»Klappe!«, blafften Finn und Keane gleichzeitig.

Na bitte. Ein höfliches Dankeschön war alles, was Finn gewollt hatte. Denn Höflichkeit war wichtig.

8

Wie versprochen hatte Nelle den privaten Hubschrauber organisiert. Ihre Familie hatte eine ganze Flotte davon auf Stand-by, bereit zu sofortigem Einsatz.

Sie landeten auf dem am nächsten gelegenen Hubschrauberlandefeld, dann riefen sie einen Elite-Fahrdienst an, der sie zu ihrem Ziel fuhr. In dem Wagen, der sich als Party-Limousine entpuppte, fanden sie eisgekühlten Champagner vor. Jede von ihnen genehmigte sich ein Glas, sie lachten und redeten laut und flirteten zwischendurch mit dem Fahrer oder stellten ihm unangemessene Fragen. Als sie ungefähr noch eine Meile von ihrem Bestimmungsort entfernt waren, baten sie ihn anzuhalten und fielen aus der Limousine. Streep landete auf Tocks Rücken, bevor sie sie wegstieß.

Nelle gab dem Fahrer ein großzügiges Trinkgeld in bar und sagte ihm, er solle warten.

»Sind Sie sich sicher, dass ich Sie nicht begleiten soll, meine Damen?«, fragte er. Er wirkte eher besorgt über ihren betrunkenen Zustand als von dem Wunsch getrieben, flachgelegt zu werden. »Es würde mir nichts ausmachen.«

»Nein, nein. Warten Sie einfach hier«, sagte Nelle und tätschelte ihm die Schulter. »Wir sind im Handumdrehen wieder da. Okay?«

Lachend stolperten sie in die Dunkelheit, Arm in Arm, singend, bis sie ungefähr eine halbe Meile entfernt waren.

Dann hörten sie wie auf Kommando alle auf, Theater zu spielen, und legten die letzte halbe Meile schweigend zurück, bis sie die exklusive Lagerhalle erreichten.

Mads tippte ihren Code ein und das große Tor öffnete sich. Als sie alle hindurchgegangen waren, führte Mads sie erst an den Containern unter freiem Himmel vorbei, und betrat dann unter Verwendung eines anderen Codes das Gebäude. Sie geleitete sie entlang der unterschiedlich großen Lagereinheiten und stieg in einen Aufzug, der eine Schlüsselkarte erforderte, damit er sich in Bewegung setzte, und einen weiteren Code, um im richtigen Stockwerk anzuhalten.

Als sich die Aufzugtüren öffneten, führte Mads ihre Mannschaftskameradinnen durch den Flur zu ihrer Lagereinheit. Sie brauchte eine Schlüsselkarte, einen Code und zwei verschiedene Metallschlüssel, um in den Raum zu gelangen.

»Findet ihr dieses System nicht auch eine Spur paranoid?«, fragte Streep.

Dann betraten sie die Einheit und Mads schaltete das Licht ein. Das war der Moment, in dem Tock Streeps Frage beantwortete: »Nein, tun wir nicht.«

Mads hatte genau wie Solveig Banken nie wirklich über den Weg getraut. Also bewahrte sie in ihrer Lagereinheit haufenweise Bargeld auf. Und da sie nicht viel ausgab, waren es viele Haufen. Die Kunstwerke hatte Mads von ihrer Honigdachs-Tante Sylvie bekommen, die auf diese Weise sicherstellen wollte, dass Mads einen Fluchtplan hatte. Die Juwelen stammten von ihrem Vater. Auch er wollte sicherstellen, dass sie einen Fluchtplan hatte. Allerdings hätte Mads nicht mit gleicher Sicherheit sagen können, dass diese Juwelen *nicht* gestohlen waren, wie bei Sylvies Kunstgeschenken. Aber der Schmuck war hübsch und funkelte, daher behielt sie ihn.

»Wow, Schätzchen«, sagte Streep ehrfürchtig, »du hast aber eine Menge Sachen.«

»So viel ist das gar nicht.«

»Wie bist du an den echten Rembrandt rangekommen?«

»Ich habe keinen echten Rem-« Mads entdeckte das Gemälde, das eigentlich irgendwo im Vatikan hätte hängen sollen und das sich jetzt in ihrer Lagereinheit befand. *»Max!«*

Wie die meisten Dachse machte Max sich gar nicht erst die Mühe zu lügen. »Entschuldige. Mir ist der Platz in meinem eigenen Lager ausgegangen, und dann habe ich vergessen, dass ich ihn hier verstaut hattc.«

»Wie kannst du vergessen, dass du einen Rembrandt gestohlen hast?«, wollte Tock wissen.

Sie kratzte sich am Kopf. »Zu der Zeit hatte ich eine Menge um die Ohren.«

»Weil du noch etwas anderes gestohlen hast?«, mutmaßte Nelle.

»Wahrscheinlich.«

Finn öffnete die Haustür, dann stand er nur da und riss die Augen auf. Er war zu überrascht, um zu reagieren.

»Willst du mich hereinbitten oder mich nur angaffen?«, fragte Charlie MacKilligan lächelnd.

Er schaute über die Schulter in die belebte Küche, in der sich fast seine gesamte Familie aufhielt. Na ja, nicht fast die gesamte. Nur seine Brüder. Seine Mutter, seine kleine Schwester und seine Tanten – oh, und Dale – waren über den Rest des Hauses verteilt, während auf dem Herd das Essen brodelte.

Aber jeder von ihnen konnte jederzeit in der Küche auftauchen. Und seine Familie war für Außenstehende schwer zu verkraften.

Aber Charlie war nicht allein. Hinter ihr standen drei große Grizzlybären. Und schnauften.

Finn überlegte noch, ob er die Bären zusammen mit Charlie ins Haus lassen sollte, als Keane hinter ihm erschien.

»Wer ist an der … oh. Du bist es.«

Charlie behielt trotz Keanes kühlem Empfang ihr Lächeln bei. »Ja, ich! Und ich freue mich auch, dich wiederzusehen, Keane.«

»Du hast Security mitgebracht?«

Machte Keane ihr das wirklich zum Vorwurf? Denn Finn tat es nicht.

»Nein. Mein Freund hat darauf bestanden mitzukommen.« Sie deutete auf einen der Bären. »Das ist Berg, mein Freund.«

»Und das sind meine Drillingsgeschwister«, stellte der Bär seine Geschwister vor. »Britta und Dag.«

»Das sind nur zwei«, bemerkte Keane, und der Bär blinzelte verwirrt.

»Was?«

»Du hast gesagt, die da seien deine Drillingsgeschwister, aber es sind nur zwei. Wo ist der Dritte?« Er kniff die Augen zusammen. »Beobachtet er das Haus?«

Der Bär schüttelte den Kopf. »Nein, nein. Ich bin einer der Drillinge. Das sind meine Drillingsgeschwister. Britta und Dag.«

»Ja, aber es sollte einen dritten geben, richtig?«

Der Bär räusperte sich und versuchte es noch einmal. »Wenn ich ein Zwilling wäre, würde ich sagen, ich und mein Zwillingsbruder oder meine Zwillingsschwester. Aber ich bin ein Drilling. Also wären da ich und meine Drillingsgeschwister Britta und Dag.«

»Und der Dritte? Warum willst du mir nicht verraten, wo der Dritte ist? Versteckst du ihn aus irgendeinem Grund? Ist das eine Falle?«, fragte Keane scharf.

»*Charlie?*«, sagte Berg verzweifelt.

»Warum gehen wir nicht hinein?«, erwiderte sie, bevor sie sich ihren Weg ins Haus bahnte.

Finn trat ihr mehr oder weniger aus dem Weg, war aber überrascht, als Keane das Gleiche tat. Denn Keane machte für niemanden Platz. Aber sobald sie die Küche betreten hatte, beugte Keane sich zu ihm und sagte: »Ich habe mich nicht bewegt.«

»Aber ich habe es doch gesehen.«

»Nein. Ich meine, ich bin ihr nicht aus dem Weg gegangen. Sie hat mich bewegt.«

Die Brüder schauten sich einen Moment lang an, dann beugten

sie sich vor, um um den Türrahmen herum einen besseren Blick auf Charlie MacKilligan in der Küche werfen zu können.

Sie hatte das, was unter Gestaltwandlern universell als »Wölfinnenschultern« bezeichnet wurde. Dabei handelte es sich um Schultern, die breiter waren als die der meisten Gestaltwandler-Weibchen, selbst die der Bärinnen oder Löwinnen. Aber der Rest von ihr war winzig, verglichen mit anderen Wölfinnen. Dennoch war sie größer als jeder Honigdachs, den Finn je gesehen hatte. Sie war eins fünfundsiebzig, vielleicht sogar eins achtzig groß – für einen Honigdachs riesig. Der Wikinger-Honigdachs war fast genauso groß, dabei aber schlank, und ihre Schultern waren nicht ganz so breit.

Charlie hatte ein liebes Lächeln. Aber kalte Augen. Raubtieraugen.

Finn und Keane folgten ihr in die Küche, während die Bären beiseitetraten.

»Was riecht hier so gut?«, fragte sie.

»Jetzt willst du auch noch ein Abendessen?«, fragte Keane ungläubig, und Finn schubste seinen Bruder gegen die Kühlschranktür.

»Ignorier ihn einfach«, sagte Finn zu dem immer noch lächelnden Dachs.

In dem Moment sah er die Blutsverbindung zwischen den Halbschwestern. In ihrem Lächeln.

»Also, was können wir für dich tun?«, fragte er.

»Was ist gestern Nacht mit meiner Schwester und ihrer Mannschaft passiert?«

»Sie hat es dir nicht erzählt?«

»Sie vermeidet es, mir davon zu erzählen, was nie ein gutes Zeichen ist.«

»Okay. Ich bin mir nicht sicher, ob ich mich da einmischen will …«

Bevor Finn seinen sehr vernünftigen Gedanken weiter ausführen konnte, schubste Keane ihn gegen Shay.

»Was springt für uns dabei heraus?«, fragte der Bastard.

»Was willst du denn? Mehr Blätterteigteilchen?«

»Wenn ich je wieder etwas über diese verdammten Blätterteigteilchen höre …«, murmelte Finn an Shay gewandt.

Shay zuckte die Achseln. »Ich fand sie wirklich gut.«

»Wir brauchen Informationen«, eröffnete Keane Charlie.

»Informationen worüber?«

Keane hob einen Finger, doch in dem Moment kam ihre Mutter herein. Sie schnupperte und fragte schließlich angewidert: »Warum riecht es hier nach Bär? Oh …« Sie funkelte die Drillinge an, die auf der anderen Seite der Küche standen. »Das müsst ihr drei sein, die meine Küche verpesten.«

»Ma!«, blaffte Finn.

Keane deutete feixend auf ihre Mutter. »Ma, könntest du uns eine Sekunde Zeit geben?«

»Na schön. Ich will nicht, dass meine Schwestern hier hereinkommen und sich mit …« – sie deutete auf die Drillinge – »… den haarigen Hippies da drüben abgeben müssen.«

Die drei Bären runzelten alle gleichzeitig die Stirn und legten die Köpfe auf genau dieselbe Weise schräg – nach links –, und dann fragten sie wie aus einem Mund: »Den was?«

Finns Mutter seufzte. »Junge Leute. Ich hasse euch alle«, knurrte sie, bevor sie davonstapfte.

»Sie sieht immer echt niedlich aus, wenn sie so aus dem Raum marschiert«, bemerkte Keane mit einem für ihn raren Lächeln. Aber dieses Lächeln verschwand, sobald er sich wieder zu Charlie MacKilligan umdrehte.

»Wir müssen herausfinden, wer unseren Vater getötet hat«, sagte er. »Könnt ihr uns helfen, an diese Information heranzukommen?«

»Nein.«

Keane warf die Hände in die Luft und Shay sagte: »Aber man hat uns berichtet, dass ihr Dachse jede Art von Information beschaffen könnt.«

»Dachse haben Beziehungen zu anderen Dachsen, was zu Informationen führen kann.«

»Okay … und?«

»Und ich bin die Tochter von Freddy MacKilligan. Niemand wird mir auch nur einen Scheiß erzählen. Dieser Mann hat auf der ganzen Welt Brücken hinter sich verbrannt, wodurch jetzt allen MacKilligan-Schwestern ein bedauernswerter Makel anhaftet.«

»Dann hilft uns das nicht weiter und ihr müsst jetzt gehen«, eröffnete Keane ihr. »Allein, dass ich dich hier mit deinen Bären sehe, macht mich sauer.«

»Max ist immerhin auch noch da.«

»Ist sie nicht ebenfalls eine MacKilligan?«

»Und eine Yang. Die Familie ihrer Mutter mag sie tatsächlich und würde ihr helfen. Aber wann immer die Rede auf euch kommt, flippt Max aus.« Sie deutete auf Finn. »Die Blumen, die du Mads geschickt hast, wären fast auf dem Boden gelandet und zertrampelt worden. Glücklicherweise sind ihre Freundinnen, die Basketballspielerinnen, sehr schnell und konnten ihr die sehr hübsche Vase wegnehmen.«

Finn verzog das Gesicht, als Keane und Shay sich ihm zuwandten.

»Du hast einer von diesen Bräuten Blumen geschickt?«, fragte Keane scharf.

»Bräute?«, wiederholte der weibliche Drilling. »Hast du sie gerade wirklich *Bräute* genannt?«

»Musst du nicht gerade irgendwo einen Bienenstock attackieren?«, schoss Keane zurück.

»Musst du nicht noch ein paar primitive Verwandte lausen?«

»Ich habe ihr Blumen geschickt«, warf Finn ein, »weil ihre Urgroßmutter gestorben ist. Ich wollte nur nett sein.«

»Du bist schwach und du widerst mich an.«

»Ich wäre ebenfalls angewidert«, ergänzte Shay, »aber sie ist wirklich süß. Daher verstehe ich es.«

»Ihr solltet überhaupt nicht angewidert sein; ihr solltet euch bei ihm bedanken. Wenn diese Blumen nicht gewesen wären, hätte ich nie erfahren, in welchem Ausmaß meine Schwester allen möglichen Scheiß vor mir verheimlicht. Aber wenn ihr mir sagt, was ich wissen will, werde ich sie dazu bringen, euch zu helfen.«

Keane sah Finn und Shay unbehaglich an.

»Warum will deine Schwester dir nicht erzählen, was letzte Nacht passiert ist?«

»Keine Ahnung. Wenn sie sich in Schwierigkeiten gebracht hat, will sie nicht hören, wie ich sie anbrülle und ihr sage, was für eine Idiotin sie ist. Was ich absolut verstehe. Obwohl ich mit meiner Therapeutin daran arbeite, das nicht allzu oft zu tun. Ihr zufolge können ›Worte verletzen‹.«

Finn erinnerte sich daran, dass seine kleine Schwester ihm einmal erzählt hatte, Stevie, die jüngste MacKilligan-Schwester, befinde sich ebenfalls in Therapie. Hatten sie etwa alle Therapeuten? Wollte Nat jetzt ebenfalls eine Therapie machen? Würde der bloße Umstand, dass sie die Tochter von Freddy MacKilligan war, bedeuten, dass sie eines Tages eine Therapie brauchen würde?

Statt auch nur eine dieser Fragen laut auszusprechen, erkundigte er sich stattdessen: »Und wenn jemand anderes sie in Schwierigkeiten gebracht hat?«

Da war es wieder, dieses Lächeln, das ihn an Max erinnerte. »Dann macht sie sich Sorgen, dass ich anfangen könnte, Leute umzubringen.«

Jetzt sahen Finn, Shay und Keane einander an, bevor sie wie aus einem Mund sagten. »Aha.«

»Warum sehe ich da einen Degas, Max?«

»Das ist mein Degas«, verkündete Nelle. Dann fügte sie hinzu: »Aber es handelt sich um eine Fälschung von meinem Cousin.«

»Von welchem Cousin?«, hakte Tock nach.

»Von dem Zwölfjährigen. Er wird langsam richtig gut. Obwohl es sein Traum ist – zum ewigen Kummer seiner Mutter –, Feuerwehrmann zu werden.«

Mads warf die Reisetasche voller Geld auf den Boden. »Wie viele von euch haben meine Lagereinheit für ihr Diebesgut benutzt?«

Alle hoben die Hand.

»Das hier sollte doch ein sauberer Ort sein«, rief sie ihnen ins Gedächtnis. »Nichts Illegales.«

»Du hast ja auch nichts Illegales hier drin«, tröstete Max sie. »Alles Illegale kommt von uns.«

»Und warum habt ihr dann alle so getan, als wärt ihr noch nie hier gewesen?«

»Hättest du dann nicht gemerkt, dass wir schon mal hier waren?«, beantwortete Nelle ihre Frage mit einer Gegenfrage.

Verärgert über die logische Antwort schnappte Mads sich einen echten Goldbarren und hielt ihn ihren Mannschaftskameradinnen entgegen. »Der da sollte besser nicht aus der US-Zentralbank stammen.«

»Warum machst du dir Sorgen? Das Geld, das sie haben, gehört ihnen nicht. Sie bewahren es lediglich auf.«

Mads hätte Max den Barren um ein Haar ins Gesicht geworfen, hätte Tock ihn ihr nicht aus der Faust gerissen.

»Aber, aber, meine Damen«, griff Streep besänftigend ein. »Nicht nötig, dass alle sich derart aufregen. Wenn sich irgendjemand aufregen sollte, dann bin ich es! Da ich anscheinend die Einzige bin, die euch undankbare Miststücke als Freundinnen ansieht!«

»Kaust du immer noch darauf herum?«, fragte Max.

»Ja! Weil ich mich zutiefst verraten fühle. *Von euch allen!*« Sie schniefte und eine einzelne Träne quoll ihr wunderschön aus einem Auge und kullerte zwischen ihrer Nase und ihrer Wange hinunter. »Wie ist es möglich, dass ihr mich nicht alle liebt?«

»Weil du eine Drama-Queen bist?«, überlegte Tock laut.

»Dich hat niemand gefragt, blöde Kuh!«

»Charmant.«

»Ich will, dass ihr *alle*« – Mads zeigte auf jede Einzelne ihrer Mannschaftskameradinnen – »euren Scheiß von hier wegschafft. Ich gehe für keine von euch ins Gefängnis.«

»Wenn wir ins Gefängnis kommen, brauchen wir ja nicht dort zu bleiben«, fühlte Max sich genötigt zu bemerken. »Lediglich über die russischen Gefängnisse müssen wir uns Sorgen machen. Sie sind Honigdachs-fest gebaut. Und das betrifft auch nur die sibirischen.«

»Gulags«, warf Streep ein, die nicht länger so tat, als weine sie. »Eins der wenigen Worte, die im Herzen eines Honigdachses tatsächlich Angst hervorrufen.«

»Nun, Stalin hat gewusst, wie er uns das Leben zur Hölle machen kann«, murmelte Tock.

»War er denn nicht einer von uns?«

»Nein!«, fuhren alle anderen Streep an.

»Ich meine nicht, dass er ein Honigdachs war, aber war er nicht ein, hm, ein Bär oder so etwas?«

»Auf keinen Fall«, versicherte Tock ihr. »Er war abscheulich vollmenschlich.«

»Lenin und Trotzki«, sagt Nelle und nahm das gesamte Bargeld aus Mads' Reisetaschen, damit sie es zwanghaft ordentlich in einen schwarzen Aktenkoffer aus Metall legen konnte. »Das waren Dachse.«

»Erinnert ihr euch, wie schwer es war, Trotzki zu töten?«, fragte Max. »Sie mussten ihm erst den Schädel einschlagen. Aber bei mir hätte das nicht funktioniert. Ich habe einen MacKilligan-Kopf. Er ist so hart wie eine Bowlingkugel.«

»Das ist er wirklich«, pflichtete Mads ihr bei. »Ich habe mal mit einem Baseballschläger geworfen. Auf einen Typen. Mit aller Kraft. Aber Max ist dazwischengeraten und der Schläger hat sie am Hinterkopf getroffen. Sie hat nicht einmal aufgeheult.«

»Max ist nicht einfach irgendwie ›dazwischengeraten‹«, korrigierte Nelle sie mit Luftgänsefüßchen. »Sie ist vor den Schläger gesprungen.«

Verwirrt fragte Mads: »Warum zur Hölle hast du das getan?«

»Dir ist nicht klar, welche Wucht du in diesen Wurf gelegt hast«, erklärte Max. »Und der Junge trug keinen Helm. Dafür hättest du definitiv gesessen. Und für ein Leben im Gefängnis bist du nicht geschaffen.«

»Woher willst du das wissen? Du warst auch noch nie im Gefängnis.«

»Aber meine halbe Familie. Auf beiden Seiten. Auf verschiedenen Kontinenten.«

»Und?«

Max breitete die Arme aus. »Kannst du nicht einfach dankbar sein, dass ich einen Schädel habe, der so hart ist wie eine Bowlingkugel, und dass ich meinen harten Schädel eingesetzt habe, um dich zu beschützen?«

Mads zuckte die Achseln. »Doch, das kann ich.«

»Danke!«

»Wer lässt einfach sein Team im Stich?«, fragte Charlie, die jetzt am Küchentisch saß.

Sie richtete diese Frage an niemand Bestimmten. Finn wurde bewusst, dass sie tatsächlich mit sich selbst sprach. Oder mit der Luft. Aber er befürchtete, dass sie dennoch eine Antwort erwartete.

»Wenn Leute sich auf einen verlassen, hat man da zu sein«, fuhr sie fort. »Sie hätten nur mit einem verdammten Hubschrauber fliegen und meine Schwester und ihre Mannschaft aufsammeln müssen. Nicht direkt Neurowissenschaft.«

»Ich denke, du meinst Atom-«

»Ich weiß, was ich meine!«

Shay wich rückwärts vor ihr zurück, und Keane versuchte, die grinsenden Bären niederzustarren.

»Deine Schwester hat dir nichts davon erzählt?«, fragte Finn Charlie.

»Sie wusste, was ich tun würde.«

»Und was würdest du tun?«

»Du willst nicht wissen, was ich tun würde.«

»Warum würde ich nicht wissen wollen, was du tun würdest?«

»Vertrau mir, du willst es nicht wissen.«

»Ich hätte nicht gefragt, wenn ich nicht wissen wollte …«

»Würdet ihr zwei bitte damit aufhören!«, knurrte Keane, der sich nicht länger für grinsende Bären interessierte. »Ihr treibt mich in den Wahnsinn!«

Einer der Hunde draußen im Garten bellte warnend und Finn hörte seine Mutter zur Haustür laufen.

»Ma!«, brüllte er. »Schikanier nicht die Nachbarn!«

»Du weißt, dass dieser Bastard von nebenan wieder in der Nähe unseres Grundstücks ist!«

»Er darf in der Nähe ...« Finn seufzte, als er die Tür gegen die Wand schlagen hörte, nachdem seine Mutter sie aufgerissen hatte. »Und weg war sie.«

»Ihr habt Hunde?«, fragte Charlie.

»Ja.«

Sie schnupperte. Stand auf. Schnupperte erneut. Ging in der Küche umher. Schnupperte. Ging zu Keane hinüber. Schnupperte an ihm.

»Was machst du da?«

»Ja genau, was *machst* du da?«, fragte einer der Bären.

»Wenn ihr Hunde habt, warum rieche ich dann keine Hunde?«

Keane sah sich um. »Was?«

»Ihr habt Hunde, aber ihr lasst sie nicht ins Haus?«

»Warum sollten wir Hunde ins Haus lassen?«

Einer der Bären verdrehte die Augen und ein anderer murmelte: »Oje.«

Charlie klappte der Unterkiefer herunter und sie gaffte Keane unverhohlen an.

»Was ist los mit ihr?«, fragte er die Bären, als sie ihn fast sechzig Sekunden lang weiter angaffte.

»Warum solltest du ... wie konntest du ...« Charlie deutete in Richtung Garten. »Ihr lasst sie einfach da draußen? Die ganze Nacht? *Allein?*«

»Sie sind nicht allein. Sie haben einander. Und die Eichhörnchen.«

»Es sind Hunde. Die bei ihren Leuten sein wollen. Im schönen, warmen Haus. Die ganze Nacht über an einen gekuschelt.«

»Ich will nicht, dass sie ihre stinkenden Ärsche in mein Haus bringen.«

»Es ist mein Haus«, korrigierte Finn ihn. »Aber er hat recht. Es liegt ein wirklich hübscher Teppich im Wohnzimmer. Unsere Mutter hat ihn aus der Mongolei mitgebracht. Ich will nicht, dass sie ihre ekligen Ärsche daran reiben.«

»Wenn ihr keine Hunde im Haus haben wollt, warum habt ihr dann überhaupt welche?«

»Zum Schutz. Wozu sonst?«

Charlie zeigte mit dem Finger auf Finn und Keane. »Ich werde jetzt rausgehen und nach den Hunden sehen. Und wenn sie in irgendeiner Weise vernachlässigt oder misshandelt wurden ...«

Sie packte sie an ihren T-Shirts und riss sie mit für einen Hybriden aus Hund und Dachs überraschender Kraft zu sich und flüsterte: »Dann zerquetsche ich euch!«

Mit diesen Worten stieß sie sie beiseite. Was Finn schockierte, war der Umstand, dass er sich nicht beherrschen konnte. Er wich unwillkürlich zurück und konnte nur mit Mühe verhindern, dass er sich auf den Hintern setzte. Aber er konnte nicht verhindern, dass er mehrere Schritte zurücktrat. Genau wie Keane. An so etwas waren sie nicht gewöhnt, nicht einmal von Typen, die sechsmal größer waren als jeder Hybride. Was es, wenn es von Charlie kam, irgendwie vernichtend machte.

Daher war es ein klein wenig beängstigend, als sie einige Minuten später wieder in die Küche kam. Finn erinnerte sich nicht daran, wann er das letzte Mal überhaupt nach den Hunden gesehen hatte, die sie im Garten hielten. Verdammt, er war seit Anfang des Sommers überhaupt nicht im Garten gewesen. Er hatte einfach zu viel zu tun gehabt. Womöglich war nur noch ein Hund übrig und die anderen Hunde waren tot. Nur noch Skelette.

Wenn diese Frau da draußen auf einen toten Hund gestoßen war ...

»Okay«, sagte Charlie lächelnd, als sie wieder in die Küche kam. »Ich rede mit Max. Ich werde sie bitten, euch zu helfen. Denn wir sind eine Familie. Da wir gerade davon sprechen … ist Nat in der Nähe? Ich würde ihr gerne Hallo sagen.«

»Oben in ihrem Zimmer.«

»Cool. Ich bin gleich wieder da.«

Kaum dass sie die Küche verlassen hatte, drehte Finn sich zu Shay um.

»Was hat sie gesehen?«

Shay zuckte die Achseln. »Keine Ahnung.«

»Du bist derjenige, der diese Hunde füttert. Denn wir wissen beide, dass uns diese Hunde völlig egal sind. Also, was hat sie gesehen?«

»Ich sorge dafür, dass sie zu fressen bekommen. Auf diese Weise bleiben sie loyal.«

»Keane«, befahl Finn.

Ihr ältester Bruder ging hinaus, kam aber schon zwei Minuten später mit rotem Gesicht wieder.

»Beheizte Hundehütten?«, stieß Keane scharf hervor.

»Nimmst du mich auf den Arm?«, brüllte Finn geschockt.

»Ihnen war kalt! Im Winter.«

»Warum sind diese Hütten zudem klimatisiert?«

»Im Sommer war ihnen heiß.«

»Du verhätschelst die Hunde!«, beschuldigte Finn seinen Bruder.

»Ich mag Hunde, okay?«, gestand Shay. »Ich mag Hunde! Sie sind nett. Und sie freuen sich immer, wenn ich in den Garten komme. Sie sagen nicht, ich sei dumm, wenn ich über meine eigenen Füße stolpere, die, falls dir das noch nicht aufgefallen ist, sehr groß sind, sodass man leicht darüber stolpert. Und wenn sie mich umstoßen, geschieht es nie mit Absicht! Sie haben mich nicht ein einziges Mal extra gegen eine Wand geschubst!«

»Du hast schließlich den letzten Brownie gestohlen!«

»Ich hatte Hunger!« Shay nahm die Schultern zurück. »Also ja, stimmt. Ich mag diese Hunde. Und wisst ihr, was ich tun werde? Ich lasse sie ins Haus. In mein Haus! Denn sie sind hier willkommen!«

»Es ist mein Haus«, korrigierte Finn ihn, »und sie sind hier nicht willkommen, weil sie ihre schmutzigen Ärsche nicht über den Wohnzimmerteppich schieben dürfen!«

Shay zwängte sich an Finn vorbei, aber Finn packte seinen Bruder im Genick und zerrte ihn zurück. Shay stieß ihn gegen den Kühlschrank, aber als Finn sich wieder hochgerappelt hatte, hatte Keane Shay bereits im Schwitzkasten.

Finn half Keane gerade, den Idioten zu Boden zu ringen, damit sie ihm ein wenig Vernunft einprügeln konnten, als vier riesige schwarze Hunde an ihnen vorbei ins Haus stürmten. Die Bärin schaute lächelnd auf sie herab.

»Ich habe die Hunde reingelassen«, verkündete sie mit Begeisterung. »Und bevor ihr drei auf die Idee kommt, es mit mir aufzunehmen, ich bin Eishockeyprofi und spiele gegen russische Bären, viele davon weiblich und mit Nachwuchs, also, bitte, stellt mich auf die Probe.«

Keane ignorierte die Bärin klugerweise und knurrte stattdessen Shay an: »Du lässt unseren Garten von Pit Bulls bewachen?«

»Es sind keine Pit Bulls.« Shay stand auf. »Das sind einhundertzehn Pfund schwere Cane Corsos und sie stammen aus dem Alten Rom.«

»›Und sie stammen aus dem Alten Rom‹«, wiederholte Keane höhnisch.

Ihre Mutter, die irgendwann vom Nachbarn-Schikanieren zurückgekehrt war, erschien in der Küchentür, die Hände in die Hüften gestemmt.

»Warum schiebt ein riesiger Pit Bull seinen schmutzigen Hintern über den Teppich, den wir aus der Mongolei haben?«

Finn stieß einen Finger in Richtung von Shays Gesicht.

»Ich hab's dir gesagt!«

Nelle, ihr »Mädchen für die Finanzen«, zählte noch einmal die Scheine, nur für den Fall der Fälle, während die anderen vorsichtig das Gemälde einpackten. Es gehörte erheblich mehr dazu, als den

Leuten klar war, ein Gemälde von diesem Wert zu schützen, damit es beim Transport nicht beschädigt wurde.

Nachdem das erledigt war, liefen sie zu dem SUV, den Mads etwa eine Meile entfernt geparkt hatte. Sie überzeugte sich davon, dass die Lagereinheit fest verschlossen war, denn schließlich befand sich darin noch ein gottverdammter Rembrandt – möglicherweise mehr als einer. Ihr waren mehrere Kisten mit dem Logo des Vatikan aufgefallen, aber ehrlich, sie wollte nicht darüber nachdenken, was ihre Mannschaftskameradinnen sonst noch so ausgefressen hatten –, und sie gingen beim Verlassen des Geländes denselben Weg zurück, den sie gekommen waren.

Sobald sie sicher im SUV saßen und fuhren, würden sie den Fahrer der Limousine ein beträchtliches Trinkgeld für seine verschwendete Zeit geben und …

Auf einen Schlag blieben sie alle vier wie angewurzelt stehen. Eine ganze Wand von geladenen Automatikwaffen war auf sie gerichtet.

Mads' unmittelbare Reaktion war maßloser Zorn, denn sie nahm an, dass die Leute mit den Waffen zur Familie gehörten. Aber dann witterte sie vollmenschliche Männer.

Ihre Familie würde ihr niemals Vollmenschen auf den Hals hetzen, das wusste sie ohne jeden Zweifel. Sie waren zu knauserig, um die Art von Vollmenschen anzuheuern und mit Waffen auszustatten, die tatsächlich auch nur den Hauch einer Chance gehabt hätten, sie fünf zu überwältigen. Daher verebbte ihr Ärger schnell, was wieder einmal zu diesem verdammten Kichern führte.

Ihre Mannschaft funkelte sie an.

»Tut mir leid«, flüsterte sie. »Tut mir leid.«

»Legen Sie das Geld und das Gemälde auf den Boden und entfernen Sie sich.«

Jetzt richteten sich alle Dachsaugen auf Max. Keine der Frauen brauchte es auszusprechen, doch sie wussten es einfach.

Wenn es nicht Mads' Familie war, dann hatten sie diese Störung Max' Dad zu verdanken. Max wusste es. Die Mannschaft wusste es. Die alten nordischen Götter wussten es. *Alle* wussten es.

Wie drückte Charlie es immer aus, wenn sie über ihren Vater sprach? »Dieser Mann würde sogar Klopapier ruinieren.«

Max wusste nie, was dieser Spruch bedeuten sollte, aber ihr war klar, dass Charlie es nicht in einem netten Sinn meinte.

Jetzt standen sie hier. Mitten im Nirgendwo, irgendwo im Staat New York, umzingelt von – sie zählte rasch durch – siebenunddreißig schwer bewaffneten Männern, mit einem Gemälde, das ein kleines Vermögen wert war, und einem Aktenkoffer mit einer halben Million in bar.

Also regelten sie die Situation, indem sie kreischten wie kleine Mädchen und davonliefen.

Finn liebte seine kleine Schwester, aber dass sie so nett war, gefiel ihm nicht. Sie sollte sich die für Sibirische Tiger typische Schneidigkeit aneignen. Oder zumindest die Honigdachs-Schneidigkeit. Er wusste, dass diese Spezies sie besaß, denn er hatte mehr als einmal mit dieser Eigenschaft Bekanntschaft gemacht. Was also war mit seiner kleinen Schwester passiert? Es musste ein mutiertes Nettigkeits-Gen sein, das seine Schwester dazu brachte, nicht nur Charlie MacKilligan an ihren Esstisch einzuladen, sondern auch noch die verdammten Bären.

Er dachte, seine Mutter würde der Schlag treffen, als Nat das tat. Sie einlud. In Taubstummensprache und laut ausgesprochen!

Dann hatte Dale, dieser Idiot, nachgelegt: »Das wäre toll!« Was ihm sofort einen Schlag in den Nacken von Shay eintrug. Das führte zu viel Gejammer. Diese Heulsuse. Würde der Junge jemals abhärten?

Also waren sie jetzt am Esstisch gefangen – normalerweise aßen sie in der Küche, und es herrschte Stille, bis auf den Fernseher – weil sie so viele waren. Sie waren gezwungen, mit Fremden zu essen, die sie nicht mochten und mit denen sie ihr Bœuf Stroganoff teilen mussten. Und nach den Mengen zu urteilen, die diese Bären verschlangen, würden für Finn und seine Brüder auch keine Reste für einen nächtlichen Imbiss übrig bleiben.

»Kommt ihr in der Schule gut zurecht?«, fragte MacKilligan seine kleine Schwester und den Idioten.

Nat zuckte nur die Achseln, aber bevor Dale etwas sagen konnte, knurrte Keane: »Das möchte ich ihm zumindest geraten haben.«

»Warum?«

»Wir haben Pläne mit ihm.«

MacKilligan runzelte die Stirn. »Was für Pläne? Böse Weltherrschaftspläne?«

Jetzt runzelte Keane die Stirn. »Was?«

»Er meint nur«, schaltete sich Finn rasch ein, »wir wollen, dass er aufs College geht und einen Beruf erlernt. Es eines Tages besser haben wird.«

»Oh. Das verstehe ich. Max und ich haben alles dafür getan sicherzustellen, dass Stevies Genie nur zum Guten benutzt wird. Niemals zum Bösen.«

Eine seiner Tanten schnaubte. »Genie? Ein Honigdachs? Ernsthaft?«

Charlies grimmiger Blick wanderte über den Tisch, ohne dass sie den Kopf auch nur einen Zentimeter bewegte. Sekundenlang musterte sie Finns Tante kalt, bevor sie sich auf ihrem Stuhl zurücklehnte und sagte: »Meine Schwester hat mit sechs Jahren eine ihrer Symphonien vor der Königin von England dirigiert. Sie mussten ihr eine große Kiste besorgen, auf der sie stehen konnte, damit das Londoner Symphonieorchester sie über das Dirigentenpult hinweg sehen konnte. Mit neun hatte sie alle erforderlichen Voraussetzungen fürs College und sämtliche Zulassungstests für die Uni mit Bestnoten absolviert. Als sie sechzehn war, leitete sie an der University of Oxford ein Laboratorium, aber sie hat ernsthaft das Angebot in Erwägung gezogen, in die Schweiz überzusiedeln, um im Labor des CERN zu arbeiten. Also, ich weiß, ihr macht euch vielleicht Sorgen, dass CERN eines Tages ein schwarzes Loch öffnen könnte, aber das wird bezweifelt. Und so etwas hatte meine Schwester bereits in ihrem Zimmer zustande gebracht, als sie elf war, und zwar mit ihrem mittelguten PC aus dem Elektromarkt und einigen anderen Materialien, die sie eigentlich nicht hätte haben dürfen. Dann hat sie Max und mich beinahe mit sich in den Höllenschlund gesaugt, aber darüber dürfen wir wirklich nicht reden, weil die Russen und die Saudis *und* unsere eigene Regierung bereits versucht haben, sie zu entführen, in der Hoffnung, ihr Genie zum Bösen zu nutzen. Und wenn sie herausfinden, dass es die Hölle tatsächlich gibt und man sie durch ein schwarzes Loch betreten kann, für das meine Schwester die Koordinaten hat, fürchte ich, werden sie noch einmal versuchen, sie zu entführen. Und Max und mich dazu zwingen, schreckliche Dinge zu tun, bei denen ihr alle euch sehr unbehaglich fühlen würdet. Doch wir würden alles tun, um unsere unglaubliche kleine Schwester zu beschützen. Aber hey, denkt ruhig weiter, sie sei nichts Besonderes.«

Für einen Tisch, an dem normalerweise Stille herrschte, weil sie sich – wenn die Tanten nicht dabei waren – nur in Taubstummensprache unterhielten, war diese spezielle Stille besonders unangenehm. Bis Charlies Handy vibrierte.

Sie zog es aus ihrer Gesäßtasche und warf einen Blick darauf.

»Ungezogen«, murrte eine andere Tante.

Und Keane musste einfach fragen: »Habt ihr denn *gar nichts* gelernt?« Denn warum sollte irgendeiner von ihnen versuchen, diese Frau noch einmal herauszufordern? Warum?

»Oh«, sagte Charlie nach einem Blick auf ihr Handy.

Finn war entsetzt zu sehen, dass seine kleine Schwester mit dem Finger auf ihn zeigte und dann auf Charlie. Sie wollte, dass er herausfand, was passiert war. Nicht weil sie dazu selbst nicht in der Lage gewesen wäre, sondern weil sie, wie er wusste, versuchte, ihre Brüder dazu zu bringen, netter zu der Frau zu sein, die sie als ihre Halbschwester betrachtete. Sie sollten sich näherkommen. Obwohl sie wusste, dass ihre Familie – ihre *echte* Familie – sich das kein bisschen wünschte.

Als er den Kopf schüttelte, riss sie die Augen auf und bleckte ihre Reißzähne.

Finn ließ die Ellbogen auf den Tisch fallen, begrub die Hände in seinem Haar, holte tief Atem und stieß ihn dann wieder aus.

Nach ein paar Sekunden fragte er widerwillig: »Problem?«

»Es geht mal wieder um Max.«

»Wen hat sie jetzt schon wieder getötet?«, erkundigte sich Keane und nahm einen Schluck von seinem Bier. Eine Frage, der ein an ihre kleine Schwester gerichtetes: »Au! Tritt mich nicht!« folgte.

»Noch niemanden«, antwortete Charlie und ließ währenddessen die Finger über das Display ihres Handys huschen.

Dann fügte sie mit einem breiten Lächeln hinzu: »Aber die Nacht ist noch jung.«

»Müssen wir los?«, fragte ein Bär.

Sie seufzte. »Ja, ich ...«

Als sie den Blick auf Finn richtete, wusste er, dass er in Schwierigkeiten steckte.

»Nein«, protestierte er auf der Stelle. »Nein, nein, *nein.*«

»Wenn ihr mir jetzt helft«, flötete sie, »kann ich ihr so lange zusetzen, bis ihr keine andere Wahl bleibt, als euch zu helfen.«

»Nein.«

»Es gibt überall auf der Welt Yangs, die euch unterstützen können«, rief sie ihm immer noch lächelnd ins Gedächtnis. »Ihr könnt es wirklich nicht besser treffen. Sie kennen jeden. Ich meine, die Sache wird sich nicht über Nacht regeln lassen, denn die Yangs haben fast alle verärgert, aber trotzdem, du bist mit Max besser bedient als mit irgendjemand anderem, wenn es darum geht, die Informationen zu beschaffen, die du brauchst.«

»Hör mal, ich habe gesehen, wie deine Schwester arbeitet. Wenn sie sich nicht direkt um die Ecke befindet, wird sie, bis wir dort ankommen ...«

Sie verscheuchte seine Bedenken mit der Hand, in der sie ihr Telefon hielt. »Darauf solltet ihr keine Zeit verschwenden. Ich kenne meine Schwester. Zuerst kümmert sie sich um die Typen und findet heraus, wer sie geschickt hat, und dann macht sie ihr Ding.«

»Und dann willst du, dass meine wunderschönen Söhne für deine Schwester Leute umbringen?«, fragte Finns Mutter scharf, während in ihren goldenen Augen Tränen aufstiegen. Nicht dass Finn sich von dieser Darbietung einwickeln ließ. Wie jede wahre Katze konnte seine Mutter ohne große Mühe Tränen fließen lassen. Für sie war es eine Gabe, aber für ihre Söhne, die sie von Herzen liebten, ein Fluch.

»Ich würde niemals jemanden bitten, für meine Schwester zu töten. Dafür bin ich da.« Charlie grinste. »Und ich bin sehr gut in meinem Job.«

Keane schlug mit der Faust auf den Tisch, und als Nat und Dale zu ihm hinsahen, machte er mit den Händen Zeichen für den Befehl: *Ihr zwei, nach oben mit euch.*

»Ich will aber auch noch den Rest hören …«

»Dale!«

Nat stand schnell auf und packte ihren Bruder im Nacken. Sie zerrte ihn von seinem Stuhl hoch und zog ihn mit sich aus dem Raum.

»Hört mal«, sagte Charlie freundlich, »wenn ihr wirklich die Hilfe meiner Schwester braucht, müsst ihr etwas begreifen.«

»Und das wäre?«, fragte Keane.

»Unterm Strich ist es so, dass meine Schwester nur der Familie hilft. Und im Moment …« – sie sah sich am Tisch um – »… ist hier niemand, der zur Familie gehört.«

9

»Das war einfach«, sagte einer seiner Männer leise.

Ja. Zu einfach. Er gab allen das Zeichen zum Rückzug. Sie gehorchten. Entfernten sich von den Gegenständen, die die fünf Frauen zurückgelassen hatten.

Er war gewarnt worden, dass die Hauptzielperson, Max MacKilligan, »speziell« sei. Das war ein Wort, das viele Bedeutungen haben konnte. Sie konnte eine Verführerin sein und imstande, seine Männer mit tollen Beinen und einem sexy Lächeln gegeneinander auszuspielen. Oder eine weise Eule, deren Aktenkoffer eine List war und genug Sprengstoff enthielt, um die Hälfte seiner Männer zu töten, sobald einer von ihnen ihn öffnete.

Da er nicht in der Stimmung war, sich schon wieder in die Luft sprengen zu lassen – er hatte dieses Erlebnis schon häufiger gehabt, als er sich eingestehen mochte, und die dazugehörigen Narben –, beschloss er, es sei besser, sich jetzt zurückzuziehen und sich die Zeit zu nehmen, die fünf Frauen unter Kontrolle zu bringen, bevor er etwas wegen der Gegenstände unternahm.

Er würde lieber mit leeren Händen und dafür lebend aus der Sache herauskommen als andersherum.

Er signalisierte fünf seiner Männer, die Frauen zu suchen, wies eine Einheit an, das Paket und den Aktenkoffer aus sicherem Abstand im Auge zu behalten, und wählte zwei seiner Männer aus, die ihn begleiten sollten. Er schritt hinter sein Team und lief einen Bogen, um …

Er blieb stehen und schaute über seine linke Schulter. Dann über seine rechte. Die Männer, die ihn begleitet hatten, waren verschwunden. Sie lagen nicht am Boden, sondern waren verschwunden. Und das vollkommen lautlos.

Von hinten drückte sich eine Klinge gegen die Innenseite seines Oberschenkels. Eine weitere Klinge drückte sich gegen seine Kehle. Direkt an der Halsschlagader.

Einen Moment später machte jemand sich daran, an ihm hinaufzuklettern. Sich an ihn zu klammern wie ein Affe. Ein Mund an seinem Ohr fragte, wer ihn geschickt habe. Er wusste es nicht. Es war Geld auf sein Auslandskonto überwiesen worden. Ihm waren Dateien über seine Zielperson geschickt worden. Es befand sich alles auf seinem Handy.

Passwort?

Er zögerte.

Die Klinge an der Innenseite seines Oberschenkels drückte sich fest in sein Fleisch. Genau wie die Klinge an seinem Hals.

Er nannte das Passwort.

Man kletterte wieder von ihm hinunter. Ihm wurde das Telefon weggenommen. Um das Passwort zu benutzen und festzustellen, ob es funktionierte. Die Messer verschwanden.

Er war wieder allein.

In der Ferne waren Explosionen zu hören. Er wusste jedoch, dass sein Team das Paket und den Aktenkoffer nicht einfach zurücklassen würde. Auf so eine lahme Ablenkung würden sie nicht hereinfallen.

Aber als er zu dem Paket und seinem Team zurückkehrte, wurde ihm klar, dass es sich gar nicht um eine lahme Ablenkung gehandelt hatte. Seine Männer waren noch am Leben, aber sie standen jetzt um ein riesiges Loch herum, dort, wo sich zuvor noch die Sachen befunden hatten.

»Haben sie den Aktenkoffer in die Luft gesprengt?«, fragte er.

»Nein«, antwortete einer seiner Männer mit verwirrter Miene. »Sie haben Sprengstoff da drüben hingeworfen«, fügte er hinzu und deutete auf eine Stelle mehrere Hundert Schritt entfernt. »Wir haben hingeschaut, uns aber nicht bewegt. Doch als wir uns wieder umgedreht haben …« Er deutete auf das Loch. »War da dieser Krater.«

»Krater?«

»Genau. Dieser große Krater. Und die Sachen waren weg. Ein paar von uns sind reingesprungen und haben einen Tunnel gefunden.«

»Einen Tunnel? Wie ein Aquädukt?«

»Nein. Ein Tunnel, wie ein Erdhörnchen ihn anlegen würde. Nur größer.«

»Du behauptest, die fünf Frauen hätten sich mit bloßen Händen hier herausgegraben, während sie ein großes, viereckiges Paket und einen Aktenkoffer mit Geld getragen haben?«

»Nein. Ich sage lediglich, was wir gesehen haben, als wir in den Krater geklettert sind.«

»Habt ihr das gehört?«, fragte ein anderer seiner Männer.

Er lauschte. Er hörte jetzt tatsächlich etwas. Einen Motor. Einen starken Motor. Der auf sie zuraste. Ein schwarzer SUV. Sie wandten sich dem Wagen zu und hoben ihre Waffen, aber bevor sie anfangen konnten zu schießen, bremste der Wagen und drehte sich mit dem Heck zu ihnen. Das hintere Fenster wurde geöffnet, und er schob schnell seine Nachtsichtbrille nach unten, gerade rechtzeitig, um zu sehen, wie eine Frau sich aus dem Wagen beugte und mit irgendetwas auf sein Team zielte.

»Lauft«, brachte er hervor. Er hatte eigentlich lauter sprechen wollen, war aber derart geschockt, dass er tatsächlich flüsterte.

»Was?«

»Lauft!«, schrie er, und im selben Moment wurde die Rakete abgefeuert und alles um sie herum explodierte in gleißendem Licht und Erde und menschlichen Schreien.

Nelle legte den Gang des SUV ein und fuhr los. Mads nahm Max den Raketenwerfer ab und warnte sie: »Tritt nicht auf das Gemälde!«

»Tu ich nicht! Beruhig dich!«

»Und warum befindet sich ein Raketenwerfer in meinem SUV?«

»Es sollte sich immer ein Raketenwerfer in deinem SUV befinden. Es ist ein Multifunktionsgerät.«

Mads legte die Waffe zurück in ihren Kasten und verstaute sie unter dem Sitz.

»Wir hätten einfach abhauen können, weißt du. Wir wären davongekommen.«

»Ich bin mir sicher, dass es den meisten von ihnen total gut geht. Ich hinterlasse nur gern eine Warnung. Um sie daran zu erinnern, sich nicht noch einmal mit mir anzulegen.«

Max kletterte über die Sitze, über Mads' Kopf – echt ärgerlich! –, bis sie bei Tock war, die eine Textnachricht von dem beschlagnahmten Handy ablas.

»Was hast du gefunden?«

»In dieser Nachricht steht alles über dich, außer die Antwort auf die Frage, was du bist. Und alles über deinen Dad.«

Max schüttelte den Kopf. »Dieser Mann. Er würde sogar Klopapier ruinieren!«

»Was *bedeutet* das?«, fragte Mads schließlich, aber sie bekam keine Antwort.

»Mads, gib mir mal meinen Computer«, bat Tock, die immer noch mit dem beschlagnahmten Handy beschäftigt war.

Sie tat es, holte den Computer hervor, fuhr ihn hoch und ging online, bevor sie ihn an Tock weiterreichte.

Während Nelle fuhr und die anderen aus dem Fenster schauten, verband Tock ihr Handy mit dem Computer und machte sich an die Arbeit. Computer waren nicht wirklich Tocks Ding. Sie hatte ein paar College-Kurse absolviert und das ein oder andere von Kontakten ihrer Großeltern gelernt. Aber nur, weil viel von dem, was sie mit Sprengstoff anstellte, im Internet erklärt wurde.

Wie man anfing und was man mit was zusammentun musste, damit daraus etwas Neues entstand.

Aber für rasche Anfangserfolge konnte sie sorgen. Wie zum Beispiel herauszufinden, wer Max benutzen wollte, um sich an ihrem Vater zu rächen. Eine Sache, die die MacKilligan-Schwestern wirklich sauer machte.

Nach einer Weile fragte Tock: »Kennst du einen Balinski, Max?«

Max starrte nachdenklich an die Decke des SUV. »Hm. Balinski? Balinski? Ich kenne einen … nein. Es gab da einen … nein. Fehlanzeige. Keine Balinskis. Aber mir wird langsam bewusst, dass mein Dad eine Menge Leute mit polnischen Namen gegen sich aufgebracht hat.«

»Befindet sich diese Person *in* Polen?«, fragte Mads. »Denn wir haben …«

»Die Play-offs!«, sagten alle wie aus einem Mund.

»So ist es. Und wir werden nicht die Play-offs versäumen, um nach Polen zu reisen. Wenn wir Glück haben, kommen wir in die …«

»Meisterschaften!«, sagten alle gleichzeitig.

»Ganz genau!«, bekräftigte Mads. »Und ihr Miststücke werdet mir das nicht kaputtmachen.«

»Meinst du nicht, dass wir es der Mannschaft nicht kaputtmachen dürfen«, fragte Streep.

»Nein. Ich meine, ihr dürft es *mir* nicht kaputtmachen.«

»Er ist nicht in Polen. Er befindet sich in Chinatown. Just in diesem Moment. Ich habe hier seine Reiseroute. Und er ist Amerikaner mit polnischen Wurzeln. Aus Chicago.«

»Chinatown hier oder in San Francisco?«, hakte Max nach.

»Hier.«

»Oh, das ist perfekt.«

»Müssen wir uns heute Abend darum kümmern? Ich habe noch einen Kandinsky im Kofferraum dieses SUV.«

»Niemand stiehlt so ein hässliches Gemälde«, gab Max giftig zurück.

»Das ist kein Kandinsky«, warf Nelle vom Vordersitz ein.

»Was soll das heißen, es ist kein Kandinsky?«, fragte Mads scharf. »Ich habe ihn selbst eingewickelt. Es ist der Kandinsky.«

»Der Kandinsky, den du einfach weggeben wolltest ...«

»Für ein Haus.«

»Ist verdammt viel mehr wert als ein paar Hunderttausend. Mindestens fünfundzwanzig Millionen.«

Tock drehte sich um, um Mads anzustarren. »Du wolltest diesen Leuten für das Haus ein Fünfundzwanzig-Millionen-Dollar-Gemälde geben?«

»Ich schätze, ja.«

Tock schüttelte den Kopf. »O mein Gott.«

»Genau«, fuhr Nelle fort und klang dabei so arrogant wie nur menschenmöglich. »Ich hatte nicht die Absicht, ihr zu erlauben, den Bären ein Fünfundzwanzig-Millionen-Dollar-Gemälde für das Haus zu geben, also habe ich es von Max austauschen lassen, als ich dich nach dem Bargeld gefragt habe.«

»Austauschen wogegen?«

»Gegen das Gemälde von Miquel Barceló.«

»Aber ich mag dieses Barceló-Gemälde wirklich gern. Ich wollte es in meinem neuen Haus aufhängen.«

»Ja, aber es ist nur ungefähr eine halbe Million wert, was dem wahren Preis dieses Hauses entspricht, wenn du es mit dem Bargeld kombinierst. Nicht fünfundzwanzig Millionen. Also komm drüber weg, Tulpe.«

»Nenn mich nicht Tulpe.«

»Dann mach keinen blöden Scheiß.«

»Aber mir gefällt der Barceló besser.«

»Ich werde uns alle gegen eine Mauer fahren!«, brüllte Nelle.

»Ich hab ihn gefunden!«, jubelte Max und ließ ihr Handy sinken.

»Wen gefunden?«

»Balinski.«

»Wie zur Hölle hast du das gemacht? Du bist nicht mal aus dem Auto gestiegen.«

»Den Yangs *gehört* Chinatown.«

»Ich liebe dich, Max«, sagte Nelle honigsüß, »aber Chinatown gehört *nicht* den Yangs.«

»Vielleicht hast du recht, aber sie lieben das Glücksspiel, und das Gleiche gilt für Balinski.«

»Also machen wir das heute Abend?«, fragte Mads.

»Jetzt, da wir kein Fünfundzwanzig-Millionen-Dollar-Gemälde im Auto haben, ja!«

»Du bist so eine verlogene Kuh«, knurrte Mads in Max' Richtung. »Selbst wenn wir den Kandinsky im Auto hätten, würden wir es heute Abend machen.«

Max lachte Mads aus. »Klar. Würden wir.«

Keane parkte neben einem Gebäude, das verlassen zu sein schien, aber Finn wusste, dass das nicht zutraf. Es war die Adresse, die Charlie ihnen geschickt hatte. Sie hätte mit ihren Bären eigentlich direkt hinter ihnen sein sollen, aber sie war einige Straßen zuvor abgebogen, und seither hatten sie sie nicht mehr gesehen.

Finn schaute sich um. Er konnte nichts entdecken außer zwei Asiaten, die in der Dunkelheit herumlungerten. Security für die Spielhalle, die sich hier irgendwo befand.

»Ich habe keine Ahnung, warum wir hier sind«, brummte Keane.

Finn ebenso wenig, aber sie konnten diesen Scheiß jetzt auch genauso gut zu Ende bringen.

»Scheint mir Zeitverschwendung zu sein.«

»Wenn es uns hilft, an Informationen heranzukommen …«, hob Shay an.

»Klappe, Hundefreund«, blaffte Keane.

Finn rieb sich die Nase, um nicht zu lachen. Seit sie das Haus verlassen hatten, saß Keane Shay im Nacken. Tatsächlich seit er einen der Hunde schlafend in seinem Bett vorgefunden hatte – nicht neben dem Bett, nicht darunter, sondern *in* seinem Bett –, hatte Keane es sich zur Mission gemacht, Shay Malone fertigzumachen.

Es war verdammt witzig.

»Weißt du, wenn du wirklich den ganzen Tag das Arschloch geben willst …«

Etwas landete hart auf der Motorhaube von Keanes SUV und unterbrach Shay, der gerade mit seiner Tirade loslegte. Alle drei beugten sie sich vor, um sich anzusehen, was die Delle in Keanes Wagen verursacht hatte.

»Ist das …?«

»Ich glaube schon.«

Die drei stiegen aus dem SUV und trafen sich an der Motorhaube auf der Beifahrerseite, um auf den physischen Beweis herabzuschauen, der eines Tages bei einem Mordprozess eine Rolle spielen würde.

Mads lag auf der Seite, Arme und Beine angezogen, und ein Messer ragte direkt unter ihrem linken Schlüsselbein hervor. Blut lief ihr aus beiden Nasenlöchern und aus dem Mund.

Finn nahm an, dass sie tot war. Er war sich sicher, dass seine Brüder das Gleiche dachten. Sie atmete nicht. Er war davon überzeugt, dass ihr Herz nicht mehr schlug. Das Tier in ihm erkannte einen Kadaver, wenn es einen sah.

Doch aus reiner Pflichterfüllung heraus beugte er sich vor, um zwei Finger auf ihre Halsschlagader zu legen und ihren Puls zu fühlen. Vielleicht konnte er ihr Herz wieder in Gang bringen. Die MacKilligans erzählten gern, wie schwer es war, »einen Honigdachs zu töten«, und er war bereit, diese Theorie einer Prüfung zu unterziehen.

Finn hatte die Haut des Dachses jedoch kaum berührt, als die Frau die Augen öffnete und sich hochrappelte.

»Scheiße!«, brüllte er und fuhr zurück.

Shay schrie auf und entblößte seine Reißzähne.

Keane kreischte nur: »Tötet es mit Feuer!«

Der Dachs hockte in der Delle von Keanes Motorhaube, ihre blutverschmierten Arme auf ihren blutüberströmten Knien. Ihre Augen rollten in ihrem Kopf nach hinten, als sie versuchte, sich zu konzentrieren, während weiteres Blut aus einer Wunde direkt unter ihrem rechten Auge sickerte.

Finn näherte sich dem Wagen und Keane hielt ihn sofort am Arm fest.

»Was machst du da?«, fragte sein Bruder.

»Geh nicht zu nah heran«, warnte Shay ihn.

»Ich will nur nach ihr schauen.«

»Es kommt mir komisch vor«, beharrte Keane.

»Hör auf, sie ›es‹ zu nennen.«

Finn trat noch einen Schritt näher, aber jetzt hielten ihn seine beiden Brüder an den Armen fest und rissen ihn zurück.

Mads schloss die Augen, und er nahm an, dass sie ohnmächtig werden würde. Ohnmächtig zu werden, war vielleicht in ihrem eigenen Interesse. Es gab einen guten Grund dafür, dass Leute ins Koma fielen.

Immer noch in der Hocke und ein wenig schwankend, legte sie ihre rechte Hand auf die Motorhaube des Autos. Nach einigen Sekunden hob sie diese Hand, und Finn bemerkte, dass auch ihre Fingerspitzen blutig waren. Sie drückte sie sich an die Stirn und zog sie langsam an ihrem Gesicht hinab, bis sie ihre Oberlippe erreichte.

»Was macht sie da?«, fragte Shay.

»Kriegsbemalung«, flüsterte Keane.

Sie verharrte noch weitere zwanzig, vielleicht dreißig Sekunden in vollkommener Reglosigkeit, dann riss sie die Augen auf. Sie waren nicht schwarz. Oder golden. Oder braun. Und auch nicht von dem nordischen Blau wie gewöhnlich. Sie waren rot.

Rot vor Zorn.

Dann war sie in Bewegung. Ließ nichts zurück außer Blut, einer gewaltigen Delle in der Motorhaube von Keanes SUV und einem Kichern.

Einem wahrhaft beunruhigenden Kichern.

Nach einem Moment benommenen Schweigens sagte Keane: »Deine Freundin ist wirklich verrückt.«

»Sie ist nicht meine Freundin«, knurrte Finn. Denn das war sie nicht. »Ich habe ihr lediglich Blumen geschickt, weil ihre Urgroßmutter gestorben ist.«

»Als die Urgroßmutter deiner Freundin auf der Highschool gestorben ist, hast du das nicht getan.«

»Sie kannte die Frau ja auch kaum.«

»Sollten wir vielleicht etwas unternehmen?«, fragte Keane Finn und Shay. »Oder wollen wir lieber warten, bis noch mehr herabfallende Honigdachse *mein Auto ramponieren?*«

»Ich weiß nicht, ob das Gebrüll wirklich nötig ist«, bemerkte Shay, während sie alle auf das Gebäude zugingen.

»Halt die Klappe, Hundefreund.«

Keane blieb abrupt stehen, öffnete den Mund und streckte die Zunge heraus.

»Tiger«, sagte er schließlich. »Jede Menge Tiger, darunter auch Weibchen.«

Er schnupperte ein paarmal. »Bengaltiger. Südchinesische Tiger. Sumatratiger. Auf wen auch immer diese Dachse es abgesehen haben, der Betreffende hat sich mit Katzen umgeben.«

Shay zog seine Lineman-Schultern hoch. »Oder die Katzen haben die Dachse mittels dieses Menschen hierhergelockt.«

Finn und Keane sahen einander an, dann drehten sie sich langsam zu Shay um.

»Was?«, fragte er, als sie ihn einfach nur anstarrten.

Mads grub sich durch das Fundament und die Mauern hindurch, bis sie das zweite Stockwerk erreichte. Sie streckte den Kopf aus dem Loch, ließ kurz den Blick schweifen und zog sich nach oben, als sie feststellte, dass keine Gefahr drohte.

Sie fühlte sich versucht, das Messer aus ihrer Brust zu ziehen, war jedoch unsicher, ob sie das wirklich tun sollte. Würde sie dann verbluten? Da sie keine Ahnung hatte, ließ sie die Klinge einfach drin und lief weiter.

Das alles hier hatte so unkompliziert begonnen. Balinski finden, ihn ein paar Minuten lang von Max zu Tode erschrecken lassen, etwas von McDonald's holen, ein Haus kaufen. Klare Sache. Das war einfach.

Aber sobald sie sich in den Keller gegraben hatten, sagte Tock:

»Irgendetwas stimmt hier nicht.« Sie konnte ihnen nicht erklären, was nicht stimmte, aber sie vertrauten Tocks Instinkten, da sie von Geburt an von Mossad-Agenten ausgebildet worden war. Die Frau wusste einfach, wenn »etwas nicht stimmt«.

Nelle war die Einzige, die nicht bei der Mannschaft war. Sie hatte sich mit den anderen Glücksspielern zu dem versteckten Eingang begeben. Da sie sowohl kantonesisch als auch Mandarin sprach, viele Beziehungen hatte und extrem sexy und reich war, war ihnen klar, dass sie ohne Probleme Zutritt zu dem Etablissement erlangen würde. Doch sie hatten nicht die Absicht, Nelle im Stich zu lassen, während sie selbst die Flucht ergriffen, weil Tock ein schlechtes Gefühl hatte; sie mussten also einfach von ihrem ursprünglichen Plan abweichen.

Max hatte Mads aufs Dach geschickt, um sich von weiter oben einen Überblick zu verschaffen, und die Übrigen gruben sich in die Wände, um Nelle aufzuspüren.

Mads hatte gerade die Tür aufgestoßen und war aufs Dach getreten, als sie von großen Händen von hinten gepackt worden und ihr die Arme zurückgerissen worden waren. Während sie noch versuchte, sich loszureißen, tauchte vor ihr eine weitere große Gestalt auf. Etwas Silbernes glitzerte in den Lichtern der Stadt, und sie sah das Messer gerade noch rechtzeitig, um weit genug zur Seite zu treten, dass die Klinge sie nicht ins Herz traf, sondern unter ihrem linken Schlüsselbein eindrang. Dann hatte ihr jemand ins Gesicht geschlagen und in den Bauch geboxt und sie in hohem Bogen vom Dach geworfen.

Sie hatte damit gerechnet, dass sie unten auf der Asphaltstraße aufschlagen würde, aber glücklicherweise war ihr Sturz von dem SUV gebremst worden. Sie meinte gehört zu haben, dass jemand mit ihr geredet hatte, aber in ihren Ohren hatte es dermaßen geklingelt, dass sie nicht ausmachen konnte, wer es war. Und dann gab es da ja noch ihren Zorn.

Sie war völlig abgetaucht in das Reich des Zorns, blind für alles andere außer der Suche nach ihren Mannschaftskameradinnen und dem dringenden Wunsch, jeden zu töten, der irgendetwas mit dieser Angelegenheit zu tun hatte. Als Mads noch klein war, hatten ihre Cousinen und Cousins sie ständig in irgendwelche Hinterhalte gelockt, sie war so etwas also gewohnt. Schon damals, so jung und schwach, hatte es sie regelmäßig wütend gemacht, sich nicht wirklich wehren zu können. Und es machte sie auch jetzt wütend, wo Gegenwehr eine moralische Pflicht war.

Mads bewegte sich auf die einzige Tür in dem kleinen Raum zu, doch dann hörte sie Schritte näher kommen und presste sich schnell mit dem Rücken an die Wand. Einige Sekunden später flog die Tür auf, aber die Klinke knallte gegen die Wand, bevor die Tür Mads berührte.

Zwei Männer kamen mit schweren Schritten herein.

»Ich kann sie riechen.«

»Du hast sie vom Dach eines zweiundzwanzigstöckigen Gebäudes geworfen, nachdem du ihr einen Dolch in die Brust gestoßen hast. Ich bezweifele, dass sie ...«

»Ich habe das Herz verfehlt.«

»Aber nur ganz knapp.«

Mads hörte ein seltsames Geräusch und lauschte angestrengt, um es zu identifizieren. Sie hörte es wieder. Und wieder.

Sie lächelte trotz der Schmerzen, die dieses Lächeln in ihrem gebrochenen Kinn auslöste.

Aluminium gegen Fleisch. Einer von ihnen schlug mit einem Aluminiumschläger in seine offene Hand. Sie kannte das Geräusch, weil sie das selbst ständig getan hatte, in jenem Sommer, als Solveig sie gezwungen hatte, sich einer Baseball-Mannschaft anzuschließen. Sie hatte sich Sorgen gemacht, dass Mads »diesen ganzen Basketball-Scheiß« zu ernst nahm. »Versuch's mit ein wenig Baseball. Schau, ob dir das besser gefällt.« Es hatte ihr nicht besser gefallen, aber die Erfahrung hatte langfristig gesehen ihre Vorteile gehabt.

Die Tür wurde von der Wand gerissen, und der Bengaltiger, der sie vom Gebäude gestoßen hatte, stürzte sich brüllend auf sie. Mads, die bereits in die Hocke gegangen war, schlitzte ihm mit den Krallen den Oberschenkel auf. Die Katze fiel auf ein Knie, und Mads packte die Hand mit dem Schläger und stieß sie nach vorn, um ihm diesen ins Gesicht zu donnern. Dann entriss sie dem sichtlich benommenen Tiger den Schläger und blockte damit den zweiten Schläger ab, mit dem ein Südchinesischer Tiger auf ihren Kopf zielte.

Mads hielt die Katze mit einer Hand von sich weg und griff mit der anderen in die Scheide, die hinten in ihrer Jeans steckte. Sie zog das Bowiemesser heraus und rammte es in den bestiefelten Fuß des Tigers. Sein Gebrüll erschütterte den Raum, als sie über ihn hinwegkletterte. Dann hob sie den Schläger über die Schulter und holte zu ihrem besten Hieb aus.

Der Schläger traf auf seine rechte Schulter und Knochen splitterten. Der Tiger schrie auf und versuchte, ihn mit seiner anderen Hand zu greifen.

Sie tänzelte mehrere Schritte nach hinten, während der Bengaltiger sich ihr bereits näherte. Und mit seiner großen Faust ausholte.

All die Jahre waren ihr Solveigs Worte im Gedächtnis geblieben. Die Worte, die ihre Urgroßmutter an dem Tag, als Mads noch im Kindergarten gewesen war und ein paar Gestaltwandler-Jungs sie vermöbelt hatten, weil sie deren Schwester zum Weinen gebracht hatte, ihr mitgegeben hatte. Nachdem ihre Urgroßmutter ihr gesagt hatte, sie solle nicht heulen wie ein »schwacher Vollmensch«, hatte sie hinzugefügt: »Du wirst immer schwächer sein, weil du nur ein Dachs bist. Du wirst immer kleiner sein als die großen Katzen und die Bären, ganz gleich ob Männchen oder Weibchen. Du wirst schnell sein, aber niemals schneller. Du wirst stark sein, aber niemals stärker. Also musst du gemein sein. Gemeiner als alles, was sie je zuvor erlebt haben.«

Dann hatte Solveig eine Hand um die Kehle ihrer Urenkelin gelegt und sie hochgehoben, sodass ihre Füße über dem Boden schwebten.

»Denn wenn du es nicht bist«, hatte sie Mads gewarnt, »dann werde ich diejenige sein, mit der du es zu tun bekommst. Nicht mit irgendeinem Bär oder irgendeiner Katze. Sondern mit mir.

Ich werde dir die Haut abreißen und dir den Blutaar einritzen, um dir eine Lektion zu erteilen.«

Jahre später hatte Mads in der Volkshochschule einen Psychologiekurs belegt und herausgefunden, dass Solveigs Vorstellung von »Erziehung« tatsächlich von den meisten Spezialisten als Missbrauch betrachtet wurde. Aber ein Honigdachs zu sein, war eben nichts für Zartbesaitete. Für Spitzenprädatoren waren Dachse nicht mehr als eine Ergänzung ihrer Mahlzeit. Aus Honigdachs-Sicht waren sie selbst jedoch durchaus Spitzenprädatoren und verdammt stolz darauf. Doch leider hatte Mads' Mutter ihr das nicht beigebracht. Also war Solveig zu dem Schluss gekommen, dass sie die Sache selbst in die Hand nehmen musste, und zwar auf die krasseste Hyänen-Schrägstrich-Wikinger-Art.

Mads duckte sich unter der riesigen Faust, holte mit dem Schläger aus und schlug ihn dem Tiger voll in die Eingeweide. Er ächzte und krümmte sich. Sie ging um ihn herum und schlug erneut zu, zerschmetterte die Rückseite seines Schädels. Er fiel nach vorn, aber bevor sie ihn ein weiteres Mal treffen konnte, stürzte sich sein Freund erneut auf sie.

Sie warf sich zu Boden und rollte sich zur Seite weg. Als sie wieder aufsprang, schwang sie den Schläger, aber der Tiger fing ihn ab und schleuderte sie gegen die Wand. Mads flog durch die Rigipsplatten ins Nebenzimmer und landete krachend auf dem Rücken.

Holzpfosten wurden auseinandergerissen, als die Katze ihr durch dieselbe Wand folgte und seine großen Krallen nach ihr ausstreckte. Sie blockte sie mit dem Schläger ab und trat um sich, sodass sie ihn im Gesicht und an der Brust traf und schließlich in den Lenden. Als er vor Schmerz ächzend mit den Zähnen knirschte und innehalten musste, rollte Mads sich nach hinten ab und sprang sofort wieder auf. Sie holte mit dem Schläger aus, aber der Tiger packte ihn und riss sie zu sich heran. Sie ließ sich mitziehen und kletterte anschließend auf seine Schultern. Dort schlang sie ihm beide Beine fest um den Hals, und da sie ihm den Schläger immer noch nicht entringen konnte, schlug sie ihm einfach das eine Ende immer wieder ins Gesicht.

Sie gab sich immer noch ganz dem Genuss des Augenblicks hin, als sich Hände um ihre Taille schlossen und sie herunterrissen. Sie flog quer durch den Raum und gegen irgendein altes Holzmöbel, das bei ihrem Aufkommen zertrümmert wurde. Schnell rappelte sie sich wieder auf und schwang ihren Schläger, um die Katzen von sich fernzuhalten. Sie schüttelte Staub, Dreck und Holzspäne von ihrem Gesicht, damit sie die beiden verletzten Tiger sehen konnte, die sie aus kurzer Entfernung anstarrten. Beide hatten ihre Krallen und Reißzähne ausgefahren, und ihre goldenen Augen glitzerten in dem schwach beleuchteten Raum. Beide Männchen waren schwer verwundet. Sie ließ den Blick über sie hinwegwandern und hielt Ausschau nach den Schwachstellen, an denen sie sie treffen und sie – so ihre Hoffnung – rasch erledigen konnte. Es würde nicht leicht sein, da sie sich ihr beide gleichzeitig näherten, aber ihre Chancen hatten auch schon schlimmer gestanden und trotzdem …

Oh, Scheiße.

Eine noch größere Katze stand in der Tür und beobachtete sie. Mads hatte keine Ahnung, wie lange sie schon dort stand und in den Raum starrte. Aber ihr blieb keine Zeit, gründlich darüber nachzudenken, denn die beiden Männchen stürzten sich auf sie, und der große Tiger kam jetzt ebenfalls auf sie zu.

Den Schläger erhoben, wich Mads keinen Schritt zurück, während die Katzen auf sie zurannten. Als der Bengaltiger nur noch Zentimeter von ihr entfernt war, katapultierte sie sich aus dem Weg und schwang den Schläger mit aller Kraft gegen seinen Rücken. Die Wirbelsäule brach unter dem Schlag, und er fiel der Länge nach hin.

Sie hob erneut den Schläger, um ihn auf den Südchinesischen Tiger niedersausen zu lassen, aber die größere Katze krachte von der Seite in ihn hinein und schloss seine gewaltigen Kiefer um seinen Hals. Der Südchinesische Tiger verwandelte sich in eine Katze und beide fielen in einem verzweifelten Kampf zu Boden.

Mads gestattete sich ein überraschtes Blinzeln, bevor sie sich der anderen Katze zuwandte, die sich noch immer in ihrer menschlichen Gestalt befand und jetzt regungslos auf dem Boden lag, da ihre Wirbelsäule zertrümmert war. Wenn Mads in besserer Stimmung gewesen wäre, in einer weniger wikingerhaften Stimmung, hätte sie ihn dort liegen lassen. Stattdessen ließ sie den Schläger wieder und wieder auf seinen Kopf krachen, bis er aufhörte zu schreien und sich nicht mehr bewegte.

Schließlich hob sie den Schläger ein weiteres Mal über ihre Schulter, wirbelte herum und stellte fest, dass die größere Katze den toten Südchinesischen Tiger wie eine Trophäe im Maul hielt. Nachdem sie sich mehrere Sekunden lang angestarrt hatten, spuckte er den Leichnam vor ihre Füße.

Sie betrachtete den Leichnam … dann wieder den Tiger.

Dann nieste Mads.

Der große Tiger verwandelte sich wieder in seine menschliche Gestalt und Finn Malone stand nackt mit all seinen unglaublichen Muskeln und von oben bis unten mit dem Blut ihres Feindes besudelt vor ihr. Und für eine Wikingerin gab es absolut nichts Erotischeres.

Bis er blaffte: »Ernsthaft?«, als sie abermals nieste.

»Dafür kann ich nichts«, nuschelte sie mit ihrem gebrochenen Kiefer. »Es liegt an deinen Hautschuppen! Halt mal kurz.« Sie reichte ihm ihren blutverschmierten Baseballschläger, zog die rechte Seite ihrer Leggings hoch und zog vorsichtig das Sport-Tape ab, das sie für die kinesiologische Behandlung ihrer Muskeln nach dem Work-out verwendete. Nachdem sie beide Seiten ihres Kiefers gepackt und die Einzelteile wieder zusammengerückt hatte, klebte sie sich das Tape vorsichtig um ihren Kiefer, sodass sie ihn ohne zu große Schmerzen bewegen konnte. Sie war sich nicht sicher, wie lange der Streifen kleben würde, da er nicht frisch von der Rolle kam, aber sie konnte das Tape ja später durch ein neues ersetzen.

Finn deutete auf ihre Brust, und sie schaute an sich herunter, in der Erwartung, noch mehr Blut und Zerstörung von ihrer früheren Verletzung zu sehen. Stattdessen hatten die heilenden Muskeln die Klinge aus ihrem Fleisch gedrückt und die jetzt geradezu harmlos wirkende Waffe fiel mit einem Klirren auf den Boden.

»Ist das normal?«, fragte er.

Sie zuckte die Achseln. »Woher soll ich das wissen?« Sie tastete die Wunde ab. Es sickerte kein Blut heraus. Es schmerzte auch nichts. Keine Beule, die darauf hindeutete, dass sich ein Knubbel unter der Haut oder in den Muskeln entwickelte.

»Es scheint alles gut zu sein«, sagte sie, und nieste schon wieder. »Vielleicht liegt es an deinem Shampoo.«

Finn verwandelte sich zurück in eine Katze. Erst jetzt wurde ihr die Farbe seines Fells bewusst. Das tiefe Schwarz mit den weißen Streifen darin. Es war kein Orange zu sehen. Kein Rot. Sie hätte gleich wissen müssen, dass es ein Schwarzer Malone war.

Die verärgerte Katze wandte sich von ihr ab, und ihr großer, langer Schwanz traf sie mitten im Gesicht. Das führte zu mehrfachem Niesen, das sie zwang, ein weiteres Stück Tape von ihrem Bein zu lösen und ihren Kiefer damit neu zu umwickeln.

»Nicht cool!«, sagte sie zu der Katze, die in langen Sätzen durch die Tür verschwand. »Überhaupt nicht cool!«

10

Finn war auf dem Weg durch die Spielhalle, die sich unter der Erde befand. Mads hatte sich auf einen Spaziergang begeben, was er seltsam fand, aber er war froh, dass sie überhaupt dazu in der Lage war. Ihren Duft hätte er niemals vor einer ganzen Population hungriger Tiger verbergen können.

Und Tiger hatten *immer* Hunger.

Das Etablissement gehörte Tigern und wurde auch von Tigern geleitet. Er hatte von solchen Läden gehört, war aber noch nie in einem gewesen, weil Finn nicht spielte. Er verlor nicht gern. Er war schon ein schlechter Verlierer, wenn er Football spielte. Brüllte die Verteidigung an, wenn sie den Quarterback nicht beschützten. Drohte der Offensive, wenn sie nicht den Runningback der Gegner ausschalteten. Sein Talent, sich als Arschloch aufzuführen, wurde nur von einer anderen Person übertroffen: Keane. Also konnte er sich nicht einmal vorstellen, wie übel er sich aufführen würde, wenn er bei einem bescheuerten Kartenspiel fünfzig Riesen verlor.

In seiner Tigergestalt würde man ihn wahrscheinlich ignorieren, wenn sie seinem schwarzen Fell oder seiner Größe nicht zu viel Aufmerksamkeit schenkten. Selbst nach den Maßstäben Sibirischer Tiger waren er und seine Brüder in ihrer Katzengestalt riesig. Das lag an ihrer Abstammung. Die Zaya-Sarnai wollten sicherstellen, dass sie Bären erledigen konnten, wenn es sein musste. Daher suchten sie sich zur Paarung immer die größten Männchen aus, brachten ihren Göttern mehr Opfer, fügten vor der Paarung einige Zauber hinzu, und wumm! Schon hatte man Riesenkatzen, die durch die Steppe streiften.

Das Malone-Blut verringerte ihre Größe ein klein wenig, aber trotzdem überragten die Malone-Brüder die anderen Tiger im Raum. Die Spieler hatten einen großen Kreis um eine leere Fläche in der Mitte gebildet. Also blieben Finn und Keane hinten an der Wand, hielten beide den Kopf gesenkt und hofften, den Rest der Dachse lebend vorzufinden.

Finn nahm an, dass die Gebete an seine Vorfahren erhört worden sein mussten, als eine gut gekleidete Tigerin den Dachs hereinschleppte, den sie Nelle nannten. Sie musste ihre Späherin gewesen sein. Nelle trug nichts am Leib, das nicht von einem Designer kreiert worden war, wie es schien, und sie hatte sich das Haar aufgesteckt. Sie sah umwerfend aus, bis auf den Bluterguss auf ihrer rechten Wange, wo sie jemand geschlagen hatte. Ihre Hände waren hinter ihrem Rücken gefesselt, aber sie war beunruhigend gelassen. So gelassen, dass sie nicht die geringste Reaktion zeigte. Sie schien nicht krankhaft zornig zu sein, wie die meisten Honigdachse es in dieser Situation gewesen wären. Doch sie wirkte auch nicht seltsam amüsiert wie Max MacKilligan.

Vielleicht wartete sie nur darauf, dass ihre Freundinnen sie retteten. Doch so etwas taten Honigdachse unter normalen Umständen niemals. Zumindest war es während ihrer Existenz auf dem Planeten bisher nicht vorgekommen.

Eine weitere Tigerin kam in langen Schritten in den Raum. Diese Tigerin kannte Finn. Oder zumindest hatte er von ihr gehört. Vicky Yun. Ihre Familie betrieb seit Jahrzehnten Spielhallen in New York, Las Vegas und San Francisco. Vollmenschliche Polizisten rechneten die Familie dem organisierten Verbrechen zu und hatten ihnen jahrelang erfolglos mit der Gesetzgebung gegen Schutzgelderpressung und Korruption entgegenzutreten versucht. Aber unter Gestaltwandlern waren sie als »Überfallkommando« von Tigern bekannt, die einem nicht einfach die Beine brachen, wenn man an ihren Spieltischen Geld verlor und nicht zahlte. Stattdessen zogen sie einem das Fell ab. Angeblich ließ der Patriarch der Familie aus dem Fell seiner Feinde Hüte und Mäntel für seine Lieblingskinder und seine Mätressen machen. Außerdem ging das Gerücht um, dass seine älteste Tochter eine Louis-Vuitton-Tasche hatte, die aus echter Tigerhaut gemacht war! Etwas, das die meisten Gestaltwandler nie, niemals tun würden, und andere Katzen erst recht nicht.

Eine leibhaftige Yun hier zu sehen, veranlasste deshalb Finn dazu, durch den Raum den Blick seines großen Bruders zu suchen. Sie sahen sich in die Augen, und ihnen war klar, dass sie, sollten sie sich bewegten, das sehr schnell würden tun müssen. Sie hatten bereits alle Ausgänge erkundet und sich einen improvisierten Fluchtplan zurechtgelegt, aber trotzdem …

Trotzdem.

Yun telefonierte, während sie auf lächerlich hohen Absätzen, die sie angesichts ihrer Größe gar nicht gebraucht hätte, durch den Raum stöckelte und laut mit jemandem sprach, und das mit einem Bronx-Akzent, der Finn gewaltig auf die Nerven ging. Er wusste, dass sein Long-Island-Akzent für viele Leute kein Ohrenschmaus war – wie ihm einmal ein texanischer Mannschaftskamerad mit seiner sehr langsamen, gedehnten Sprechweise informiert hatte – aber wow. Diese Frau.

»Ich habe deine Tochter, Zhao. Hörst du mich? Ich habe sie, und wenn du mir nicht gibst, was ich will, werde ich anfangen, dir Körperteile von ihr in kleinen Schachteln zu schicken. Wie würde dir das gefallen? Denn das werde ich wirklich tun.« Schnaubend ging sie zu Nelle und ihrer Bewacherin und hielt Nelle das Handy vors Gesicht. »Sag deinem Daddy Hallo, Prinzessin.«

»Hallo Daddy«, begrüßte Nelle ihren Vater auf Kantonesisch. »Es ist alles in Ordnung.«

»Bist du dir sicher?«, hörte Finn Nelles Vater durch den Lautsprecher des Handys ruhig fragen.

»Klar.«

Yun ließ das Telefon sinken und starrte Nelle an. »Hast du gerade gesagt, es sei alles in Ordnung?«, fragte sie auf Englisch. »Ernsthaft? Glaubst du ernsthaft, deine kleinen Dachs-Freunde werden dich retten? Denn das werden sie nicht. Ich habe selbst mitgeholfen, ihre Leichen in den Abfallverbrennungsofen zu zerren.« Sie trat näher an Nelle heran. »Während wir uns hier unterhalten, sind sie bereits Asche. Es hätte sich nicht einmal gelohnt, ihnen das Fell abzuziehen. Also, fleh deinen Vater an zu tun, was ich ihm sage« – sie hielt das Telefon hoch – »oder wir finden heraus, was nötig ist, um einen kleinen Dachs zum Schreien zu bringen.«

Shay durchsuchte pflichtschuldig die unteren Etagen des Gebäudes, während seine beiden Brüder in die Hauptspielhalle gingen, um festzustellen, was der Rest der Tiger dort im Schilde führte. Er hoffte, ein paar von den Dachsen zu finden. Dass Finn Mads aufgespürt hatte, wusste er. Sie befand sich gegenwärtig irgendwo in den Wänden. Aber die anderen …? Er und seine Brüder hatten keinen Schimmer.

Glücklicherweise brauchte er sich nicht in den Schatten herumzudrücken wie seine Brüder, um zu tun, was er tun musste. Auch wenn er wie Keane und Finn ein Tiger mit schwarzem Fell war, war Shay außerdem ein Chamäleon. Mit ein wenig Anstrengung und einem tüchtigen Schütteln des ganzen Körpers konnte er, wenn nötig, einige orangefarbene Streifen produzieren. Er konnte sein Fell zwar nicht völlig verändern, aber zumindest genug, um vorübergehend nicht weiter aufzufallen.

Wenigstens brauchte er sich keine Sorgen zu machen, dass jemand sofort mit der Hand auf ihn zeigen und schreien würde: »Ein Schwarzer Malone! Schnappt ihn euch!« Das war einigermaßen tröstlich.

Bisher hatten ihm alle lediglich zum Gruß zugenickt und ihn auf Mandarin und Englisch angewiesen, irgendetwas zu tun, oder sie hatten ihn vollkommen ignoriert. Es war großartig. Wenn er normalerweise in vollmenschlichen Gebäuden herumschlich, hatte er es viel schwerer. Es war einfach nicht leicht herumzuschleichen, wenn man ein Meter fünfundneunzig maß, fast vierhundert Pfund wog und Halb-Asiate war. Es genügte, wenn er entspannt durch eine offene Tür trat, und die Leute reagierten, als breche er wie das Maskottchen der Kool-Aid-Werbung durch die Wand.

Shay wollte gerade links in einen Korridor abbiegen, als er mehrere Männer über Baseball und ihre Freundinnen reden hörte. Aber es war der Brandgeruch, der seine Aufmerksamkeit erregte. Er wandte sich nach rechts und folgte den Stimmen, bis er zu einem weiteren Flur kam. Die Männer hatten eine mittelgroße Tür zu einem Schacht geöffnet und stopften gerade die leblose Tock hinein. Sie versetzten ihr einen ordentlichen Stoß, sodass sie hineinfiel, und schlugen dann die Tür zu. Aus dem Bereich kam der Brandgeruch. Es war ein Abfallverbrennungsofen. Er war konstruiert wie ein Müllschlucker in einem Wohngebäude, aber in diesem Fall hatten die Tiger ihn umfunktioniert zu einem ganz und gar nicht legalen Brennofen!

Er stürmte den Flur entlang und blieb stehen, als einer der Katzen einen roten Knopf drückte und er Flammen von unten *hören* konnte, die brausend emporloderten und dezimierten, was immer sich unten im Brennofen befand.

Die Tiger zuckten mit keiner Wimper, als Shay auf sie zugerannt kam. Sie schauten einfach in seine Richtung und einer von ihnen sagte auf Englisch: »Tut mir leid, Alter. Wir sind bereits fertig. Aber vielleicht beim nächsten Mal.«

Vielleicht beim nächsten Mal? Er konnte vielleicht beim nächsten Mal Frauenleichen wie Müll verbrennen? Was war hier passiert? Und was sollte er seinen Brüdern sagen? Und Nat? Was bloß sollte er Nat über ihre Halbschwester erzählen? Die Malones mochten nicht glauben, dass die MacKilligan-Schwestern in irgendeiner Weise mit ihrer schönen kleinen Schwester verbunden waren, aber genau das war der Fall. Nat mochte Max aus irgendeinem unerfindlichen Grund. Wenn sie von den Ereignissen hier erfuhr, würde sie am Boden zerstört sein!

Shay hockte sich hin, und es fiel ihm nichts ein, was er als Nächstes tun sollte.

»Brauchst du irgendetwas, Kumpel?«, fragte ein anderer Tiger. »Vergiss all das. Lass uns etwas trinken gehen. Du siehst aus, als hättest du einen harten Tag hinter dir.«

Einen harten Tag? *Einen harten Tag?* Shay musterte die Männer aus zusammengekniffenen Augen. Er hatte gerade beschlossen, ihnen den Kopf abzureißen, als einer von ihnen plötzlich näher an die Tür zum Verbrennungsofen herantrat.

»Habt ihr das gehört?«, fragte er.

»Was denn?«, erwiderte ein anderer.

Der Verbrennungsofen wurde ausgeschaltet und die Katze trat näher heran und drückte das Ohr dagegen.

»Was machst du da?«

»Ich höre ein Kratzen.«

»Das sind wahrscheinlich Ratten. Im ganzen Gebäude gibt es Ratten.«

»Ich sage euch, ich höre …«

Die Faust, die neben Shay durch die Wand gestoßen wurde, zwang ihn, rückwärtszustolpern, während die anderen Tiger vor Panik und Überraschung brüllten.

»Scheiße, was soll das?«, schrie einer, als Max MacKilligan ihren halb verbrannten Kopf durch die Wand stieß und zischte, während sie ihre winzigen, aber tödlichen, scharfen Reißzähne entblößte.

Neben Shays neuem Standort stießen Füße durch die Wand, daher huschte er ein paar Schritte weiter den Flur entlang. Tock landete auf dem Boden, ihr gesamter Rücken verbrannt. Sie fuhr ihre Reißzähne und Krallen aus und näherte sich den Tigern, die sie in den Schacht des Abfallverbrennungsofens gestoßen hatten.

Jetzt kämpfte sich Streep durch die Wand über dem Schacht und schrie: »Seht euch meine Haare an!«, bevor sie sich auf das erstbeste Männchen stürzte. Mit ungebremstem Zorn schlang sie ihm die Beine um die Brust und vergrub ihre Krallen tief in seiner

Kehle. Sie riss ihm die Halsschlagader auf, bevor er auch nur auf die Idee kommen konnte, seine größere und stärkere Gestalt anzunehmen.

»*Meine Haaare!*«, schrie sie hysterisch, während die Katze zusammenbrach, Streep immer noch auf ihrem Nacken.

Tock grub ihre Krallen in die Wirbelsäule des Tigers, der versuchte, vor ihr davonzulaufen. Doch seine Beine versagten ihm den Dienst, als sie die Nerven, die durch seinen Körper verliefen, durchtrennte.

Der dritte Mann konnte noch in seine Tigergestalt wechseln, bevor Max gänzlich aus der Wand kam. Als sie mit beiden Füßen fest auf dem Boden stand, hatte er sich ihr zugewandt und auf die Hinterbeine gestellt, bereit, sie mit einer seiner riesigen Pranken beiseitezuschlagen. Er war ein Sibirischer Tiger. Shay wusste, dass ein einziger Hieb von ihm ihr den Kopf oder die Brust zerschmettern würde. Das allein konnte selbst einen Honigdachs umbringen. Shay machte sich schon bereit, um zwischen die beiden zu springen, als Max ihre Krallen ausfuhr und damit den Bauch des Tigers aufriss.

Oh … Halt.

Nein.

Es waren nicht seine Eingeweide.

Das sagte ihm der bestürzte Gesichtsausdruck der Katze, die Art, wie er blinzelte und rückwärts taumelte, während Blut auf den Boden lief, ohne Anzeichen, dass die Quelle je wieder versiegen würde.

Und die Art, wie Max in blutigem Triumph die Hand hob.

Nein. Es war nicht sein Bauch, den sie mit ihren Krallen aufgerissen hatte. Es waren seine Lenden. Um genau zu sein, die Innenseiten seiner Oberschenkel und seine Lenden.

Sie hatte nicht nur seine großen Arterien geöffnet, sondern ihm auch noch den Schwanz abgerissen. Aus reiner Bosheit.

Schlimmer noch, sie hatte all das mit einem Lächeln auf ihrem halb verbrannten Gesicht getan.

Der Tiger wich taumelnd noch weiter zurück, bis er gegen die gegenüberliegende Wand stieß, wo er auf den Boden rutschte und starb.

Max schüttelte sich das Blut – und was immer da sonst noch war – von der Hand, und wie auf Kommando drehten die drei Dachse sich abrupt um und sahen Shay an. In diesem Augenblick vergaß er, dass er ein Gestaltwandler war. Dass er sich in einen Menschen zurückverwandeln und ihnen sagen konnte, dass er Shay Malone war und nur hier, um ihnen zu helfen. Er vergaß sogar, dass er mühelos die orangefarbenen Streifen aus seinem Fell schütteln konnte! Er war zu nichts anderem imstande, als dazusitzen, auf seinen Hinterbeinen, und sie anzugaffen. Sein Kopf war buchstäblich leer, bis auf eine Sache, die er einfach wusste: Er würde sterben.

Denn Max und Streep kamen auf ihn zu.

Bis Tock sie mit zwei Worten aufhielt: »Ihn nicht.«

»Warum nicht?«, fragte Max ruhig.

»Ja. Warum nicht?«, fragte auch Streep, nicht einmal ansatzweise ruhig. Sie war immer noch hysterisch. »Sie sollten alle sterben!«

Tock legte Streep eine Hand über das Gesicht und schob sie zur Seite, dann richtete sie das Wort direkt an Max.

»Das ist einer von den Malones.«

Max musterte ihn.

»Bist du dir sicher? Ich sehe Orange. Ich dachte, Schwarze Malones hätten kein Orange.«

»Vertrau mir. Er ist es.«

»Warum verwandelt er sich dann nicht?«

»Du hast gerade einem Mann den Schwanz abgerissen. Ich nehme an, er schiebt totale Panik.«

»Er hatte es verdient!«, schrie Streep, die sich abmühte, Tocks Hand von ihrem Gesicht zu kriegen. »Sie haben es alle verdient! Seht euch meine Haare an!«

»Würdest du dich bitte beruhigen!«

»Seht sie euch einfach an!«

»Welcher Malone?«, fragte Max, ohne Streep zu beachten.

Tock sah ihn an. »Der, der immer nach Hund riecht.«

Inzwischen ernsthaft verärgert, erinnerte Shay sich daran, wer er war, wo er war und warum er hier war. Er verwandelte sich im Handumdrehen in einen Menschen, nur damit er knurren konnte: »Es ist nichts Schlimmes daran, nett zu Hunden zu sein!«

Tock gaffte ihn an und erwiderte: »Das habe ich auch nie behauptet.«

»Ich habe deinen Tonfall gehört.«

»Das klingt nach einem persönlichen Problem. Igitt! Sie hat mir die Hand abgeleckt!«

»Du wolltest mein Gesicht nicht loslassen!«, beklagte sich Streep.

»Wir brauchen Waffen«, verkündete Max. »Wir sind total in der Unterzahl. Du da. Unhöflicher Bruder Nummer drei.«

»Ich habe gesagt, dass mir die Blätterteigteilchen geschmeckt haben.«

»Wie auch immer. Weißt du, wo sie hier die Waffen aufbewahren?«

»Keine Ahnung.«

»Dann müssen wir uns irgendjemanden krallen.«

Tock deutete auf das Ende des Flurs. »Wie wär's mit ihm?«

Dort lag Tocks Opfer. Sie hatte nur seine Wirbelsäule durchtrennt, ihn aber nicht getötet. Und er schleppte sich durch den Flur und versuchte verzweifelt wegzukommen von den verrückten Dachsen, während er eine Spur von Blut und Pisse hinter sich herzog.

Nicht dass Shay ihm einen Vorwurf daraus gemacht hätte.

Deng fragte sich zum wiederholten Mal, ob dies das richtige Leben für ihn war. Er hatte zwei Möglichkeiten gehabt, nachdem er in Amerika angekommen war: Hier mit seinem Cousin in der Spielhalle zu arbeiten oder bei seinem Onkel im Restaurant. Sein Cousin stammte von der mütterlichen Seite der Familie, und offen gesagt, diese Seite fühlte sich ein wenig wohler mit der kriminellen Lebensart. Vor allem wenn Vollmenschen involviert waren.

Aber die Bezahlung für die Arbeit hier war wesentlich besser. Würde er im Restaurant seines Onkels arbeiten, müsste er härter und länger ranklotzen und würde trotzdem nie so viel verdienen wie jetzt.

Er hatte immer noch Verpflichtungen zu Hause. Seine Verwandten verließen sich auf ihn. Er musste sich gut überlegen …

Deng blieb stehen, als er einen Leutnant der Haustruppe sah, der gerade versuchte, kriechend den Flur hinter sich zu lassen, der zum Abfallverbrennungsofen führte. Er schluchzte, was einfach seltsam war, denn man wurde nicht Leutnant bei den Yuns, wenn man wegen irgendetwas weinte. Nur die stärksten und gemeinsten Tiger schafften es so hoch die Karriereleiter hinauf.

Plötzlich schaute der Leutnant über seine Schulter, und was immer er sah, schien ihm Entsetzen einzuflößen, denn sein Schluchzen wurde noch lauter und er begann zu betteln.

»Nein, bitte nicht! Neiiin!«

Irgendetwas schleppte den Mann weg, und Deng stand da, zu erschrocken, um sich zu bewegen. Wenige Sekunden später trat eine winzige Frau in den Flur. In ihren Adern floss offensichtlich zum Teil asiatisches Blut. Ihre schlauen Augen schauten nach links und rechts in die anderen Flure, aber als sie Deng sah, musterte sie ihn kurz und grinste. Im selben Moment wurde ihm bewusst, dass sie Verbrennungen hatte. Vom Verbrennungsofen? Niemand, der im Ofen landete, tauchte je wieder auf. Vor allem weil man, wenn man dort hineinkam, bereits tot war. Aber selbst wenn jemand auf Folter stand und einen lebendigen Menschen in den Verbrennungsofen warf, konnte dieser unmöglich wieder daraus auftauchen. Der Ofen bestand aus Metall, damit das Feuer darin nicht auf das Gebäude übergriff, und nicht einmal starke Tiger konnten sich daraus befreien. Wie also hatte sie es dann geschafft?

Immer noch lächelnd winkte sie ihm zu, und er, na ja, er winkte zurück.

Damit verschwand sie mit dem Leutnant wieder im Flur, und

Deng drehte sich um und traf die endgültige Entscheidung, dass das Restaurantleben genau das Richtige für ihn war. Sein Onkel würde sich freuen.

Und Deng würde am Leben bleiben.

Nelle sah das Telefon an, dann Yun.

Die Absätze der Honigdächsin waren lächerlicherweise sogar noch höher als die von Yun, daher schaute sie der Tigerin direkt in die Augen.

»Sag deinem Daddy, er soll fünfundzwanzig Millionen auf das Konto überweisen, das ich ihm nenne, Prinzessin«, fauchte Yun. »Oder ich werde dafür sorgen, dass das hier wirklich hässlich für dich enden wird.«

Finn und Keane schlängelten sich durch die Katzenmenge, die die drei Frauen umringten. Sie bewegten sich langsam und bedächtig, um nur ja keine Aufmerksamkeit auf sich zu lenken.

»Na schön«, sagte Nelle mit einem langen Seufzer. Sie streckte die Hand aus und wackelte mit den Fingern. »Gib mir das Telefon.«

Yun wollte der Aufforderung gerade nachkommen, als sie abrupt innehielt und verwirrt auf Nelles Hand starrte.

»Hal-*lo?*«, drängte Nelle.

»Deine … deine Hand …? Hattest du nicht eben noch Handschellen um?«

»Meinst du diese Dinger hier?« Nelle hielt die Handschellen hoch, aus denen sie irgendwie hinausgeschlüpft war.

»Hölle, was soll das?«

»Willst du sie wiederhaben?«, fragte sie und warf der Tigerin, die sie bewachen sollte, die Handschellen zu, bevor sie sich umdrehte und ihren Kopf gegen den von Yun stieß.

Yun ließ das Telefon fallen, damit sie sich an die blutige Stirn greifen und Nelle in einem sehr stark von der Bronx geprägten Englisch Flüche entgegenschreien konnte.

Die Bewacherin packte Nelles Schultern, und Nelle reagierte, indem sie der Tigerin einen Boxhieb gegen die Kehle verpasste, ihren Arm ergriff und sie über ihre Hüfte schleuderte. Sobald sie sie auf dem Boden hatte, versenkte sie den Absatz ihres rechten Schuhs im Auge der Frau.

Brutal, aber effektiv.

Als Nelle von ihrem zerstörerischen Werk hochschaute, wurde sie von einem Raum voller mit Yun verwandter sowie in den Diensten der Yuns stehenden Tigern angefunkelt.

Und das war der Moment, in dem sie herausfordernd die Arme ausbreitete und knurrte: »*Was?*«

Sie fanden die Waffen ohne große Mühe, und Shay sah fasziniert zu, wie die Dachse sich stillschweigend nahmen, was sie brauchten, das Equipment schnell und effizient überprüften und sich dann auf den Krieg vorbereiteten. Wenn er es nicht besser gewusst hätte, hätte er geschworen, dass sie alle über militärische Erfahrung verfügten, aber er war sich sicher, dass das nicht der Fall war. Soweit er wusste, spielten sie seit ihrem Highschool-Abschluss Profi-Basketball. Also hatte er keine Ahnung, woher ihre militärisch wirkenden Fertigkeiten kamen.

Sobald sie die Waffen und die gewünschte Munition an sich gebracht hatten, suchten sie sich Kleider, um die zu ersetzen, die durch ihren Zwischenstopp im Verbrennungsofen beschädigt worden waren. Sie zogen sich gerade Stiefel an, die so klein waren, dass sie wahrscheinlich für Yun-Welpen bestimmt waren, wenn sie zu Besuch kamen, als ein Geräusch im vorderen Teil des Raums die Frauen veranlasste, sich umzudrehen und ihre Waffen zu entsichern. Shay presste sich an die Wand und hoffte inständig, nicht versehentlich erschossen zu werden.

Aber dank irgendeiner Form von Training feuerte nicht ein einziger der Dachse auf Charlie MacKilligan, als sie an der Tür auftauchte, zusammen mit einem zitternden weißen Mann, den Shay nicht kannte.

Max ließ ihre Waffe sinken. »Was machst du denn hier?«, fragte sie ihre Schwester mit einem Ärger, der unberechtigt zu sein schien angesichts der Situation, in der sie sich befanden.

Statt zu antworten, deutete Charlie mit dem Kopf auf den zitternden Mann. »Das ist Balinski. Dad schuldet ihm Geld.«

»Dad schuldet jedem Geld.«

»Die Yuns haben ihn benutzt, um *dich* hierherzulocken.«

»Warum mich? Was habe ich den Yuns jemals getan?«

»Überhaupt nichts. Soweit ich weiß. Ich nehme an, sie arbeiten für jemand anders. Wir müssen herausfinden, wer das ist.«

Max zeigte mit dem Kinn auf Balinski. »Was ist mit ihm?«

Charlie würdigte den Mann, den sie am Arm festhielt, kaum eines Blickes. Nach einer Sekunde ließ sie ihn los und befahl: »Hau ab.«

Und das tat er und rannte, so schnell ihn seine Beine trugen, davon. Shay hatte keine Ahnung, was zwischen Balinski und Charlie vorgefallen war, aber so, wie er vor ihr wegrannte …

»Du musst einfach vorsichtiger sein«, sagte Charlie zu Max.

»Ist das jetzt wirklich nötig?«

»Sei nicht so empfindlich.«

»Ernsthaft? Und das aus deinem Mund?«

Charlie musterte die Dachse einige Sekunden lang, bevor sie fragte: »Warum seid ihr alle so verbrannt?«

»Die Yuns haben uns allen das Genick gebrochen und uns in den Verbrennungsofen geworfen.«

Tock stöhnte und sah Shay an, dann schüttelte sie kaum merklich den Kopf. Er wusste nur nicht, warum.

»Wo ist Nelle?«, wollte Charlie wissen.

»Nelle haben sie behalten«, erwiderte Max. »Wir können nur annehmen, dass sie versuchen, sie ihrem Vater zu verkaufen. Du weißt doch, wie reich ihre Familie ist. Sie werden versuchen, daraus Profit zu schlagen.«

»Und Mads?«

»Die Leute, die versucht haben, uns umzubringen, haben uns gesagt, sie sei in einen Hinterhalt gelockt und erstochen worden, bevor man sie vom Dach geworfen hat.«

Nach einem beunruhigenden Grunzen ging Charlie davon und Tock rammte Max ihre Faust in die Schulter.

»Au! Wofür war das denn?«

»Warum hast du deiner Furcht einflößenden Schwester das alles erzählt?«

»Weil sie noch wütender wird, wenn ich lüge.«

»Und sie sollte es wissen«, knurrte Streep. »Soll sie sie doch alle umbringen.«

»Wenn es immer noch um deine Haare geht …«

»Seht sie euch an!« Streep kreischte geradezu und zeigte auf ihren Kopf. *»Seht euch an, was sie getan haben!* Sie sollen alle brennen!«

Tock wandte sich an Shay. »Wenn ich an deiner Stelle wäre, würde ich deine Brüder warnen.«

»Wovor warnen?«

»Dass Charlie vielleicht nicht in der Lage ist, einen Tiger von dem anderen zu unterscheiden.«

»Vor allem wenn ihre Allergien verrückt spielen.« Max lächelte plötzlich. Es war kein nettes Lächeln. Es war gemein. Wirklich gemein. »Dann ist sie nämlich nicht in der Lage, irgendetwas zu riechen.«

Keane sprang von seinem Platz auf, bis er vor Nelle stand und brüllte. Einige der anderen verwandelten sich in ihre Katzengestalt und brüllten zurück. Aber wieder andere zogen Pistolen und Messer, um eher auf menschliche Weise zu kämpfen.

Finn, dem keine andere Wahl blieb, drängelte sich durch die Menge zu seinem ältesten Bruder und Nelle, aber dann sah er Shay durch die Doppeltür direkt auf sie zukommen. Es war nicht nur der Umstand, dass sein Bruder in den Raum rannte und damit Finns Aufmerksamkeit erregte. Es war die Art, wie sein Bruder sich bewegte. Sie war gekennzeichnet von ausgewachsener Panik. Aber das war nicht das erste Mal, dass Shay einen Haufen Pistolen sah, mit denen jemand auf einen seiner Geschwister zielte oder auf alle beide. Er hätte es besser wissen müssen, als in Panik zu geraten.

Panik führte zu Schießereien. Shay wusste das genauso gut wie jeder andere. Als Finn jetzt also sah, wie Shay durch den Raum sprintete, sah er sich veranlasst, ihm unter Einsatz aller vier Pranken seinen Schwung zu nehmen, genau in dem Moment, als Shay Keane zu Boden riss. Nelle wich keinen Schritt zurück. Sie stand einfach nur da. Selbst als das Schießen einsetzte.

Die Dachse betraten den Saal, als hätten sie eine militärische Ausbildung, mit genug Waffen und Munition am Leib, um es mit einer ganzen Kleinstadt aufzunehmen.

Max stürmte durch die offene Doppeltür und Tock durch einen Nebeneingang, der aus der Küche hereinführte. Streep machte sich bemerkbar, indem sie ein Deckenpaneel wegtrat und eine Salve von Schüssen abfeuerte, die Platz zwischen den Katzen und einer immer noch reglos dastehenden Nelle schufen.

In dem Moment stürzte sich endlich auch Yun ins Getümmel. Ganz ruhig, das musste Finn zugeben, aber immer noch mit diesem Scheißakzent.

»Na schön, na schön!«, rief Yun. »Beruhigt euch alle, verdammt noch mal! Bevor jemand Dummheiten macht.«

Das Knurren und Fauchen verebbte ein wenig, aber die Waffen und Krallen verschwanden nicht; die Reißzähne wurden nicht wieder eingezogen.

Yun rieb sich immer noch die Stelle an ihrer Stirn, gegen die Nelle ihren Kopf gestoßen hatte; auf der glatten Haut bildete sich bereits eine hübsche Beule. Nelles Stirn dagegen schien vollkommen in Ordnung zu sein. Nicht einmal ein roter Fleck.

»Ich weiß, was ihr denkt«, fuhr Yun fort. »Ihr denkt, ihr wärt hier irgendwie in der Siegerposition. Wegen eurer Waffen …« – sie deutete auf die Pistolen und Messer, die die Dachse jetzt in Händen hielten – »… und der Tatsache, dass es euch irgendwie gelungen ist, unseren Abfallverbrennungsofen zu überleben. Wirklich, es ist meine Schuld. Ich habe die Warnung unterschätzt, als man mir gesagt hat, euresgleichen sei schwer zu töten. Aber ihr müsst verstehen …« – sie deutete auf den Raum um sich herum – »… dass ihr in der Unterzahl seid. Ganz gleich, wie viele Waffen ihr habt. Oder weitere Dachse«, sagte sie, nachdem Mads aus dem

Wandpaneel aufgetaucht war, sich hektisch die Kleider abklopfte und jaulte: »Esst *nichts* aus der Küche hier. Da sind überall Ratten!«

»Oder wie viele Bären ihr vielleicht habt«, fügte Yun hinzu, als die Dunn-Drillinge durch den Notausgang hereinkamen, immer noch in ihrer menschlichen Gestalt, aber mit gezückten Pistolen.

Yun sprach weiter, obwohl sie offensichtlich das mögliche Problem erkannte: »Aber ich bin mir sicher, dass wir zu einer weniger dramatischen Herangehensweise als einem ausgewachsenen Krieg gelangen können.«

Finn sah seine Brüder an und alle drei hätten beinahe gelacht. Denn sie glaubten keine Sekunde lang, dass Yun wirklich beabsichtigte, irgendeinen von ihnen lebend hier hinausgehen zu lassen. Aber sie war Strategin genug, um zu wissen, dass es bei dem Rest ihrer Familie oder ihren Angestellten nicht gerade gut ankommen würde, wenn sie einen Haufen ihrer Leute verlor, um ihre Feinde zu töten, daher blieb sie ruhig und vernünftig.

Schlau. Und wenn sie es mit Gestaltwandler-Katzen zu tun gehabt hätte, wäre das eine verdammt spannende Schachpartie geworden.

Aber Yun hatte es nicht mit Katzen zu tun. Oder mit Hunden. Oder auch nur mit Bären, die ihre Waffen fallen lassen konnten, um sich in mehr als drei Meter große und tausend Pfund schwere Kampfmaschinen zu verwandeln.

Sie hatte es nicht einmal mit Dachsen zu tun. Nicht wirklich.

Vielmehr hatte sie es mit MacKilligans zu tun und mit den Freunden der MacKilligans. Und wer zur Hölle wusste, wohin das führen würde? Finn jedenfalls wusste es mit Sicherheit nicht.

Erst recht nicht, da Charlie jetzt mit sieben Katzen im Schlepptau durch die Doppeltür trat. Eine versuchte, sie am Arm festzuhalten, als sie sich Yun näherte, aber Charlie tat etwas, das den Tiger aufjaulen ließ. Er riss die Hand zurück, drückte sie sich an die Brust und fauchte den Dachs an, als sie sich vor Yun aufstellte.

»Du musst Charlie MacKilligan sein«, sagte Yun und feixte.

Völlig unbeeindruckt musterte sie die kleinere, wenn auch mit breiteren Schultern ausgestattete Frau.

Mads trat näher zu Finn und verzog ein wenig das Gesicht, als er und seine Brüder wieder ihre menschliche Gestalt annahmen.

»Oh weh«, flüsterte Mads. »Feix nicht rum, Frau. Bitte, feix nicht rum.«

»Ich habe gerade zu deiner Schwester Max gesagt«, fuhr Yun ahnungslos fort, »dass ich mir sicher bin, wir können die Sache hier ohne weiteres Blutvergießen beenden.«

Charlie musterte die große Katze mit ausdrucksloser Miene. Einen Moment später fragte sie: »Du willst damit also sagen, dass wir einfach gehen können?«

»Na ja …«

»Wir können dir den Rücken zukehren und du wirst uns einfach gehen lassen.«

»Ähm …«

»Lass uns diese Theorie mal austesten.«

Charlie wandte sich von Yun ab und ging zur Tür.

»Was macht sie da?«, fragte Keane erschrocken.

»Die Theorie austesten«, gab Mads zurück.

»Sie muss doch wissen«, stieß Finn entsetzt hervor, »dass man einem Tiger niemals den Rücken zuwendet. Niemals.«

Tiger griffen von hinten an, aus dem Hinterhalt. Es war eine Instinktsache. Vor allem wenn sie längst planten, ihre Beute in einen Hinterhalt zu locken.

Also war Charlie nur wenige Schritte entfernt, als Yun ihr folgte, mit dem Ziel, Charlie an den Schultern oder im Nacken zu packen. Aber Charlie drehte sich blitzschnell um und griff Yuns Handgelenke.

Ihre Blicke trafen sich. Yun feixte immer noch und Charlie sah sie nach wie vor mit ausdruckslosem Gesicht an. Aber sie wendeten beide nicht den Blick ab, während Charlie Yun weiter an den Handgelenken festhielt. Beide weigerten sich wegzuschauen. Wie ein tödlicher Versuch, sich gegenseitig niederzustarren.

Irgendwann kam bei Yun der Frust. Finn sah, dass sie versuchte, die Sache zu beschleunigen, aber sie konnte Charlie nicht dazu bewegen, sich von der Stelle zu rühren. Als Nächstes versuchte sie, sich ihrem Griff zu entwinden, aber Charlie ließ sie nicht los.

Während die Sekunden sich zu Minuten dehnten und ihre Mannschaft gespannt wartete, was Charlie als Nächstes tun würde, begann Yuns Nase zu zucken, und ihre Augen verengten sich gefährlich, bevor sie die Farbe wechselten. Dann, innerhalb von Sekunden, verwandelte sie sich. Aus einer atemberaubend schönen Frau wurde eine atemberaubend schöne Tigerin. Mit ihren zwei Meter zehn Länge und sechshundert Pfund stellte sie sich auf die Hinterbeine, sodass sie vor Charlie MacKilligan aufragte, ihre Vorderpranken noch immer in Charlies Händen.

In den Händen einer Charlie MacKilligan, die sich nicht verwandeln konnte.

Doch sie wich nicht zurück. Sie ließ Yun nicht los. Sie stand einfach nur da und hielt die dicken Tigerpranken fest, die jetzt zu groß waren, als dass Charlie ihre Hände auch nur annähernd ganz darum hätte schließen können.

Die Atmosphäre wirkte zunehmend angespannt, vor allem da Charlie keinerlei Anzeichen von Furcht oder Schwäche zeigte. Sie hielt sie einfach weiter fest. Zu guter Letzt setzte Yun ihre ganze Kraft ein, um Widerstand zu leisten, und Charlie tat das Gleiche, sodass sich ihre Muskeln deutlich unter ihrem schwarzen T-Shirt abzeichneten.

Finn gefiel das nicht. Yun brauchte nur den Kopf zu senken und sie konnte Charlie das Gesicht abreißen. Also machte er Anstalten vorzutreten, aber Mads' Arm schnellte vor und hielt ihn zurück.

»Tu das nicht.«

»Aber …«

»Tu das nicht.«

Es lag etwas in Mads' Stimme, in der Art, wie sie diese drei Worte sagte.

Er machte einen Schritt nach hinten und wartete ab.

Dann sah er es. Schockierenderweise wurde Yun auf den Krallen ihrer hinteren Pranken zurückgedrängt, während Charlie die größere, schwerere Gestaltwandlerin über den Dielenboden des Spielhalle stieß. Yun versuchte, sie daran zu hindern. Versuchte, sie abzuschütteln. Versuchte, der Hybriden, die sie festhielt, ihre vordere Pranke zu entreißen, aber Charlie weigerte sich, sie loszulassen. Doch das Schlimmste war, dass Charlie jetzt ihrerseits ein Feixen auf dem Gesicht hatte. Was es so aussehen ließ, als strenge es sie nicht im Mindesten an, eine fauchende, beißende Großkatze festzuhalten.

Wie war das möglich?

Finn hatte schon mehrere Hybriden kennengelernt. Seine kleine Schwester war eine Hybride. Er hatte sie dabei beobachtet, wie sie sogar Mühe gehabt hatte, ein Gurkenglas zu öffnen. Eine Hybride mit Superkraft war ihm noch nicht untergekommen. Stattdessen waren sie alle eher schrullig gewesen. Alle jagten Lichtern hinterher, die nur sie sehen konnten. Die Wolfs-Hybriden wussten manchmal nicht, wie man richtig heulte. Bären-Hybriden konnte man so leicht mit Schmetterlingen ablenken, dass die Malone-Brüder ein Spiel daraus gemacht hatten, wie viele sie binnen eines Tages oder einer Woche dazu verlocken konnten, mit dem Gesicht gegen Wände, Türen oder Fenster zu rennen. Die Katzen-Hybriden rissen manchmal den neuen Dielenboden bei Freunden heraus, weil sie davon überzeugt waren, eine Maus darunter gehört zu haben – obwohl das gar nicht der Fall war. Die Mätzchen von Hybriden waren immer zum Brüllen komisch – vor allem wenn man sie bei den eigenen Mannschaftskameraden beobachten konnte –, aber nicht einmal ansatzweise Furcht einflößend.

Doch zu beobachten, wie eine sich nicht verwandelnde Hybride eine Tigerin vor sich her stieß, die fünfmal größer war als sie, als würde sie eigenhändig einen leeren Kühlschrank verschieben? *Das* war Furcht einflößend.

Fuchsteufelswild und ausgesprochen frustriert beugte Yun sich vor und schnappte mit ihren gewaltigen Kiefern wieder und wieder nach Charlies Gesicht. Aber Charlie schaffte es, ihr auszuweichen, ohne Yuns Vorderpfoten loslassen zu müssen. Außerdem schaffte sie es, dafür zu sorgen, dass sie beide sich weiter durch den Raum bewegten.

Yun versuchte, sich aufzurichten und Charlie mitzuziehen, aber Charlie hielt sie unten. Ganz gleich, wie sehr die Tigerin auch zog und zerrte.

Doch irgendwann bekam Yun anscheinend ihre rechte Pfote aus Charlies Hand frei. Das hätte Finn nicht überraschen sollen, aber er hatte gleichzeitig so ein Gefühl, dass Charlie sie losgelassen hatte; er glaubte einfach nicht, dass der Hybride die Luft ausgegangen war.

Endlich frei, hob Yun ihre Pfote und versetzte Charlie einen vernichtenden Schlag gegen den Kopf, der sie mehrere Schritte wegschleuderte. Sie fiel auf die Knie und bedeckte das Gesicht mit den Händen.

Finn und seine Brüder sprangen vor, in der Absicht, sich erneut ins Getümmel zu stürzen, als Mads ein scharfes »*Nein!*« bellte.

Sie gehorchten. Selbst Keane, was überraschend war. So eilfertig gehorchte er sonst höchstens ihrer Mutter oder Nat. Aber vielleicht lag es an der Art und Weise, wie Mads sie gewarnt hatte. An ihrem Tonfall. An der Art, wie ihr ganzer Körper sich versteifte und ihre Krallen aus ihren Fingerspitzen glitten.

Charlie blieb auf den Knien hocken und hielt sich noch immer die Hände vors Gesicht. Erst jetzt quoll Blut zwischen ihren Fingern hervor, und sie schien Angst zu haben, ihre Hände zu bewegen. Wahrscheinlich hatte sie Angst, dass sie sich den größten Teil ihres Gesichtes damit herunterreißen würde.

Ein Hieb wie der, den sie von Yun empfangen hatte, hätte ihr eigentlich den Schädel zertrümmern müssen. Er hätte sie töten müssen. Aber Charlie blieb einfach auf den Knien und hielt sich ihr versehrtes Gesicht.

Da Charlie Yun den Rücken zuwandte, sah sie nicht, wie die Tigerin den Kopf senkte, das Maul öffnete und auf sie zustürmte.

Es blieb still im Raum, während alle zuschauten. Nicht einmal Charlies Schwester rief eine Warnung. Und Yun gab keinen Laut von sich, als sie sich aus einer Entfernung von etwa sieben Metern auf Charlie stürzte. Die Ohren flach an den Kopf angelegt. Die Vorderbeine weit gespreizt. Die Lefzen über den weißen Reißzähnen zurückgezogen. Die Kiefer weit geöffnet, damit sie ihre Reißzähne um Charlies Hals schließen und ihn mit einem Biss zer…

Yun war nur noch eine Haaresbreite entfernt, als Charlie zu ihr herumwirbelte und sich auf ein Knie erhob, um das Gleichgewicht zu halten, bevor sie der Tigerin die Faust in das offene Maul drosch. Mit ihrer freien Hand packte sie Yun am Hinterkopf und zog sie zu sich heran, immer näher und näher, was bedeutete, dass sie ihren Arm immer tiefer in das Maul und die Kehle der Tigerin stieß.

Hustend versuchte Yun mit aller Macht, den Arm der Hybride wegzureißen. Als das nicht funktionierte, versuchte sie hineinzubeißen. Das ließ etwas Blut fließen und beschädigte Charlies zähe Dachshaut ein wenig, aber die Knochen … die Knochen brachen nicht. Sie verbogen sich nicht. Sie wurden nicht unter der Kraft der Kiefer der verzweifelten Tigerin zermalmt. Etwas, was Finn noch nie gesehen oder erlebt hatte. Er hatte schon Wasserbüffel gerissen, die leichter zu zermalmen gewesen waren als Charlie MacKilligan.

Und die ganze Zeit, in der Charlie den Arm in Yuns Kehle hatte und mit der anderen Hand den Hinterkopf der Tigerin festhielt, starrte sie Victoria Yun direkt in die Augen. Und sie feixte. So wie Vicky Yun gefeixt hatte.

Dann geschah etwas. Etwas, das Yuns Augen unwirklich groß werden ließ und Charlies Feixen noch intensivierte.

Yun wehrte sich noch heftiger. Mit den Krallen ihrer Vorder- und Hinterpfoten schlug sie nach Charlie und bemühte sich mit allem, was sie hatte, von der Hybride wegzukommen. Aber nichts, so schien es, konnte Charlie aufhalten. Nichts.

Etwas gab nach und Yuns ganzer Körper knickte ein. Sie kämpfte noch ein wenig weiter, aber nicht mehr so heftig wie zuvor. Hinter ihrer Gegenwehr steckte keine echte Entschlossenheit mehr. Stattdessen erschien es eher ein Instinkt zu sein. Der letzte Kampf. Todeskrämpfe. Noch etwas brach, und Sekunden, bevor Yuns ganzer Körper erschlafft zu Boden sackte, entwich mit leisem Zischen die Luft aus ihr.

Charlies Arm steckte immer noch zwischen Yuns Kiefern. Sie zog einmal. Dann noch einmal. Beim dritten Mal bekam sie den Arm heraus und mit ihm Yuns Herz und ihre Lunge.

»Heilige Scheiße«, flüsterte Shay. Er hatte ausgesprochen, was alle anderen dachten. Sogar die Dachse im Raum. Sogar Mads, die näher an Finn herangerückt war und ihren Arm an seinen presste. Und er verstand, warum sie das tat. Alle Anwesenden hatten das Bedürfnis, sich der Realität zu versichern. Denn die Situation fühlte sich unwirklich an. Eine Hybride, halb Wolf, halb Honigdachs, hätte nicht in der Lage sein dürfen, so etwas zu tun. Es war nicht einfach nur unnormal. Es war Wahnsinn.

Was für ein Wahnsinn es war, wurde ihm klar, als Max MacKilligan in der Todesstille, die im Raum herrschte, in Gelächter ausbrach. Sie war nicht weniger schockiert als der Rest von ihnen, aber während alle anderen betäubt, verstört und, ganz ehrlich, völlig verschreckt dastanden, lachte Max MacKilligan. Hysterisch. Kaum imstande, ihr »Verdammt, Charlie!« herauszubringen, bevor sie von Neuem zu lachen begann.

Also? Das war Wahnsinn.

Die MacKilligans waren wahnsinnig.

Mads presste ihren Arm gegen den von Finn. Sie wusste, dass sie das nicht tun sollte. So gut befreundet waren sie nicht. Oder überhaupt befreundet. Aber ihr war ein wenig schwindelig, sie war ein wenig aus dem Gleichgewicht. Wie hätte es auch anders sein können, wenn Charlie dort mit den wichtigsten Organen einer Tigerin in der Hand dastand?

Da war so viel Blut. Nicht nur von der Katze und ihren herausgerissenen Organen. Sondern auch von Charlie. Als die Katze sie mit ihrer Pfote getroffen hatte … nun, dieser Hieb hätte ihr eigentlich das Gesicht zerfetzen müssen. Als Honigdachs hätte sie wahrscheinlich trotzdem überlebt, aber es hätte eine gute Woche oder zwei in Anspruch nehmen können, dass ihre Gesichtsknochen sich wieder zusammenfügten. Es hätte erforderlich machen müssen, dass sie sie hinaustrugen. Stattdessen war Charlies Gesicht nicht zerschmettert. Die Haut am Unterkiefer war ein wenig aufgerissen. Ihre Nase schien gebrochen zu sein. Doch das war schließlich nicht das erste Mal und würde nicht das letzte Mal sein. Und dazu zogen sich auch noch Krallenspuren über ihre Stirn und ihren Kopf. Seltsamerweise musste Mads dabei an einen über einen See hüpfenden Stein denken. Aber sie hatte gesehen, wie Yun Charlie geschlagen hatte. Das war ein ungebremster, kräftiger Hieb gewesen. Sie hatte sich nicht zurückgehalten. Und doch war Charlie kaum verletzt. Das war wirklich verdammt merkwürdig!

Charlie hielt die Eingeweide der Katze hoch.

»Das ist wie eine Art neuer Blutaar«, flüsterte sie Finn zu.

»Sollte ich fragen, was das ist?«, flüsterte er zurück.

»Nein, solltest du nicht.« Wenn er nicht bereits etwas über die altertümlichen Methoden wusste, mit denen die Wikinger ihre Feinde folterten und hinrichteten, war es das Beste, dass er auf dem Gebiet auch weiterhin ahnungslos blieb.

»Wenn ihr euch mit meiner Familie anlegt«, sagte Charlie zu den Katzen, die sie angafften, »passiert euch genau dasselbe. Euch allen. Ich höre nicht auf. Ich höre *niemals* auf.«

Mit diesen Worten warf Charlie die Überreste der Katze auf den Boden und schüttelte sich den blutigen Schmodder von der Hand.

Eines der Tigermännchen schaute sich im Raum um und trat einen Schritt vor, anscheinend schockiert darüber, dass niemand dieser verrückten Frau Einhalt gebot. Er hatte seine Pistole hervorgeholt, möglicherweise mit Patronen im Clip, die durch schussfeste Kleidung dringen konnten. Und Charlie versuchte immer noch, das Blut von ihren Händen zu bekommen. Vielleicht glaubte er, schießen zu müssen. Doch er hatte etwas vergessen. Er hatte Max vergessen.

Sie kletterte ihm auf den Rücken und rammte ihm zwei Klingen in den Hals, bevor er auch nur den Finger auf den Abzug seiner Pistole legen konnte. Sie öffnete die Arterien der Katze, kletterte über ihren Kopf und versenkte die Klingen in ihrer Brust.

Mads wusste nicht, warum Max sie ihm in die Brust stach. Sie hatte die Arterien in seinem Hals geöffnet, während er in seiner menschlichen Gestalt gewesen war. Er würde tot sein, noch bevor er auf dem Boden aufkam. Aber Max stach weiter auf ihn ein.

Charlie ging zu den beiden, und die Tiger im Raum machten ihr Platz, damit sie und die Dachse ungehindert gehen konnten. Max jedoch hörte immer noch nicht auf. Irgendwie war sie völlig in ihr Tun versunken, bis Charlie brüllte: *»Max!«*

Max riss ihre Klingen aus der Brust ihres Opfers, sprang von dem Tiger hinunter und ließ seinen leblosen Körper auf den Boden fallen.

»Ich komme!«, rief Max ihrer Schwester gut gelaunt zu, bevor sie ihr folgte.

»Hüpft sie etwa?«, fragte Finn Mads.

Mads stieß den Atem aus. »So ist es.«

»Warum?«

»Weißt du, am besten du fragst so etwas gar nicht. Die Antwort würde dir überhaupt nicht gefallen.«

11

Finn wachte auf, als er die Muffins roch. Es waren Blaubeer-Muffins, und er hätte sehr gern einen davon gehabt. Oder auch sechs. Oder ein Dutzend. Eigentlich war er nicht wählerisch, aber er hatte Hunger. Seit seiner letzten Mahlzeit waren Stunden vergangen. Stunden!

In der vergangenen Nacht hatten sie Chinatown verlassen und waren zum Haus der Dachse in Queens gefahren, und das war das Letzte, woran er sich erinnerte. Als sie das Haus erreicht hatten, waren alle vollkommen erschöpft gewesen, nur die zwei MacKilligan-Schwestern nicht. Er erinnerte sich daran, dass die beiden wach genug gewesen waren, um sich noch immer zu zanken, als er aus Keanes zerbeultem SUV gestiegen war. Wie lange das so weitergegangen war, nachdem er eingeschlafen war, wusste er nicht.

Finn hob den Kopf von der Rückenlehne des Sofas und ihm wurde bewusst, dass es nicht nur der Duft von Muffins war, der ihn aus dem Schlaf gerissen hatte. Es war auch ein Knirschen. Er zwang sich, trotz des grellen Sonnenlichts im Wohnzimmer der Dachse die Augen zu öffnen, und sah sich um. Es machte den Eindruck, als hätten die Leute sich mehr oder weniger fallen lassen, wo gerade Platz gewesen war. Nelle hatte sich anmutig auf einem Polstersessel in der Ecke zusammengerollt, dem riesigen Sofa gegenüber, auf dem er lag. Streep schlief auf dem Boden, in die Lücke zwischen der Wand und dem Sessel, in dem Nelle schlief, gepresst. Der Dachs schien sich in einem so engen Spalt erstaunlich wohlzufühlen.

Auch Tock schlief auf dem Boden, aber im Gegensatz zu ihren Freundinnen lag sie mit dem Rücken zur Wand, sodass sie die Eingangstür im Blick hatte; auf ihrem Schoß lag eine Automatikwaffe und ihr Finger ruhte auf dem Abzug. Als Finns Blick über sie hinwegglitt, wachte sie lange genug auf, um ihn anzusehen, ihn als nicht weiter bedrohlich einzustufen und sofort weiterzuschlafen.

Keane lag auf dem anderen Ende desselben Sofas wie Finn, die langen Beine von sich gestreckt, die Arme über der Brust verschränkt, das Haar über dem Gesicht. Shay hockte so ziemlich in der gleichen Haltung neben ihm, nur dass er dabei laut schnarchte. Es hörte sich an, als würde man neben einem Elch schlafen. Finn drehte den Kopf und entdeckte die Quelle des Knirschens.

Es war Mads. Sie saß mit dem Rücken an die Armlehne des Sofas gelehnt da und hatte ihre nackten Füße unter Finns Oberschenkel geschoben, während sie ihn schweigend musterte und mit ihrem schon wieder verheilten Kiefer auf etwas herumkaute, das vernehmlich knirschte. Er nahm an, dass es sich um Müsli oder Nüsse handelte, bis sie das Holzkästchen öffnete, das sie in der Hand hatte, und einen sehr schwarzen, sehr Furcht einflößend aussehenden Skorpion hervorholte und sich das zappelnde Ding in den Mund steckte. Der Skorpion war ein Tier von nicht geringer Größe, daher passte er nicht ganz in ihren Mund, und der Stachel verblieb außerhalb ihrer Lippen. Finn beobachtete voller Entsetzen, wie dieses Körperteil wieder und wieder zustach und höchstwahrscheinlich mehrmals Gift in sie injizierte, während sie kaute und starrte. Ihn anstarrte.

So saßen sie da, geschlagene – er wusste es nicht genau – vielleicht fünf Minuten? Schließlich konnte Finn nicht länger an sich halten und begann zu lachen. Nicht laut. Er wollte schließlich niemanden wecken. Außerdem wollte er nicht, dass irgendjemand in diesem Moment dazukam. Das hier war ihre Zeit, um sich so richtig seltsam zu verhalten.

Denn das war seltsam, oder etwa nicht? Selbst nach Gestaltwandler-Maßstäben. Es war verdammt seltsam.

»Was tust du da?«, flüsterte er ihr schließlich zu.

»Ich gönne mir einen Snack.« Sie hielt ihm das Holzkästchen hin. »Willst du auch einen?«

»Nein. Ich ziehe es vor, wenn mein zappelndes Essen mir mit den Hufen an den Kopf tritt.«

»Es gibt einige Skorpione, die dir mit ihrem Gift im übertragenen Sinne an den Kopf treten können – und würden. Das hier ist jedoch keiner davon. Es ist nur ein Asien-Skorpion. Sein Gift ist sehr mild. Bist du dir sicher, dass du keinen probieren willst?«

»Absolut sicher.« Finn dachte einen Moment lang nach. »Aber gib mir trotzdem einen.«

Mads runzelte die Stirn und zuckte dann die Achseln. Sie reichte Finn den Skorpion, der sich etwas drehte, damit er Shay das Tier vorsichtig zwischen die Augen setzen konnte.

Finn klopfte seinem Bruder auf den Arm, und Shay wachte auf und schielte, um besser sehen zu können, was er da auf dem Gesicht hatte. Eins musste Finn seinem Bruder lassen. Er sprang nicht auf. Er rannte nicht los. Er blieb ruhig auf dem Sofa liegen, während er schrie: *»Nimm ihn weg! Nimm ihn weg! Nimm ihn weg!«*

Kichernd versuchte Mads, über Finn hinwegzugreifen, um Shay den Wunsch zu erfüllen, aber Finn hielt sie mit den Armen zurück, damit sein hundeliebender Bruder noch ein bisschen länger litt.

Keane wachte auf, und sobald er sah, was da auf dem Gesicht seines Bruders saß, schoss er vom Sofa hoch und brüllte: »Scheiße! Scheiße! *Scheiße!*« Mittlerweile waren auch die anderen Dachse im Raum wach. Nelle und Streep kicherten hysterisch, aber Tock stand einfach auf, schob sich das Halfter der Automatikwaffe, die sie in der Hand hatte, über die Schulter und ging zum Couchtisch, bis sie vor Shay stand. Ohne Zögern nahm sie den Skorpion von der Nase der panischen Katze, während Shay sich tausendmal mit beiden Händen aufs Gesicht schlug. Die beiden sahen einander mehrere Sekunden lang an, bis Tock den Kopf in den Nacken warf, den Mund weit öffnete und den zappelnden Skorpion hineinwarf.

Während sie kaute, sprang Shay endlich auf und rannte aus dem Raum, während er schrie, dass er einen Waschlappen brauche.

»Jetzt wird er sich die Haut von den Knochen schrubben, nicht wahr?«, fragte Mads an Finn gewandt.

»Er wird es versuchen.«

Finn zeigte auf das Holzkästchen in Mads' Hand. »Hast du viele solcher Kästchen im Haus?«

»Eigentlich nicht. Stevie lässt sich leicht ...«

»Eichhörnchen!«

Draußen im Garten rannte Max' kleine Schwester an den Wohnzimmerfenstern vorbei und wedelte wild mit den Händen über ihrem Kopf.

»... erschrecken« beendete Mads ihren Satz. »Sie hat außerdem auch noch Angst vor Schlangen, Waschbären, Spinnen, Ratten und gelegentlich vor einem Gewitter, wenn sie denkt, es habe etwas mit dem Klimawandel zu tun. Und sie fürchtet sich vor ungewöhnlich großen Wespennestern, aber nur weil sie ihren Anblick ›ästhetisch reizlos‹ findet«, sagte sie, während sie in der Luft Gänsefüßchen zeichnete.

»Was soll das heißen?«

»Ich nehme an, es heißt, dass sie große Nester hässlich findet und dass sie davon eine Gänsehaut bekommt. Aber sie weiß nicht, wie man das schlichter ausdrückt.«

Finn blinzelte. »Okay.«

»Sei nicht so ein Snob. Ich mag die MacKilligan-Schwestern«, gestand Mads Finn. »Sie kümmern sich umeinander.«

Stevie rannte jetzt in die andere Richtung und wedelte immer noch mit den Armen über ihrem Kopf. Aber diesmal rannte Max hinter ihr her, bis sie abrupt stehen blieb und nach unten schaute, nach oben, zu den Bäumen in der Nähe, dann erneut nach unten. Schließlich wandte Max sich wieder um, und das war der Moment, in dem Stevie aus dem Nichts auftauchte und ihrer Schwester auf den Rücken sprang. Stevie schlang ihr die Arme um den Hals, schaffte es aber nicht ganz, sie niederzuringen. Trotzdem war Mads beeindruckt.

»Wow. Stevie hat eine Menge dazugelernt.«

»Tatsächlich?«

»Ja, wirklich. Das war ein ausgewachsener Hinterhalt. Ich kannte sie noch, als sie dazu nicht einmal ansatzweise imstande gewesen wäre. Keinerlei Überfall-Qualitäten. Keine Fertigkeiten im Kampf. Einfach überhaupt keine Fähigkeiten, abgesehen von Mathematik und Wissenschaft und abgehobener Musik.«

»Sie hat definitiv etwas Tiger in ihren Genen.«

»Scheint so.«

Finn legte den Kopf schräg. »Aber es gelingt ihr trotzdem nicht ganz, ihre Schwester zu Boden zu ringen.«

»Die Tatsache, dass sie Max MacKilligan überhaupt in einen Hinterhalt locken konnte, ist schon beeindruckend. Lass uns nicht gleich nach den Sternen greifen.«

»Einen Muffin?«

Charlie stand mit einer Platte voller riesiger Blaubeer-Muffins vor ihnen. Bevor Mads sich einen nehmen konnte, schnappte Finn sich schon die ganze Platte und stellte sie auf seinem Schoß ab. Als dieser kühnen Tat Schweigen folgte, schaute er auf und fragte: »Was?«

»Du hältst nicht viel vom Teilen, was?«, fragte Tock.

»Ich bin ein Tiger, also lautet die Antwort darauf Nein.«

»Kein Problem«, stellte Charlie fest. »Ich habe noch mehr in der Küche. Aber ihr solltet euch besser nehmen, was ihr wollt, bevor die ersten Bären vorbeischauen.«

Keane kehrte mit einem Teller ins Wohnzimmer zurück, auf dem sich Blaubeer-Muffins auftürmten.

Charlies freundliches Lächeln verschwand. »Oder wie es scheint, Katzen.«

»Du lässt Bären in dein Haus?«, fragte Keane.

»Wir haben versucht, sie auszusperren«, erklärte Charlie, »doch dann haben sie die Tür eingetreten und sind einfach so hereingekommen. Aber sie waren immer so freundlich dabei, dass ich ihnen nicht einmal böse sein konnte. Hast du dir wirklich alle restlichen Muffins genommen?«

»Ich habe Hunger.«

»Wirst du sie mit uns teilen?«, fragte Tock.

Keane setzte sich ans andere Ende des Sofas, stellte sich den Teller auf den Schoß und sagte endlich: »Nein.«

Nelle ging barfuß durch den Raum, beugte sich über den Couchtisch und schnappte sich einen Muffin von Keanes Teller. Der Tiger brüllte sofort drohend, und Nelle fauchte, bleckte ihre Reißzähne und stürzte sich auf ihn. Das überraschte Keane derart, dass er zurückprallte, die Augen weit aufriss und es Nelle somit ermöglichte, sich drei weitere Muffins zu nehmen, die sie Tock, Streep und Mads zuwarf, bevor sie Keane ein Lächeln schenkte und einen großen Bissen von ihrem eigenen Muffin nahm, ihre Reißzähne noch immer ausgefahren.

Charlie seufzte tief. »Ich schätze, jetzt muss ich noch mehr Muffins backen, bevor die Bären das Haus in Schutt und Asche legen.«

»Und warum ist das notwendig?«, fragte Finn.

»Bären«, antworteten alle Dachse wie aus einem Mund.

»Warum, glaubt ihr, dürfen die MacKilligans hier wohnen?«, fragte Tock.

»Weil wir hier in Amerika sind? Richtig?«

»Was spielt das für eine Rolle, wenn es um Bären geht? Hungrige, brummende Bären?«

»Viele davon Weibchen, die Junge haben«, fügte Streep hinzu. »Selbst Dachse gehen einem solchen Kampf aus dem Weg.«

»Es war einfach leichter, Kuchen für sie zu backen und auf das Beste zu hoffen.«

»Ist das der Grund, warum du schon wieder am Backen bist?«, fragte Keane und hob die Nase.

»Der Kuchen ist für Mads. Damit sie den Vertrag unterzeichnen und ihr Haus kaufen kann.«

Das Haus hatte Mads vollkommen vergessen. Aber sie war auch verwirrt. »War Kuchen ein Teil des Deals? Daran kann ich mich überhaupt nicht erinnern.« Schon die gestrige Nacht fühlte sich an, als läge sie Jahre zurück.

»Nein. Aber es ist immer gut, mit Gebäck zu einem Vertragsabschluss mit Bären aufzutauchen. Ich gehe dann mal den Kuchen holen.«

»Kannst du backen?«, fragte Finn Mads.

»Ich kann weder kochen noch backen. Und ich bin auch nicht wirklich erpicht darauf, es zu lernen.«

»Glaubst du, die Bären im Viertel werden dir erlauben zu bleiben?«

Sie wusste, dass Finn nur scherzte, aber Mads wurde etwas bewusst. »Darüber habe ich mir noch gar keine Gedanken gemacht.«

Charlie kam mit einer Pappschachtel zurück, die das, was immer sie an Köstlichkeit dort drinhatte, aussehen ließ, als käme es direkt aus einer Bäckerei. Außerdem hatte sie ein kleines Gefäß mit weißer Creme dabei und stellte jetzt beides vor Mads auf den Couchtisch.

»Es ist Streuselkuchen. Sag ihnen, dass sie die Glasur erst draufmachen sollen, wenn er abgekühlt ist.« Für einen Moment sprang Charlies Blick zwischen Mads und Finn hin und her, und schließlich sagte sie: »Geh doch mit, Finn.«

»Warum?«, fragten sie beide gleichzeitig.

»Sie trägt eine Menge Bargeld mit sich herum. Und ein wertvolles Gemälde. Alles Mögliche könnte zwischen hier und dort passieren. Willst du dafür verantwortlich sein, dass sie auf den kalten, unbarmherzigen Straßen von Queens ausgeraubt wird?«

»Inwiefern wäre ich dafür verantwortlich?«

»Weil ich es gesagt habe.« Charlie lächelte, was eher beängstigend als freundlich wirkte, bevor sie auf die Haustür zeigte. »Also, bleibt nicht zu lange weg, ihr zwei. Wir müssen uns noch darüber unterhalten, was …«

Jemand klopfte heftig gegen das Wohnzimmerfenster, und sie

sahen Max dort stehen. Ihre kleine Schwester versuchte immer noch, sie niederzuringen. Es war ein trauriger Versuch, aber eins musste Mads der Kleinen lassen: Sie ließ nicht locker.

Max pochte mit dem Finger gegen das Fenster und brüllte: »Warum sind diese Katzen immer noch hier?«

»Weil du mit ihnen zusammenarbeiten wirst«, eröffnete Charlie ihrer jüngeren Schwester.

»Den Teufel werde ich! Ich bin ihnen nichts schuldig!«

»Max …«

»Lieber würde ich mich selbst in Brand stecken!«

»Entschuldigt mich kurz, ja?« Charlie verließ den Raum.

Wenige Sekunden später schoss sie am Fenster vorbei und riss Max und ihre kleine Schwester dabei um.

»Wow«, murmelte Keane. »Das war beeindruckend. Meint ihr, Charlie hätte Interesse, Football zu spielen?«

Finn nahm den Aktenkoffer mit dem Geld in die eine Hand und die Kuchenschachtel mit der Glasur darauf in die andere. Mads trug das Gemälde. Sie wollten gerade zur Haustür gehen, als Shay endlich ins Wohnzimmer zurückkehrte, sein Gesicht dunkelrot von all der Schrubberei, die er vorgenommen haben musste, nachdem ein Skorpion eine halbe Sekunde lang auf seiner Nase gesessen hatte. Doch nicht nur die Röte seines Gesichtes war problematisch.

»Oje«, sagte Tock, als sie sich umdrehte und Finns Bruder ansah.

»Waf?«, fragte Shay, bevor er es selbst erriet. »Mein Gefícht is gefollen, ftimmt's?«

»Ähm …«

»Lass es dir von einem deiner Hunde ablecken«, schlug Keane wenig hilfreich vor, was Finn zum Lachen brachte, bis Mads ihn anfunkelte und er sich rasch von ihrem entsetzten Blick wegdrehte. »Das sollte es wieder in Ordnung bringen.«

Tock schlug mit beiden Händen gegen Shays Brust, um ihn daran zu hindern, sich auf Keane zu stürzen.

»Dein Gesicht ist tatsächlich ein wenig geschwollen«, bemerkte Tock.

Ein wenig? Es sah aus, als hätte ihm jemand mit Gewalt einen Softball in die Wange gestopft.

»Ich fterbe! Ich weif eff!«

»Du stirbst nicht«, erklärte Tock, die seinen idiotischen Bruder aus irgendeinem Grund verstand. »Selbst für gewöhnliche Vollmenschen wäre das Gift dieses Skorpions sehr mild. Du hast wahrscheinlich nur eine allergische Reaktion.«

»Jemand muff mir helfen! Au!«

»Beruhig dich.« Sie wirbelte Shay herum und schubste ihn aus dem Raum. »Streep, wo haben sie hier ihr Allergie-Zeug?«

»Irgendwo in der Küche. Ich komme mit und helfe dir beim Suchen.«

Streep folgte ihnen hinaus und Finn ging hinter Mads her in die andere Richtung. Erst als sie die Haustür geöffnet hatten, sagte Nelle hinter ihnen: »Nur damit du nicht überrascht bist, ich habe ein paar Möbel für dich bestellt.«

Mads erstarrte für eine Sekunde, dann wirbelte sie abrupt herum, so schnell, dass Finn hastig einen Schritt zurücktreten musste.

»Warum?«, fragte Mads.

Nelle lehnte sich an den Türpfosten, der das Wohnzimmer vom Wintergarten trennte. »Weil du Mobiliar brauchst, und wir wissen beide, dass du keine Zeit hast, welches zu kaufen.«

Sie sagte das so beiläufig, dass es fast wie eine freundliche Geste klang und nicht wie eine ungeheuerliche Anmaßung. Aber als ein Tiger, der mit Keane Malone zusammenlebte, einer äußerst anmaßenden Katze, erkannte Finn die Zeichen der Zeit.

»O mein Gott«, blaffte Mads. »Ernsthaft?«

»Was?«

»Du hast meine Möbel für mich ausgesucht?«

»Nein. Natürlich nicht.« Sie schlüpfte in einen ihrer hochhackigen Schuhe. »Ich habe Sauveterre das erledigen lassen.«

»*Wen?*«

»Sauveterre.«

»Wer zur Hölle ist Sauveterre?«

»Du weißt schon. Charles Sauveterre.«

»Meinst du Chuck?«

Nelle schlüpfte in ihren anderen Schuh und wandte ihrer Mannschaftskameradin ein Gesicht ohne auch nur die geringste Spur eines Lächelns zu. »Du weißt, dass er es hasst, wenn du ihn so nennst.«

»So heißt er nun mal.«

»So wurde er gerufen, als er zwölf war.«

»In Iowa.«

»Seine Mutter ist Französin.«

»Kanadierin. Sie ist Frankokanadierin. Und ich brauche auch Chuck nicht dafür, meine Möbel auszusuchen!«

»Hör mal, der Grund, warum ich Sauveterre …«

»Chuck.«

»… darum gebeten habe, ist der, dass du nicht die Einzige sein wirst, die sich in diesem Haus aufhält, wie wir alle wissen. Wir werden auch dort rumhängen. Und ehrlich, du hast einen Geschmack wie ein dreizehnjähriger Junge, der Basketball wirklich sehr liebt.«

»Gar nicht.«

»Doch. Was bedeutet, dass du dir einen großen Fernseher für das Wohnzimmer besorgen wirst, diese Klappstühle, die jemand aus der Nachbarschaft dir schenken wird, weil er sich bessere Gartenmöbel gekauft hat, außerdem ein paar Klapptischchen, an denen wir essen können. Einen Kühlschrank und eine Mikrowelle für die Küche und ein Boxspringbett fürs Schlafzimmer. Mehr nicht. Du weißt es. Ich weiß es.« Sie deutete auf Finn. »Selbst dieser Typ weiß es. Und es tut mir leid, ich kann so nicht leben. Also habe ich Sauveterre gebeten …«

»Chuck.«

»… das zu regeln. Auf diese Weise fühlen wir uns alle wohl. Und sind glücklich und zufrieden.«

»Er stattet in Manhattan die mehrere Millionen Dollar teuren

Wohnungen von Scheichs aus, die nicht darin leben. Ich kann mir Möbel, die er aussuchen wird, nicht leisten!«

»Du hast einen Fünfundzwanzig-Millionen-Dollar-Kandinsky, der einfach nur in einem Lager herumsteht.«

»Für Notfälle!«

»Du hattest die Absicht, ihn wegzugeben!«

»Um ein Haus zu kaufen!«

»In Queens!«

»Hey! Hey! *Hey!*«, brüllte Finn schließlich, als die beiden Frauen Nase an Nase und mit ausgefahrenen Reißzähnen voreinander standen.

»Brauchst du Hilfe, Brüderchen?«, fragte Keane. Finn musste nicht einmal hinschauen, um zu wissen, dass Keane grinste. Er konnte das Grinsen in der Stimme dieses Arschlochs förmlich *hören*.

»Nein, brauche ich *nicht*«, blaffte Finn zurück. »Und du da«, sagte er zu Mads, »raus mit dir. Sofort!«

Mithilfe seines Körpers und des Kuchens bugsierte er den Dachs durch die Tür, über die Veranda, die Treppe hinunter, durch das Gartentor bis auf den Gehweg.

Sobald sie sich aus dem ganzen Drama befreit hatten, deutete er mit dem Kopf auf die andere Straßenseite und fragte: »Du wolltest wirklich ein Fünfundzwanzig-Millionen-Dollar-Gemälde für *dieses* Haus weggeben?«

»Ich habe das Gemälde vor ungefähr einem Jahrzehnt bekommen und mich nicht nach seinem derzeitigen Wert erkundigt. Und um ganz ehrlich zu sein, ich bin kein ganz so großer Fan seiner Werke. Außerdem habe ich keine Lust, mir auch noch von dir deswegen die Hölle heiß machen zu lassen.«

»Na schön. Aber wenn du willst, dass deine Freundinnen dir nicht länger im Nacken sitzen, musst du klügere finanzielle Entscheidungen treffen.«

»Mannschaftskameradinnen.«

»Was?«

»Sie sind meine Mannschaftskameradinnen.«

Finn konnte nicht anders. Er lachte.

»Was ist daran so witzig?«

»Ich habe von ›Freundinnen‹ gesprochen, um höflich zu sein. Aber sie sind nicht deine Freundinnen, und sie sind auch nicht deine Mannschaftskameradinnen.«

»Dann sind sie also meine Feindinnen?«

»Wow.« Finn blinzelte. »Nein. Sie sind deine *Familie.*« Als sie wieder Anstalten machte, sich aufzuplustern, fragte er: »Glaubst du wirklich, ich würde mir den ganzen Scheiß von Keane oder Shay gefallen lasse, wenn sie nicht meine Brüder wären? Sie nerven mich auf eine Weise, die du dir nicht einmal vorstellen kannst. Wahrscheinlich hätte ich sie bereits vor langer Zeit umgebracht, wenn wir nicht verwandt wären. Aber ich toleriere sie, weil ich meine Mutter liebe und weil unsere Verbindung tiefer geht als Keanes ärgerliche Angewohnheit, vor sich hin zu summen, wenn er Speck isst. Und *nur,* wenn er Speck isst. Oder Shays Unfähigkeit, Kaninchen zu essen, weil sie so niedlich und flauschig sind. Wir haben bisher alle geglaubt, das gelte nur für Kaninchen, aber jetzt wird uns klar, dass sich diese Einstellung auch auf Hunde erstreckt. Ich meine, wir haben niemals Hunde gegessen, weil sie widerwärtige, unsaubere Tiere sind, aber er findet sie einfach …« Finn schauderte bei dem Wort, das er als nächstes sagen musste. »… süß.«

Er stieß den Atem aus. »Aber sie sind meine Brüder, daher toleriere ich ihren Bullshit. Diese Frauen sind deine Schwestern, also tolerierst du ihren Bullshit. Genauso läuft das.« Er deutete mit der Hand, in der er den Aktenkoffer hielt, auf sie. »Jetzt lass uns gehen und dir dieses Haus kaufen, das kein Fünfundzwanzig-Millionen-Dollar-Gemälde wert ist.«

»Du wirst wohl nie aufhören, darauf herumzureiten, was?«

»Ich wüsste nicht, wie irgendjemand damit aufhören sollte. Es ist das Bescheuertste, was ich je gehört habe, und ich lebe mit Shay Malone zusammen. Dem Hundefreund.«

12

»Ich hatte nie ein eigenes Bett«, verkündete Mads und streckte sich auf dem kalifornischen Doppelbett aus, das mitten im größten Schlafzimmer stand. Einem Bett, das perfekt für ein verliebtes Grizzly- oder Eisbär-Paar war, aber zum Schreien komisch für einen einzelnen kleinen Dachs, der in der Mitte desselben vollkommen verloren wirkte.

»Wirklich noch nie?«

»Nein. Ich habe immer das Bett genommen, das gerade nicht besetzt war, oder ich habe auf dem Sofa geschlafen oder draußen, oder bei einer meiner Mannschaftskameradinnen, wenn ihre Eltern nichts dagegen hatten. Glücklicherweise hatten sie nie etwas dagegen, da ich so ein nettes Kind war.«

Die Abwicklung des Hauskaufs hatte so gut wie keine Zeit beansprucht, weil die Bären sich kaum auf irgendetwas konzentrieren konnten, sobald sie Charlies Streuselkuchen gewittert hatten. Selbst der Anwalt, ein Schwarzbär, der von ihnen hinzugezogen worden war, sabberte unaufhörlich, während er versuchte klarzumachen, wo alle unterschreiben sollten, und er musste den Vertrag mit einem Papiertuch abwischen, wofür er sich ausdrücklich entschuldigte, bevor die Gruppe mit dem Kuchen verschwand. Der Anwalt kehrte schnell zurück, um die unterzeichneten Dokumente einzusammeln. Finn hatte die ganze Transaktion auf seinem Handy aufgenommen, daher machte er sich keine allzu großen Sorgen wegen irgendwelcher Betrügereien in letzter Minute.

Und am Ende hatte alles wunderbar funktioniert. Alle bekamen, was sie wollten – Mads ein neues Haus und die Bären einen Haufen Bargeld, ein wertvolles Gemälde und einen Kuchen, den sie tatsächlich mehr begehrten als alles andere.

Die ganze Transaktion ging auf der Motorhaube des Autos, mit dem der Anwalt angekommen war, über die Bühne, was sich als Segen entpuppte. Denn selbst Finn war eine ganze Weile ziemlich geschockt, als er sah, wie Nelle und ihr Freund Mads neues Haus ausgestattet hatten. Es waren nicht nur ein paar hübsche Möbel hineingestopft worden, damit Mads einen Schlafplatz hatte. Das Haus war voll eingerichtet worden. Über Nacht. Nicht nur die üblichen aufeinander abgestimmten Möbel, sondern Bilder an den Wänden, Geräte in der Küche und dem Wäschezimmer, Bücher in den Regalen. Und eins der Schlafzimmer war zu einem Büro umfunktioniert worden, mit einem brandneuen Computersystem und einem bereits von der lokalen Kabelgesellschaft eingerichteten WiFi-Netzwerk. Mads brauchte nur noch ihre Passwörter für ihre E-Mails und ihre Social-Media-Accounts einzugeben.

Wie all das in weniger als vierundzwanzig Stunden bewerkstelligt worden war, überstieg Finns Vorstellungsvermögen. Er wusste, dass die wirklich Reichen Zugang zu Dingen hatten, die Normalsterblichen einfach nicht offenstanden, aber das hier war trotzdem beeindruckend. Der einzige Raum, an den niemand Hand angelegt hatte, war der Keller. Finn wusste nicht, warum. Vielleicht weil der Keller zu viel Arbeit darstellte oder weil er eine Art Heiligtum für die Sportverrückte werden sollte. Die riesigen Pappfiguren großer Basketballspieler der Geschichte waren nicht immer leicht aufzutreiben. Vor allem wenn sie signiert sein sollten. Und Mads würde wahrscheinlich signierte haben wollen.

Nachdem sie durch das ganze Haus gegangen waren und sich all die neuen Möbel angesehen hatten, kam von Mads nicht viel. Aber das war auch eindeutig nicht nötig. Ihre zornig funkelnden

Augen und ihr leises Knurren sagten so ziemlich alles. Wenigstens das Bett schien Mads zu gefallen.

»Wie war das denn, als du älter wurdest?«, fragte Finn, die Hände in den Vordertaschen seiner Jeans. »Wo hast du dann geschlafen?«

Sie setzte sich auf. »Ich habe von der Zeit gesprochen, als ich älter wurde. Als ich jünger war, habe ich immer in den Schränken oder unter dem Sofa geschlafen. Aber größtenteils draußen, es sei denn, die Temperaturen fielen unter null, denn ich konnte mir nachts nicht immer einen warmen Mantel organisieren, und ich bin das Produkt von zwei afrikanischen Tieren, die nicht an die Kälte angepasst sind.«

»Du hast unter dem Sofa geschlafen?«

»Manchmal. Ich fand das Leben leichter, wenn ich nicht bemerkt wurde.«

Weil sein Vater so früh gestorben war, hatte Finn immer angenommen, sein Leben sei hart gewesen. Langsam begriff er, dass es noch härtere Leben gab. Vor allem wenn man von Hyänen großgezogen wurde, die einen hassten.

Finn bemühte sich, ihr keinen mitleidigen Blick zuzuwerfen, wandte sich ab und schob schnell die Schiebetür eines Schrankes auf. Denn sie sollte lieber denken, dass er eine neugierige Katze war statt ein Mann, der sie bemitleidete. Doch als er die Tür zur Seite schob, schnappte er nach Luft.

»Sie haben die Kleider ihrer Mutter hier zurückgelassen?«, fragte er.

»Immerhin ist sie nach Florida gezogen«, sagte Mads und sprang vom Bett. »Vielleicht braucht sie sie nicht mehr, und sie hatten es mit dem Auszug so eilig …«

Mads nahm ein mittelgroßes Tanktop auf einem Kleiderbügel heraus und hielt es hoch, damit sie es beide betrachten konnten.

»Ist das … ist das …« Finn kriegte es kaum über die Lippen, aber schließlich bekam er es doch heraus. »Ist das ein Basketballtrikot von Scottie Pippen? Mit seiner Nummer? Aus seiner Zeit bei den Bulls?« Finn war kein Basketballfan, aber in der Zeit, bevor sie den Kontakt zum Rest der Malones, den Glücksspielern, abgebrochen hatten – und davon gab es eine Menge unter den Onkeln, Tanten und älteren Cousins und Cousinen –, waren alle Sportfans gewesen. Basketball, Baseball, Fußball. Sogar Rugby. Alle Sportarten, worauf sich Wetten abschließen ließen. Daher war es unmöglich, keine detaillierten Geschichten über die Chicago Bulls zu hören. Vor allem über Michael Jordan und Scottie Pippen. Und die nicht enden wollende Debatte darüber, ob es sich bei Jordan möglicherweise um irgendeine Art von Gestaltwandler handelte – tat es nicht.

Mads hängte das Tanktop zurück und schaute schnell die anderen Tanktops und T-Shirts durch. Dann schob sie eine weitere Schranktür auf und fand nichts anderes als Jeans, Basketballshorts und, auf dem Boden des Kleiderschranks, eine ganze Sammlung von Basketballsneakers und Converse in verschiedenen Farben. Alle in einer einzigen Größe. Finn versuchte, Mads' Schuhgröße abzuschätzen.

»Diese Sneaker sind alle in meiner Größe.«

»Hat sie dir etwa auch Klamotten besorgt?« Mads schob die Tür so heftig zu, dass Finn zusammenfuhr und seine abergläubische Seite sich Sorgen machte, dass der an der Tür befestigte Spiegel zersplittern und Mads sieben Jahre Pech bringen würde. Etwas, das sie im Moment nicht gebrauchen konnte. Als das Glas unbeschädigt blieb, legte er ihr einen Arm um die Taille und zog sie von den Schränken weg.

»Tu es nicht«, sagte er.

»Ich werde auf der Stelle rübergehen und ihr sagen, dass sie all ihren Mistkram hier wegschaffen soll!«

»Ich weiß, du willst jetzt …«

»Ich muss.«

»Aber du wirst es nicht.«

Sie ließ die Versuche, seinen Arm von ihrer Taille zu lösen, sein und schaute ihn an.

»Und warum? Warum genau?«

»Ich weiß, das hier wirkt …«

»Zwanghaft? Lächerlich? Als würde sie mir ihr Geld in mein von Bedürftigkeit gezeichnetes Gesicht werfen?«

»Du besitzt ein Fünfundzwanzig-Millionen-Dollar-Gemälde, das sie gerade bei einer Meinungsverschiedenheit gegen dich benutzt hat. Sie *weiß*, dass du nicht bedürftig bist.«

»Es ist einfach dermaßen anmaßend!«

»Sie versucht nur, dir zu helfen. Kannst du nicht einfach diese Geste würdigen?«

»Nein.«

Sie versuchte noch einmal, sich aus seinen Armen zu befreien, aber dann sahen sie beide den Kojoten an der offenen Schlafzimmertür vorbeilaufen, und der Kampf kam sofort zum Erliegen. Denn das war kein Gestaltwandler-Kojote. Es war ein reinrassiger Kojote. Der durch Mads' neues Heim spazierte.

Sie lösten sich voneinander und folgten dem Tier, das jetzt die Treppe zum Erdgeschoss hinunterging, durch den Flur und das große Wohnzimmer, durchs Esszimmer, durch eine Schwingtür und hinein in die sehr große Küche mit der hübschen Essecke und der Theke mit den Hockern, die sie vom Esszimmer trennte. Der Kojote lief zum Edelstahlkühlschrank und starrte auf die Tür, bis Mads schließlich zu ihm ging und die Tür öffnete.

»Hey«, bemerkte Finn, »der Kühlschrank ist gefüllt.«

»Genau wie die Schränke. In den ganzen Schränken befindet sich eine Tonne Honig, außer in den beiden da drüben«, sagte sie und zeigte auf die Schränke, die sie meinte. »Die sind leer.«

»Damit du einen Schlafplatz hast?«

»Ja.«

Der Kojote zog ein Päckchen Putenwurst aus dem Kühlschrank und lief wieder ins Wohnzimmer.

»Hast du vor, etwas dagegen zu unternehmen?«, fragte Finn.

Mads zuckte die Achseln. »Wogegen?«

»Du hast ein wildes Tier im Haus.«

»Bisher hast du nirgendwo hingepinkelt.«

Finn funkelte sie an. »Ich spreche nicht von mir. Ich spreche von dem Kojoten. Du kannst dieses schmutzige Vieh nicht durchs Haus wandern lassen.«

Und der Kojote wanderte wirklich umher. Nachdem er rasch die Wurst verschlungen hatte, setzte er sich erneut in Bewegung und lief wieder die Treppe hinauf; Finn und Mads folgten ihm.

»Charlie sagt, es sei gut, einen Hund im Haus zu haben«, bemerkte Mads.

»Einen Haushund. Nicht einer, der unter deiner Veranda hervorgekrochen ist, nachdem deine Vorgänger weggezogen sind. Er könnte Tollwut haben.«

»Hat er nicht.«

»Woher weißt du das?«

»Das rieche ich.«

»Du kannst Tollwut riechen? Wirklich?«

»Na ja, ich hatte selbst sechsmal Tollwut. Irgendwann lernt man entweder, es zu riechen, oder man legt sich einfach hin und stirbt von all dem Geschäume.«

»Wie hast du sechsmal Tollwut überlebt?«

Sie zuckte die Achseln. »Wie habe ich den Kampf mit dem Inlandtaipan überlebt, als ich den Schulausflug in den illegalen Zoo gemacht habe? Hab ich eben einfach.«

»Was ist ein Inlandtaipan?«

»Eine Giftschlange. Ein einziger Biss kann bis zu hundert Personen töten.«

»Und was ist mit dir passiert?«

»Ich war einen Tag lang ohnmächtig. Musste mich sehr oft übergeben. Habe Max mit meinen Krallen durchbohrt, als sie mich im Wald gefunden hat, was mir wirklich leidtat, denn wir hatten an dem Wochenende ein Heimspiel.«

»Also wirst du ihn einfach behalten?«

»Natürlich nicht. Er ist ein wildes Tier.« Ihr Handy begann zu vibrieren, und sie griff in ihre Gesäßtasche, um es herauszuziehen. »Aber er hat vor mir hier gelebt, wenn er also reinkann …«

Finn hätte auf diese irrsinnige Bemerkung gern etwas erwidert, aber bevor er das tun konnte, nahm Mads den Anruf von ihrem

Handy entgegen, und kaum hatte sie das getan, fing das Geschrei an.

Mads und Finn lehnten sich unwillkürlich von dem Handy weg, als das Gebrüll ihrer Mutter aus dem Lautsprecher explodierte.

Mads war mehr als nur ein wenig geschockt. Sie hätte nie gedacht, dass sie jemals wieder etwas von ihrer Mutter hören würde, jetzt, wo Solveig tot war. Die Familie hatte sich ein Bein ausgerissen, Mads *nichts* vom Tod ihrer Urgroßmutter zu sagen. Weil alle wussten, wie viel Solveig ihr bedeutete. Mit Absicht, denn sie wollten sie verletzen. Und dazu gehörte – jedenfalls im Denken ihrer Familie – das fortgesetzte Schweigen. Weil ihre Familienangehörigen nicht verstanden, dass sie zumindest die Stille wirklich genoss. Nichts irritierte Mads mehr als das Lachen einer Hyäne. Sie hatte schon stocknüchtern irgendwelche Schlägereien in Bars angefangen, nur weil eine Hyäne gelacht hatte. Glücklicherweise wussten die anderen Honigdachse eine gelegentliche Schlägerei ebenfalls zu schätzen.

Doch hier hatte sie es nicht mit Lachen zu tun. Es war hysterisches Geschrei. So hysterisch, dass Mads nicht verstand, wovon ihre Mutter sprach.

»Was hast du gesagt?«, gelang es ihr irgendwann dazwischenzuwerfen. »Ich verstehe kein Wort von dem, was du da faselst.«

Das brachte ihre Mutter nur heftiger in Fahrt. Mads verdrehte die Augen und warf Finn einen Blick zu. Der arme Kerl wirkte einfach nur verstört. Mads war sich sicher, dass Finns Mutter viel ruhiger und vernünftiger war. Psychotisch, wenn sie sich in einem Kampf befand? Natürlich. Sie war schließlich ein Tiger. Aber zu jeder anderen Zeit? Ruhig und vernünftig, ganz gleich, ob sie es mit ihren erwachsenen Jungen zu tun hatte oder mit einem verrückten New Yorker Taxifahrer fertigwerden musste. Mads war sich sicher, dass Finn nie solche Anrufe bekam.

»Ich glaube, da ruft jemand nach dir«, sagte er.

Zuerst wusste Mads nicht, wovon er redete, aber dann hörte sie es trotz des Gebrülls ihrer Mutter ebenfalls und reichte Finn das

Handy. Sie ging ins Hauptschlafzimmer, vorbei an dem Bett, auf dem der Kojote es sich gemütlich gemacht hatte, und trat ans Fenster. Dann entriegelte sie es und riss es auf.

»*Was?*«, schrie sie nach draußen.

»*Kommt ihr nun zurück, oder was?*«, brüllte Tock von unten von der Straße.

»*Ja klar! Entschuldige! Meine Mutter ist gerade am Telefon!*«

Tock runzelte die Stirn. »*Warum zum Teufel ruft sie an?*«

»*Ich habe keine Ahnung! Aber sie ist stocksauer und so beschäftigt damit, mich anzuschreien, dass ich kein Wort von dem verstehe, was sie sagt.*«

»*Hey!*«, brüllte eine Bärin ihnen von ihrer Veranda aus zu. »*Werdet ihr zwei das ab jetzt andauernd machen, wenn du erst eingezogen bist? Herumbrüllen? Das hier ist nämlich eine ruhige Gegend!*«

»*Wir sind fast fertig!*«, brüllte Tock die Bärin an. Sie schaute zu Mads hoch und schrie: »*Finde heraus, weshalb deine Mutter herumschreit, und komm rüber, wenn du fertig bist! Ich sag Charlie, dass du in ein paar Minuten da bist! Okay?*«

»*Ja! Okay!*«

Tock drehte sich zu der wütenden Bärin um. »*Sehen Sie?*«, brüllte Tock. »*Jetzt sind wir fertig!*«

Mads wandte sich vom Fenster ab und sah Finn in der Tür stehen, von wo aus er sie anstarrte, während er noch immer das Handy hielt, aus dem das Geschrei ihrer Mutter kam.

»Was?«, fragte sie ihn. Jetzt brüllte sie nicht mehr, da sie wusste, dass er sie verstehen konnte.

»Die Bären in dieser Straße werden dich *hassen.*«

Mads nahm ihm das Handy wieder ab und begann hineinzubrüllen: »Ich verstehe kein Wort von dem, was du sagst, Mummy. Mummy? Ich verstehe dich nicht!«

»Mummy?«, fragte Finn.

»Sie hasst es, wenn ich sie so nenne. Oder Mom oder Mommy oder überhaupt irgendetwas Mutterbezogenes. Also nenne ich sie sehr unamerikanisch bei der total britischen Mutter-Bezeichnung. Als würde ich mit der Queen von England persönlich reden.«

»Du darfst sie nicht Mom nennen?«, hakte er nach und ignorierte jetzt das nicht abreißende Geschimpfe aus dem Telefon, denn diese schreckliche Frau, die er noch nicht kennengelernt hatte, brachte ihn echt auf die Palme. »Wie sollst du sie denn nennen? Miststück?«

Finn zuckte zusammen. Das Wort war ihm herausgerutscht, bevor er auch nur darüber nachdenken konnte, es sich zu verkneifen, aber das war fies gewesen, selbst für einen Tiger. Diese böse Frau war immer noch Mads' Mutter.

»Tut mir leid, ich hätte nicht …« Er brach ab, denn sie winkte lachend ab.

»Mummy, bitte«, sagte sie immer noch kichernd.

»Hör auf, mich so zu nennen!«, jaulte ihre Mutter. Aber die Ablenkung genügte Mads, um ein Wort dazwischenzubekommen.

»Ich weiß nicht, was du denkst, das ich getan habe, aber …«

»Du hast das Schwert gestohlen! Hast du wirklich gedacht, wir würden es nicht merken?«

Alle Ausgelassenheit wich aus Mads' Zügen und sie antwortete kühl: »Ich habe das Schwert nicht mitgenommen. Obwohl es von Rechts wegen mir gehört.«

»Von Bluts wegen gehört es mir! *Und wir werden es uns zurückholen!* Verstehst du, was ich dir sage, Mädchen?«

Mads ließ die Worte für einen Moment in der Luft hängen, bevor sie mit eisiger Ruhe antwortete: »Wenn du mich angreifst, Freja, verspreche ich dir, dass du es bereuen wirst.«

Ihre Mutter explodierte, und weiteres hysterisches Geschrei folgte, das vollkommen unverständlich war, und Mads schloss die Augen und stieß den Atem aus. Finn beugte sich vor, um ihr, wie sie dachte, das Telefon aus der Hand zu nehmen. Doch stattdessen beendete er den Anruf einfach. Als Mads überrascht die Augen öffnete, riss er die Hände hoch und sagte: »Hoppla. Meine großen, ungeschickten Pfoten.«

Sofort klingelte das Telefon wieder, aber Mads nahm den Anruf nicht entgegen. Sie tippte auf das Display ihres Handys, dann verkündete sie: »Blockiert. Ich habe meine eigene Mutter blockiert. Wie bedauerlich.«

»Und deine Großmutter?«

»Oh, die habe ich schon vor langer Zeit blockiert. Wann immer ich mir ein neues Telefon zulege, gehört das zu den ersten Maßnahmen.«

»Gut. Also, dieses Schwert …?«

»Das Familienschwert.«

»Aus uralten Wikingerzeiten? Gewaltsam der Hand eines toten Feindes deiner Vorfahren entrissen?«

»Nein. 1952 käuflich erworben auf einem Mittelaltermarkt in Norwegen. Aber es sieht sehr wikingerhaft aus, und Solveig hat ihnen zu ihrem großen Verdruss mitgeteilt, dass es an mich fallen würde, weil ich – im Gegensatz zu meiner Mutter und meiner Großmutter – eine wahre Wikingerin bin und nicht nur eine Gestaltwandlerin. Tatsächlich haben sie Solveig das verdammte Ding gestohlen und immer geschworen, ich würde es niemals von ihnen bekommen, und ich habe dann immer so was gesagt wie: ›Wenn ihr meint‹.«

»Also hast du es gar nicht gestohlen?«

»Ich würde niemals in die Höhle dieser Messies zurückkehren. Das Schwert befindet sich im Haupthaus, an der Wand, damit man es gut sehen kann, aber man muss über so viel Scheiße klettern, um dranzukommen …« Sie schauderte sichtlich. »Deshalb hat Solveig es sich nie selbst geholt. Und ich würde lieber zu einem anderen Mittelaltermarkt in Jersey gehen und mir eins kaufen oder in der Zeit zurückreisen und mit Eric dem Roten um sein gottverdammtes Schwert zu kämpfen, als dieses gottverdammte Haus noch ein einziges Mal zu betreten.«

»Wie halten sie es denn dort aus?«

»Überhaupt nicht. Sie haben sich einen Haufen Trailer gekauft und leben auf dem Grundstück. Mittlerweile benutzen sie das Haus lediglich als Lager.«

Finn dachte einen Moment nach. »Aber wenn du das Schwert

nicht gestohlen hast, wer würde in dieses Haus gehen und es stehlen?«

»Ich glaube, ich weiß es, und das wird meinen Mannschaftskameradinnen gar nicht gefallen.«

»In Ordnung, was zur Hölle hast du getan?«

Max, die vor der Küchenspüle stand, drehte sich um und stellte fest, dass die meisten ihrer Mannschaftskameradinnen sowie Charlie, Stevie und zwei von diesen idiotischen Katzen sie anstarrten.

»Was habe ich in Bezug worauf getan?« Max deutete auf die Malones. »Die Katzen sind noch am Leben, also muss ich brav gewesen sein.«

»Vergiss die Katzen und antworte mir«, beharrte Tock. »Was hast du getan?«

Max wusste, dass sie vorsichtig sein musste. Das konnte auch eine Fangfrage sein. Charlie hatte sie in jüngeren Jahren mit dieser Art von Fragen schon aller möglichen Dingen überführt.

»Gar nichts«, sagte Max instinktiv.

»Max MacKilligan, wage es nicht, mich anzulügen«, blaffte Tock. »Mads ist in diesem Moment am Telefon und lässt sich von ihrer Mutter anbrüllen. Warum brüllt sie sie an?«

»Warum hat dieses bösartige Miststück sie überhaupt angerufen?«, meldete Streep sich zu Wort.

Jetzt war Max gleichermaßen verwirrt wie besorgt. Sie wusste, wie grausam diese Familie mit Mads umgegangen war. Was Max betraf, so war sie gottverdammt selig gewesen, als sie den Kontakt zu Mads fast völlig abgebrochen hatten. Warum also tauchten sie jetzt wieder auf? »Ich habe keine Ahnung, warum Freja sie angerufen hat.« Als diese Antwort ihr nichts als böse Blicke und über der Brust verschränkte Arme eintrug, wusste sie nicht, was sie sagen sollte. »Ich schwöre es. Und sehen wir den Dingen ins Auge, ich hätte es inzwischen zugegeben, wenn ich etwas getan hätte. Unter diesem brutalen Ansturm von …« – sie sah sich um – »… was immer das hier ist.«

Die Hintertür wurde geöffnet, und Zé kam die wenigen Stufen herauf, die in die Küche führten. In seinem schwarzen Haar steckten Bambusblätter, was nur bedeuten konnte, dass er unter dem Baum gesessen hatte, auf dem Stevies Panda-Freund seinen morgendlichen Bambus aß und Zé seinen morgendlichen Kaffee trank.

Er blieb stehen, als er die Inquisitionsabordnung sah, und fragte Max: »Was hast du jetzt wieder angestellt?«

»Ist hier eigentlich niemand auf meiner Seite?«

»Natürlich bin ich auf deiner Seite. Ich …« Sie zog die Brauen hoch, während sie darauf wartete, dass Zé ihr vor allen Leuten sagte, dass er sie liebte. Etwas, wovon sie wusste, dass er sich nicht wohl damit fühlte, genauso wenig wie sie sich wohl damit fühlte, aber das war okay. Sie sagten es sich nachts, wenn sie allein waren. Das war es doch, was zählte.

»… toleriere dich ungemein«, beendete er seinen Satz schließlich, was ihr nur lautes Gelächter entlockte. »Aber wir wissen beide, wie sehr du es liebst, irgendwelchen Scheiß anzuzetteln.«

»Nicht mit Mads' Familie! Mit denen zettele ich keinen Scheiß an. Wir alle wissen, was sie mit ihr machen würden.«

»Was würden sie denn mit Mads machen?«, fragte Shay unschuldig.

Tock schüttelte den Kopf. »Nichts Gutes.«

Die Haustür ging auf, und bevor Mads auch nur die Küche betrat, brüllte Max bereits: »Ich war es nicht! Ich war es nicht! Ich war es nicht!«

Mads stand in der Küchentür und musterte sie. Der andere große idiotische Tiger stand direkt hinter ihr.

»Wovon redest du?«, fragte Mads.

»Alle sagen, ich sei der Grund, warum deine Mutter dich angerufen hat.«

»Ich weiß, dass keine von euch meine Mutter jemals absichtlich kontaktieren würde. Nicht nach dem Tova-Zwischenfall.«

»Ah. Der Tova-Zwischenfall«, wiederholte Tock mit einem entrückten Ausdruck auf dem Gesicht.

»Ich denke, das war das letzte Mal, dass eine von uns *direkten* Kontakt zu den Frauen deiner Familie hatte.«

»Was hat es mit dem Tova-Zwischenfall auf sich?«, fragte Zé.

Max kicherte.

»Tova ist Mads' Großmutter«, antwortete Streep, bevor Mads auch nur ein Wort sagen konnte, »und sie wollte nicht, dass Mads nach dem Basketballtraining mit uns rumhing. Also hielt sie es für eine gute Idee, sich uns einzeln vorzuknöpfen und uns zu drohen, dass wir es büßen würden, wenn sie uns in Mads' Nähe erwischte. Aber sie war wirklich Furcht einflößend. Wie die Mafia. Als würde sie uns die Beine brechen oder so. Und da wir erst in der siebten Klasse waren, haben wir das sehr ernst genommen.«

»Warum hat sie das getan?«

»Sie wollte nicht, dass ich einen Rückhalt hatte«, erklärte Mads, während sie ein Orangensaft-Tetra-Pak aus dem Kühlschrank nahm. »Einen Ort, an den ich gehen konnte, wenn es zu Hause schwierig wurde. Und zu Hause war es immer schwierig.«

»Das wussten wir damals gar nicht«, fuhr Streep fort. »Wir hatten einfach angefangen, zusammen rumzuhängen. Aber kleine Honigdachse zu bedrohen …? Riesenfehler.«

»Definitiv ein Fehler«, bestätigte Nelle mit einem leisen Lachen.

»Meinen Eltern hat es *gar nicht* gefallen, dass irgendeine dahergelaufene Hyäne auf dem Schulgelände mit ihrem entzückenden Baby spricht«, fuhr Streep fort, »was sie ihr auch unmissverständlich klargemacht haben. Und dann hat meine Mutter aus irgendeinem unbekannten Grund Tovas Handtasche zerfetzt.«

»Das musste sie tun«, warf Mads ein, ließ sich auf einen freien Stuhl am Küchentisch fallen und öffnete den Orangensaft. Sie nahm einen großen Schluck direkt aus dem Karton, bevor sie hinzufügte: »Sie hat diese Handtasche geliebt. Es war eine Chanel-Tasche. Zwar gestohlen. Aber Chanel.«

»Alle im Schnellrestaurant, einem Denny's, waren schockiert.«

»Mein Vater war entsetzt, als er hörte, dass sie die Frechheit besessen hatte, das Wort an mich zu richten, während ich darauf wartete, dass der Wagen meiner Familie mich abholt«, berichtete Nelle. »Also hat er ein paar von seinen Bodyguards den Schuppen abbrennen lassen, in dem Tova einige ihrer geliebten Rennwagen stehen hatte.«

»Oh ja.« Mads grinste. »Das hat sie richtig sauer gemacht.«

»Sie hat versucht, mich einzuschüchtern«, sagte Tock. »Meine Eltern wollten sich darum kümmern, aber die Sache hat sich bis zu meinen Großeltern rumgesprochen, bevor meine Eltern etwas unternehmen konnten. Sie waren damals in Weißrussland beschäftigt, wenn ich mich richtig erinnere. Also haben sie ein paar von ihren Freunden, die irgendein wichtiges Meeting in DC hatten, gebeten, kurz eine Pause zu machen und die Sache für sie zu regeln. Ihr habt sie kennengelernt. Moshe, Rachel, Ben.«

Mads spuckte etwas von ihrem Saft aus.

Während sie sich das Kinn abwischte, fragte sie: »Die Löwen-Drillinge?«

»Ja. Und ihr wisst ja, wie sehr Löwen Hyänen *lieben.* Soweit ich es verstanden habe, war es jedoch ein sehr nettes, höfliches Gespräch darüber, dass es in Tovas eigenem Interesse liege, nie wieder mit mir zu sprechen, weil sie sonst ihr komplettes Gesicht verlieren würde.«

Alle im Raum kicherten leise, bevor sie ihre Aufmerksamkeit auf Max richteten, aber diese zuckte lediglich die Achseln. »Was?«

»Was also ist passiert, als sie mit dir gesprochen hat?«, fragte Tock.

»Sie hat nie mit mir gesprochen. Nicht über Mads. Sie hat mir ein paarmal schreckliche Dinge aus dem fahrenden Auto zugebrüllt, aber das war so ziemlich alles. So ging das, bis … ihr wisst schon … bis ich den Bundesstaat verließ. Davon abgesehen …« Max hob wieder die Achseln. »Meine Großmutter hat überhaupt nicht direkt mit dir gesprochen?«, drang Mads in sie.

»Nein. Ich habe nie wieder von ihr gehört.« Max dachte einen Moment lang nach, dann drehte sie sich zu ihrer Schwester um, die gerade frischen Teig für Muffins anrührte, für die wachsende

Gruppe von Bären im Homeoffice, die ihren Garten bevölkerten. Einige von ihnen hatten sogar ihre Laptops und Kopfhörer mitgebracht, damit sie während des Wartens an Meetings teilnehmen und arbeiten konnten.

»Was?«, fragte ihre Schwester und sah von ihrer Edelstahlschüssel hoch.

»Hat Mads' Großmutter etwas zu *dir* gesagt? Damals?«

»Wann?«

»Als ich mit der Junior High angefangen habe. Angefangen habe, mit Mads rumzuhängen. Hat sie dich auf der Straße oder in der Schule angesprochen oder etwas in der Art?«

»Nein, tatsächlich ist sie einfach im Rudelhaus aufgetaucht. Als gerade niemand von den Erwachsenen da war. Genau genommen war überhaupt keiner da … außer mir.«

Schockiert, weil Charlie nie ein Wort darüber verloren hatte, trat Max einen Schritt auf ihre Schwester zu. »O mein Gott! Was ist passiert?«

»Ich … ähm … habe sie lebendig begraben.«

Max und Mads hielten sich schnell den Mund zu. Max, um das Lachen zurückzuhalten und Mads wahrscheinlich, um nicht noch mehr Saft auszuspucken. Der Rest von Max' Mannschaftskameraden rückten so weit von Charlie weg, wie das in der kleinen Küche möglich war. Die Malones wirkten einfach nur entsetzt, was Max ausgesprochen gut gefiel. Diese undankbaren Bastarde.

Stevie dagegen nahm sich lediglich einen Apfel aus der Schale auf der Theke und biss kräftig hinein; das Geräusch genügte, dass sie alle anfunkelten. Sie hielt mitten im Kauen inne, um ein »Tschuldigung« zu quieken.

Max konzentrierte sich wieder auf Charlie. »Aaalso, was ist passiert?«

»Ich habe sie lebendig begraben. Na ja, zuerst habe ich ihr eine verpasst. Dann mit einer Schaufel eine übergezogen. Dann habe ich sie zurück ins Hyänen-Territorium geschleppt. *Dann* habe ich sie lebendig begraben.«

»Dann hast du … warum?«

»Ich wollte sie nicht auf dem Territorium des Rudels begraben. Was denkst du denn, Max.«

»Ich meine nicht, warum du sie begraben hast.« Max sprach jetzt durch zusammengebissene Zähne. »Ich meine, warum hast du irgendetwas von alledem getan?«

»Oh! Sie suchte offensichtlich Streit. Und ich war irgendwie in der Stimmung, ihr einen zu liefern, weil Dad mich an dem Morgen bereits furchtbar geärgert hatte. Doch was mich wirklich wütend gemacht hat, war die Tatsache, dass sie mich am Arm gepackt hat, als ich weggehen wollte. Ich denke, sie hatte vor, mich bei der Suche nach dir durchs Haus zu zerren. Aber du warst nicht da. Als ich versucht habe, ihr das zu erklären, hat sie mir ihre Krallen in den Arm gebohrt, was mir gar nicht gefallen hat. Es hat wehgetan und ich war ohnehin schon schlechter Laune. Also habe ich sie geschlagen. Jetzt, da ich darüber nachdenke …« – sie schaute für einen Moment ins Leere – »… ja, ich habe sie einige Male geschlagen, weil sie mich nach dem ersten Schlag nicht losgelassen hat. Ich war immer noch dabei, meine eigene Stärke kennenzulernen, und sie hat meine Kraft unterschätzt. Aber beim dritten Mal lag sie mit gebrochenem Kiefer und einer zerschmetterten Augenhöhle, glaube ich, auf dem Boden. Natürlich hat mir zu dem Zeitpunkt meine Hand wehgetan.«

»Das hasse ich immer«, sagte Max, und ihre Schwester nickte. »Die Sache war die, als ich meine schmerzende Hand geschüttelt habe und sie etwas vor sich hin gemurmelt hat, das stark nach sehr rassistischen Beschimpfungen klang und sowohl mir als auch Max galt, bin ich zu der Erkenntnis gelangt, dass wir auf uns allein gestellt sind. Du, ich, Stevie. Mein Großvater hatte so viel um die Ohren und ich wollte sein Rudel da nicht mit hineinziehen. Wir wurden dort ohnehin schon nur gerade so toleriert. Du hattest just mit der Junior High begonnen. Stevie bereitete sich auf ihre Aufnahmeprüfung fürs College vor und hatte Fehler in den Übungsheften und Trainingsleitfäden gefunden, sodass sie ohnehin schon am Ausflippen war. Und die Hyänen wohnten direkt neben uns. Ich wusste ja nicht viel über Hyänen. Nur, dass sie auf eine sehr seltsame Weise laufen. Ich konnte sie nachts lachen hören. Sie hatten entweder Streifen oder Flecken, und bei ihnen herrschte das Matriarchat. Und sie war ein altes Weibchen. Ich nahm an, dass sie mehr oder minder das Sagen hatte, wenn ich also ihr gegenüber meinen Standpunkt klarmachen würde, würde ich meinen Standpunkt klarmachen.«

»Soll heißen?«

»Dass wenn wir nicht anfangen würden, die Leute wissen zu lassen, dass sie uns nicht verarschen können, uns wahrscheinlich ewig verarschen würden. Also habe ich beschlossen, bei ihr anzufangen. Und die eine Sache, die meine Mom mir immer eingeschärft hat: Niemand will sich mit Verrückten anlegen. Nicht einmal Gestaltwandler. Also habe ich mir die Schaufel geschnappt, weil Lucy, eine von den Ältesten in unserem Rudel, immer ziemlich viel im Garten gearbeitet hat. Und habe der Hyäne damit ein paarmal eine übergezogen.«

»Ein paarmal?«, wiederholte Tock.

»Nun, sie wollte einfach nicht liegen bleiben.«

»Verstehe.«

»Und dann habe ich sie ins Hyänen-Territorium zurückgeschleppt, ein Loch gegraben, sie hineingeworfen und wieder Erde draufgeschaufelt, bevor ich zurück ins Haus gegangen bin und mir Waffeln mit Speck gemacht habe, weil ich noch kein Frühstück gehabt hatte. Danach habe ich nie wieder etwas von ihr gehört, und Max hat auch nie ein Wort über sie verloren, also …«

Charlie zuckte unbekümmert die Achseln und füllte mit einem extra großen Eiskugel-Portionierer vorsichtig Teig in die Muffin-Förmchen.

»Aber ich wusste, dass Tova noch lebt«, fügte Charlie plötzlich zur Verblüffung aller im Raum Anwesenden hinzu. »Weil ich sie immer mal wieder in der Stadt herumlaufen gesehen habe.«

»Das muss tröstlich für dich gewesen sein«, bemerkte einer der Malones mit einer gehörigen Portion Sarkasmus, der an Charlie vollkommen verschwendet war.

»Es lag daran, dass ich mir Sorgen gemacht habe, ich hätte das vielleicht falsch eingeschätzt. Ich war erst vierzehn oder fünfzehn, als es passiert ist. Ich hatte die Pubertät hinter mir, musste aber erst noch herausfinden, wie viel Kraft ich besaß. Ich habe wirklich versucht, ihr nicht den Schädel einzuschlagen. Oder ihr den Kopf ganz abzureißen. Das wäre kontraproduktiv gewesen. Es ist nicht so, dass ich mir seinerzeit sicher gewesen wäre, ob eine alte Hyäne so eine Kopfverletzung überlebt *und* sich aus ihrem eigenen Grab buddeln kann. Aber ich war ziemlich zuversichtlich.«

Charlie schob die Schüssel beiseite, öffnete den Ofen und stellte vorsichtig die Bleche mit den Muffins hinein. Nachdem sie die Ofentür geschlossen hatte, wandte sie sich wieder den Anwesenden zu.

»Ich war auch überrascht, Mads, als Tova – oder war es deine Mutter? – neulich die Hyänen-Männchen hergeschickt hat, um dich zu dem Raubüberfall mitzuschleppen, mit dem du nichts zu tun haben wolltest. Weißt du noch?«

Mads nickte. »Ich erinnere mich, ja.«

»Ich dachte, sie wüsste einfach nicht, dass ich auch hier bin. Denn warum hätte sie mich sonst herausgefordert? Mit dem Älterwerden bin ich nur gemeiner und zorniger geworden und noch eher bereit, sie bei lebendigem Leib an einer Stelle auf solche Art und Weise zu begraben, dass sie sich *nicht* selbst befreien kann. Ich nehme an, dass ich meine Botschaft klar und deutlich übermittelt habe, als ich den Männchen ihres Clans in die Beine und die Knie geschossen habe. Denkst du nicht?«

Mads griff mit großen Augen nach dem Tetra Pak mit dem Saft und nickte einfach nur.

»Ja genau. Das denke ich auch. Aber hey, wenn ich sie mir noch einmal für dich vorknöpfen soll, sag einfach Bescheid. Ich helfe dir gern.«

Max sah ihre Mannschaftskameradinnen an, grinste und sagte: »Hört ihr das, Leute? Sagt meiner Schwester einfach Bescheid! Sie würde eure Feinde mit Freuden lebendig begraben. Au, Charlie! Das war doch nur ein Scherz!«

Es erinnerte an eine durchgehende Herde Rinder, als alle aus der Küche stürmten. Mads hätte nicht unbedingt gesagt, dass sie versuchten, von Charlie wegzukommen. Aber auch nicht, dass einer von ihnen versuchte, weiter in ihrer Nähe zu bleiben. Nicht nach dem Streit mit den Yuns in der vergangenen Nacht und nachdem sie jetzt gehört hatten, wie die vierzehnjährige Charlie mit Tova Galendotter umgesprungen war. Mads' Mannschaftskameradinnen hatten den Erwachsenen in ihrem Leben lediglich deshalb erlaubt, die Sache mit Tova zu regeln, weil sie zu jung und zu verängstigt gewesen waren, um der erwachsenen Hyäne die Stirn zu bieten. Aber Charlie hatte keine Wahl gehabt, daher hatte sie getan, woran keine von ihnen damals auch nur gedacht hätte. Sie hatte Tova direkt herausgefordert, war aber klug und schnell genug gewesen, um Tova keine Zeit zum Nachdenken zu lassen. Keine Zeit, Strategien und Pläne zu entwerfen. Als das alte Miststück sich aus ihrem Grab befreit hatte, hatte sie Charlie MacKilligan wahrscheinlich nie wiedersehen, geschweige denn ihr in der Öffentlichkeit direkt gegenübertreten wollen. Riskieren, ein weiteres Mal zu verlieren, vielleicht vor ihrem gesamten Clan? Vor Schwestern und Nichten, die ihr mit Freuden die Herrschaft entreißen würden? Nein. Sie hatte nicht die Absicht, das zu tun.

Am Ende ging Charlies Plan auf. Sie hielt Tova von Max und dem Rudel ihres Großvaters fern, während sie unwissentlich dafür sorgte, dass Mads immer einen Ort hatte, an den sie flüchten konnte. Sei es zu Tock für den das jüdische Pessach-Fest einläutenden Sederabend bei den Meyerson-Jacksons, zu Streeps Sommer-Familiengrillfesten, zu Nelle für das chinesische Neujahrsfest oder zu Max für alle amerikanischen Feiertage, weil, Max zufolge, »das die einzigen Feiertage sind, die wir kennen.« Ihre Mannschaftskameradinnen waren außerdem jedes Mal zur Stelle, wenn Mads ein Bett oder eine warme Mahlzeit brauchte. Sie waren ihre Zuflucht. Ihr Sicherheitsnetz. Etwas, das ihre Großmutter in den Wahnsinn trieb, und der Grund, warum Mads ihnen gegenüber bis auf den heutigen Tag die Treue hielt.

»Lasst uns abhauen«, schlug Streep vor, als sie im Esszimmer waren.

»Wohin?«, fragte Tock.

»Und warum?«, warf Nelle ein. »Wenn Charlie uns umbringen wollte, hätte sie das schon vor langer Zeit getan. Wir sollten zu Mads in ihr neues Haus gehen.« Nelle lächelte Mads an. »Ich bin mir sicher, es gibt dort jede Menge fabelhafter Sitzmöbel, was wir ausnutzen sollten.«

Mads machte einen Satz nach vorn, aber jemand packte sie an der Rückseite ihres T-Shirts und zerrte sie weg. Sie nahm an, dass es Max war, aber dann landete sie neben Finn.

»Das klingt nach einer Superidee, Nelle«, sagte Streep und grinste.

Nicht bereit, das auf sich beruhen zu lassen, erklärte Mads ihrer Mannschaftskameradin: »Nur ein Freak kauft Klamotten für jemand anderen und …«

Finn hielt ihr den Mund zu, und wie sehr sie sich auch wehrte, er nahm die Hand nicht weg.

»Was ist mit den Muffins?«, fragte Shay, dessen Gesichtsschwellung glücklicherweise zurückgegangen war. Die Stelle war jedoch immer noch knallrot, aber Max war sich sicher, dass auch das in ein paar Stunden verschwinden würde.

»Hattest du nicht schon genug Muffins?«, fragte Keane.

»Ich hatte *überhaupt keinen* Muffin. Du und Finn, ihr habt sie alle aufgegessen. Das Einzige, was ich hatte, waren Skorpione und eine Nahtod-Erfahrung.«

»So schlimm war die Schwellung nun auch wieder nicht«, stellte Tock klar. »Wir haben nur gesagt, dass ein Kehlkopfschnitt nötig sein *könnte*. *Könnte*. Und das hat sich ja am Ende als total unnötig rausgestellt.«

»Vergiss es!«, blaffte Max in die Küche, bevor sie wegging. »Ich arbeite nicht mit diesen Kretins zusammen!« Sie hielt inne, als sie die Gruppe im Esszimmer stehen sah, und sagte direkt an Keane gewandt: »Und ja, ich rede von *dir*.«

Jetzt kam auch Stevie aus der Küche. Sie ging zur Treppe, blieb aber lange genug stehen, um zu Max zu sagen: »Ist Charlie nicht umwerfend? Sie wird so eine wunderbare Tante abgeben, wenn ich erst mein perfektes Panda-Dachs-Tigerbaby zur Welt gebracht habe.« Zur Betonung ihrer Worte tätschelte Stevie sanft ihren Bauch, bevor sie die Treppe hoch in den ersten Stock nahm.

Mads riss sich von Finn los und warf sich im selben Moment auf Max wie Tock, und die beiden stießen ihre Mannschaftskameradin gegen die Wand, um sie daran zu hindern, ihrer kleiner Schwester nachzusetzen. Mit großer Anstrengung hielten sie sie dort fest, bis sie sich beruhigte und ihnen befahl: »Nehmt eure verdammten Hände weg!«

Shay deutete auf Zé und fragte: »Kenn ich dich nicht irgendwoher?«

»Einer von euch dreien«, sagte er und zeigte auf die Malone-Brüder, »hat mich durch die Scheibe des Wohnzimmerfensters geworfen.«

»Das weiß ich noch. Aber ich meine eine andere Gelegenheit. Sind wir uns nicht vor einigen Jahren schon mal begegnet? Es kommt mir so vor, als hätte ich dich ...« Er schnippte mit den Fingern. »Ich habe dich gesackt!«

»Das klingt seltsam sexuell«, warf Streep ein.

»Highschool-Football. Du warst der Runningback. Ich habe dich damals verdreht wie eine Brezel.«

»Ja, ich erinnere mich. Deinetwegen musste ich ins Krankenhaus«, beschuldigte Zé ihn.

Shay trat einen Schritt zurück. »Wie kann das sein?«

»Ich wusste nicht, dass ich Gestaltwandler bin.«

»Echt?«

»Echt. Ich habe es erst erfahren, als ...« – er sah über seine Schulter hinweg zu Max – »... seit wann kennen wir uns schon?«

»Keine Ahnung. Ein paar Tage? Seit zehntausend Jahren? Irgendwas dazwischen.«

»Ja genau. Und du hast mich ins Krankenhaus befördert. Der Chirurg hat mir gesagt, dass ich wahrscheinlich nie wieder würde laufen können. Ganz kurz habe ich meinen Großvater gehasst, weil er nicht so besorgt um seinen einzigen Enkel schien, wie er das meiner Meinung nach hätte sein sollen. Dann habe ich ein wundersames Comeback hingelegt und war damit in dem Schuljahr das Gesprächsthema Nummer eins. Es gab sogar einen Beitrag in der *New York Post* über mich. Aber hey. Danke, dass du versucht hat, mich fertigzumachen.«

»War mir ein Vergnügen.«

»Spielst du immer noch?«, fragte Keane.

»Football? Seit der Highschool nicht mehr.«

»Du hast auf dem College nicht gespielt?«

»Ich bin stattdessen zu den Marines gegangen.«

»Warum?«

Zé runzelte die Stirn, als hätte er die Frage noch nie gehört. »Um für mein Land zu kämpfen.«

»Warum?«

»Auf diese Frage habe ich wirklich keine Antwort.«

»Auf welcher Position hast du noch mal gespielt? Quarterback?«

»Runningback.«

»Du solltest heute Abend zum Training ins Sportzentrum kommen. Zum Probespielen mit unserer Profi-Mannschaft.«

»Als Runningback? Bin ich nicht etwas zu …?«

»Klein?«

»*Nein.* Zu alt. Nicht dass das besser wäre. Aber spiel ich da nicht gegen Männer in den Zwanzigern?«

»Die meisten sind kaum raus aus den Kinderschuhen. Du würdest Erfahrung, Kraft und allgemeine Katzenbiestigkeit zu deinen Gunsten haben. Du solltest mal vorbeikommen. Dabei fällt mir ein …«

Der älteste Malone-Bruder zog sein Handy aus der Tasche und drückte mit seinen großen Daumen darauf herum. Als er wenig später fertig war, hörte Max ihre Schwester aus der Küche rufen: »Du willst, dass ich heute Abend zum Football-Training komme?«

»Ja.«

»Ähm … okay.«

Verärgert rief Max: »Charlie, kommst du heute Abend zu meinem Spiel? Es sind die Play-offs.«

»Was? Zu denen soll ich jetzt auch noch gehen?«

»Zu den Spielen meines Kindes wird Charlie kommen, Max«, brüllte Stevie aus dem ersten Stock, »denn sie wird so eine tolle Tante sein!«

Max hatte die Treppe bereits zur Hälfte überwunden, als Mads und Tock sie an den Knöcheln packten und in Richtung Haustür zerrten, während sie den ganzen Weg über schrie: *»Wir sind noch nicht fertig mit dieser Diskussion! Ich werde dich höchstpersönlich zu den deutschen Ärzten in der Schweiz zurückbringen!«*

»Warum kannst du nicht nett zu deiner Schwester sein?«, fragte Mads ungeachtet der Tatsache, dass Max' Kinn auf jeder einzelnen Verandastufe aufschlug.

»Sie ist immer so lieb«, beharrte Tock. »Und du bist einfach richtig *gemein!*«

»Au!«, jammerte Max, als sie mit ihr gegen die Stoßstange irgendeines SUV knallten.

»Entschuldigung«, sagten die beiden zur gleichen Zeit, während sie sie den ganzen Weg zu Mads' neuem Haus zerrten.

Diese bösartigen Miststücke.

13

»Du kannst deiner Schwester nicht vorschreiben, was sie mit ihrer Gebärmutter machen soll.«

Finn vergrub das Gesicht in den Händen. »Müssen wir jetzt darüber reden?«

»Kann ich wohl, wenn das, was aus ihrer Gebärmutter kommt, ein Dämon sein wird«, entgegnete Max.

Offensichtlich mussten sie tatsächlich jetzt darüber reden.

»Ein Dämon?«, wiederholte Shay.

»Ja. Ein mächtiges Wesen, das darauf aus ist, die Welt zu zerstören, und das nur *ich* aufhalten kann.«

»Oder dich mit ihm verbünden«, schlug Mads vor.

»Dieses Risiko besteht immer.«

»Es gibt keinen Beweis dafür, dass es ein Dämon sein wird«, wandte Tock ein. »Es könnte einfach nur ein Monster sein. Etwas Abscheuliches und Widerwärtiges, das aus ihr herausglitscht wie …«

»Das reicht!«, brüllte Keane. »Ich bin nicht hier, um über die Gebärmutter deiner Schwester zu sprechen. Ich bin hier, um herauszufinden, ob du uns helfen wirst oder nicht.«

»Niemals!«, brüllte Max zurück. »Ich werde dir niemals helfen!«

Mads, die sich mit dem Ellbogen auf den Esszimmertisch stützte und das Kinn auf die Hand gebettet hatte, hob mit ihrer anderen ihr Telefon in die Höhe. Sie hatte bereits eine Nummer gewählt und es kam ein einziges Wort aus dem Lautsprecher des Handys.

»*Max!*«, erklang die Stimme ihrer ältesten Schwester, bevor sie einen Befehl blaffte. »Du wirst es tun!«

Weil die Vorhänge des großen Erkerfensters zurückgezogen waren, hatten alle einen ungehinderten Blick auf das von den MacKilligans gemietete Haus auf der anderen Straßenseite. Es war jetzt umringt von Bären. Alle warteten auf ihre Morgen-Muffins. Für die meisten Leute wäre dieser Anblick etwas aus einem Albtraum gewesen. Für diejenigen, die einem Bären in der Wildnis tatsächlich schon mal begegnet waren und überlebt hatten, war es eine Horrorgeschichte, wie sie auf posttraumatische Belastungsstörungen spezialisierte Therapeuten zu hören bekamen.

Doch für die beiden ältesten MacKilligan-Schwestern war ein von Bären umzingeltes Haus nicht annähernd so besorgniserregend wie die Notwendigkeit, sich mit dem, was sie als »Familie« betrachteten, zu beschäftigen.

»Aber ich will nicht!«, blaffte Max zurück.

»Das ist mir egal!«

»Na gut!«

Charlie beendete den Anruf und Mads warf das Telefon auf den Tisch. Finn bemerkte, dass ihr Handy in einer festen schwarzen Plastikhülle steckte, die es vor Stürzen und anderen Widrigkeiten schütze. Keine niedliche Hülle, wie die von Nelle und Streep. Nelles Hülle war voller Glitzersteinchen, und er fragte sich unwillkürlich, ob es sich dabei um echte Diamanten handelte. Und Streeps Hülle war sehr rosa mit Hello-Kitty-Logo darauf, was ihn auf den Gedanken brachte, dass sie sie einer jüngeren Cousine gestohlen haben könnte.

Aber Mads und Tock hatten Hüllen, die es ihnen erlaubten, ihre Telefone aus großer Höhe fallen zu lassen, was durchaus Sinn machte, da Mads aus großer Höhe direkt auf Keanes SUV geworfen worden war, und Tock aus großer Höhe in einen Verbrennungsofen.

»Einfach so?«, fragte Keane Max sehr argwöhnisch.

»Einfach *wie?*«

»Du wirst uns helfen?«

»Es sei denn, ich will, dass man mir bis zu meinem Tod pausenlos damit in den Ohren liegt. Dann helfe ich euch lieber.« Sie ließ sich auf einen der Stühle fallen und legte die Füße auf den Hocker. »Also, was willst du, Garfield? Soll ich etwas stehlen? Jemanden umbringen?«

»Nein! Warum fragst du mich so etwas überhaupt?«

»Keine Ahnung. Vielleicht weil du aussiehst wie der mordende Typ.«

»Informationen«, schaltete Finn sich rasch ein. »Man hat uns gesagt, dass du sie beschaffen kannst.«

Sie zuckte die Achseln. »Vielleicht.«

Keane stieß ein Knurren aus.

»*Vielleicht*«, beharrte sie. »Ich kann nur danach fragen. Und ich kann nur die Yangs danach fragen. Die Leute meiner Mutter. Die MacKilligans werden mir nicht helfen. Mein Vater hat jede Menge Brücken hinter sich verbrannt, und der Makel erstreckt sich auch auf uns als seine Kinder. Aber einer von euch Malones wird mich begleiten müssen.«

Sowohl Finn als auch Shay zeigten auf Keane, bevor er Einwände erheben konnte.

»Warum ich?«

»Du repräsentierst die Familie«, erklärte Finn mit getragener Stimme.

»Und wir wollen nicht gehen«, fügte Shay törichterweise hinzu.

Max kratzte sich am Arm und fragte: »Was wollt ihr überhaupt wissen? Wer neulich Nacht versucht hat, euch zu töten?«

»Nein«, antwortete Finn. »Wir wollen wissen, wer unseren Vater getötet hat. Wenn du das herausfindest, findest du wahrscheinlich auch heraus, wer versucht hat, uns zu töten.«

»Soll ich die Person, die euren Vater getötet hat, umbringen? Denn das ist eine Aufgabe, die ich tatsächlich mit Freuden übernehmen würde.«

»Nein«, sagte Keane. »Das ist unsere Aufgabe. Aber danke für das Angebot.«

»Wann kannst du anfangen?«, fragte Shay.

»Heute Abend starten die Play-offs und in zwei Stunden haben wir Training«, rief Mads Max ins Gedächtnis.

»Dann fangen wir morgen an.« Max stand auf. »Mads bringt mich um, wenn ich heute Abend nicht zu den Play-offs auftauche.«

»Tatsächlich werde ich dich umbringen, wenn wir wegen der Ereignisse von gestern Nacht heute Abend beschissen spielen«, drohte Mads und ignorierte das Klingeln an der Haustür. *»Es geht um die Meisterschaft!«*

»Warum gibst du mir die Schuld an dem, was gestern Nacht passiert ist?«, fragte Max.

Während ihre Mannschaftskameradinnen sie anstarrten, ging Shay die Haustür öffnen, da sich sonst niemand darum kümmerte.

»Hat irgendjemand nach einem Löwen geschickt?«, rief er.

»Ich!«, schrie Streep plötzlich und rappelte sich vom Sofa hoch. »Ich!«

Sie verschwand um die Ecke und kehrte einige Sekunden später mit einer großen Katze zurück, in der Mads einen der Shaw-Brüder erkannte. Den nervigen.

Er hielt mindestens sechs Kaufhaustüten in die Höhe und verkündete: »Ladys! Ich bin hier, um euch zu retten!«

»Uns zu retten?«, wiederholte Tock. »Wovor?«

»Vor Haarschäden.«

»Du erwartest doch wohl nicht, dass wir heute Abend mit solchen Haaren auf den Platz gehen, oder?«, fragte Streep und wühlte in den Tüten, die der Löwe immer noch in der Hand hielt.

»Du hättest auch einfach zum Friseur gehen können«, schlug Nelle vor.

»Was weiß ein Friseur, das jemand mit so einer schönen Mähne wie ich nicht weiß?«, fragte die Katze.

Keane, der gute ein oder zwei Handlängen größer war als der Löwe, trat hinter ihn. Er beugte sich vor und schnupperte, bis der

Löwe langsam den Kopf drehte, um einem anderen Spitzenpredator in die Augen zu sehen. Es dauerte ganze zehn Sekunden, bevor sie sich verwandelten und direkt in Mads' neuem Wohnzimmer übereinander herfielen.

Streep sprang zwischen die beiden Männchen und schrie ihren Mannschaftskameradinnen zu: *»Rettet die Haarpflegeprodukte! Um Gotteswillen, rettet die Haarpflegeprodukte!«*

Mads berührte Finn am Arm. »Willst du den Garten sehen?«

»Klar. Ist er hübsch?«

Sie erhoben sich vom Esstisch. »Keine Ahnung. Ich habe vergessen, ihn mir anzuschauen, als ich das Haus gekauft habe.«

Als sie durch die Küche gingen, hörte Finn Streep brüllen: »Schnappt euch das Haarserum. Wir brauchen das Haarserum!«

»Sie nimmt die Pflege ihrer Haare sehr ernst, was?«, fragte er Mads.

»Ohne tolles Haar kann man keine bedeutenden Schauspielpreise gewinnen. Es sei denn natürlich, du bist ein Mann.«

»Kann man das irgendwo nachlesen?«, neckte er sie.

Sie gingen durch das Wäschezimmer und Mads öffnete die Hintertür zu einem Garten von anständiger Größe. »Schätzchen, das kann man überall nachlesen.«

»Also, was denkst du?«, fragte Mads und schaute sich in dem Garten um, der jetzt ihr gehörte.

»Sehr schön. Hat eine gute Größe.«

»Findest du?« Sie sah sich noch einmal um. »Unser Territorium in Wisconsin war einige Hektar groß, aber der Clan ging ja nachts auch auf die Jagd. Das muss ich eigentlich nicht.« Sie schaute über den Zaun auf das Grundstück ihres direkten Nachbarn. »Obwohl … wenn ich mir die entzückende Bienenstocksituation da drüben anschaue …« Sie kniff ein wenig die Augen zusammen. »Ich glaube, das sind afrikanische Killerbienen. Lecker. Die machen den besten Honig. Er schmeckt nach *wütendem* Honig.«

»Du kannst deinem Nachbarn nicht seinen Honig stehlen.«

»Das wäre falsch, nicht wahr?«

»Genau, und ich bin mir ziemlich sicher, dass Max es bereits tut. Ich habe gehört, wie die Bären vor dem Haus sich beschwert haben. Ich glaube, sie hat sie letzte Nacht überfallen, nachdem der Rest von uns eingeschlafen war. Wann schläft sie eigentlich?«

»Wir haben schon vor langer Zeit aufgehört, uns das zu fragen. Denn ich bin mir echt nicht sicher, ob sie überhaupt jemals schläft.« Mads deutete mit beiden Händen auf ihren Garten. »Muss ich irgendetwas mit all dem hier tun?«

»Wie meinst du das?«

»Ist der Garten in Ordnung, so wie er ist? Oder muss ich noch mehr tun?«

»Du solltest ihn pflegen. Vielleicht einen Gärtner einstellen.«

»Einen Gärtner. Okay. Noch was?«

»Für den Garten?«

»Genau. Oder für das Haus.«

Sie wartete darauf, dass er sie verspottete oder ihr sagte, wie erbärmlich sie sei, aber nachdem er rasch den Blick abgewandt hatte, schlug er vor: »Wie wär's, wenn ich dir für das Haus eine Liste machen würde, mit Dingen, um die du dich kümmern musst?«

»Eine Liste? Es gibt eine *Liste* von Dingen, über die ich mir Gedanken machen muss?«

»Ja. Steuern zum Beispiel.«

»Ich bezahle meine Steuern.«

»Klar. Aber ab jetzt wirst du auch Grundsteuer zahlen müssen.«

»Oh.«

»Und du musst etwas für die generelle Instandhaltung tun.«

»Warum? Es sieht doch alles gut aus.«

Finn drehte sich dem Haus zu und hob den Kopf. Er ließ ein sehr tiefes Knurren hören. So tief, dass Mads es in ihrer Wirbelsäule und in ihren Zehen spüren konnte. Sie wusste nicht, ob sie ihn warnend anfauchen oder sich wie ein Klammeraffe an seinen Hals hängen sollte.

Nachdem er etwas zwanzig Sekunden lang geknurrt hatte, rutschte ein Ziegel vom Dach und fiel vor ihren Füßen auf den

Boden. Einen Moment lang betrachteten sie den Ziegel und dann sagte Finn: »Das darf eigentlich nicht passieren. Du wirst wahrscheinlich einige Reparaturen am Dach vornehmen müssen. Oh, hier.« Er holte sein Handy hervor und binnen weniger Sekunden hatte er ihr eine Datei gemailt. Als Mads sie öffnete, fand sie eine Tabelle vor, in der die potenziellen Kosten für ein Gebäude der Größe von Finns Haus aufgeführt waren.

»Bring die Zahlen einfach mit der Größe des Hauses und des Grundstücks auf den neuesten Stand, und du solltest automatisch ein Update bekommen, was die Kosten angeht. Daneben sind Lücken für die tatsächlichen Kosten, die du ausfüllst, wenn du sie begleichst. Praktisch, nicht?«

»Ähm, ja.« Mads deutete auf ihr Handy. »Warum stehen Blumen in dieser Tabelle?«

»Meine Nichte hat die Tabelle erstellt und sie gestaltet die Dinge gern ein wenig festlich.«

»Nichte? Keane hat ein Kind?«

»Nein. Shay hat ein Kind. Sie ist zehn und sie mag Zahlen – und Tabellen. Und sie organisiert gern.«

»Und du lässt sie …«

»Ich habe das Ganze unserem Steuerberater vorgelegt. Er hat gesagt, die Tabelle sei geradezu unnatürlich akkurat. Für eine Achtjährige, denn so alt war sie, als sie die Tabelle konzipiert hat. Sie nimmt jetzt weniger Blumen. Sie mag es mittlerweile lieber gradliniger.«

Während Mads eine beunruhigende Anzahl von Dingen durchscrollte, um die sie sich jetzt kümmern musste, fragte sie: »Und hast *du* irgendwelche Kinder?«

»Nein. Warum?«

»Nur so. Ich meine, niemand hat erwähnt, dass Shay ein Kind hat, und trotzdem hat er eins.«

»Er findet Kinder unterhaltsam. Ich dagegen mag nur meine Nichte. Also habe ich es nicht eilig, meine eigene Blutlinie fortzusetzen. Und ich nehme an, du selbst hast auch keine Kinder, da du bisher keinen festen Wohnsitz hattest.«

»Es kam mir ungünstig vor, ein Kind im Schrank anderer Leute großzuziehen.«

Die Hintertür des Hauses flog auf und Shay kam mit dem Kojoten unter dem Arm die Treppe herunter.

»Was machst du mit diesem schmutzigen Tier?«, fragte Finn.

»Er war drauf und dran, sich in den Kampf zwischen Keane und dem Löwen zu stürzen. Ich habe beschlossen, ihn da rauszuhalten. Zu seiner eigenen Sicherheit.« Er setzte den Kojoten auf dem Boden ab und der flitzte sofort unter die Veranda. Sie bückten sich, um ihn zu beobachten.

»Dort wird er wahrscheinlich für eine Weile wohnen«, bemerkte Finn. »Ich rufe den Tierschutz.«

Mads schlug ihm das Telefon aus der Hand. »Das wirst du nicht.«

»Du kannst dieses Vieh nicht bei dir behalten, als sei es ein streunender Hund.«

»Es ist ein Hund. Und es ist ein Streuner. Ich sehe da kein Problem.«

Sie standen auf und Finn sagte: »Das Problem ist, dass er ein wildes Tier ist, das unter deinem Haus lebt und manchmal in deinem Bett.«

»Schau dich um.« Mads breitete die Arme aus und deutete auf ihren Garten. »Siehst du die ganzen Knochen?«

»Menschliche Knochen?«, fragte Shay.

»*Siehst* du irgendwelche menschlichen Knochen?«, fragte Finn seinen Bruder.

»Nein.«

»Dann halt die Klappe.«

»Ich spreche von Tierknochen«, verdeutlichte Mads ihre Worte. »Opossums. Waschbären. Stinktiere. Eichhörnchen. Sie stapeln sich hier. Er hält das Ungeziefer von meinem Grundstück fern. Was er frisst, gelangt nicht in mein Haus. Das macht ihn zu einem perfekten Anti-Ungeziefer-Tier.«

»Er wird dir Flöhe einschleppen.«

»Dagegen kannst du ihm eine Tablette geben«, bemerkte Shay hilfreich.

Finn schlug seinem Bruder mit dem Handrücken gegen die Schulter, aber Mads ignorierte diesen Gewaltausbruch und sagte: »Siehst du? Ich kann ihm eine Tablette dagegen geben.«

»Du machst ihn zu einem Schoßtier.«

»Ich bin nicht schlimmer als jemand, der eine streunende Katze kastriert, die sich auf seinem Grundstück herumtreibt. Ich helfe ihm lediglich, in einer ungesunden Welt gesund zu bleiben. Und er hält die Waschbären aus meinem Garten fern.« Sie knurrte leise. »Ich hasse Waschbären.«

»Warum?«

»Ich bin mal in eine Schlägerei mit einem geraten. Und dann hat sich das Ganze in einen Kampf mit magischen Speeren vor Odin persönlich verwandelt.«

Finn schüttelte den Kopf. »Moment mal ... was?«

»Das Ding ist, ich war am selben Tag zum ersten Mal von einer Giftschlange gebissen worden, daher ist es auch möglich, dass ich halluziniert habe. Ich war mir nie ganz sicher.« Sie zuckte die Achseln. »Aber Waschbären hasse ich trotzdem.«

Erneut ging die Hintertür auf und Keane kam in seiner verwandelten Gestalt mit einem gewaltigen Löwen im Maul heraus. Er zerrte das Tier mitten in Mads' Garten und spuckte es ins Gras, dann versuchte er, die langen Haare der Löwenmähne von seiner Zunge und aus seinem Mund zu bekommen.

»Will er ihn einfach da liegen lassen?«, fragte sie Finn.

»Wahrscheinlich. Aber er ist nicht tot. Irgendwann steht er auf und geht.«

Mads lächelte die Katze an. »Wir spielen heute Abend in den Play-offs. Kommt ihr?«

»Da haben wir Training.«

»Wenn ihr früh genug fertig seid, solltet ihr kommen. Es wird ein tolles Spiel. Wir treten gegen die Detroit Devourers an, eine hervorragende Mannschaft.«

»Gut.« Finn zuckte die Achseln. »Klar, machen wir.«

»Moment mal.« Mads runzelte die Stirn. »Höre ich da einen gewissen Unterton?«

»Ich dachte auch, ich hätte einen gewissen Ton gehört«, bemerkte Shay, was ihm einen stocksauren Blick seines Bruders eintrug.

Mads musterte Finn aus zusammengekniffenen Augen. »Du denkst, Frauen können nicht richtig spielen, was?«

»Das war definitiv *nicht* das, was ich sagen wollte.«

»Warum hast du dann diesen Ton angeschlagen?«

Er zuckte erneut die Achseln. »Es ist Basketball. Das ist kein richtiger Sport. Nicht wie echter Sport. Wie Football oder Eishockey, selbst Baseball. Und ich hasse Baseball. Aber ich zweifle keine Sekunde daran, dass Frauen sportlich sind. In meiner Mannschaft gibt es auch Frauen. Sie sind großartige Sportlerinnen. Und sehr hinterhältig. Wir werden von einer Frau trainiert. Big Julie.«

Finn tätschelte ihr die Schulter. »Also, ich zweifle nicht an *dir*. Nur an der Sportart, die du gewählt hast.«

»Verstehe«, gab Mads zurück. »Gut zu wissen. Wenn ihr mich also jetzt entschuldigen wollt, ich muss mich fürs Training fertig machen.« Mads marschierte an Finn vorbei und zeigte auf den Löwenkadaver auf dem Rasen. »Und sorgt dafür, dass diese Katze *nicht* in meinem Garten liegen bleibt, oder ich lasse sie von dem Kojoten fressen!«

Finn runzelte die Stirn. »Sollen wir die Katze wegschaffen oder sie zur leichteren Verdauung zerlegen? Au!«, blaffte er, als Shay ihm einen Schlag gegen die Brust versetzte. »Wofür zum Teufel war das?«

»Was ist los mit dir, du Idiot?«

»Gar nichts. Warum?«

»Sie bittet dich, zu ihrem Spiel zu kommen, und du antwortest ihr, dass Basketball in deinen Augen kein Sport ist?«

»Keiner von uns findet, dass Basketball richtiger Sport ist. Wir alle hassen Basketball. Stimmt's, Keane?«

Ihr ältester Bruder, der gerade mit seiner Tigerzunge über den Rasen fuhr, um die Löwenhaare loszuwerden, schaffte es trotzdem, den Kopf zu schütteln.

»Siehst du? Keane hält Basketball ebenfalls nicht für richtigen Sport.«

»Darum geht es nicht!«

»Worum geht es dann?«

»Sie mag dich. Darum hat sie dich eingeladen.«

»Was?« Finn schaute zur Hintertür, durch die Mads gerade ins Haus gestürmt war. »Tut sie das? Woher weißt du das?«

»Das ist keine Frau, die sich in Gegenwart anderer Leuten wohlfühlt. Soweit ich erkennen kann, hat sie nur vier Freundinnen, die gegenwärtig sämtlich damit beschäftigt sind, von einem Löwen bereitgestellten Conditioner auf ihre angesengten Haare zu schmieren. Zu allen anderen ist sie einfach nur höflich. Aber mit dir hängt sie rum. Das bedeutet, dass sie dich mag, obwohl du ein Idiot bist.«

Keane stand jetzt in seiner menschlichen Gestalt neben ihnen. Er war nackt, mit einigen wenigen Blutspritzern im Gesicht, Bisswunden am Hals und Kratzspuren auf der Brust und den Beinen.

»Ich sag es nicht gern, aber Shay hat recht.«

»Du glaubst auch, dass sie mich mag?«

»Nein, ich glaube, dass du ein Idiot bist.«

»Ich hasse euch beide.«

»Aber sie scheint dich zu mögen. Ich weiß nicht, ob das bedeutet, dass sie …« Keane machte eine Pause, um Haare auszuspucken und sich einige mit den Fingern aus dem Mund zu fummeln. »Diese Arschlöcher haben so verdammt viele Haare!«, beschwerte er sich.

»Du weißt nicht, ob das bedeutet, dass sie diesbezüglich etwas unternehmen will?«, drängte Finn ihn.

»Ich weiß nicht, ob das bedeutet, dass sie mit dir ins Bett will. Aber sie scheint dich wirklich zu mögen. Andererseits hast du gerade das beleidigt, was sie als ihren Lebensmittelpunkt ansieht.«

»So schlimm war es nun auch wieder nicht.«

»Ich bin mal mit einem Mädchen ausgegangen, das mir schon beim Abendessen drei Dinge gesagt hat: Dass sie es liebe, Schwänze zu lutschen, es nicht erwarten könne, meinen zu lutschen, und dass Football blöd sei. Ich habe die Rechnung verlangt und ihren süßen, schwanzlutschenden Hintern ganz allein in dem Restaurant sitzen lassen. Warum?« Er stach mit seinem Zeigefinger in Richtung von Finns Gesicht. »Weil man Football nicht beleidigt.«

»Du kannst von Glück sagen, dass Mads keinen Drink in der Hand hatte. Sie hätte ihn dir mit Sicherheit ins Gesicht geschüttet«, erklärte Shay.

»Und du hättest es verdient.«

Als Finn begriff, dass seine Brüder – ausnahmsweise einmal – möglicherweise recht hatten, überlegte er schon, ins Haus zu gehen, um sich bei Mads zu entschuldigen. Aber er wurde abgelenkt, als der Kojote unter dem Haus hervorgekrochen kam und zu dem Löwen lief, ihn am Hinterbein packte und versuchte, das Tier wegzuzerren.

»Okay«, gestand Keane. »Selbst ich finde das niedlich.«

Knurrend und ziehend versuchte der Kojote es weiter, selbst als der Löwe schließlich die Augen öffnete, sich umschaute und endlich den Kojoten bemerkte, der an seinem Bein hing. Der Löwe wechselte zurück in seine Menschengestalt, und der Shaw-Bruder funkelte die Malones an, während der Kojote weiter versuchte, ihn wegzuzerren.

»Ernsthaft?«, fragte Shaw. »Seid ihr immer noch nicht fertig damit, mich zu demütigen? Obwohl ich all euren Dachs-Freundinnen Haarpflegeprodukte gebracht habe?«

»Sie sind nicht unsere Freundinnen«, murmelte Keane.

»Ihr könnt euch glücklich schätzen, dass *meine* Freundin nicht hier ist«, sagte der Löwe drohend und richtete sich auf, während er gleichzeitig weiter versuchte, den Kojoten von seinem Bein zu schütteln.

Finn schnaubte. »Ist sie nicht bloß eine Wölfin?«

Keane schaute auf den Kojoten, der weiterhin keinerlei Anstalten machte, von Shaws Bein abzulassen. »Also eine geringfügig größere Version von *dem da?*«

Shaw knurrte und machte Anstalten, auf die Hintertür zuzuhumpeln, blieb aber dann noch einmal stehen, um Keane anzuknurren: »Und wenn ich auch nur eine einzige kahle Stelle auf meinem Kopf finde …«

»Machst du dann deine Gene dafür verantwortlich?«

Der Kojote sprang klugerweise zu Shay auf den Arm, als Finn und Shay den sich schon wieder prügelnden Katzen aus dem Weg traten.

14

Als Charlie MacKilligan auf den Trainingsplatz trat, den ihre Profi-Mannschaft nutzte, stöhnte Finn peinlich berührt auf.

»Wir hatten nichts, das ihr richtig passt?«, fragte er Keane.

Keane wandte sich vom Tight End ab, den er ein paar Minuten zuvor unter seinem schweren Körper begraben hatte, und sah zu der Frau, die er zu einem Probetraining eingeladen hatte.

Er verzog das Gesicht und gestand: »Das Einzige, was ihr gepasst hat, waren die Schulterpolster und die Trikots für Wölfinnen. Aber Hosen … alle entweder zu lang oder zu weit oder beides. Sie hat Beine wie Zahnstocher.«

»He.«

Big Julie, ihr allgegenwärtiges Tablet in Händen, kam zu Finn und Keane hinüber. »Wer ist diese winzige Frau da?«, fragte sie.

»Charlie MacKilligan«, antwortete Keane. »Ich habe dir doch von ihr erzählt.«

»*Das* ist die Frau, von der du wolltest, dass ich sie mir ansehe? Warum bist du so gemein, Keane Malone?«

»Ich bin nicht gemein. Sie hat Potenzial.«

»Das Potenzial, von unserer gesamten Offensive Line zerquetscht zu werden?«

»Du hast nicht gesehen, wie sie es mit einem Haufen Chinesischer Ti- *Au! Verdammt, Finn! Wofür war das denn?*«

»Für jemanden, der nie etwas sagt, hast du ganz eindeutig ein verdammt großes Mundwerk!«

Julie musterte die beiden Brüder. »Ihr habt gestern Nacht wieder irgendetwas ausgeheckt, stimmt's? Ihr seid übersät von blauen Flecken. Ich schwöre, ich stecke euch alle in Wohnheime!«

Keane rieb sich das Knie, funkelte Finn an und sagte: »Erlaub uns einfach, dir zu demonstrieren, wozu sie fähig ist.«

»Na schön.«

»He, Charlie«, rief Keane. »Stell dich mal gegenüber den zweien da auf.«

»Zwei?«

»Ruhe«, blaffte er Julie an, und zeigte auf zwei ihrer Defensive Linemen, beides Schwarzbären. »Und halt sie in Schach, okay?«

Charlie sah sich die Bären an und fragte: »Muss ich Nummern ausrufen oder so was?«

Julie wandte sich schnell ab, sodass sie mit dem Rücken zu Charlie stand, und flüsterte Keane zu: »Sie weiß also *überhaupt nichts* über Football? *Gar nichts?*«

»Mach dir deswegen keine Sorgen.«

»Dir ist aber schon klar, dass wir eine Profi-Mannschaft sind, oder? Normalerweise verfügen die Leute, die zu uns kommen, zumindest über Grundkenntnisse in der verdammten Sportart!«

»Ich weiß, es ist schwer für dich, aber könntest du zumindest versuchen, mir zu vertrauen?«

»Na schön!«

»Okay, Jungs!«, rief Keane. »Los!«

Die beiden Bären sahen sich an, dann rief einer von ihnen Keane zu: »Bist du dir sicher? Kommt mir irgendwie gemein vor.«

»Ich hab's dir ja gesagt«, murmelte Julie.

»Es ist nur eine Übung. Nicht nötig, irgendjemanden zu zerquetschen.«

Die beiden Linemen brachten sich in Position und Charlie ahmte ihre Haltung nach. Wieder stöhnte Finn auf. Sie sah so winzig aus neben den beiden Männern. Vielleicht war die Größe der Bären nicht so dramatisch, aber was ihre Breite betraf … Es erinnerte an diese riesigen Mammutbäume, durch deren Stamm man mit dem Auto fahren konnte.

Doch natürlich kriegte Finn die letzte Nacht nicht aus dem Kopf, daher war auch er nicht direkt panisch.

Julie hob den Arm und machte eine Handbewegung. Einer der Bären rief: »Auf die Plätze! Fertig! Los!«

Sie stürmten los, direkt auf Charlie zu, und sie hielt sie, die flache Hand auf ihre großen, breiten Oberkörper gestemmt, auf. Sie stand einfach nur da und fixierte die beiden Bären, während diese noch sekundenlang irgendwie weiterrannten, bevor sie begriffen, dass sie nicht vom Fleck kamen.

Als sie es kapierten und aufhörten, sich zu bewegen, stieß Charlie sie weg. Die ganze Mannschaft inklusive der hoffnungsvollen Probespieler sahen zu, wie die beiden Bären quer über das Feld durch die Torpfosten flogen.

Charlie, die nicht einmal außer Atem war, sah Keane an und fragte: »War es das, was ich tun sollte?«

»Ja«, sagte er grinsend. »So ziemlich.«

Mads funkelte ihre Mannschaftskameradinnen angewidert an. »Ich kann nicht glauben, dass ihr während des ganzen Trainings diese Dinger aufhattet.«

»Was hätten wir denn machen sollen? So stand es in der Anweisung.« Streep saß vor ihrem Spind, ein Badehandtuch um ihren nackten Leib geschlungen, ein Bein über das andere geschlagen, rosa Glitzer-Flip-Flops an den Füßen und eine extrem unattraktive Duschhaube auf dem Kopf. Eine Haube, die sie auf dem Kopf hatte, seit sie sich die »dunkle Pflegekur« ins Haar massiert hatte. Mads tat der Löwe tatsächlich leid, der für ihre Mannschaftskameradinnen all die Haarpflegeprodukte ins Haus geschleppt hatte. Die Kur allein kostete pro Tube hundert Mäuse. Und er hatte auf jeder Flasche mit Klebeband seine eigenen Anweisungen für Mads' Mannschaftskameradinnen befestigt. Danach hatte er zum Dank für seine Mühe Prügel von einem Tiger kassiert, der mindestens doppelt so groß war wie er.

Und war von einem reinrassigen Kojoten schikaniert worden, der versucht hatte, ihn als eine Art Vorrat für einen späteren Zeitpunkt unters Haus zu schleppen.

Das kam Mads trotz ihrer instinktiven Abneigung gegen Löwen dann doch ein bisschen ungerecht vor. Löwen gehörten zu der Spezies, die beide Tiere, die in ihr steckten, schikanierten. Hyänen und Honigdachse. Obwohl Hyänen die wahren Feinde der Löwen waren, wurde der Honigdachs in ihr immer ein wenig herumgeschubst, wenn sie an einem gelangweilten Rudel vorbeiging. Der Galendotter-Clan war unter anderem deshalb nach Wisconsin übergesiedelt, weil es in Detroit jede Menge Löwen gab, die es liebten, Hyänen zu piesacken. Die einzige Hyäne, mit der sie sich nicht anlegten, war Solveig. Jeder im Viertel wusste, dass man ihr besser nicht krumm kam. Ob Vollmenschen, Gestaltwandler oder Cops: Alle wussten Bescheid. Aber diese Art von Respekt wurde nur Solveig entgegengebracht. Und wenn Mads sie fragte, warum man sie respektierte, als Einzige im Clan, erklärte sie es jedes Mal auf die gleiche Weise.

»Ich bin Wikingerin.«

Mads wusste nicht, warum es im modernen Detroit eine Rolle spielen sollte, Wikingerin zu sein, aber in Solveigs Fall schien die Logik zu funktionieren, wenn sie sich auch nicht auf Mads anwenden ließ. Was Mads in dem alten Viertel schützte, war ihr Sport. Sie konnte auf irgendeinen Spielplatz mit Basketballfeld gehen und gegen Jungs antreten, die älter waren als sie, ohne sich, wie sie es ausdrückten, »in die Hose zu scheißen«. Sie sprach nicht viel. Sie zettelte keinen Streit an. Sie tat nicht so, als sei sie besser als alle anderen. Sie legte sich mit niemandem an, es sei denn, ihr ging etwas gewaltig gegen den Strich. Davon abgesehen war Mads einfach nur da, um Ball zu spielen, und sie spielte gut. Ihre Großmutter sah es nicht gern, wenn sie allein auf der Straße rumhing, aber die Leute im Viertel hatten nur Gutes über »die Kleine« und ihr »Talent« zu sagen, wenn sie Milch und Windeln kauften, sodass Solveigs Laden, selbst als die Zeiten schlecht waren, nicht dichtmachen musste. Daher versiegten Solveigs Einwände irgendwann.

Aber damals war es sogar noch besser gewesen, die älteren Spieler zu beobachten, als selbst auf den Plätzen zu spielen. Sie hatte in der Zeit einige der beeindruckenden Spielzüge gelernt, die Mads zu einer der besten Spielerinnen in der Liga machten, und sie wusste es.

Deshalb nahm sie Basketball so ernst. Es bedeutete ihr alles. Basketball sorgte dafür, dass sie nicht den Verstand verlor. Er brachte sie weg von den Leuten, die sie am meisten hassten – ihre Familie –, und hatte ihr zudem gerade ein Haus in Queens eingetragen. Aber das Wichtigste war, dass er sie und ihre Mannschaftskameradinnen vor ernsten Scherereien bewahrte. Unvorstellbar, was passieren würde, wenn sie in diesem Moment *nicht* zu einem Spiel der Play-offs gemusst hätten. Wer war imstande vorauszusehen, welche Art von Ärger sie fünf sich einbrocken konnten? Es war zu schrecklich, um auch nur darüber nachzudenken!

Deshalb war sie auch so entsetzt, dass vier von ihnen auf den letzten Drücker zu ihrem Training auf Staten Island gekommen waren, mit Duschhauben auf dem Kopf, vor ihren anderen Mannschaftskameradinnen, als sei das ganz normal. Es war nicht normal. Es war peinlich!

Mads sah zu, wie Streep sich mithilfe eines runden Taschenspiegels die Augenbrauen zupfte, Nelle sich die Fußnägel lackierte, passend zu den Mannschaftsfarben, auch wenn niemand sie durch ihre Sneakers hindurch würde sehen können, Tock sich ihre Krallen feilte und Max auf einer der langen Bänke schlief. Denn sie konnte genau wie Mads alles verschlafen, wenn sie wollte. Sie schnarchte sogar.

»Noch mehr nach Spießerchicks könntet ihr gerade gar nicht aussehen«, sagte Mads schließlich anklagend.

»Tatsächlich könnten wir das, doch, doch«, gab Nelle zurück. »Wenn Spießerchicks entzückend und zauberhaft bedeutet.«

»Tut es nicht.«

»Bist du wegen deines kleinen Tigers so unsicher?«, fragte Streep feixend.

»Er ist nicht mein kleiner Tiger und *nein.*«

»Bist du dir sicher? Ich habe gehört, er habe angedeutet, Frauen könnten nicht richtig Sport machen.«

»Das hat er überhaupt nicht angedeutet.«

»Was hat er dann gesagt?«

»Er hat gesagt, Basketball sei kein Sport.«

Alle im Umkleideraum erstarrten und Mads spürte all ihre Blicke auf sich.

Tock ließ die Metallfeile sinken und fragte: »Und du hast ihm nicht die Eier abgerissen?«

»Warum sollte ich das tun?«

»Warum du das tun solltest? Weil es da beim Lagerfeuer auf der Fahrt zum Abschluss der Highschool den betrunkenen Jungen gab, der angedeutet hat, Basketball sei dumm und kein richtiger Sport, und du ihn ins Feuer geworfen hast.«

»Ich habe ihn nicht ins Feuer *geworfen.* Er ist gestolpert und hingefallen.«

»Nachdem du ihm einen Stoß versetzt hast. Glücklicherweise waren alle derart betrunken, dass keiner sich erinnern konnten, dass du das warst. Und was ist mit der Cheerleaderin in der zehnten Klasse, die angedeutet hat, nur Lesben würden Basketball spielen? Du hast sie in den Schwitzkasten genommen und sie dann kopfüber hochgehalten und geschüttelt, bis sie dich schluchzend angefleht hat, damit aufzuhören.«

»Es hat mir nicht gefallen, wie sie über die Schwulenszene gesprochen hat.«

Streep schnaubte. »Meine Freundin weiß deine Gedanken und Gebete während unserer schwierigen Zeit bestimmt zu schätzen.«

»Ach, halt die Klappe.«

»Und was war mit der Vertrauenslehrerin, die angedeutet hat, dass du dir nach der Highschool einen *richtigen* Job suchen solltest, statt Profi-Basketball zu spielen?«

»Sie lag völlig falsch!«

»Sie war ein Vollmensch! Sie hatte keine Ahnung von Gestaltwandler-Profi-Sportmannschaften, fuhr Tock fort. »Du hast ernsthaft eine Beschwerde gegen sie eingereicht. Wegen Diskriminierung!«

»Es war Diskriminierung. Gegen Basketball! Weil das hier ein richtiger Job *ist!*«

»Sie wäre fast aus *ihrem* richtigen Job gefeuert worden, bis man verstanden hatte, worüber du dich tatsächlich beschwert hast.«

»Sie hätte es verdient gehabt!«

»Und trotz alledem hast du einem Tiger, der gesagt hat, Basketball sei kein richtiger Sport, kein Haar gekrümmt?«

»Er ist Profi-Footballer. Ich nehme an, er hat von den vielen Kopfstößen eine chronisch traumatische Hirnschädigung zurückbehalten, was eine so irrationale Bemerkung erklären würde.«

Streep lächelte. Aber das Lächeln ärgerte Mads, denn es war ganz warm und liebevoll. »Du magst ihn«, beschuldigte sie sie.

»Ich mag niemanden.«

»Ist das der Grund, warum wir nicht deine Freundinnen sind?«, fragte Streep nicht zum ersten Mal. »Nur Mannschaftskameradinnen?«

»O mein Gott!«, explodierte Tock. »Du musst damit endlich aufhören!« Nachdem sie das losgeworden war, grinste sie Mads an und fügte hinzu: »Und du magst ihn total.«

Keane beobachtete, wie Max' Freund über seine Schulter griff, den Ball, den der Quarterback geworfen hatte, aus der Luft fischte und weiterrannte. Ein Defense Tackle stürmte auf ihn zu, die Arme ausgestreckt, um ihn zu Fall zu bringen, aber der Jaguar schlüpfte wie der Blitz an ihm vorbei und wich dann einem Löwen-Linebacker aus.

Es war nicht leicht, Keane zu beeindrucken, aber jetzt war er beinahe beeindruckt. Die Katze bewegte sich mit Anmut und unglaublicher Geschwindigkeit, wenn man bedachte, dass er kein Gepard war und seit etlichen Jahren nicht mehr Football gespielt hatte. Aber im Gegensatz zu den Geparden konnte Max' Freund einen kräftigen Treffer einstecken, wenn er es nicht an der Defensive Line vorbei schaffte, und er hatte keine Angst, größere Männer zu tackeln, um ihnen den Ball abzujagen.

Wichtiger noch, ihr neuer Quarterback schien bereits mit ihm auf einer Wellenlänge zu sein. Wie hieß er noch gleich? Er konnte die Katze nicht ständig Max' Freund nennen. Denn irgendwann würde es den mächtig zu ärgern beginnen. Vor allem wenn Keane ihm weiter über den Platz zubrüllte. »Hey! Max' Freund! Komm her!«

Julie neben ihm schnappte nach Luft, und als Keane sich umdrehte, sah er, wie eine Gruppe von Bären und Löwen Charlie bei einer Übung tackelten.

»Was zur Hölle soll das?«, fragte er seine Trainerin.

»Ich habe ihnen nicht gesagt, das zu tun!« Julie machte Anstalten, zu den Männern und Frauen hinüberzugehen, die es müde geworden waren, sich von einer Dachs-Hybride, die sich nicht einmal verwandeln konnte, durch die Luft schleudern zu lassen. Sie mussten still und leise beschlossen haben, sich gegen MacKilligan zusammenzutun. Aber Keane wurde klar, was für eine schlechte Idee das war, als eine Löwin an Julies Kopf vorbeiflog und Keane sie aus dem Weg eines Grizzlys riss, der wie ein rasend schnell einen Hügel hinunterrollender Felsbrocken auf sie zu kullerte.

Mit offenem Mund sah er zu, wie Charlie die Bären und Katzen von sich herunterstieß, bis sie aufstehen und sich den Staub abklopfen konnte. Sie wirkte nicht einmal verärgert. Stattdessen versuchte sie, ihren Helm abzunehmen, der sich allerdings in ihren Locken verheddert hatte, sodass sie aufheulte. Ein paar afroamerikanische Wölfinnen aus der Mannschaft liefen zu ihr, um ihr zu helfen, ihr Haar freizubekommen, und lachten einen Augenblick freundlich miteinander, während sie über den Helm und Charlies Haar sprachen. Es kümmerte ihn nicht, daher achtete er nicht wirklich darauf.

»Okay«, sagte Julie und drehte sich zu ihm um. »Wie engagiere ich sie? Ich muss sie haben.«

»Das wird schwierig.«

»Warum?«

»Sie hat einen anderen Job. Ein wahnsinnig bewegtes Leben. Und die Bären in ihrem Viertel erwarten von ihr, dass sie backt.«

»Um high zu werden?«

»Nein. Ich spreche von richtigem Backen. Essen.«

»Oh! Arbeitet sie in einer Bäckerei? Ist Backen ihr Job?«

»Nein. Soweit ich es durchschaut habe, ist es ihr Job zu töten. Bösewichter. Sie ist keine Mörderin oder so etwas. Jedenfalls nicht nach *meiner* Definition eines Mörders.«

Julie schob sich ihre Netz-Cap mit dem Mannschaftslogo aus der Stirn, damit sie sich am Kopf kratzen und ihn in die Hände sinken lassen konnte, dann seufzte sie lange und tief, bevor sie wieder aufschaute und ihm in die Augen sah. Schließlich, nach all dem, fragte sie ihn: »Warum? *Warum* machst du mir das Leben so schwer?«

»Das will ich gar nicht, ehrlich. Es ist einfach so. Aber eins kann ich dir sagen. Du bist nicht die Einzige, die mir das vorwirft. Meine Brüder sagen mir das auch ständig.«

Sie warteten auf die Ankündigung ihrer Mannschaft, damit sie mit ihrer Trainerin hinauslaufen konnten. Im Gegensatz zu den Eishockey-Gestaltwandler-Mannschaften wurde nicht jedes Mannschaftsmitglied einzeln angekündigt. Etwas, das Mads zu schätzen wusste. Sie brauchte all das nicht. Keinen schwachsinnigen Spitznamen und auch keine Statistiken darüber, wie oft sie eine Zeitstrafe aufgebrummt bekommen und wie häufig sie bei Raufereien mitgemacht oder wie viele Arterien-Operationen sie ertragen hatte.

Basketball war Basketball. Der Rest war unnötiges Drama. Es ging um den Sport und die Sportlichkeit. Alles andere interessierte sie nicht.

Coach Fitzgerald schritt vor ihrer Mannschaft auf und ab und musterte sie ein letztes Mal. Neben Mads blieb sie stehen.

»Hey.«

»Hey«, gab Mads zurück, weiter permanent in Bewegung. Sie würde nicht still stehen, bis die letzte Sirene ertönte.

»Du und Max, ihr müsst heute Abend die Arschlöcher sein.«

Mads nickte, ohne ihre Trainerin auch nur anzusehen.

»Die Gegenmannschaft hat eine Menge großartiger Schützen, aber sie sind arrogant und aufbrausend. Macht sie fertig.«

Mads lächelte. »Geht klar.«

Die Trainerin tätschelte ihr die Schulter. »So mag ich meinen zornigen Dachs.«

Der Ansager machte sich daran, ihre Mannschaft vorzustellen: die Wisconsin Butchers. Die Trainerin stellte sich an die Spitze der Reihe und wartete auf die Explosion gelber und weißer Lichter. Als diese Explosion kam, lief die Trainerin los, und die Mannschaft joggte hinter ihr her. Mads tauchte in ihre »Zone« ab. Das war die Sphäre, in der sie allen Applaus ignorierte, den Jubel und den Hass, und sich auf nichts anderes konzentrierte als auf ihre Mannschaft, die gegnerische Mannschaft, den Ball und das Netz. Während der nächsten vier Viertel zählte nichts anderes.

In der anderen Mannschaft gab es eine Menge Löwen, das hieß, die Spielerinnen mähten ihre Gegner nieder wie Armeepanzer und katapultierten sich mit plötzlich anziehender Geschwindigkeit in Richtung Korb. Die wenigen Geparden und Tigerinnen, die ebenfalls zur Mannschaft gehörten, schossen leichtfüßig hin und her und schmetterten den Ball so selbstbewusst ins Netz, dass es mitunter ziemlich schmerzhaft anzusehen war.

Und ja, sicher, nichts von alledem schien Mads zu kümmern, bis sie tatsächlich *im* Spiel und im Augenblick war, aber das stimmte nicht. Jeden Tag verschickte sie Videos von den Spielen anderer Mannschaften. Wie sie an diese Videos herankam, wusste niemand, und es stellte auch niemand Fragen. Gestaltwandler-Spiele durften aus einer Vielzahl von Gründen nicht gefilmt werden. Aber Max hatte sie. Besser noch, in den Videos war stets die Mannschaft zu sehen, gegen die sie im nächsten Play-off-Spiel antraten. Sie hatten sich bereits mehrere Wochen lang Videos von diesen Spielern angesehen.

Als also die Tigerin, die gern die Dreipunktewürfe machte, einen Ball in Richtung Korb schickte, war Mads zur Stelle, um hochzuspringen und ihn wegzuschlagen. Dann grinste sie. Oder feixte. Oder knurrte. Oder schaute sich böse auf dem Platz um. Oder was immer sonst die spezielle Spielerin ärgern würde, die sie piesacken wollte. Max hatte eine Liste an die Mannschaft geschickt mit dem Titel: »Gesichtsausdrücke, die die besten Spielerinnen dieser Mannschaft sauer machen werden.«

Und es funktionierte ziemlich gut. Das wusste sie, als eine der Löwinnen sie mit einem Bodycheck direkt ins Publikums beförderte, als sie gerade ihren eigenen Dreipunktewurf machen wollte. Nicht weil ein so kunstvoller Wurf nötig war, sondern weil sie es konnte.

»Alles okay?«, hörte sie jemanden fragen, als man sie über das Publikum hob und aufs Spielfeld zurückbrachte. Aber Mads war zu zornig, um zu antworten oder nachzusehen, wer das gewesen war. Es gelang ihr lediglich, ein hysterisches Lachen zu unterdrücken. Sie schluckte und schloss die Augen. Sie würde nicht in einem Play-off-Spiel ausrasten. Außerdem war ihre Mannschaft schon zum Gegenangriff übergegangen, während Max sich um den Kopf und den Hals der Löwin geschlungen hatte, die den Bodycheck zu verantworten hatte. Die restliche Mannschaft war mittlerweile in einen Faustkampf verstrickt. Aber die Schiedsrichter griffen bereits ein und zogen die Spieler voneinander weg. Die Löwin war raus aus dem Spiel, doch sie mussten Max gewaltsam von ihr herunterzerren, wobei die Löwin fäusteweise Haare verlor. Das führte zu Gebrüll. Löwinnen beklagten sich immer über die Eitelkeit ihrer Männchen, aber wenn es um ihr Haar ging, waren die Weibchen keinen Deut besser.

Als das Drama vorüber war, bekam Mads drei Freiwürfe.

Tock kam zu ihr und reichte ihr ein Handtuch mit dem Mannschaftslogo darauf. Mads wischte sich den Schweiß vom Gesicht und vor allem aus den Augen, was ihr einige zusätzliche kostbare Sekunden schenkte, ihren rauchenden Zorn dorthin zu verbannen, wo er hingehörte – tief in ihre Seele, wo all ihr Groll und ihre Enttäuschungen saßen.

Sie stieß den Atem aus, gab ihrer Mannschaftskameradin das

Handtuch zurück und ging zur Freiwurflinie. Der Schiedsrichter warf ihr den Ball zu, und Mads begann zu dribbeln und ihren Wurf sorgfältig vorzubereiten, bis etwas ihre für gewöhnlich unerschütterliche Konzentration durchbrach.

Leises Brüllen, das sie bis in die Fingerspitzen spürte.

Normalerweise konnte sie Gebrüll mühelos ausblenden, warum also war sie diesmal nicht dazu in der Lage?

Mit dem Ball in den Händen schaute sie über ihre Schulter und ließ den Blick schnell über die Menge wandern, bis er auf einer großen Gruppe liegen blieb. Die Zuschauer trugen alle die gleichen Football-Trikots und Caps und einige von ihnen riefen immer wieder Mads' Namen. Aber es waren die drei Tiger, die vier Löwen anbrüllten – Löwen, die in den Farben der Gegenmannschaft ausstaffiert waren – die sie aus der Bahn warfen.

»O mein Gott«, flüsterte sie. »Was ist denn da los?«

Finn war gerade auf dem Weg zu den Umkleidekabinen gewesen, als Keane ihn an seinen Schulterpolstern gepackt und ihn zu Charlie und Julie hinübergezerrt hatte.

»Ich brauche dein gut geöltes Mundwerk, für das du so berühmt bist«, hatte Keane ihm eröffnet.

»Dafür bin ich nicht berühmt.«

»Was immer es ist, das du tust, tu es.«

Sein Bruder hatte ihn zu den beiden Frauen hinübergezerrt, und er hatte es sofort bereut, ihn nicht abgewehrt zu haben.

»Ich bin mir nicht sicher, ob es eine gute Idee ist, jeden Tag zur selben Zeit am selben Ort zu sein«, erklärte Charlie Julie gerade in aller Seelenruhe. »Jede Menge Leute versuchen, mich umzubringen.«

»Wie kommt's?«

Charlie zuckte die Achseln. »Vor allem wegen meines Vaters. Weil er mal wieder irgendetwas Dummes angestellt hat. Oder weil einer meiner Verwandten etwas gestohlen hat. Oder jemand mich gezwungen hat, jemanden umzubringen …«

»Okay!« Finn trat schnell zwischen die beiden Frauen und

nahm Julie das Mannschaftstrikot ab. »Warum lässt du mich das hier nicht regeln, Julie?«

»Ich bin mir nicht sicher, ob das so eine gute Idee ...«

»Es wird schon nichts passieren. Sie ist für die Mannschaft ein Gewinn! Alle lieben sie jetzt schon.«

»Tun wir das?«, fragte einer seiner Mannschaftskameraden, was dumm war, denn es trug ihm nur einen Stoß mit dem Helm von Shay gegen den Kopf ein.

»Natürlich! Na los, Coach. Von hier an übernehmen wir. Die Details könnt ihr später klären.«

»In Ordnung, aber – he!«, blaffte Julie, als Keane sie zu den anderen vom Trainerstab ein paar Schritte entfernt schubste, sodass die gesamte Defensive Line und Shay Charlie umringten.

»Bist du dir bei dieser Sache wirklich sicher?«, fragte Charlie.

»Du hast dich beim Probespiel großartig geschlagen«, rief Shay ihr ins Gedächtnis.

»Kann schon sein, aber auf welcher Position?«

»Defensive End«, teilte Keane ihr mit. »Du wirst mit Finn zusammenarbeiten. Dadurch kann er mithelfen, dich zu trainieren, schließlich hast du keine Ahnung, was du tust.«

Charlie sah Finn einige Sekunden lang an. Dann den Rest der Line.

»Hältst du es wirklich für eine gute Idee, dass ich gegen Typen spiele, die alle genauso gebaut sind wie ihr?«

Keanes ganzes Gesicht drückte seine Ungläubigkeit aus, bevor er ihr ins Gedächtnis rief: »Du hast einen Grizzly durch eine Mauer geschmettert.«

»Weil du mir gesagt hast, ich soll den Typen mit dem Ball aufhalten.«

Keane nahm Finn das Trikot ab und legte es Charlie über die Schulter. »Du schaffst das schon.«

»Irgendwelche Pläne für den Abend?«, fragte Finn Charlie, die ihr neues Trikot musterte.

»Ich dachte, ich finde mich mit den Schmerzen ab und sehe mir an, wie Max spielt. Es ist ein Spiel – irgendwie jedenfalls.«

»Kein Basketballfan?«

»Nicht wirklich. Aber das könnte daran liegen, dass alle in meiner Schule von mir erwartet haben, dass ich Basketball spiele. Du weißt schon, weil ich schwarz bin. Also habe ich mir größte Mühe gegeben, den Sport nicht zu mögen.« Sie zeigte auf den Sportplatz. »Aber das hier gefällt mir. Es gibt mir ein Ventil für meinen ganzen Zorn und meine Aggressionen«, fügte sie sehr gelassen hinzu.

»Du trägst jede Menge Zorn in dir, nicht wahr?«

»Ja. Das ist die Schuld meines Vaters.«

»Das sagst du oft. Dass irgendetwas die Schuld deines Vaters sei.«

»Daran ist auch mein Vater schuld. Dass ich das oft sage. Willst du mich zu dem Spiel begleiten?«, fragte sie plötzlich. »Mads spielt auch mit.«

»Na und?«

»Du magst sie.«

»Nein, tu ich nicht.«

»Natürlich tust du das. Sei kein Idiot.«

»Bin ich nicht. Und selbst wenn ich sie doch mögen würde, heißt das nicht, dass sie mich mag.«

»Tatsächlich?«

»Ja. Tatsächlich.« Finn stöhnte genervt. »Du bist doch keins von *diesen* Mädchen, oder?«

»Wie bitte?«

»Von der Sorte, die immer versucht, Single-Typen zu verkuppeln? Denn das würde mir echt auf den Senkel gehen.«

»Erstens bin ich noch nie eins von *diesen* Mädchen gewesen und werde es auch nie sein. Weißt du, warum? Weil ich tatsächlich alle mögliche Scheiße am Hals habe. Immer habe, immer haben werde. Zweitens, wenn du allein durchs Leben gehen und verbittert sein willst, weil du Angst davor hast, bei der wahrscheinlich einzigen Frau auf dem Planeten Annäherungsversuche zu machen, die sich jemals mit dir nervigem Arsch abgeben würde, dann ist das deine Sache. Ich habe nur versucht, einem mongolischen Bruder unter die Arme zu greifen.«

»Noch einmal, sie mag mich vielleicht gar nicht.«

»Wirklich? Denn ich habe gehört, dass du vorhin etwas bemerkenswert Fieses über ihren geliebten Basketball gesagt hast.«

»Ich habe nur gesagt …«

»Du hast ihr erklärt, Basketball sei kein richtiger Sport«, warf Shay ein.

»*Das* hast du ihr gesagt?« Charlie stieß ein heiseres Lachen aus.

»Nun, es ist wirklich kein richtiger Sport.«

»Und du bist immer noch in Besitz deiner Haut?«

»So eine große Sache ist es nun auch wieder nicht.«

»Sag das dem Jungen, den sie in ein Lagerfeuer geschubst hat.«

»Was?«

»Ja. Es war auf der Abschlussfahrt. Du weißt schon, nach der Highschool. Mit dem Jungen war sie ungefähr zwei Monate zusammen. Er war betrunken … na ja, alle waren betrunken. Er hat eine dumme Bemerkung über Basketball gemacht, woraufhin er im Lagerfeuer gelandet ist. Glücklicherweise hat Tock ihn ziemlich schnell wieder herausgezogen, denn die anderen Mädchen mussten so lachen, dass sie es nicht einmal versucht haben, daher ist er nur ein klein wenig angebrannt. Aber Mads hätte fast ihr Abschlusszeugnis nicht bekommen. Glücklicherweise hatte ich bereits einige Absprachen mit dem Schulleiter wegen Max und einem Zwischenfall mit einer Cheerleaderin getroffen. So konnte ich die Sache regeln. Aber es stimmt, sie nimmt es normalerweise nicht gut auf, wenn sich jemand über Basketball lustig macht. Also, du läufst immer noch mit beiden Eiern rum, und das bedeutet, dass sie dich mag.«

Charlie schwieg einen Moment, bevor sie hinzufügte: »Aber ich kann sie verstehen. Basketball war ihre Flucht aus einem beschissenen Leben, ihre Flucht vor einer beschissenen Familie. Deshalb hat sie, was diesen Sport und ihre Freundinnen betrifft, einen so ausgeprägten Beschützerinstinkt.«

»Jetzt hast du es geschafft, dass ich mich mies fühle.«

»Wie süß! Ich dachte, Katzen hätten keine Gefühle.«

»Das ist ja sehr freundlich.«

Charlie lachte und zog sich ihr neues Trikot über den Kopf. Es war riesig und reichte ihr bis zu den Knien. »Sehr elegant! Okay. Los geht's. Lasst uns zusehen, wie meine Schwester Mädchen quält, die viel größer sind als sie, und Finns neue Freundin, die er bereits beleidigt hat.«

»Ich war nur ehrlich.«

»Dann sei nicht ehrlich. Oder du wirst viel allein sein.«

»Wir sind Tiger. Man erwartet von uns, dass wir Einzelgänger sind.«

»Das sagen alle Katzen, aber die Katzen, die ich in letzter Zeit kennengelernt habe, hängen ständig mit jemandem herum. Und ihr drei ...« – sie deutete auf Finn und seine Brüder – »... wohnt mit eurem kleinen Bruder, eurer Schwester und eurer Mutter in einem Haus. Und bekommt Besuch von unhöflichen Tanten. Was ist daran einzelgängerisch? Da kannst du dir genauso gut eine Freundin zulegen. So wirkst du weniger jämmerlich, wenn du schon mit deiner Mutter zusammenlebst.«

Charlie deutete auf die gesamte Defense Line. »Warum gehen wir nicht alle hin? Dann wirkt Finn nicht so ekelhaft verzweifelt und wir wachsen als Mannschaft weiter zusammen. Wäre das nicht schön?«

Sie bedachte alle mit einem breiten Lächeln und ging auf den Ausgang zu. Nur kurz blieb sie stehen, um sich ihren Rucksack zu schnappen und dem Rest der Mannschaft zuzuwinken. Einer der Grizzlys fasste Finn am Arm und knurrte: »Ich würde sie gern hassen, aber ich kann es einfach nicht. Warum nur? Ich kann eigentlich jeden hassen! Ich bin ein Grizzly!«

»Keine Ahnung. Sie hat einfach so etwas an sich.«

»Und warum riecht sie immer noch nach Kuchen und Plätzchen, obwohl wir in den letzten zwei Stunden so schrecklich geschwitzt haben?«

Sie trotteten ein paar Stockwerke hinauf zu einer der Arenen, und weil dort Plätze frei waren und sie zu einer Profi-Mannschaft gehörten, brauchten sie auch keinen Eintritt zu zahlen. Sobald sie sich mit Hotdogs, Popcorn und Bier hingesetzt hatten, fing Finn sofort an, sich aufzuregen.

»Selbst unser Publikum ist besser.«

»Da gebe ich dir recht«, murmelte Keane, während er an seinem Bier nippte.

Finn funkelte einige Löwen ein paar Reihen weiter unten an, die die Farben der anderen Mannschaft trugen und laut johlten, was Finn zwang, genauso laut zu verkünden: »Ich hasse Löwenmännchen.«

»Ich auch.«

»Ja.« Shay nickte. »Das sind die schlimmsten überhaupt.«

Die Hälfte ihrer Defensive Line funkelte die Brüder an. »Hey!«, blaffte einer ihrer Löwen-Mannschaftskameraden.

»Ihr seid natürlich nicht gemeint, aber ...«, hob Finn an. »Nein. Euch meinen wir auch.«

»Wow«, meinte ein weiterer Löwe, ebenfalls ein Mannschaftskamerad von Finn, ungläubig und zeigte auf die Honigdachse. »Seht euch deren Haare an. Fabelhaft!«

»Seht euch an, wie ihre Haare in der Beleuchtung glänzen.«

»Ich wette, ich weiß, welchen Conditioner sie benutzt haben.«

»Alter, das musst du mir verraten. Dieses Zeug brauche ich auch.«

»Das ist einer der Gründe, warum wir euch hassen«, bemerkte Finn.

»Sie spielen wirklich gut«, sagte Keane und deutete mit seinem Wildschwein-Hotdog auf den Platz.

Da draußen befand sich die ganze Truppe: Mads, Max, Nelle, Streep und Tock. Und es war interessant zu beobachten, wie sie in der grellen Beleuchtung der Arena als Mannschaft zusammenwirkten und etwas taten, das nicht in einen ... nun ... Massenmord ausartete.

Besonders faszinierend war der Größenunterschied zwischen ihnen und der anderen Mannschaft. Sie spielten hier gegen zwei Löwen, einen Geparden, einen Berglöwen und einen Jaguar. Aber die Dachse hatten schnelle Hände und noch schnellere Füße und hielten den Ball überraschend mühelos im Spiel und weit weg von der anderen Mannschaft. Es war eine Mühelosigkeit, die ihre Gegner keineswegs schätzten.

Er schaute zur Anzeigetafel hinauf und sah, dass sie sich im dritten Viertel befanden und Mads' Mannschaft mit zwanzig Punkten führte. Als er den Namen der anderen Mannschaft las, grinste er. Vollmenschen schienen entweder Tiernamen zu benutzen oder Namen, die es schafften, andere menschliche Ethnien zu verärgern. Gestaltwandler dagegen suchten sich ehrliche Namen aus. Mads' Mannschaft nannte sich die Wisconsin Butchers. Nicht unbedingt subtil, aber zutreffend.

Finn hörte die Zuschauer brüllen und richtete den Blick wieder aufs Spielfeld. Mads war in Ballbesitz und näherte sich dem Korb. Eine Löwin blockierte den Ring, und als Mads in ihre Nähe kam, versuchte sie, ihr den Ball abzunehmen. Im selben Moment legte Mads, die immer noch in Bewegung war, eine umwerfende Dreihundertsechzig-Grad-Drehung hin und gab den Ball an Max ab. Der Dachs mit dem zum Pferdeschwanz frisierten Haar in leuchtendem Rosa fing den Ball auf, zischte an einer erschrockenen Gepardin vorbei und schmetterte ihn ins Netz. Es war atemberaubend.

Die andere Mannschaft eroberte den Ball, aber bei einem Pass stahl Mads ihn zurück und lief wieder zum Ring ihrer Mannschaft. Und das war der Moment, in dem die Löwin Mads mit einem Bodycheck derart heftig traf, dass sie durch die Luft flog – direkt auf ihn zu.

»Oh, Scheiße!« Finn ließ sein Bier und seinen erst zur Hälfte aufgegessenen Hotdog fallen, hob die Hände und fing die durch die Luft fliegende Dachs-Hybride auf, bevor sie ihm mit dem Hintern ins Gesicht knallen und seine Nase neu ausrichten würde.

»Sieh mal an«, lobte Keane mit so etwas wie Stolz in der Stimme, »du reagierst wie ein Wide Receiver.«

»Geht es dir gut?«, fragte Finn Mads' Hinterkopf.

Sie stieß ein seltsames, bellendes Lachen aus, woraufhin sich der größte Teil seiner Mannschaftskameraden hastig duckte. Nur die Löwenmännchen nicht. All diese Mähnen drehten sich in ihre Richtung und Reißzähne wurden gebleckt.

Finn beschloss, sie so schnell wie möglich wieder aufs Spielfeld zu bringen, und reichte sie durch die Menge weiter, die voller Eifer half, bis sie wieder auf dem Platz stand. Inzwischen war sie ruhiger, genau wie der Rest seiner Defensive Line. Wahrscheinlich weil alle von der Rauferei abgelenkt wurden, die sich aufgrund dieses Foul gegen eine Spielerin zwischen den beiden Mannschaften entwickelt hatte. Vor allem Max tat sich dabei hervor, die die verantwortliche Löwin angegriffen hatte, indem sie sich um die Frau gewunden und ihr wiederholt auf den Kopf geschlagen hatte.

Die Löwenmännchen in den Farben der gegnerischen Mannschaft mussten dem Rudel der Löwin angehören, denn jetzt brüllten sie Max an. Finn, der stark das Gefühl hatte, dass der Honigdachs – ausnahmsweise einmal – einen echten Grund hatte, in diesem Streit als Erste zuzuschlagen, bat die speziellen Löwen höflich, *ihre verdammte Klappe zu halten!*

Die Löwenmännchen sahen wieder zu Finns Defensive Line hinüber, der auch Löwenmännchen aus anderen Rudeln angehörten, und dann fing das zornige Gebrüll an. Denn das taten Katzen, wenn sie zornig waren. Die Bären dagegen aßen einfach weiter. Genau wie Zé, Max' Freund, der mit ihnen zum Spiel in die Arena gekommen war. Als Jaguar hätte er eigentlich den instinktiven Wunsch verspüren müssen, sich den Löwen anzuschließen und sich sein kleines Katzenherz herauszuschreien, aber nichts dergleichen. Er aß einfach weiter und brüllte gelegentlich: »Zeig es diesem Miststück, Baby!«

Dann wurde der Streit geschlichtet und Mads bekam mehrere Freiwürfe. Trotzdem hörten Finn und seine Mannschaftskameraden nicht auf zu brüllen, denn die anderen Löwen hörten auch nicht auf. Zumindest hörten sie erst auf, als sie alle ein gefauchtes »Hey!« hörten.

Erschrocken richteten die Katzen kollektiv ihre Aufmerksamkeit auf das Spielfeld, wo Mads noch immer den Basketball in den Händen hielt und sie anfunkelte.

»Was zur Hölle tut ihr da?«, fragte sie.

Als niemand etwas sagte und Finn spürte, dass die Zuschauer in der Arena darauf warteten, dass er antwortete, murmelte er schließlich: »Deine Ehre verteidigen?«

Das war lahm, aber es war ehrlich gesagt das Beste, was ihm im Moment einfiel.

Er hörte Keane neben sich schnauben, daher rammte er seinem Bruder einen Ellbogen in die Seite und genoss das darauf folgende schmerzerfüllte Stöhnen.

»O mein Gott, ihr seid so bescheuert!«, brüllte Mads. »Hört sofort auf damit, ich versuche, hier zu arbeiten!« Die Löwenmännchen in den Farben der gegnerischen Mannschaft senkten die Köpfe und lachten, aber Mads schnippte mit den Fingern in ihre Richtung und knurrte: »Ihr auch.«

»Oder was?«, fragte einer der Männchen.

Mads trat einen Schritt näher. »Habt ihre eure Knie gern dort, wo sie sind?«, fragte sie.

Verwirrt schauten die Löwen an sich herunter, dann sahen sie einander an und dann wieder Mads.

»Ähm … ja«, sagte schließlich einer von ihnen.

»Dann hört damit auf!«, zischte sie mit einer Stimme, die zehn Oktaven tiefer war, als Finn sie je gehört hatte. Mads' blaue Augen hatten sich zudem pechschwarz gefärbt. Es war monströs und beunruhigend und alle Löwenmännchen pressten sich gegen die Rückenlehnen ihrer Sitze.

Nicht direkt die Art von Basketballstar-gegen-Fan-Interaktion, die man im Fernsehen sah, die diskutiert und in den sozialen Medien in den nächsten vierundzwanzig bis achtundzwanzig Stunden zu Tode analysiert werden würde. Nein. Das hier war definitiv nur etwas für Gestaltwandler.

Finn gefiel das. Beim Football kam er seinen Fans erst nach dem Spiel so nah.

Mads ging wieder zur Freiwurflinie. Sie schloss die Augen und atmete mehrmals tief durch. Ihre Mannschaft begann von Neuem, sie anzufeuern, und die Anhänger der Butchers stimmten mit ein.

Die, die sie hassten, buhten oder versuchten, sie abzulenken. Aber es gab kein Gebrüll von Raubtiermännchen zu Raubtiermännchen mehr.

Mads versenkte jeden einzelnen dieser Freiwürfe, was ihrer Mannschaft drei zusätzliche Punkte eintrug, und das mit schockierender Leichtigkeit. Danach war sie zurück im Spiel, bis zum Ende des Viertels.

»Glaubt ihr immer noch, dass sie keine richtige Sportlerin ist?«, fragte Charlie, die in der Reihe direkt vor Finn saß.

»Das habe ich nicht gesagt!«

»So wird sie es in Erinnerung behalten.«

»Warum sollte sie sich daran erinnern, obwohl ich das nie gesagt habe?«

»Du weißt doch, wie Mädchen sind. Wir sind sehr empfindlich.«

»Nein, du nicht! Du bist die unempfindlichste Person, die ich kenne!«

»Weißt du was?« Charlie drehte sich um, kniete sich auf den Sitz und beugte sich zu Finn vor. Es gefiel ihm nicht. »Um dich für deine ungeheuerliche Unhöflichkeit zu entschuldigen …«

»Es war keine ungeheuerli-«

»… solltest du ein paar hübsche Blumen aus dem Blumenladen im Erdgeschoss besorgen und die Mannschaft begleiten, wenn sie ihren Sieg feiern.«

»Noch haben sie nicht gewonnen.«

»Werden sie aber. Und du solltest bereit sein mitzugehen. Sie veranstalten normalerweise ein Abendessen oder etwas in der Art.«

»Sie haben noch ein ganzes Viertel zu spielen. Da kann alles Mögliche passieren.«

»Also willst du nicht mit ihr zu Abend essen?«

»Das habe ich nicht gesagt.«

»Dann besorg die Blumen. Einen interessanten Strauß. Nichts Langweiliges, das du deiner Großmutter schenken würdest. Und geh duschen. Ihr stinkt alle durch die Bank.«

»Glaubst du etwa, du riechst nach Rosen?«

»Ich weiß, das ich das tue. Erstens, weil ich ein Mädchen bin. Ich würde niemals so übel riechen wie ein Männchen. Und zweitens, weil die Haarpflegeprodukte, die ich zurzeit benutze, nach Rosen riechen, selbst wenn ich schwitze. Also kannst du mich mal.« Sie zeigte auf Keane. »Und leih ihm deinen SUV.«

»Es ist sein SUV. Meine Motorhaube hat immer noch eine Delle an der Stelle, auf die Mads letzte Nacht draufgefallen ist. Es sieht aus, als hätte ich die Motorhaube um einen Telefonmast gewickelt. Jedenfalls mehr oder weniger.«

»Wir haben sie schon fast wieder in ihre ursprüngliche Form gebogen«, gab Finn zu. »Zumindest so weit, um mit dem Wagen nach Hause zu fahren. Aber es steckt immer noch eine Menge Arbeit drin.«

»Gut. Seht ihr? Es geht doch.« Sie bedeutete Finn mit einem Fingerschnippen beider Hände zu verschwinden.

»Du bist wirklich ganz schön herrisch«, bemerkte Finn.

Charlie lachte, drehte sich um und setzte sich wieder. »Das findest du herrisch? Frag mal Max, wie herrisch ich werden kann.«

Als die letzten paar Sekunden zu spielen waren und die Butchers punktemäßig weit vorn lagen, hätten sie wirklich einfach ein sauberes Spiel spielen können, bis die Zeit abgelaufen war. Aber sie waren unhöfliche Honigdachse. Also spielten sie etwas, das Mads nur ein wirklich gemeines Fangenspiel nennen konnte. Sie gaben den Ball einfach untereinander weiter und das auf die unverschämteste und lächerlichste Art, die ihnen einfiel, bis auf der Uhr nur noch drei Sekunden blieben und sie den Ball Nelle zuspielten. Die drehte sich um, um ihren Wurf zu machen, und stand nun einer ein Meter fünfundachtzig großen Tigerin gegenüber, die nicht die Absicht hatte, das zuzulassen.

Nelle ließ sich von niemandem in die Quere kommen und die Gestaltwandler-Sportligen hatten etwas abweichende Regeln. Das bedeutete, dass es ihr erlaubt war, an der Tigerin hochzuklettern wie an einer alten Eiche. Sobald sie auf den Schultern der

Tigerin saß, stieß Nelle sich mit den Füßen von ihr ab, schmetterte den Ball ins Netz und hing noch ein paar Sekunden am Ring, bevor sie sich auf den Boden fallen ließ.

Einen Sekundenbruchteil später ertönte die Sirene und das Publikum sprang auf die Füße. Mads und ihre Mannschaft rannten aufeinander zu, sich darüber im Klaren, dass sie nicht nur das Spiel gewonnen hatten, sondern auch auf dem Weg zu den Meisterschaften waren. Ihr ultimatives Ziel für das Jahr. Sie krachten gegeneinander, und Max endete in Mads' Armen, die Beine um ihre Taille geschlungen. Tock hatte Nelle auf den Schultern und Streep hing an ihrer Seite. Die restliche Mannschaft umringte sie und brüllte den Mannschaftsruf. »Butch-er! Butch-er! Kill! Kill! Kill!«

Max hatte sich den Ruf vor Jahren ausgedacht. Bis die Dachse gekommen waren, hatten die Butchers keinen Mannschaftsruf gehabt.

Nachdem ihre Gegner ihnen widerstrebend die Hände geschüttelt hatten, ging die Mannschaft in den Umkleideraum zurück. Es wurde weitergesungen und getanzt und gejubelt, bis die Trainerin um Ruhe bat.

»Ich will nur sagen, wie stolz ich auf meine Mädels bin! Es war ein harter Kampf, aber wir haben es wieder einmal geschafft! Die Wisconsin Butchers haben es in die Meisterschaften geschafft!«

Ein oder zwei Minuten lang folgte weiterer Applaus und Jubel. Dann sagte die Trainerin: »Also, Ladys, duscht und zieht euch hübsch an. Das Essen heute Abend geht auf mich!«

Mads wandte sich ihrem Spind zu, schlüpfte überglücklich aus ihrem verschwitzten Trikot und schlang sich ein großes Handtuch um den Leib. Das war der Moment, in dem Streep ihr ein weißes Glas reichte.

»Was ist das?«

»Etwas von der Haarspülung, die ich benutzt habe.«

»Ich habe nicht vor, heute Abend mit einer Duschhaube auf dem Kopf rumzulaufen.«

»Brauchst du auch nicht. Mein Haar war versengt. Zwanzig Minuten maximal für dich. Aber die brauchst du wirklich.«

»Warum?«

»Willst du heute Abend gut aussehen oder nicht? Vor allem neben uns.« Streep drehte sich um, sodass ihr Pferdeschwanz Mads ins Gesicht peitschte.

Mads kam zu dem Schluss, dass es leichter war, einfach die verdammte Haarspülung zu benutzen, dann stellte sie sich unter die Dusche, wusch sich das Haar und massierte den Conditioner ein. Während er in ihrem Haar seine Wirkung entfaltete, hatte sie Zeit totzuschlagen, daher rasierte sie sich noch die Beine, bevor sie alles andere wusch. Als die zwanzig Minuten abgelaufen waren, spülte Mads ihr Haar aus und kam aus der Dusche. Sie trocknete sich rasch ab und ging zu dem hohen Tisch, der mit Föhnen und Lockenstäben ausgestattet war und zudem eine Schminkecke aufwies. Mads bezweifelte, dass sie so etwas in einem Männerumkleideraum finden würde, aber das kümmerte sie nicht. Sie hasste es, mit nassem Haar herumzulaufen. Sie sah dann aus wie der leibhaftige Tod.

Sie föhnte sich das Haar und bearbeitete es sogar ein klein wenig mit dem Glätteisen, und zu ihrem Verdruss hatte Streep recht. Ihr Haar sah toll aus.

Mads hielt sich nicht mit Make-up auf, denn das tat sie nie. Es war einfach nicht ihr Ding. Sobald sie mit ihrem Haar fertig war, ging sie zu ihrem Spind und schlüpfte in ein schwarzes, ärmelloses Shirt, eine schwarze Jeans und schwarze Stiefel. Sie würde ihre schmutzigen Klamotten am nächsten Tag abholen, da sie plante, sich heute Nacht blendend zu amüsieren mit ihrer …

Als Mads sich umdrehte, bemerkte sie schnell, dass sie die Einzige im Umkleideraum war. Wie konnte das sein? Sie war diejenige in ihrer Mannschaft, die sich immer am schnellsten umzog, abgesehen von Max, die sich immer die Klamotten überwarf, als sei sie auf der Flucht vor den Cops. Sie schnappte sich ihren Rucksack, verließ den Umkleideraum und stieß prompt mit Finn Malone zusammen.

»Hey.«

»Hey.« Sie schaute an ihm vorbei. »Hast du meine Mannschaft gesehen?«

»Sie sind noch nicht hier? Ich dachte, ich komme mit euch zum Abendessen, um euren Sieg zu feiern.« Er runzelte die Stirn. »Ihr habt doch gewonnen, oder?«

»Selbstverständlich haben wir gewonnen. Moment mal … du warst beim Spiel, richtig? Warum weißt du nicht, ob wir gewonnen haben?«

»Charlie hat mich wissen lassen, ich hätte eine Dusche nötig. Und sollte dir die hier besorgen.« Er drückte ihr einen Blumenstrauß ins Gesicht. »Glückwunsch zu eurem Sieg.«

Sie riss ihm die Blumen aus der Hand. »Diese Arschlöcher!«

»Es sind doch nur Blumen.«

»Nicht die Blumen. Das hier. Das hier ist ein Date.«

»Wir haben ein Date?«

»Nein, haben wir nicht. Sie haben uns reingelegt.«

»Oh. Okay.« Finn nickte. »Also, wo willst du essen?«

»Wo ich …?« Mads hätte am liebsten die Blumen zerfetzt und sie Finn ins Gesicht geschleudert, aber sie waren so hübsch, dass sie es einfach nicht übers Herz brachte. Stattdessen fragte sie: »Bist du nicht sauer?«

»Nein. Ich bin hungrig. Sehr hungrig. Ich musste vorhin meinen Hotdog fallen lassen, als die Löwin den Bodycheck bei dir gemacht hat. Also werde ich mich, *nachdem* ich gegessen habe, vielleicht ärgern. Aber im Moment habe ich einfach nur Hunger. Außerdem sollten wir dein Talent, auf dem Spielfeld ein echtes Arschloch zu sein, feiern. Sogar Keane war beeindruckt.«

Mads lächelte, bevor sie sich bremsen konnte. »Es war Teil unserer Spielstrategie für diese spezielle Mannschaft. So viel Biestigkeit ist nicht immer nötig.«

»Es war toll zu sehen, wie du ständig den Ball vom Netz weggeschlagen hast. Das war für die andere Mannschaft höllisch irritierend.« Er deutete mit einer ruckartigen Kopfbewegung zum Ausgang. »Komm. Lass uns euren Sieg feiern.«

»Okay. Aber ich werde sie später anbrüllen.«

»Damit bin ich einverstanden.«

Gemeinsam gingen sie durch den Flur. Und als sie sich dem Ausgang näherten, wo einige Fans Fotos hochhielten, die Mads signieren sollte, sagte Finn: »Dein Haar sieht übrigens klasse aus.«

»Danke. Ich habe die Haarspülung benutzt, die der Löwe uns empfohlen hat.«

Finn blieb stehen und stieß nur ein kurzes, ärgerliches Brüllen aus.

»Was?«, fragte Mads.

»Ich hasse diese verdammten Löwen.«

»Weil sie Nervensägen sind? Oder weil ihr Haar immer so gut aussieht?«

»Ganz ehrlich? Beides!«

15

Charlie gratulierte ihrer Schwester und ihrer Mannschaft, aber sie war nicht in Stimmung für ein Abendessen bestehend aus Tieren, die sie niemals hinunterbringen würde. Zebra-Steaks? Ernsthaft? Aber es war schlimm, wenn man Pferdefleisch aß? Wo lag da der Unterschied? Warum konnte ihr das niemand erklären? Denn abgesehen von den Streifen sah Charlie keinen allzu großen Unterschied zwischen Pferden und Zebras! Und genauso wenig war sie in der Stimmung mitanzusehen, wie ihre Honigdachs-Schwester und ihre Honigdachs-Freundinnen immer mehr und mehr tödliches Schlangengift tranken, um ihren Sieg zu »feiern«. Also ging sie, nachdem sie alles für einen »spaßigen« Abend arrangiert hatte, nach Hause.

Sie parkte den Wagen und rang dann mit sich, ob sie zuerst nach Hause oder zum Haus der Dunns auf der anderen Straßenseite gehen sollte, um die Liebe ihres Lebens zu besuchen. Der einzige Grund, warum sie nicht zuerst zu Berg ging, war der, dass sie dringend nach ihrer kleinen Schwester sehen musste. Obwohl das Leben mit ihrem Panda Stevie erheblich toleranter gemacht hatte, was »menschenfressende Bären« im Haus betraf, machte es sie immer noch panisch, wenn sie begannen, »uns zu umzingeln, als wollten sie uns alle fressen!« Etwas, das die Bären in dieser Straße niemals tun würden, denn sie waren schlau genug zu wissen, dass sie, wenn sie Stevie oder Max fraßen, nie wieder Gebäck von Charlie bekommen würden.

Doch sie war sich nicht sicher, wie sie ihnen beibringen sollte, dass sie von nun an hin und wieder Football spielen würde. Wenn sie glaubten, das würde ihre Zeit fürs Backen beschränken, würden sie vielleicht ein wenig hysterisch reagieren.

Charlie hörte einen Pfiff und trat von ihrem Auto weg. Sie lächelte. Berg saß auf der geöffneten Ladefläche des Pick-up-Trucks seiner Drillingsschwester. Die Ladefläche war so verstärkt, dass sie bis zu dreitausendfünfhundert Pfund tragen konnte. Was gut war, denn das war so ziemlich genau das Gewicht, das die Drillinge zusammen auf die Waage brachten. Nicht ganz, aber nah dran …

Wie immer freute Charlie sich, Bergs hübsches Gesicht zu sehen. Nun gut, es war in fast jeder Hinsicht mit den Gesichtern von zwei anderen Leuten identisch, aber es war seltsam, dass sie den Unterschied zwischen ihm und seinem »eineiigen« Drillingsbruder Dag sofort sah. Selbst früh am Morgen, wenn sie noch kaum die Augen geöffnet hatte und die drei für ihren Security-Job genau gleich gekleidet waren, küsste sie niemals den Falschen zum Abschied.

»Sogar unsere eigene Mutter verwechselt uns manchmal«, beklagte Dag sich oft.

Was Charlie dann immer dazu brachte, darauf hinzuweisen, dass sie in der kurzen Zeit, seit sie ihre mit Honig gewürztes Cannabis rauchende Hippie-Mutter, die dieses Zeug auch für ein hübsches Sümmchen an Bären verkaufte, kannte, von ihr auch oft mit Max verwechselt wurde. »Mit *Max.* Ich würde das also nicht allzu persönlich nehmen.«

»Wie ist dein Probespiel gelaufen?«, fragte Berg, sobald Charlie ihm die Arme um die Taille schlang und den Kopf an seine breite Brust legte.

»Ziemlich gut, glaube ich.«

»Nur ziemlich gut? Ich habe gehört, du hättest John Hartman durch eine Mauer geschmettert.«

»Wer ist John Hartman?«

»Ein Offensive Lineman. Ist früher mal mit meiner Schwester ausgegangen. Also liebt sie dich jetzt wie die Sonne.«

»Das wusste ich nicht. Man hat mir nur gesagt …«

»Schnapp dir den Mann mit dem Ball. Ja. Anscheinend hat sich die Geschichte über dein Probespiel im ganzen Sportzentrum verbreitet. Doch Brittas Eishockey-Mannschaft ist sauer.«

»Warum?«

»Sie sind der Meinung, sie hätten dich bekommen sollen.«

»Ich. Kann. Nicht. Schlittschuh. Laufen.«

»Sie behaupten, so schwer sei das nicht, man könne es lernen.«

»Doch, sogar sehr schwer!«

In Bergs Körper vollzog sich eine kaum merkliche Veränderung. Eine leichte Veränderung in der Muskelspannung. Aber ausnahmsweise hatte Charlie daran gedacht, ihre Allergie-Medikamente einzunehmen, daher konnte sie tatsächlich riechen, was jetzt hinter ihr stand.

Berg wusste, dass er sie sich hätte greifen können. Sie fest an sich drücken können. Sie auf die Ladefläche des Trucks seiner Schwester ziehen können, um sie von den beiden Frauen fernzuhalten, die sich in der Dunkelheit lautlos an sie angeschlichen hatten. Er hätte all das tun können.

Aber wo wäre da der Spaß geblieben? Und das war der Vorteil, wenn man eine MacKilligan-Schwester liebte. Der Spaß! Der Nachteil war natürlich die Sorgen, die man sich machte, wenn die Schwestern nachts loszogen und man sich nicht sicher war, ob sie in einem Stück oder überhaupt zurückkommen würden. Denn sie stellten sich da draußen fürchterlichen Albträumen. Aber der Vorteil war der unterhaltsame Wahnsinn, den sie in eine seit über zehntausend Jahren auf ganz bestimmte Weise funktionierende Gestaltwandlerwelt trugen. Ganz gleich, ob es Zé war, der sich um eine lächelnde Max kümmerte, Shen, der auf eine sehr schreckhafte Stevie aufpasste, oder Berg, der eine misstrauische Charlie im Auge behielt. Ihr Leben war einfach nicht mehr dasselbe, seit sie sich mit den MacKilligans eingelassen hatten.

Deshalb versuchte er auch gar nicht, Charlie aufzuhalten, als sie sich plötzlich mit unmöglicher Schnelligkeit aus seinen Armen losriss, herumwirbelte und die Faust nach einer der Frauen schwang, die hinter ihr standen. Er lehnte sich einfach zurück und beobachtete, was Charlie als Nächstes tun würde. Denn das hing von ihrer Laune ab.

Ihre Faust krachte brutal gegen eine Nase, die schon so oft gebrochen worden war, dass ein weiterer Treffer nicht hätte schmerzen sollen, was jedoch offensichtlich der Fall war. Die Wölfin taumelte rückwärts, und Blut spritzte in das Gesicht des Wolfes und das von Cella Malone, die neben ihr stand.

»Du bösartige kleine Hure!«

»Ach du meine Güte! Du bist es!« Charlie legte in gespielter Überraschung die Hände vor den Mund. »Es tut mir leid, aber du hast mich erschreckt.«

»Lügnerin!«

»Ich wusste nicht, wer hinter mir steht. Ich habe nur gespürt, dass ich in Gefahr bin.«

Anscheinend ging ihre Stimmung heute Abend in Richtung »verspottende Unschuld«. Charlie bekam nicht sehr oft die Gelegenheit, sich von dieser Seite zu zeigen. Meistens musste sie sich für »tödliche Bedrohung« oder »hier kommt niemand lebend raus« entscheiden. Es war schön zu sehen, dass sie ausnahmsweise einmal Spaß hatte.

»Geht es dir gut?« Sie streckte der Wölfin eine Hand entgegen, die sofort einen Schritt zurückwich.

Es war etwas, von dem Berg nie gedacht hätte, dass er es jemals zu Gesicht bekommen würde. Denn es war nicht *irgendeine* Wölfin. Das hier war eine Smith, Mitglied eines allseits gefürchteten Rudels, nach dem ganze Städte im Süden benannt worden waren, Städte, die sie mit eisernen Krallen führten. Aber nicht einmal das war das Wichtigste an dieser speziellen Wölfin. Sie war nicht einfach eine Smith-Wölfin, hier handelte es sich um Dee-Ann Smith. Sie war eine ehemalige Marine und der am meisten gefürchtete Wolf der Welt, abgesehen von ihrem Daddy, Eggie Smith. Über die beiden wurde nur im Flüsterton gesprochen. Niemand wollte, dass einer von ihnen aus irgendeinem Grund an der Haustür auftauchte. Oder schlimmer noch, dass *beide* dort auftauchten.

Gestaltwandler aller Rassen und Spezies gingen Dee-Ann Smith aus dem Weg. Nur die, die sie gut kannten, begaben sich jemals in ihre Nähe. Und doch hatte Charlie MacKilligan sie einmal beinahe getötet, weil Dee-Ann sie wütend gemacht hatte. Die überschrittene Grenze hatte etwas mit Charlies kleiner Schwester Stevie zu tun gehabt, und das war ausgesprochen töricht gewesen. Max konnte auf sich selbst aufpassen, aber Stevie …

Nun, Stevie war einzigartig. Süß, brillant, psychisch ein wenig labil und, wenn es um ihre Gestaltwandler-Eigenschaften ging, total unberechenbar. Obwohl Charlie und Max selten in irgendeinem Punkt übereinstimmten, stimmten sie in drei Punkten sehr wohl überein: in ihrer Liebe zu Horrorfilmen, dem Bedürfnis, Stevie vor der Welt zu schützen, und dem Bedürfnis, die Welt vor Stevie zu schützen.

Als es so ausgesehen hatte, als würde Dee-Ann sich einmischen, hatte Charlie sich nicht zurückgehalten. Das Einzige, das Dee-Anns Überleben sicherte, war der Umstand, dass sie eine mächtige Wölfin war und Jahrhunderte guter Zucht im Rücken hatte. Und Jahrzehnte der Tätigkeit bei den Marines und Eggies Training, um sie am Leben zu erhalten.

Aber die zerschmetterte Nase, die sie verzweifelt wieder an die richtige Stelle zu drücken versuchte, damit sie über Nacht wieder zusammenwachsen konnte, war einfach nur Charlies Art, mit ihr zu spielen. Denn sie wusste, dass ihre Botschaft schon beim ersten Mal angekommen war.

»Es tut mir leid, wirklich. Ich habe meine Allergie-Medikamente nicht genommen …«

Eine Lüge. Er hatte neben ihr gestanden, als sie ihre Allergie-Mittel mit Orangensaft heruntergespült hatte, gefolgt von einem Muffin. Dann hatte sie noch ihr Nasenspray benutzt.

»Deshalb rieche ich nichts! Und dann habe ich etwas hinter uns gehört.«

Eine weitere Lüge. Eine Smith konnte sich von Geburt an bewegen, ohne ein Geräusch zu machen. Berg wollte nicht an all die Male denken, als ein Haufen Smiths bei irgendeiner Veranstaltung, bei dem er als Security engagiert gewesen war, plötzlich neben ihm stand. Es trieb ihn in den Wahnsinn! Wie sollte er seinen Job machen, wenn er nicht merkte, dass sich ein Smith ohne Einladung hereingeschlichen hatte? Und dann völlig geräuschlos zu ihm lief, sodass er es nicht einmal mitbekam! Und ja, er warf sie immer hinaus und das mit viel mehr … na ja … sagen wir einfach »Begeisterung«, als notwendig gewesen wäre.

»Also habe ich einfach reagiert. Das verstehst du doch, oder?«

»Nein! Du verlogene kleine Lügnerin!«

»Das spielt jetzt keine Rolle«, stellte die Tigerin klar und übertönte damit Charlies dramatisches Aufstöhnen. »Wir sind nicht ohne Grund hier.«

Eine Katze war eine seltsame Partnerin für eine Wölfin, aber bei den Marines entstanden eigenartige Bettgenossen.

Und Dee-Ann Smith und Cella Malone waren so eigenartig, wie man nur sein konnte.

»Es sollte besser nichts mit meiner kleinen Schwester zu tun haben«, sagte Charlie durch zusammengebissene Zähne, aber mit einem riesigen Lächeln. »Ich möchte ungern wütend werden.«

»Es hat nichts mit ihr zu tun«, versicherte Malone. »Hier geht es ausschließlich um dich und Max. Und um das, was ihr gestern Nacht in Chinatown getrieben habt.«

Das falsche Lächeln auf Charlies Gesicht verblasste und wurde schnell durch ein echtes, hinterhältiges ersetzt.

»Keine Ahnung, wovon du redest.«

»Ja, klar. Das haben die Yuns auch gesagt. Aber ihnen glauben wir auch nicht.«

»Hör mal, ich weiß nicht, was du willst …«

»Dieser Teil von Chinatown wimmelte gestern nur so von Cops. Alles war voller Blut. Wir haben unsere Leute darauf angesetzt, aber einen Krieg zwischen euch und den Yuns können wir nicht zulassen.«

»Einen Krieg? Drohen sie mit einem Krieg?«

»Ihr habt die Tochter eines der Anführer erledigt – habt ihr gedacht, das würde man ignorieren?«

»Ich wüsste nicht, warum sie das nicht sollten. Ihr habt doch auch ignoriert, was mit eurem Onkel passiert ist.«

Malones goldene Augen verengten sich, und Smith unterbrach abrupt ihre Versuche, ihre Nase wieder in Ordnung zu bringen.

»Wie bitte?«, knurrte die Tigerin.

»Oh, war dir das nicht bekannt? Hat deine Familie das vor dir geheim gehalten? Es ist nämlich so, dass Natalie, die Halbschwester der Malone-Brüder, auch die Halbschwester der MacKilligan-Schwestern ist, was bedeutet, dass die Malone-Brüder zur Familie gehören. Und ich habe mitgekriegt, wie ihr Vater ermordet wurde und seine eigene Familie – die Malones, namentlich du – nichts unternommen hat. Weißt du, meine Mutter ist vor meinen Augen ermordet worden und mein eigener Vater hat nichts unternommen, weil er, nun ja, sich nicht darum geschert hat, also verstehst du wahrscheinlich, warum mich das gestört hat. Den MacKilligan-Schwestern ist so etwas nicht gleichgültig. Wir nehmen Anteil, also helfen wir. So läuft das in der Familie. Aber da die Malone-Tiger ihrer Familie nicht geholfen haben, habe ich einfach angenommen, dass die Yuns es auch nicht tun würden. Ich habe mir gedacht, so seien Tigern nun mal. Ich habe gedacht, die Malone-Brüder seien einfach anders oder Freaks oder so.«

Charlie trat dichter an Cella Malone heran. »Aber du kannst den Yuns ausrichten, dass sie, wenn sie einen Krieg wollen, einen Krieg haben können. Und ich kann mit ihnen machen, was ich mit ihrer geliebten Tochter gemacht habe, nachdem sie meine Schwester in eine Falle gelockt und in einen Verbrennungsofen geworfen hatten.«

Malone blinzelte. »Max ist tot?«

»Nein.«

Malone wandte den Blick ab, für einen Moment verwirrt. »Also war der Verbrennungsofen nicht eingeschaltet?«

»O doch, das war er. Und wenn es jemand anderen als Max und

ihre Freundinnen getroffen hätte, wäre er jetzt tot. Aber es war Max … mit ihren Freundinnen …«

»Ich versteh's nicht. Max ist nicht tot?«

»Nein.«

»Aber sie war in einem Verbrennungsofen.«

»Ja.«

»Der eingeschaltet war.«

»O ja. Auf höchster Stufe.«

»Und jetzt ist sie schrecklich entstellt?«

»Nein. Ein paar Narben, aber sie hatte ohnehin schon welche, daher …« Charlie zuckte die Achseln.

Da es anscheinend nichts mehr zu sagen gab, trat Charlie vor, schloss sanft Malones offenen Mund und griff dann nach Bergs Hand.

»Ich wünsche euch noch einen schönen Abend«, sagte sie, bevor sie mit ihm zu ihrem Haus ging, um nach ihrer kleinen Schwester zu sehen.

»Schau dir an, was dieses bösartige Miststück mit meiner Nase gemacht hat!«

»Wie überlebt man einen Verbrennungsofen?«, fragte Cella. Sie sagte sich immer wieder, dass die Honigdachs-Wolf-Hybride gelogen haben musste. Nur dass Charlie bei wichtigen Dingen normalerweise nicht log. Bei kleinen Dingen schon. Wie mit der Behauptung, nicht gewusst zu haben, dass Smith hinter ihr steht und sich deswegen erschrocken hätte. Aber wenn es um ihre Schwestern ging, log diese Frau nicht. Niemals. »Ein Verbrennungsofen, der eingeschaltet war? Auf höchster Stufe?«

»Ich werde vielleicht eine Schönheitsoperation brauchen, um das hier in Ordnung zu bringen! Verstehst du das? Die Smith lassen keine Schönheitsoperationen machen, Malone! Was soll ich beim nächsten Familienfest sagen? Eine gemeine kleine Hybride mit einem Daddy-Problem hat meine Nase zerschmettert?«

»Es ist physisch unmöglich, so etwas zu überleben.«

»Hörst du mir überhaupt zu, Malone?«

»Nein!«

Sie saßen wieder in Cellas Wagen. Im selben Trans-Am, den sie schon in der Highschool gehabt und den ganzen Sommer lang aufgemotzt hatte, sodass er jetzt, um es mit einem Wort zu sagen, einfach umwerfend war. Smith hatte ihr geholfen. Die Frau kannte sich mit Autos aus und sie hatten viel Spaß bei der Arbeit daran gehabt. Aber es war ein Albtraum gewesen, während der vergangenen Monate mit den MacKilligans zu tun zu haben. Diese Familie war einfach nicht normal.

Okay. Keiner von ihnen war »normal«. Aber die MacKilligans und die Gestaltwandler, mit denen sie sich umgaben, waren so weit entfernt von ihrer Normalität, dass sie aus einer anderen Galaxis hätten stammen können. Lichtjahre entfernt von Normalität.

»Was tun wir jetzt?«, fragte Cella Smith. »Wenn die Yuns sie sich vorknöpfen ...«

»Das werden sie! Es kann gar nicht anders sein, denn jetzt geht es um die Ehre.«

»Weißt du tatsächlich etwas oder sagst du das nur, weil du dir als Kind mit deinem Dad immer die Run-Run-Shaw-Filme angesehen hast?«

»Das habe ich dir mal erzählt, stimmt, und nein! Ich rede von der Tatsache, dass sie sehr amerikanisierte Gangster sind«, erklärte Smith. »Wir würden das gleiche Gespräch führen, egal, woher ihre Familie stammt, denn Gangster sind Gangster.«

»Wir können nicht zulassen, dass sie einen ausgewachsenen Krieg mitten in den fünf Boroughs von New York führen und dann davon ausgehen, die Vollmenschen werden es nicht bemerken. Bandenkriege bemerken sie durchaus.«

»Hör mal, was die Gruppe angeht, wir sind nur Auftragskiller. Das hier ist eine Sache für das obere Management.«

»Mit anderen Worten, ich soll die Sache deinem Mann und seinem Onkel überlassen?«, fragte Cella.

»Ganz genau. Dafür wird er schließlich bezahlt. Wir verdienen nicht genug, um uns mit Scheiße solchen Ausmaßes zu beschäftigen! Ihm ist nicht die Nase gebrochen worden!«

»Na schön. Aber du musst endlich aufhören, dich wegen deiner verdammten Nase wie ein Jammerlappen aufzuführen.«

»Wirklich?« Smith nahm das Handtuch weg, das Cella ihr gegeben hatte, um die Blutung zu stillen, und wischte sich über die Nase.

»Das würdest du nicht wagen«, knurrte Cella und schaute zu, wie Smith die Unverschämtheit besaß, ihre blutverschmierten Hand über das Armaturenbrett auf der Beifahrerseite von Cellas Auto zu ziehen.

»Machst du dir jetzt Sorgen wegen meiner Nase?«, fragte Smith. »Oder soll ich das Gleiche mit deiner Rückbank machen?«

»Das … *das* ist der Grund, warum Katzen Hunde hassen!«

16

Sie entschieden sich, es richtig krachen zu lassen, und wählten das ultrateure Steakhouse von Van Holtz unweit des Sportzentrums. Die Mannschaft hatte es offensichtlich eingefädelt, dass sie dort hingingen. Denn obwohl Mads ihre Kameradinnen irgendwo in dem vierstöckigen Gebäude zu hören meinte – und die Füchsin, die sie im Restaurant begrüßte, Mads sofort von ihren anderen Besuchen mit ihrer Mannschaft nach einem Sieg wiedererkannte –, führte man die beiden in ein privates Speisezimmer, das offensichtlich die versnobte Nelle für sie reserviert hatte.

Nicht dass es Mads wirklich etwas ausmachte, ein großes Mannschaftsessen zu versäumen. Das Spiel war schließlich nur eins der Play-offs gewesen. Ihre Gedanken waren bereits bei den Meisterschaften. Wenn sie die gewannen, konnten sie immer noch mehr als genug als Mannschaft zusammen feiern.

Der schroffe Kellner, ein Schwarzbär, reichte jedem von ihnen eine Speisekarte, nahm ihre Getränkebestellung entgegen und schlurfte dann zur Tür hinaus.

Sie lächelten sich verlegen an, verschwanden hinter ihren Speisekarten, und Mads studierte die ungezählten Wahlmöglichkeiten. Afrikanischer Büffel. Rotwild. Zebra. Giraffe. Antilope. Sogar Gnu. Man konnte Pilzsoße dazu bestellen. Oder Knoblauch-Shrimps. Oder einen teuren Wein. Oder Honigglasur. Oder …

Mads legte die Speisekarte beiseite. »Ich will nichts von alledem.«

Finn legte seine Speisekarte beiseite. »Ich auch nicht. Ich habe das Gefühl, als würde ich im Haus meiner Großmutter Malone essen. Mit den eleganten Servietten und den Gläsern, die man auf keinen Fall zerbrechen darf. Sie hat uns immer wieder auf die Hände geschlagen, bis Ma sie mit der Kralle gekratzt hat. Danach wurden die Malone-Brüder nie wieder ins Haus von Großmutter Malone eingeladen.«

»Ich habe schon öfter hier gegessen, aber immer mit Max und den anderen. Meistens bin ich dann damit beschäftigt dafür zu sorgen, dass sie sich nicht mit dem mit Gift gemischten Tequila ins Jenseits befördern, den sie mitbringen. Oder ich muss verhindern, dass sie andere umbringen, weil sie irgendeinen Streit anzetteln. Aber erst jetzt, da ich mir keine Sorgen mache, wird mir bewusst, wie unwohl ich mich hier fühle. Es macht einfach keinen Spaß.«

»Wir gehen zum Muttertag immer in eins dieser Restaurants auf Long Island. Dort gibt es eine umwerfende Zwiebelsoße, die wirklich zu allem passt, einschließlich eines gewöhnlichen New-York-Strip-Steaks. Aber ohne meine Mom, meine Brüder und Nat ist es einfach ungemütlich.«

Sie saßen verlegen schweigend da, und Mads fragte sich, wann diese Qual enden würde.

»Wollen wir versuchen zu flüchten?«, witzelte Finn schließlich.

»Der Kellner sieht so aus, als würde er uns einholen.«

»Er ist ein typischer Steakhouse-Kellner. Sieht so aus, als sei er schon seit tausend Jahren hier. Eine Stimme wie ein Reibeisen. Und er sieht nicht so aus, als würde er auch nur den geringsten Scheiß darauf geben, ob wir bleiben oder gehen, solange wir unsere Drinks bezahlen und ein Trinkgeld für ihn dalassen.« Er grinste. »Wo würdest du denn stattdessen gern essen?«

Mads dachte ein Weilchen nach, aber nach einem harten Spiel gab es für sie tatsächlich nur eine einzige Wahl. »Magst du jamaikanisches Essen?«

Finn zuckte die Achseln. »Hab ich noch nie probiert.«

»Wirklich noch nie?«

»Ich bin in Syosset geboren. Da gibt es nicht viele jamaikanische Restaurants.«

»Von denen du weißt.«

»Das stimmt. Wir haben nicht direkt nach jamaikanischen Restaurants gesucht.«

»Willst du es dann mal ausprobieren?«

»Stehen da Zebras auf der Karte?«

»Hühnchen auf jamaikanische Art. Erbsen und Reis. Frikadellen. Die sind übrigens wirklich gut. Und ohne Zebra. Nur Huhn oder Rind.«

»Probieren wir's.«

In dem Moment, als sie aufstanden, kam der Kellner mit ihren Drinks. Er warf ihnen nur einen Blick zu, ächzte und sagte beim Hinausgehend warnend: »Sie sollten besser ein Trinkgeld dalassen.«

Finn zuckte erneut mit den Schultern. »Wie ich's gesagt habe.«

Sie landeten wieder in Queens, nur wenige Straßen von Mads neuem Heim und dem Haus der MacKilligans entfernt. Dass Mads ein Restaurant in der Gegend wählte, wo sie seit Wochen wohnte, war nicht unbedingt überraschend, und Finn war ohnehin froh, aus der Innenstadt rauszukommen.

Er hatte jedoch nicht damit gerechnet, wie gut das Personal Mads kannte und wie sehr man sie dort mochte. Sobald sie hereinkam, wurde sie mit freudigen Rufen und Umarmungen begrüßt. Es waren alles Vollmenschen, daher fielen keine Bemerkungen über die Basketball-Play-offs von Gestaltwandler-Profis oder Zebras oder Afrikanische Büffel. Stattdessen stellte Mads Finn einfach als einen guten Freund vor, und man führte sie zu einem kleinen Tisch in der Ecke, bei dem er das Gefühl hatte, dass Mads immer dort saß.

»Hey, Mädel«, begrüßte sie ein hochgewachsener Mann mit schulterlangen Dreadlocks und beugte sich herunter, um Mads auf die Wange zu küssen. Dann legte er mit Plastikfolie überzogene Speisekarten vor sie beide hin.

»Hallo, Danny. Das ist Finn. Finn, das ist Danny. Ihm gehört dieses Restaurant, zusammen mit Cherie, seiner Frau.«

»Bist du dir sicher, dass du dich dort wohlfühlst, mein Guter? Mit deinen Schultern wirkst du ein wenig« – Danny gestikulierte – »eingeengt.«

»Nun …«

»Du hast doch nichts dagegen, wenn wir euch einen anderen Tisch geben, Mads, oder?«

»Nein.«

»Das hier ist Mads' üblicher Tisch. Aber du brauchst mehr Platz. Geben wir euch einen Tisch dort drüben.«

Danny sah zu, wie Finn sich erhob, und als er vor ihm aufragte, musste Danny lachen.

»Muss das wirklich sein, Mads? Scheint mir eine ganze Menge für ein kleines Mädchen wie dich.«

»Ich dachte, du willst uns an einen neuen Tisch bringen.«

»Kein Grund, schnippisch zu werden.«

An ihrem neuen, größeren Tisch stellte Finn mit Erleichterung fest, dass er seine Schultern jetzt besser bewegen und sogar die Beine ausstrecken konnte.

»Also, ist das nicht schöner?«, erkundigte sich Danny.

»Hast du nicht irgendetwas zu tun?«, fragte Mads.

»Ich sorge nur dafür, dass alle glücklich sind.«

»Cherie!«

Eine atemberaubende ältere Frau mit beeindruckend langen Dreadlocks, die ihr sicher bis in die Kniekehlen reichten, kam hinter einer Bürotür hervor, und ohne ein Wort zu sagen, zeigte sie lautlos mit einem anklagenden Finger in Richtung Küche.

Lachend setzte ihr Mann sich in Bewegung, und ein Kellner nahm sofort seinen Platz ein, um ihre Getränkebestellungen entgegenzunehmen.

Mads formte mit den Lippen ein: *Danke.* Und Cherie zwinkerte ihr zu und ging lächelnd ins Büro zurück.

Finn sah sich um und wusste sofort, dass es ihm hier gefiel. Dieses Lokal erinnerte ihn an sein Lieblingsrestaurant, das seine Familie oft besuchte, weil es dort authentisches mongolisches Essen gab. Kein mongolisches Büfett. Das war tatsächlich eine taiwanesische Erfindung und nicht einmal ansatzweise »authentisches« mongolisches Essen. Aber nach dem Tod ihres Vaters und nachdem die Verwandtschaft gezwungen gewesen war, zu ihrem eigenen Leben zurückzukehren, hatte ihre Mutter Trostessen gebraucht, die sie nicht selbst zubereiten musste. Zum Glück entdeckte sie ein winzig kleines Restaurant mit einem Koch direkt aus der Mongolei. Sie hatten sich schnell angefreundet, und er stellte immer sicher, dass Lisas sich noch im Wachstum befindenden Jungs genug zu essen bekamen. Nicht weiter schwierig, als sie noch jünger waren, aber als die Malone-Brüder immer weiter wuchsen und immer mehr und mehr und mehr aßen, schien es ihn ein wenig zu beunruhigen. Nicht dass irgendjemand ihm einen Vorwurf deshalb machen konnte. Vor allem wenn sie ihre Wachstumsschübe hatten. Dass sie innerhalb der zwei Wochen zwischen den Restaurantbesuchen von einem Meter siebzig oder fünfundsiebzig auf eins neunzig oder eins fünfundneunzig hochschossen, machte allen Angst.

»Das ist ein schönes Lokal«, sagte Finn, nachdem der Kellner eine Limonade für Mads und eine Passionsfrucht-Bowle für Finn gebracht hatte.

»Ich bin schrecklich gern hier. Erinnert mich an zu Hause.«

Finn sah sich erneut um und sein Blick blieb auf dem riesigen Wandbild von Bob Marley liegen.

»*Dieses* Restaurant erinnert dich an Wisconsin?«

»O Gott, nein.« Mads lachte leise. »Ich meine Detroit. Bis zu unserem Umzug nach Wisconsin habe ich in Detroit gelebt. Den größten Teil meiner Zeit war ich bei meiner Urgroßmutter in ihrem Laden. Nebenan gab es so ein jamaikanisches Fast-Food-Restaurant. Sie und der Besitzer haben einander gehasst, aber ich mochte ihn. Er hat mir kostenlose Mahlzeiten vorgesetzt, weil er dachte, Solveig lasse mich absichtlich hungern, und er hat mir viel über Reggae-Musik beigebracht.«

»Du magst Reggae?«

»Reggae und Ska.« Ihre Augen verengten sich. »Was ist daran so witzig?«

»Ich habe seit der Highschool niemanden mehr von Ska reden hören.«

»Die Lieblingsschwester meines Dads war ein Riesenfan. Durch sie habe ich diese Musik kennengelernt.«

Der Kellner kehrte mit einem Teller voll von etwas zurück, das Mads »Frikadellen« nannte. »Sie sind wirklich gut«, sagte sie. »Die da sind mit Hühnchen. Die mit Rind.«

Finn lächelte.

»Was?«

»Sie erinnern mich ein wenig an *khuushur.*«

»Und das ist …?«

»Gebratene Teigtaschen mit Fleisch, Zwiebeln und Gewürzen. Sie sehen ganz ähnlich aus. Obwohl du, wenn du sie in der Mongolei bestellen würdest, wahrscheinlich statt Hühnchen Hammel oder Kamel bekommen würdest.«

»Kamel? Ich habe noch nie Kamel gegessen. Aber dafür Schwarze Mamba, daher maße ich mir kein Urteil an.«

»Das solltest du auch nicht, für Millionen von Menschen gehört Kamelfleisch zu ihrer gewohnten Kost.«

Finn probierte von einer Rinderfrikadellen und es schmeckte ihm so gut, dass der Kellner einen weiteren Teller davon nur für ihn brachte, als er den ersten Teller binnen Minuten leer gegessen hatte.

»Ich werde für uns die Kombi-Gerichte bestellen«, verkündete Mads. »Hühnchen auf jamaikanische Art, Ochsenschwanzsuppe, Rindereintopf. So findest du am schnellsten heraus, was dir schmeckt.«

»Was ist mit dem Ziegencurry?«

»Ich mag Currys nicht.«

Finn runzelte die Stirn. »Und was hat das mit mir zu tun?«

Der Kellner kam, und Mads gab ihre Bestellung auf, bevor sie es ihm erklärte. »Ich mag Currys nicht, weil ich den Geruch nicht ausstehen kann. Wenn du Curry bestellst, bin ich weg.«

»Oh. Okay. Dann gehst du wohl nicht oft in indische Restaurants, was?«

»Nein. Es treibt Streep in den Wahnsinn, weil sie indisches Essen liebt. Angeblich zerstöre ich ihr Leben, weil sie nicht mit *all* ihren Mannschaftskameradinnen indisch essen gehen kann. Und das wegen mir.«

»Streep ist eine interessante Frau.«

»Streep ist eine Irre. Aber sie ist ein Basketball-Ass, daher finde ich mich mit ihrem Wahnsinn ab.«

»Ich fürchte, gegenüber der Liga werde ich das noch oft genug über Charlie sagen.«

Ein Lächeln zeichnete sich auf Mads' Gesicht ab. »Ihr habt Charlie MacKilligan in eure Mannschaft aufgenommen?«

»Ja, haben wir.«

»Das ist mutig.«

»Du hättest sie sehen sollen«, erklärte Finn, den Mund voll mit Rinderfrikadelle. »Wenn sie auf dich zukommt, ist sie wie eine Lokomotive, und du bist nur das Auto, das auf den Gleisen feststeckt. Aber wenn du dich auf sie stürzt, ist sie der Berg, den du nicht von der Stelle rücken kannst. Die Trainer lieben und fürchten sie gleichermaßen.«

»So geht es mir mit ihr auch.«

»Und trotzdem hast du keine Angst vor Max?«

Sie schüttelte den Kopf. »Ich habe nur Angst davor, was Max mit anderen machen könnte. Oder dass ihr irgendwelche Zivilisten in die Quere kommen. Sie nimmt in der Hitze des Gefechts nicht unbedingt Rücksicht auf Zivilisten. Also müssen wir anderen oder ihre Schwester es tun. Ziemlich mühsam für uns alle.«

Ihr Hauptgang wurde gebracht und sie machten sich beide darüber her. Nach all der körperlichen Anstrengung des Tages arbeiteten sie sich ohne große Mühe durch ihre Teller mit köstlichen Speisen. Das Problem war, dass Finn immer noch Hunger hatte. Großen Hunger. Er verhungerte tatsächlich fast. Und wollte gerade um mehr bitten, als ein weiterer Teller vor ihn hingestellt wurde, bevor er auch nur ein Wort sagen konnte.

»Ich bin einmal zum Mittagessen mit den Dunn-Drillingen hier gewesen«, erklärte Mads, den Kopf über ihren Teller gebeugt, während sie sich mit ihrer Gabel Essen in ihren Mund schaufelte. »Sie mussten das Restaurant für den Rest des Tages schließen. Sie konnten danach nicht einmal fürs Abendgeschäft öffnen.«

Sie lehnte sich zurück und ein anderer Kellner nahm ihren leeren Teller weg und ersetzte ihn durch einen vollen. Sie machte sich wieder ans Werk, genau wie Finn.

Mads hörte nach ihrem dritten Teller auf zu essen, Finn dagegen erst nach seinem fünften. Trotzdem verloren die Kellner und Restaurantinhaber kaum ein Wort darüber. Vielleicht wegen seiner Größe.

Ungefähr in der Mitte ihrer Mahlzeit kam eine Reggae-Band auf die Bühne im vorderen Teil des Restaurants. Sie waren nicht schlecht und Mads schien wirklich glücklich zu sein. Finn gewann den Eindruck, dass sie ihre Liebe zum Reggae gewöhnlich für sich behielt, vielleicht indem sie die Musik über Kopfhörer laufen ließ, wenn sie mit ihren Mannschaftskameradinnen zusammen war. Doch er konnte es verstehen. Er hörte gern Techno, was Keane in den Wahnsinn trieb, und angeblich in ihm den Wunsch weckte, den ersten männlichen Vollmenschen zu töten, den er sah. Daher war es nur vernünftig, dass Finn sich seine Musik immer über Kopfhörer reinzog. Und sei es auch nur, um die vollmenschlichen Männer vor Keane zu schützen – und Keane vor einer lebenslänglichen Gefängnisstrafe zu bewahren.

Als die Band nach ungefähr vierzig Minuten eine Pause machte, fragte Mads: »Wollen wir noch Nachtisch bestellen und es mit zu mir nehmen? Ich weiß nicht, ob ich Kaffee dahabe, aber irgendetwas wird es schon geben.«

»Klingt großartig.«

Sie winkte einen Kellner heran und wählte ein paar Sachen von der Dessert-Karte, wobei sie eine doppelte Portion Kuchen mit Bitterschokolade bestellte, da Mads versprach: »Es ist das Beste.

Ernsthaft. Der Zitronenkuchen ist ebenfalls gut, aber der mit Bitterschokolade verändert dein Leben.«

Sie bezahlten nicht am Tisch, sondern vorne am Tresen. Finn gab Mads eine Papiertüte mit den Desserts und schickte sie zu seinem SUV nach draußen. Danny machte die Rechnung fertig, und Finn stellte sicher, ein paar Zwanziger dazuzulegen, damit auch alle, die sich an diesem Abend um sie gekümmert hatten, ein Trinkgeld bekamen. In jungen Jahren hatte er in genügend Restaurants und Bars als Rausschmeißer gearbeitet, um zu wissen, wie wichtig Trinkgeld für Kellner und Barkeeper war.

Als er zur Tür ging, fragte Danny: »Erhoffst du dir, dass ich Mads erzähle, welch fürstliches Trinkgeld du gegeben hast?«

»Ich gebe immer ein anständiges Trinkgeld«, gab Finn zurück. »Aber du kannst ihr sagen, wie charmant und hübsch ich bin.«

»Du willst also, dass ich das arme Mädchen belüge?«

Finn lächelte. »Nur was den Charme angeht.«

Mads öffnete mithilfe der Elektronik die Hecktür des SUV und stellte vorsichtig ihren Nachtisch in den Kofferraum, während sie versuchte, die richtige Stelle zu finden, damit die Tüte nicht umkippte. Sie wollte nichts von der Ganache aus Bitterschokolade an die Schachtel verlieren, in der ihr Kuchen sich befand.

»Hey, Mads.«

»Mads!«

»Yo, Mads!«

Mads richtete sich schnell auf und sah sich um. Sie legte den Kopf schräg und versuchte, mit den Ohren auszumachen, woher die Stimmen kamen.

»Mads! Komm her«!

»Max?«

Sie tastete nach ihrer Halbautomatik Kaliber .40, aber dann fiel ihr ein, dass sie sie gar nicht bei sich hatte. Sie ging nicht gern bewaffnet zu ihren Spielen. Damit forderte man bei einigen der Mannschaften, gegen die sie antraten, Ärger förmlich heraus.

Mads ging in Richtung der dunklen Gasse, in die sie trotzdem mühelos hineinschauen konnte. Das Problem war, dass sie niemanden sah. Nicht Max. Nicht ihre Mannschaft. Keinen Typen in militärischer Ausrüstung, der mit einem Kassettenrekorder in den Händen auf der Lauer lag. Da war niemand. Und doch klang die Stimme, als käme sie von …

»Oh, Scheiße!«

Mads wirbelte herum, bereit zu kämpfen. Aber man hatte sie bereits an Handgelenken und Unterarmen gepackt, sie in die dunkle Gasse gezerrt und sie so heftig gegen die Mauer geschmettert, dass sie kurz tatsächlich glaubte, gelbe Vögel zwitschernd um ihren Kopf fliegen zu sehen.

»Hi, Cousine!«

»Hey, Cous.«

Es waren die Zwillinge, die Max vor vielen Jahren im Schulbus mit Skorpionen gepeinigt hatte. Dieses Ereignis hatte damals zu einem kurzen Krankenhausaufenthalt geführt, den sie weder vergessen noch verziehen hatten. Aber sie gaben die Schuld nicht »den Bibern« – Mads hatte schon vor langer Zeit aufgehört, sie zu korrigieren und darauf hinzuweisen, dass es sich bei ihnen um »Dachse« handelte.

Sie gaben *ihr* die Schuld.

Deshalb waren sie auch entzückt, dass man ausgerechnet sie geschickt hatte, um Mads das Leben zur Hölle zu machen. Warum auch nicht? Sie hatten ohnehin nichts Besseres zu tun zwischen ihren gelegentlichen Banküberfällen.

»Geht runter von mir!«, befahl Mads, stieß sie weg und wäre beinahe entkommen. Aber die beiden zusammen waren eine ganz schöne Menge geballter Kraft. Sie schmetterten sie erneut gegen die Mauer.

»Wo ist es?«, fragte die eine.

»Die Familie will es wiederhaben«, sagte die andere.

»Keine Ahnung. Ich habe es nicht.«

Im selben Moment fingen die anderen Cousinen, die sich hinter Tilda und Gella angeschlichen hatten, an, auf sie einzuschlagen. Sie trafen sie mitten im Gesicht. In den Bauch. Einige

Schläge landeten in ihren Nieren. So heftig, dass Mads fast in die Knie ging.

Diesmal hatten sie sich nicht einmal die Mühe gemacht, die Männchen zu schicken. Es sei denn vielleicht, um sie zu fahren oder Schmiere zu stehen. Diese Schläge kamen von ihren Cousinen, die sie immer gehasst hatten und sie nie bei irgendetwas hatten dabeihaben wollen. Und denen unverständlich gewesen war, warum man sie nicht zusammen mit Solveig in Detroit zurückgelassen hatte, als sie umgezogen waren, oder sie zu ihrem Vater geschickt hatte, was anscheinend immer sein Wunsch gewesen war.

»Wir fragen dich nur noch ein einziges Mal …«, hob Tilda zu sprechen an.

»Und was dann?«

Gella schlug ihr dreimal ins Gesicht und schrie: »Sag uns, wo es ist, du kleines Miststück!«

Das Aufbrüllen am anderen Ende der Gasse ließ die Hyänen in panisches Gelächter und Gejohle ausbrechen, womit sie nach den Männchen in der Nähe riefen. Aber die Art und Weise, wie Finn allein mit seinen Schultern den Eingang zu dieser Gasse ausfüllte, veranlasste Mads' Cousinen, sie sofort loszulassen. Die Schwächeren wichen zurück.

Aber Tilda und Gella hatten den Traum, eines Tages Anführerinnen zu sein.

Sie griffen jedoch nicht an. Sie waren menschlich genug, um die Sache schlauer einzufädeln. Also schlenderten sie zu Finn hinüber und Tilda fragte mit honigsüßer Stimme: »Du würdest doch kein Mädchen schlagen, oder?«

Und das tat Finn wirklich nicht. Er schlug keine Mädchen. Er rammte seinen Kopf gegen ihren, sodass Tilda mehrere Schritte rückwärts taumelte. Gella stürzte sich mit ausgefahrenen Krallen und Reißzähnen auf Finn, aber er stieß ihr lediglich die Hand gegen den Brustkorb, sodass sie gegen die nächstbeste Mauer flog und irgendetwas in ihrem Körper hörbar brach.

Finn brüllte erneut und in den Wohnungen in den oberen Stockwerken in der Nähe ging das Licht an.

Ihre Cousinen ergriffen die Flucht. Tilda musste Gella beim Aufstehen und Weglaufen helfen. Der Rest des Clans hatte die Zwillinge einfach zurückgelassen.

Finn ging zu Mads, aber bevor er etwas sagen konnte, rannte sie bereits wutentbrannt davon. Mads wollte nicht mit ihm reden. Sie wollte mit überhaupt niemandem reden.

Bedauerlicherweise schien die Message nicht bei ihm anzukommen.

Am SUV holte er sie ein und hielt sie zwar nicht am Arm fest, blockierte aber die Tür zum Beifahrersitz, bevor Mads sie öffnen konnte.

»Warum hast du dich nicht gewehrt?«, fragte er.

»Es waren zu viele.«

»Quatsch! Ich habe es dich schon mit zwei Tigern aufnehmen sehen, nur bewaffnet mit einem Baseballschläger und deinem Zorn. Und dann hattest du noch immer längst nicht genug. Das hier waren nur Hyänen. Warum hast du nicht gegen sie gekämpft?«

»Ich will nach Hause.«

»Warum antwortest du mir nicht?«

»Ich will nach Hause.«

»Und du hast weder deine Reißzähne noch deine Krallen ausgefahren.«

»Bringst du mich jetzt nach Hause oder muss ich laufen? Willst du, dass dieses Date so endet?«

Finn nahm die Hand von der Tür weg und Mads riss sie auf. Sie stieg ein und er stieg auf der anderen Seite ein. Während der gesamten Rückfahrt zu ihr nach Hause sprachen sie kein Wort. Sie wohnte nur wenige Häuserblocks entfernt, aber es war wahrscheinlich die längste Fahrt ihres Lebens.

Finn verstand es einfach nicht. Es waren doch nur etwa sechs oder sieben Hyänen gewesen, die sich auf sie gestürzt hatten. Er hatte nicht wirklich mitgezählt. Als er sie in der Gasse gefunden hatte, war er schockiert gewesen zu sehen, dass sie einfach nur dagestanden und die Prügel eingesteckt hatte. Sie hatte sich nicht zur Wehr gesetzt. Nicht um Hilfe gerufen. Sie hatte ihnen nicht einmal gesagt, dass sie sich verpissen sollten. Sie hatte absolut gar nichts getan, außer es hinzunehmen.

Nun gut, Mads war nicht so … na ja … irre wie Max MacKilligan oder so hinterhältig wie Nelle und Streep. Oder wie 007-trifft-Smiley-als-Tock. Aber sie war definitiv auch nicht eins von den Mädels, die einfach »dastand und es hinnahm«. Zumindest hatte er bisher nicht diesen Eindruck gewonnen.

Nur dass …

Finn bog in Mads' Einfahrt, schaltete den Motor aus und fragte: *»War das deine Familie?«*

Es war das Einzige, was einen Sinn ergab. Die einzige Person, auf die er sie je so passiv hatte reagieren sehen, war ihre Mutter gewesen.

Statt ihm zu antworten, stieg Mads aus dem SUV und stürmte aufs Haus zu. Knurrend folgte er ihr zur Tür. Auf der niedrigen Veranda blieb sie stehen und wandte sich ihm zu, vermied aber jeglichen Blickkontakt.

»Ich danke dir für einen wunderschönen Abend. Schlaf gut.«

»Mads …«

Sie drehte sich weg, den Schlüssel schon in der Hand, aber bevor sie ihn ins Schloss stecken konnte, wurde ihr bewusst, dass ihre Eingangstür einen Spaltbreit offen stand.

»Sind sie hier eingebrochen?«, flüsterte er.

»Ich … sie …«

Mads trat die Tür noch ein Stück weiter auf, rannte hinein und knipste überall das Deckenlicht an. Rasch sah sie sich im Wohnzimmer um. Als sie nichts entdeckte, rannte sie die Treppe hinauf. Finn suchte unten weiter, ging in die Küche und spähte in den Garten. Er lief sogar in den Keller.

Aber nichts schien durcheinandergebracht worden zu sein. Jedenfalls nichts, das sofort ins Auge fiel. Ob Mads irgendetwas aufgefallen war, wusste er nicht.

Das Einzige, das er mit Bestimmtheit wusste? Er *roch* keine

Hyänen. Nicht nur nichts vom allgemeinen Geruch einer Hyäne, sondern auch keine Markierung, die eine Hyäne hinterlassen hätte, wenn er oder sie kühn genug gewesen wäre, die Haustür offen stehen zu lassen. Und um ehrlich zu sein, Hyänen hinterließen widerlich riechende Markierungen. Das wäre das Erste gewesen, was Finn und Mads beim Betreten des Hauses gerochen hätten.

Er ging wieder nach oben und schloss die Haustür. Aber als er sich umdrehte, kam Mads die Treppe herunter, und in der Hand hielt sie ein Wikingerschwert aus Edelstahl.

Sie trug es auf beiden Händen, als wolle sie das Schwert einem Gott darbieten. Ihre Augen waren vor Schreck geweitet.

»Wo hast du das denn gefunden?«, fragte er.

»Auf dem Bett. Neben dem Kojoten.«

»Ich bezweifle, dass er derjenige war, der es dort hingelegt hat.«

Sie funkelte ihn an. »Sehr witzig.«

»Hast du im Haus noch eine Spur von jemand anderem aufgenommen? Ich nämlich nicht.«

»Nein, ich auch nicht. Was mich auf die Idee bringt, dass es jemand war, der sehr gut ist in dem, was er tut.«

»Du hast die ganze Zeit gewusst, wer dieses blöde Ding geklaut hat, nicht wahr?«

»Wahrscheinlich.«

»Und?«

Ihr ganzes Gesicht verzog sich, als sie antwortete: »Mein Vater.«

17

»Was soll ich bloß tun?«

Finn zog den Kopf ein. »Als Erstes solltest du vielleicht das Schwert weglegen.«

Statt es zu tun, hielt sie es in seine Richtung. »Ich darf es nicht im Haus haben!«

»Warum flüsterst du? Komm, gib es mir!« Er griff danach, und sie kämpften um das Wikingerschwert, bis Mads es plötzlich losließ und Finn es sich selbst ins Gesicht schlug.

»Das habe ich davon, dass ich einer Frau einen Kopfstoß versetzt habe. Das war Karma.«

»Karma? Sie ist ein Hyänen-Dämon und hätte mich liebend gern windelweich geprügelt. Ihre eigene Cousine! Du hast keinen Grund, dich schuldig zu fühlen.« Sie starrte auf das Schwert, bevor sie traurig verkündete: »Ich werde es an sie zurückschicken, bevor das Ganze außer Kontrolle gerät.«

»Dein Gesicht verrät mir, dass sie es nicht *verdient haben,* dieses Schwert zurückzubekommen.«

»Was soll das heißen?«

»Du wurdest misshandelt. Von deiner eigenen Familie. Meine ignoriert mich und meine Brüder wenigstens nur.«

Er streckte die Hand nach ihrer Wange aus und sie schlug seine Finger weg.

»Meinem Gesicht geht es gut.«

»Dein Blut tropft auf den Dielenboden. Und was ist los mit deiner Seite?«

»Gar nichts ist damit los.«

»Warum stehst du dann so seltsam da?«

»Warum stellst du so viele Fragen?«

»Weil du Blut auf dem ganzen Boden verteilst! Der Kojote wird dich auffressen, während du schläfst!«

»Der Kojote ist dir wirklich ein Dorn im Auge, was?!«

»Weil er dich fressen wird, während du schläfst!«

Sie funkelten einander an, bis Mads leise knurrte: »Würdest du dich besser fühlen, wenn ich dich meine Wunden säubern lasse?«

»Ja, tatsächlich, das würde ich.«

»Na schön.«

»Na schön.«

Sie deutete mit einer weit ausholenden Handbewegung zur Treppe, aber er blaffte: »Geh einfach!« Verärgert darüber, wie schwer sie es ihm machte.

Finn sah zu, wie sie die Treppe hinaufging, und er konnte erkennen, dass sie sich etwas seltsam bewegte. Das Problem waren jedoch nicht ihre Beine. Die schienen in Ordnung zu sein.

Sie ging voraus ins Schlafzimmer, und tatsächlich, dort, mitten auf dem Bett, lag der Kojote. Er hob nicht einmal den Kopf, als er sie sah. Beobachtete sie lediglich aus einem Auge, während sie auf das große Bad zugingen.

Finn legte das Schwert auf die Kommode. »Ich kann nicht glauben, dass du ihn in deinem Bett schlafen lässt.«

»Hör auf zu schimpfen.«

Vor der Badezimmertür blieb Finn wie erstarrt stehen und schnupperte. »Rieche ich Shampoo?«

»Ich habe Stevie gebeten, ihn zu waschen, falls sie Zeit hat und er es ihr erlaubt. Ich schätze, das hat er.«

»Du lässt ein wildes Tier baden?«

»Du hast mir Angst gemacht, dass er mir Zecken ins Bett

schleppt! Sie hat ihm ein Bad gegen Flöhe und Zecken verabreicht! *Und hör auf, mich anzubrüllen!*«

Mads schaltete das Badezimmerlicht an und verzog sofort das Gesicht, als sie sich im Spiegel über dem Waschbecken sah.

»Siehst du?«, sagte er.

»Klappe.«

»Lass mich mal einen Blick auf deine Seite und deinen Rücken werfen.«

»Ist schon in Ordnung.«

»Nein, ist es nicht. Lass mich nachsehen.«

Mads seufzte und hob ihr Shirt gerade weit genug hoch, dass er sich ihre Seite ansehen konnte. Jetzt verzog Finn das Gesicht und kam näher, bevor er in die Hocke ging, um sich die Stelle genau anzusehen. Sie hatten ihr in die Nieren geboxt.

»Du brauchst Eis.«

»Ich brauche kein Eis.«

»Warum streitest du wegen jeder Kleinigkeit mit mir?«

»Weil du aus einer Mücke einen Elefanten machst.« Sie drehte sich zu ihm um. »Es ist nicht das erste Mal, dass meine Cousinen mich zusammenschlagen. Und es ist nicht das erste Mal, dass man mir in die Nieren geschlagen hat. Es ist auch nicht das erste Mal, dass ein blödes Tier in meinem Bett liegt.«

»Deine Giftschlangen zählen nicht, da sie höchstwahrscheinlich das Abendessen waren.«

»Irgendetwas musste ich ja essen.«

»Die Niere da sieht schlimm aus. Was ist, wenn sie platzt?«

»Dann wird sie wieder verheilen.«

»Das kannst du nicht wissen.«

»Sie hat es schon mal getan.«

Finn starrte sie an. »Deine Cousinen haben deine Niere schon einmal platzen lassen?«

»Das hatte nichts mit meinen Cousinen zu tun.«

»Max?«

»Nein. Es war Streep. Wir befanden uns gerade in Rom. Genauer gesagt, in Vatikanstadt, und …«

»Habt ihr den Papst ausgeraubt?«

»Das würde ich niemals tun! Außerdem raubt Streep immer nur mit ihrer Familie den Papst aus. Das hier war eine andere Geschichte, die …«

»Einfach außer Kontrolle geraten ist?«

»Mir gefällt dein Ton nicht.«

Finn schüttelte den Kopf. »Ich werde dir jetzt etwas Eis besorgen.«

»Hör auf, so enerviert zu klingen. Ich habe dich nicht um deine Hilfe gebeten!«

Der aufdringliche Tiger war hinausgegangen, aber sofort kam er wieder ins Bad zurück.

»›Enerviert‹?«, fragte er.

»Was? Ich lese. Britisches Zeug.«

»Wirklich?«

»Na schön. Ich sehe mir britische Filme und Miniserien im Fernsehen an, weil Streep so verrückt nach Jane Austen ist. Was bedeutet, dass ich hinter meinem ›enerviert‹ stehe.«

Er verdrehte die Augen und verschwand wieder aus dem Bad.

Als Mads also jetzt ein paar Sekunden für sich allein hatte, stützte sie die Hände auf dem Waschbecken ab und ließ den Kopf hängen. Nur ihre Familie konnte ihr diesen wunderbaren Abend kaputt machen. Ihre Mannschaft hatte das Spiel mühelos gewonnen, sodass ihnen ihr Platz in den Meisterschaften sicher war. Und obwohl es ihr nicht gefallen hatte, wie ihre Mannschaftskameradinnen es eingefädelt hatten, war das Date mit Finn wirklich schön gewesen. So etwas hatte sie seit langer Zeit nicht mehr gemacht. Ihre letzte Verabredung war mit einem Vollmenschen gewesen, der sie schon in den ersten dreißig Minuten ihres Treffens in einem Café gefragt hatte, ob sie auf Analsex stehe. Auf dem Heimweg zu Tocks Schrank hatte er sie mit Textnachrichten bombardiert, allesamt Fotos von seinem Schwanz. Sie war derart angewidert gewesen, dass sie beschlossen hatte, Dates für ein

Weilchen auf Eis zu legen … und vollmenschlichen Männern für immer abzuschwören.

Doch dieses Date hatte ihr Hoffnung geschenkt. Vielleicht gab es für sie tatsächlich eine Chance auf etwas Dauerhaftes. Aber nachdem er gesehen hatte, wie ihre eigene Familie sie zusammengeschlagen hatte …

Wer würde mit solchen Umständen etwas zu tun haben wollen?

Sie hatte im Laufe der Jahre mindestens mit zwei Freunden Schluss gemacht, weil sie darauf bestanden hatten, ihre Familie kennenzulernen. Sie begriff nicht, warum das so wichtig war. Einer der Männer hatte sich immer wieder darüber beklagt, er habe das Gefühl, »die echte Mads gar nicht zu kennen«. Natürlich kannte er sie nicht! Denn die echte Mads konnte sich in einen sehr großen Honigdachs verwandeln und ihm die Haut vom Leib reißen.

Sie hätte wirklich schon vor Ewigkeiten aufhören sollen, sich mit vollmenschlichen Männern zusammenzutun.

»Du siehst aus, als würdest du dich in Selbstmitleid ergehen. Lass das sein«, sagte Finn hinter ihr.

»Stimmt ja gar nicht.« Aber als sie den Kopf hob und sich im Spiegel sah, wie sie sich da über das Waschbecken beugte, wirkte sie tatsächlich ziemlich jämmerlich.

»Dreh dich zu mir«, befahl er.

Mads gehorchte und hob ihr Shirt weit genug hoch, dass er sich die verletzte Stelle anschauen konnte. Finn beugte sich vor und drehte sie langsam zu sich, damit er besser sehen konnte, wohin er das Kühlpack legen musste.

»Du hast ein Kühlpack gefunden?«

»In der Tiefkühltruhe liegt ein ganzer Haufen davon. Direkt neben den gefrorenen Lebensmitteln. Du hast jede Menge gefrorene Fleischpasteten.«

»Also echt jetzt.«

Er richtete sich auf. »Was?«

»Nichts.«

»Muss ich dich ins Krankenhaus bringen?«

»Nein, nein. Nichts in der Richtung.« Mads wandte für den Moment den Blick ab, bevor sie zugab: »Ich liebe Fleischpasteten.«

»Heilige Scheiße. Geht es immer noch darum, dass Nelle das Haus für dich eingerichtet hat?«

»Es ist schräg!«

Er wollte etwas sagen, schüttelte dann aber nur den Kopf und widmete sich wieder der Aufgabe, das Eispäckchen auf die richtige Stelle zu drücken.

»Du findest es nicht schräg?«

»Ich mische mich da nicht ein.« Er griff nach ihrer Hand und drückte sie auf das Kühlpack. »Halt das mal für eine Sekunde fest.«

Dann ging er in die Hocke und schob sich in den Schrank unter dem Waschbecken, um gleich darauf mit einem großen Erste-Hilfe-Kasten wieder aufzutauchen. Er stellte den Kasten auf den Waschtisch und holte eine Rolle Pflaster heraus. Nachdem er zwei Streifen davon abgeschnitten hatte, fixierte er das Eispäckchen auf der verletzten Stelle.

»Ist das zu kalt für dich?«

»Nein.«

»Bist du dir sicher?«

»Honigdachshaut.«

»Keine Ahnung, was das bedeutet.«

»Die kann so ziemlich alles vertragen. Deshalb haben meine Mannschaftskameradinnen überlebt, als man sie in einen Verbrennungsofen geworfen hat.«

»Das finde ich immer noch sehr seltsam.«

»Wäre es dir lieber, sie wären verbrannt, damit ich wirklich einen Grund hätte, traurig zu sein?«

»Das war es nicht, was ich …« Finns Worte wurden von seinem eigenen frustrierten Knurren abgeschnitten. Vorsichtig fasste er sie um die Taille und hob sie auf den Waschtisch.

Mit in Alkohol getränkten Tüchern aus dem Erste-Hilfe-Kasten säuberte er die Verletzungen in ihrem Gesicht.

»Sollte ich mir Sorgen machen, dass du Fieber bekommst?«, fragte er, womit er die Tatsache ansprach, dass Gestaltwandlern sich manchmal selbst heilten, wenn sie schwer verletzt waren.

»Ich hatte noch nie Fieber«, sagte sie. »Einige Hybriden bekommen Fieber, andere, wie die MacKilligans, nicht. Aber es bekommen ohnehin nicht viele Honigdachse Fieber.«

»Weil ihr alle so knallhart seid?«

»Nein. Ich denke, es liegt einfach daran, wie unsere Körper auf Traumata reagieren. Zum Beispiel, wenn wir vergiftet werden. Wir verlieren lediglich für eine Weile das Bewusstsein. Und entweder wachen wir auf oder eben nicht.«

Finn starrte sie sekundenlang an, bevor er das letzte Tuch wegwarf und anmerkte: »Faszinierend.«

»Du hast gefragt.«

»Tut mir leid, dass ich gefragt habe.« Vorsichtig hob er sie vom Waschtisch und stellte sie auf den Fliesenboden. »Ab ins Bett mit dir.«

»Ich bin aber gar nicht müde.«

»Dann machen wir den Fernseher an, den Nelle klugerweise in dein Schlafzimmer gestellt hat. Aber du gehst ins Bett, damit du nicht irgendwann ohnmächtig wirst, die Treppe herunterfällst, dir den Kopf aufschlägst und – ich weiß, das kommt nicht oft vor – dich damit umbringst.«

»Du machst dir Sorgen, ich könnte die Treppe herunterfallen, nachdem ich von einem Gebäude gefallen bin und beim Aufprall um ein Haar das Auto deines Bruders zerstört hätte?«

»So manch harter Typ wird von einem einzigen Schlag umgebracht. Seltsame Dinge geschehen nun mal. Geh einfach ins Bett. Zumindest bis ich mir sicher bin, dass deine Niere nicht explodiert und du doch noch verblutest.«

»Na schön. Aber vorher muss ich pinkeln.«

»Okay, ich warte draußen auf … du pinkelst in meinem Beisein?«

Mads sah ihn von der Toilette, auf der sie gerade saß, an. Und ja, sie pinkelte.

»Klar. Warum fragst du?«

»Du konntest nicht warten, bis ich draußen bin, und die Tür hinter mir zugemacht habe«

»Du hast zugesehen, wie meine eigene Familie mich zusammengeschlagen hat. Wir sind über das Stadium für bescheuerte Spielchen, wie so zu tun, als hätten wir keine Körperfunktionen, längst hinaus. Außerdem ... ich pinkele wirklich nur.«

Wieder hob er an, etwas zu sagen, warf dann aber stattdessen die Hände in die Luft, stürmte hinaus und schlug mit voller Absicht die Badezimmertür hinter sich zu.

Mads, die seine dramatische Reaktion auf ihre lässige Wikingerart irgendwie genoss, wusch sich, als sie fertig war, die Hände und ging ins Schlafzimmer. Dort versuchte Finn gerade, den Kojoten vom Bett zu bekommen. Zu Mads' wachsendem Entzücken schien der Kojote aber entschlossen zu sein, genau dort zu bleiben, wo er war.

»Es rührt sich nicht vom Fleck!«, beklagte er sich.

»Vielleicht deshalb, weil du ihn ›es‹ nennst.«

»Ich werde diesem Tier nicht mehr Respekt entgegenbringen als meinem eigenen kleinen Bruder.«

Mads beschloss, diesen beunruhigenden Einwand zu ignorieren, und sie wusste, dass sie nicht in engen schwarzen Jeans und Shirt ins Bett gehen wollte. Auch wenn es ein ärmelloses Shirt war. Also setzte sie sich auf die gepolsterte Bank vor dem Fenster und zog sich die Stiefel aus. Sie musste die Zähne zusammenpressen, als sie sich ein wenig vorbeugte und ihre Niere zu protestieren anfing. Sobald sie ihre Stiefel und ihre Socken ausgezogen hatte, nahm sie sich einen Moment Zeit, damit sie zu Atem kommen und der Schmerz, der ihr durch den ganzen Körper schoss, nachlassen konnte. Sie bemerkte, dass sich Finn mit dem Kojoten inzwischen ein Tauziehen um die Tagesdecke lieferte.

Kopfschüttelnd stand Mads auf und ging zur Kommode. Sie öffnete eine der Schubladen, und tatsächlich, dort fand sie mehrere locker sitzende Shorts und Baumwollhemdchen, wie sie sie zum Schlafen liebte.

Verdammte Nelle! Warum musste sie ständig beweisen, wie gut sie alle kannte? Doch das würde Mads später herausfinden müssen, nachdem sie ein wenig geschlafen hatte.

Sie nahm eine dunkelblaue Shorts und ein Hemdchen aus der Schublade und warf sie auf die Kommode. Sie wollte gerade in die Sachen steigen, als sie Finn brüllen hörte: *»Warum bist du nackt?«*

»Ich ziehe mich zum Schlafen um.«

»Warum bittest du mich nicht, den Raum zu verlassen?«

»Na ja, dich habe ich ja auch schon nackt gesehen.«

»Als ich mich von einem Tier in einen Menschen verwandelt habe. Das ist etwas vollkommen anderes.«

»Ach ja?«

Finn wandte sich knurrend von ihr ab und zerrte die Tagesdecke mitsamt Kojoten zu sich heran. Er wickelte die Decke um das Tier und verließ das Zimmer.

»Das kommt mir übertrieben dramatisch vor!«, rief sie ihm nach.

»Halt die Klappe!«

Finn warf den Kojoten in den Garten, und als die Kreatur versuchte, an ihm vorbei zurück ins Haus zu flitzen, schien Finns Brüllen ihn doch zu verscheuchen. Zumindest vorläufig.

»Hör auf, diese verdammten Katzengeräusche von dir zu geben!«, beschwerte sich einer von Mads' neuen Nachbarn.

»Ich werde eure Bienenstöcke abfackeln, bis nichts mehr davon übrig ist!«, brüllte Finn warnend, bevor er ins Haus ging und die Tür hinter sich zuknallte.

Er wusste, dass er es nicht an den Bären auslassen sollte – der Kojote bekam genau das, was er verdiente! Und der Anblick einer zerschundenen und verletzten Mads hätte ihn nur mit Mitleid erfüllen sollen. Aber stattdessen machte es ihn scharf und hart, sie dort stehen zu sehen, splitternackt, und das trotz all der Blutergüsse. Was für ein Mensch war er bloß?

Vielleicht hatte die Familie seiner Mutter recht. Mütterlicherseits waren sie eher Tiger als Mensch. Sie ließen sich von Blutergüssen oder Nierenverletzungen nicht beirren, wenn es um das ging, was ihr Herz und ihre Lenden wollten. Und die Weibchen waren genauso fordernd wie die Männchen.

Er sollte einfach gehen. Auf der Stelle. Er sollte noch nicht einmal erneut nach oben gehen. Er sollte Charlie anrufen, ihr ein Update darüber geben, was passiert war, verschwinden und sich schämen. Jawohl. Er wusste es. Der Kojote wusste es. Der Bär, der, wie er nebenan hören konnte, ängstlich seine Bienenstöcke überprüfte, wusste es.

Er hatte seine Haustürschlüssel in der Tasche. Es gab für ihn absolut keinen vernünftigen Grund zu bleiben!

»Hey, Finn!«, rief Mads aus ihrem Schlafzimmer. »Könntest du mir eine Wasserflasche mitbringen? Und auch ein Glas Nüsse in Honigkruste? Bitte?«

Es war das »bitte«, das seinen Untergang besiegelte. Warum musste sie »bitte« sagen? Noch dazu so freundlich. Nicht ironisch freundlich oder manipulativ freundlich, einfach nur … freundlich.

»Scheiße!«, knurrte er. »Scheiße, Scheiße, Scheiße, Scheiße!«

Er stapfte in die Küche. Holte für Mads eine große Wasserflasche aus dem Kühlschrank. Stöberte in den Schränken, bis er ein ganzes Regalbrett voller Dosen und Gläser mit Erdnüssen, Mandeln und Cashewkernen mit Honigkruste fand. Dann brachte er ihr alles nach oben.

Finn fand sie im Bett vor, bei laufendem Fernseher, in dem gerade ein taiwanesischer Actionfilm lief. Er hätte vermutet, sie würde sich etwas auf dem Sportsender ESPN ansehen, war aber froh, dass sie es nicht tat. Von Sport hatte er für heute Abend genug. Erst recht von vollmenschlichem Sport.

Sie hatte sich auf die Bettdecke gelegt und sich mehrere Kissen in den Rücken gestopft. Sofort nahm sie das Wasser und die Erdnüsse von ihm entgegen und legte sie neben sich ab. Dann richtete sie den Blick ihrer großen blauen Augen auf ihn.

»Mach's dir bequem«, forderte sie ihn auf und klopfte auf das Bett. »Setz dich. Kennst du diesen Film? Die Kampfszenen sind umwerfend.«

»Ähm … ich dachte gerade …«

Wieder sah sie ihn mit ihren blauen Augen an.

»Du hast *was* gedacht?«, drängte sie, als er seinen Gedanken nicht zu Ende formulierte.

»Dass ich die Schuhe ausziehen sollte.«

»Okay.«

Er schleuderte seine Schuhe von den Füßen, stieg auf das Bett und streckte seine langen Beine aus.

Für eine Weile verfolgten sie schweigend den Film, bis sie fragte: »Wasser?«

Sie hielt ihm die große Wasserflasche vors Gesicht. »Oh. Danke.« Er nahm die Flasche, trank ein paar Schlucke und gab sie ihr zurück. Sie schraubte sie wieder zu und stellte sie beiseite.

»Was hast du mit dem Kojoten gemacht?«

»Ich habe ihn einfach rausgeworfen. Es geht ihm gut. Wahrscheinlich hockt er wieder unterm Haus.«

»Armes Ding.«

»Du bist wie mein Bruder.«

»Keane?«

»Shay. Er ist auch ein Hundefreund.«

»Hunde könnten mir gleichgültiger gar nicht sein. Aber ein wildes Tier, das schlau genug ist, im Haus ein- und auszugehen, ohne eine Riesensauerei zu veranstalten, weiß ich zu schätzen. Wenn du einen Waschbären in deinem Haus hast … dann weißt du, dass du einen Waschbären in deinem Haus hast.«

Finn legte sich einen Arm hinter den Kopf. »Du wirst deinen Mannschaftskameradinnen doch erzählen, dass deine Cousinen in der Stadt sind, oder?«

»Nein, werde ich nicht.«

Verwirrt betrachtete er Mads und bemerkte, wie ernst sie plötzlich aussah.

»Warum nicht?«

»Machst du Witze? Das wäre ein Albtraum, aus dem ich nicht mehr aufwache. Ich sage kein Wort und du wirst es auch nicht tun. Kein einziges Wort.«

»Moment mal …«

»Nein. Ich meine es ernst.«

Finn stützte sich auf die Ellbogen. »Das verstehe ich nicht.«

»Das brauchst du auch nicht zu verstehen.«

»Erklär es mir oder ich fange an zu wählen. Denn ich glaube, deine Freundinnen würden es wissen wollen. Zumindest Tock würde es wissen wollen.«

»Ich versuche nur, sie zu schützen.«

»Machst du Witze?«, fragte er mit einem schwachen Lachen. »Du versuchst, diese *Furien* zu schützen? Ernsthaft? Es gibt keine Einzige von ihnen, um die ich mir Sorgen mache. Keine Einzige!«

»Aber sie haben Familie. Ich kann ihre Familien nicht in Gefahr bringen.«

»Gehört nicht der größte Teil von Tocks Familie zum Mossad? Und Nelles Vater hat Bodyguards und ungefähr eine knappe Milliarde Dollar. Und Max, oh … Max.«

»Was ist mit ihrem Großvater?«

»Er gehört zu einem Wolfsrudel, richtig?«

»Und lebt direkt neben meiner viel größeren Hyänen-Familie! Sie werden ihn vernichten! Und Streeps Familie ist völlig ungeschützt.«

Mads schüttelte den Kopf und rieb sich über die Arme. »Nein. Wir erzählen ihnen nichts. Wir lassen nicht zu, dass sie sich einmischen.«

»Und was hast du jetzt mit diesem bescheuerten Schwert vor?«

»Wir schicken es einfach mit der Post zurück oder so.«

»Nach dem, was sie dir angetan haben, willst du es ihnen wirklich zurückgeben?«

»Was sollte ich den deiner Meinung nach tun?«

»Keine Ahnung. Es wegwerfen. Oder es bei dem Kojoten unterm Haus verstecken.«

»Damit wir den Kojoten in Gefahr bringen, wenn sie herkommen und nach dem blöden Schwert suchen? Denn sie werden irgendwann herausfinden, wo ich wohne.«

Finn setzte sich auf, stützte die Arme auf die Knie und richtete seine ganze Aufmerksamkeit auf Mads.

»Willst du damit sagen, dass du dir nicht nur um deine Freunde und die Familien deiner Freunde Sorgen machst, sondern auch um die Sicherheit irgendeines dahergelaufenen Kojoten, der rein zufällig unter dem Haus lebt, das du gestern gekauft hast? Ist es *das*, was du mir sagen willst?«

Mads zuckte die Achseln. »Ja.«

»Wow.« Finn rieb sich über die Augen und legte sich wieder hin. »Wow.«

»Es bedeutet nicht, dass ich unrecht habe.«

»Einfach … nein.«

»Aber …«

»Nein.«

»Wenn du nur …«

»Nein.«

»Hm … willst du eine Nuss?«

»Ich sitze bereits neben einer.«

18

Mads hatte keine Ahnung, wann sie eingeschlafen war. Sie wusste nur, dass ihr irgendwann in der Nacht die Seite sehr wehtat. So schlimm, dass sie einen Laut von sich gegeben haben musste, denn Finn sagte ihr, es sei alles in Ordnung, drückte ihr ein frisches Eispäckchen auf die Seite und strich ihr das Haar aus dem Gesicht. Das war das Letzte, woran sie sich erinnerte, bis sie gegen drei Uhr morgens aufwachte, den Kopf auf Finns Schulter gebettet und den Arm über seine breite Brust geworfen. Sie hatte keinen Schimmer, wie sie dort hingekommen war, aber es interessierte sie auch nicht wirklich.

Sie waren sich nicht in vielen Dingen einig, aber sie musste zugeben, dass sie im Moment, so an ihn geschmiegt, das Gefühl hatte, genau am richtigen Ort zu sein.

Sie fühlte außerdem etwas, das sie sonst nicht fühlte, es sei denn, sie war mit ihren Mannschaftskameradinnen in einem Hotelzimmer oder auf dem Basketballplatz. Sie fühlte sich sicher. Bei Finn Malone fühlte sie sich vollkommen sicher.

Ihr fiel kein einziger Mann ein, bei dem sie sich je sicher gefühlt hatte. Wohlgefühlt, klar. Aber sicher? Nein. Schon gar nicht im Bett. Was der Grund war, warum die meisten Männer alle das Gleiche sagten, wenn sie sie am nächsten Tag anriefen. »Ich bin aufgewacht, und du warst weg. Wohin bist du gegangen?«

Das war natürlich immer im Anschluss an Sex gewesen. Mit Finn hatte sie keinen Sex gehabt. Sie lag hier einfach nur. Aber dass sie sich nicht am liebsten in einem Schrank versteckt oder den Staat verlassen hätte, das war neu.

»Du musst damit aufhören«, murmelte Finn neben ihr.

Sie hielt es für möglich, dass er im Schlaf redete, denn seine Augen waren immer noch geschlossen, aber nur für den Fall des Falles antwortete sie: »Womit?«

»Meine Brust zu streicheln.«

Sie tat was?

Mads hob den Kopf von seiner Schulter, um einen Blick darauf zu werfen, und tatsächlich! Sie streichelte über seine Brust. Und das noch dazu unter seinem schwarzen T-Shirt!

»Oh!« Sie zog die Hand heraus. »Tut mir echt leid.«

Er lächelte, obwohl seine Augen weiter geschlossen blieben. »Nicht nötig, dass du dich entschuldigst.«

»Ach nein? Warum hast du dich dann beklagt?«

»Es war kein Beklagen. Ich wollte nur, dass du aufhörst.«

»War es so nervig?«

»Das ist nicht das Problem.«

Mads versuchte herauszufinden, wovon zur Hölle er redete, als sie rein zufällig den Blick senkte und …

»Oh!« Sie ließ sich wieder aufs Bett in seinen Arm fallen. »Ich verstehe.«

»Ich bin ein starker Mann, aber der Tiger in mir hat seine Grenzen.«

Mads schloss die Augen. Nicht weil es ihr peinlich war. Das war es nicht. Sie versuchte nur, die Konturen von Finn Malones gewaltigem Schwanz aus dem Kopf zu bekommen, der sich gegen seine schwarze Jeans presste. Sie hatte keine Ahnung gehabt, dass er so verdammt riesig war!

Doch die Augen zu schließen, half nicht. Das Bild hatte sich ihr ins Gehirn eingebrannt.

»Okay.« Sie richtete sich auf. Schüttelte die Hände. Stieß den Atem aus.

»Alles in Ordnung bei dir?«

Verdammt. Seine tiefe Stimme machte es auch nicht besser.

»Es geht mir gut, wirklich.« Wieder schüttelte sie die Hände aus. »Ich bin nur einfach so verdammt scharf.«

»Moment mal … was?«

»Es ist schon eine Weile her, seit ich das letzte Mal flachgelegt worden bin. Und ein Sieg in einem Spiel macht mich immer ein wenig scharf.«

»Ähm …«

»Und ich hatte *keine* Ahnung, dass dein Schwanz dermaßen groß ist.«

Finn richtete sich auf. »Was geht hier ab?«

»Daher sind beim Anblick der Größe deines Dings meine Brustwarzen richtig hart geworden und meine Muschi wirklich feucht …«

»Frau! Was machst du da?«

»Du hast mich gefragt, ob mit mir alles in Ordnung ist. Ich sage dir nur, was Sache ist.«

»Du hast gerade erst einen Kampf überstanden.«

»Das war kein Kampf. Es war ein Überfall. Und was tut das überhaupt zur Sache?«

»Ist das das Fieber? Ich habe das Gefühl, dass es das Fieber ist.«

»Nein.« Sie griff nach seiner Hand und drückte sie sich auf die Stirn. »Siehst du? Kein Fieber.«

»Dann bist du also einfach nur …?«

»Geil.«

Er zog die Hand weg. »Mit einer lädierten Niere.«

»Die ist schon vor Ewigkeiten geheilt.«

»Das bezweifele ich. Ich hätte dich fast ins Krankenhaus gebracht. Du hast im Schlaf gestöhnt, und als ich nachgesehen habe, hatte der Bluterguss sich ausgedehnt, und da war diese riesengroße Beule, die einfach schrecklich aussah. Aber als ich versucht habe, dich aus dem Bett zu heben, hast du dich am Kopfbrett festgehalten und so laut gekreischt, dass der Kojote angefangen hat zu kläffen und die Bären auf der Straße anfingen zu brüllen. Ich hatte

Angst, dass sie dich fressen würden, wenn ich dich nach draußen bringe.« Als sie die Stirn runzelte, fügte er hinzu: »Bären sind Omnivoren. Sie fressen absolut *alles.* Also habe ich ein frisches Kühlpack geholt und dir Zeit gegeben, dich zu beruhigen, in der Hoffnung, dass ich dich ins Krankenhaus bringen kann, sobald du das Bewusstsein verloren hast. Dann sind wir beide eingeschlafen und … hier sind wir.«

»Tja, jetzt ist alles wieder in Ordnung.«

»Es kann nicht in Ordnung sein.«

Mads riss sich das Eispäckchen vom Rücken. »Schau es dir selbst an.«

Sie beugte sich vor, sodass Finn besser gucken konnte. Sie spürte, wie seine Finger über die Stelle, auf die ihre Cousinen wiederholt eingeprügelt hatten, streichelten. Ihre Brustwarzen wurden so hart, dass es wehtat, und sie musste die Augen schließen.

»Heilige Scheiße. Es ist wirklich verheilt.«

»Sag ich doch.«

»Und es gibt ganz sicher keine inneren …«

»Blutungen? Nein.«

»Das ist unglaublich.«

»Honigdachs.«

Er richtete sich wieder auf und sagte: »Ich will einfach nicht …«

»Was?«

»Die Situation ausnutzen.«

»Warum flüsterst du?«

»Keine Ahnung.« Er flüsterte schon wieder.

»Okay. Kapiert. Wenn ich Fieber hätte, wäre das absolut falsch.«

»Genau«, sagte er, endlich wieder in normaler Lautstärke.

»Nur dass ich keins habe.«

»Das ist wahr. Aber das Erlebnis mit deinen Cousinen könnte emotional traumatisierend gewesen sein.«

»Könnte es. Sollte es wahrscheinlich. Aber ich habe das schon so oft erlebt … Ich bin traurigerweise daran gewöhnt. Habe schon aufgehört, darüber nachzudenken, als wir uns den Film angesehen haben. Ich kann versprechen, dass ich morgen irgendwann wieder sauer darüber sein werde. Das kenne ich schon von mir.«

»Aber in diesem Augenblick …«

»Denke ich nicht einmal darüber nach. Weil wir ein Spiel gewonnen haben. Wir sind in den Meisterschaften. Ich habe die Umrisse deines Schwanzes gesehen. Jetzt bin ich geil.«

Finn hob zu sprechen an, aber sie befürchtete, dass er sich von seinen Schuldgefühlen leiten lassen und die Sache abblasen würde, daher fiel sie ihm ins Wort: »Wenn du willst, kann ich es dir leichter machen, indem ich die Führung übernehme. Du weißt schon … zumindest für den Anfang.«

Er nahm sich einen Moment Zeit, um das zu verdauen. »Ah.«

»Leg dich einfach hin und denk nicht so viel. Überlass einfach der Raubkatze in dir die Kontrolle. Und lass meinen geilen Dachs die Führung übernehmen.«

Er runzelte die Stirn. »Dein Honigdachs wird nicht nagen, oder?«

»Wird er nicht. Versprochen.«

»Okay, wenn du dir sicher bist … wow!« Mads stieß ihn wieder aufs Bett. Sie machte kurzen Prozess mit seinen Jeans und seinen Boxershorts und zog sie ihm über die Hüften und die Beine, bis sie sie an seinen Knöcheln hatte. Dann schlüpfte sie aus ihren Shorts und dem Hemdchen, das sie vorhin angezogen hatte, und setzte sich auf seinen Schoß, jedoch mit dem Rücken zu ihm.

Mads umfasste seinen Schwanz mit beiden Händen. Wie die Umrisse in seinen Jeans es versprochen hatten, war er wirklich herrlich riesig, und sie gestattete sich, ihn zu streicheln, bevor sie sich vorbeugte und ihre Zunge einige Male um die Eichel kreisen ließ. Da sie guten, lang anhaltenden Sex liebte, wusste sie, dass es das Beste war, Finns ersten Schuss schon mal über die Bühne zu bringen. Aber wegen seiner Größe bedeutete das ein ganzes Stück Arbeit für sie. Nicht dass es ihr etwas ausgemacht hätte. Sie liebte Herausforderungen.

Sie begann, indem sie zuerst an seiner Eichel saugte, sie in den Mund nahm, sie wieder herausgleiten ließ und dann erneut daran saugte. Sie ließ sich Zeit. Spielte mit seinem Schwanz. Neckte mit ihrer Zunge seine Eichel. Sie hörte Finn stöhnen und spürte seine Hände auf ihren Hüften. Wegen ihres Größenunterschieds stand Neunundsechzig nicht zur Debatte, aber das war in Ordnung. Sie hatte das Gefühl, dass er sich später um sie kümmern würde. Außerdem war sie zu sehr auf das konzentriert, was sie tat, um auf irgendetwas anderes zu achten. Sie hatte seinen Schwanz zur Hälfte im Mund und war fest entschlossen, ihn bis in ihre Kehle aufzunehmen, ohne zu würgen. Das würde nicht leicht werden. Außerdem war ihr Mund bereits ziemlich weit gedehnt.

Aber sie machte weiter. Nahm ihn immer tiefer und tiefer in sich auf. Genoss es, als sein Stöhnen immer lauter, die Hände auf ihrem Körper ein wenig gröber wurden.

Was sie nicht erwartet hatte, weil sie gar nicht darüber nachgedacht hatte, waren seine beiden Finger, die in sie hineinglitten. Sie war bereits wirklich feucht, nur dadurch, dass sie an ihm gesaugt hatte, daher rutschten seine Finger mühelos wieder aus ihr heraus, und als sie zurückkamen, waren es schon drei. Er stieß sie hart in sie hinein, und Mads bewegte sich ruckartig nach vorn, sodass sie plötzlich seinen ganzen Schwanz im Mund hatte. Gleichzeitig knurrte sie. Weil seine Finger in ihr sich so gut anfühlten. Er fuhr fort, sie mit diesen Fingern zu vögeln. Irgendwie grob, was ihr gefiel. Er bewegte sie rhythmisch vor und zurück und rieb ihr mit der anderen Hand den Hintern. Wenn er sie nach vorn drückte, drückte sie ihren Hintern gegen seine Hand. Nachdem sie das fünf- oder sechsmal getan hatte, zog er seine Hand zurück. Und dann schlug er ihr auf den Hintern. Nicht besonders fest. Aber fest genug, um ihr Vergnügen zu bereiten. Genug, um ihre Aufmerksamkeit zu erregen und sie dazu zu bringen, mit seinem Schwanz im Mund aufzuschreien.

Er versuchte, sie von seinem Schwanz wegzuziehen, aber sie hielt ihn fest, und er kam in ihrem Mund. Er spritzte dreimal in sie hinein, und als er fertig war, riss er sie weg und stieß sie aufs Bett. Bevor sie auch nur ein Wort sagen konnte, hatte er auch schon das Gesicht zwischen ihren Beinen vergraben und seine Zunge zeichnete lange, tiefe Kreise auf ihren Körper. Sie krallte die Finger in sein Haar und drückte ihm die Fersen in den Rücken.

Sie war schon früher geleckt worden, aber noch nie so. Und sie brauchte ein paar Minuten, um herauszufinden, was anders war. Warum sie sich wild und überwältigt fühlte und beinahe Angst davor hatte, wie heftig sie kommen würde. Es lag an seiner Zunge. Sie war rau. Es war keine richtige Tigerzunge. Die hätte ihr das Fleisch heruntergerissen. Aber seine Zunge hatte sich weit genug verwandelt, um ihr einen heftigen Ritt zu bescheren, sozusagen, und da sie ein Honigdachs war, sorgte das nur dafür, dass sich ihre Zehen verkrampften und sie am ganzen Körper zitterte.

Was sie kommen ließ, war dies: Immer wenn er mit der Zunge ihre Klitoris berührte, schlang er sie einmal darum herum, bevor er wieder losließ. So ging es jedes Mal. Von oben nach unten lecken. Die Zunge einmal darum herumschlingen. Und zwar ziemlich fest.

Nichts. Wirklich nichts hatte sich je so umwerfend angefühlt. Und er zog das Ganze eine Ewigkeit durch. Spielte mit ihr, neckte sie. Bis sie wusste, dass er wieder hart war. Doch er hörte nicht auf. Er umkreiste mit seiner unglaublichen Zunge ihre Klitoris, rammte drei Finger in sie hinein, schob seine freie Hand unter ihren Hintern und drückte ihn immer wieder. Während all das geschah, spielte Mads mit ihren Brustwarzen und ließ ihren Gedanken freien Lauf. Spürte einfach dem nach, was dieser umwerfende Mann mit ihr machte. Als ihre Beine zu zittern begannen und sie den Rücken durchbog, kämpfte sie nicht dagegen an. Sie ließ einfach los und kam so heftig, dass sie aufschrie und einige Sekunden nur Schwarz vor Augen hatte.

Als sie wieder sehen konnte, lag Finn neben ihr und knurrte: »Ich muss dich ficken.«

»Dann komm hier rüber und – verdammt. Kondome.«

Finn setzte sich abrupt auf. »Verdammt. Kondome.«

Mads kam auf die Knie. »Du hast keine Kondome dabei? Nicht mal ein einziges in deinem Portemonnaie?«

»Ich wollte nicht zu anmaßend wirken.«

»Idiot.«

»Moment mal.« Er zog die Brauen hoch. »Nelle.«

»O nein. Du meinst doch nicht etwa …«

Sie schauten beide gleichzeitig zum Nachttisch neben dem Bett.

Finn hatte noch nie so sehr gebetet, dass eine Frau, die er kaum kannte, wirklich von einer Aufgabe besessen war. Aber er betete.

Mads, in ihrer herrlichen Nacktheit und mit einem Tattoo eines Speeres auf ihrer linken Seite, kroch über das Bett zum Nachttisch. Als sie die Schublade öffnete, stieß sie ein verärgertes Knurren aus, und Finn fragte sich schon, wie schnell er zur Apotheke fahren konnte und ob es schneller gehen würde, wenn er rannte, statt seinen SUV zu nehmen.

Dann hielt sie eine große Schachtel mit Kondomen hoch.

»O mein Gott! Sie ist echt wahnsinnig!«

»Warum beklagst du dich?«, fragte er.

Sie riss den Klebezettel an der Schachtel ab und reichte ihn ihm. Er las, was in sorgfältig geschriebenen Druckbuchstaben darauf stand.

Wir wissen beide, dass du und Finn sie brauchen werdet. – N.

»Siehst du?«, murmelte Mads. »Siehst du jetzt, wie verrückt sie ist?«

Finn, der noch immer den Zettel betrachtete, drehte sich um und nahm Mads' Gesicht in beide Hände. »Können wir uns später in obsessiven Überlegungen ergehen, was den Wahnsinn deiner Mannschaftskameradinnen betrifft? Bitte? Und stattdessen einfach glücklich darüber sein, dass wir Kondome haben? Meinst du, das ginge? Denn dir ist es vielleicht noch nicht aufgefallen … aber mir ist gerade klar geworden, dass ich dich noch nie geküsst habe.«

»Weil keiner von uns bis jetzt daran gedacht hat, oder weil ich dein Sperma im Mund hatte?«

Sie war eine Frau, die bereit war, ihm umstandslos einen zu blasen, also sollte sie keinen Zweifel daran haben, dass er bereit war, sie zu küssen, vor und nachdem sie sein Sperma im Mund gehabt hatte.

Ohne Mads' Kopf loszulassen, beugte Finn sich vor und drückte seinen Mund auf ihren. Sie fasste seine Handgelenke, drehte den Kopf und küsste ihn ohne zu zögern zurück. Ihre Zunge glitt über seine und sein Schwanz wurde noch härter, was er nicht für möglich gehalten hätte. Es lag an der Art, wie Mads ihm auf halben Wege entgegenkam. Das hatte er wirklich nicht erwartet. Sie war so still, dass er gedacht hatte, sie wäre auch im Bett wahrscheinlich eher zurückhaltend. Nicht dass er damit ein Problem gehabt hätte. Jeder hatte sein eigenes Tempo, und manchmal war es schwer, jemanden zu finden, der genau zu einem passte. Vor allem, wenn man verschiedenen Spezies angehörte.

Und doch war sie hier und hörte nicht auf, ihn zu küssen, während sie nach der Schachtel mit Kondomen griff. Er hörte, wie sie sie aufriss, und bevor er wusste, wie ihm geschah, hatte sie ihm auch schon das Kondom übergestreift.

Sie küssten sich immer noch, als sie ihm die Arme um den Hals legte und sich rittlings auf ihn setzte. Sie löste ihre Lippen erst von seinen, als sie sich auf seinen Schwanz herunterließ, und dann auch nur, damit sie aufstöhnen konnte, als er in sie eindrang.

»Verdammt! Ja!«, rief sie mit einem Lächeln, und fing sofort an, sich rhythmisch zu bewegen.

Finn spürte, wie sie seinen Schwanz in ihrer Muschi zusammendrückte, und das Gefühl war so gewaltig, dass er fast schielte. Um sich abzulenken, saugte er an ihrer linken Brustwarze und spielte damit. Dann ging er zur rechten über, während Mads beim Reiten seines Schwanzes in einen hübschen Rhythmus geriet. Als er sich sicher war, dass sie nicht damit rechnete, gab er ihr einen Klaps auf den Hintern.

Im selben Moment verwandelte ihre Muschi sich in einen Schraubstock, der sich fester um ihn schloss, wann immer er ihr erneut auf den Hintern schlug, und der immer feuchter wurde. Und dann noch dieses strahlende, umwerfende Lächeln!

Besonders liebte er, dass er nicht so hart ranzugehen brauchte. Er mochte es, wenn es leicht und vergnüglich blieb. Ohne Kerker und Finsternis. Jedem seine Vorlieben, und er hatte kein Problem damit, aber für ihn war das nichts. Die Erkenntnis, dass auch Mads mit leichtem Spaß glücklich war, machte ihn sofort bereit, noch einmal zu kommen. Doch nicht, bevor er sie zu ihrem ersten Orgasmus gebracht hatte. Er wünschte sich nichts mehr, als sie kommen zu sehen.

Während er an ihrer Brust saugte, nahm er die Hand von ihrem Hintern und schob sie zwischen sie beide, dann suchte er nach ihrer Klitoris. Er presste seinen Daumen dagegen und bewegte ihn in engen Kreisen.

Mads ließ den Kopf in den Nacken fallen und krallte die Finger in sein Haar.

»O Gott«, stöhnte sie. Er saugte noch heftiger an ihrer Brustwarze. Streichelte ihre Klitoris noch heftiger. Und sie ritt seinen Schwanz noch heftiger. Für einen kleinen zusätzlichen Kick ließ er auch noch die Zunge gegen ihre Brustwarze schnippen, während er weiter daran saugte, und erhöhte das Tempo, mit dem er ihre Klitoris streichelte.

Bevor er wusste, wie ihm geschah, klammerte sie sich keuchend noch fester an ihn und kam mit aller Macht. Ihr Körper krampfte sich mindestens viermal zusammen, bevor sie endlich auf ihm zusammensackte.

Finn rollte sie beide herum, sodass jetzt er oben war, und begann heftig in sie hineinzustoßen. Mads öffnete die Augen und starrte ihn direkt an. Dann hob sie die Hände und stieß ihn von sich herunter. Aber nicht, um ihn zu stoppen. Sie schnappte sich mehrere Kissen, drehte sich um und schob sie sich unter die Taille. »Fick mich von hinten«, befahl sie ihm und kam auf die Knie.

Er drang erneut in sie ein, und sie sagte: »Knete meine Titten.« Er tat es und fing an, gnadenlos zuzustoßen. Sie drängte sich jetzt nicht nur seinem Schwanz entgegen, sondern befahl ihm: »Fick mich härter. Noch härter!« Und während der ganzen Zeit spielte sie mit ihrer Klitoris, sodass auch sie, als er endlich kam, ihren Höhepunkt erreichte. Finn brüllte. Mads knurrte. Beide brachen in einem verschwitzten, knurrenden Durcheinander von Gliedmaßen und Körpern auf dem Bett zusammen.

19

»Ich verstehe ja, dass du aufgebracht bist …«

»Aufgebracht? Meine Tochter wurde von Dachsen getötet.«

»Deine Tochter hat sie dorthin gelockt. Sie hatte vor, sie zu töten. Du kannst jetzt nicht sauer sein, weil sie es nicht zugelassen haben. Aber wenn du einen Krieg anzettelst …«

»Dann wirst du was tun?«

Das Bowiemesser fuhr in den Lederbezug des Bürostuhls, direkt zwischen Kang Yuns Beine.

Niles Van Holtz sah, wie Dee-Ann Smith sich über das Oberhaupt der Mafiafamilie der Yuns beugte, ihre Hand noch immer um den Griff ihres Lieblingsmessers geschlossen. Obwohl er nie verstehen würde, was sein jüngerer Lieblingscousin in der Wölfin als Gefährtin sah, wusste Van das Weibchen doch als geborene Killerin zu schätzen. Er selbst war als Mitglied eines Rudels zur Welt gekommen. Er ging niemals allein auf Jagd. Er aß oder lebte nicht allein. Und er tötete Wesen, wenn sie keine Beute waren, nur wenn es absolut nicht anders ging. Aber für Smith war alles Beute.

Einschließlich eines sechshundert Pfund schweren Tigers und seiner ebenso gewichtigen Mafia-Brüder.

Tatsächlich war die einzige Kreatur, bei der Van Smith jemals nervös hatte werden sehen, Charlie MacKilligan, was ihm *eine Menge* über Charlie MacKilligan verriet.

»Ich glaube, du hast Mr Van Holtz nicht richtig zugehört, Raubkätzchen. Er hat dich ganz nett gebeten, die Situation nicht noch schlimmer zu machen, als sie ohnehin schon ist. Wir haben Cops und Leute vom FBI, die der Sache nachgehen – vollmenschliche –, und wenn du so weitermachst, werden sie nur noch gründlicher suchen. Und wenn man an all die illegale Scheiße denkt, die ihr Tag für Tag durchzieht, bin ich mir ziemlich sicher, dass du keine vollmenschlichen FBI-Agenten in der Nähe deines Business haben willst. Tu also einfach, was der Mann sagt, und halt dich von den MacKilligan-Schwestern fern. Verstanden?«

Yun funkelte sie an. »Ja. Ich hab's verstanden.«

»Dann sprich mir nach. Nur um auf Nummer sicher zu gehen.«

»Ich soll mich von den MacKilligan-Schwestern fernhalten.«

»Perfekt.«

Smith riss die Klinge aus dem Bürostuhl und trat beiseite.

Yun und seine Brüder und Schwestern stürmten aus dem Raum und die Tür fiel hinter dem Letzten von ihnen geräuschvoll ins Schloss.

Smith setzte sich auf den Stuhl, den Yun freigemacht hatte, und stützte die Ellbogen auf die Armlehnen, die Handflächen zur Decke gerichtet. »Was denkst du?«, fragte sie.

»Ich denke, es wird eine Menge Geld kosten, Ersatz für den Lederstuhl zu beschaffen, den du gerade mit deinem billigen Messer aufgeschlitzt hast.«

»Hey!« Sie deutete auf das Bowie-Messer. »Das hat mir mein Daddy geschenkt.«

Sie knetete mit ihren Krallen seinen Rücken, was Finn hart machte, noch bevor er ganz aufgewacht war.

Daher hatte er nicht einmal Worte für seine Enttäuschung und seinen Zorn, als er sich umdrehte und den gottverdammten Kojoten zwischen sich und Mads liegen sah … hechelnd.

»Warum liegt dieses … *Tier* … bei uns im Bett?«

»Er hat sich vor einem Weilchen hereingeschlichen.«

»Du hast ihn nicht rausgeworfen?«

»Das wollte ich nicht. Er ist so süß und kuschelig. Ich denke, er ist vielleicht doch ein Kojote mit starkem Hang zum Hund.«

Finn wäre es auch egal gewesen, wenn er mehr von einem Kaninchen gehabt hätte – er wollte ihn nicht in demselben Bett haben, in dem er schlief. Vor allem, wenn er mit Mads in diesem Bett schlief.

»Ich geh duschen«, brummte er und schwang die Beine aus dem Bett. »Und nächstes Mal werde ich ihn aus dem Bett werfen. Bis er lernt, dass er nicht willkommen ist.«

Oder zumindest bis er gelernt hatte, sich nicht zwischen sie zu legen.

Finn war bereits auf halbem Weg zum Badezimmer und hatte das starke Gefühl, seine Meinung bezüglich des Kojoten klar geäußert zu haben, als er hörte: »Nächstes Mal, ja?«

Er blieb mitten im Schritt stehen und wirbelte wieder herum, dann kehrte er zum Bett zurück und warf den Kojoten mit einer Hand hinaus. Das Tier jaulte auf, aber ihm war gar nichts passiert. Heulsuse. Finn beugte sich über die Matratze, packte Mads am Knöchel und riss sie zu sich heran.

Ihm fielen tausend Dinge ein, die er hätte sagen können. Hätte sagen sollen. Am Ende aber sagte er nichts davon. Sondern küsste sie stattdessen nur. Lang und leidenschaftlich. Er ließ seine Zunge in sie hineingleiten, legte die Arme um sie und hob sie vom Bett. Was er wirklich liebte, wenn er Mads küsste, war, dass er immer noch ihr Lächeln spüren konnte. Sie lächelte nicht oft, diese Wikingerin. Aber wenn sie zusammen im Bett waren, tat sie es. Ob sie vögelten, sich gegenseitig leckten oder sich küssten, Mads liebte es zu lächeln. Was ihn seinerseits zum Lächeln brachte. Zwei der gemeinsten, zornigsten Raubtiere auf dem Planeten fanden einen Grund zu lächeln, wenn sie sich in den Armen hielten. Fast romantisch, wäre da nicht das Hecheln gewesen …

Sie drehten beide gleichzeitig den Kopf, um zu sehen, dass der Kojote wieder im Bett lag und sie anschaute.

»Ich werde herausfinden, wie du in dieses Haus gelangst … und dir den Weg versperren, du kleines Arschloch«, warnte Finn ihn.

»Ach, komm schon, lass ihn in Ruhe. Er ist doch so – oh!« Mads schnappte nach Luft, als Finn sie schlicht wieder aufs Bett fallen ließ und ins Bad ging, um unter die dringend benötigte Dusche zu gehen. »Das war boshaft!«, rief sie lachend.

Als Finn fertig war und aus der Duschkabine trat, sah er eine unbenutzte, noch eingepackte Zahnbürste auf dem Waschtisch liegen und daneben eine gerade erst geöffnete Zahnpastatube.

»Stand auch auf der Zahnbürste ›für Finn‹?«, rief er in Richtung Schlafzimmer.

»Du und Nelle, ihr könnt euch beide verpissen!«, blaffte Mads, als sie an ihm vorbeimarschierte und in die Duschkabine trat.

Finn wickelte sich ein Handtuch um die Hüfte, putzte sich die Zähne, kämmte sein nasses Haar und ging zurück ins Schlafzimmer. Er rechnete fest mit einer weiteren Runde mit diesem blöden Kojoten, aber zu seinem großen Entsetzen warteten dort stattdessen seine Brüder auf ihn. Die beiden Idioten streckten gerade ihre riesigen Köpfe ins Schlafzimmer.

Hatten sie etwa bei ihnen gespannt? In der Hoffnung, Mads nackt zu sehen? Würde Finn sie umbringen und ihrer Mutter sagen müssen, sie seien von der Fähre nach Staten Island gefallen?

»Was macht ihr hier?«, flüsterte er und betete, dass Mads mit ihrem Honigdachsgehör unter der Dusche nichts davon mitbekam.

»Wo ist Mads?«, fragte Keane.

Bei den ehrwürdigen … er würde seine Brüder wirklich töten und ihre Leichen von der Fähre von Staten Island werfen müssen.

»Ihr Perverslinge«, beschuldigte er sie.

»Nein, nein!« Keane beugte sich vor. »Ihre Freundinnen sind alle tot!«

Nach dem, was in der vergangenen Nacht mit Mads' Cousinen passiert war, war Finn nicht zu schnell damit bei der Hand, Keanes Behauptung mit einem Achselzucken abzutun, wie er es normalerweise getan hätte.

»Wovon redest du?«

»Charlie hat mich hergeschickt, um mich mit Max zu treffen.

Aber sie sind alle tot. Im Wohnzimmer.« Jetzt hatte Finn tatsächlich das Bedürfnis, das Ganze mit einem Achselzucken abzutun. »Bist du dir sicher?«

»Ich weiß, wie tot aussieht. Ich bin ein stets hungriger Tiger. Vertrau mir … Sie sind tot. Aber geh selbst nachschauen.«

Finn ging hinter seinen Brüdern die Treppe hinunter ins Wohnzimmer. Im Fernseher lief gerade eine dieser Serien, in denen Frauen ihre Ehemänner kaltblütig wegen des Geldes von der Versicherung umbrachten. Tüten mit Junkfood und Limodosen übersäten den Fußboden. Und dazwischen lagen Mads' vier Mannschaftskameradinnen in einer Konstellation, die einen an ein Foto von Alphabet City aus den 1970ern erinnerte, und sie wirkten tatsächlich tot.

»Wir haben sie untersucht«, berichtete Shay. »Kein Herzschlag. Kein Puls. Keine Atmung. Ich weiß, sie sind schwer umzubringen, aber sie scheinen *wirklich* tot zu sein.«

»Und kalt.«

Das ließ Finn aufmerken. Es war nicht kalt in Mads' Haus, denn sie hatte die Klimaanlage heruntergedreht. Er hatte zwar vorgehabt, die Temperatur höher zu stellen, es war ihm aber immer wieder entfallen, weil er so tief in ihr gewesen war und er vergessen hatte, dass es tatsächlich noch andere Dinge auf der Welt gab.

Jetzt waren ihre Freundinnen tot. Vielleicht …?

Scheiße.

»Lasst sie uns in ein Gestaltwandler-Krankenhaus bringen«, schlug Finn vor. »Vielleicht lässt sich ja …«

»Das haben wir versucht.«

»Was soll das heißen, ihr habt es versucht?«

»Wir wollten sie in den Wagen bringen«, erklärte Keane, »aber …«

»Aber was?«

Shay zuckte die Achseln. »Wir denken, die Totenstarre hat bereits eingesetzt.«

»*Was?*«

Keane ging zu Nelle. In ihrem Designerkleid, Arme und Beine von sich gestreckt, sah sie aus wie ein glitzernder Seestern. Keane legte ihr die Hände um die Taille und hob sie hoch, aber sie blieb in genau derselben Pose und sah weiterhin aus wie ein glitzernder Seestern.

»Siehst du?«, sagte Shay. »Totenstarre.«

»Wenn wir jetzt versuchen würden, sie ins Auto zu setzen, müssen wir ihnen zuerst Arme und Beine brechen«, bemerkte Keane. »Und wenn sie doch nicht tot sind, werden sie furchtbar sauer sein.«

Finn wurde klar, dass er keine Wahl hatte. Er musste es Mads erzählen. Sie konnte zumindest beurteilen, ob ihre Freundinnen wirklich tot waren oder nicht. Und wenn sie tot waren, wusste sie bestimmt, was mit den Leichen passieren sollte. Aber bevor er sich in Bewegung setzen konnte, hörten er und seine Brüder ein Zischen, das unter einem der Sofas hervordrang. Dann kam es auf sie zu. Es bewegte sich mit solcher Schnelligkeit, dass sie nichts weiter tun konnten, als ihre Tigergestalt anzunehmen und zu tun, was Katzen so taten, wenn sie in Panik gerieten. Nämlich etwas ziemlich Seltsames.

Finn sprang auf die Rückenlehne eines Sofas und warf dabei versehentlich die darauf liegende Streep auf den Boden. Shay schaffte es zu einem Sessel. Aber Keane suchte einen Fluchtweg und wich zurück, so schnell er konnte. Seine Pranken rutschten über den Dielenboden. Die Schlange näherte sich ihm mit solch anstrengungsloser Schnelligkeit, dass Finn und Shay sich schon auf das verdammte Dinge stürzen wollten, als ein blasser, nasser Fuß auf dem Rücken der Schlange landete und sie am Boden fixierte.

Mads bückte sich und hob die Schlange am hinteren Ende hoch. Das Tier machte Anstalten, sich umzudrehen, damit es ihr in die Hand beißen konnte, und Finn dachte bereits darüber nach, dass er ihre Knochen würde brechen müssen, um sie in seinen SUV zu schaffen, als sie begann, das Reptil auf den Boden zu schmettern. So schnell und so oft, dass Finn nicht einmal mitzählen konnte. Als die Kreatur erschlaffte und Blutspritzer Mads Füße bedeckten, hob sie sie hoch und begann zu essen.

Den Kopf zuerst.

»Was ist?«, fragte sie.

Es war eine Ewigkeit her, seit Mads sich einen Inlandtaipan gegönnt hatte. Er galt als *die* giftigste Schlange der Welt. Theoretisch konnte der Taipan sogar einen Elefanten töten. Mühelos hätte er die Tiger kaltmachen können. Außerdem war diese Schlangenart sehr aggressiv. Es war also nicht so, als müsse man sie erst erschrecken. Der Taipan stürzte sich freiwillig auf jedes Opfer.

Und außerdem war er theoretisch auch in der Lage, sie zu töten, genau wie er offensichtlich ihre Freundinnen getötet hatte. Alle vier verrückten Miststücke, die da ihr Wohnzimmer verunzierten. Es gab nur einen einzigen Unterschied zwischen ihr und ihren Freundinnen: Solveig.

Als Solveig klar wurde, dass ihre Tochter und ihre Enkeltochter alles mütterliche Interesse an Mads verloren hatten, hatte sie die Verantwortung für sie übernommen. Aber sie wusste praktisch nichts über Honigdachse. Da sie Dachse nie als Bedrohung angesehen hatte, sah sie keinen Grund darin, etwas über sie zu lernen. Sie bedeuteten ihr ebenso viel wie Vollmenschen. Erst als sie in die Bibliothek gegangen war und eine Bibliothekarin dazu gebracht hatte, einige Bücher zum Thema herauszusuchen, hatte sie langsam verstanden, womit sie es zu tun hatte. Ihr war auch klar geworden, dass Mads sich eines Tages selbst würde schützen können, aber nur wenn sie die Aufmerksamkeit und das Training erhielt, die sie brauchte.

Das war der Moment, in dem Solveig versucht hatte, Mads ihrem Vater zu übergeben, aber Tova hatte es herausgefunden und dem sofort einen Riegel vorgeschoben. Aus reiner Gehässigkeit und aus keinem anderen Grund. Solveig wusste damals, dass es ihr obliegen würde, Mads darauf vorzubereiten, die nächsten hundert Jahre zu überleben. Deswegen hatte sie Mads auch in den Bottich mit Skorpionen geworfen. Es stimmte, dass Dachsmütter ihre

Sprösslinge von Skorpionen stechen ließen, um sie an das Gift zu gewöhnen, aber immer nur von einem zur selben Zeit. Das war jedoch nicht Solveigs Herangehensweise. Sie kaufte einfach einen Haufen Skorpione und warf ihre Urenkelin hinein. Als Mads zu weinen begann, sagte sie ihr: »Sei nicht so ein Jammerlappen!« Als Mads sich übergab und ohnmächtig wurde, machte Solveig sich für einen Moment Sorgen, zu weit gegangen zu sein. Panisch hatte sie sich darangemacht, das Kind herauszuziehen, um es in aller Eile zu einem Gestaltwandler-Arzt zu bringen, der ihm helfen konnte, aber stattdessen wurde sie von einem Skorpion im Gesicht getroffen. Den Mads nach ihr geworfen hatte. Aus Wut.

Im selben Moment hatte Solveig, wie sie gern erzählte, gesagt: »Ich wusste, dass du spielend damit fertigwirst.«

Mads allerdings erwiderte daraufhin immer: »Du hast mich zu einem Haufen Skorpionen geworfen? Bist du irre? *Was stimmt nicht mit dieser Familie?*«

»Warum brüllst du herum? Du lebst doch noch.«

Als es für Solveig so weit war, Mads an Schlangengift zu gewöhnen, erinnerte sie sich wieder an die Geschichte, wie die Briten Ragnar Lothbrok getötet hatten: Er war in eine Schlangengrube geworfen worden. Sie hatte nicht die Absicht, das mit ihrer Urenkelin zu machen. Stattdessen begann sie damit, ihr Tropfen von »weniger gefährlichen« Giften zu verabreichen und ihr harmlose Strumpfbandnattern ins Kinderbettchen zu legen. Glaubte man Solveig, hatte sie mit einem Monat angefangen, »auf den Dingern rumzukauen wie auf Schnullern«.

Als man Mads zwang, mit ihrer Mutter nach Wisconsin zu ziehen, hatte Solveig sie bereits mit vier der zehn giftigsten Schlangen bekannt gemacht. So wie ein französischer Koch einen Schüler mit den fünf Grundsoßen bekanntmachen würde. Nachdem sie ihre Honigdachs-Mannschaftskameradinnen kennengelernt hatte, war Mads endlich mit dem Rest dieser Gifte in Berührung gekommen. Vor allem mithilfe von mit Gift versetztem Tequila. Manchmal mithilfe einer lebenden Schlange.

Zu dem Zeitpunkt, als sie in einem illegalen Zoo von einem

Taipan gebissen wurde, hatte sie bereits eine beachtliche Toleranz gegenüber einer ganzen Palette von Giften aufgebaut.

»Sind deine Freunde tot?«, fragte Shay und zog schnell seine Jeans und sein T-Shirt wieder an. »Wir haben das Gefühl, dass sie tot sind. Sie kommen uns ein wenig … steif vor.«

»Das liegt am Gift.« Sie hielt hoch, was von dem Taipan übrig geblieben war. »Es lähmt einen. Zerstört Blutgefäße und Muskeln. Einen Menschen bringt es normalerweise in ungefähr fünfundvierzig Minuten um.«

»Und trotzdem esst ihr sie«, bemerkte Keane, der mit dem Rücken zu ihr stand, während er sich anzog. Es war süß, dass sie alle so schamhaft waren. Lag es daran, dass sie Sex mit ihrem Bruder gehabt hatte? Durfte sie sie deshalb jetzt nicht mehr nackt sehen und sie durften Mads nicht sehen?

»Sie sind Honigdachse.«

»Das stimmt, das sind sie«, erklärte Finn, der sich sein Handtuch wieder um die Taille geschlungen hatte. Er trat neben Mads und sie musste sofort niesen.

»Hautschuppen! Hautschuppen!«

»Ich werde nicht noch einmal duschen! Du beschwerst dich allen Ernstes über meine Hautschuppen, nachdem du eine Giftschlange gegessen hast?«

Mads rieb sich die Nase. Sie juckte fürchterlich! »Was hat das eine mit dem anderen zu tun? Gegen Taipan bin ich ja auch nicht allergisch.« Sie nieste erneut ein paarmal hintereinander. »Ich muss mir meine Allergiemedikamente holen.«

»Einen Moment«, rief Finn, als sie in Richtung Küche gehen wollte, wo sie ihren Rucksack zurückgelassen hatte. »Was ist mit deinen Freundinnen?«

»Sie sind meine Mannschaftskameradinnen. Was soll mit ihnen sein?«

»Lassen wir sie einfach hier liegen, bis sie anfangen zu … verwesen?«

»Gebt ihnen ein paar Stunden. Wenn sie dann nicht aufgewacht sind, begraben wir sie einfach im Garten. Das Gift müsste dann den Rest erledigen. Es schält das Fleisch von den Knochen, bevor man weiß, wie einem geschieht.«

Mads betrachtete kurz die identischen entsetzten Gesichtsausdrücke der Malone-Brüder, und setzte sich, ohne noch etwas hinzuzufügen, in Bewegung. Machte sich nicht die Mühe, ihnen zu erzählen, dass gerade eine springlebendige Max direkt hinter ihnen stand – und lächelte. Denn es machte einfach zu viel Spaß, das erschrockene, panische Gebrüll der Geschwister zu hören, während sie ihren Rucksack nach den Allergiemedikamenten durchwühlte, die Charlie ihr gegeben hatte.

Finn wollte einfach nur frühstücken. Aber bevor er das in die Tat umsetzen konnte, rief Big Julie ihn an und flehte ihn an, ihr zu helfen.

Es schien, als hätte sich die Neuigkeit von Charlie MacKilligans Naturtalent auf dem Footballfeld inzwischen in der Liga herumgesprochen, und jetzt lautete Julies Kommentar dazu: »Alle wollen sie haben! Wir müssen sie uns sichern, und zwar *jetzt*!«

Viele Leute wussten das nicht, nicht wahr. Sie sahen sich die Dokus auf Animal Planet an, über Löwen in der Serengeti, die den lieben langen Tag unter der glühend heißen afrikanischen Sonne herumlümmelten. Dann an einer Büffelherde vorbeischlenderten, bis plötzlich die Weibchen mit militärischer Präzision aktiv wurden und eine Mahlzeit für das ganze Rudel erjagten, weil man von einem Männchen nicht erwarten konnte, dass es sich von seinem Hintern erhob und mithalf. Und für die menschliche Welt sah es so aus, als seien Löwen ruhige, vernünftige Tiere. Dabei neigten sie tatsächlich genauso zu Panik wie jede beliebige Hauskatze.

Und es war Julies Löwinnenpanik, die Finn veranlasste, auf ihrer Forderung mit »Nein« zu antworten und aufzulegen. Aber dann rief sie ihn wieder und wieder und wieder an. Bis Mads sich sein Telefon schnappte und um ein Haar durch die Hintertür in den Garten hinausgeworfen hätte, bevor es ihm gelang, es ihr aus der Hand zu reißen. Widerstrebend erklärte er ihr die Situation und sagte ihr auch, dass er für den Tag nichts anderes vorhabe, als zu frühstücken und mit ihr im Haus herumzuhängen, bis es nachmittags Zeit fürs Football-Training war.

Er dachte ehrlich, dass Mads diese Antwort charmant finden würde. Warum? Weil sie eins der wenigen Wesen auf dem Planeten war, mit er Zeit verbringen *wollte*. War das nicht süß? War das nicht liebenswert? Wollte sie nicht noch mehr Sex mit ihm haben? Möglicherweise jetzt sofort, noch vor dem Frühstück?

»Also wirst du zulassen, das irgendein Football-Großkonzern Charlie MacKilligan einen beschissenen Deal aufzwingt, ohne dass du ihr Rückendeckung gibst? Nachdem sie euch bei Max geholfen hat? Etwas, das nicht einmal *ich* getan habe?«, fragte Mads.

»Wieso ist das jetzt mein Problem?«

»Du und deine Brüder, ihr habt Charlie da mit reingezogen. Du kannst sie nicht allein zu einer Vertragsverhandlung gehen lassen.«

»Tatsächlich kann ich das sehr wohl. Es ist mein Recht als Amerikaner, egoistisch und gefühllos zu sein.«

»Und es ist mein Recht als Amerikanerin, nie wieder deinen Schwanz anzufassen. Bist du damit ebenfalls einverstanden?«

»Du benutzt Sex, um mich zu manipulieren?«

»Ja.«

Er runzelte die Stirn und wandte den Blick ab für den Fall, dass er sein Lächeln nicht im Zaum halten konnte.

»Das gefällt mir nicht«, log er.

»Doch, ein klein wenig gefällt dir das.«

Ehe Finn recht wusste, wie ihm geschah, saß er schon zusammen mit Mads, Charlie, Shay, Tock und Stevie in seinem SUV. Nelle und Streep waren im Haus geblieben, weil sie noch immer unter den Nachwirkungen des Taipangiftes litten, wenn man den Würgegeräuschen aus der Erdgeschosstoilette glauben durfte. Keane und Max hatten sich auf die Suche nach Max' Onkel Carl begeben, um an Informationen heranzukommen.

Keane schien von allen Anwesenden, einschließlich derer, die im Badezimmer kotzten, am wenigsten begeistert von der Aussicht auf den restlichen Tag zu sein.

Nur Stevies Anwesenheit bei der Aktion leuchtete Finn nicht recht ein. Sie war einfach aufgetaucht und ins Auto gestiegen, mit nicht mehr als einem winzigen Rucksack auf den Schultern und einem freundlichen Lächeln.

Julie wollte sie nicht am Sportzentrum treffen. Sie hatte die herumlungernden Sportmanager und Trainer anderer Mannschaften bereits entdeckt, als sie morgens früh zur Arbeit gefahren war. Finn erbot sich, Charlie zu Julie nach Hause in Brooklyn zu bringen, aber sie wollte keine Dachshybride in der Nähe ihrer Löwencousinen haben, die zurzeit bei ihr wohnten. Sie fürchtete sich vor dem, was passieren würde, und das war nur schlau, wenn man es mit einer MacKilligan zu tun hatte.

Stattdessen hatte sie ein Treffen bei Charlie zu Hause vorgeschlagen, aber ein Blick bei Mads aus dem Fenster auf die Bären, die Charlies Haus bereits umzingelten, hatte genügt, ihm klar zu machen, dass das keine gute Idee war. Mads' Haus kam aus dem gleichen Grund nicht infrage. Schließlich bot Finn sein Haus an, da seine Mutter bei der Arbeit sein würde, sein kleiner Bruder in irgendeinem College-Kurs saß, und seine kleine Schwester sich als Betreuerin in einem Sommerlager für taube Kinder befand. Es war also perfekt.

Jetzt brauchte er sie nur noch nach Long Island zu kutschieren, doch die Fahrt kam ihm plötzlich viel länger vor, als er sie in Erinnerung hatte.

»Spielst du gern Football?«, fragte Stevie MacKilligan plötzlich in die Stille im SUV hinein.

»Fragst du mich oder Shay?«

»Euch beide. Einen von euch. Spielt keine Rolle.«

Finn beschloss zu antworten, da Shay aus dem Fenster starrte und nicht in der Stimmung für Konversation zu sein schien. »Ähm ... ja, sicher.«

»Hat deine Familie es dir aufgezwungen, um zu beweisen, dass du ein Hetero-Männchen bist? Oder weil sie das Gefühl hatten, dass du nicht schlau genug für etwas anderes bist?«

»Stevie!«, blaffte Charlie.

»Was denn?«

»Das war echt nicht nett.«

Stevie beugte sich über die Sitze und tätschelte seine Schulter. »Tut mir leid.«

»Kein Problem«, sagte Finn, der ihre Frage schon fast wieder vergessen hatte.

Sie schwiegen wieder einige Minuten, bis Stevie sich erkundigte: »Machst du dir jemals Sorgen über Hirnschädigungen?«

»Stevie!«

»Was ist denn jetzt schon wieder?«

»Halt einfach die Klappe!«

»Ich bin einfach nur neugierig.«

»Dann sei es nicht.«

Weiteres Schweigen. Bis Stevie fragte: »Ist die Vergewaltigungskultur beim Gestaltwandler-Football genauso vorherrschend wie beim vollmenschlichen Foot-«

»O mein Gott, Stevie! Halt die Klappe!«

»Wir sind da!«, verkündete Finn, der noch nie so erleichtert darüber gewesen war, zu Hause angekommen zu sein.

Er bog mit dem SUV auf einen Parkplatz vor dem Haus ein und schaltete den Motor ab. Alle stiegen aus, bis auf Mads, die zu sehr damit beschäftigt war zu lachen.

»Du kannst jetzt aufhören«, sagte er ihr.

»Kann ich nicht, wirklich nicht«, quiekte sie.

»Das ist alles ganz allein deine Schuld.«

»Inwiefern ist das meine Schuld?«, fragte sie und wischte sich die Tränen vom Gesicht.

»Keine Ahnung. Aber wir wissen beide, dass es so ist.«

Er stieg aus und schlug die Fahrertür hinter sich zu und ging um den SUV herum. Eine immer noch kichernde Mads kam ihm auf der anderen Seite entgegen. Julie und der Mannschaftsanwalt warteten bereits neben Julies knallrotem Pick-up-Truck, den sie brauchte, um ihre riesigen, noch nicht einmal vierzehn Jahre alten Söhne herumzukutschieren.

»Hallo, alle zusammen!«, rief Julie. »Das wird bestimmt lustig, oder?« Sie deutete auf den Mannschaftsanwalt. »Das ist Scott. Er hat den Vertrag für uns entworfen.«

»Das hier ist meine Schwester Stevie. Sie wird meine juristischen Interessen vertreten.«

Julie sah Finn mit leicht hochgezogenen Brauen an.

»Ähm … okay«, sagte sie und versuchte, nicht zu spöttisch zu klingen. Nicht leicht für eine Löwin. »Hast du viel … ähm … juristische Erfahrung, Stevie?«

»Ein wenig. Ich habe damit angefangen, als ich ungefähr vierzehn war. Mein Vater hat immer wieder gedroht, das Sorgerecht für mich zurückzufordern, und um ganz ehrlich zu sein, ich war mir nicht sicher, ob er das tun konnte und wollte es unbedingt verhindern. Ich hoffte, ich würde weniger panisch sein, wenn ich die Gesetzeslage besser verstehe, was irgendwie auch den Tatsachen entspricht, wenn es sich um Familienrecht und Vertragsrecht handelt; weniger zutreffend ist es, wenn es um Strafrecht geht, aber das könnte an meiner anderen Schwester liegen. Doch überraschenderweise fand ich Jura insgesamt viel interessanter, als ich erwartet hatte, und während ich in Oxford mein eigenes Labor leitete, habe ich ein paar Kurse belegt und schließlich den ein oder anderen Abschluss gemacht. Als ich dann in die Staaten zurückgekehrt bin, habe ich beschlossen, das Anwaltsexamen in New York abzulegen, um zu schauen, ob ich die Prüfung bestehen würde, was ich – natürlich – tat. Ich bin dann auch in weiteren Staaten zum Anwaltsexamen angetreten. Diese Prüfungen habe ich ebenfalls bestanden. Dann habe ich das Äquivalent des Anwaltsexamens in mehreren anderen Ländern abgelegt, damit ich an jedem Ort, an dem ich vielleicht lande und arbeite, als Anwältin tätig sein kann. Jetzt ist mein einziges Ziel im Leben sicherzustellen, dass niemand auf rechtlichem Weg meine große Schwester verarscht, während sie sich auf einem Spielfeld des Todes vor riesige Männer wirft. Also ja … Man könnte sagen, dass ich ein wenig juristische Erfahrung habe. Was ist mit Ihnen, Scott? Harvard-Absolvent? Princeton?«

»Hofstra.«

»Wie bitte?«

»Das ist eine sehr gute Universität hier auf Staten Island«, erklärte Finn, ohne zu erwähnen, dass es die Uni war, auf die sein Bruder nur zur Sicherheit zurückgreifen wollte, da er ja immer wieder sagte, er wolle von der Familie wegziehen.

»Nun, wie wär's, wenn wir drei uns ein wenig unterhalten und ich einen kurzen Blick auf den Vertrag werfe?« Stevie sah Charlie an. »Charlie, geh du doch ins Haus und warte, bis wir fertig sind.«

»Okay.«

Charlie trat einige Schritte auf das Haus zu und Mads schob die Hand in die Vordertasche von Finns Jeans.

»Was machst du da?« Er beugte sich vor und flüsterte: »Nicht, dass es mir viel ausmacht.«

»Ich suche nach den Hausschlüsseln.«

Immer noch flüsternd fügte er hinzu: »Und Charlie befolgt einfach Stevies Anweisungen, ohne Fragen zu stellen? Seit wann das denn?«

»Wenn es um juristische Angelegenheiten geht, tut sie das. Stevie hat verhindert, dass Streep ins Gefängnis kam. Ich rede von Hardcore-Gefängnis. In Rumänien. Wir hören alle auf sie, wenn es um juristische Angelegenheiten geht.«

Mads streckte die Hand mit den Schlüsseln nach der Türklinke aus, hielt aber inne, als sie sah, dass die Tür einen Spaltbreit offen stand. Sie schaute zu Charlie hinüber, die nur knapp nickte.

Tock verschwand um die linke Seite des Hauses herum, und sobald sie außer Sicht war, drückte Charlie leise die Tür auf und trat ins Haus. Dabei griff sie bereits unter ihre leichte Jeansjacke und zog die Pistole hervor, die sie in das Holster im ihrer Jeans gesteckt hatte.

Mads hatte keine ihrer eigenen Waffen dabei, weil sie befürchtete, dass der Anblick, wie sie sich eine ihrer vielen Pistolen Kaliber .40 umschnallte, Finn aus dem Gleichgewicht bringen würde. Da die Sache, die da gerade zwischen ihnen angefangen hatte, noch so frisch war, hatte sie sich nur ein Messer unter ihr grünes

T-Shirt geschoben, als er nicht in der Nähe gewesen war, in der Annahme, das würde ausreichen.

Jetzt bereute sie diese Entscheidung irgendwie. Vor allem, als sie ins Wohnzimmer kamen, wo Finns jüngster Bruder gerade von drei Männern brutal zu Boden gestoßen wurde. Noch beunruhigender war der Umstand, dass ihre kleine Schwester Nat auf dem Boden kniete, während ein Mann ihr eine Pistole an den Hinterkopf drückte. Aber wie jeder echte Honigdachs war Nat kurz davor, etwas sehr Dummes zu tun. Mads sah es in ihren Augen. Konnte den Zorn des Mädchens geradezu in der Luft schmecken. Nat war nur Sekunden davon entfernt, etwas zu tun, das ihren Tod oder den Tod ihres Bruders nach sich ziehen würde. Und das würde Nat sich niemals verzeihen. Ganz gleich, für was für einen zähen, knallharten Dachs sie sich hielt.

Charlie betrachtete die Männer, die die Geschwister als Geiseln genommen hatten, und Mads wusste genau, was sie sah. Diese Männer waren jung. Vollmenschen. Neben den Steroiden, die sie für ihre lächerlich großen Muskeln einnahmen – Muskeln, die den Malone-Brüdern durch jahrtausendelange Gestaltwandler-Zucht, durch irische, heidnische Rituale und Bemühungen mongolischer Kriegerschamanen in die Wiege gelegt worden waren –, hatten sie noch irgendetwas anderes intus. Und sie wussten ganz offensichtlich nicht weiter.

Es wäre leicht, sie zu töten. Und es würde schnell gehen.

Aber es wäre auch eine verpasste Chance.

Der Mann, der die Waffe bisher auf Nat gerichtet hatte, zielte jetzt auf Charlie. Sie ihrerseits zielte mit ihrer Waffe auf ihn. Seine Hand zitterte. Möglicherweise vor Angst. Wahrscheinlicher war jedoch, dass der Grund eine leichte Überdosis von was auch immer war. Charlies Hand dagegen war vollkommen ruhig. Und sie schwitzte auch nicht. Ihr Puls raste nicht. Und ihre Pupillen waren für die Lichtverhältnisse, in denen sie sich befanden, normal geweitet.

An diesem Punkt nickte Charlie kaum merklich, und Mads zückte eins der Messer, die sie sich umgeschnallt hatte. Mit einer bloßen Drehung ihres Handgelenkes ließ sie die Klinge durch den Raum wirbeln. Diese Fähigkeit hatte sie vor einem Jahrzehnt von Max gelernt und seither immer wieder geübt. Daher traf Mads ihr Ziel vollkommen mühelos und durchtrennte die Nerven im Arm des Mannes, sodass ihm die Waffe aus der Hand fiel, bevor er abdrücken konnte.

Entsetzt schaute er auf seinen jetzt nutzlosen Arm, ohne zu bemerken, dass Tock sich heimlich durch den Kamin ins Haus hinabgelassen hatte. Sie versetzte seiner Waffe einen Tritt, sodass diese unter das nächstbeste Sofa schlitterte, und hatte auch die anderen entwaffnet, bevor sie auch nur Gelegenheit gehabt hatten, darüber nachzudenken, was sich direkt vor ihren Augen abspielte.

»Mads, hol bitte Finn und Shay.«

Mads ging wieder zur Haustür und gab den Brüdern ein Zeichen. Sie standen auf dem Rasen vor dem Haus und zankten sich wegen irgendetwas, aber sobald Finn den Ausdruck auf Mads' Gesicht sah, kam er zu ihr, dicht gefolgt von Shay. Stevie und die Trainerin sowie der Anwalt der Footballmannschaft bemerkten es nicht einmal, so beschäftigt waren sie damit, sich wegen der Verträge zu streiten, die auf der Motorhaube des roten Pick-up-Trucks ausgebreitet worden waren.

Mads führte die Katzen ins Wohnzimmer, und keiner von ihnen sagte ein Wort, während sie die Situation vor ihren Augen zu verarbeiten suchten.

Sobald Nat Finn und Shay sah, begann sie zu gestikulieren, aber Charlie stoppte sie mit einer einzigen Bewegung ihres Zeigefingers.

Als Nat die Hände sinken ließ, schaute Charlie sich im Raum um und fragte: »Was hast du getan?«

Einer der Vollmenschen fing sofort an zu plappern, aber Charlie schnitt ihm mit einem kalten »Dich habe ich nicht gefragt« das Wort ab. Sie wandte sich an Nat. »Was hast du getan?«

Der jüngste Malone-Bruder übersetzte Charlies Frage für Nat in Gebärdensprache, und sie wollte schon auf die gleiche Weise antworten, aber wieder kam Charlie ihr zuvor.

»Versuch es nicht einmal«, knurrte sie, während Dale übersetzte. »Ich hatte keine Zeit, Gebärdensprache zu lernen, und das wissen wir beide. Und du wirst nicht hier sitzen und auf eine Weise mit deinen Brüdern sprechen, die ich nicht verstehe, nur damit du sie *anlügen* kannst, und wir wissen *beide,* dass du genau das vorhast.«

Der Honigdachs in Nat kam zum Vorschein, als sie ihre Halbschwester mit gefährlich schmalen Augen musterte und laut antwortete: »Ich habe überhaupt nichts getan. Das ist ein Überfall und wir sollten sie alle töten. Aus Prinzip.«

»Aus Prinzip?« Charlie schüttelte den Kopf. »Du bist so eine miese Lügnerin.«

»Meine *Brüder* wissen, dass ich nichts getan habe«, gab Nat wie aus der Pistole geschossen zurück.

Charlie zeigte auf Dale. »Was hat sie getan?«

»Ähm … ni-«

»DALE!«, brüllte Finn so laut, dass die Fensterscheiben klirrten, die Eindringlinge aufschrien und Dale in Panik geriet.

»Sie hat Drogendealern Geld gestohlen!«, platzte Dale heraus.

Nat, die nicht länger auf dem Boden kniete, versetzte ihrem Bruder einen Schlag gegen die Schulter. Charlie lief durch den Raum, packte beide Jugendliche am Arm und schubste sie aufs Sofa. Dann zog sie sich einen Stuhl vom Tisch heran und ließ sich vor Nat und Dale darauf fallen. Sie bedeutete Dale, für sie zu übersetzen, und richtete das Wort direkt an Nat.

»Du hast Drogendealern Geld gestohlen? Warum? Bist du arm?«

Nat schaute zwischen Dale und Charlie hin und her, bevor sie fragte: »Was?«

»Bist du arm? Hat deine Mutter keine Krankenversicherung und stirbt gerade an Krebs? Ist eure Familie in Gefahr, ihr Zuhause zu verlieren? Gibt es irgendeinen zwingenden Grund, warum du das Bedürfnis verspürst, Drogendealern Geld zu stehlen? Oder hattest du einfach Langeweile und hast gedacht, es würde Spaß machen?«

Mads sah, wie Nat mit sich rang, ob sie die Wahrheit sagen sollte oder nicht. Sie wusste das, denn sie hatte diesen Gesichtsausdruck schon bei jedem Dachs, dem sie in ihrem Leben begegnet war, gesehen. Diesen Ausdruck hatte sie wahrscheinlich schon selbst auf dem Gesicht gehabt. Aber da Charlie involviert war, war die Wahrheit im Moment Nats beste Freundin.

Klugerweise rückte die Kleine mit der Sprache heraus. »Sie waren dumm und es war ganz einfach. Die Sommerferien zogen sich etwas.«

»Einfach? Sieht das hier einfach für dich aus?«, fragte Charlie und deutete auf das Wohnzimmer und die schluchzenden Männer auf dem Boden. »Du hast Drogendealer bei dir im Haus.«

»Ich wäre schon mit ihnen fertiggeworden.«

Charlie zuckte die Achseln. »Ja, klar. Aber hättest du das auch geschafft, ohne dass dein Bruder dabei draufgeht?«

Dales Hände hörten plötzlich auf, sich zu bewegen, und er fragte: »Moment mal … was?«

Charlie bedeutete ihm, weiterzuübersetzen, während sie fortfuhr.

»Und was hättest du mit den Leichen angestellt? Sie im Garten deiner Mom verbuddelt? Sie von den Hunden fressen lassen?« Charlie sah sich schnell um. »O mein Gott. Wo sind die Hunde?«

»Oben, eingesperrt in meinem Zimmer. Ich wollte nicht, dass sie zu Schaden kommen. Ich weiß doch, wie sehr Shay an ihnen hängt«, fügte sie mit einem Anflug von Verachtung hinzu.

»Der erste Punkt, den du richtig gemacht hast. Aber lass mich dir aus Erfahrung sagen, dass selbst große Hunde nicht so viel fressen können. Nicht in der Zeit, die dir bleibt, bis deine Mutter nach Hause kommt.«

Finn schaute Mads stirnrunzelnd an, aber die schüttelte nur den Kopf. Jetzt war nicht der richtige Zeitpunkt, um Fragen zu stellen, woher in aller Welt Charlie das wissen konnte. Sie wollten es wahrscheinlich ohnehin nicht hören.

»Und wenn du eher an Hyänen gedacht hast, hast du sie in deinem Handy auf Kurzwahl? Ich meine, die Nummer von welchen, die tatsächlich herkommen und menschliche Überreste fressen würden? Denn nicht alle tun so etwas. Ob du es glaubst oder nicht, einige von ihnen haben da moralische Skrupel. Du solltest den Unterschied zwischen gefleckten und gestreiften Hyänen kennen, wenn du Hyänen zum Fressen rufst. Denn wenn du dir die falsche Art aussuchst, verpfeifen sie dich binnen einer Sekunde, und du landest im Gefängnis. Und lass mich eins von vornherein klarstellen … Ich beschütze dich nur, wenn du jemanden tötest, um das Leben eines Unschuldigen zu retten, oder wenn du schuldlos in Lebensgefahr gerätst. Wenn du anfängst, Leute umzubringen, weil du dich langweilst, werde ich dafür sorgen, dass du in einem dieser deutschen Gefängnisse landest, die speziell für Dachse gebaut wurden. Weiß du auch, warum? Weil das etwas ist, das Psychopathen tun! Sie töten aus Langeweile. Und ich werde nicht meine Lebenszeit verschwenden, mit einer Psychopathin zu kämpfen!«

Plötzlich streckte Charlie einen Finger aus, um Finn daran zu hindern zu sprechen. »Und bevor zu etwas sagst, wir haben Max gründlich testen lassen … sie ist da auf der Kippe. Also lass es einfach.« Sie richtete den Blick wieder auf Nat. »Du bist siebzehn. So dumm kannst du nicht sein! Willst du in einem Gefängnis landen, aus dem du dich nicht herausgraben kannst? Denn die haben sie und genau in diesem Moment verrotten dort wahrscheinlich mindestens drei MacKilligans. Eins dieser Gefängnisse befindet sich in Deutschland. Es wurde in einem Teil des Landes gebaut, der einst als *Ost*berlin bekannt war und hinter einer *Mauer* stand. Du solltest das irgendwann mal googeln, falls du im Geschichtsunterricht noch nichts darüber gehört hast. Vielleicht lernst du deine MacKilligan-Cousine kennen und ihr könnt euch über das unerfreuliche Frühstück dort unterhalten, von dem ich gehört habe, dass es immer noch sehr ostdeutsch sein soll!«

Nat saß schweigend mehrere Sekunden da, bevor sie langsam aufstand, sich ihr schwarzes Haar mit der weißen Strähne über die Schulter warf und zu Charlie sagte: »Danke für deine Ratschläge.«

Und wie viele Siebzehnjährige überall auf der Welt – denn

sie glaubte, sie wisse es besser – ignorierte Nat die Worte ihrer Halbschwester und ging zu den Männern, die jammernd auf dem Wohnzimmerboden lagen.

»Erzähl es nicht, Keane, okay?«, sagte sie honigsüß zu ihren Brüdern. »Ich kümmere mich hier um all… *arghhh!*« Nat schrie auf, als sie mit dem Rücken gegen das Sofa flog, und schlug sich die Hände vors Gesicht. Blut quoll zwischen ihren Fingern hervor.

Automatisch schaute Charlie auf ihre eigenen Hände, in der Erwartung zu sehen, dass sie ihrer jüngeren Schwester für ihre Ungezogenheit ins Gesicht geschlagen hatte. Aber ausnahmsweise einmal war sie nicht die Schuldige.

Stevie stieß Shay beiseite und begann, ihre jüngere Halbschwester in Gebärdensprache zu beschimpfen. Nat glotzte sie über ihre blutigen Hände hinweg an.

Charlie klopfte Dale mit dem Handrücken aufs Knie, damit er für sie übersetzte.

»Ähm … puh … ›für wen hältst du dich?‹«, leierte er die Bedeutung der Zeichen mit tonloser Stimme herunter. »Charlie versucht, dir zu helfen, und du ignorierst sie einfach. ›Denkst du irgendwann mal an jemand anderen als nur an dich? Was wäre gewesen, wenn deine Mutter zu Hause gewesen wäre, als sie kamen? Was, wenn sie nachts gekommen wären? Was, wenn sie nicht bei euch zu Hauses eingebrochen wären, sondern einfach auf euer Auto geschossen hätten, während deine Mutter darin sitzt? Oder deine Brüder? Wenn sie euer Haus in Brand gesteckt hätten, während ihr alle euch dort aufhaltet? Oder wenn sie es in die Luft gesprengt hätten? Mir fallen tausend Szenarien ein, wie das hier hätte laufen können. Max und ich haben viele davon erlebt, wegen der beschissenen Aktionen unseres idiotischen Vaters! Willst du so werden wie er? Willst du diejenige sein, über die wir alle voller Hass sprechen, falls wir überhaupt über dich sprechen? Und wenn wir einen Anruf bekommen, dass im Leichenschauhaus eine Tote liege, die wir identifizieren müssten, willst du dann, dass wir hoffen und beten, dass es sich um *dich* handelt? Und dass wir irgendwelchen Scheiß quer durch den Raum schmeißen, wenn wir erfahren, dass du es nicht bist, und damit den Angestellten des Leichenschauhauses in Angst und Schrecken versetzen? Weil wir wirklich sauer sind, dass du es *nicht* bist! Und unser Leben tausendmal einfacher wäre, wenn du tot wärst? So ist das bei unserem Vater, Nat! Das ist die Richtung, in die du dich gerade bewegst! Und wenn du nicht herausfindest, wie du den MacKilligan in dir in Schach halten kannst, dann sollte ich mich wohl schon mal darauf einstellen, Anrufe von einer vierzigjährigen Nat zu erhalten, die mich um Benzingeld bittet!‹«

Charlie beugte sich vor und klopfte Stevie auf den Arm. »Hat dich dieses Arschloch wieder angerufen und um Benzingeld gebeten?«

Stevie winkte ab. »Ich bin nicht drangegangen, sondern habe den Anruf einfach auf die Mailbox gehen lassen.«

Stevie stieß den Atem aus und wandte sich wieder Nat zu. Wieder übersetzte Dale. »›Deine Familie liebt dich. Aber wenn du dich weiter wie ein Arschloch und ein Miststück verhältst, wirst du dich am Ende allein und verbittert fragen, warum dein Leben so unglaublich ätzend ist.‹«

Stevie zeigte auf Charlie. »Geh nach draußen. Der Vertrag ist so weit fertig, und du kannst unterschreiben. Ich habe fünfzehn Prozent mehr herausgehandelt als die Summe, die du wolltest, dazu Flexibilität in Bezug auf deine Trainingszeiten wegen dieser anderen Sache, die du mit Max machst, und ich habe dafür gesorgt, dass der Typ, dieser Anwalt, ein wenig geweint hat. Was die Verhandlungen angeht, habe ich also ein ziemlich gutes Gefühl.«

Sie drehte sich um und machte Anstalten zu gehen, blieb aber noch einmal stehen und wandte sich Nat zu. Diesmal benutzte sie keine Gebärdensprache. »Und lass Charlie *nicht* noch einmal derart auflaufen, wenn sie versucht, dir zu helfen. Oder ich werde dich beim nächsten Mal durchbeißen, deine Beine quer durch den Raum spucken und dafür sorgen, dass du sie im Blick hast, während du langsam verblutest.«

Und mit diesen Worten verließ Stevie den Raum.

»Was zur Hölle hat …«

»Nein.« Mads unterbrach Finn, bevor er seine Frage beenden konnte.

»Aber wie kann sie …«

»Wir stellen solche Fragen nicht, wenn es um Max' kleine Schwester geht.«

»Tun wir nicht?«

»Nein.«

»Warum nicht?«

»Weil wir wissen, dass es für niemanden ein gutes Ende nehmen würde. Also tun wir es einfach nicht. Und du solltest es auch nicht tun. Okay?«

»Na ja …«

»Großartig!«

»Meine Nase!«, rief Nat. Noch immer quoll Blut hinter ihren Händen hervor.

»Sie ist nur gebrochen«, erklärte Charlie. »Sei nicht so ein Baby.«

Finn trat näher. »Lass mal sehen«, sagte er.

Nat nahm die Hände vom Gesicht und alle Gestaltwandler im Raum schrien auf. Tock wandte sogar den Blick ab. Charlie hielt sich beide Hände vor den Mund und Shay hätte fast gewürgt.

Nat schlug sich sofort wieder die Hände aufs Gesicht. »Was?«, fragte sie scharf. *»Was?«*

»Gar nichts«, log Charlie. »Das wird schon wieder. Geh einfach nach oben. *Jetzt.* Dale, begleite sie.«

»Warum ich?«

»Dale!«

Als Dale an Charlie vorbeiging, um hinter seiner Schwester aus dem Wohnzimmer zu gehen, fasste Charlie ihn an der Schulter und sagte leise: »Lass sie nicht in den Spiegel schauen. Du musst ihr sofort ein Pflaster auf die Nase kleben. Und fang bloß nicht an zu weinen. Bis morgen springt sie schon wieder heraus.«

»Ich weine nicht.«

»Gott, du bist ein genauso schlechter Lügner wie deine Schwester«, beschwerte sie sich und stieß ihn weg. »Und sobald du ihr das Pflaster aufgeklebt hast, bring das Geld mit nach unten, das sie gestohlen hat, bitte. Danke!«

Sobald die Teenager weg waren, sagte Charlie warnend zu Finn und Shay: »Ihr habt keinerlei Kontrolle über sie, und es wird noch allen zum Verhängnis werden.«

»Nichts für ungut, aber wir kommen mit unserem Baby schon zurecht.«

»Sie ist kein Baby mehr. Sie ist eine manipulative kleine Schlange, auch bekannt unter der Bezeichnung Teenager. Und dann und wann wird die wahre MacKilligan bei ihr zum Vorschein kommen und ihr seid nicht darauf vorbereitet.«

Charlie machte einen Schritt auf die Haustür zu, aber Tock hielt sie auf.

»Was ist mit diesen liebreizenden Gentlemen?«, fragte sie.

Charlie betrachtete die Vollmenschen einen Moment lang, dann feixte sie … und fuhr ihre Reißzähne aus.

Dez legte ihr Handy beiseite und sah über ihren Schreibtisch hinweg ihren alten Partner an. Wegen Polarbären wie Crushek und den Grizzlys in ihrer Abteilung hatte sie speziell angefertigte Stühle beschaffen müssen, die nicht unter deren menschlichem Gewicht zusammenbrachen. Die Stühle waren nicht leicht zu finden gewesen und kosteten ein Vermögen, aber sie sahen hübsch aus. Und hielten wirklich gut, obwohl Crushek sich nicht einfach hinsetzte, sondern sich mehr oder weniger auf seinen Platz fallen ließ, als sei er ein viel kleinerer Mann.

»Was?«, fragte Crushek, als er ihren Gesichtsausdruck sah.

»Ich habe gerade einen Anruf von der Gestaltwandler-Division in Nassau County bekommen. Anscheinend sind einige Drogendealer in eine Polizeiwache gekommen, um sie zu warnen, dass Ungeheuer mit Klauen und Reißzähnen und irrer Frauenpower versucht hätten, ihnen ihr Geld zu stehlen und die Weltherrschaft an sich zu reißen. Und wir müssten der Regierung Bescheid geben und etwas unternehmen, ansonsten würden diese Ungeheuer uns alle umbringen … und uns von den Hyänen aus Afrika auffressen lassen.«

Die beiden schauten sich eine ganze Weile an, bis Crushek endlich seinen großen Kopf schüttelte und ärgerlich seufzte: »Diese verdammten Honigdachse.«

»Okay, ich irre mich also nicht. Es ist definitiv eine Honigdachs-Situation, mit der wir es zu tun haben.«

»Nicht einmal Füchse machen derartige Probleme, Dez. Und Füchse machen alle möglichen Probleme.«

»Ist das etwas, in das wir uns einmischen sollten?«

»Bist du heute Morgen aufgewacht und hast bei dir gedacht: ›Wie kann ich mir den Tag versauen?‹«

»Keineswegs.«

»Dann sage ich, wir kümmern uns um die Albträume, die wir bereits hier in der City haben, statt nach Staten Island rauszufahren und uns noch mehr Ärger einzubrocken.«

»Hervorragender Plan. Kaffee und eine Bärentatze?«

»Es fühlt sich an, als würde ich mit dieser Bärentatze angegriffen, aber na gut, warum nicht?«

20

Keane stieg hinter Max die Hintertreppe hinauf in einen kleinen Antiquitätenladen im ersten Stock eines arg mitgenommenen Gebäudes gleich an der Jersey Turnpike.

»Du hast Bargeld dabei, richtig?«

Keane runzelte die Stirn. »Du hast mir nicht gesagt, dass ich Bargeld mitnehmen soll.«

Max blieb stehen und drehte sich zu ihm um. »Du hast kein Bargeld dabei?«

»Du hast mir nicht gesagt, dass ich Bargeld mitnehmen soll.«

Sie stieß den Atem aus. »Na wunderbar.«

»Du hast mir nicht gesagt …«

»Ja. Ich hab dich gehört«, blaffte sie und ging weiter die Treppe hinauf.

»Es wird mit dir die ganze Zeit so sein, nicht wahr?«

»Wie sein?«

»Nervig. Unangenehm. Du reißt dir ein Bein aus, um es einem schwer zu machen.«

»Nicht mein eigenes Bein.«

Sie kamen an eine Holztür. Max drückte sie auf und trat in einen dieser bis unter die Decke vollgestopften Läden, bei denen Keane sich nie sicher war, ob man dort Antiquitäten verkaufte oder einfach nur Müll.

»Hallo?«, rief Max. »Onkel Carl? Ich bin es, Max. Rennys Tochter. Bist du da?«

In Keanes Augenwinkel blitzte etwas auf und ließ ihm nur eine Sekunde Zeit, Max die Arme um die Taille zu legen und sich mit ihr auf den Boden zu werfen. Der Gewehrschuss traf den ausgestopften Grizzly, der direkt hinter ihnen gestanden hatte.

»Onkel Carl!«, brüllte Max. *»Was zum Teufel ist los mit dir?«*

Es dauerte einen Moment, bevor eine Stimme zurückbrüllte: »Hat deine Mutter dich hergeschickt? Dann kannst du ihr sagen, dass sie mich mal kreuzweise kann!«

»Ich habe keine Ahnung, wovon du redest!«

Eine weitere, lange Pause folgte. »Hast du nicht?«

»Nein.«

»Denn ich habe gehört, dass sie eine Lebensversicherung auf mich abgeschlossen hat. Im Wert von einer Million Dollar.«

Max ließ den Kopf wieder auf den Boden sinken und verdrehte die Augen. »Davon weiß ich nichts. Ich bin nicht wegen meiner Mutter hier. Ich bin hier, weil ich Informationen brauche.«

»Oh. Okay.«

Charlie saß im Wintergarten, die Beine von sich gestreckt, einen Arm über die Augen gelegt. Sie hatte daran gedacht, ins Bett zu gehen und dort ein Nickerchen zu machen, aber sie war weniger müde als unglücklich und deprimiert und sich nicht sicher, ob Schlaf dagegen etwas ausrichten konnte. Zumindest nicht in ihrem Fall. Sie hatte gehört, bei einigen Leuten wirke Alkohol, aber sie hatte sich noch nie besonders viel daraus gemacht. Trank allenfalls hier und da ein Bier. Vielleicht einen Schnaps, wenn sie mit Freunden oder ihren Schwestern ausging. Aber alles darüber hinaus ließ sie fürchten, als jämmerliche Trinkerin zu enden und dann irgendwo in einer Bar nur noch Zorn und Hass zu versprühen. Das war nicht die Richtung, in die ihr Leben sich entwickeln sollte.

»Charlie?«

Da sie nicht in der Stimmung war, ihren ganzen Körper zu bewegen, hob Charlie lediglich den Arm und die Stirn und öffnete die Augen. Sie schaute zu Mads hoch und lächelte.

»Was gibt's?«

»Ich wollte nur nach dir sehen. Brauchst du irgendetwas?«

Charlie hatte Mads schon immer gemocht. Sie war einfach ein süßes Ding. Und hatte das, was das Leben an sie austeilte, auf keinen Fall verdient. Doch welches Kind verdiente schon so ein Leben?

»Ich brauche nichts. Nur … ach, vergiss es.«

Mads setzte sich auf das Zweiersofa gegenüber von Charlies Sessel. »Ich bin mir sicher, das mit Nat wird wieder. Du hast wohl Max' Teenagerjahre vergessen. Natürlich hattest du damals auch eine Menge am Hals. Du hattest viel mehr Ärger mit deinem Dad. Wesentlich mehr Entführungen. Vor allem, weil dein Dad deine Schwestern immer wieder verkauft hat.«

»Das ist alles sehr wahr. Und du hast wahrscheinlich recht. Ich habe heute etwas begriffen.«

»Meth-Süchtige glauben alles, wenn sie high sind?«

»Das wusste ich vorher schon. Nein. Ich habe begriffen, dass Stevie eines Tages eine großartige Mom abgeben wird. Wir müssen ihr nur beibringen, dass man nicht die Nase seines Kindes eindrückt.«

»Ich denke, es ist etwas anderes, wenn es sich um das eigene Kind handelt.«

»Wollen wir es hoffen.«

»Also, falls du irgendetwas brauchst, sag einfach Bescheid.«

»Mach ich.«

Sie erwartete, dass Mads aufstehen und gehen würde. Für gewöhnlich hielten Max' Freundinnen sich nicht allzu lange in Charlies Nähe auf, wenn Max nicht als Puffer anwesend war. Ihr war bewusst, dass sie alle nervös machte, und es scherte sie nicht. Denn sie ahnte, dass sie sie vor größerem Ärger bewahren konnte, indem allen klar war, dass sie sich ihr würden stellen müssen, wenn sie richtig Scheiße gebaut hatten. Als Mads also einfach nur da sitzen blieben und nichts tat …

»Gibt es sonst noch etwas, Mads?«

Mads beugte sich ein wenig vor, um in die anderen Zimmer schauen zu können.

»Ich glaube, sie sind draußen am Pool«, bemerkte Charlie.

Mads strich sich das Haar hinters Ohr. »Letzte Nacht haben mir meine Cousinen aufgelauert. Meine Mutter glaubt, ich hätte der Familie etwas weggenommen, was aber nicht stimmt. Das war mein Vater. Ich habe den Gegenstand in meinem Haus gefunden und von Rechts wegen gehört er auch mir. Solveig wollte, dass ich ihn bekomme. Aber meine Mutter und meine Großmutter meinen, er gehörte ihnen. Ich könnte ihn einfach wieder an sie zurückschicken.«

»Und ihnen beweisen, dass du so schwach bist, wie sie glauben? Schick ihnen überhaupt nichts. Gib ihnen überhaupt nichts zurück. Du musst sie fertigmachen. Ein für alle Mal. Oder du wirst nie Frieden haben, Mads. Dafür werden sie sorgen.«

»Was ist mit den anderen?«

»Mit welchen anderen?«

»Max? Tock? Streep? Nelle? Wenn ich mich gegen die Familie wende, wendet die sich gegen sie.«

»Und dann wird man an der gesamten Ostküste Einzelteilen von Hyänen finden. Die Leute werden sich wochenlang fragen, woher all die Hyänen gekommen sind. ›Bringt irgendjemand Hyänen als Haustiere aus Afrika hierher?‹, wird die Frage in den Nachrichten lauten.« Sie kicherte. »Das wird bestimmt ziemlich komisch.« Charlie lachte weiter, bis sie Mads' Gesichtsausdruck sah. »Moment mal. Du machst dir Sorgen um sie? Nach all den Jahren? Nachdem du gesehen hast, wozu sie fähig sind?«

»Aber was du zu Nat über ihre Familie gesagt hast …«

»Schätzchen, da geht es um Tiger!« Charlie setzte sich in ihrem Sessel auf, ihre Niedergeschlagenheit und ihr Elend vergessen angesichts Mads' irrationaler Denkweise. »Wenn du auf ein Auto voller Tiger schießt, könntest du sie töten. Wenn du auf ein Auto voller Dachse schießt … hast du nur ein Auto voller stinksaurer

Dachse! Und im Fall deiner Freundinnen? Sind das stinksaure bewaffnete Dachse.«

»Was ist mit ihren Familien?«

»Ihre Familien sind allesamt Dachsdynastien.«

»Streeps Familie nicht.«

»Was bringt dich auf diese Idee? Weil sie von den Philippinen stammen? Die Familie Gonzales ist eine jahrhundertealte Dachsdynastie. Tatsächlich hat ihre Familie den Vatikan beklaut, seit die Philippinen im 16. Jahrhundert katholisch geworden sind. Und nicht nur das, ihrer Familie ist es gelungen, seither jede philippinische Regierung zu unterwandern. Nicht wegen irgendwelcher politischen Ziele, sondern weil sie eine echte Schwäche für Geld haben. Und Gold. Sie lieben Gold.«

»Warum hat Streep mir das nie erzählt?«

»Ich nehme an, sie dachte, du wüsstest das.«

»Woher sollte ich? Ich bin bei Hyänen aufgewachsen.«

»Und mich haben Wölfe großgezogen. Man muss mit dem Blatt klarkommen, das das Leben einem zuteilt. Willst du einen Rat? Es wird Zeit zu sein, wer du wirklich bist. Die Frau, von der Solveig wusste, dass sie in dir steckt. Es wird Zeit, dass du deine Familie in ihre Schranken weist, Mads Galendotter. Du musst sie ja nicht gleich vollkommen auslöschen. Ich bin schließlich kein herzloses Monster … jedenfalls meistens. Aber mach ihnen klar, dass sie sich nie wieder mit dir anlegen sollten. Zeig ihnen, wer jetzt, da Solveig tot ist, die wahre Wikingerin ist.«

»In Ordnung.« Mads ächzte. »Aber das Ganze ist ziemlich beängstigend.«

»Das Leben ist beängstigend. Deshalb werde ich jetzt Brownies backen gehen.«

Die beiden Frauen standen auf, aber bevor sie in die Küche gehen konnten, wurden sie von einem lauten Schlag aus der Richtung der großen Fenster erschreckt. Ein Schwarzbär aus dem Viertel stand vor einem der großen Wintergartenscheiben und schaute sie an.

»Habe ich jemanden Brownie sagen hören?«, fragte der Bär.

»Das tut mir wirklich leid«, sagte Carl, während er Kaffeebecher vor Max und Keane auf den Tisch stellte. »Wir sind alle ein wenig schreckhaft, seit deine Mutter wieder da ist.«

»Ich verstehe nicht, warum. Sie hat mir gegenüber nie auch nur ein Wort darüber verloren, dass es Probleme zwischen euch gibt.«

»Sie hat vielleicht kein Problem mit ihren Schwestern. Aber bei ihren Brüdern leuchten sofort die Dollarzeichen in ihren Augen auf. Sie will uns alle drankriegen.«

Er stellte einen Teller Oreos mit Schokoladenüberzug in die Mitte des Tischs. Max wollte sich gerade einen nehmen, aber Keane hatte sich bereits den ganzen Teller herangezogen und die Hälfte der Kekse verschlungen.

»He, Alter … ernsthaft?«

Carl ging erneut an den Schrank, schnappte sich die Schachtel mit den Oreos und warf sie auf den Tisch. Max nahm sich gleich mehrere für den Fall, dass sie später keine Gelegenheit mehr dazu haben würde.

»Wenn das wahr ist, hat sie kein Wort darüber zu mir gesagt«, beharrte Max. »Und ich würde so etwas ohnehin nicht tun.«

»Nicht einmal für deine Mutter?«

»Ich liebe meine Mom, aber ich werde nicht anfangen, Familienmitglieder umzubringen, damit sie die Versicherungsprämie kassieren kann. Das ist einfach geschmacklos.«

»Wirklich?«, fragte Keane, den Mund voller Kekse. »Geschmacklos? Das ist das Einzige, was dir dazu einfällt?«

»Es ist geschmacklos.«

Carl ließ sich auf einen Stuhl am Tisch fallen. »Ich habe auch gehört, dass die Yuns es auf eure psychotische Schwester abgesehen haben.«

»Sie kennen Stevie überhaupt nicht.«

»Nicht Stevie. Die mit den breiten Schultern.«

»Charlie? Sie haben es auf Charlie abgesehen?« Max schnaubte. »Da kann ich ihnen nur viel Glück wünschen.«

Carl sah Keane an. »Und du bist wegen deines Vaters hier.«

»Ja.«

»Ich sage das nur ungern, aber ich weiß nichts über seine Ermordung.«

»Oh.«

»Diesbezüglich ist es erstaunlich still. Normalerweise hört man zumindest etwas von den Füchsen. Sie könnten kein Geheimnis für sich behalten, selbst wenn es ihr Leben kostet, aber ausnahmsweise einmal reden sie nicht.«

Keane ließ die breiten Schultern sinken, und Carl sah tatsächlich ein wenig traurig aus, weil er der Raubkatze keine Informationen geben konnte. Doch dann sagte er: »Weißt du, mein Bruder kann dir vielleicht helfen. Er kennt eine Menge Leute, die ich nicht kenne.«

»Welcher Bruder?«, fragte Max.

»Jacob.«

»Oh, Onkel Jacob mag ich.«

»Ich sag dir was. Ich werde ihm eine Textnachricht schicken. Als Vorwarnung, dass ihr mit ihm reden wollt. Ich weiß zwar nicht genau, wo er gerade ist, und er wird es mir wahrscheinlich auch nicht verraten. Ich denke, er könnte mit einem ... ihr wisst schon ... einem Job beschäftigt sein.«

»Verstehe«, sagte Max, die wusste, dass das Wort »Job« unter Dachsen tausend Dinge bedeuten konnte.

»Sobald er weiß, dass ihr mit ihm reden wollt, wird er dich wissen lassen, wo er ist.«

»Danke, Onkel Carl. Das hilft uns wirklich sehr.«

Carl zuckte die Achseln. »Ehrlich, Schätzchen, ich bin einfach froh, dass du nicht hier bist, um mich wegen der Versicherungsprämie umzubringen.«

Max sah zu Keane, bevor sie ihren Onkel fragte: »Wird sich das jetzt in unserer Familie zur Normalität entwickeln? Denn ich habe das Gefühl, das wäre etwas, worüber man mich informieren müsste.«

Mads warf gerade in Charlies Garten Körbe, als Max und Keane von ihrem Treffen mit Max' Onkel zurückkamen.

»Wie ist es gelaufen?«, fragte Charlie, während sie Plastikbeutel mit Zartbitterschokoladenbrownies an die Bären verteilte, die auf der anderen Seite des Zauns geduldig warteten. Ursprünglich waren die Bären im Garten gewesen, aber Finn und Shay hatten ihre Anwesenheit dort mit einem Brüllen quittiert, als das erste Blech Brownies aus dem Ofen gekommen war und es eine kleine Rangelei gab, die sehr leicht zu einer richtigen Prügelei hätte ausarten können. Als Stevie einen Baum hochgeklettert war und sich wie ein Bärenjunges zwischen den Blättern versteckt hatte, hatte Mads angefangen, sich Sorgen zu machen. Charlie war bemüht gewesen, alle zu beruhigen, mit der Ankündigung, es seien noch mehr Brownies im Ofen, aber niemand hatte ihr zugehört ... bis Streep die Skorpione herausholte.

»Ihr wollt keine Skorpione?«, hatte sie gefragt und ein besonders großes, schwarz glänzendes Exemplar hochgehalten. »Sie sind sooo lecker! Und sie wehren sich wie verrückt. Dieser hat mich schon ungefähr sechsmal gestochen!«

Im selben Moment waren die Bären auch schon hastig über den Zaun geklettert, während Finn und Shay kurzerhand in den Pool sprangen.

»Was?«, fragte Streep die Bären. »Ihr wollt wirklich keinen? Das Gift gibt dem Ganzen ein bisschen Pep. Vor allem, wenn sie knusprig sind!«

Dass die Leute der Gegend sich mit Skorpionen und Schlangen nicht auskannten, machte es noch leichter. Die wirklich giftigen mussten ins Land geschmuggelt werden, und Dachse organisierten gern Abendessen als Event und kombinierten herausragende Weine und Tequilas mit der speziellen Art von Skorpionen, die sie an diesem Abend genießen würden.

Ehrlich, zu diesen großen schwarzen hätte auch Wein aus dem Tetra Pak gereicht werden können, wenn man nach der Dachsgemeinschaft ging.

»Wir haben nichts herausgefunden«, verkündete Keane.

»Das stimmt nicht ganz«, warf Max schnell ein. »Onkel Carl hatte uns nicht viel zu erzählen. Aber er hat uns an seinen Bruder weiterverwiesen. Ich warte noch auf eine Nachricht von ihm. Wenn wir Glück haben, hat er mehr Informationen für uns.«

»Oder überhaupt irgendwelche.«

»Ich habe dich gewarnt, dass es so laufen könnte«, rief Max Keane ins Gedächtnis. »Dass wir vielleicht mit mehr als einem Dachs reden müssen. Möglicherweise ein wenig herumfahren. Vor allem, da in all den Jahren auch sonst niemand Informationen über deinen Vater hatte. Du musst einfach Geduld haben.« Alle Katzen starrten sie an. Selbst Finn und Shay, die sich in ihren Jeans, T-Shirts und Stiefeln immer noch im Pool treiben ließen. »Ich weiß. Kaum dass es aus meinem Mund gekommen ist, wusste ich schon, dass es eine blöde Bemerkung war.«

Max drehte sich um und ging Richtung Haus.

»Wo willst du hin?«, fragte Nelle.

»Ich muss pinkeln.«

Keane schloss die Augen. »Kann sie nicht einfach sagen: ›Ich gehe ins Bad‹?«

Niemand erwiderte etwas darauf, denn alle kannten die Antwort.

»Lass dich nicht entmutigen«, sagte Mads zu Keane. Sie überlegte, ob sie ihm auf die Schulter klopfen sollte, hatte aber keine Lust, sich so hoch zu recken. »Bei Dachsen gibt es niemals simple Lösungen.«

»Sie hat recht«, bestätigte Nelle und machte einen Schritt nach hinten, als Finn und Shay aus dem Pool stiegen, damit sie kein Chlorwasser auf die Schuhe bekam. »Und ihr solltet eine Tasche mit Wechselsachen packen, denn wahrscheinlich werdet ihr verreisen müssen.« Sie schaute für einen Moment ins Leere, dann fügte sie hinzu: »Wisst ihr was? Ich versuche herauszufinden, ob mein Vater uns nicht vielleicht eins seiner Flugzeuge borgt.«

Sie begann, in ihr Telefon zu tippen.

»Dein Vater hat so viele Flugzeuge, dass er uns einfach eins ausborgen kann?«

Nelle schaute zu Keane auf und zwitscherte: »Genau.«

»Kommst du auch mit?«, fragte Finn Mads.

»Solange das Training für die Meisterschaften noch nicht angefangen hat, okay.«

»Ernsthaft?«, fragte er. »Die Meisterschaft ist dir wichtiger als …«

»Ja!«, gab sie zurück, noch bevor Finn seinen Satz beenden konnte. Was sie überraschte, war, dass auch ihre Mannschaftskameradinnen im selben Moment »Ja« riefen. Denn sie gaben sich ebenfalls keinerlei Illusionen hin, wo Mads' Prioritäten lagen.

Finn fasste sie um die Taille und zog sie an sich, wogegen sie normalerweise gar nichts einzuwenden gehabt hätte, nur dass er von seinem Bad im Pool patschnass war. Lachend versuchte sie halbherzig, ihn wegzustoßen. Keiner von ihnen gab nach, bis Max aus dem Haus gerannt kam.

»Er hat mir geantwortet!«, jubelte sie. »Ich habe eine Nachricht von Onkel Jacob! Er hat gesagt, dass er sich mit uns treffen wird.« Sie blieb vor der Gruppe stehen und grinste.

Tatsächlich stand Max so lange da und grinste, dass Keane schließlich blaffte: »*Wann?*«

»Brüll mich nicht an!«

»Das war kein Brüllen. Du würdest es merken, wenn ich brülle.«

»Daddy sagt, wir dürfen jeden Jet nehmen, der verfügbar ist«, erklärte Nelle lächelnd. »Und es gibt einen ganzen Haufen davon. Soll ich sie euch auflisten?«

»Wie reich seid ihr eigentlich?«, fragte Shay.

»Sehr reich«, antwortete sie unbekümmert.

Max starrte auf ihr Handy und fragte: »Ist auch ein … ähm … Langstreckenflieger dabei?«

»Ja.« Nelle zog eine Braue hoch. »Warum?«

Max räusperte sich. »Onkel Jacob befindet sich nicht direkt um die Ecke.« Keane knurrte und Max ging sofort in die Defensive. »Dafür kann ich doch nichts!«

Nelle legte Keane eine Hand auf den Arm. »Beruhigt euch jetzt mal alle miteinander«, befahl sie mit ihrer besänftigenden Stimme, bei der man nie wirklich kapierte, dass es sich um einen Befehl handelte. »Statt das Ganze als unangenehme Pflicht zu sehen, werden wir es zu einem Vergnügen machen. Wir alle zusammen. Wir nehmen uns einen von Daddys besten Jets, treffen uns mit Max' Onkel, sammeln so viele Informationen, wie wir können, und fliegen dann zum Abendessen an irgendeinen fabelhaften Ort. Zum Beispiel nach Paris. Oder Rom. Und ehe man sich's versieht, sind wir auch schon wieder da!« Sie schaute zu Charlie hinüber, die immer noch Brownies verteilte. »Charlie, was meinst du, wollt ihr, du und Stevie, mitfliegen?«

»Ich nicht, Süße. Ich glaube, in Paris steht immer noch ein Haftbefehl gegen mich aus, um den ich mich bisher nicht gekümmert habe. Stevie, willst du mit …«

»Nein danke«, kam es aus dem Baum. »Ich versuche gerade, mit einer neuen und hoffentlich kurzlebigen irrationalen Flugangst fertigzuwerden – du weißt schon, wegen des Klimawandels. Ich habe Angst vor plötzlichen und brutalen Stürmen, die aus dem Nichts auftauchen und die Motoren beschädigen, sodass alle Passagiere in ihren viel zu frühen Tod stürzen. Hinzu kommt meine rationalere Angst vor Terrorismus aufgrund des gegenwärtigen politischen Klimas.«

Als dieser Aussage nur Schweigen folgte, bebte der Baum ein wenig, und Stevies kleiner Kopf lugte zwischen den Blättern hervor. »Nicht, dass einer von euch einen Grund zur Sorge hätte«, ruderte sie sofort zurück. »Euch wird schon nichts passieren. Ich bin … ich bin mir … sicher. Euch passiert nichts.«

Immer noch ohne Antwort duckte sie sich zurück in den Trost des Baumes.

»Wie dem auch sei«, fuhr Nelle fort, »alle sollten eine Reisetasche packen und dann treffen wir uns am Flugplatz. Ich schicke euch jetzt die Adresse.« Sie sah Keane an. »Und hör auf, so zornig dreinzusehen. Ich verspreche es dir! Das wird ein Riesenspaß!«

»Sieht so Riesenspaß für dich aus?«, brüllte Keane, bevor er hinter die Überreste eines in die Luft gesprengten Gebäudes flitzte.

»Wenn du mich das noch einmal fragst«, brüllte Nelle zurück, die sich bereits in dem von ihrem Vater ausgeborgten Privatjet befand, und ihre Maschinenpistole abfeuerte, *»dann bringe ich dich eigenhändig um!«*

Finn war sich nicht sicher, wie sie hier gelandet waren, aber sie waren ganz eindeutig hier. Mitten in einem gottverdammten Krieg. Allerdings in keinem bekannten Krieg. Kein Krieg, von dem man in den Abendnachrichten hörte, während man sich zum Essen hinsetzte. Das hier war irgendeine osteuropäische Sache, heimtückisch und illegal, und sie beinhaltete finstere Regierungsdeals, etwas, das alle beteiligten Regierungen anschließend bestreiten würden.

Und Max' Onkel Jacob befand sich mittendrin. Er war anscheinend ein Söldner. Das war der »Job«, den seine Familie meinte.

Finn hörte Schreie und sah Frauen und Kinder, die versuchten, vor einer Gruppe bewaffneter Männer davonzulaufen. Finn schaute seine Brüder an und sie verwandelten sich.

Mads landete hart auf dem Boden, sodass es ihr die Maschinenpistole aus der Hand schlug. Ein vollmenschlicher Mann packte sie am Bein und zerrte sie zu sich heran. Sie trat ihm ins Gesicht und brach ihm den Kiefer. Als er rückwärtstaumelte, hob sie das Bein, damit sie ein Messer aus dem Holster ziehen konnte. Mads warf sich nach vorn und rammte dem Mann die Klinge in die Brust, musste sie aber sofort wieder herausreißen, weil ein anderer Mann auf sie zukam. Sie kauerte immer noch dicht am Boden, also schnitt sie ihm die Innenseiten seiner Oberschenkel auf, bevor sie sich zu dem Mann umdrehte, dem sie die Klinge in die Brust gestoßen hatte, um ihm damit die Kehle aufzuschlitzen. Darauf wandte sich wieder dem Mann zu, der vor ihr stand, und setzte nun zu einem Schnitt tief an seinem Bauch an.

Als seine Eingeweide auf den Boden fielen, lief sie zurück zu ihrer Pistole und schnappte sie sich genau in dem Moment, als die Tür des kleinen Hauses, in das sie gerannt war, eingetreten wurde. Sie eröffnete das Feuer während sich schon über die Leichen sprang, gerade rechtzeitig, um zu sehen, wie drei gewaltige Tiger mehrere bewaffnete Männer überwältigten, damit die Frauen und Kinder einen verzweifelten Fluchtversuch unternehmen konnten.

»Hier lang!«, brüllte Mads in sehr schlechtem Russisch, während sie wild gestikulierte. Sie wusste, dass die Menschen, die sie anbrüllte, keine Russen waren, aber etwas Besseres fiel ihr nicht ein, und sie hoffte einfach, dass sie sie verstanden. Zumindest schienen sie ihre Gesten zu begreifen. Danach hielt Tock ihnen mittels ihres Geschicks im Umgang mit Sprengstoff den Rücken frei.

Als der Staub sich legte, hörten sie Max rufen: »Hier! Hier drüben!«

Die Mannschaft lief zu ihr, und Mads pfiff nach den Raubkatzen. Zu ihrer Überraschung drehte sich Finn sofort zu ihr um. Er stieß seine Brüder an, und sie folgten ihr, als sie auf Max zulief.

In einem heruntergekommenen Bürogebäude stießen sie auf Onkel Jacob. Er war groß für einen Dachs, ein wahrer Soldat. Er feuerte wieder und wieder durch eine zerbrochene Fensterscheibe, während er sich gleichzeitig lässig mit Max und Keane unterhielt.

»Ich erinnere mich an deinen Vater! Eine bemerkenswerte Katze. Ein großer Bastard! Gemein! Aber er wusste, wie man Nägel mit Köpfen macht! Kann nicht sagen, dass mir bekannt ist, wer ihn getötet hat. Niemand wollte darüber reden! He, du. Bombenmädchen. Spreng mal die drei Typen da in die Luft. Danke, meine Liebe. Wie dem auch sei, wer vielleicht weitere Informationen haben könnte, ist dein Onkel Billy, Max! Als ich das letzte Mal von ihm gehört habe, war er in Prag! Versuch es mal bei ihm!«

»Wie viele Onkel habt ihr eigentlich?«, fragte Keane, während der Privatjet in Richtung Prag flog.

»Mehr, als ich dachte«, gestand Max.

»Bist du dir sicher, dass ihr euch nichts aus der Waffenkammer des Familienflugzeugs der Zhao aussuchen wollt?«, fragte Tock und deutete auf den Waffenständer. Er war hinter einem Wandpaneel versteckt und es war nicht der einzige. Anscheinend gab es diese Ständer in jedem Jet der Familie.

Die Brüder lehnten höflich ab. Sie konnten mit Pistolen umgehen, aber es kam ihnen immer übertrieben vor, da sie bereits Krallen und Reißzähne besaßen und, wenn sie sich verwandelten, fast tausend Pfund schwer waren. Finn warf es den Dachsen jedoch nicht vor, dass sie sich trotz ihrer Reißzähne und Krallen bewaffneten. Nicht dass sie zwangsläufig irgendeine Unterstützung gebraucht hätten. Er hatte gesehen, wie sie kämpften. Wenn sie eine Waffe verloren oder ihnen die Munition ausging, machten sie einfach im Nahkampf weiter und zeigten es ihren Gegnern. Er vermutete, dass es eine Form von Krav Maga war, die Tock ihnen beigebracht und etwas abgeändert hatte, um ihren Dachszorn und ihre Bereitschaft, einem Feind blitzschnell die Haut abzuziehen, zu nutzen.

»Wir ziehen doch nicht in einen weiteren Krieg, oder?«, fragte Shay, der aus dem Flugzeugfenster starrte. »Ich bin nicht in der Stimmung für noch eine Schießerei. Das ist jetzt schon die zweite, in die ich verwickelt war in den … in den … letzten drei Tagen. Ich könnte eine posttraumatische Belastungsstörung entwickeln. Vielleicht muss ich mir ein Therapietier zulegen.«

»Du schaffst dir nicht noch mehr Hunde an!«, knurrte Keane.

»Natürlich nicht!« Er kratzte sich im Nacken. »Aber ich habe gehört, Ziegen sollen gut sein.«

»Wenn du dir eine Ziege zulegst, esse ich sie auf«, warnte Finn ihn. »Während sie noch lebt und schreit.«

»Du verdammtes Arschl-«

»Wir fliegen in keine Kriegszone«, versprach Max, die wahrscheinlich an die Worte ihrer jüngeren Schwester dachte und nicht wollte, dass zwei Tiger in einen erbitterten Kampf gerieten, und womöglich das Flugzeug abstürzen ließen. Sicher, als Dachse würden sie einen Absturz möglicherweise überleben. Aber vielleicht auch nicht. »Meinen Onkel Jacob kannte ich ja kaum. Aber mein Onkel Billy ist definitiv kein Soldat, und er würde für niemanden kämpfen.«

»Das heißt, wir fliegen hin und sind gleich wieder weg?«, fragte Keane.

»Im Handumdrehen!«

»Dreißig Sekunden«, brüllte Billy Yang, während er von einer Vitrine zur anderen ging und jede einzelne mit einem Brecheisen zerschmetterte. »Los! Los! Los!«

Mads weigerte sich, sich da mit hineinziehen zu lassen, daher blieb sie neben Finn und seinen Brüdern stehen und wartete ab, während Max ihrem Onkel Fragen zuschrie und ihre Mannschaftskameradinnen Billys Komplizen zur Hand gingen.

Streep und Max kümmerten sich um die Uhren, Nelle und Tock um die Diamanthalsketten und Armbänder.

»Zwanzig Sekunden!«

»Weißt du irgendetwas?«, fragte Max Billy erneut.

»Ähm? Doch, ja! Bosnien.«

Mads spürte, wie Finn sich neben ihr verkrampfte, und alle drei Brüder richteten sich auf.

»Was ist mit Bosnien?«, fragte Max nach. »War er dort am Krieg beteiligt?«

»Nein, überhaupt nicht. Zehn Sekunden! *Zack,* zack! Er war aus einem anderen Grund dort! Keine Ahnung, weshalb! Vielleicht weiß Larry etwas! Also schön, Leute! Wir hauen ab!«

Nelle, angetan mit einer fünf Millionen Dollar teuren Diamanthalskette, Schuhen für zweitausend Dollar sowie einer Sonnenbrille und einem Kleid, beides Designerprodukte, stolzierte durch das Kunstmuseum, das sich in einer alten Burg befand. Sie hatte sich eine Pelzstola um die Schultern gelegt und brüllte alle auf Kantonesisch an, während der Rest von ihnen ihr in schwarzen Kostümen und dunklen Sonnenbrillen folgte.

Es war eine brillante Darbietung, die Nelle hier lieferte, aber mittlerweile überraschte Finn nichts mehr, was sie anging. Es war ihr gelungen, die Kette um ihren Hals aus dem Tresor des Prager Juwelenladens zu stehlen, während Max' Onkel Billy und sein Team die Vitrinen im Laden zerschmetterten und sich alles schnappten, was in Reichweite war. Sie hatte das Gebäude außerdem mit mehreren diamantbesetzten Armbanduhren und Armreifen aus Rotgold, von denen sie wusste, dass sie ihrer Mutter gefallen würden, verlassen. Wie und wann sie es geschafft hatte, in den Tresor zu kommen, war Finn schleierhaft. Aber es rang ihm allemal Bewunderung ab.

Während Nelle lautstark in eine Veranstaltung hineinplatzte, die sich als Auktion von Werken des schwedischen Künstlers Carl Larsson entpuppte, und verlangte, ein Bild zu kaufen, das bereits ein Milliardär aus der Gegend erworben hatte, tauschte Max' Onkel Larry im Keller des Museums einen jüngst als Leihgabe erhaltenen Monet gegen eine kürzlich erstellte Fälschung aus.

»Nichte!«, begrüßte er Max, als er sie sah. »Du bist doch nicht hier, um mich wegen der Versicherungsprämie zu töten, oder?«

»Nein! Wie üblich ist das bei euch?«

Lachend umarmte er Max. »Was machst du hier? Du hoffst, dir einen eigenen Monet zu schnappen, stimmst?«

»Nein. Wir bleiben nicht lange. Wir wollen nur mit dir zu sprechen. Ganz kurz. Superkurz.«

»Worüber?«

Sie erklärte, warum sie nach Schweden geflogen waren, und der ältere Dachs runzelte die Stirn. »Warum hat Billy dich zu mir geschickt?«

»Du weißt gar nichts?«

»Schätzchen, ich brauche nichts zu wissen. Dein Onkel Russ kannte ihn. Hat Blumen zu seiner Beerdigung geschickt und noch welche direkt an die Witwe. Ich weiß, dass er sich mit der Sache beschäftigt hat.«

Mit einem Gefühl, als würde das Herz in seiner Brust zu schlagen aufhören, drehte Finn sich zu seinen Brüdern um.

»Bist du dir sicher?«, bedrängte Max ihren Onkel. »Russ hat ihn gekannt?«

»Absolut sicher. Er war wirklich außer sich. Aber du weißt ja, wie Russ ist. Ma hat immer gesagt, er hätte dieses schwache Gen.«

»Du meinst Mitgefühl?«

»Und das andere.«

»Empathie?«

»Ja. Das auch. Aber Russ ist definitiv der Mann, mit dem du reden solltest.« Larry schüttelte den Kopf. »Ich habe keine Ahnung, warum diese Armleuchter dich nicht direkt zu ihm geschickt haben.«

»Weil auf beiden Seiten der Familie jede Menge Idioten sind?«

»Das trifft es wohl.«

»Also, besteht die Chance, dass Onkel Russ in Norwegen oder Island oder Walhalla ist? Oder irgendwo innerhalb eines Tausend-Meilen-Radius von da, wo wir gerade stehen?«

Max' Onkel Larry wand sich sichtlich, und Finn wusste bereits, dass die Antwort ein entschiedenes »Nein« sein würde.

»Das Letzte, was ich von ihm gehört habe«, sagte der ältere Dachs, »war, dass er im Kongo Gorillas vor Wilderern beschützt.«

»Afrika?«, fragte Max, deren Stimme ein klein wenig brach. »Er ist in Afrika?«

»Selbst von hier aus ist das keine kurze Reise«, murrte Keane.

»Können wir ihn dort nicht einfach anrufen?« Max bettelte jetzt praktisch. »Ich meine, selbst wenn ich Lust hätte, zwölf bis vierzehn Stunden in einem Jet zu sitzen, haben meine Freundinnen und ich einige bestehende Probleme in mehreren afrikanischen Staaten ... Was?«, sagte sie scharf, als Finn und seine Brüder sie anstarrten.

»Du hältst *uns* für paranoid?«, murmelte Larry, den Blick auf sein Handy gerichtet. »Russ wird dir am Telefon niemals etwas erzählen. Hm, mal sehen. Ich schaue mir gerade die letzten Textnachrichten von der Familie an. Bla, bla, bla. Etwas über die Gorillas. Wie unglaublich sie sind. Ja, es sieht so aus, als sei er definitiv im Kongo und würde gegen Wilderer kämpfen ...« – er schaute auf und fügte hinzu – »... was, wie wir alle wissen, bedeutet, dass er sie von diesem Planeten entfernt. Okay. Ich denke, ich habe hier seine exakten Aufenthaltskoordinaten und ... oh!« Er ließ sein Handy sinken. »Russ hält sich gegenwärtig in Brooklyn auf.«

»Wie bitte?«

»Ja. Ich hab da was durcheinandergebracht. Hatte vergessen, dass er vor ungefähr einem Monat aus dem Kongo zurückgekommen ist.«

»Und keiner deiner Brüder wusste das?«

»Ich bin mir nicht sicher, ob er ihnen wichtig genug ist, dass sie es sich gemerkt hätten. Du weißt schon …«

»Wieder das Mitgefühlsgen?«

Larry zuckte die Achseln. »Ja genau.«

»Geh nirgendwo hin«, sagte Max ins Telefon. »Verstanden? Bleib einfach dort, bis wir kommen, um mit dir zu reden.« Plötzlich schossen Max' Reißzähne hervor. »Ich komme *nicht*, um dich wegen der Versicherungsprämie zu ermorden! Tu einfach, was ich sage, und bleib in New York! Okay, schön. Noch besser. Wir sehen uns bei dir im Büro. Das ist perfekt.«

Sie legte auf und wollte gerade mit ihrem Telefon werfen, als Streep es ihr aus der Hand riss. Das Letzte, was sie gebrauchen konnten, war, dass die Verbindung zu ihrer Familie abriss.

»Hat deine Mutter wirklich vor, all ihre Brüder zu töten?«, fragte Tock, während ein Flugbegleiter Wein ausschenkte und ein anderer Teller mit Käse, Crackern und ein wenig Honig verteilte.

»Mann, ich weiß es ehrlich nicht. Keine Ahnung, was sie gerade tut. Aber offensichtlich machen sie sich alle Sorgen.«

»Doch wenn sie dich fragen würde …?«

»Nein, Streep. Ich würde *nicht* meine Familie für meine Mutter töten. Und die Tatsache, dass ich mehrfach versucht habe, meinen Vater zu töten, zählt nicht, denn es hatte nichts mit meiner *Mutter* zu tun. Das habe ich aus eigenem Antrieb getan. Ich muss auch hinzufügen, dass kein Geld im Spiel war, was meine Versuche betrifft, meinen Vater zu töten. Denn er ist ein nutzloser, wertloser Mann.«

»Aber dein Onkel wird uns empfangen, wenn wir kommen?«, fragte Keane.

»Ja. Wird er. Und er ist ganz nett, daher glaube ich ihm.«

Finn kam aus dem Bad zurück und warf sich in den Sitz neben Mads. »Ich kann nicht glauben, dass es im Bad hier eine Dusche und eine Wanne gibt.«

»Und Parfumöle«, eröffnete ihm Mads.

»Kam davon der Rosenduft?«

»Nein, der kam von den frischen Blumen, die sie gegen die alten ausgewechselt haben, während wir unterwegs waren.«

»Wow.« Er schaute sich um und lächelte sie an. »Das ist irgendwie umwerfend.«

»Danke«, sagte Nelle von dem weichen Ledersofa aus, auf dem sie sich ausgestreckt hatte, eine Ausgabe der jüngsten italienischen *Vogue* auf dem Schoß. Im Gegensatz zu dem Rest von ihnen hatte Nelle nach ihrem Besuch im Museum, wo sie sich verkleidet hatten, um nicht erkannt zu werden, nicht wieder ihre »richtigen« Sachen angezogen. Das lächerlich teure Designerkleid war allerdings ohnehin eins ihrer üblichen Outfits. Sie hatte ein zweites genau wie dieses gehabt, aber einer ihrer Neffen hatte Traubensaft darauf verschüttet, also hatte sie den *Designer* gebeten, ihr ein neues zu schicken, obwohl es aus der vorletzten Saison stammte. Warum? »Weil, na ja, es mein Lieblingskleid ist, und ich es sehr mag! Und das Gesetz erlaubt es mir nicht, meinen Neffen tot zu prügeln, weil er das alte versaut hat.«

»Ich habe doch gesagt, dass es ein Missgeschick war, Tante!«, hatte der Sechzehnjährige aus einem anderen Zimmer gebrüllt.

Und drei Tage später war das Kleid, das sie gegenwärtig trug, auch schon von einem Messenger-Dienst geliefert worden.

»Den Look und die Atmosphäre dieser speziellen Flugzeugflotte habe *ich* für meinen Vater designt«, prahlte sie.

»Hast du ihn ebenfalls nicht gefragt, ob du es darfst?«, wollte Mads wissen.

»Gütiger Himmel! Geht es schon wieder darum, dass ich dein Haus eingerichtet habe?«

»Das war unmöglich!«

»Es war notwendig! Denn wir wissen alle, dass du es selbst niemals getan hättest!«

»Sie hat recht«, meldete Max sich zu Wort. »Das hättest du wirklich nicht.«

»Woher zur Hölle wollt ihr das wissen?«

»Ich weiß es, weil du einmal für sechs Monate ganz in der Nähe von dem Ort, an dem wir trainiert haben, ein Haus gemietet hast, und du weißt doch noch, wie es dort abgelaufen ist, oder?«

»Oh, ich bitte dich, ich war achtzehn.«

»Du warst vierundzwanzig und hattest im ganzen Haus nichts als eine Matratze, einen Pappkarton und einen alten Schwarz-Weiß-Fernseher, den du auf den Karton gestellt hast.«

»Wo hast du diesen Fernseher überhaupt *gefunden?*«, fragte Streep. »Ich dachte, solche Fernseher befänden sich bereits alle auf gewaltigen Müllhaufen, die langsam unseren Planeten zerstören.«

»Du hattest nicht einmal Licht!«, fuhr Max fort. »Das Ganze sah aus wie eine tiefe Grube der Verzweiflung, und sogar ich habe es gehasst, dort hinzugehen. Und ich habe einmal immerhin drei Tage in einem Erdloch im Wald gelebt.«

»Warum?« Keane war mutig genug zu fragen.

»Um zu schauen, ob ich es könnte.«

»Natürlich.«

Finn wusste nicht, wie ein Kommentar über das Glück, in einem Privatjet zu sitzen, statt mit einem Haufen jammernder Vollmenschen in einem Linienflugzeug eingepfercht zu sein, zu einem Streit zwischen Honigdachsen hatte führen können, aber so war es nun mal.

Und irgendwie hatte er gewusst, dass es so kommen würde. Es war ja auch krass, jemand anderem das Haus einzurichten, ohne das der davon wusste oder seine Zustimmung gab. Wer wäre da nicht angepisst?

»Ernsthaft?«, fragte Mads. »*Keiner* von euch findet es auch nur ansatzweise merkwürdig, dass Nelle in mein Haus kommt und Möbel, Kleider und alles Mögliche andere dort zurücklässt. Ihr findet das in keiner Hinsicht merkwürdig?«

»Nein«, gab Max unbekümmert zurück.

»Ganz und gar nicht«, meinte Streep.

»Ich habe ihr gesagt, dass sie es tun soll«, gestand Tock plötzlich.

Oje. Es war, als wäre plötzlich alle Luft aus der Kabine gesaugt worden. Obwohl Finn keinen Zweifel daran hegte, dass die meisten von Mads' Gestaltwandler-Genen Honigdachsen zuzuordnen waren, hatte er trotzdem das starke Gefühl, dass einige Hyänen-Gene durchgeschlüpft waren. Das würde zumindest erklären, warum ihr entzückender Hals länger wurde und sie auf eine bestimmte Art den Kopf senkte, den Blick immer noch mit einer gefährlichen Warnung in den Augen auf Tock gerichtet.

»Du hast *was* getan?«

Nelle stand auf. »Ich denke, ich sollte das praktischerweise bereitstehende Duschg-«

»*Setz dich hin!*«, blaffte Mads.

Nelle setzte sich wieder.

»Ich denke, ich habe mich ziemlich klar ausgedrückt«, sagte Tock.

»*Du* hast ihr gesagt, dass sie den ganzen unheimlichen Shit in meinem Haus machen soll?«

»Ja.«

»Weil ich arm bin?«

»In welcher Welt bist du arm? Deine Hippie-Tante hat dafür gesorgt, dass du niemals arm sein wirst, solange du deinen Kram nicht einfach verschenkst.«

»Geht es schon wieder um den Kandinsky?«

»Du hast außerdem noch einen Warhol, einen Basquiat ...«

»Aber den Basquiat würde ich niemals weggeben. Er hat ihn meiner Tante zum Geburtstag geschenkt.«

»Es spielt keine Rolle, ob du ihn weggeben würdest. Es geht darum, dass du ihn besitzt. Du hast in Lagereinheiten überall im Land dank deiner Buddha liebenden Tante Kunstwerke im Wert von vielen Millionen Dollar liegen.«

»Buddha?«, fragte Shay.

Mads zuckte die Achseln. »Sie hat mit ihrer Liebe zu Buddha ihre intensive Liebe zu Kokain ersetzt. In den Achtzigern war eine *Menge* Kokain im Umlauf.« Sie konzentrierte sich wieder auf ihr Mannschaftskameradinnen. »Aber das ändert nichts an der Tatsache, dass ihr erst mit mir hättet reden sollen.«

»Warum?«, fragte Tock. »Du hättest dich nicht darauf eingelassen. Ich habe wirklich gedacht, es würde dir gar nicht auffallen. Nicht während der Play-offs.« Sie wandte den Blick ab. »Ich schätze, wir hätten bis zu den Meisterschaften warten sollen.«

»Tock!«

»Hör mal, wir gehen alle auf die dreißig zu. Es wird Zeit, dass du dich wie eine Erwachsene verhältst.«

»Hättet ihr nicht stattdessen einfach mit mir shoppen gehen können?«

»Nein!«

»Gott, nein!«

»Das möge der Himmel verhüten!«

»Da hätte ich mich lieber mal wieder selbst in Brand gesteckt.«

»Du hasst Shoppen«, erklärte Tock, »es sei denn, die neuen Jordans sind da. Und dann stellst du dich einfach zu allen anderen in die Schlange. Das ist nicht direkt Shoppen.«

»Wohingegen«, warf Nelle ein, »ich Shoppen liebe und genau weiß, was dir gefällt. Ich musste nur online ein paar Sachen raussuchen, meinen persönlichen Einkäufern meine Ideen schicken, und schon hattest du alles, was du brauchst. So musstest du dir darüber nicht den Kopf zerbrechen. Ich wollte wirklich nur helfen und dir nicht etwa deine gar nicht existente Armut unter die Nase zu reiben. Da das genau das zu sein scheint, auf das du dich eingeschossen hast.«

»Das und der Gruselfaktor.«

»Was war daran gruselig? Dass es so leicht ist, für dich einzukaufen? Jeans. Basketballtops. Eine Ansammlung unattraktiver Basketballsneakers. Nicht direkt Atomwissenschaft.«

»Du hast auch Unterwäsche für mich gekauft.«

»Sport-BHs und Hanes-for-Her-Slips. Die gibt es in Packungen mit jeweils sechs Stück.« Nelle sah ihre Mannschaftskameradinnen an. »In *Packungen.*«

»Die Kondome?«

»Nach dem, was ich so beobachte habe, sind sie nicht ungenutzt geblieben.«

»Mit einer Nachricht auf der Schachtel.«

»Das war nur zum Spaß. Max hätte das Gleiche getan.«

»Ja, wahrscheinlich«, pflichtete Max ihr mit einem Achselzucken bei.

»Es wäre nur seltsam gewesen, wenn du dir einen der beiden anderen ausgesucht hättest«, sagte Nelle und zeigte auf Keane und Shay. Und als Finns Brüder sie nur angafften, fügte sie hinzu: »Oh, bitte. Ihr drei seid praktisch austauschbar. Sogar die Dunn-Drillinge sind leichter auseinanderzuhalten, weil wenigstens einer von ihnen eine Frau ist. Und ich möchte, dass ihr euch alle bewusst macht«, fügte sie hinzu, »dass es nur sehr wenige Leute auf dieser Welt gibt, für die ich so etwas tun würde: für euch undankbare Miststücke; für meinen Vater, weil er unterhaltsam und brillant ist und mich anhimmelt, meine älteste Schwester, weil sie kein einziges Mal eine Axt nach mir geworfen oder die Hunde auf mich gehetzt hat; meine Mutter, weil ich klugerweise Angst vor ihr habe ... ja. Das war's. Und daran könnt ihr erkennen, wie viel ihr mir bedeutet, denn ...«

Nelle brach ab, und Finn schaute zu ihr hinüber, um festzustellen, warum. Jetzt sah er auch, dass Streep auf der Kante ihres Sitzes saß, die Hände gefaltet, während ihr die Augen praktisch aus den Höhlen traten.

»Sag es!«, drängte Streep sie mit einem breiten, ungeduldigen Lächeln. »Sag es!«

»Was soll ich sagen?«, fragte Nelle schließlich.

»Dass du uns alle liebst.«

Die Weibchen lehnten sich alle von Streep weg, als wäre ihr ein zweiter Kopf gewachsen oder als hätte sie vorgeschlagen, etwas Perverses mit Delfinen anzustellen. Es war sogar ein lautes, simultanes: »Ihhh!« zu hören.

»Wir riskieren unser Leben füreinander! Wir verbringen so viel Zeit zusammen! Sogar gerne! Wir sind uns so nah, wie fünf Leute das nur sein können, ohne zu vögeln. Warum sagst du nicht einfach, dass wir Freundinnen sind und uns alle schrecklich lieb haben?«

Nelle beugte sich vor und griff nach Streeps Hand. Mit einem warmen Lächeln und echtem Gefühl sagte sie: »Ihr seid meine liebsten und engsten Geschäftspartnerinnen. Und ich toleriere euch alle zutiefst.«

Das eifrige Grinsen auf Streeps Gesicht erstarb und sie riss ihre Hand weg.

»Ihr seid alle gemeine, miese Fotzen, und ich weiß nicht, warum ich auch nur eine Minute meiner kostbaren Zeit mit euch vergeude!«

Mit diesen Worten und mit so viel Würde, wie sie aufbringen konnte, erhob Streep sich und ging zum Bad im hinteren Teil des Jets. Sobald die Tür hinter ihr zugeschlagen war, brachen die Dachse in Gelächter aus. Max warf sich auf den Boden, Mads auf Finns Schoß. Und Nelle hatte echte Tränen in den Augen, während Tock Mühe hatte, wieder zu Atem zu kommen.

»Ich kann hören, dass ihr über mich lacht, ihr bösartigen Miststücke!«, brüllte Streep aus dem Bad. »Und ich werde euch nie verzeihen!«

Was natürlich nur dazu führte, dass sie umso lauter lachten.

»Wisst ihr, Streep hat recht«, sagte Keane, während er aus dem Fenster starrte. »Ihr seid wirklich allesamt bösartige Miststücke.«

21

Shay musterte Max MacKilligan mehrere Sekunden lang, bevor er fragte, was alle dachten. »Wieso weißt du nicht, dass dein Onkel einen Doktortitel in Zoologie hat? Und gegenwärtig der Direktor eines berühmten Zoos ist? Und dass sein Spezialgebiet Gorillas sind?«

»Keine Ahnung«, antwortete Max.

»Aha.«

»Wahrscheinlich hat er es mir nie erzählt. Er war einer der wenigen Mitglieder der Familie Yang, die tatsächlich mit mir gesprochen haben. Früher hat er mir Briefe geschrieben. Einige davon kamen aus Afrika.«

»Lagen den Briefen Fotos von ihm mit Gorillas bei?«

Sie blinzelte. »Manchmal.«

»Und das ist dir nicht komisch vorgekommen? Dass dein Honigdachs-Onkel einfach so mit einem Haufen Gorillas rumgehangen hat?«

»Na ja, wenn du es so ausdrückst …«

»Ich bin vor allem sauer, dass dieser Onkel nur zehn Meilen vom *ersten* gottverdammten Onkel entfernt ist«, knurrte Keane.

Doch Mads konnte Max das Ganze nicht übel nehmen. Sie war einfach nur froh, wieder in den Staaten zu sein. All dieses durch die Welt Fliegen und von Land zu Land Hüpfen hatte ihr nichts als Heimweh beschert. Was überraschend war, da sie noch nie das Gefühl gehabt hatte, überhaupt ein Zuhause zu haben. Doch jetzt hatte sie ihr eigenes Haus. Das sich wie ein Zuhause anzufühlen begann. Aber erst einmal musste sie dort länger als ein oder zwei Tage verbringen.

Sie warteten in der Afrika-Abteilung des Zoos in New Jersey, den Max' Onkel Russ leitete. Der Zoo hatte angeblich ein hervorragendes Zucht- und Auswilderungsprogramm.

»Wie kommst du zurecht?«, fragte Finn Mads, die sich das Hyänen-Gehege ansah. Er hatte sich hinter sie gestellt und sie hatte keinen Laut gehört. Trotz ihres Honigdachs-Gehörs.

»Ich komme sehr gut zurecht. Weißt du, vor unserer …«

»Geisterbahnfahrt?«

Sie lachte und drückte ihre Schulter gegen seine. »Wenn man sich mitten in einem kleinen Krieg befindet, ist es wirklich ein bisschen wie Geisterbahn fahren. Wie dem auch sei, ich habe mit Charlie gesprochen, bevor wir aufgebrochen sind. Habe ihr erzählt, dass meine Familie hinter mir her ist.«

»Und sie hat gesagt, du sollst sie so behandeln, wie sie damals in der Junior High deine Großmutter behandelt hat?«

Mads drehte sich um und stützte sich mit dem Ellbogen auf das Geländer des Geheges. »Woher weißt du das?«

»Es ist ihr jahrelang gelungen, Max MacKilligan aus dem Gefängnis und dem Leichenschauhaus herauszuhalten. Es gibt nur eine einzige Möglichkeit, das zu tun. Indem man keine Gefangenen macht. Was mir sehr wikingerhaft erscheint.«

»Das ist es auch. Allerdings haben meine Leute durchaus Gefangene gemacht, damit sie sie als Sklaven verkaufen konnten, aber darüber rede ich nicht allzu gern.«

»Ist wahrscheinlich auch besser so, wenn man an die Diaspora, deine Freunde, denkt. Hast du schon eine Idee, wie du deine Familie in Grund und Boden stampfen kannst?«

»Es geht dabei nicht nur um die Familie. Es geht um den ganzen Clan. Und was immer ich tue, es muss gleich beim ersten Mal klappen.«

Dr. Russ Yang bat sie mit der Schroffheit eines Sergeants der Marines in sein winziges Büro.

»Bist du dir sicher, dass deine Mutter dich nicht hergeschickt hat?«, fragte er Max.

»Ich beantworte diese Frage nicht *schon wieder*.«

»Na schön. Ich vertraue dir, Max. Enttäusche mich nicht.« Er schaute zu Finn und seinen Brüdern hinüber, und Finn sah, wie ein kaum merkliches Lächeln seine Mundwinkel in die Höhe zog. »Verdammt, ihr Jungs seid genauso gebaut wie er. Aber ihr habt alle das Gesicht eurer Mutter. Wie geht es ihr?«

»Gut«, antwortete Keane. »Aber auch sie will wissen, wer unseren Vater getötet hat.«

»Es überrascht mich nicht, dass sie es nicht weiß. Eure Mutter wusste nicht einmal die Hälfte von dem, was euer Vater so getrieben hat.«

»Hat er sie betrogen?«, fragte Finn.

»Euer Vater?« Yang schüttelte den Kopf. »Niemals. Er war einfach nicht genau das, was er zu sein vorgegeben hat. Eine Seite von sich konnte er einfach nicht preisgeben. Um ihrer Sicherheit willen. Und um eurer. Ich habe es nur zufällig von Leuten erfahren, mit denen wir von Zeit zu Zeit im Nahen Osten und in Afrika zu tun hatten.«

»Willst du damit sagen, unser Vater war ein Wilderer?«, fragte Shay voller Abscheu.

»O nein! Auf keinen Fall. Euer Vater hat für die CIA gearbeitet. Er war ein Spion.«

Es waren die leeren Blicke auf den Gesichtern der Malone-Brüder. Die Art, wie sie einfach dastanden und Max' Onkel anstarrten. Sie hatte noch nie zuvor dermaßen verwirrte Katzen gesehen.

Schließlich war es Keane, der barsch fragte: »Wovon zum Teufel reden Sie?«

»Es ist wahr. Er war bei der CIA. Nicht einmal in der Gestaltwandler-Abteilung der CIA, sondern bei der vollmenschlichen, zugeknöpften CIA. Sie haben ihn direkt von der Highschool weg rekrutiert. Ich glaube, nicht einmal seine Geschwister haben es gewusst.«

»Wieso haben dann Sie davon gewusst?«, fragte Finn.

»Es gab im Kongo eine ziemlich heftige Auseinandersetzung. Ich habe ihn halb tot aus einem Fluss gezogen, gemerkt, was er war, und ihn in Sicherheit gebracht.«

»Und das war bei den Gorillas?«, vermutete Mads.

»Genau. Wir haben ihn beschützt, bis er das Fieber überstanden hatte und sein Körper wieder einigermaßen geheilt war. Als es Zeit wurde, ihn von dort wegzubringen, konnte ich keinen Amerikaner finden, der uns geholfen hätte, aber ein paar Leute vom Mossad waren in der Gegend, die sich gerade um etwas anderes gekümmert haben.« Yang sah plötzlich Tock an und grinste. »Wenn du Gelegenheit dazu hast, grüß deine Großmutter schön von mir.«

Finn schaute zwischen Yang und Tock hin und her. »Ihre Großmutter hat meinen Vater gekannt?«

»Spione kennen immer andere Spione. Aber ob sie weiß, wer euren Vater getötet hat …« Er zuckte die Achseln. »Das ist die Frage.«

»Was ist die Frage?«

»Ich habe keine Ahnung, ob sein Tod etwas mit seinem speziellen Job zu tun hatte. Ihr wisst schon, ein Spionage-Zwischenfall. So etwas hätte man schön säuberlich mit irgendeinem Bullshit vertuscht, mit einer Geschichte, die euch Jungs und eure Mutter wahrscheinlich zufriedengestellt hätte. Als das nicht passiert ist …« Er stieß den Atem aus. »Ein paar Wochen, bevor es passiert ist, hat er mich kontaktiert. Mir eine Nachricht hinterlassen. Gesagt, er müsse reden. Aber ich war gerade auf Lesereise, um Geld für den Zoo und die Gorillas zu sammeln. Als ich wieder im Lande war und mich mit ihm hätte treffen können, war er tot.«

Russ Yang ging um seinen Schreibtisch herum und sah kurz aus dem extrem kleinen Fenster, das nur eine sehr geringe Menge Licht in den Raum ließ, bevor er sich wieder zu den Malone-Brüdern umdrehte. »Lasst mich Folgendes sagen: Dass ihr euch wegen seines Todes quält, hätte er keinem von euch gewünscht. Er hat euch Kids geliebt. Euch alle. Und er hätte nicht gewollt, dass ihr euch in Gefahr bringt. Ich sage das, weil ich weiß, dass er von mir gewollt hätte, dass ich das sage. Ich weiß auch, dass er der rachsüchtigste Hurensohn war, den kennenzulernen ich das zweifelhafte Vergnügen hatte«, fügte er mit einem Grinsen hinzu. »Die Leute, die ihn im Kongo fast umgebracht hätten? Kein Einziger von ihnen hat auch nur einen Monat weitergelebt, nachdem er es hinausgeschafft hatte. Jeden Einzelnen von ihnen hat er zur Strecke gebracht und sie mit Reißzähnen und Krallen zur Verantwortung gezogen, denn Pistolen und Bomben waren für ihn einfach nicht gut genug, wenn es um Rache ging.«

»Weil es dann zu schnell vorbei ist«, sagte Keane.

Yangs Augen leuchteten auf, als Keane diese Worte murmelte, und sein Grinsen wurde sogar noch breiter. Mads ahnte, dass der Zoologe sie in der Vergangenheit schon von Keanes Vater gehört hatte. Mehr als einmal.

»Absolut nichts hat die Feinde eures Vaters mehr in Angst und Schrecken versetzt, als ihn wirklich sauer zu machen. Denn er hörte nicht auf. Er hörte niemals auf. Und wenn ich mir euch drei so anschaue, sehe ich nichts anderes als diesen Stammeszorn. Ich sehe den über die Steppe reitenden Dschingis Khan.«

»Der Stamm unserer Mutter hat schon existiert, lange bevor Dschingis Khan überhaupt geboren wurde, und ihn gibt es immer noch«, klärte Keane Russ Yang auf. »Und Sie haben recht. Wir werden keine Ruhe geben. Wir werden niemals Ruhe geben. Bis wir demjenigen, der unseren Vater getötet hat, das Fleisch von den Knochen gerissen haben.«

Ohne dass einer von ihnen auch nur ein einziges Wort sprach, stiegen sie wieder in die beiden SUVs, mit denen sie nach New Jersey gekommen waren, und machten sich auf den Rückweg nach New York. Aber sie fuhren nicht zu Finn nach Hause. In stummer Übereinkunft fuhren sie nach Queens zu Mads.

Als sie auf der Straße vor dem Haus ankamen, stiegen alle aus.

Immer noch herrschte Schweigen. Doch Keane lief nicht an der Motorhaube des Miet-SUV vorbei, den er organisiert hatte, weil sein eigener Wagen in der Werkstatt war. Er blieb einfach stehen, legte einen Arm auf die Motorhaube und bettete den Kopf auf den Unterarm.

Sofort ging Streep zu ihm und streichelte ihm über den Rücken.

»Ach, Schätzchen, weine nicht«, tröstete sie ihn mit sanfter Stimme.

Keane hob seinen gewaltigen Kopf, seine Augen gefährlich verengt, und knurrte: »Ich weine nicht. Und geh weg von mir!«

»Ich weiß nicht, warum ich mich überhaupt mit einem von euch abgebe!«, blaffte sie und trat einen Schritt zurück.

»Ich bin so müde«, sagte Keane, den Kopf wieder auf dem Unterarm. »Irgendwie habe ich gehofft, wir würden inzwischen genug wissen, damit ich losziehen kann, den Burschen töte und zum Schlafen wieder zu Hause bin. Das war tatsächlich mein ganzer Plan für die nächsten vierundzwanzig Stunden. Aber stattdessen haben wir herausgefunden, dass Dad bei der …«

»Bei der CIA war.« Finn lehnte sich an den SUV. »Ich kann nicht glauben, dass Dad bei der CIA war.«

»Warum ist das so unglaublich?«, fragte Streep.

»Weil er ein Malone war«, sagten Finn und seine Brüder wie aus einem Mund.

»Man tut alles für die Familie«, erklärte Keane. »So hat man uns erzogen. Darum haben wir uns auch so verraten gefühlt, als sie nichts unternahmen, nachdem Dad getötet worden war.«

»Ich hasse es, das zu sagen«, sagte Tock vorsichtig, »aber ihr müsst vielleicht mit jemandem von der Regierung reden, um …«

Finn fühlte sich mies, weil sie ihr nicht einmal erlaubten, ihren Satz zu beenden. Sie stöhnten laut bei dem bloßen Gedanken daran, die Regierung dazu zu bringen, ihnen irgendwelche Informationen zu irgendetwas zu geben.

»Ich versuche immer noch, eine neue Mülltonne für das Haus zu bekommen«, erklärte Finn.

»Das betrifft die Kommune.«

»Du tust ja gerade so, als sei die Bundesregierung besser.«

»Nein, aber wenn ihr mit den Gestaltwandler-Abteilungen der CIA reden könntet ...«

»Dad war bei den Vollmenschen.«

»Das bedeutet nicht, dass unsere Leute nicht gewusst haben, was er tat. Meine Großmutter weiß immer, wo all ihre Leute sind – egal, ob Gestaltwandler oder die anderen.«

»Du könntest außerdem mit *deinen* Kontaktleuten reden«, schlug Shay vor und schaute Tock an.

»Das ist keine gute Idee.«

»Warum nicht?«

»Du willst nicht, dass meine Großmutter in die Sache hineingezogen wird. Das willst du ganz und gar nicht.«

»Hast du etwa Angst vor deiner eigenen Großmutter?«, hakte Shay nach.

»Nein. Aber *du* solltest Angst vor ihr haben.«

»Darf ich einen Vorschlag machen?«, meldete Nelle sich zu Wort, bevor sie zu Keane hüpfte und sich an seinen Rücken lehnte, damit sie einen ihrer High Heels ausziehen und ausschütteln konnte.

»Was machst du da?«, fragte er und versuchte, sie über seine Schulter hinweg anzusehen.

»Ich habe irgendetwas im Schuh.«

»Und du konntest dich nicht an den Wagen lehnen?«

»Du stehst genau an der richtigen Stelle. Und hör auf dich zu beklagen! Es gibt Männer, die dafür morden würden, dass ich mit ihnen mache, was ich gerade mit dir mache.«

»Welche Männer? Ich will Namen hören.«

»Wie lautet denn dein Vorschlag, Nelle?«, fragte Mads.

»Ihr macht mal alle eine Pause. Keine lange«, fügte Nelle rasch hinzu, als sie den Mund öffneten, um zu widersprechen. »Nur ein paar Tage. Zum Schlafen. Um euren Football zu spielen. Das scheint euch Spaß zu machen. Egal was, Hauptsache euer Gehirn kann mal runterfahren.«

Finn schaute Keane an. »Da hat sie nicht ganz unrecht.«

»Natürlich habe ich nicht unrecht. Wann habe ich je bei irgendetwas falschgelegen?«

»Als du rosafarbene Hanes for Her für mich gekauft hast«, warf Mads ein. »Ich trage nur Schwarz.«

»Und immer wenn Mads eine Pause nötig hat«, fuhr Nelle mit einem Lächeln fort, »zeigt sie sich gern von ihrer undankbaren Seite.«

»Das ist ja eine ganz nette Idee«, brummte Keane, »aber was sollte uns deiner Meinung nach ernsthaft von der Ermordung unseres Vaters ablenken?«

»Hey, Mads!«, sagte Streep und zeigte auf das andere Ende der Straße. »Ist das nicht dein Haustier? Der Kojote?«

»Er ist nicht mein Haustier.«

»Doch, ist er wohl«, murmelte Finn.

Der Kojote brauchte eine Sekunde, um an dem SUV vorbeizulaufen, sodass ihn alle sehen konnten. Aber sobald er das getan hatte, bemerkten sie, dass ihm etwas Langes und Sperriges zu beiden Seiten aus dem Maul ragte.

»Was hat er da?«, fragte Keane.

»Oh«, gab Mads von sich, bevor sie antwortete: »Das ist ein Hyänenbein. Der Kojote hat ein Hyänenbein im Maul.«

»Von einer frisch getöteten Hyäne«, ergänzte Tock.

Shay trat auf die Straße auf der Suche nach einer Blutspur. Als er sie gefunden hatte, folgte er ihr, und der Rest von ihnen trottete hinterher.

An der Ecke bogen sie nach links und gingen weiter, bis Max sagte: »Das hier ist Katzenterrito-«

Was alles war, was sie herausbekam, bevor das bedrohliche Brüllen eines Löwen ertönte.

»Wie kommen sie mit so etwas durch?«, wollte Tock wissen. »Überall in der Gegend gibt es Straßen und Geschäfte für Vollmenschen!«

Aus jedem Haus und jedem Garten kamen jetzt Löwenmännchen heraus und sie schienen nicht glücklich darüber zu sein,

Honigdachse in ihrem Territorium zu sehen. Überhaupt nicht glücklich.

»Du solltest lieber wieder gehen.«

»Was habe ich getan?«, fragte Max, als ihr dämmerte, dass die Löwen mit niemand anderem sprachen als mit ihr.

»Wo ist die Armbanduhr meines Vaters?«

»Ich weiß, dass du mein Auto gestohlen hast!«

»Ich hatte zehntausend Dollar in meinem Schlafzimmersafe.«

»Hey, hey, hey!«, rief Max und hob beschwichtigend die Hände. Sie wartete einen Moment, bevor sie hinzufügte: »Woher wollt ihr wissen, dass ich das war?«

Einer der Löwen ließ ein warnendes Brüllen los, und große Reißzähne schossen aus seinen Kiefern, aber Finn trat zwischen die beiden und schob die Katze zurück.

»Das wird nicht passieren«, warnte Finn ihn.

»Warum nicht? Was wollt ihr drei dagegen tun?«

Finn gab ihm eine ehrliche Antwort. »Dir die Kehle aufreißen.«

»Okay.« Mads schob sich schnell zwischen die beiden Männchen. »Bevor die Sache hier außer Kontrolle gerät, habe ich eine einzige, einfache Frage, dann sind wir auch schon wieder weg: Habt ihr zufällig eine Hyäne hier herumlungern sehen?«

Die Löwen musterten sie und einer fragte: »Bist du ein Cop?«

»Ich bin Basketballerin.«

Ein anderes Männchen schnippte mit den Fingern. »Wisconsin Butchers! Ihr habt gerade die Play-offs gewonnen!«

»Ja genau.«

»Würdest du mir hier was signieren?«

»Hey!«, blaffte Finn.

»Er meint seinen Basketball.«

»Ich weiß. Es gefällt mir trotzdem nicht.«

»Um auf deine Frage zu antworten ...«, sagte ein Löwe mit Unmengen schwarzer Haare in seiner Mähne, »... ja. Hier strichen sechs Hyänen herum. Wir konnten sie riechen. In der Straße der Bären haben wir sie dann entdeckt, aber da wir es nicht gern sehen, wenn sie unseren Jungen so nah kommen, haben wir die Verfolgung aufgenommen.«

»Und?«

Er schaute die anderen an und da die meisten von ihnen die Achseln zuckten, antwortete er: »Fünf sind uns entwischt, die sechste Hyäne nicht.«

»Habt ihr noch ihre Leiche?«

»Die wird gerade verbrannt. Es gibt wirklich keine Möglichkeit, überzeugend zu erklären, wie einer Hyäne auf eurem Grundstück die Kehle aufgerissen worden ist. Das schlucken nicht mal New Yorker Cops. Obwohl irgendein dahergelaufener Kojote an einen Körperteil herangekommen ist, bevor wir die Leiche in den Kofferraum von Clems Auto verfrachten konnten.«

»Habt ihr noch irgendetwas von ihr behalten?« Als er misstrauisch die Augen zusammenkniff, wiederholte Mads: »Ich bin *Basketballerin.*«

»Richtig.« Er griff in seine Gesäßtasche, holte ein Portemonnaie heraus und reichte es Mads. Sie zog sofort den Führerschein heraus.

»Ein Ausweis aus Wisconsin.« Sie sah ihn an. »Meine Mutter hat Späher ausgeschickt. Zu mir nach *Hause.*«

»Du bist keine Hyäne«, bemerkte der Löwe.

»Lange Geschichte.«

»Und ich finde, es wird langsam Zeit, dass du sie uns erzählst«, warf Tock ein.

»Genau«, stimmte ihr ein junger Löwe zu. »Es wird Zeit, uns zu erzählen, was eigentlich los ist.«

Mit ausgefahrenen Reißzähnen knurrte Shay: *»Sie redet nicht mit euch!«*

»Na, na, trotzdem brauchst du nicht gleich so unhöflich zu werden!«

Die Geschichte wurde gar nicht so lang, da alle ohnehin schon einzelne Teile davon kannten. Aber sobald Mads fertig war, fühlte sie sich besser. Obwohl sie Max das Schwert wegnehmen musste, denn sie hätte Keane um ein Haar den Kopf abgeschlagen, als sie mit dem Ding herumfuchtelte.

»Was willst du jetzt machen?«, fragte Tock, die bei Mads zu Hause auf dem Fußboden saß und versuchte, dem Kojoten das Hyänenbein aus dem Maul zu zerren.

»Ich will vergessen, dass meine Mutter und meine Großmutter existieren, aber das ist nicht möglich, weil sie mich einfach nicht in Ruhe lassen. Und lass ihm doch das Bein, dann kann er es unter dem Haus vergraben, Tock!«

»Du könntest das Schwert zwar zurückschicken«, überlegte Streep laut. »Aber ehrlich gesagt, glaube ich, dass sie dich trotzdem nicht in Ruhe lassen würden.«

»Ich weiß«, antwortete Mads, während sie zusah, wie der Kojote mit seiner Beute davonlief. »Ich verstehe nur nicht, warum.«

»Du repräsentierst all das, was sie niemals sein werden«, erklärte Nelle. »Sie sind Hyänen. Bis tief in die Knochen. Obwohl es ihnen offensichtlich an der Intelligenz mangelt, die ich bei den meisten Hyänen bemerkt habe. Doch deine Urgroßmutter war Wikingerin. *Du* bist Wikingerin. Und der Galendotter-Clan in Norwegen, das sind ebenfalls Wikinger. Die Fähigkeit, sich in eine Hyäne zu verwandeln, ist für dich einfach nur eine weitere Waffe. Wie ein Schwert oder eine Axt. Solange du lebst und atmest, stellst du eine Bedrohung für deine Mutter und dein Großmutter dar, weil du besser als sie dafür geeignet bist, den amerikanischen Clan anzuführen.«

»Ich will aber doch den Clan gar nicht anführen. Ich will nicht die Familie anführen. Ich brauche sie nicht. Ich habe euch. Die geben mir schließlich keinerlei Rückendeckung.«

»Weil du für Tova keine Hyäne bist. Aber für Solveig brauchtest du auch keine zu sein. Für sie warst du ein Dachs, aber, was viel wichtiger war, du warst eine Wikingerin. Das ist alles, wofür sich diese Norweger interessieren.«

»Du hast bereits einen Plan«, hakte Finn nach. »Stimmt's?«

Mads schüttelte den Kopf. »Es ist zu … es ist verrückt. Es ist ein typischer Max-Plan.«

Max runzelte die Stirn. »Was soll das denn heißen?«

»Das ist genau das, was du jetzt brauchst«, stellte Tock klar. »Etwas so Lächerliches und Irres, dass niemand, der noch alle Tassen im Schrank hat, jemals darauf kommen oder es tun würde. Ein Max-Plan.«

»Hey!«, beschwerte Max sich. »Ihr beleidigt mich.«

»Nein, tun wir nicht«, antwortete Tock ihr.

Max grinste. »Stimmt, tut ihr nicht.«

Mads sah die Malone-Brüder an. »Ich werde eure Hilfe brauchen. Die Hilfe jedes Einzelnen von euch.«

»Wen sollen wir für dich töten?«, fragte Keane. »Aber ich würde es vorziehen, nicht die alte Dame zu töten.«

»Nein, nein, nein.« Mads schüttelte den Kopf. »Das meine ich nicht. Ich brauche eure Beziehungen.«

»O Gott!«, stöhnte Shay. »Du brauchst den Rest der Malones, nicht wahr?«

»Tatsächlich sind das Letzte, was ich dafür will oder brauche, Tiger.«

22

»Kyle«, rief Charlie, während sie seinen warmen Haferbrei mit Speck auf den Küchentisch stellte. »Frühstück!«

Stevie schaute von ihrem Computer auf. »Was machst du da?«

»Kyle zum Frühstück rufen. Ich weiß, er ist jetzt achtzehn, aber ich mache ihm trotzdem manchmal noch gern Frühstück.«

»Kyle ist nicht da. Kyle war seit fünf Tagen nicht mehr hier. Er ist bei seiner Familie in Seattle.«

»Bist du dir sicher?« Kyle war ein weiteres einstmaliges Wunderkind wie Stevie und wohnte eigentlich im Keller und zahlte Miete. Der Schakal war ein brillanter Künstler, der mit seinen Kunstwerken ihre Garage mit Beschlag belegte. Zudem war er arrogant, nervig und unhöflich, aber deshalb mochte Charlie ihn nur umso mehr. Wie hätte es auch anders sein können, wenn es ihm gelang, jedem auf die Nerven zu gehen, der sich ihm auf drei Meter näherte? Das war ein Talent, das nicht einmal Max besaß. Und die zusätzliche Mieteinnahme schadete auch nicht.

»Ich bin mir absolut sicher. Er schickt mir regelmäßig Textnachrichten, um sich über seine Familie, das Wetter in Seattle und den Stand der Weltpolitik zu beklagen. Er will außerdem sicherstellen, dass du sein Zimmer nicht an jemand anderen vermietest.«

»Aha. Mir war gar nicht aufgefallen, dass er weg ist.«

»Okay. Also nicht nur ich sollte noch etwas damit warten, Mutter zu werden, du solltest auch noch damit warten, Tante zu werden.«

»Oh, ich bitte dich. Der Junge ist achtzehn. Ich bin mir sicher, dass ich mit einem Baby viel besser zurechtkommen würde.«

Charlie hörte, wie die Haustür aufgestoßen wurde, und eine vertraute Stimme ertönte: »Hilfe! Ich brauche Hilfe!« Sie wartete ab, während große Füße den Flur entlang zur Küche liefen.

»Siehst du?«, sagte Stevie. »Keine von uns beiden hat sich bewegt, obwohl wir gehört haben, wie jemand um Hilfe geschrien hat.«

»Wir hätten uns bewegen sollen?«

Der jüngste Bruder der Malones, Dale, kam in ihre Küche gerannt. »Ich brauche eure Hilfe!«

Charlie hielt ihr Handy hoch. »Und du konntest nicht anrufen?«

»Charlie!«, blaffte Stevie.

»Nat ist entführt worden!«, sagte der Junge.

Charlie und Stevie wechselten einen Blick, bevor Charlie fragte: »Bist du dir sicher, dass sie nicht nur weggelaufen ist, weil Stevie ihr die Nase eingedrückt hat?«

»Berechtigte Frage«, antwortete der Junge. »Und ich hätte das Gleiche gedacht. Es gibt da nur ein Problem.«

»Und das wäre?«

»Meine Brüder sind nicht zu Hause. Sie sind mit eurer Schwester Max und den anderen Dachsen losgezogen. Sie sind nicht einmal in diesem Bundesstaat!«

»Na und?«

»Meine Schwester würde nie ohne Publikum dramatisch davonlaufen. Auch meine Mutter ist im Moment nicht da. Sie spielt mit meinen Tanten im jüdischen Gemeindezentrum Poker. Ich sage es euch. Meine Schwester würde keinen großen Abgang hinlegen, wenn es niemanden einen Scheißdreck kümmert. Und ich zähle da nicht.«

»Vielleicht ist sie nur mit Freundinnen unterwegs«, überlegte Stevie laut.

»Ich habe ihr den ganzen Morgen Textnachrichten geschickt – sie hat mir nicht geantwortet. Sie antwortet mir sonst *immer.*«

»Wann hast du sie denn das letzte Mal gesehen?«, fragte Charlie.

»Sie hat mich auf meinem Weg zu meinem College-Kurs für Fortgeschrittene begleitet.«

»Warum?«

Er räusperte sich und wirkte plötzlich nicht mehr sehr gesprächig.

»Erzähl es uns einfach, Junge, wir haben keine Zeit für so etwas.«

»Sie hat gestern Nacht getrunken und wollte nicht, dass Mom den Alkohol an ihr riecht.«

»Was hat sie getrunken?«, fragte Charlie.

Der Junge räusperte sich erneut. »Schnaps.«

»Schnaps mit was?«

Er warf die Hände in die Luft. »Sie hat ein paar Dachsfreunde, okay? Und ja, sie mag ihren Wodka mit ein wenig Schlangengift. Was habt ihr denn mit siebzehn so gemacht?«

»Jedenfalls keinen mit Gift gemischten Wodka getrunken.«

»Liegt das nicht daran, dass du dein Gift gern mit Tequila mischst?«

»Du machst die Sache *nicht* besser, Stevie.«

»Darf ich bitte zu Ende erzählen?«, jaulte der Junge.

»Na schön. Schieß los.«

»Also, ich ging gerade die Treppe hoch, als ich mich umdrehte, und da habe ich gesehen, wie sie mit einem Asiaten sprach. Total ihr Typ. Ich habe mir nicht viel dabei gedacht, bis ich ihr im Unterricht eine Nachricht geschickt habe und sie mir nicht geantwortet hat.«

»Was soll das heißen, ›ihr Typ‹?«

»Groß. Gut aussehend. *Atmend.*«

Stevie schnaubte, senkte dann aber schnell den Kopf.

»Und dazu noch ein Tiger, damit unsere Mutter sie in Ruhe lässt.«

Stevie sah Charlie mit großen Augen an, und Charlie wusste, dass ihre kleine Schwester das Gleiche dachte wie sie.

»Ein Tiger? War dieser Asiate zufällig ein Chinese?«, hakte Charlie nach.

»Woher zur Hölle soll ich das wissen? Ich kann dir sagen, dass es wahrscheinlich *kein* Mongole war.«

»Woher willst du das wissen?«

»Weil das unsere Mutter *zu* glücklich machen würde. Und sie würde unsere Mutter niemals *zu* glücklich machen.«

»Okay, okay. Na schön. Also, der Junge ist Asiate.«

»Moment mal. Was spielt es für eine Rolle, ob er Chinese ist oder nicht?«

»Wahrscheinlich spielt es überhaupt keine Rolle.«

»Wahrscheinlich? Warum wahrscheinlich?«

Charlie holte ihr Handy hervor und wandte sich von dem Jungen ab. Rasch scrollte sie durch ihre Kontakte, bis sie den Namen fand, nach dem sie gesucht hatte. Es klingelte zweimal am anderen Ende der Leitung, und als eine Verbindung zustande kam, bekam sie nichts weiter zu hören als ein: »Was?«

»Was haben die Yuns gesagt, als Van Holtz mit ihnen gesprochen hat?«

»Sie haben gesagt, dass sie dich in Ruhe lassen würden.«

»Was konkret, Smith? Für die meisten Leute haben Worte eine Bedeutung. Wie haben sie sich genau ausgedrückt?«

»Gott, lass mich nachdenken. Er hat gesagt ›Wir werden uns von den MacKilligan-Schwestern fernhalten‹.«

»Bist du dir sicher?«

»Ja. Ich bin mir sicher. Warum? Was ist los …«

Charlie legte auf und wandte sich wieder dem Jungen zu. »Wie lautet der gesetzliche Name deiner Schwester?«

Der Junge blinzelte. »Was?«

»Auf ihrer Geburtsurkunde? Wie lautet ihr gesetzlicher Name? Steht auf der Urkunde MacKilligan? Ist unser Vater als *ihr* Vater aufgeführt?«

»Die Sache ist kompliziert.«

»Wir sind schlau.« Charlie zeigte auf Stevie. »Sie ist sogar ein Genie. Wir kapieren das sicherlich.

»Dad war bei ihrer Geburt bereits tot. Also hat Mom keinen Vater angegeben.«

»Aber sie hat ihr auch nicht den Namen MacKilligan gegeben.«

»Nein. Sie selbst ist ja eine Malone. Ist als eine Malone aufgewachsen. Obwohl niemand auf der Malone-Seite darüber glücklich war, abgesehen von uns.«

Charlie schloss die Augen und fragte: »Hat vielleicht einer aus eurer Familie jemandem verraten, dass Nat *keine* Malone ist? Dass sie tatsächlich eine MacKilligan ist?«

»Ähm … hm … Ich vermute, schon. Ich kann mich irgendwie erinnern, meine Mutter darüber klagen gehört zu haben, dass die Malones allen ihren Geschäftspartnern erzählt haben, dass sie keine Blutsverwandte ist. Für sie ist das eine große Sache.«

»Wer sind denn die Geschäftspartner der Malones?«, fragte Stevie.

»Verbrecher«, kam es ohne Zögern von dem Jungen. »Es gibt in meiner Familie viele professionelle Schläger. Wenn du willst, dass jemandem ein Bein gebrochen wird, weil er dir Geld schuldet, und wenn du nicht willst, dass er dabei versehentlich getötet wird … dann rufst du einen Malone.«

»Die Jungs haben versprochen, die MacKilligan-Schwestern nicht anzurühren«, erklärte Charlie Stevie. »Also haben sie sich auf Nats Fährte gesetzt … weil sie keine MacKilligan ist. Offiziell ist sie eine Malone.«

»O mein Gott«, stieß Stevie hervor und begann zu keuchen. »O mein Gott«, sagte sie noch einmal, diesmal ein wenig lauter.

Sie schlug mit beiden Händen auf den Tisch, und riesige Krallen schossen aus ihren Fingern, während ihre Stimme sich vor Zorn überschlug, als sie brüllte: *»O mein Gott!«*

Charlie wartete, bis die Fensterscheiben aufgehört hatten zu klirren, keine Gläser, Teller und Töpfe mehr auf den Boden fielen und die Stühle nicht mehr kreuz und quer durch den Raum schlitterten. Dann schaute sie zu dem verängstigten jungen Tiger, der an einer jetzt zum Teil zerstörten Schranktür hing wie eine panische Hauskatze, und sagte: »Du solltest jetzt nach Hause gehen, Junge. Lass dein Handy eingeschaltet – wir müssen dich vielleicht anrufen. Aber von hier ab übernehmen wir.«

Tova stieß die Tür ihres Zuhauses auf und trat barfüßig auf den Rasen. Sie hatte eine Tasse Kaffee in der Hand, während sie zum Trailer ihrer Tochter ging, und schubste ein Männchen aus dem Weg, das sich zu nah herangewagt hatte. Es entschuldigte sich und ging weiter und genau das hatte Tova erwartet. Wenn es etwas anderes getan hätte, hätte sie ihm das Gesicht heruntergerissen.

Als Tova gerade an Frejas Tür klopfen wollte, hörte sie eine ihrer Großnichten hinter sich.

»Tova! Du musst mit zum Südgelände kommen.«

»Warum?«

Das Mädchen lächelte. »Du wirst nicht glauben, wer da ist.«

Tova ging zurück zu ihrem Trailer, um ihre Kleider und ihre mit Stahlkappen versehenen Stiefel anzuziehen. Sie deutete auf die anderen Trailer. »Geh und weck die anderen. Schnell!«

Sie zerrten Nat aus dem Kofferraum, und Kang Yun zeigte auf eine Tür, hinter der sich ein langer Gang befand. Es handelte sich um ein leeres Lagerhaus aus Beton. Ein Ort, an dem Nat nicht sein wollte, aber immerhin hatten sie bisher nichts anderes mit ihr gemacht, als sie herumzuschubsen und zu versuchen, ihre eine Scheißangst einzujagen.

Nicht dass sie sich keine Sorgen gemacht hätte. Sie war definitiv besorgt. Diese Tiger waren wegen irgendetwas sauer, und sie kannte ihresgleichen gut genug. Na schön, sie war zum überwiegenden Teil ein Honigdachs, aber sie kannte ihre Brüder und ihre Mutter. Sie kannte Tiger. Es waren rachsüchtige, zornige Arschlöcher, und aus irgendeinem Grund waren diese speziellen rachsüchtigen, zornigen Arschlöcher sauer auf *sie.* Sie wusste, dass sie ihnen nichts getan hatte, aber aus welchem Grund auch immer stellte sie ihr Mittel zum Zweck dar.

Das Problem war, dass sie ihr volles Gestaltwandler-Potenzial noch nicht erreicht hatte, um sich auf angemessene Weise zur Wehr zu setzen. Sie konnte ihre Krallen ausfahren und zu graben beginnen, aber sie war noch nicht so weit, sich in weniger als einer Minute aus dem Gebäude herauszubuddeln. Das erforderte Training und Routine, und sie hatte weder das eine noch das andere. Das Gleiche galt für ihre Fähigkeit, ihre Gestalt zu wechseln.

Die Tiger schienen zu wissen, dass sie taub war, hatten aber keine Ahnung, dass sie von den Lippen ablesen konnte. Etwas, das sie vielleicht würde ausnutzen können. Die Leute neigten dazu, einen zu unterschätzen, wenn man in ihren Augen eine Schwäche hatte, und sie begriffen nicht, dass ihr Körper das fehlende Gehör auf andere Weise kompensierte.

Zwei Männer hielten sie an den Armen fest, während sie sie durch das Lagerhaus zerrten, bis sie einen Raum erreichten und sie hineinstießen. Sie schlossen die Tür hinter sich und stellten sich, in Nats Richtung gedreht, davor. Dann warteten sie. Nat stand am anderen Ende des Raums und sagte nichts. Beobachtete sie einfach nur.

Der Kleinere der Männer begann als Erster zu schwitzen und wischte sich immer wieder über die Stirn. Sein Partner bemerkte es und fragte: »Was ist los mit dir?«

»Keine Ahnung. Ich fühl mich irgendwie nicht gut.«

»Reiß dich zusammen. Der Boss hat schlechte Laune.« Er sah Nat an. »Die arme Kleine weiß nicht einmal, was sie erwartet. Im Gegensatz zu ihr werden wir ihre Schreie hören.«

»Bist du dir sicher, dass sie nichts hört?«

»Ja. Ich bin mir sicher.«

Jetzt wischte sich auch der Größere der beiden über die Stirn. »Liegt es an mir oder ist es hier drinnen ziemlich heiß?« Er schaute auf seine Hände und studierte seine Handflächen. »Sind deine Handflächen auch so verschwitzt?«

»Es fühlt sich an, als würde meine Haut in Flammen stehen.«

»Ja. Geht mir genauso.«

Der Kleinere deutete auf Nat. »Warum lächelt sie?«

»Wann hast du das Geld?«

»Ich … ich …«

Joey wusste nicht, was er sagen sollte. Er hatte das Geld nicht. Und er stand bereits bei allen, die er kannte, in der Kreide, um seine alten Schulden zu begleichen. Er hatte seine Miete noch nicht bezahlt und war sich nicht sicher, wie lange er das noch vor seiner Frau geheim halten konnte. Sie glaubte tatsächlich, die Miete sei bezahlt. Aber er hatte gedacht, dass das Pferd diesmal eine sichere Sache wäre. Er hatte dem Pferd in die Augen gesehen! Dieses Mal war er sich ganz sicher gewesen.

Jetzt beugte der größte Mann, den er je gesehen hatte, sich über ihm und sagte, dass er ihm, wenn er das Geld, das er nicht hatte, nicht bezahlte, die Beine nicht nur brechen, sondern *demolieren* würde.

Joey hatte sich immer für einen großen Typen gehalten. Er war groß! Einszweiundneunzig, dreihundert Pfund, und wie sein Vater und sein Großvater vor ihm arbeitete er an den Docks. Aber der Mann, der mit seinen seltsamen goldenen Augen auf ihn hinabstarrte, war noch größer. Viel größer. Und breiter.

Joey hatte sich auch immer für richtig gemein gehalten. Die meisten Männer, die zu ihm kamen und Geld verlangten, schickte Joey mit einem raschen Tritt in den Hintern ihrer Wege, während er und seine Gewerkschaftsjungs darüber lachten. Aber dieser Mann. Dieser Mann war definitiv gemeiner. Kälter. Und sehr ungeduldig. Joey glaubte nicht, dass er diesem Mann in den Hintern treten würde.

»Ich habe dir eine Frage gestellt.«

»Ähm …«

»Hey! Malone.«

Es war eine Frauenstimme. Und sie erklang hinter dem Schrank, der sich vor Joey aufgebaut hatte. Der Schrank drehte sich um und sagte: »Du? Was machst du denn hier?«

Sie ging um ihn herum und Joey erblickte sie und eine weitere Frau. Die erste war eine Schwarze, nur etwa eins achtzig groß, aber mit breiten Schultern. Und echt süß. Die andere war winzig.

Blond, dünn, in einem kurzen Sommerkleid, das eine von Joeys Töchtern hätte tragen können. Keine von ihnen schien in die Docks zu gehören. Und sie schienen definitiv nicht die Art Mädchen zu sein, die mit dem Schrank reden sollten.

»Man hat mir gesagt«, erwiderte die Schwarze, »dass du für die Yuns arbeitest.«

»Hör mal, ich habe nicht die Absicht …«

»Sie haben meine Schwester entführt. Ich muss wissen, wohin man sie gebracht haben könnte.«

»Ich werde mich da nicht einmischen. Nicht, wenn die Yuns etwas damit zu tun haben.«

»Tut mir leid, wenn ich mich unklar ausgedrückt habe. Du hast da nicht die Wahl.«

Der Schrank stieß eine Art Lachen aus. »Wirklich?«

Urplötzlich packte die Schwarze den Schrank an den Haaren und bog ihn so weit zu sich herunter, sodass er gezwungen war, zu ihr aufzuschauen. Die andere Hand presste sie ihm an den Hals, und sagte warnend: »Nur eine einzige Bewegung, und ich reiße sie dir aus.«

Der Schrank hörte sofort auf, sich zu wehren.

»Die Yuns haben unsere Halbschwester entführt. Sie haben die Absicht, sie zu foltern und zu töten. Das Mädchen ist zudem die Halbschwester der Malone-Brüder. Deinen Cousins. Während du dir schon mal Sorgen machen solltest, was ich dir antun werde, solltest du dir wirklich Sorgen darüber machen, was die *Schwarzen Malones* deiner ganzen Familie antun werden, wenn sie nach New York zurückkommen. Denn wir wissen beide, dass sie, wenn ihrer Schwester etwas zustößt, niemals Ruhe geben werden, bis die ganze Malone-Blutlinie vom Planeten ausgelöscht wurde. Daher möchte ich dir dringend nahelegen, mir eine Antwort zu geben.«

Joey sah, wie der Schrank mit sich kämpfte. Er wollte nicht antworten, und Joey wusste, warum. Die Yuns zu verpfeifen, war eine sehr wirkungsvolle Methode, um im East River zu landen. Aber bevor der große Mann eine Entscheidung treffen konnte, beugte die winzige Blondine sich vor und schrie dem Schrank ins Gesicht: »*SAG ES IHR!*«

Die Container um sie herum, die von sehr kräftigen Kränen angehoben werden mussten, erbebten unter der Wucht des Gebrülls dieses Mädchens.

Sofort stammelte der Schrank auch schon eine Adresse irgendwo auf Staten Island.

Er wurde losgelassen und die Blondine begann sich zu entfernen. Doch die andere folgte ihr nicht sofort. Sie betrachtete den Schrank noch einen Moment, dann rief sie ihm im Gehen noch eine Warnung über die Schulter zu. »Wenn die Kleine verletzt wird oder stirbt, weil du uns die Informationen nicht gleich gegeben hast, verspreche ich dir, dass du mich nicht kommen siehst, wenn ich mit dir abrechne.«

Joey begriff, dass dieser Schrank von einem Mann sich von den beiden Frauen hatte plattmachen lassen und immer noch panisch wirkte. Also versetzte er ihm einen Schlag, bevor er wieder zur Besinnung kommen konnte. Und dann trat er ihm direkt ins Gesicht. Das hätte ihn eigentlich k. o. gehen lassen müssen.

Stattdessen drehte der Schrank nur langsam den Kopf, um Joey anzufunkeln. Er blinzelte nicht einmal. Oder bewegte sich. Oder wirkte in irgendeiner Weise verletzt.

Dann tat er etwas durch und durch Beunruhigendes. Er knurrte.

Das war der Moment, in dem Joey wusste, dass er wirklich und wahrhaftig am Arsch war.

Tova stand neben Freja, als Mads mit ihrem neuen orientalischen Freund und seinen orientalischen Brüdern über den Hügel kam. Es waren große Tiger. Alle drei.

Einige Mitglieder ihres Clans waren in ihrer menschlichen Gestalt, aber manche von ihnen liefen hin und her und ließen ihr Johlen hören. Manche lachten. Damit Mads nicht vergaß, mit wem sie es zu tun hatte.

»Hast du es?«, rief Freja ihrer nichtsnutzigen Tochter zu.

Im Gegensatz zu ihren fruchtbaren Schwestern hatte Freja immer Mühe gehabt zu empfangen. Eigentlich machte ihr das nichts aus. Sie mochte Kinder nicht. Aber wenn sie die Macht übernehmen wollte, wenn sie herrschen wollte, sobald Tova weiterzog, wusste sie, dass sie eine eigene Tochter brauchen würde, die ihr Rückendeckung gab. Sie hatte von den unverwüstlichen Genen der Honigdachse gehört und gedacht, schlimmstenfalls würde sie einen beunruhigenden Mischling aus Hyäne und Dachs bekommen. Stattdessen hatte sie eine schwache kleine Dachstochter mit einer Vorliebe für Basketball bekommen. Gettoabschaum mit Gettoabschaum-Freundinnen. Der Clan hätte schon längst eine Möglichkeit gefunden, sich ihrer zu entledigen, wäre da nicht Solveig gewesen.

Aber jetzt war Solveig tot. Es war niemand mehr da, der die kleine Mads beschützte, bis auf drei Tiger und ihre verrückten Dachsfreundinnen. Und auch wenn die nicht direkt neben ihr standen, ließ Tova sich nicht täuschen. Sie wusste, dass diese Miststücke irgendwo in der Nähe waren. Vielleicht sogar unter ihren Füßen. Sie wusste, dass sie graben konnten. Sie war vorbereitet auf ihre kleinen Tricks und Manöver. Sogar darauf, dass sie Waffen benutzen würden, weil ihre kleinen Krallen und Reißzähne nicht stark genug waren, um es mit den Kiefern einer Hyäne aufzunehmen. Tovas Clan hatte seine eigenen Waffen. Nur für den Fall des Falles.

»Nun?«, drängte Freja, als das Dachsmädchen einfach nur dastand. Und nichts sagte.

»Ich bin nicht hier, um gegen dich zu kämpfen«, erwiderte Mads endlich. »Ich bin nur hier, um dir mitzuteilen, dass es vorbei ist. Es endet hier.«

»Was endet hier?«

»Die Schikanen. Die dummen Kämpfe um Schwerter. Damit ist jetzt Schluss.«

Tova senkte den Kopf. »Gott!«, murmelte sie an eine ihrer Nichten gewandt. »Dieses Mädchen ist traurig.«

»Okay«, gab Freja sarkastisch zurück. »Damit ist Schluss. Weil du willst, dass es aufhört. Denn wir machen dir Angst.«

»Nein. Das ist nicht der Grund. Weil ich tue, was Solveig immer tun wollte, aber nie gemacht hat, weil sie dachte, es sei zu verrückt, selbst für ihre Verhältnisse.«

Verwirrt hob Tova den Kopf und beobachtete, wie der Erste über den Hügel lief.

Seine gewaltige Mähne wehte um ihn herum, seine dicken Beine waren groß und kräftig, und seine gewaltige Brust wölbte sich mit jedem Atemzug. Bei dem bloßen Anblick des Clans vor ihm erwachten seine Instinkte.

Erst lachte Tova irgendwie. Konnte zugeben, dass das Mädchen Arsch in der Hose hatte, diese verrückte Idee auszubrüten, mit Solveig oder ohne sie. Aber dieses Lachen blieb ihr im Halse stecken, als immer mehr Männchen auf dem Hügel auftauchten. Löwenmännchen, so weit das Auge reichte. Mehr Löwenmännchen, als sie in ihrem ganzen Leben auf einem Haufen gesehen hatte.

Mehr Löwenmännchen, als sie in ihrem ganzen amerikanischen Clan Hyänen hatte.

Das hier war keine Warnung, wie sie noch angenommen hatte, als es so aussah, als ob das Mädchen nur eine Handvoll Löwen und ihre zahmen Tiger mitgebracht hätte. Das hier sah nach einem Auslöschungsversuch aus.

»Das würdest du nicht wagen«, knurrte Tova.

»Versteckt lieber die Kinder«, knurrte Mads Galendotter zurück, deren Dachsreißzähne über ihre Lippen ragten. »Ich bin mir nicht sicher, ob es mir gelingt, sie davon abzuhalten, so weit zu gehen.«

Dann warf das böse Miststück den Kopf in den Nacken und stieß einen Wikingerschrei aus, auf den Solveig stolz gewesen wäre, woraufhin sich die ganzen Löwenmännchen auf Tovas Clan stürzten.

Charlie trat aufs Gaspedal und fuhr geradeaus, ohne auf die Kugeln zu achten, die wieder und wieder gegen die Windschutzscheibe krachten. Sie hatte sich einen Arbeits-SUV ausgeliehen, diese Fahrzeuge waren fast kugelsicher, und der Wagen ermöglichte es ihr weiterzufahren und die Katzen zu rammen, die die Frontseite des Gebäudes schützten, sie gegen die Wand zu schmettern und dann direkt durch den Beton zu schieben.

Sie duckte sich erst, als ihr klar wurde, dass das Dach des SUV teilweise abgesägt worden war und sie sich Sorgen machte, dass ihrem Kopf das Gleiche blühen könnte. Nach einer Enthauptung gab es definitiv kein Zurück. Nicht einmal für einen Honigdachs.

Sobald sie die Mauer und den Beinahe-Verlust ihres Kopfes hinter sich hatte, riss Charlie das Lenkrad herum und trat auf die Bremse. Dann schnappte sie sich das Maschinengewehr neben sich und begann zu schießen, bevor sie sich überhaupt aufgerichtet hatte. Als sie es endlich tat, hatte sie bereits fünf Tiger erschossen und nahm gerade drei weitere ins Visier, da warf sich etwas von hinten gegen sie. Der Mann hatte seine Katzengestalt angenommen. Mit seinen Vorderbeinen stieß er ihr mit brutaler Gewalt gegen die Schultern, was sie eigentlich hätte zusammendrücken müssen wie Alufolie.

Aber die verrückten Gene ihres Vaters …

Charlie griff mit einer Hand hinter sich, packte den Tiger an der überschüssigen Haut am Hals und schleuderte ihn gegen den Tiger, der sich gerade von vorne auf sie werfen wollte. Die beiden prallten heftig gegeneinander und landeten in einem einzigen Durcheinander von Krallen und Reißzähnen auf dem Boden. Charlie sprang aus dem zerstörten SUV, zog das leere Magazin aus ihrer Waffe und ersetzte es schnell durch ein neues aus der Weste, die sie trug. Sie begann, auf die Männchen zu feuern, die jetzt aus einer Tür gelaufen kamen.

Es waren viele. Und ihr wurde klar, dass sie auf sie gewartet hatten. Daher überraschte es Charlie nicht allzu sehr, als ihr zweimal in den Rücken geschossen wurde, direkt oberhalb der Weste, und sie zu Boden ging. Sie rollte sich herum und machte Anstalten, erneut ihr leeres Magazin auszuwechseln, als eine Hand ihr die Waffe entriss. Jemand trat ihr gegen den Oberkörper. Eine Rippe brach und Charlie heulte auf vor Schmerz. Der Angreifer trat ihr mehrmals in die Seite, dann packte er sie am Knöchel und zerrte sie zu der offenen Tür.

Mads hörte ihre Mutter Befehle schreien, während die Hyänenweibchen von allen Seiten angriffen. Freja verzichtete darauf, die Gestalt zu wechseln, und die anderen taten es auch nicht. Stattdessen kamen sie auf sie zu und schlugen nach ihr. Aber Mads blockte ihre Hiebe mit den Armen ab und wehrte sich mit den Klingen, die unter ihrem T-Shirt steckten. Einer schlitzte sie das Gesicht auf und eine andere erwischte sie an der Schulter. Irgendjemand versetzte ihr von hinten einen Tritt; sie machte eine Rolle vorwärts und kam sofort wieder auf die Füße. Sie wirbelte herum und versenkte die Klinge in der Brust einer ihrer Cousinen.

Die Übrigen wechselten die Gestalt und zerstreuten sich, die Löwenmännchen rannten hinterher.

Ihr war bewusst, dass sie Blutspritzer im Gesicht hatte, und auch ihre Hände und ihr weißes T-Shirt waren voller Blut. Langsam und mit ausgebreiteten Armen, eine Klinge in jeder Hand, wandte sie sich ihrer Mutter und ihrer Großmutter zu.

Mads sagte nichts. Es gab nichts zu sagen. Das Einzige, was ihre Familie an diesem Punkt blieb, war die Flucht.

Sie flohen.

Das Hämmern, das aus dem SUV kam, ließ den Mann, der Charlie in den Gang gezerrt hatte, stehenbleiben. Er drehte sich um und kniff seine goldenen Augen zusammen. Dann schüttelte er den Kopf und zerrte Charlie weiter. Ein neuerliches Krachen veranlasste ihn, Charlie gegen die Wand zu schmettern und mit seiner Maschinenpistole auf das Heck des SUV zu zielen. Er schoss mehrere Male. Hielt inne. Schoss noch ein paarmal weiter.

Charlie rollte sich auf den Bauch und kam auf die Knie. Sie drückte sich eine Hand gegen die Brust und zwang ihre Rippen zurück an ihren angestammten Platz, damit sie ein wenig besser atmen konnte. Sobald das Atmen keine Herausforderung mehr darstellte, zog sie ihre Pistole Kaliber .40 heraus, die in einem Holster hinten in ihrer Jeans steckte, und lud durch.

Sofort musste sie sich ducken, denn die Heckklappe des SUV flog durch den Gang, während eine zornige, brüllende Stevie sich aus dem Kofferraum erhob.

Als er den riesigen Honigdachs mit Tigerstreifen sah, machte sich das Männchen erneut bereit zu schießen, aber Stevie bemerkte es nicht einmal. Sie trampelte mit ihrer riesigen Pranke einfach auf ihn, als sie aus dem Wagen stieg, und zerquetschte ihn. Wobei sie nichts als seinen platt getretenen, blutigen Überrest zurückließ.

Wenn ihre Medikamente nicht richtig dosiert gewesen waren und sie keine echte Kontrolle über ihre Gefühle gehabt hatte, war diese Verkörperung Stevies in der Vergangenheit immer eine Explosion von Panik und Furcht gewesen. Aber dieser ängstliche Stevie existierte nicht länger, und im Moment war sie ohnehin viel zu zornig, um vor irgendetwas Angst zu haben, wie es schien.

Weitere Männer stürmten durch die Tür, und keiner von ihnen beachtete Charlie. Alle konzentrierten sich auf Stevie. Die nickte Charlie kurz zu, bevor sie tat, was sie am besten konnte: alle in Angst und Schrecken versetzen.

Diesmal gelang ihr das, indem sie quer durch den Gang und dann an der Wand entlang zur Decke emporlief. Dort hing sie für einen Moment, sodass die Männer begannen, auf sie zu schießen. Als sie nun über die Decke lief, sorgte sie dafür, dass ihre Gegner sich weiter auf sie konzentrierten.

Charlie eilte durch eine Tür auf der Suche nach Nat. Sie schoss stets sofort auf jeden Mann, der auf sie zukam. Als sie das Ende des Gangs erreichte und weder nach links noch nach rechts gehen konnte, hörte sie Schreie.

Normalerweise zahlte es sich aus, Schreien zu folgen, also tat sie genau das. Die Schreie führte sie zu einer Stahltür. Vorsichtig versuchte sie, sie zu öffnen, aber die Tür war abgeschlossen. Charlie trat ein paar Schritte nach hinten, brachte ihre Schulter in die richtige Position, legte beide Hände auf ihre Waffe und rannte los.

Sie rammte die Tür und riss sie mit dem ersten Versuch aus den Angeln, sodass sie quer durch den dahinterliegenden Raum flog. Dort entdeckte sie Nat, die auf dem Boden kniete, wo sie Kang Yun an den Armen festhielt, während sie ihm ins Gesicht spuckte.

Nein. Das stimmte nicht. Aber es war auch nicht ganz falsch. Sie spuckte ihn an. Nicht wie ein verängstigter, zorniger Teenager, sondern wie eine Speikobra. Ja. Genau wie eine Speikobra.

Und … es war Yun, der schrie.

Nat ließ die Katze los und sie fiel rücklings zu Boden. Yun wand sich und rollte sich hin und her, während er sich mit den Händen verzweifelt übers Gesicht rieb.

Charlie schaute sich im Raum um. Da lagen mindestens sechs Tigermännchen, alle tot und in unterschiedlichen Stadien der Verdrehung und Verwesung. Es gab nur eine Sache, die einen menschlichen Körper so reagieren ließ: das schlimmste Schlangengift der Welt.

Sie packte ihre Schwester am T-Shirt, stellte sie auf die Füße und hob den Arm. Dann schnupperte sie an Nats Handfläche und an ihrem Unterarm.

»Du kannst Gift durch deine Poren freisetzen?«, fragte Charlie und sah Nat direkt ins Gesicht. »Und es ausspucken? Wie ein Reptil?«

»Nur wenn ich es vorher getrunken habe. Ich verdaue es nicht. Es bleibt einfach in meinem Körper.«

Charlie stieß den Atem aus. »Du weißt, wessen Schuld das ist, nicht wahr?«

»Die von Dad?«

»Von Dad und seinen verkorksten Genen.«

Der Türrahmen splitterte und Stevie streckte ihren gewaltigen, von Tigerstreifen überzogenen Dachskopf herein. Beine und Körper eines Mannes hingen ihr noch immer aus dem Maul, aber er hatte aufgehört zu strampeln. Als sie sich umschaute und nichts als tote Männer im Raum sah, spuckte sie ihr »Spielzeug« auf den Boden und starrte ihre jüngere Schwester an.

Charlie deutete ruckartig mit dem Daumen auf Stevie und ließ

Nat, die mit weit aufgerissenen Augen dastand, wissen: »Das ist ebenfalls Dads Schuld.«

Zu Finns Überraschung hatten einige Hyänen Waffen und begannen, sie zu benutzen, als ihnen klar wurde, wie ernst die Lage tatsächlich war. Nicht dass er ihnen einen Vorwurf daraus gemacht hätte. Das Problem war, dass die Waffen ihnen nicht wirklich nützten. Beim Herumlaufen sah er, wie Löwenmännchen Hyänen zerrissen wie grausame Jungs, die die Plüschtiere ihrer kleinen Schwestern zerfetzten.

Irgendwann begannen die Hyänen, die nicht gleich tot waren, um ihr Leben zu rennen. Wahrscheinlich schlau, denn es hatte sich herausgestellt, dass es viel einfacher war, einen Haufen Löwenmännchen für diese Aktion aufzutreiben, als Finn für möglich gehalten hätte. Finn hatte lediglich in seiner Football-Liga einen entsprechenden Aufruf starten müssen. Es hatte nur positive Antworten gegeben und die Männchen waren weniger als vierundzwanzig Stunden später und auf eigene Kosten am Flughafen erschienen. Anscheinend war das Aufspüren von Hyänen ein Vergnügen, das Löwen sich so oft wie möglich gönnten. Ob in der Serengeti oder an einem Samstagabend in Brooklyn. Daher war es eine »Ehre«, in der Lage zu sein, es für die Dachsfreundin eines Mitspielers mit einem ganzen Clan aufzunehmen, denn für die Liga und Finns Brüder war Mads jetzt offiziell Finns feste Freundin.

Nur dass so gar nichts von Mads' Mannschaftskameradinnen zu sehen war, seit das alles begonnen hatte, fand Finn irgendwie seltsam. Sie waren verschwunden, als Mads und der Rest von ihnen zu den Trailern gegangen waren, und seither hatte sie niemand mehr erblickt. Er hoffte nur, dass sie nicht die Absicht hegten, alles in die Luft zu sprengen. Er würde es ihnen durchaus zutrauen, aber er hatte wirklich keine Lust, irgendwann flüchten zu müssen.

Sobald Tova und Freja sich verzogen hatten, war die ganze Sache mehr oder weniger vorbei. Die Hyänen, die noch übrig waren, hauten einfach ab. Sie schnappten sich die Kinder – denen kein Haar gekrümmt worden war –, stiegen in ihre Trucks und Autos und verschwanden.

Finn machte sich auf die Suche nach Mads und fand sie am Ufer eines kleinen künstlichen Sees. Sie war von oben bis unten voller Blut und hatte etliche blaue Flecke abbekommen, aber nicht annähernd so viele wie in der Nacht, als ihre Cousinen sie in einen Hinterhalt gelockt hatten.

Er legte ihr von hinten einen Arm um die Schultern und küsste sie auf den Kopf.

»Alles klar bei dir?«, fragte er.

»Mir geht's gut.«

»Glaubst du, sie kommen noch mal zurück?«

»Keine Ahnung. Ist mir egal. Ich weiß nur, dass sie mich nicht mehr belästigen werden. Und ich brauche nie wieder herzukommen.«

»Hier war nie dein Zuhause.«

»Das war es wirklich nicht. Detroit war mein Zuhause. Solveig war mein Zuhause. Die Parks und die Basketballplätze waren mein Zuhause.«

Sie legte beide Hände auf seine Unterarme und hielt sie einfach fest. In dieser Stellung verharrten sie für lange Zeit, bis sie einen Truck vorfahren hörten und die Dachse ausstiegen.

»Wo wart ihr?«, fragte Mads, als sie ihre Freundinnen sah.

»Wir mussten ein paar Sachen für dich abholen«, antwortete Max. »Und jetzt schuldest du uns etwas. Denn, o mein Gott!«

»Wovon redest du?«

Tock nahm eine Metallkiste von der Ladefläche des Trucks. Es war einer dieser Safes, die die Leute für wichtige Papiere auf dem Boden des Kleiderschranks stehen hatten, wenn sie sich nicht die Mühe mit einem Tresor machen wollten.

»Den haben wir im Messie-Haus gefunden.«

»Ihr seid da reingegangen?« Mads machte einen Schritt von ihnen weg. »Ich kann nirgendwo mit euch hinfahren, bis ihr geduscht habt.«

Finn hielt ihr mit der Hand den Mund zu, denn das war einfach verdammt unhöflich.

Tock öffnete die Kiste. »Die Urkunde für dieses Grundstück. Es hat Solveig gehört.« Wieder griff sie in die Kiste. »Eine Kopie von Solveigs letztem Testament, unterzeichnet und bezeugt, bla, bla, bla. Sie hat alles *dir* vermacht. Einschließlich dieses Grundstücks.«

»Ich will das Grundstück nicht haben.«

»Dann verkauf es an meinen Großvater«, sagte Max. »Die Wölfe werden es lieben. Sie können das Rudel vergrößern und die Hyänen davon fernhalten.«

»Ohhh. Und es zu einer Zuflucht für reinrassige Wölfe machen«, schlug Streep begeistert vor.

»Sonst noch etwas?«, fragte Mads. »Versteckte Schätze im Wert von Millionen?«

»Mein Gott, du hast doch schon einen Basquiat!«, blaffte Nelle.

»Was denn? Wirst du das jetzt jeden Tag zur Sprache bringen?«

»Da ist tatsächlich noch etwas«, sagte Tock. Sie ging zum Truck und kam mit einem arg ramponierten Pappkarton mit einigen Fettflecken zurück, die, gut möglich, von einer Pizza stammen konnten.

»Was ist das?«

»Solveigs Asche.«

Mads erstarrte am ganzen Leib. »Wie … wie bist du da rangekommen? Bist du dir sicher? Du kannst dir nicht sicher sein.«

»Ein kleines Kind, das sich im Haus versteckt hatte, hat uns zu dem Karton geführt. Ich vermute, die Kleine hat gern dort gespielt. Wahrscheinlich hat sie gesehen, wo die Erwachsenen den Karton versteckt haben. Also hat sie ihn mir gezeigt, als ich danach gefragt habe.«

»Es überrascht mich, dass sie die Asche nicht in der Toilette heruntergespült haben.«

»Vielleicht dachten sie, sie brauchen die Asche noch, um sie später gegen dich einzusetzen. Zum Beispiel wenn du jemals herausgefunden hättest, dass das Grundstück dir gehört.«

Mads streckte die Arme aus und Tock reichte ihr vorsichtig den Karton.

»Danke«, sagte Mads.

»Meine Freundinnen«, fügte Streep hinzu.

»Was?«

»Danke, *meine Freundinnen.*«

Mads, Tock, Nelle und Max starrten Streep an, bis sie knurrend davonstolzierte.

»Boshafte Miststücke!«, brüllte sie über ihre Schulter.

Dez und Crushek betrachteten die beiden Beine in der Ecke des Raums, und als sie raus- und den Flur entlanggingen, fanden sie in einem anderen Raum auch den dazugehörigen Körper und den Kopf. Die Türen zu beiden Zimmern waren von etwas Riesigem und sehr Starkem aus den Angeln gerissen worden. Wie von schwerem Gerät. Oder von Godzilla.

Es gab noch mehr zerstörte Wände im Gebäude. Und auch noch mehr Tote. Einige waren zerfetzt, andere erschossen worden. Dabei handelte es sich ausschließlich um männliche Asiaten. Außerdem handelte es sich bei allen um Gangster mit sehr langen Strafregistern, die für die Familie Yun gearbeitet hatten.

Tatsächlich befand sich Kang Yun in einem dieser Räume, auch er tot. Wenigstens war Dez sich fast sicher, dass es sich um Kang handelte. Ein gutes Stück seines Gesichtes fehlte. Als hätte ihn jemand mit Säure attackiert. Aber sie würde es erst mit Bestimmtheit wissen, wenn die Gerichtsmedizin einen Blick auf die Leiche geworfen hatte.

»Wir werden nie herausfinden, was hier passiert ist, oder?«, fragte sie schließlich an Crushek gewandt.

»Nein.«

»Ich meine, mit den Yuns, den Dachsen und den anderen Tigern. Das Ganze wird wohl einfach ein Rätsel bleiben, nicht wahr?«

»Wahrscheinlich.«

»Sollte mir das den Schlaf rauben?«

»Eigentlich nicht.«

»Und warum nicht? Nur damit ich Bescheid weiß.«

Crushek zeigte auf einen der Toten. »Dieser Mann dort. Ich habe ihn selbst schon wegen Menschenhandels drangekriegt. Für mich eines der übelsten Vergehen. Die Yuns haben seine Kaution gezahlt und ihm einen erstklassigen Anwalt besorgt, der ihn rausgehauen hat.«

Dez nickte. »Das reicht mir. Hunger?«

»Ich habe immer Hunger.«

Epilog

Als Mads sagte, sie wolle »in Detroit eine kleine Zeremonie für Solveig abhalten«, hatte Finn wirklich gedacht, sie meine eine kleine Zeremonie. Doch was sich in diesem Moment entfaltete, war keine kleine Zeremonie.

Es war ein riesiges Straßenfest zum Gedenken an die »verrückte Wikingerin«. Ein Ehrentitel, den Solveig sich im Laufe der Jahre, die sie in ihrem Viertel in Detroit gelebt und gearbeitet hatte, verdient hatte. Nach allem, was Finn erfuhr, als er über das Straßenfest spazierte und mit den Leuten dort redete, war Solveig niemals freundlich oder nett, aber mitunter durchaus gütig gewesen. Hatte denen geholfen, die es brauchten, ohne herablassend zu wirken oder ihnen Predigten zu halten. Sie schien sich in die Probleme der Menschen hineinversetzen zu können.

Die Bewohner ihrer Straße würden »die verrückte, alte Dame mit den Furcht einflößenden Tattoos« vermissen. Sie hatten bei diesem Straßenfest alle Register gezogen. Es war eine Bühne für die teilnehmenden Bands aufgebaut worden, und es sollte Musik von Reggae und Soul über Blues und Jazz bis Rap und Hip-Hop gespielt werden. Es würde für jeden etwas dabei sein. Außerdem gab es Buden und Wagen, an denen man etwas zu essen bekam, einen Bauernmarkt und Stände, an denen Schmuck und Kleider verkauft wurden.

Finn und seine Brüder waren davon ausgegangen, das Ganze würde nur wenige Stunden dauern und dass sie dann ins Hotel zurückkehren und ein Weilchen in den Pool springen könnten. Aber die Sache hier machte viel mehr Spaß, als sie erwartet hatten, und irgendwann fingen seine Brüder an, mit ein paar wirklich gut aussehenden Frauen zu flirten, und Finn machte sich auf die Suche nach Mads.

Er hätte gleich wissen können, wo er sie finden würde, denn das Straßenfest fand direkt neben dem Park statt, in dem sie als Kind Basketball gespielt hatte.

Dort entdeckte er sie im Spiel mit ihren Mannschaftskameradinnen gegen einige Einheimische, die gerade von »irgendwelchen Mädels« fertiggemacht wurden.

Ja klar. »Mädels.«

Finn suchte sich einen Platz auf der klapprigen Tribüne und tat so, als würde er das Knarren nicht hören, als er sich setzte, und nicht merken, dass alle den fast zwei Meter großen Asiaten anstarrten, den sie nicht kannten. Vor allem, als Mads ihr Ding auf dem Spielfeld durchzog und er sie die ganze Zeit hindurch anfeuerte. Sie spielte reell, wandte keine Gestaltwandler-Tricks an, wenn sie gegen eine fast einen Meter neunzig große Tigerin spielen musste oder gegen eine zwei Meter fünfzehn große Bärin. Hier konnte sie einfach auf die raffinierten Spielzüge zurückgreifen, die sie bevorzugt hatte, als sie noch vorgehabt hatte, in der WNBA zu spielen. Diese Spielzüge, vereint mit denen ihrer Mannschaftskameradinnen, amüsierten das Publikum ungemein, und die gegnerische rein männliche Mannschaft war sichtbar sauer.

Als Mads ein beeindruckender Dreipunktewurf gelang, der ihren Sieg besiegelte, und ihre Mannschaftskameradinnen sich auf sie warfen, stand Finn auf und lief aufs Spielfeld. Er stellte sich zwischen die Dachse und die vollmenschlichen Männer. Er konnte sehen, wie peinlich es ihnen war, gegen einen Haufen Mädels verloren zu haben, und ihm war bewusst, dass ihre Verlegenheit sich schnell in etwas verwandeln konnte, das er gern als »eine

Situation« bezeichnete. Er hatte herausgefunden, dass es nur mit vollmenschlichen Menschen zu »Situationen« kam.

Gestaltwandler-Männchen wussten es besser.

Aber bevor er sich deswegen allzu große Sorgen machen konnte, waren auch schon seine Brüder zur Stelle. Die bloße Anwesenheit der versammelten drei Geschwister kam jedem Problem zuvor, sodass sich die Situation von selbst regelte. Und Mads und ihre Mannschaftskameradinnen bekamen gar nichts davon mit.

Gemeinsam kehrte die Gruppe zum Straßenfest zurück, um zu essen und zu trinken; Mads hielt den Ball immer noch fest umklammert. Sie schien auf diesen Sieg noch stolzer zu sein als auf ihren Triumph in den Play-offs.

»Ich nehme es zurück«, sagte er zu ihr, als sie in der Schlange warteten, um sich Hühnchen auf jamaikanische Art und Frikadellen zu besorgen. Er hatte seinen Arm um ihre Schulter und sie ihren um seine Taille gelegt. Und er genoss tatsächlich das Gefühl, dass jemand ein winziges bisschen Anspruch auf ihn erhob. Sie sahen aus wie ein richtiges Paar. Normalerweise hasste er so etwas.

»Was nimmst du zurück?«

»Basketball ist sehr wohl ein Sport. Aber nur, wenn *du* mitspielst. Du und deine Mannschaftskameradinnen, ihr seid einfach umwerfend.«

»Danke. Ich bin mir sicher, dass Michael Jordan, Scottie Pippen und LeBron James Einspruch gegen die Behauptung, es ist ›nur ein Sport, wenn ich mitspiele‹, erheben würden.«

»Ich kann nicht glauben, wie schnell das hier alles auf die Beine gestellt worden ist.«

»Ich vermute, sie haben unmittelbar nach Solveigs Tod angefangen, die Sache zu planen. Es wurde versucht, sich dafür mit Tova in Verbindung zu setzen, aber sie hat sie ignoriert. Als ich angerufen und gefragt habe, ob wir etwas organisieren könnten, haben sie mir gesagt, was geplant ist, und ich bin einfach auf den fahrenden Zug aufgesprungen. Heute Abend verstreue ich etwas von ihrer Asche. Um ein Stück von ihr hier zurückzulassen. Irgendwann werde ich nach Norwegen reisen. Etwas von ihr dort zurücklassen. Aber ein wenig von ihrer Asche behalte ich für mich. Damit sie immer bei mir ist.«

»Wir werden zusammen dort hinreisen. Ich bin noch nie in Norwegen gewesen.«

»Dann hast du die Absicht zu bleiben?«

»Ich gehe nirgendwohin. Gehst du irgendwohin?«

»Nur für Auswärtsspiele.«

»He«, hörten sie jemanden hinter sich rufen, und Finn sah Tock näher kommen. »Ihr zwei.«

»Was ist mit uns?«, fragte Mads.

»Ich weiß nicht. Ihr geht mir einfach auf die …« Sie brach ab und fragte dann: »Steht Shay hinter mir?«

»Ja«, bestätigte Finn.

»Warum verhältst du dich so gruselig?«

»Das tue ich doch gar nicht«, sagte Shay. »Ich stehe einfach nur hier rum.«

»Du stehst nicht nur einfach dort. Du willst etwas. Was willst du?«

»Hast du immer noch vor, uns mit unserem Vater zu helfen?«

»Wir haben gesagt, dass wir euch helfen würden.«

»Aber wirst *du* mit deiner Großmutter reden?«

»Ich habe es dir bereits erklärt, du willst nicht, dass ich mit meiner Großmutter rede.«

»Warum nicht?«, fragte Shay. Denn so eine Nervensäge war Shay nun mal.

»Kannst du mir in dieser Sache nicht einfach vertrauen?«, entgegnete Tock.

»Ich kenne dich nicht gut genug, um dir zu vertrauen.«

»Hast du keinen Hund, den du streicheln kannst, oder etwas in der Art? Schau mal da drüben. Sieh dir diesen netten Hund an. Warum gehst du nicht hin und spielst mit ihm?«

»Meinst du den zweihundert Pfund schweren Pitbull mit dem Stachelhalsband, den jemand an der Leine hat, bei dem es sich möglicherweise um ein Bandenmitglied handelt? Du willst, dass ich mit *dem* Hund spiele?«

»Ja. Geh zu ihm und halte ihm die Hand direkt vor die Schnauze. Ich bin mir sicher, er wird es lieben.«

Finn drehte sich wieder um und sagte zu Mads: »Wir können auch heute Nacht nach Norwegen reisen. Es gibt nichts, das uns daran hindert.«

Vorsichtig streute Mads die Asche ihrer Urgroßmutter um deren alten Laden herum und bedankte sich bei Solveig für alles, was sie in diesem Leben für sie getan hatte. Dann versprach sie ihr, sich eines Tages in Walhalla mit ihr zu treffen, wenn auch nicht allzu bald.

Sie ging über die Straße zu denen, die auf sie warteten, und warf sich direkt in Finns Arme. Er zog sie fest an sich und sie ließ es geschehen. Etwas, das sie normalerweise nicht tat. Sie hatte Umarmungen immer als erdrückend empfunden. Selbst wenn sie freundlich gemeint waren. Doch diese hier gefiel ihr tatsächlich.

»Ist alles in Ordnung mit dir, Mads?«, fragte Tock.

»Es geht mir großartig.« Sie löste sich aus Finns Armen und sah ihre Freundinnen an. Obwohl sie sie niemals so nennen würde, wenn Streep dabei war, denn es machte einfach zu viel Spaß, sie zu ärgern, indem sie sie stattdessen »Mannschaftskameradinnen« nannte. »Danke, Leute, dass ihr gekommen seid. Das bedeutet mir viel.«

»Willst du jetzt ins Hotel zurück?«, fragte Nelle.

»Oder«, schaltete Max sich ein, »willst du bleiben und dir die beschissene Reggae-Band anhören, die gleich auf die Bühne kommt?«

»Beschissen?«, blaffte Mads. »Hast du gerade *beschissen* gesagt?«

Lachend ging die Gruppe, um weiter zu essen und zu tanzen, aber jemand zog Mads am Arm, und als sie sich umdrehte, schaute Finn sie an. Sie trat dicht zu ihm, und sie sahen sich lange in die Augen, ohne dass einer von ihnen etwas sagte, denn Worte waren überflüssig.

Als sie die Musik von der Bühne hörte und ihr klar wurde, dass es eine Band war, die sie liebte, stellte sie sich auf die Zehenspitzen, er beugte sich vor, damit sie sich küssen konnten, und Mads wusste, dass sie nicht den ganzen Abend auf diesem Straßenfest verbringen würde. Nicht, wenn ein großes Bett im Hotel auf sie wartete.

Sie löste sich von ihm und streichelte ihm über die Arme, bevor sie seine Hand nahm und ihn in Richtung Tanzfläche zog.

»Eins noch«, sagte er, während er ihr folgte.

»Ja. Was denn?«

»Wenn wir nach Hause kommen, musst du dem Kojoten ein eigenes Bett besorgen.«

Der Blick von Nats Mutter sprang zwischen Charlie MacKilligan und Stevie MacKilligan hin und her, während sie sich mühte zu verstehen, was sie ihr gerade zu sagen versuchten.

»Ihr meint also, dass *meine* Tochter jetzt bei euch wohnen soll?«

»Nicht ständig, aber ja.«

»Meine *siebzehn*jährige Tochter? Soll mit zwei über Zwanzigjährigen …?«

»Drei«, korrigierte Charlie sie. »Drei über Zwanzigjährigen.«

»Und mit ihren Lebenspartnern«, fügte Stevie hinzu.

»Allerdings bin ich die meiste Zeit in dem Haus auf der anderen Straßenseite, bei den Drillingsgeschwistern meines Freundes. Er ist ein Grizzly.«

»Aha.«

»Mein Freund ist ein Panda«, sagte Stevie mit einem strahlenden Lächeln. »Aber wir würden diese Verantwortung nicht auf die leichte Schulter nehmen. Wir würden sie genau im Auge behalten.«

»So, so. Also meine siebzehnjährige Tochter mit euch dreien, euren drei Freunden …«

»Und manchmal auch den Dachsen aus Mads' Basketballmannschaft.«

»Richtig.« Stevie nickte. »Aber wirklich nur Dachse aus der Mannschaft.«

»Ich bin wieder da!«, erschallte eine Stimme aus dem vorderen Teil des Hauses, und wenige Sekunden später stürmte Kyle Jean-Louis Parker mit seinem gesamten Gepäck durch den Raum in Richtung Keller. »Ich konnte es nicht! Ich konnte keine Minute länger dort bleiben! Ich bin Künstler! Möglicherweise eines Tages der größte Künstler, der je gelebt hat. Ich kann mich nicht mit den Kleingeistern meiner Familie einsperren lassen! Ich brauche meine Freiheit! Also bin ich wieder da! Ich bin dann im Keller, sehe mir Reality-TV-Shows und versuche, die Gräuel dieser Woche mit diesen … Bauern … zu vergessen!«

Er marschierte die Treppe hinunter und Lisa Malone sagte: »Ihr wollt, dass meine siebzehnjährige Tochter mit euch dreien, euren drei Freunden, den Dachs-Basketballspielerinnen, und diesem *umwerfenden* blonden, langhaarigen Schakal zusammenwohnt, der … wie alt ist?«

»Achtzehn.«

»Achtzehn. Und warum in der Geschichte des Universums sollte ich meiner Tochter so etwas Idiotisches antun?«

Charlie schob ihren Kaffeebecher beiseite und lehnte sich ein wenig über den Küchentisch, bevor sie Nats Mutter ruhig erklärte: »Ich habe gerade herausgefunden, dass deine Tochter Gift durch ihre Poren versprühen und aus dem Mund spritzen kann. Wie ein Reptil. Sie spritzt das Gift tatsächlich genauso aus dem Mund, wie Speikobras es tun.«

»Genauso«, wiederholte Stevie. »Ich habe in ihren Mund geschaut und das mit Bildern von Speikobras verglichen. Die meiste Zeit ist ihr Mund ganz normal. Aber wenn sie sich wegen einer gefährlichen Situation verwandelt *und* Gift in ihrem Körper hat, verwandelt er sich in das Maul einer Speikobra. Obwohl wir jetzt, da ich darüber nachdenke …«, fuhr Stevie fort und richtete den Blick plötzlich auf das kleine Küchenfenster hinter Charlie, »… andere Schlangengifte bei ihr testen und schauen sollten, ob ihr Mund sich in seinem Inneren verändert, um sich dem jeweiligen Schlangenmaul anzupassen.«

»Das …«, entgegnete Charlie, »… wäre eine gute Idee.«

»Es wäre faszinierend, nicht wahr?« Stevie grinste Charlie an.

»Findet ihr?«, fragte Lisa.

Charlie sah Nats Mutter an und begriff, dass es das Beste war, ihr gegenüber einfach offen zu sein. Unmissverständlich. Es hatte keinen Sinn, noch länger um den heißen Brei herumzureden.

»Hör zu, Lisa, das Problem hier ist, dass du nicht von *irgendeinem* Dachs geschwängert worden bist. Du hast – wie unsere Mütter – Freddy MacKilligan gevögelt. Und wie unsere Mütter hast du dein Kind mit verkorksten Freddy-MacKilligan-Genen verflucht.«

»Ich bin Wissenschaftlerin – tatsächlich eine weltberühmte«, erklärte Stevie. »Und normalerweise würde ich die Überlegungen meiner Schwester für verrückt halten. Aber je mehr Hinweise ich sehe, umso mehr glaube ich, dass sie recht hat. Freddy MacKilligan hat verkorkste Gene.«

Charlie legte Lisa ihre Hand auf den Arm. »Und du musst verstehen, dass nicht Nats schräge Eigenschaften das Problem sind. Und die *sind* schräg, weil sie halb Dachs und halb Tiger ist. Ich habe keine Ahnung, wie der Reptilienanteil sich dort eingeschlichen hat. Das wahre Problem ist, dass sie keine wirkliche Kontrolle darüber hat. Sie entfesselt sie einfach, wenn sie das Gefühl hat, in Gefahr zu sein. Oder wenn sie sauer ist. Oder einfach nur durcheinander. Was sie jedes Mal ist, wenn sie ein Glas mit Schlangengift versetzten Wodka trinkt. Es muss nicht mehr passieren, als dass ein Mann bei einer Teenie-Party ihren Hintern tätschelt, und schwups, hat man es mit einer sehr ernsten Situation zu tun. Und ich bin mir sicher, dass du denkst, du kannst ihr einfach verbieten zu trinken. Ja klar! Warum nicht? Aber erinnere dich an dich selbst mit siebzehn. War das wirklich eine effektive Strategie? Und hier ist der Punkt, an dem ich hoffe, dass wir helfen können.«

»Deshalb bieten wir an, sie für ein Weilchen hier wohnen zu lassen«, erklärte Stevie. »Nicht ständig, aber hin und wieder. Sie wäre mal hier, mal bei euch. Doch sie sollte genug Zeit in unserer Nähe verbringen, damit wir helfen können, sie anzuleiten.«

»Um ihr beizubringen, ein Honigdachs zu sein, ohne im Gefängnis zu landen«, ergänzte Charlie.

»Wir wollen nur ihr Bestes.«

»Und damit du nicht von einem Mundvoll Gift der schwarzen Mamba im Gesicht getroffen wirst, wenn ihr zwei in einen Streit zwischen Mutter und Tochter geratet, weil sie ihr Zimmer nicht aufräumt. Du kannst natürlich tun, was du wahrscheinlich die ganze Zeit getan hast, nämlich dir einreden, es sei alles in Ordnung. Dass du nicht siehst, was da vor sich geht. Nicht siehst, dass deine Tochter anders ist.«

»Das hat meine Familie auch eine Weile bei mir versucht«, warf Stevie ein. »Dann hat mich meine Mom eines Tages vor dem Haus von Charlies Mom abgesetzt. Angeblich, damit ich meine Schwestern kennenlerne. Und sie ist nie zurückgekommen. Ich habe sie seither nicht wiedergesehen. Es war das Beste so, aber es hat trotzdem wehgetan.«

»Wenn du dich jetzt darum kümmerst«, versprach Charlie, »werden wir die Sache alle zusammen als Familie durchstehen.«

Lisa lehnte sich auf dem Küchenstuhl zurück und nickte langsam. »Meinen Jungs wird das nicht gefallen, aber … aber … was ist das für ein Krach?«

»Das ist deine Tochter. Sie baut sich ein Nest in der Wand.«

»Warum?«

»Keine Ahnung. Aber ich hoffe, dass sie keine Eier legt wie eine Schlange.«

Charlie nahm Lisas Hand. »Doch was immer sie da treibt, wir werden es gemeinsam in Erfahrung bringen. Und dann werden wir dafür sorgen, dass sie damit aufhört.« Sie drehte sich zu der Wand hinter sich. »Denn ich habe das hier nur gemietet! Ich bin nicht die *Besitzerin dieses Hauses!*«

Lisa starrte Charlie einen Moment an, bevor sie sagte: »Du

weißt doch, dass sie dich nicht hören kann ... richtig? Wenn du brüllst?«

Charlie zuckte zusammen und gab zu: »Ach ja. Es wird einige Zeit dauern, bis ich mich daran gewöhnt habe. Denn für gewöhnlich brülle ich Max und Stevie einfach an, wenn sie irgendwelche Scheiße bauen. Meistens Max.« Sie zuckte die Achseln. »Eigentlich immer Max. Aber keine Sorge. Ich werde mir große Mühe geben, mir zu merken, dass sie ...«

»... taub ist?«

»Ich wollte sagen, dass sie nicht Max ist. Aber sicher. Auch taub. Ich werde mir beides merken. Nur für dich.«

»Wie tröstlich für eine Mutter, die dir ihr Kind anvertraut.«

»Seht ihr?«, jubelte Stevie überglücklich. »Wir sind bereits wie eine Familie! Das wird toll!«